NOVEL

Giovanni Pizzigoni

RAPACI

MONDADORI

librimondadori.it

Rapaci
di Giovanni Pizzigoni
Collezione Novel

ISBN 978-88-04-74079-7

I edizione settembre 2021

Rapaci

A Max, JJ e Andrea,
che l'altra volta si sono offesi

1

Al capitano Sforza sparare al cane era sembrata una buona idea, tutto sommato.

Ma non appena il cervello della bestia gli esplose davanti in una piccola nuvola rossa, sentì un grido soffocato provenire dalla sua destra.

Si voltò di scatto, verso il piccolo deposito di legname vicino alla casetta, e vide la bambina. Avrà avuto circa nove anni, una vestaglia di lana bianca e il volto paonazzo. Le tremava il labbro e aveva i pugnetti chiusi.

Il capitano pregò mentalmente che non lo facesse, ma quella non gli diede ascolto. S'inginocchiò, aggrappandosi alla grossa pila di tronchi appena tagliati, e cominciò a piangere.

In verità, piangere era un eufemismo. Gridava. Anzi, in pochi istanti si buttò a terra e iniziò a strepitare come un'ossessa, strappando ciuffi d'erba bagnata e zolle di fango.

Fantastico, pensò il capitano.

Aveva zittito un latrato e in cambio aveva ottenuto un ragliamento lamentoso e acuto, come se le urla che arrivavano dalla casa non fossero abbastanza.

Il cane non gli avrebbe dato il mal di testa, ma il grido di quel mostriciattolo sicuramente sì. E poi si stava pure sporcando la vestaglia.

«Sergente!» chiamò, senza perdere di vista la mocciosa.

Il sergente Farina, una bestia di un metro e novanta, per

una volta capì al volo. Si mosse in fretta e raggiunse la piccola, la sollevò di peso e la trascinò via, lontano dal capitano e dal suo potenziale mal di testa.

Ma ormai il danno era fatto.

Un cerchio di ferro cominciò a stringergli le tempie, strozzandogli il cervello in una morsa gelata.

Mentre rinfoderava la pistola, il capitano cominciò a sfregarsi gli occhi, anche se sapeva che avrebbe peggiorato ancora di più la situazione. Ma non era importante, qualcosa doveva pur fare.

Quando li riaprì, un piccolo universo di lampi gialli, verdi e scarlatti esplose davanti al cervello fumante del cane, che friggeva nell'aria umida del mattino.

Si concentrò sul foro di entrata, pulito e asciutto, e poi su quello di uscita, dietro la nuca, sgraziato e pieno di sangue.

Prese un respiro profondo e fissò la lingua della bestia. Al quinto respiro, dopo che i rumori dei camion, dei soldati e del bosco intorno a lui ricominciarono a definirsi, si rese conto che ormai i gemiti della bambina erano lontani.

Il cerchio alla testa aveva mollato la presa.

Il capitano Sforza si chiese come mai fosse così sensibile quel mattino. Forse perché un'oretta prima aveva piovuto, o forse era solo l'orario. Be', non era troppo importante, stava passando.

Ritornò verso lo sterrato, e osservò il secondo camion passargli davanti. Si tenne a distanza di sicurezza, per evitare che uno schizzo di fango gli macchiasse i calzoni neri.

Il mezzo militare si fermò davanti alla jeep, al lato di quella specie di graffio sull'erba che qualcuno aveva osato chiamare "strada". Il copertone di metallo si sganciò rumorosamente, e si rovesciò fuori la seconda squadra.

Erano pietosi. Quarant'anni a testa, barbe sfatte, occhi cisposi e bestemmie d'ordinanza. Scesero nel fango come una mandria cenciosa, sporca e disordinata. Scherzavano tra loro, uno tirò addosso a un altro la sigaretta ancora accesa e quello gli diede uno spintone.

Si zittirono solo quando sentirono la voce di Farina, che

era appena tornato indietro. Avanzando nel fango con la stessa grazia di un orco delle montagne in una locanda, urlò loro di mettersi sull'attenti. In pochi attimi si misero in linea, non da manuale, ma almeno impugnarono i mitra in una maniera quasi decente.

Fu allora che il capitano, avvicinandosi a Farina, notò il più giovane. Era un ragazzetto di poco meno di vent'anni, con la faccia rossa per il freddo e un accenno di barba. La giacca olivastra era troppo grande e il berretto troppo stretto. Sforza si avvicinò ancora e vide che non aveva inserito il caricatore nel K-61.

Avvicinandosi, il capitano prese i guanti dalla cintura, e mentre se li infilava, osservando con soddisfazione il cuoio che si riempiva, parlò al giovane con voce morbida.

«Il caricatore.»

Il ragazzo cominciò a tremare, ma questa volta non per il freddo. Quando aveva sentito la voce del capitano rivolgersi a lui, di certo qualcosa gli era collassato in gola.

Ci mise un attimo, prima di rendersi conto di dover correre subito ai ripari. Sempre fissando il nulla davanti a sé, cercò il caricatore nella sacca appena sopra la coscia, ma quando lo tirò fuori l'emozione e la velocità gli giocarono un brutto scherzo e il contenitore di metallo finì nel fango. Si inginocchiò immediatamente e rovistò nella poltiglia terrosa.

Una scena umiliante. Tutti erano immobili, freddi, marziali, mentre quel poveraccio tirava su dalla melma il caricatore lercio, ormai inservibile.

Lo sapeva anche lui, ma doveva almeno finire l'azione. Provò a ficcare il caricatore nel fucile d'assalto, e ci riuscì, ma prima che potesse tirare la sicura il capitano lo fermò, con lo stesso, tranquillissimo, tono di voce.

«Servirebbe a qualcosa?»

Il giovane questa volta lo guardò negli occhi, tremante.

«S-s-signore?»

«Servirebbe a qualcosa?» ripeté il capitano, fissando quel cucciolo impaurito.

Quello non seppe cosa rispondere, provò a balbettare

qualcosa di sensato, forse una giustificazione, ma finì solo per sbrodolare una serie di monosillabi.

Il capitano strinse il pugno coperto dal guanto, facendolo scricchiolare con un suono soddisfacente. Mentre guardava le venature di pelle che si allargavano sulle nocche, si rivolse ancora al giovane.

«No. Non servirebbe a nulla. Hai appena buttato la tua arma. Te ne rendi conto, vero?»

«Signore...» provò a dire. «Sono... mi scusi, io...»

«Nome.»

«C-Cosa?» fece lui.

Si spaventò, non appena sentì Farina gridare.

«Nome e grado!»

Il giovane si svegliò e sparò le parole a raffica.

«T-T-Tagliaferri Michele! M-matricola...»

Al capitano sfuggì un sorriso.

«Nervoso?»

Sforza sentì il sergente alle sue spalle marciare verso Tagliaferri, probabilmente per prenderlo a cazzotti. Lo fermò con un piccolo gesto della mano guantata, senza degnarlo di uno sguardo. Non appena lo sentì bloccarsi nel fango, tornò a fissare gli occhi del giovane, che già traboccavano di lacrime.

Anche questo lo fece sorridere. Sembrava la bambina di poco prima.

In futuro ci sarebbe stato da divertirsi.

«Sergente» disse, guardando il cucciolo. «Li disponga intorno alla strada, occhi sul bosco. Noi entriamo.»

«Sissignore.»

La squadra si disperse in un attimo, sotto gli ordini abbaiati dal sergente, il capitano si voltò e si diresse verso la casa.

Chissà, forse quel ragazzo aveva addirittura meno di vent'anni. Si chiese da dove arrivasse. Certamente era un settentrionale, quegli accenti sono più gestibili rispetto a quelli del Sud, per i quali purtroppo non esisteva corso di ortoepia e dizione capace di sradicarli del tutto, nonostante i soldi spesi dal ministero.

Pazienza, avrebbe indagato sulla questione in seguito.

Prima di entrare, diede un'ultima occhiata fuori dall'edificio. Era una casetta di fondovalle a due piani, bianca, completamente isolata rispetto al villaggio numero 8, quello dei bosniaci.

Fino all'anno precedente, prima della Pacificazione, il governo aveva permesso agli slavi di dislocarsi dove volevano all'interno della Zona Autonoma, ma poi c'erano stati problemi, e i rapporti tra rifugiati slavi e autorità italiane si erano, come dire, compromessi.

Sforza era uno dei tanti capitani inviati ad appianare le divergenze.

Guardò a destra. Oltre alla legnaia, appoggiata al piccolo deposito in faggio, e un miserabile pollaio vuoto, il capitano notò che l'orticello era stato recintato da poco. O forse ristrutturato. Sta di fatto che le assi e la rete metallica erano in perfetto stato.

Questo lo fece riflettere. Tanto impegno per cosa? Due foglie di lattuga? Un po' di patate?

D'altronde, che altro avrebbero dovuto fare?

Il soldato alla porta gli fece il saluto militare e il capitano entrò, accompagnato da Farina.

All'interno, l'odore della pioggia e del bosco scomparvero, ricoperti da quello di legname bruciato e resina, di sudore e di chiuso, oltre che da quello pungente del sangue.

Sul pavimento, inginocchiato, c'era un vecchio, circa ottant'anni, che si reggeva il viso già coperto da una maschera di sangue. In piedi accanto a lui c'era un altro soldato, che gli teneva lo stivale fangoso su una coscia.

Dietro al grande tavolo di legno sul fondo della stanza, vicino alla stufa di ghisa, c'era una strega con una vestaglia di lana. Forse "strega" era un po' ingiusto, rifletté il capitano. Magari non aveva più di sessant'anni, ma con quei capelli bianchi e spettinati, e alle sue spalle tutte quelle stoviglie, e pentole, e salami appesi, formaggi e tutto quel bendidio, al capitano tornarono in mente i libri di favolette di quando era ragazzino.

Anche lì c'erano le streghe, ma erano minacciose, con un grosso ghigno affamato, pronte a sbranare i poveri bambini di passaggio. Questa invece era solo una povera vecchia impaurita. Non era il caso di andarci troppo pesante.

Il capitano unì le mani in segno di rispetto e sfoderò il suo sorriso migliore.

«Buongiorno signora, come stiamo?»

Non appena lo vide, la signora si fece ancora più piccola. Non rispose, tirò su col naso e tornò a fissare il grande tavolo di legno.

«La prego di perdonare l'orario, sa, sono giornate impegnative.»

Marciò senza fretta verso di lei, lasciandosi Farina alle spalle, e vide che la vecchia stava provando a dire qualcosa.

«La bambina... dove...» provò a dire, ma i singhiozzi le rendevano l'impresa difficile. Il capitano decise di levarla d'impaccio.

«Ah, la cucciola!» disse fingendosi sorpreso e senza perdere il sorriso. «Era qui fuori, non si preoccupi, adesso è al riparo nei nostri camion. Non è vero, sergente?»

«Sissignore.» rispose Farina, che intanto si era messo a controllare dei vasetti di marmellata appoggiati su una mensola inchiodata al muro.

«Le dispiace?» chiese il capitano, afferrando una delle sedie.

Ancora una volta la vecchia, al posto di rispondere, tirò su col naso, cercando di asciugarsi le lacrime con un dito tremante.

Che scortese.

«Signora, le dispiace?» ripeté il capitano, reggendosi alla sedia.

Questa volta la vecchia fece di no con la testa.

Perfetto.

Sforza si sistemò, si sfilò i guanti e li buttò sul tavolo. Mentre tirava fuori il taccuino giallo, notò che c'era davvero un bel tepore là dentro. Gli dispiacque l'idea di doversene tornare fuori, terminata quella questione. Pensò che in un posto del genere ci avrebbe passato volentieri un bel fine settimana, a leggere, lontano dalla caserma e dalle grida della soldataglia.

«Dunque, dunque, dunque...» cominciò, facendo scorrere la pagine del taccuino. «Eccoci. Allora, il signore lì in fondo è... Eman Petrović. Giusto?»

Il vecchio provò a fare un mugugno dolorante.

«Lo prendo per un sì. Mentre lei, signora, è la figlia, Nadja Petrović. Mi sbaglio?»

Prima di annuire, la signora Petrović ansimò e inghiottì rumorosamente, non togliendo gli occhi dal tavolo.

«E il villaggio che vi hanno assegnato è l'8, leggo qui.»

«Sì!» tuonò la vecchia. «Ma abbiamo...»

«Certo, certo, tutto legale, lo so» tagliò corto il capitano. «L'8 ha consegnato i suoi comunisti, suo padre ha fatto richiesta ancora prima della Pacificazione, due anni fa, nell'82, tutto a posto, era solo per sapere.»

La vecchia non si tranquillizzò più di tanto, ma almeno tornò a fissare il tavolo.

«Molto bene. Ora, signora Petrović, per curiosità, sa chi sono io?»

Gli occhi della vecchia si spaventarono, forse pensava che quella fosse una domanda importante, che dovesse conoscere seriamente la risposta.

«Il... il maggiore...?»

«Maggiore?» la interruppe Sforza, cominciando a ridere. «Ehi, hai sentito Farina? Crede che sia il maggiore!»

Il sergente, che aveva adocchiato la mezza torta alla frutta sul tavolo, si lasciò andare a una piccola risata.

«No, signora. Non sono il maggiore. Anzi, se lo vuole sapere, il maggiore è a diversi chilometri più a valle, al comando. Oltre Gorizia mandano solo noi.»

«Capisco...» disse la donna.

Il capitano seguì il suo sguardo, ora anche lei stava fissando la torta.

«Se vuole...» cominciò a dire la signora Petrović, con tono monocorde, fuori dalla realtà, come se fosse lontana anni luce da quel tavolo «se vuole assaggiare...»

«Oh!» fece Sforza, armonioso. «Grazie signora, ma ho già fatto colazione. Però... Farina, vuoi?»

Il sergente non se lo fece ripetere, avanzò verso la torta, se ne tagliò un quarto con il coltello che aveva legato alla cintura e cominciò a divorarla sgraziatamente davanti ai due.

«Com'è?» chiese Sforza.

«Buona» bofonchiò Farina, ingollando il dolce e coprendosi con un gesto elegante la barba con la mano.

«E come si dice?» ironizzò il capitano.

«Mi scusi...» rispose lui, inghiottendo. «Grazie, è molto buona.»

«Certo che lo è. Sono sicuro che sia deliziosa.»

Per qualche strano motivo, la vecchia si era fatta ancora più tesa, sembrava essersi pentita di avergli offerto la torta.

«Dunque, signora, torniamo a noi. Non mi sono ancora presentato. Io sono il capitano Sforza e di recente sono stato messo al comando di questa zona. Di nuovo, mi scuso per questa visita inaspettata, ma immagino che sappia perché siamo qui.»

La vecchia stava cercando disperatamente di trattenere il tremore, si chiuse la vestaglia e guardò suo padre, ancora sul pavimento. Adesso aveva alzato la testa, tentando di fermare l'emorragia.

«Ah sì, mi scuso anche per suo padre. Non si preoccupi, è una cosa da niente. Dicevo, sa perché siamo qui?»

Un colpo di tosse violento avvelenò la risposta della signora Petrović, ma si riprese quasi subito.

«Sì, per l'omicidio dei due soldati. La settimana scorsa.»

Il capitano sorrise ancora.

«Esatto signora, bravissima. Vedo che è preparata. Ma, come immaginerà, la situazione è un po' più complessa di così. Vede, nel corso dell'ultimo anno, le attività dei comunisti nella zona si sono intensificate non poco. Il Praesidium prima non ha avuto né il tempo né le risorse per gestire una violenza del genere, ma grazie a una serie di... politiche oculate, chiamiamole così, ora il ministero ha molte più risorse, ed eccoci qui. È chiaro?»

«Sì...» rispose lei, con un filo di voce, prima che la tosse la aggredisse di nuovo.

Si coprì la bocca con entrambe le mani. Sembrava che ogni colpo potesse farle sputare i polmoni.

«Accidenti, signora» commentò Sforza, apprensivo. «Tutto bene?»

«Sì, sì, mi scusi» disse lei, cercando di far finta di niente.

«Una brutta bronchite?»

«No, no. Non più.»

«Capisco. Be', stia al caldo» continuò Sforza, glissando. «Dicevo: il mio compito qua è stanare i comunisti, italiani o slavi, non ha importanza. I nemici del popolo non hanno nazione, giusto?»

«Giusto, giusto» ripeté lei.

«Bene, vedo che ci troviamo. Dunque, come lei sa, una cosa che fanno spesso questi terroristi radicali è, appunto, terrorizzare la popolazione. Animano le masse, convincono la gente che il Partito repubblicano, il presidente Ansaldo, i Pretoriani... dicono che sono loro il vero nemico, la causa di tutti i mali. Anche se, di fatto, è grazie a loro che ora siamo in pace. Dico bene?»

«Certo signor capitano, certo» continuò a dire la vecchia, ondeggiando la testa in modo compulsivo.

Sforza sapeva benissimo che non lo stava ascoltando nemmeno per sbaglio, ma non era importante.

«Il loro obiettivo è chiaro: indebolirci dall'interno. Spezzare la nostra nazione, ammorbidirci prima dell'invasione sovietica, ma soprattutto distruggere l'ordine costituito. Un ordine che ci è costato tempo e fatica. Si ricorda l'anno scorso?»

«Sì, certo...»

«E per farlo, hanno bisogno di uomini. Quindi che fanno? Vanno in giro, sabotano, corrompono, illudono con false promesse, inquinano le menti dei giovani e li reclutano nei loro ranghi, per poi mandarli sulle montagne a commettere chissà quali atrocità. Tutto in nome dei sovietici.»

«Delle atrocità, sì... delle atrocità...» commentò la signora con un filo di voce.

«E lo sa, i sovietici, quelli che hanno invaso e distrutto la vostra bella nazione e che vi hanno costretto a vivere così, sono a poche decine di chilometri da qui. Abbiamo già abbastanza guai, giusto?»

«Giusto... giusto.»

«Ecco perché sono da lei. Perché, mi chiedo, suo figlio, com'è che si chiama...»

Si aspettava che fosse lei a completare la frase, invece restò muta, a fissare il legno rovinato del tavolo. Meglio così, Sforza fece finta di leggere dal taccuino.

«Mahir» disse. «Giusto?»

«Sì...»

«Ecco, che fine ha fatto il buon Mahir?»

La sua domanda venne interrotta da un altro attacco di tosse. Il capitano le diede il tempo di sfogarsi. Quindi lei si ricompose, e per la prima volta la sua risposta sembrò avere una certa forza.

«Lo hanno ucciso durante gli scontri. Insieme a sua moglie, Dalila.»

«Oh» disse Sforza. «Che peccato.»

Prese il taccuino e voltò pagina.

«E suo nipote? Il piccolo Saša? Quanti anni ha lui?»

Sforza sapeva benissimo la sua età, come sapeva della morte di Mahir e Dalila, ma voleva sentirglielo dire.

«Sedici. Ne ha sedici.»

«E lui che fine ha fatto? Manca all'appello da un po' di tempo.»

«Non lo so» provò a difendersi la vecchia.

«Non lo sa?»

«Non... non so dove sia adesso...» si affrettò lei.

Il capitano Sforza non si stupì più di tanto. Appoggiò il taccuino sul tavolo e si guardò intorno. Non c'era fretta.

«Sergente» disse, senza voltarsi. «Faccia sedere il signor Petrović, non vogliamo lasciarlo prendere freddo sul pavimento, no?»

«Nossignore» rispose lui.

Il soldato di guardia al vecchio e Farina lo tirarono su,

quasi di peso, e lo adagiarono come un sacco di patate su uno sgabello appoggiato al muro, dall'altra parte della stanza. Non reagì in nessun modo, se non con qualche mugugno, e cercando di tirare di nuovo in alto la testa.

Sforza si voltò, e con una voce amichevole gli diede un consiglio: «No, no. Non alzi la testa, così ingoia sangue e basta. Sergente, prenda un panno, gli dia una mano».

Mentre Farina si industriava per aiutare il vecchio, Sforza tornò a concentrarsi sulla signora.

«Perché non mi racconta un po' di voi? Come ve la passate?»

Per la prima volta la signora Petrović alzò lo sguardo sul capitano. Era ancora spaventata, certamente, ma era la sua occasione, come se il capitano le avesse fatto la domanda perfetta.

«Non siamo comunisti. Lo giuro. Siamo soli, io e mio padre. E la bambina... è la sorella di Saša...»

Sforza si accorse soltanto ora che la donna parlava davvero un ottimo italiano per essere una rifugiata di prima generazione. Forse era un'insegnante.

«... Qui non ci aiuta nessuno. Siamo soli, e con i tagli delle razioni...»

Fu costretta a fermarsi. E non solo per un'altra scarica di tosse, ma forse perché si era anche resa conto di aver detto qualcosa di troppo. Cercò di recuperare.

«Cioè... noi capiamo... ma non ci aiuta nessuno, neanche al villaggio, nossignore. E le retate che ci sono state di recente, i soldati che ci hanno preso tutto, tutto quanto. Anche le galline, sa? Anche quelle, noi proviamo a campare, ma capisce... noi... non sappiamo come tirare avanti... Scusi se glielo dico, ma...»

«Non si preoccupi signora» chiuse il capitano. Ci mancava che provasse a buttarla sul patetico.

«Mi rendo conto, la situazione è molto difficile. Lo è per tutti. Ma glielo assicuro, io rappresento l'ordine costituito. E sì, i signori che vede in questa stanza non sono esattamente dei galantuomini, ma le assicuro che siamo qui per il suo bene.»

La vecchia cominciò a singhiozzare. Aveva le mani secche, ossute, screpolate. Per un istante la mente del capitano Sforza fece un balzo indietro di circa vent'anni. Rivide le mani di sorella Giuditta, una delle poche suore gentili. Gli tornò in mente il suo sorriso, mentre gli versava il terzo piatto di minestra, e la sua voce, roca per le sigarette che fumava di nascosto, quando gli diceva che era proprio un golosone.

Il capitano si piegò sul tavolo, lentamente, per non spaventare la signora, e le accarezzò una mano.

Poverina, era gelata.

«Signora» disse, abbassando la voce «lo so, ha paura. Siamo entrati qui, spaccando la faccia a suo padre. E lei sa che molti miei colleghi fanno anche di peggio. Siamo costretti, perché abbiamo a che fare con dei terroristi. Ma voi non siete terroristi, vero?»

La vecchia lo guardò negli occhi, capì che qualcosa era cambiato. I suoi erano ancora arrossati, coperti di lacrime, ma adesso avevano qualcosa di diverso, come se avessero visto una luce, lontana, e poteva riportarla alla realtà, da Sforza.

«Certo capitano, lo capisco, e grazie per quello che fate. Grazie, grazie, scusi, sono solo...»

«*Ssh...*» la zittì dolcemente il capitano. «Non dica niente. Anche per Saša, è solo un ragazzo, magari sarà scappato da qualche bella figliola del villaggio numero 7, no?»

Al sorriso di Sforza, la strega tirò un sospiro pesante, come se si fosse spezzata una lastra di marmo dentro al suo petto.

«Tra poco ce ne andiamo, signora. Sergente, come sta il signor Petrović?»

Quell'omone di Farina stava tamponando la ferita del vecchio con uno straccio imbevuto d'acqua gelata.

A guardarlo così, con quella spaccatura all'altezza degli occhi e quelle mani tremanti, il vecchio sembrava fatto di vetro. Era un miracolo che non si fosse schiantato in pezzi al primo colpo del soldato.

«Sta un po' meglio» rispose il sergente.

«È vero, signor Petrović?»

Il vecchio guardò il capitano dritto negli occhi, e con la

bocca ancora insanguinata sibilò una breve serie di parole in serbo-croato. E nessuna di queste sembrava un complimento.

«Papà!» provò a calmarlo la figlia.

Anche Farina, che aveva passato solo sei mesi su quelle montagne, riconobbe alcune parolacce, e guardò il capitano in cerca di un ordine.

«Calma, sergente» lo tranquillizzò lui.

Ora era la signora a stringere la mano di Sforza. Ma non era una presa forte, era come se si stesse aggrappando disperatamente alla sua clemenza.

«Ha detto che… che… gli avete ucciso il cane… e non è giusto.»

Sforza, che nel frattempo non aveva battuto ciglio, tornò a guardare la signora, mise l'altra mano sulla sua e tirò fuori un altro dolce sorriso.

«Suo padre ha ragione, signora. È stato incivile, ma, come le ho già detto, siamo costretti.»

«Certo, certo…» disse lei, grata.

«Molto bene.»

Sforza sciolse la stretta della donna e si mise le mani sul grembo, come un docile prete venuto a fare due chiacchiere.

«Dunque, signora. Adesso facciamo così. È evidente che lei o suo padre non potete sapere che fine abbia fatto Saša. Io ho fatto una battuta, ma questa è una terra arida, e i giovani scappano. Chi lo sa dove si è cacciato, eh?»

La signora Petrović annuì. Aveva smesso di piangere, tirò giusto un colpo di tosse, ma si ricompose subito. Forse era anche una reazione psicosomatica.

«Ma io alcune domande gliele devo fare. Quindi, ora gliele faccio, e lei mi dice quello che può. Però dev'essere il più precisa possibile. Sa, a volte, anche il più piccolo dei dettagli può essere importante.»

«Sì, capitano, certo.»

«Dopodiché ce ne andremo, lasciandovi magari un regalino per il disturbo. Sa, per il naso di suo padre e per il cane. Anzi, faremo in modo che chi l'ha ucciso si becchi una bella ramanzina, può andare?»

La vecchia continuava a ondeggiare con la testa. Si tirò indietro e rilassò la schiena sulla sedia.

Sforza prese il taccuino e una penna dalla tasca sul petto e cominciò a leggere le domande con la stessa dolcezza di un professore privato che interroga il figlio del suo cliente più generoso.

«Il piccolo Saša ha mai parlato di scappare nella Federazione? Magari anche solo qualche frase fatta, sa, quelle cose europeiste da propaganda becera?»

«Nossignore, no. Faceva il guardapecore e andava a scuola al numero 8, tutto qui» rispose lei, pronta.

«Certo. E secondo lei, è possibile che Saša, a scuola, si sia fatto convincere da qualche amico a fuggire passando dal versante austriaco? Ci sono tanti passatori in giro, e non è così difficile farsi venire un'idea così stupida.»

La vecchia si prese un istante, scegliendo con cura le parole.

«Saša è giovane. I giovani fanno cose stupide. Può essere, capitano. Può essere, ma glielo giuro, io non ne so niente.»

«Molto bene» disse Sforza, barrando la domanda con la penna.

«Ha una vaga idea, o dei sospetti, di persone che qui nel fondovalle aiutino o vengano aiutati dai comunisti?»

Questa volta lei scosse la testa con energia.

«No, signore, no, nessuno. Noi siamo soli, non parliamo con nessuno. Nessuno ci dà mai una mano, non sappiamo niente.»

«Molto bene; ora, un'ultima domanda. E questa è la più importante di tutte, mi ascolti con attenzione.»

Il tono del capitano si era fatto serio. Si piegò di nuovo sul tavolo e la guardò dritto negli occhi. Dal canto suo, lei riuscì a sostenere lo sguardo, ma il suo labbro ricominciò a tremare.

Passò qualche secondo di silenzio, che forse per lei e il padre furono interminabili. Fuori aveva ricominciato a piovere, era l'unico suono, non si sentivano nemmeno le voci dei soldati.

Sforza prese un lungo respiro, prima di parlare.

«Me la vuole dire la ricetta di quella torta?»

Lo sguardo della vecchia cambiò radicalmente. Prima era teso come una corda, ora si piegò in una strana smorfia confusa, chinò perfino la testa leggermente di lato. Sembrava un cane.

Il sergente scoppiò a ridere e il capitano gli fece compagnia. Anche il soldato rimasto sull'uscio si lasciò andare.

«Sul serio, sembrava deliziosa! Così la riproponiamo al comando!» insistette.

Per la prima volta le spalle della vecchia caddero, e tutta la tensione che aveva nel petto si sciolse di colpo, lasciandole sul volto un sorriso nervoso.

«Ah... la torta...» disse, quasi ridendo anche lei.

«Sì, signora! Andiamo!»

Balbettava ancora, non sapeva che cosa dire.

Il capitano si sporse su di lei e le riprese la mano sul tavolo, stringendola delicatamente.

«Su, signora, non faccia così. Devo forse mandarle l'OVRA per scoprirlo?»

Il sergente rise ancora, più forte di prima, accompagnato dal capitano.

La donna si rilassò, alzò l'altra mano e cominciò a spiegare.

«Be', cosa posso dirle, il solito: farina, burro, uova, per la confettura veda lei, dipende dalla stagione.»

«Che uova, signora?»

La vecchia si lasciò andare a una piccola risata genuina.

«Ma come "che uova"?» esclamò, guardandosi intorno. «Di gallina, no?»

Anche Sforza rise.

«Non ha capito. Che uova ha usato lei?»

Il tempo si fermò, e il risolino le morì in gola. Deglutì.

«Mi scusi?»

Ora non rideva più nessuno, e il tono del capitano era cambiato.

«Lei ha detto che le hanno portato via le galline. Infatti, il suo pollaio è vuoto. Che uova ha usato, signora?»

La signora Fabbri avrebbe voluto fuggire, ma improvvisamente il mondo si fece pesante e le crollò addosso, lasciandola incatenata alla morsa del capitano.

«Io...»

«Ci pensi, su» chiuse Sforza. «Altra cosa, ho visto che la legnaia è piena, siete ben riforniti per tutto l'inverno. Chi ha tagliato tutti quei tronchi?»

La vecchia boccheggiò.

«Sono... sono stata...»

«Lei?» la interruppe il capitano. «Con quella bronchite? O forse vuole dire suo padre? Che si regge in piedi a stento? O la bambina? Oppure, scusi, voleva dire il cane? Magari è stato lui a mettere a nuovo il recinto, vero?»

«I... i vicini...»

«Scusi?»

«I vicini, ci danno una mano... loro...»

Il capitano sbuffò. Rimase fermo, mentre la sua voce si faceva ancora più bassa.

«No, signora, non è vero. Me l'ha detto più volte da quando siamo entrati. Siamo soli, mi ha detto, nessuno ci dà mai una mano, non se lo ricorda?»

Gli occhi della vecchia si riempirono di lacrime, cominciò a singhiozzare, non appena sentì la morsa del capitano stringerle le dita.

«Ogni quanto vengono, signora?»

I singhiozzi si trasformarono in un pianto a dirotto, intervallato da violenti colpi di tosse.

«Non lo so... io... non capisco... non...»

Sforza strinse la morsa. Non era più una carezza, adesso era una trappola per lupi. Ed era appena scattata.

Lei provò a divincolarsi, gemendo giustificazioni.

«Davvero, sono vecchia... Noi... non sappiamo nulla.»

«Sergente.»

Anche questa volta Farina capì al volo. Prese il vecchio per il bavero e lo schiantò al suolo, facendo tremare il pavimento. Non appena quello fu a terra, gli scaricò un cazzotto in mezzo ai denti, probabilmente facendogliene ingoiare un paio.

Quello gemette, e provò a mettere le mani davanti, tentando di fermare Farina. Ma quando il sergente fu sopra di lui gli afferrò la faccia con due mani e iniziò a schiacciargli i pollici nelle orbite.

La figlia iniziò a gridare, le sue urla erano molto più forti del vecchio padre, che continuava ad agitarsi sotto i pollici insanguinati di Farina.

Provò ad alzarsi, disperatamente, ma Sforza le diede uno strattone verso il basso, e la inchiodò al tavolo.

«Ogni quanto vengono?» chiese il capitano, senza alzare la voce.

La vecchia gridava ancora, implorò il sergente di smetterla, prima in sloveno poi in italiano.

«Ogni quanto vengono?» chiese ancora il capitano.

«Sempre!» gridò lei, disperata. «Una volta a settimana! Una volta a settimana!»

Il vecchio continuava a guaire, le sue mani di vetro avevano afferrato quelle d'acciaio del sergente, ma non servì a molto. Stava cominciando a piangere sangue.

«Solo da lei? O anche da altri?» la incalzò Sforza, stritolandole la mano.

Ora il sorriso era scomparso, e lei era quasi sdraiata sul tavolo, Sforza riusciva a sentirle addosso il fetore della paura.

«No! No!» continuò a gridare. «Altre famiglie!»

«Sergente!» gridò il capitano.

Farina si fermò, ubbidiente. Quando svitò i pollici dagli occhi del padre, nella stanza si udì uno schiocco viscido.

Appena lo lasciò andare, la testa pallida dell'uomo di vetro collassò sul pavimento, in una pozza di sangue. Respirava ancora, ma non diceva nulla.

«Quali famiglie?» domandò Sforza, senza perdere la calma.

Adesso sì che lo sguardo della signora Petrović era lo sguardo di una strega. Passò dal capitano a Farina, e poi sul soldato che le puntava il mitra contro. Ma durò un solo istante, e si ritrasformò in una povera vecchina.

Crollò sulla sedia, Sforza glielo permise. E quando la lasciò andare, lei si mise una mano sulla bocca e cominciò a piangere, a dirotto. Mentre alternava il pianto ai colpi di tosse, Sforza prese il taccuino e strappò un foglietto giallo.

«La prego...» cominciò a implorare la vecchia, tossendo. «Lasciatelo stare...»

Stava per provare ad alzarsi di nuovo, voleva correre dal padre, ma qualcosa nella sua testa le sussurrò di restare esattamente dov'era.

«Credevo di essere stato chiaro con lei, signora» riprese Sforza, raccogliendo la penna che era caduta dal tavolo. «Non mi ha lasciato scelta.»

Mentre parlava, mise il foglio giallo sul tavolo, e con la punta delle dita lo trascinò verso di lei. Poi appoggiò di fianco la penna.

«Mi scriva su questo foglio i nomi di tutte le famiglie che sono in contatto con i partigiani. Il villaggio e il numero dei componenti

Fu rapida. Prese il foglio, e fra tosse, sputi e lacrime vergò nel piccolo quadrato giallo due righe scarabocchiate.

«Bene signora» continuò Sforza. «Ora, i comunisti che l'hanno aiutata: c'è anche Saša, vero?»

«La prego...»

«Risponda.»

La donna nascose il viso tra le mani e ricominciò a singhiozzare. Provò a guardare suo padre, riverso sul pavimento, e un grido strozzato le sfuggì dalla bocca. Poi qualcosa in serbo-croato.

«In italiano, per cortesia» sibilò il capitano.

«*Non posso farlo...*» provò. «*Non posso...*»

Il capitano si voltò verso il corpo del padre, e chissà per quale ragione gli venne un certo languorino. Quando si rivolse di nuovo alla vecchia, usò un tono molto più sbrigativo.

«Signora, gliela faccio breve. Dopo quello che ci ha raccontato, e per come ci ha trattato, non posso garantire per lei o per suo padre. Ma posso fare qualcosa per la bambina.»

«No!» gridò lei. «La prego!»

Mentre quella continuava a ragliare le sue lagne, il capitano si sfregò gli occhi con due dita.

«Si calmi. Lei non mi sta ascoltando» disse, frustrato. «Che cosa vuole che facciamo della piccola? Che la faccia portare in un campo di sicurezza? Come quello ad Arbe? Vuole una cosa del genere?»

«No...» collassò lei, stravolta.

«Ecco, no. Nemmeno io. Quindi, facciamo così: lei ora mi dice se tra questi comunisti che vengono ad aiutarla c'è anche suo nipote. E se lo fanno, voglio sapere se vengono da soli o accompagnati. E, se lo sa, mi dice anche dove vanno a nascondersi. In cambio, io farò portare la bambina... A proposito, come si chiama?»

«Ismeta.»

«Ismeta? Perfetto. E in cambio io farò portare Ismeta dalle suore come rifugiata di guerra. È il massimo che posso fare.»

La vecchia, ormai ridotta a un cencio, non piangeva più. I suoi occhi erano vuoti, lontani anni luce da quella casetta. Chiuse le palpebre, si arrese, e raccontò ogni cosa.

«Ogni quattro giorni. Ma viene solo Saša, ci porta da mangiare. Sempre roba buona...»

«E poi?» incalzò il capitano. «Poi dove va?»

La donna scosse la testa in modo impercettibile.

«Non lo so... glielo giuro...»

«A nord? Sulle montagne?»

Questa volta annuì.

Più di questo non poteva sapere.

Soddisfatto, il capitano si alzò. Aveva delle briciole di torta sui calzoni, chissà com'erano arrivate lì. Si pulì con un paio di manate.

«Perfetto, signora Petrović, qui abbiamo finito» disse, raccogliendo i guanti. «La ringrazio per la sua collaborazione.»

Se li infilò marciando verso l'uscio. Si fermò alla porta, solo per gustarsi ancora il suono della pelle che scricchiolava.

Stava per afferrare la maniglia, quando si bloccò davanti alla mensola.

«Ah, signora, un'ultima cosa» annunciò.

Si voltò verso di lei.

Il suo corpo era secco, arido, un albero morente accasciato sull'orlo di un burrone. Ma i suoi occhi, ora, non erano più quelli di una povera vecchia spaventata. Adesso erano davvero quelli di una strega, come quelle delle fiabe. Due sfere nere, luccicanti, piene di un fuoco feroce, e fissavano suo padre, o almeno ciò che ne restava.

«Signora?»

Quando lei si decise finalmente a voltarsi, Sforza sorrise. La strega sembrava davvero volerlo distruggere con quegli occhi carichi di morte.

«Questa confettura qui, cos'è? Fragole?»

La strega non rispose. Rimase lì, ferma, annientata, a maledirlo con lo sguardo.

«Oh be', credo che lo scoprirò.»

Afferrò uno dei vasetti e lo lanciò al soldato dietro di lui, che lo afferrò per miracolo.

«Tu fuori, con me. Sergente, pensi lei ai documenti.»

Il capitano fece uscire il soldato con il vasetto di confettura, e quando si chiuse la porta alle spalle, vedendo con la coda dell'occhio il sergente che tirava fuori la pistola, si disse che quella era stata veramente un'ottima uscita di scena.

A dirla tutta, avrebbe voluto essere lui, ora, dentro la casa. Come prima, avrebbe voluto lui affondare i pollici negli occhi del vecchio. Ma in quel frangente era giusto così. Non era ancora il momento, presto lo avrebbe fatto.

In fondo, non si può mangiare sempre il dolce, no? Poi uno si annoia. E la sola immagine di Farina, curvo a macellare il corpo del vecchio Petrović, per ora fu più che sufficiente.

Arrivato alla jeep, ordinò al soldato di mettere il vasetto nel retro, magari avvolgendolo dentro qualcosa. Nel frattempo era arrivato di corsa il caporale Stagni, che guidava il primo camion. Il capitano tirò fuori il foglietto giallo.

«Caporale, chieda alla guida se...»

Dalla casa esplose un colpo. Il capitano si zittì, non voleva interrompersi di nuovo. Esploso il secondo colpo, e cessate le grida, fece leggere il foglietto al caporale.

«Dicevo: chieda alla guida quali di questi due villaggi è il più vicino.»

«Sissignore» disse lui. Scattò sull'attenti, e partì verso il suo mezzo.

Intanto Farina era appena uscito dalla casa, e con un ampio gesto del braccio ordinò alle due squadre di risalire sui camion.

Sforza si sedette sul posto passeggeri della jeep, e si sistemò il berretto che aveva lasciato sul sedile. Farina si mise alla guida e accese il motore.

Erano pronti per partire, il capitano stava per dare l'ordine, quando vide che il soldato che era con lui in casa non era ancora salito sul suo camion. E lo stava guardando con una certa urgenza.

«Che succede?» gli chiese, seccato.

«La bambina, signore. È sul camion. Non possiamo portarla con noi. Se mi autorizza, posso riferire al caporale Fabbri di portarla alla chiesa di Santa Caterina.»

«Ah, già, la bambina» mugolò Sforza.

In effetti, non potevano portarsela dietro. Chissà quante lagne avrebbe fatto, e chissà quanto avrebbe innervosito gli uomini.

Prese la decisione in poco più di quattro secondi.

«Va bene. Non portatela a Santa Caterina, però, ma al comando di Nova Gorica, alla polizia militare.»

«Ma signore...» provò a blaterare lui. «Quello che ha detto...»

«Cosa?»

Quando anche Farina lo fissò, il soldato si rese conto di aver commesso un errore. Ma ormai non poteva più tirarsi indietro. Si fece coraggio.

«Nella casa, aveva detto di portarla dalle suore, pensavo...»

«Ah già» fece una pausa il capitano.

Dubbioso, guardò Farina, che non seppe cosa dire.

Ci pensò un attimo.

«Oh, be'» disse alla fine. «Suppongo che questo faccia di me un bugiardo.»

Mentre Farina tratteneva una risata, il capitano fece un gesto con la mano coperta dal guanto e ordinò alla colonna di ripartire.

Avevano così tane cose da fare, e la giornata era appena iniziata.

2

«Si può fumare qui dentro?»

«No» rispose l'ufficiale della procura federale.

David si sistemò sulla sedia, incrociò le braccia e non fece altre domande. Anche se la sua, in realtà, più che una domanda era una provocazione.

Si sentiva puzza di fumo anche fuori dall'ufficio, nel corridoio, dove l'avevano lasciato a marcire per più di un'ora.

Per tutto il tempo aveva ripensato all'idea di portarsi un avvocato, come gli aveva consigliato papà, forse gli avrebbero prestato un minimo di attenzione in più, o forse invece sarebbe stato peggio.

David allora aveva chiesto se poteva uscire a fumare, ma il poliziotto lardoso dietro il bancone gli aveva di nuovo negato il permesso, tanto sarebbe stato accolto tra poco. Gli aveva detto anche di mettersi comodo, perché lì tutti stavano lavorando e ci vuole il tempo che ci vuole.

David aveva provato a dirsi che sì, poteva anche avere ragione. Per una questione importante, in fondo, si poteva anche aspettare un po'.

Ma quando aveva visto quello stesso poliziotto mettersi a leggere i fumetti nonostante il telefono bianco di fianco a lui continuasse a richiedere la sua attenzione, o quando l'aveva fissato allontanarsi dal gabbiotto con un pacchetto di National rosse in pugno, per poi vederlo tornare indietro venti minuti dopo con un panino ficcato in bocca e una lattina di birra, gli erano tornate in mente le parole del deputato Vormelker, dei Conservatori, quando la settimana prima aveva espresso qualche perplessità sull'efficienza degli Stati mediterranei. Nonostante avesse votato conservatore, a David aveva dato particolarmente fastidio trovarsi d'accordo con un mangiapatate spocchioso come quello.

Quando finalmente lo fecero entrare nell'ufficio, una delle prime cose che notò fu il disordine. Tazzine di caffè lerce, raccoglitori di plastica, fogli, fogliacci, cartacce unte, pennarelli boccheggianti, giornali, molti dei quali sportivi, cartelle zeppe di documenti e un pugno di stagnola colorata, probabilmente la stessa che avvolgeva il panino del poliziotto nel corridoio.

Oltre a tutto quel casino, un bel posacenere mezzo pieno alla sinistra dell'ufficiale. Non aveva neanche provato a nasconderlo.

E poi, le finestre erano chiuse.

«Senta una cosa...» bofonchiò l'ufficiale, aggiustandosi la cravatta e senza togliere gli occhi dal verbale. «Perché un nome inglese?»

David avrebbe voluto alzare gli occhi al cielo, ma la ragionevolezza riuscì a prevalere sull'irritazione. In un altro contesto gliel'avrebbe anche spiegato, come aveva fatto mille altre volte nella vita.

Perché la mamma è una fervente patriota, una federalista convinta, e alla fine degli anni Cinquanta era così presa dai propri ideali che la proposta di chiamare i figli con dei nomi di altri Paesi europei per favorire l'integrazione gli era sembrata fantastica.

«Perché è un bel nome» si limitò a dire.

«Niente implicazioni politiche?» insistette.

David restò con le braccia incrociate.

«È importante?»

L'ufficiale si tolse gli occhiali.

«Sto solo cercando di capire meglio la situazione, signor Barroso.»

Quel "signor" era suonato malissimo. Sembrava quasi una presa in giro. Vero, David era più vicino ai trenta che i venti, ma date le circostanze quell'appellativo andava ben oltre una qualche forma di cortesia istituzionale. Forse Lucia aveva ragione, forse era tutto nella sua testa, perché si credeva ancora un ragazzino.

«Che cosa non le è chiaro?» replicò, cercando di stare al gioco. «Le ho detto tutto quello che c'è nel verbale.»

L'ufficiale scosse la testa.

«Lasci stare il verbale. Quand'è che doveva tornare suo fratello?»

«Due mesi fa, o almeno prima di Natale.»

«Aveva detto così?»

No, testa di cazzo, me lo sono inventato.

«Sì» rispose David. «Così aveva detto.»

L'ufficiale aprì il cassetto sotto la scrivania, ci guardò dentro per un istante, poi lo richiuse. Sicuramente voleva fumare anche lui, ma dopo la risposta che aveva dato a David non poteva più permetterselo.

«Senta una cosa. Oltre alle fotografie per questo giornale, suo fratello appartiene a qualche movimento politico? O ne ha mai fatto parte?»

Quello glielo poteva dire.

«Sì» rispose. «Al liceo faceva parte del collettivo studentesco. Appena entrato all'università è entrato nei giovani socialdemocratici.»

«Ah» commentò l'ufficiale. «Quindi ha partecipato alla campagna per Alvarez, l'anno scorso?»

«No.»

L'espressione dell'ufficiale cambiò. Se prima c'era un interesse mascherato da indifferenza, adesso iniziava a manifestarsi qualcos'altro, quasi una preoccupazione. David lo notò dal suo tono di voce.

«No? Perché?»

David provò a cavarsi fuori fingendosi indignato.

«Che c'entra questo? Cosa... cosa le importa sapere...»

Neanche lui era convinto, e non sapeva che cosa dire. E

tutte le parole che gli venivano in mente sembravano uscire da un brutto episodio di una delle soap opera che guardava la zia.

«... chi ha votato mio fratello? Non sono qui per questo.»

Il funzionario lo guardò come si guarda un amico che ti ha appena raccontato una balla colossale, con la stessa insofferenza di quando non hai voglia di stare al gioco e vuoi chiudere la sceneggiata prima ancora che inizi.

Sbuffò, ma senza esagerare, e guardò David negli occhi.

«Barroso, risponda alla domanda, per cortesia. Perché suo fratello non ha supportato Alvarez?»

David si arrese.

«Per il candidato alla presidenza.»

«Come, il candidato?»

Era esattamente la stessa domanda che aveva fatto David a Mark, l'anno prima, solo che il suo tono non era perplesso, come quello del funzionario, era più rabbioso.

Erano in cucina, a casa di mamma, e si erano messi a litigare. Sarà stata circa mezzanotte, a un certo punto David aveva alzato troppo la voce, e si era dovuto subire Mark che metteva un dito sulle labbra e gli diceva di abbassare il tono, che mamma dormiva.

Se lo ricordava perché in quel momento avrebbe voluto gridargli una cosa del tipo: oh certo, svegliare mamma è sbagliato, molto meglio farle perdere un sacco di soldi, romperle i coglioni allo sfinimento ed essere un peso per tutti, no? Ovviamente non gliel'aveva detto, ma solo perché era un discorso farneticante.

«Ah...» disse il funzionario, che intanto ci era arrivato da solo. «Certo, perché Alvarez avrebbe supportato Blanche per la presidenza, e non Härkönen, il finlandese.»

«Sì» ammise David. «Per questo mio fratello aveva deciso di staccarsi dal movimento.»

«E si è attivato per qualche altro partito?»

Ormai era fatta. Anche se David avesse mentito, ai poliziotti sarebbe bastato fare un controllo, e alla fine l'avrebbero scoperto lo stesso.

«Sì, negli ultimi mesi ha lavorato per Kofler.»

L'ufficiale lo guardò disorientato. David non voleva perdere altro tempo, chiarì la cosa sbuffando.

«Il comunista, l'austriaco. Hanno preso il... due per cento, circa.»

«Il due per cento?» chiese l'ufficiale, che non aveva cambiato espressione. «Ma... a livello federale?»

«No. In Austria. Cioè, nel suo cantone.»

«Ah, ecco. Quindi, c'è la possibilità che quella in Austria non fosse solo una vacanza, vero?»

Il pelato aveva sentito puzza di bruciato da un pezzo, ma ormai era tardi.

«Non la seguo» rispose David, fingendosi confuso.

«È possibile che sia andato lì per altri motivi? Magari legati alle sue... tendenze politiche?»

Era stato sottile.

«Sì, può essere» si limitò a dire David.

L'ufficiale annuì, pensieroso. Si rimise gli occhiali, prese i fogli e cominciò a mettere un minimo d'ordine sulla scrivania. Si stava prendendo il suo tempo. David si chiese perché.

Era un poliziotto, o qualcosa del genere. Perché doveva scegliere le parole? Perché questa calma? Ma, soprattutto, perché ogni stramaledetta cosa doveva essere così difficile? Non gli bastava fare un paio di telefonate alla procura austriaca? Era passata più di una settimana e fino adesso non gli avevano dato nessuna risposta. Solo domande, domande, domande. Sempre le stesse, fra l'altro.

Quando lo vide alzarsi per andare ad aprire la finestra, gli venne l'impulso di seguirlo e di buttarlo giù. Si immaginò la scena, si sarebbe avvicinato silenziosamente e poi gli avrebbe dato una bella spallata.

Però, attenzione, non era certo piccolo. Anzi, era leggermente più alto di lui, quindi non sarebbe stato così facile. Forse avrebbe dovuto fare come in quella serie inglese che aveva visto alla tv qualche giorno prima, in cui l'assassino aspettava che la vittima afferrasse la ringhiera, per poi afferrargli le caviglie, sollevarlo da dietro e scaraventarlo di sotto.

Ma era possibile una cosa del genere?

Forse no, ma detta così sembrava abbastanza solida da trovare il giusto spazio in uno degli episodi pilota che stava scrivendo.

«Se vuole fumare faccia pure» concesse l'ufficiale, tornando a sedersi e aprendo il cassetto.

Tirò fuori un pacchetto di Norland, nere. Dopo aver messo una sigaretta tra le labbra, allungò il braccio per offrirne una a David, che però non si mosse.

«Grazie. Mi è passata la voglia.»

Non era vero, ma era una questione di principio.

L'ufficiale non insistette. Si accese la sigaretta e si mise comodo sulla sedia, guardando la libreria dall'altra parte della stanza.

Restarono in silenzio, David cercò di concentrarsi sul piccolo respiro azzurro che si sprigionava dalla brace. L'ufficiale parlò solo dopo quattro boccate.

«Le dico quello che penso. Poi vediamo insieme il prossimo passo. D'accordo?»

David annuì, e senza guardarlo bofonchiò un «Va bene».

«Mi baso su quello che mi ha detto. Suo fratello non è la prima volta che sparisce, l'ha fatto altre volte. L'ultima quando aveva... ventidue anni, giusto?»

«Sì, l'anno scorso» corresse David, sempre guardando la sigaretta.

«E da come mi ha detto, potrebbe esserci di mezzo una ragazza. Quindi, considerando che siamo quasi a Natale, può essere che abbia deciso di starsene via per un po', magari tornerà come l'altra volta, forse a gennaio.»

Forse a gennaio, già. Parlava come se fosse uno dei suoi psicologi. Ma cosa pensava di saperne?

«Senta, lei non...» provò a obiettare David, ma l'ufficiale alzò una mano per zittirlo.

«Aspetti, mi faccia finire» proseguì, prima di prendere un'altra boccata.

«Questo è il caso migliore, che tutti ci auguriamo. La seconda ipotesi, invece, è un altro tipo di situazione.»

David si sporse in avanti, appoggiando i gomiti sulle ginocchia e unendo le mani.

La voce dell'ufficiale era ferma, ogni parola era calibrata al dettaglio e scandita lentamente, voleva essere il più chiaro possibile.

«I telegiornali li legge, credo, e a prescindere dalle opinioni personali, l'Italia è in un periodo di transizione molto delicato.»

«Cosa c'entra l'Italia?» sbottò David.

In realtà sapeva benissimo cosa c'entrasse, e si sentiva pure un cafone a interromperlo in quel modo, ma non poteva farci niente.

«Mi ascolti» rispose lui, senza perdere la calma. «La situazione non è come quella di cinque anni fa. L'amministrazione è cambiata, gli accordi sono cambiati, il presidente, tutto. Gli italiani non sono più nostri nemici, ma amici. E proprio perché vogliamo farli entrare nella Federazione il prima possibile, anche a livello giuridico, le cose sono cambiate. Stiamo collaborando con loro.»

«Quindi?» sibilò David, cercando di sfondargli gli occhiali con una punta di fastidio.

«Quindi...» gli fece eco l'ufficiale, alzando leggermente la voce «... se si venisse a sapere che suo fratello è andato in Austria con il preciso obiettivo di...»

Si prese un altro secondo.

«... causare instabilità... in Italia, potrebbe diventare un problema.»

David alzò la testa, e lo fissò negli occhi.

Non era possibile. Aveva letto dei nuovi accordi, ma riguardavano essenzialmente sanzioni, riforme, processi democratici, cose così; questa gli risultava del tutto nuova.

«Aspetti, aspetti...» provò a dire. «Instabilità? Cosa... ma di che tipo?»

L'ufficiale avvicinò a sé il posacenere.

«Le faccio un esempio. Due settimane fa, proprio in Austria, un movimento comunista olandese ha cercato di inviare provviste alla comunità slava in Italia, ha presente la

Zona Autonoma? Gli italiani li hanno scoperti al confine e li hanno arrestati. Siamo riusciti a riportarli nella Federazione, ma ora rischiano un'incriminazione per terrorismo e sedizione.»

David lo squadrò. Non provava alcun rispetto per i terroristi di estrema sinistra, ma questo era assurdo.

«Aspetti, seriamente? Rischiano un processo qui in Europa?»

L'ufficiale annuì.

«Certo, è un altro elemento dell'integrazione europea. In realtà, se trovano un buon avvocato se la caveranno, perché l'Italia non è ancora uno Stato membro e di fatto non avevano ancora commesso nulla di grave, però è un segnale politico importante.»

David si grattò la testa. Non sapeva neanche come sentirsi.

Era strano, provò a elaborare la faccenda concentrandosi su altro, come il rumore dei passi del poliziotto lardoso nel corridoio, che andava a prendersi un altro panino.

Ecco, si sentiva... indignato.

«Ma questo... è assurdo!»

L'ufficiale alzò le spalle.

«Sono i nuovi accordi, opinioni a parte.»

David fece un respiro profondo, cercando di togliersi la confusione dalla testa. Doveva proseguire, cercando di mantenersi tranquillo.

«Quindi... ora... che cosa...»

Il tono dell'ufficiale cambiò, era più serrato, più schietto, ma non meno serio. David ebbe l'impressione che ci tenesse davvero.

«Ha due scelte. O aspetta suo fratello, che tornerà, prima o poi, oppure andiamo avanti con la denuncia. Lei viene qui domani alle nove, la porto all'ufficio della gendarmeria federale, e da lì partono le indagini. Ma la avverto...»

Il tono ora si fece più basso, scuro.

«... diventa una cosa a livello federale. E se viene fuori che suo fratello effettivamente è andato lì per... dare una mano...»

"Dare una mano" suonò ancora peggio di "signor", ma almeno non era accondiscendente.

«... allora la situazione potrebbe diventare... importante.»

David rimase sulla sedia, intontito. Era una sensazione che non aveva mai provato prima. Non si sentiva più in pericolo, di fatto quel poliziotto gli stava davvero dando una mano, ma si sentiva piccolo, fragile, disperso in un enorme labirinto, e non sapeva come uscirne fuori.

«Mi ascolti, signor Barroso. Me l'ha detto lei, suo fratello l'ha già fatto una volta. Sicuramente tornerà, dopo le feste, forse. Mi ha detto che fa il fotografo per un giornale, magari sta lavorando. Le ho detto questo solo per illustrarle la peggiore delle ipotesi.»

Mark in realtà non era un fotografo, era una specie di stagista non pagato che ogni tanto giocava con la macchina fotografica.

Ma si arrese.

«Certo, certo...» bofonchiò David, collassato sulla sedia.

Si mise a fissare fuori dalla finestra. Il sole era grigio, avaro, non sembrava nemmeno pomeriggio.

«Faccia una cosa» continuò l'ufficiale, «ci pensi su. E tra un paio di giorni, se pensa sia il caso, torna qui e vediamo cosa fare, va bene?»

No, non andava bene. Ma non aveva altra scelta.

Si alzarono, l'ufficiale gli porse una stretta di mano vigorosa e lo accompagnò alla porta.

«Ah, le do il consiglio che di sicuro le avrà dato anche il mio collega.»

«La stampa?» chiese David.

«Esatto. Eviterei di farlo, ma per il bene di suo fratello.»

«Certo» rispose con un filo di voce.

Mentre usciva dall'edificio della procura, la sua testa si attorcigliò in un roveto di pensieri orrendi. E a ogni piano del palazzo che scendeva la cosa si faceva sempre più aggrovigliata, più confusa, più atroce.

Appena arrivò in strada, però, l'unica cosa che riuscì a mettere a fuoco fu la faccia di Mark. Avrebbe voluto tirargli un ceffone davanti a mamma, papà e zia. Voleva gridargli addosso, farlo sedere sul divano e dirgli ogni cosa possibile. Voleva umiliarlo davanti a tutti, e voleva che tutti lo vedessero.

Quella fantasia gli dava una bellissima soddisfazione. Fu costretto a interromperla solo quando sentì una figura avvicinarsi al suo fianco.

Era il poliziotto del corridoio, con una sigaretta in mano.

«Ehi, scusa, hai da accendere?»

3

L'anno prima, in Italia, a pochi giorni dalle elezioni, mamma aveva provato a fermarla, ma anche stavolta Bianca era riuscita a spuntarla.

Questo perché papà le aveva dato ragione.

Non erano più gli anni Sessanta, quando c'erano le rivolte e potevano fermarti per strada, sbatterti in galera e farti sparire per sempre. Adesso era diverso.

Savoia padre era morto, il Principe era un idiota, i gerarchi rimasti erano stati uccisi dai Pretoriani, o assorbiti dal Partito repubblicano.

Forse sia papà che Bianca la facevano troppo facile, ma ora lei era lì, a marciare con chissà quante migliaia di persone per il cambiamento, quello vero stavolta, e fino a quel momento nessuno le aveva ancora sparato addosso.

Certo, i Pretoriani, ossia gli oligarchi che si erano spartiti il Paese dopo la morte di Savoia padre, non erano poi troppo diversi da lui, soprattutto nel gestire gli oppositori politici, la polizia uccideva ancora, ma le cose, da lì a poco, sarebbero cambiate. C'era un'aria diversa, come dicevano i più ottimisti. E a Bianca piaceva pensare che fosse vero, anche perché riusciva a respirarla, quell'aria.

Era inverno, faceva freddo, l'anno dopo l'Italia sarebbe entrata nella Federazione europea, e uno degli ultimi grandi passi per convincere i cittadini del continente sarebbero state le elezioni, le prime, vere elezioni dai tempi delle rivolte e del regime di Savoia padre.

E con quelle elezioni avrebbero spazzato via i Pretoriani, il Partito repubblicano e quel pupazzo del Principe. Lo dicevano tutti.

In realtà, lo dicevano tutte le persone intorno a Bianca. Al collettivo, all'università, tra gli amici. Ma Bianca non era scema, leggeva i sondaggi e sapeva che difficilmente il Fronte popolare avrebbe potuto costruire una maggioranza.

Ora, però, mentre entrava in piazza del Duomo, già gremita di carne e di bandiere, in quella strada, con tutte quelle migliaia di persone, in quell'atmosfera di festa, aveva deciso di crederci.

E poi, quella sciarpa rossa le stava da dio. In realtà stava meglio ad Anna, che camminava di fianco a lei.

D'altronde sarebbe stato sorprendente il contrario. Anna era più alta, più aggraziata, e con curve nettamente migliori delle sue. Non che Bianca si considerasse un rospo. Grazie al cielo quel fardello se l'era buttato alle spalle al liceo, ben prima di entrare alla facoltà di Lingue, anche perché da sempre, in assenza di Anna, era sempre lei la vittima dello sguardo viscido di tutti i maschietti nei corridoi. Però le bastava un briciolo di onestà per rendersi conto della differenza abissale tra lei e la sua amica.

«Vuoi prendere delle caldarroste?» le chiese Anna, quasi giuliva, mentre passavano di fianco al baracchino preso d'assalto da altri studenti.

«Con quello che costano?» rispose Bianca, fingendo indignazione. «Sei impazzita?»

«Oh, andiamo!» replicò lei. «Qua non sei tu la borghese?»

Se fosse stata un'altra persona, Bianca l'avrebbe mandata a quel paese. Ma era Anna, e siccome avevano avuto quella discussione sull'ipocrisia tra voto e appartenenza di classe quando erano entrate nella sezione giovanile del Partito socialista, quasi un anno prima, Bianca sapeva benissimo che lo faceva solo per provocarla.

Si voltò lo stesso verso di lei e fece l'imitazione di un nobile che reagisce a un affronto, spalancando la bocca e mettendosi una mano sul petto.

«Come osi?»

Anna le fece la linguaccia, e si misero a ridere.

Per un momento, Bianca ebbe l'impulso di prenderla per mano, ma non lo fece. Di certo Anna l'avrebbe stretta, ma chissà per quale motivo ebbe paura della sua reazione, anzi, con ogni probabilità le sarebbe sembrato strano.

Non essere cretina, si disse Bianca.

E poi, era già una giornata così bella, perché rovinarla con un gesto del genere?

Il suo senso di colpa le ordinò di accontentarsi.

Proseguirono lungo via Savoia per un altro minuto, scansando branchi di studenti che gridavano e agitavano bandiere rosse come se fossero allo stadio, e quando arrivarono davanti alla piazza, a Bianca tornò in mente Moretti.

No, non Moretti, Moreschi.

Dio, faceva sempre confusione. Moretti era lo scrittore, Moreschi, invece, era quello con i baffi, il sindacalista rivoluzionario. Ne aveva sentito parlare le prime volte alle medie, dai genitori dei suoi compagni di classe, ne parlavano quasi come se fosse una leggenda. Lo studiò anni dopo, e se ne innamorò al primo anno di liceo. In quel periodo erano iniziati gli accordi con la Federazione, i primi allentamenti dell'embargo, quindi gli anni in cui il governo italiano era stato costretto a mollare la morsa su diversi campi. Non la stampa o l'informazione, cosa che non aveva ancora fatto, ma almeno sul controllo esasperante dei beni "sovversivi".

All'improvviso, l'Italia venne travolta da tutto quello che le democrazie della Federazione avessero da offrire: musica, elettrodomestici, computer, mode e, soprattutto, con grande gioia di Bianca, valanghe di videocassette. Per lei fu quello l'inizio della rivoluzione, decine e decine di meravigliosi cartoni animati in francese, inglese, spagnolo, tedesco; non sapeva ancora nessuna di queste lingue, ma non era importante. Anche se non capiva niente, quei cartoni così colorati e pieni di vita erano comunque nettamente superiori a quella paccottiglia commissionata dal governo di Savoia e dai suoi Pretoriani che vedeva da ragazzina.

Forse proprio per quel motivo era sempre stata appassionata di lingue straniere, perché voleva capire cosa si dicevano nei cartoni. Possibile che un desiderio così infantile l'avesse portata addirittura a scegliere quel percorso universitario?

In ogni caso, fu papà, con una di quelle videocassette, a farle scoprire Moreschi. Faceva parte di una serie di documentari francesi sulla storia politica italiana dagli anni Quaranta ai primi Ottanta. Bianca aveva visto così tante volte l'episodio di Moreschi da rovinare il nastro. Era una storia troppo bella.

Moreschi era un manovale milanese con degli enormi baffi neri, appunto, piccolo e tarchiato. Papà lo prendeva in giro.

«Sembra un terrone» diceva sprezzante, ma a Bianca, quel nano sullo schermo, tra le grida dei compagni e dei poliziotti, sembrava un gigante, soprattutto mentre lo arrestavano.

Tutto era scoppiato nel 1971, per la morte di un magazziniere degli stabilimenti Fasina. Da buon Pretoriano, Fasina aveva reso la vita dei suoi novantamila dipendenti in tutto il Nord Italia un vero inferno. Non che le condizioni degli altri operai e manovali nel resto del Paese fossero migliori, soprattutto negli anni della crescita economica forzata e degli sfollamenti, ma Fasina si era spinto ancora più in là.

Oltre a una paga da fame e ai turni massacranti, per aumentare la produttività i suoi dirigenti avevano deciso che i capireparto avrebbero dovuto razionare le pause gabinetto di tutti gli impiegati. Visto che la reazione degli operai era stata ostile e i capireparto rischiavano la pelle, quelli dei Fasina avevano schierato la tecnologia, piazzando telecamere ovunque. In questo modo, oltre che razionarle, ora potevano cronometrare le pause, e i dipendenti che rubavano minuti potevano vedersi il tempo perso detratto dalla busta paga. Alla fine, lo stress, la fatica e l'ansia scatenata dall'ossessione della produttività avevano fatto morire di crepacuore uno degli operai, dando la possibilità a Moreschi di montare un casino, di far sollevare gli operai e bloccare lo stabilimento di Brescia per tre giorni.

Il fatto che Fasina fosse un Pretoriano, uno dei potenti, all'epoca, gli permetteva di gestire tutto il Paese come se fosse una delle sue aziende. Per questo, già il primo giorno, Fasina aveva ordinato al magistrato provinciale di schierare prima la polizia e poi l'esercito, ma Moreschi e gli operai erano riusciti a tenere lo stabilimento per settantadue ore. Alla fine avevano fatto irruzione, lasciando sul campo nove morti, e Moreschi si era beccato quattro anni per sedizione, sette per danni al patrimonio e produttività dello Stato, e altri dodici per un combinato di resistenza, oltraggio a pubblico ufficiale, alla patria, alla corte e vattelapesca.

Quante volte Bianca aveva visto attraverso lo schermo i suoi occhi duri, e sentito le sue frasi rabbiose, scandite in un milanese ribelle, sputate in faccia alla dizione borghese del giudice, quando gli chiedeva di denunciare i compagni.

Ma va' a caghèr, facia de merda!

Bianca si era sempre chiesta se sarebbe mai riuscita a fare una cosa del genere. Restare lì, davanti alla corte del male, in manette, ribelle e fedele a se stessa, nonostante rischiasse anni di galera.

Ma forse si stava prendendo troppo sul serio. Se avesse fatto attenzione, non le sarebbe capitato nulla, nessuno le avrebbe chiesto di fare l'eroina del popolo.

Era vero, stava facendo la rivoluzione, ma non era da sola, con lei c'era Anna, ed erano circondate da studenti, operai, socialisti, socialdemocratici, radicali, tutti compagni, tutti eroi che avrebbero portato il Paese...

«Ehi, bella figa!» si sentì gridare a una decina di metri alla loro sinistra.

Bianca si voltò, e vide un trio di studentelli che le fissava, ridendo e fischiando.

Anna provò a fermarla.

«Bianca, vieni, andiamo.»

Ma lei non le diede retta e si indirizzò a passo veloce verso quei tre disgraziati.

«Dillo ancora!» intimò ad alta voce, avvicinandosi verso il biondino al centro a larghe falcate. «Dillo ancora!»

Quello la guardò con lo stesso sguardo di un fante che si vede piombare addosso una carica di cavalieri armati. Aprì la bocca, alzò le spalle e mise le mani avanti.

«No, no, calma, io...»

«No, dài, dillo ancora! Forza!» gridò quasi Anna, ora davanti a lui.

Era nettamente più bassa di quel marmocchio, ma lui sembrava terrorizzato. Provò a sorridere, come se fosse uno scherzo, e cercò lo sguardo dei suoi compagni.

«Senti, scusa, io volevo solo...»

«"Solo" cosa?» lo interruppe lei, sovrastandolo con la voce. «Rimorchiarci? È così che fai di solito? Fischiando alle ragazze come un troglodita? Pensi davvero che funzioni?»

«No, ti giuro, è che...»

«È che sei un cafone! Ti piacerebbe se io ti fischiassi alle spalle mentre cammini per strada, come se fossi un cane?»

Il ragazzo a sinistra, un mocciosetto rachitico con la pelle grassa e butterata, provò a buttarla sul ridere.

«Be', se poi si scopa!...» ragliò, gorgogliando una finta risata.

Bianca si voltò verso di lui, e lo guardò con disprezzo.

«Tranquillo, faccia di pizza, tu non corri alcun pericolo.»

Faccia di pizza si mortificò, avvampò dietro ai suoi brufoli e guardò il selciato.

Ma il terzo fante non si arrese, e partì all'attacco. La sua giacca era gonfia di carne e puzzava di formaggio, aveva tre menti mentre la testa era ricoperta di capelli neri e unti come la pelle di faccia di pizza, se non di più.

«Oh, ma stai calma, ti ha solo fatto un complimento. Dovresti dirgli grazie! Che palle poi, fate sempre così, non vi sta bene niente! E anche se siamo tutti gentili poi scappate e la date solo ai maschi migliori!»

Ai maschi migliori?

Bianca si sganciò dal primo, e avanzò lentamente verso quel mostriciattolo stridulo. Gli sibilò in faccia, con la lingua avvelenata.

«Non so cosa vi raccontate mentre vi fate le seghine a vicenda, ma ti do una notizia: non hai alcun diritto al sesso.»

Si godette per un istante la sua faccia di burro contrarsi.

«C-cosa?»

«Sì, hai capito benissimo. La legge non obbliga nessuno a fare sesso con te solo perché hai una nocciolina tra le gambe, non è un tuo sacro diritto sancito dalla Costituzione. Né quella di Savoia, né quella provvisoria. È chiaro il concetto? O devo scrivertelo su un panetto di burro?»

La faccia di palla di formaggio stava tremando come gelatina, una visione spettacolare. Poi Bianca sentì Anna avvicinarsi alle sue spalle e chiamarla.

«Bianca, andiamo! Per favore!»

Lei stava per voltarsi, ma palla aveva da ridire.

«Ma chi ti credi di essere, puttana! Scendi dal piedistallo! Io le troie come te me le scopo ogni giorno» guaì, cercando di trattenere le lacrime. «Vieni da me, così ci divertiamo!»

Bianca sorrise.

«Sei parole che nessuna ragazza ti dirà mai.»

Si godette ancora per un momento le facce di quei tre poveracci, poi si voltò e tornò da Anna con un sorriso soddisfatto.

«Muoviti» le disse l'amica, e la trascinò via.

Svoltato l'angolo ed entrate nella piazza, ormai lontane dai ragazzi, Anna le prese la mano, e gliela strinse forte. Bianca capì di aver sbagliato.

«Ma che hai nel cervello?» le disse severa.

Bianca sentì qualcosa nel petto spezzarsi. All'improvviso si creò un vuoto enorme tra lei e Anna, grande chilometri. Bianca provò a riempirlo balbettando una giustificazione.

«Cosa? Ma... ma scusa, li ho zittiti!»

Anna la guardò come si guarda un cane mortificato. La fissò negli occhi e le parlò lentamente, Bianca capì che si stava sforzando per non strangolarla in mezzo alla strada.

«Bianca, cazzo. Passiamo la vita a spiegare ai maschi che

non siamo oggetti e tu li prendi in giro proprio sul corpo? Sul fatto che non scopano?»

«Ma li hai sentiti?!» provò a obiettare Bianca. «Ci hanno fischiate! Cosa dovevo fare? Subire? Non è così che si cambiano le cose!»

Anna alzò gli occhi al cielo.

«Sì, va bene, ma non...»

«E poi hai visto quel grassone cosa mi ha...»

«Bianca!»

Quando le gridò addosso, si ricordò di essere una completa idiota. Anna aveva ragione. Lei doveva essere lì per dare una direzione al futuro del Paese, sensibilizzare, portare il cambiamento, la rivoluzione, e invece si era comportata come una deficiente.

Ma in fondo, lei non era altro che questo. Una piccola, borghese ignorante che gioca a fare la rivoluzionaria, ma in realtà è buona solo ad alzare la voce, se va bene a umiliare gli altri.

Ecco cosa sei, soltanto una ragazzina viziata che ha bisogno di attenzioni.

Cosa pensavi che sarebbe accaduto, eh? Che Anna si unisse a te nel fare a pezzi quei mocciosi? Che ti avrebbe fatto i complimenti? O ancora meglio, che ti avrebbe abbracciata davanti a tutti per poi prenderti per mano e saltellare insieme verso il futuro socialista?

Sei una stupida idiota, non vali nulla, fa bene a trattarti così, e lo sai, si tormentò Bianca.

Rimase a fissare le spaccature nel selciato grigio. Guardò i mozziconi, le cartacce, era convinta di meritarsi solo quello.

Trasalì, quando sentì la mano di Anna accarezzare la sua.

«Bianca, però neanche far così eh? Dài, su.»

Si fece più vicina e le accarezzò una spalla. Quando Bianca vide di nuovo il sorriso dell'amica, sentì il cuore sollevarsi di una spanna.

«E comunque sì, hai fatto bene a spegnere quel grassone di merda.»

Bianca sorrise a sua volta, e le sembrò di nuovo una giornata stupenda.

Si mescolarono tra la folla, cercando di raggiungere almeno la fila davanti alla cattedrale. Lì era stato allestito l'enorme palco della coalizione del Fronte popolare, con i rappresentanti di tutti i partiti. Dietro di loro, un enorme telone, sul quale veniva proiettata la ripresa delle telecamere puntate sul podio con il microfono dove stavano parlando i vari leader.

Provarono a spingersi oltre, ma più si avvicinavano, più la folla s'infittiva e il carnaio si faceva insostenibile. Bandiere, cartelli, trombe da stadio, pupazzi, gente che gridava, un inferno.

Bianca si voltò e vide la statua di Savoia padre, al centro della piazza.

«Anna! Ho un'idea!» le gridò, cercando di farsi sentire sopra le grida della folla e della musica.

«Cosa?»

Le prese la mano.

«Vieni!»

Anna si fece trascinare.

Raggiunsero la statua, un enorme obbrobrio di bronzo nero, un cavallo impennato con in sella l'assassino. Si reggeva su un basamento verde sudicio alto non più di due metri. Più in basso, un paio di scalini occupati da una truppa di liceali.

Bianca parlò al più grande del gruppo, un moretto che stava macinando qualcosa tra le mani.

«Ci fai salire?»

Quello si voltò di scatto, quasi spaventato, poi realizzò e le fece passare.

«Bianca, no» provò ad avvertirla Anna. «Guarda che non possiamo!»

Anche gli altri ragazzini la stavano fissando, incuriositi.

Bianca guardò l'amica, alzò le braccia, per farle vedere il fiume di gente che le circondava.

«Anche questa è rivoluzione! Dài, su, non rompere!» le

disse, prima di buttarsi all'assalto della statua. Anna alzò gli occhi al cielo, poi la seguì, come la seguirono tutti gli altri liceali.

Dal lato opposto una ragazza del servizio d'ordine cercò di richiamarli, ma altri la mandarono a quel paese.

Bianca e Anna si misero sedute sotto le zampe anteriori del cavallo di bronzo, da lì la vista era perfetta.

Bianca vide le bandiere rosse del loro partito, il Partito socialista, poi i socialdemocratici, con il garofano in campo bianco, e ancora i radicali, con la rosa, c'era perfino qualche bandiera blu della Federazione europea, ma erano più in fondo, isolate.

Poi guardò il palco, e provò a individuare i vari personaggi.

Al microfono ora c'era Dario, un vecchio artista del teatro di narrazione. Da ragazzo era stato un miliziano nel Protettorato, poco prima che Mussolini morisse, ma divenuto adulto aveva ripudiato quell'esperienza ed era diventato uno dei principali attori schierati contro i Pretoriani.

Poi c'era Berlini, un sardo che vent'anni prima aveva guidato la rivolta di Cagliari, quando Savoia aveva fatto bombardare la città. Ora stava con i socialisti solo perché il Partito comunista era ancora illegale, ma a lui non importava, tanto anche se il nome era diverso parlava sempre di proletariato e giustizia sociale.

Ah, poi c'era Caldella, dei radicali. Era l'unico che finora in Italia parlava apertamente di matrimoni omosessuali e di aborto, la punta di lancia del progressismo in una sinistra ancora timida e patriarcale. L'avevano pestato più volte in carriera, ma ora era lì, a sorridere e discutere con gli altri.

Mentre guardava tutti quegli artisti, quegli eroi, quei politici, Bianca si chiese in quale partito sarebbe diventato leader Moreschi, se non l'avessero ucciso in carcere, ma sentì Anna accarezzarle la spalla e gridare:

«Hai avuto una bella idea!».

Oh Gesù!

Bianca andò nel panico. In una manciata di secondi si chiese che cosa sarebbe stato più sensato dire.

Grazie?

Hai ragione?

È bello stare quassù con te?

Che cosa? È bello stare... Ma sei fuori di testa? Di' che sei contenta e basta!

«È bello, sì!» riuscì a bofonchiare a bassa voce.

Anna si mise la mano all'orecchio.

«Cosa?»

Fu salvata dalla folla, che esplose in un boato devastante. Le ragazze guardarono il palco e capirono il perché. Gerolamo Sandri, il vecchio socialista candidato presidente e capo della coalizione, si era finalmente avvicinato al podio con i microfoni.

Anna cominciò ad applaudire e lanciò un grido di incitamento, Bianca fece lo stesso. E si sentì di nuovo una completa idiota.

Concentrati su Sandri, va'.

Quel vecchietto era un tipo tosto. Era stato cacciato ai tempi del fascismo, rifugiandosi in Francia per un decennio. Da lì era diventato un membro importante del Partito socialista francese, e si racconta che fosse stato lui a convincere Rolland a intervenire militarmente in Spagna per fermare Franco e i suoi falangisti.

Bianca aveva letto qualche estratto di un suo libro, e aveva sempre trovato divertente un dettaglio. Il vecchio, a quanto pare, odiava l'Europa. O almeno, diceva che era piena di nazisti mancati, ma paradossalmente aveva contribuito al primo gesto di solidarietà militare europea prima delle invasioni sovietiche.

Povero vecchio.

Bianca sorrise, immaginandoselo davanti a una grappa, sul divano, a strepitare tutto arrabbiato mentre i primi ministri europei firmavano il trattato di Berlino: "Nooo! Maledetti! Non doveva andare così!".

Anche se in realtà c'era da poco da prendere in giro, il vecchio socialista non era tipo da divano.

Tornato in Italia nel 1962, era stato arrestato per aver

collaborato con i comunisti durante le rivolte. Da quando era uscito, tre anni fa, aveva cominciato a sputare nei confronti dei Pretoriani lo stesso odio che una volta aveva per Mussolini.

Era un simbolo, sicuramente, ma Bianca continuava a preferire Moreschi. Forse perché Moreschi in video sembrava un guerrigliero, mentre Sandri lo aveva sempre visto vecchio. Con quei pochi capelli bianchi e quel giaccone infeltrito sembrava che fosse scappato da una casa di riposo, e chissà com'era riuscito a salire sul palco.

Che poi, avercele di energie così, a quell'età.

«Grazie compagni! Grazie!» cominciò a urlare Sandri, afferrando i lati del podio di legno. «Guardate, guardate quanti siamo!»

La folla lo accolse con altre grida, agitando bandiere e cartelli. Il candidato presidente aveva il senso dello spettacolo. Attese che si placassero e sorrise alle telecamere.

«Compagni, su, vi invito ad abbassare la voce...» disse, con un enorme sorriso. «Altrimenti il Principe e i suoi saprebbero che siamo qui, tutti insieme, e si accorgerebbero che stiamo per spazzarli via!»

Altro applauso, altre feste, e un bel coro che ripeteva il suo nome, scandendo le sillabe: «San-dri! San-dri! San-dri!».

Cavolo.

Bianca si chiese se sarebbe mai riuscita a fare qualcosa di simile. Fare teatro è una cosa, litigare davanti a un pugno di studenti pure, ma tenere in pugno migliaia di persone? Con l'ansia che le prendeva ogni volta? Probabilmente no.

Forse era solo una questione di esperienza. Chissà se un tempo anche al vecchio si contorcevano le budella prima di andare sul palco. Magari era vera quella storia che a una certa età non ti importa più niente.

«Pretoriani, davvero un bel nome, vero?» continuò Sandri, aggrappato al microfono. «Non se lo sono scelti loro questo nome. No, compagni, no... È come per i mafiosi! Gliel'abbiamo dato noi! E per un motivo ben preciso! Non certo per il fatto che quei signori abitino i palazzi di marmo a Roma, no, compagni. Ma perché, come nell'antica Roma, sono loro che decidono il destino della nazione, sono loro che amministrano il vero potere, sono loro che hanno distrutto questo Paese, con la violenza, con le armi, e sono loro che anche adesso vogliono privarci della nostra libertà!»

Quando alzò il pugno, tutti nella piazza gridarono e applaudirono, ma Bianca non riuscì a non sorridere ancora, immaginandosi un paio di infermieri che salivano sul palco per portarlo via.

«Forte, eh?» disse, voltandosi verso Anna, e lei annuì, felice.

Sandri tornò all'attacco.

«Non esiste un'azienda, una compagnia, un'industria, un impianto, una raffineria, un magazzino che non sia sotto il diretto controllo di questo piccolo gruppo di farabutti! Privatizzazioni, anzi, "liberalizzazioni" le hanno chiamate! Che vergogna... usare una parola così bella come "libertà" per mascherare questa porcheria. Perché questa è una porcheria, compagni, una porcheria bella e buona! Ecco cos'ha fatto sua altezza Savoia, ieri come oggi, svendere a prezzi stracciati il nostro Paese a questa élite di corrotti! E per cosa, compagni? Per cosa? Ve lo dico io per cosa: per mantenere lo status quo! Per ingrassare i ricchi e depredare i poveri, per finanziare le milizie private di questo Paese marcio! Ci hanno spolpati, si sono divisi tutto, e hanno messo in piedi questa farsa che ora hanno deciso di chiamare "Repubblica"! E proprio come i Pretoriani dell'antica Roma hanno messo sul trono il loro pupazzetto, il Principe Savoia!»

Era veramente fantastico. Mentre gli applausi scrosciavano, Bianca si voltò verso Anna.

«Minchia! Hai sentito?»

Anna si mise a ridere.

«Mi sa che non ci torna a casa da vivo!»

Sapeva che Anna stava scherzando, ma sentì l'impulso di spiegarle che no, potevano stare tranquille. Se fosse circolata la notizia che "qualcuno" aveva ucciso il candidato più pericoloso del Principe, cioè del Partito repubblicano, a un paio di settimane dalle prime elezioni che il Paese avrebbe avuto dopo chissà quanto tempo, la Federazione avrebbe montato un casino infernale, e i Pretoriani avrebbero potuto dire addio a un progetto durato quasi dieci anni, alla fine dell'embargo, al mercato unico, e a miliardi di miliardi di lire.

Ma non glielo spiegò. Avrebbe potuto farlo dopo, mentre tornavano a casa. Però, perché voleva farlo? Voleva sembrare superiore? Oppure, sperava solo che Anna la vedesse preparata, colta? Era questo? E poi, non si sarebbe offesa, vero?

Vero?

Perché ti stai facendo tutte queste pare?

«Ce ne hanno raccontate di frottole, compagni. Con tante belle parole, non è vero? "Meritocrazia", per esempio! L'idea che tutti, se si impegnano, possono farcela! In un mondo ideale sarebbe stupendo, sì! Ma questo non è un mondo ideale, un mondo dove tutti partiamo dagli stessi blocchi di partenza, no, compagni! Questo è un mondo, un Paese, dove ci sono pochi, pochissimi ricchi, che senza neanche troppo impegno diventano ancora più ricchi! E i poveri, invece, ancora più poveri! Non c'è investimento, non c'è educazione, la mobilità sociale è azzerata, che futuro potranno avere i nostri figli?»

Forse Bianca avrebbe dovuto davvero dirle che era contenta di essere lì con lei.

Erano lì, in piazza, in pieno giorno, circondate da persone che volevano fare la rivoluzione, sedute sotto la statua di un dittatore assassino che presto sarebbe stato dimenticato, il cielo era limpido, il futuro era nelle loro mani e tra poco sarebbe stato Natale, perché non dirle una cosa così dolce? Sarebbe stato carino, no?

Sì, d'accordo, se Anna si fosse voltata per sbaglio avrebbe visto i testicoli di bronzo del cavallo, e probabilmente avrebbe fatto una battuta sui rivoluzionari che si fanno le canne sotto le palle del cavallo del dittatore, quindi avrebbe guastato l'atmosfera. Ma Anna avrebbe davvero fatto una battuta del genere? Bianca sì.

Comunque, quella sciarpa le stava davvero bene, molto più che a lei.

Guardala, ha le guance arrossate, forse ha freddo. Forse dovrei abbracciarla.

«Ecco, compagni, parliamo un attimo di giovani, che non ne parliamo mai! Un ragazzo di vent'anni deve spendere metà del suo stipendio per affittare una stanza. I giovani d'oggi hanno meno potere d'acquisto della mia generazione! Quella di Mussolini! E cosa fa questo regime? Dice che è colpa loro! Che non si impegnano abbastanza, che sono pigri, smidollati ed effeminati, che ci vorrebbe la leva! Ecco cosa dice!»

Un momento... ma certo! Un posto carino dove avrebbe potuto portare Anna era la casa del nonno, in Friuli, nella Zona Autonoma!

A dire il vero era una catapecchia, però era in mezzo al bosco e dentro era molto confortevole. Il divano puzzava di vecchio, da quello che si ricordava, però forse...

Ma no, dài, figurati se papà le avrebbe lasciate andare.

Un attimo, perché no?

I suoi voti non erano così male, e di sicuro papà non l'avrebbe mai lasciata andare con un ragazzo, ma con un'amica?

«Questo è il capitalismo! Un sistema dove la norma è sempre superare il record precedente, e invece restare allo stesso livello viene considerato un fallimento! Questo vuol dire che la "normalità" è superare se stessi, sempre, quando invece superarsi dovrebbe essere considerato un successo! Se questa è la norma significa che non c'è possibilità di successo, e si può solo fallire! Per questo dico che è un sistema che ci distrugge anche mentalmente. Come si può vivere in un sistema che annulla i tuoi successi, e che può solo punirti? È un sistema malato, folle! Montato sulla favola della meritocrazia e la distorsione del concetto di "libertà". E anche a livello ambientale c'impone di consumare risorse illimitate, su un pianeta limitato! Questo è il sistema che ha distrutto gli Stati Uniti, ed è questo il sistema che i Pretoriani ci hanno imposto!»

Andrea, certo. Oddio, forse anche lui vorrà essere invitato.

«Perché parlo di capitalismo? Perché non parlo delle violenze che questo regime ha perpetrato negli ultimi trent'anni? Perché non parlo dei nostri compagni, gettati dalle finestre delle questure? Dei treni fatti saltare in aria? Dei pestaggi? Delle torture? Degli studenti massacrati nelle strade e delle ragazze brutalizzate nelle carceri? Perché loro vogliono farci credere che sono stati degli errori, che ci sono state delle "mele marce". Vogliono farci credere che erano "tempi duri" e che "ora siamo pronti", come dicono loro. Ma non è così. Un fascista resta un fascista anche se gli togli l'uniforme! E quelli seduti alla Camera non sono diversi da quelli dei miei tempi, non fatevi ingannare! Quindi io parlo di capitalismo perché è proprio il capitalismo lo strumento che usano per stritolare questa nazione. Questa è violenza! Questa è dittatura! Ma noi siamo qui, dopo mezzo secolo, per far sparire questi animali una volta per tutte!»

E poi credo che Andrea abbia una cotta per Anna, lei lo odia. Un attimo, lo odia davvero o sono io che lo odio e quindi voglio che lei lo odi?

«A chi ci guarda dal resto del mondo, dico: tranquilli. Vi assicuro, anche noi vogliamo entrare nella Federazione. Lo sappiamo pure noi che anche l'Unione Sovietica è una dittatura, abbiamo visto cos'è successo in Jugoslavia, in Ungheria, in Romania, in tutto l'Est Europa! E no, non vogliamo sostituire una dittatura con un'altra, come non vogliamo un'altra guerra! Quello non è socialismo, lo sappiamo. Per questo noi vogliamo entrare in Europa come nazione europea. Una nazione democratica, libera, indipendente, che si occupi dei suoi cittadini. Costi quel che costi! Questo ci rende differenti da Savoia e dai suoi Pretoriani, anche nelle questioni più complesse. Per esempio la Zona Autonoma, i compagni slavi sulle nostre Alpi! Laddove i Pretoriani hanno portato morte e soprusi, noi porteremo pace e integrazione, perché questi sono i nostri valori! Quindi, compagni, uscite, parlate, convincete i vostri insegnanti, i vostri parenti, le vostre fidanzate, i vostri mariti, i vostri colleghi! Liberiamo questo Paese, insieme, una volta per tutte!»

Un altro, enorme applauso scosse la piazza.

Si sentirono delle trombe da stadio, e poi cori, grida di incitamento, la musica dalle casse ripartì, la folla era in festa.

Bianca si voltò verso Anna e praticamente le urlò in faccia.

«Vuoi venire in Friuli da me?»

Anna sobbalzò e la guardò sconvolta.

«Cosa?»

«Nella casa di mio nonno! Dopo le elezioni, ti va?»

La sua amica si mise a ridere e scosse la testa, divertita.

«Ma cosa... ma tu sei fuori di testa... sì, certo, va bene!»

Bianca sentì l'impulso di abbracciarla, ma sotto di loro qualcuno stava facendo casino. Un tale aveva afferrato un ragazzino per la collottola della giacca, e stava cercando di trascinarlo in basso, sulla strada. Il ragazzino aveva una bombola di vernice in mano, si dimenava, imprecava, manteneva l'equilibrio a fatica. Prima che Bianca potesse gridare a quel tizio di lasciarlo, quello tirò un ultimo strattone e buttò il ragazzino a terra.

Bianca non perse un secondo e saltò giù dal basamento.

«Ehi, stronzo, lascialo!»

Anche altri manifestanti si aggiunsero agli insulti. Ora il tale, un trentenne con il pizzetto, stava sollevando il ragazzo di peso.

«Lascialo!» gridò ancora Bianca, avvicinandosi a lui.

Il tizio non l'ascoltò neanche, stava cercando di immobilizzare il ragazzino urlandogli contro.

«Adesso quella bomboletta te la metto nel culo!»

Bianca si voltò verso il monumento, e vide che il ragazzo aveva scritto sul lato sinistro del basamento una frase omofoba nei confronti di Savoia padre e del suo cavallo.

Intanto si era fermato un piccolo cerchio di persone intorno a loro, tutti gridavano, lanciavano insulti; a Bianca non sembrava neanche di essere lì, era come se si stesse guardando dall'esterno.

«Oh! È una scritta, lascialo stare!» gridò a Pizzetto, e si buttò su di lui.

Quello aveva il braccio intorno al collo del ragazzo, ma Bianca non gli fu di alcun ostacolo, perché appena fu abbastanza vicina alzò la mano destra e le tirò un ceffone.

Una delle cose che avrebbe sorpreso Bianca più tardi non era tanto di essere stata colpita, ma di non avere sentito alcun dolore.

A stupirla, invece, fu quello che le accadde dentro. Prima fu come un vuoto d'aria nel petto, poi questo vuoto si addensò, pietrificandosi in una roccia dura, nera. La roccia vibrò per un istante, e quando esplose al suo respiro le avvampò in tutto il corpo. Nelle gambe, nelle braccia, nell'addome, si sprigionò ovunque. Il cuore cominciò a martellare, le dita si chiusero in un pugno d'odio e il sangue nel cervello si trasformò in pura energia.

Da fuori, si vide caricare di nuovo l'uomo col pizzetto alle spalle, alzare un braccio e scaricargli le nocche della mano destra sulla nuca. Riuscì solo a sentire in lontananza Anna che le gridava di fermarsi.

L'impatto le procurò una fitta violenta alla mano, quattro lunghe lame che affondarono nel braccio, ma ottenne l'effetto voluto. Il tizio lasciò andare il ragazzino, fece un paio di passi avanti, si mise entrambe le mani intorno alla nuca e cominciò a imprecare, ma le sue bestemmie vennero coperte dagli strepiti della folla intorno a loro, che aveva iniziato a ingrandirsi.

Bianca prese fiato, e sentì il fuoco scivolarle via. Si sentiva potente, invincibile.

Evidentemente il tale con il pizzetto non era dello stesso parere, si rimise subito in piedi e marciò verso Bianca. Nessuno provò a fermarlo, e lei reagì d'istinto, cercando di mollargli un altro cazzotto, ma lui era più alto, più veloce, e preparato. Le afferrò il polso e con un paio di mosse glielo torse dietro la schiena. Bianca gridò, non appena sentì qualcosa strapparsi nella spalla.

Perché nessuno interveniva?

Fermatelo, mi fa male, Cristo, fermatelo.

In effetti, Anna era lì, davanti a loro due, a coprire d'insulti quella specie di bestione che la teneva in trappola, e subito dopo si materializzò la studentessa del servizio d'ordine. Gridò a Pizzetto di lasciare Bianca, immediatamente, altrimenti avrebbe chiamato la polizia.

Il tizio allora lasciò andare la presa, tenendo comunque il polso di Bianca stretto nella mano destra, mentre con la sinistra tirò fuori dai calzoni un tesserino bianco e blu e lo mise davanti al volto delle due ragazze.

«Sono io la polizia!» gridò. «Fuori dai coglioni!»

Il dolore spense l'adrenalina nel cervello di Bianca e le permise di vedere l'orrore.

Stanno per arrestarti. Finirai in tribunale, e poi in carcere. E sarà come ha detto mamma: lo sai cosa facevano alle ragazze, ai miei tempi? Lo sai?

Presto lo avrebbe saputo.

Si immaginò una cella buia, le sbarre, un pavimento di pietra, il sorriso giallo di un giudice topo, il sangue, qualcuno che le stringeva il collo, le mani sconosciute che la toccavano ovunque, stringendola come un pezzo di carne indifesa.

No, per favore, no.

Bianca si aggrappò al braccio del poliziotto e cominciò a implorarlo, a strattonare, finché sentì le lacrime riempirle gli occhi.

«Aspetti!» gridò Anna, provando a calmarlo, ma intanto lui aveva già tirato fuori le manette. «È una mia amica, non lo sapeva, la prego!»

Il cerchio si fece più stretto intorno a loro, alcuni studenti si fecero avanti.

«Lasciala!»

«Sbirro del cazzo!»

«Sei contento, eh?»

«Maiale!»

Quando il poliziotto le gelò il polso con il primo cerchio di metallo, a Bianca sembrò che il mondo fosse all'improvviso diventato finto, e si convinse di stare sognando.

Adesso mi sveglio, sì. È solo un incubo, stai tranquilla. Ora ti svegli. Svegliati, ti prego.

Ma non fu necessario svegliarsi. Un signore di sessant'anni, con i capelli d'argento e i baffi di Moreschi, uscì dal carnaio urlante e si avvicinò al poliziotto.

«Devi riempire una quota, vero? Devi riempirla? E allora prendi me!»

Il poliziotto si guardò intorno e si rese conto che almeno quaranta persone erano pronte a saltargli addosso.

Aveva messo su una bella atmosfera.

«Allora?» insistette l'uomo. «Prendi me! Lasciala, che ti frega?»

Bianca vide il poliziotto riflettere per qualche istante, aveva la mascella serrata e una vena gli pulsava sulla tempia.

Alla fine si lasciò convincere, slacciò il polso di Bianca e la fissò negli occhi.

«Come ti chiami?» le chiese in un ruggito.

«B... Bianca» gemette lei.

«Come?» alzò la voce. «Bianca? Bianca come?»

Ma non fece in tempo a rispondere, perché una bottiglia esplose in mille pezzi davanti ai suoi piedi.

Il poliziotto si voltò di scatto, e lui e Bianca videro cinque Reds armati di mazze e poca voglia di chiacchierare.

«Lasciala!» minacciò il più alto di tutti, e i cinque cominciarono ad avanzare verso il poliziotto.

Lui, terrorizzato, mise la mano dentro la giacca e cacciò fuori la Beretta, puntandogliela contro.

Una ragazza strillò, altri bestemmiarono. Fu come se un'onda d'urto fosse scoppiata in mezzo al cerchio, la folla ondeggiò indietro per un paio di metri. Anche Bianca cercò di fuggire lontano da quel pazzo, cercò Anna con lo sguardo, inciampò e finì a terra.

«Indietro! Indietro!» strillava il poliziotto.

Anna, ti prego, dove sei?

«Indietro, ho detto!» continuava a gridare Pizzetto.

Guardandolo dal basso, per un istante a Bianca fece quasi pena. Solo due Reds si erano bloccati, gli altri continuavano a marciare verso di lui.

Come una luce nella tempesta, sentì la voce di Anna che la chiamava: «Bianca! Tirati su! Andiamo, andiamo!».

Voleva sollevarsi, scappare, ma Bianca non riusciva a togliere lo sguardo da quella scena.

«Vi avverto!» berciò ancora lo sbirro. Gli si era rotta la voce, e ora sembrava sul punto di piangere. Bianca si rese conto che anche se aveva la pistola in mano il poliziotto aveva perso tutto il proprio potere, sembrava fatto di carta.

«Mettila giù, mettila giù!» stava dicendo uno dei Reds.

«Bianca! Alzati!» gridava Anna.

Ma lei rimase ferma, e sentì le mani della sua amica che lasciavano il suo giubbotto di coniglio. Era corsa via, lontano.

Adesso era da sola.

Nei giorni successivi, Bianca non avrebbe fatto altro che ripassare quella sequenza a memoria, secondo dopo secondo, fino a diventare un'ossessione.

La folla aveva ripreso coraggio e aveva cominciato a stringersi intorno al poliziotto. Gli lanciarono contro altri oggetti, lattine di birra vuote, fazzoletti appallottolati, e lui tremava come un fuscello, puntando la pistola in ogni direzione. Prima a destra, poi a sinistra, poi indietro e in avanti. Riusciva a spaventare solo piccoli gruppi di persone, ma appena si concentrava su altri, quelli dietro ricominciavano ad avanzare.

Il più grosso dei Reds parlava dolcemente e lo invitava a mettere giù la pistola. Il poliziotto la puntò un'ultima volta proprio contro di lui, gridandogli di lasciarlo andare.

Poi, qualcuno gli tirò un sasso dritto sulla tempia, ma Bianca non vide il sangue, non lì. Lo vide immediatamente dopo, una nuvola rossa aprirsi nel cielo, quando il poliziotto si voltò verso destra e sparò un colpo contro un sedicenne.

Ci fu un secondo in cui il mondo tacque, raggelato, e poi uno stormo di corpi neri piombò sul poliziotto.

Svegliati Bianca. È un sogno, no? Svegliati.

Ma Bianca non si svegliò. L'unica cosa che riuscì a sentire fu un tuono echeggiarle all'infinito nelle orecchie.

Poi le sembrò di percepire una vibrazione, guardò in alto

e vide che dall'altra parte della piazza si era alzata una colonna di fumo nero, forse avrebbe oscurato il sole.

Le cose ripresero vita solo quando sentì di nuovo le mani di Anna e quelle di un altro ragazzo del collettivo che la stavano tirando su di peso.

Ricominciarono le grida, le imprecazioni, le sirene, la musica e il rumore di un altro sparo.

Bianca guardò davanti a sé, e le venne in mente un documentario che aveva visto con papà la settimana prima, in cui centinaia di api si buttavano su una vespa giapponese, coprendola e ammazzandola con il calore del loro corpo. E tutta quella gente, sì, era proprio come quelle api, e si gettavano là, sul corpo di quel poliziotto.

Erano tante.

Tante piccole api.

La trascinarono via, scansando manifestanti, colonne di poliziotti, cani, un'ambulanza, dei bidoni in fiamme.

«Bianca! Sta' tranquilla, tra poco siamo fuori!» le gridò Anna.

Bianca però non poteva rispondere, perché stava pensando alle api, e non riusciva a smettere di ridere.

4

David era in ritardo.

Non certo per colpa sua, lo scalo gli aveva fatto perdere un patrimonio di due ore e mezza.

Guardò l'orologio, si rese conto con estremo fastidio che non solo non aveva il tempo di fumarsi neanche una sigaretta, ma poteva fare soltanto una telefonata, prima di cercare un taxi.

Chi chiamare? Papà? Lucia?

In realtà avrebbe voluto chiamare sua madre, ma erano anni che mamma faceva fatica persino a riconoscerlo, figurarsi una telefonata.

E poi quella doveva essere solo una chiamata produttiva, bisognava riferire alla famiglia dove si trovasse e soprattutto quali fossero i progressi.

Quindi, forse, era meglio chiamare papà.

Ma anche lui, con la sua brillante ottusità, avrebbe reso quella telefonata piacevole come un calcolo renale.

Già se lo immaginava.

Prima gli avrebbe chiesto come stava, un briciolo di cortesia nei confronti dei figli acquisita solo dopo sette anni di divorzio, poi avrebbe cominciato a fare commenti sulla compagnia aerea che David aveva scelto, nel migliore dei casi. Nel peggiore, ossia il più probabile, gli avrebbe chiesto come mai in quella giornata non l'avesse chiamato almeno tre volte. La mattina appena sveglio, prima di partire, e adesso. E poi, per concludere, gli avrebbe chiesto di ascoltarlo mentre ripeteva passo passo il piano di David.

"Aspetta, aspetta. Te lo ridico, fammi capire se ho capito bene!" gli avrebbe detto. David avrebbe sibilato un "Sssì", e avrebbe passato due minuti ad ascoltare suo padre dissezionargli il piano in piccoli, insulsi pezzettini.

In questo modo, tutto il programma geniale che David aveva messo in piedi si sarebbe ridotto a un mucchietto di frattaglie su un tavolo bianco.

Papà lo faceva sempre quando c'era da capire una dinamica vagamente complicata. Scherzava, diceva che era per l'età, ma David sapeva benissimo che era solo una scusa per umiliarlo.

Nella sua spietatezza era molto intelligente. Perché papà non avrebbe commentato quei pezzettini, come un anziano chirurgo che spiega allo studente dove ha sbagliato. Era più sottile. Doveva essere lo studente che, davanti a quei pezzettini miserabili, comprendeva quale fosse l'errore e come mai fosse stato così idiota.

Quasi quasi preferiva la demenza di mamma.

Però doveva chiamarlo.

No, un momento, perché "doveva"? Era un tributo, o qualcosa del genere?

Cristo, che fastidio. Pure questo?

Erano passati cinque anni da quando era diventato economicamente indipendente, grazie alla borsa di studi europea e le prime sceneggiature per quella casa di produzione, ma per qualche strano motivo sentiva sempre un orribile senso di dipendenza nei confronti del vecchiaccio.

Lo sai quanti soldi do a tua madre?

Certo che ce lo sapeva. Perché glielo diceva sempre, a lui e a Mark.

Questa considerazione gli ricordò che non gli doveva nulla.

Quindi chi restava, Lucia?

Va bene dài, vada per Lucia.

Mise giù il borsone, tirò fuori dal portafogli la scheda federale blu pallido, la infilò e compose il numero sulla tastiera. Era unta dalle dita di centinaia di persone, solo di quella mattina. Nonostante ciò, gli venne da sorridere.

Quando era piccolo, e accompagnava mamma a fare la spesa la domenica, lei doveva sempre fare una telefonata a una sua amica in Francia, una veneta che David aveva visto solo un paio di volte. All'epoca per i telefoni pubblici servivano le monete, e sua madre si rendeva conto solo all'ultimo di non averne abbastanza, così cominciava a bestemmiare in italiano, ad alta voce. David le stava attaccato alla gonna, e si guardava sempre intorno, soddisfatto, perché tutti la guardavano, ma solo lui capiva le atrocità che lei gridava in pubblica piazza.

Una volta aveva provato a farlo anche lui a scuola, in cortile, insultando un ragazzino di un'altra classe perché gli aveva dato dell'immigrato. Non si ricordava che cosa gli avesse detto esattamente, ma il bidello era un profugo e aveva raccontato tutto ai professori.

Aveva un accento strano, del Sud. Forse era un napoletano, o qualcosa del genere.

«Sì?» gracchiò la voce di Lucia.

«Amore? Sono io!»

Lucia aveva la voce impastata. Probabilmente stava ancora dormendo.

«Oh... amore... sei arrivato?»

«Sì, sì. In ritardo perché lo scalo è durato un casino, guarda, un inferno. Senti, ho bisogno che tu mi faccia un favore.»

Lucia fece un mugugno, e per qualche secondo David non sentì nulla. Forse si era riaddormentata.

«Amore?» la chiamò, forse con troppa insistenza.

«Oh!» rispose lei. «Un attimo!»

Sì, troppa insistenza.

«Scusa amore. Senti, ora non ho tempo. Puoi chiamare mio padre e dirgli che sono arrivato?»

«Stai andando a incontrare la tizia?»

David fu costretto a mandare giù un groppo di irritazione.

«Ssssì... amore, vado a incontrare la tizia. Poi chiami mio padre, per favore?»

Si rese conto che il "per favore" era venuto fuori un po' troppo infastidito, anche se l'aveva migliorato in corsa.

«Sì. Va bene, lo chiamo» replicò lei, che sembrava non essersene accorta. «Poi mi chiami dall'hotel?»

«Sì amore, quando ci arrivo ti chiamo. Ora devo andare, va bene?»

«Amore...» Stava usando la voce da gattina. Un moto di orrore si mosse dentro David. «Perché non hai voluto che venissi con te?»

David pensò che fosse incredibile. Si era appena svegliata eppure aveva già trovato il modo per complicargli le cose. Provò a spegnere subito la questione.

«Ma... lo sai. È una cosa complicata. Tu hai il tuo lavoro, non so quanto starò via, devo andare veloce, dài.»

«Quindi per te sono solo un peso?»

David si rese conto che al posto di spegnerlo, ci aveva buttato dentro della benzina.

«No, non sei un peso. Non... non ti rendi conto di quello che sta succedendo?»

«Cioè?»

Cioè che mio fratello è scomparso da un mese in Austria, non ha fatto telefonate né ha lasciato biglietti. Non ho la minima idea del perché sia venuto in questo buco di culo di Paese dove fa un freddo del Cristo, non so per quale motivo non si sia fatto vivo, non so che fine abbia fatto e l'unica pista che ho è la sua fidanzatina tossica che per miracolo si trova in una città che dovrò raggiungere in taxi pagando una cifra astronomica. Oltretutto, non ho la sicurezza che la suddetta tossica ci sia, per poco non facevo rischiare a mio fratello il carcere sguinzagliandogli dietro i federali, ho dormito tre ore, ho fame, ho freddo, e l'ultima cosa di cui ho bisogno ora è occuparmi dei tuoi complessi, e sinceramente, il fatto che tu me li scarichi addosso ora mi dimostra che non solo non hai capito niente della situazione, ma sei completamente incapace di elaborare la realtà.

«Niente amore, scusa. Sono stanco.»

«Ti avrei dato una mano… perché fai così?»

David raccolse le ultime forze, e provò a giocarsela con la tenerezza.

«Cipollina, senti, è stato un lungo viaggio, devo andare, davvero. Ti chiamo stasera, d'accordo?»

Cipollina mollò l'osso, e lo lasciò andare.

Dopo averle ricordato che l'amava, David si avviò a passo veloce fuori dal *gate*, alla ricerca di un taxi.

Non fu difficile trovarlo, lo fu un po' di più spiegare al tassista dove dovesse andare. Questo sia perché il tale parlava un inglese patetico, sia perché la destinazione di David faceva assonanza con un villaggio a duecento chilometri da lì. Passarono circa due minuti a spiegarsi, ma nel frattempo il tassista decise comunque di far partire il tassametro.

Entrati in autostrada, David si rese conto che la sua mascella gli stava stritolando i denti come una pressa idraulica. Appena la lasciò andare, e la sentì come se fosse piena di gommapiuma, pensò che forse fosse il caso di darsi una regolata.

Appoggiò la testa al finestrino gelido, e provò a concentrarsi sul panorama.

Ora che lo vedeva, si rese conto di trovarsi di fronte a una cartolina, o quasi. Perché le cime delle montagne erano stupende. Bianche, limpide, pulite, e David era certo che se il cielo fosse stato azzurro, e non quel grigio fogna, il bianco sarebbe risaltato ancora di più.

Forse era in estate che davano il massimo. Ma su quelle montagne la neve c'era anche in estate?

Il pensiero poteva anche essere interessante, ma quando chiuse gli occhi per immaginarselo gli venne in mente tutt'altro.

Mark.

È in costume da bagno e dà dei colpi alla borsa di mamma per farsi comprare un ghiacciolo.

Fa caldo, e David sente come se un termosifone sotto la

carne gli stesse squagliando la pelle. Anche lui vorrebbe un ghiacciolo, ma mamma gli ha detto di no.

Sente le grida degli altri bambini, il fischio del bagnino in lontananza, un grosso cane che fa il bagno. Puzzerà. I cani puzzano quando si bagnano.

«Dài, vieni!» grida Mark.

Ma non lo dice a lui, tanto sa che David non lo seguirebbe. Non lo fa mai. Lo sta dicendo a José, che ha due anni in meno di Mark.

Si conoscono da poco, ma Mark l'ha già chiamato "amico per la pelle", anche se ogni estate Mark ha un "amico per la pelle".

Mark indica a José lo strapiombo sugli scogli. Dall'acqua saranno almeno dodici metri. Non ci potrebbero andare, "lo possono fare solo i ragazzi grandi" dice José.

E chissenefrega, dice Mark.

Giusto.

È lontano, devono fare il giro largo, scalare le rocce, ma con un po' di impegno ce la possono fare. Gridano e partono all'attacco.

David invece resta lì, seduto sulla spiaggia di sassi lisci, e li guarda allontanarsi mentre urlano, si prendono in giro e raccolgono sulla via il resto della tribù dei mocciosi.

Papà è seduto di fianco a lui, sta leggendo il giornale. Quando sente un bambino strillare troppo forte non smette di leggere, dice a David di prendere un sasso e di tirarglielo in testa, e poi si mette a ridere da solo.

Ma David non ride. Mark e il suo amico stanno correndo troppo in fretta. E poi non possono andare lì.

Mark corre, salta da una roccia all'altra come un gatto. Poi si volta, incita i suoi compagni, gli dice dove mettere i piedi per non cadere. José è il suo secondo, gli altri seguono.

Si beccheranno un ceffone, tutti.

David vorrebbe alzarsi, dirgli di fermarsi: Fermali, David, fermali. Ma non si muove.

Il sole gli ha sciolto la pelle, il sale gli ha incrostato le cosce sui sassi, e il vento l'ha pietrificato, come una statua.

Fermali, non possono, prova a gridare la sua voce.

Ma David non può più gridare. La sua bocca è una crosta, e i polmoni sono pieni di salsedine.

Prova a spezzare quell'armatura, vuole sbriciolarla, farla a pezzi, liberarsene come una carcassa morta, vuole correre verso Mark, o almeno voltarsi, Cristo, voltati verso papà!

Ma i suoi occhi sono sabbia, e sono rivolti verso Mark, laggiù, sugli scogli.

Papà non c'è. Mamma non c'è. Non esiste altro, solo ciottoli e sale. Non può fare niente.

Siamo arrivati.

Come?

«Siamo arrivati!» alzò la voce il tassista.

David strizzò gli occhi, passandosi una mano sul viso, e si rese conto che l'uomo stava dicendo la verità.

Allungò una mano, e gli fece un sorriso sdentato.

«Fanno centodieci euro.»

5

Nonostante siano creature diverse, il capitano Sforza non riuscì a fare a meno di pensare che il cervello degli uomini non sia poi tanto differente da quello dei cani.

Certo, quello del sergente Cenci era un po' più grande. E la sua espressione era perfino più buffa di quella del cane che aveva steso qualche giorno prima, ma alla fine si trattava solo di carne e sangue. Ed erano entrambi bellissimi.

Erano i dettagli a fare la differenza, e Sforza, inginocchiato davanti al cadavere, li analizzò. Uno era la bocca. Quella del cane era spalancata, e la lingua si rovesciava sull'erba, stravaccata. La bocca del sergente Cenci, invece, era aperta a malapena.

Il sergente era seduto nel fango, con la schiena appoggiata alla jeep e la testa che gli cascava leggermente sul lato sinistro. Il sangue era colato ovunque, macchiandogli la spalla, le mostrine, poi la cintura, fino al cavallo dei pantaloni.

Ma i suoi occhi, come quelli del cane, erano sbarrati e vuoti.

Sforza si chiese quale fosse stata l'ultima cosa che il sergente avesse visto. Provò a seguire lentamente la direzione dei suoi occhi.

Abeti. E tutti quegli alberelli sulla collina, a sinistra della strada.

Sforza inspirò. C'era un delizioso odore di ghiaccio e ferro.

La prima neve era ancora timida, ma entro un paio di

settimane tutta quella zona sarebbe stata bianca, morbida, perfetta, come un lenzuolo appena tirato.

Sarebbe stato carino trovare il sergente Cenci e gli altri corpi nella neve, il sangue crea un contrasto molto più vivace.

Ora, invece, la strada era solo fango e acqua. Una vera occasione sprecata.

Sentì Farina raggiungerlo alle spalle.

«Capitano, ho riferito al caporale: hanno trovato l'autista, si era nascosto nella scarpata.»

Sforza non gli diede attenzione. Restò lì ancora un istante, fissando il cervello del sergente. Sia quello che aveva ancora nel cranio, sia quello spiaccicato sulla portiera.

Il capitano si chiese, se Farina non fosse stato dietro di lui, se avrebbe resistito alla tentazione di sfilarsi il guanto e accarezzare quella poltiglia scura.

Si limitò a osservare la fondina vuota del sergente Cenci e a controllare intorno al suo cadavere: non c'era neanche un bossolo.

«Va bene» commentò Sforza. «Tra quanto arriva la camionetta medica?»

«Ancora cinque minuti» rispose Farina.

Non aveva concluso la frase con "signore", Sforza si chiese se avrebbe dovuto offendersi. Ma in fondo perché mai, il loro era così un bel rapporto... E a dirla tutta, nel tempo se l'era meritato.

«Ottimo» gli disse, fissando gli occhi vuoti del sergente Cenci. «Quando arrivano, di' al fotografo di fare una foto ai piedi del sergente, qui, dall'alto.»

«Sì, signore.»

Ah, ora l'aveva detto. Forse prima si era solo dimenticato.

Sforza si alzò, e si diresse verso l'altra jeep, quella davanti, con ancora dentro i corpi del capitano Strozzi e del suo autista. Al camion ci avrebbe pensato dopo.

Si trovavano sul tornante di una piccola strada di montagna, in salita, una curva neanche troppo stretta.

Il piccolo convoglio di tre mezzi non si era fermato in modo brusco. Le prime due jeep avevano già oltrepassato la curva, mentre il camion con la truppa doveva ancora superarla, quindi era più in basso.

A ispezionare il mezzo del capitano Strozzi c'erano due soldati semplici, che stavano parlottando a bassa voce. Uno si era tolto il berretto.

«Ce le hanno le pistole?» chiese Sforza, anche se intuiva la risposta.

Quello senza berretto lasciò cascare la mascella, sorpreso, e immediatamente dopo lanciò uno sguardo sui corpi.

«Ehhh... no, signore. Non le hanno.»

Sforza resistette alla tentazione di alzare gli occhi al cielo, e si concentrò sulla scena.

Il capitano Strozzi era al posto del passeggero, con l'occhio sinistro sfondato. L'autista invece, un trentenne con la carnagione olivastra, aveva un foro marrone nel collo e altri quattro nel petto. Poi c'era un altro foro nel sedile posteriore. In totale sette colpi.

Però sul vetro della jeep c'erano solo sei fori, mancava un proiettile all'appello. Forse gli avevano sparato un colpo a distanza ravvicinata per finirlo.

Fece il giro del mezzo per controllare se non ci fossero altri fori di proiettile.

Nulla. Anche lì, nessun bossolo.

«Non c'è la carabina dell'autista, vero?» chiese Sforza.

Fu Farina a rispondere.

«Nossignore. Stessa cosa per gli uomini sul camion, tutti disarmati.»

Era stato più svelto a rispondere, stavolta. Chissà, forse non si era accorto di non avere detto la parola "signore" e ora si sentiva in colpa. Magari non era così, ma a Sforza fece piacere pensarlo.

«Anche la valigia del capitano» aggiunse Farina. «È stata aperta.»

«Forse cercavano altre armi, o le sue mutande. Passiamo al camion.»

Quando lo raggiunsero, la prima cosa che Sforza ispezionò fu il fango.

Se c'erano delle orme erano state completamente ricoperte dagli zoccoli dei cavalli, lo squadrone dei Cacciatori del Re arrivato per primo sul posto.

Appena se n'era reso conto, Sforza avrebbe voluto sparare a qualcuno, ma poi si era calmato subito. Le uniche orme che avrebbero davvero fatto la differenza sarebbero state quelle di scarponi militari. In quel caso avrebbe potuto immaginare che tra i terroristi ci fosse qualche disertore, o che qualche contrabbandiere gli avesse passato gli scarponi, ma oltre a quello niente.

E poi, comunque, aveva trovato una bella sorpresa.

Bossoli: lì c'erano.

Un mucchio era disperso dietro al camion, all'altezza dell'entrata. Ne notò un altro paio poco più avanti, vicino alla scarpata.

Ne raccolse uno. Lo passò tra le dita, lentamente.

Come immaginava.

«Farina» richiamò l'attenzione, quasi sussurrando. Ma lui lo sentì, e trotterellò verso il capitano.

«Hai visto?»

Farina, grosso come un armadio e sveglio come un armadio, donò al capitano una considerazione fondamentale.

«È un bossolo.»

Sforza sorrise. D'altronde, che cosa doveva aspettarsi?

«Lo è Farina, lo è.»

«Un attimo...» disse il bestione. «Questo è un...»

«Già» lo interruppe Sforza. «Dopo che il fotografo ha finito qua, falli raccogliere tutti. Raggruppali per calibro e luogo di ritrovamento.»

«Sissignore.»

Intanto, la camionetta medica era arrivata, insieme a un altro mezzo della polizia militare. L'ufficiale medico era giovane. Corse fuori e si buttò verso Sforza.

«Capitano! Oh Cristo...» bofonchiò, guardando il camion e i corpi neri all'interno. «Mi hanno detto che sono dieci, giusto?»

Il capitano provò una nota di fastidio nel sentire il suo

accento. Doveva essere un emiliano, con quella specie di vocetta a mitraglia.

Razionalizzò che fosse stressato, ma non era una giustificazione. Sperò che si correggesse in corsa.

«Sì, dottore» gli rispose, cercando di scandire la sua dizione perfetta. «Qui ce ne sono nove. Ma non si disperi, abbiamo trovato l'autista, si era nascosto nella scarpata. Ora lo stiamo riportando su.»

Il volto del giovanotto s'illuminò. Si rivolse agli infermieri: «Una barella, presto!».

Sforza lo tranquillizzò: «Con calma, dottore. Non ho detto che è vivo».

Dopo che il fotografo ebbe finito con l'interno del camion, gli uomini cominciarono a trascinare fuori i cadaveri. Li distesero in mezzo alla strada, coprendoli con dei teli di plastica nera. Sei bozzoli neri in un mare di fango.

Guardando Farina e altri due soldati che cercavano i bossoli intorno al camion, a Sforza vennero in mente delle grosse galline mentre beccano nel pollaio. Cercò di trattenere il sorriso, e si concentrò sulla portiera del mezzo.

Era spalancata. Fu grato che non avesse piovuto, altrimenti l'acqua avrebbe fatto scomparire anche quelle orme.

S'inginocchiò ancora. Scarponi militari. Sicuramente quelli dell'autista.

Sforza provò a immaginarsi la scena, mettendosi nei suoi panni. Si trova alla guida dell'ultimo mezzo. Prima sente gli spari. Sia alla sua destra, in alto verso le jeep, sia alle sue spalle. Decide che non c'è nulla da fare, apre la portiera sinistra e scappa via, giù nella scarpata.

Doveva essere davvero terrorizzato per rischiare di spezzarsi il collo in quel modo.

«Capitano!» chiamò Farina.

Sforza si alzò con fatica, e il ginocchio destro fece uno scricchiolio a tradimento.

Era davvero arrivato all'età in cui bisogna preoccuparsi delle ginocchia?

Che fastidio.

«Capitano, sta arrivando la cavalleria» annunciò Farina, con una sorprendente punta di ironia. Forse aveva imparato qualcosa da lui. Questo gli procurò una certa soddisfazione.

Dalla cima del tornante, dalla parte delle jeep, stavano scendendo due fucilieri a cavallo. Quando li raggiunsero nei pressi del camion, il primo cavaliere, un tenente con una leggera barba ramata, gli fece il saluto militare.

«Comandi.»

Aveva qualcosa di diverso rispetto agli altri, Sforza lo notò subito. Non era uno straccione che si era arruolato solo per campare. Se non fosse stato per la barba, dal portamento lo avrebbe scambiato per un colonnello.

Però forse era solo il cavallo a dargli questo tono.

Sforza contraccambiò il saluto.

«Mi dica tutto, tenente.»

Il cavallo del tenente aveva cominciato a ondeggiare. Il cavaliere gli assestò un colpo leggero con la briglia, molto elegante. Non appena la bestia nera sotto di lui si placò, il cavaliere fece rapporto.

«Appena arrivato il primo mezzo dei soccorsi, siamo partiti verso il villaggio numero 5, a quattro chilometri da qui. Abbiamo interrogato il referente della comunità, il capovillaggio, ma non abbiamo ottenuto informazioni rilevanti. Una volta fatto rapporto al capitano Giuliani, io e il caporale siamo tornati indietro per avvisarla.»

Giuliani. Ma certo, quello della seconda.

Quei cavalieri non solo non appartenevano alla sua brigata, ma neanche alla sua divisione. Questo voleva dire che l'uomo a cavallo rispondeva a una linea di comando completamente diversa dalla sua, e a salire, dopo i vari ufficiali, forse anche a un altro generale. Ecco perché non era stato informato della cosa.

Ah, i miracoli della difesa compartimentata.

«A condurre l'ispezione eravate solo voi due, tenente?» gli chiese Sforza, infastidito.

«Sissignore» rispose lui, senza battere ciglio.

Sforza sbuffò, senza però esagerare.

«Pazienza, tenente, ottimo lavoro lo stesso.»

Peccato, gli sarebbe piaciuto partecipare all'arresto. Ma a prescindere, giunto alla base avrebbe dovuto gestire una montagna di documenti, quindi da un punto di vista puramente organizzativo aveva solo risparmiato tempo.

Pazienza, aveva comunque il dolce.

Mentre s'infilava i guanti e si gustava il suono del cuoio stritolato sulle nocche, congedò i due cavalieri.

«Visto che questo è il mio settore, vorrei che mi portaste i detenuti che avete fermato al villaggio entro un paio d'ore. Per i documenti, gestiremo tutto alla base. Congedati.»

Si voltò per tornare alla sua jeep, ma la replica del cavaliere alle spalle fu come una fucilata nella schiena.

«Non abbiamo arrestato nessuno, signore.»

Sforza si gelò. Si stava ancora infilando il guanto sinistro, e per un istante restò lì, immobile, a processare quell'informazione. Poi si girò lentamente verso il cavaliere, e quando vide il suo sorriso malcelato cercò di bruciargli gli occhi con uno sguardo cortese.

«Come?» chiese, con una voce all'arsenico.

«Non abbiamo arrestato nessuno» ripeté il tenente, candido. «Non ce n'era bisogno, signore.»

Quelle parole si dipinsero nella testa del capitano come uno schizzo di sangue nella neve.

Si infilò anche l'altro guanto e si avvicinò al cavaliere, mantenendo il contatto con i suoi occhi. Lui non sembrava spaventato, anzi, reggeva il suo sguardo e lo rinforzava con un sorrisetto nascosto dalla barba.

Sforza continuò a guardarlo dal basso, e sentì che intorno a loro si stavano concentrando le attenzioni del resto della truppa.

«Mi ripeta il suo nome, tenente» disse Sforza, sempre con un sorriso. Il tenente non glielo aveva detto. Ma si fece trovare pronto.

«Tenente Solari Stefano, secondo squadrone, terza compagnia, signore.»

Fu in quel momento che Sforza notò che la sua dizione

era perfetta. Quell'uomo non tradiva neanche un indizio circa la propria provenienza. Di certo era istruito, ma quello che aveva frequentato non era un corso di ortoepia delle medie, o quella porcheria che si faceva sotto la leva.

«Mi spiega perché, secondo lei, non ce n'era bisogno?»

Il cavaliere si voltò a sinistra, verso i tre mezzi, e poi i corpi in mezzo alla strada. Ci mise qualche secondo per elaborare una risposta. E non fu tanto la lentezza che mandò in bestia il capitano, ma l'insofferenza nel tono della sua voce.

Gli ricordò quel ragazzino... Come si chiamava? Ah sì, Brando. Quando le suore gli chiedevano un passo della Bibbia, lui lo ripeteva, alla perfezione, facendo finta di essere annoiato, per dimostrare al resto della classe quanto fosse migliore di lui, l'unico altro bambino che li imparava a memoria.

«Per il codice militare, signore. Non ho l'autorità per violare un articolo della Zona Autonoma. Inoltre, queste persone hanno giurato fedeltà alla Repubblica e si sono dimostrate più che cooperative durante la Pacificazione, loro e tutti gli altri villaggi qui intorno. Non avrebbero motivo, considerata la situazione, di nascondere terroristi. Quindi ho intuito che violare gli accordi e arrestare membri della comunità locale avrebbe solo peggiorato le cose.»

L'ultima frase era la ciliegina sulla torta.

«Lei lo ha... intuito, tenente?» chiese Sforza, facendosi ancora più vicino.

Ora era quasi sotto di lui, lo fissava negli occhi e sentiva alla propria sinistra il cavallo respirare.

Il tenente non rispose.

Sforza provò a chiederglielo una seconda volta, ma all'improvviso il cavallo agitò la testa, si impennò e tirò una zoccolata violenta al terreno. Sorpreso, Sforza fece due passi bruschi all'indietro.

In un istante brevissimo, il capitano riuscì a intercettare un sorriso genuino che era sfuggito al tenente Solari.

Si accorse che tutti li stavano guardando, non solo i soldati, ma anche il fotografo, gli infermieri, i poliziotti. Almeno venti paia di occhi si stavano godendo lo spettacolo.

E lo stesso il tenente Solari. Non aveva abbassato lo sguardo e accarezzava la sua bestia sussurrandogli qualcosa, dolcemente.

Si sentiva forte, il cavaliere. Di sicuro non si sentiva così solo perché apparteneva a un altro comando, quindi sotto altri protettori, ma perché si trovava lì sopra, su quel bel cavallino, e lo guardava dall'alto, spocchioso.

Doveva metterlo al suo posto.

«Scenda da cavallo, Solari» gli ordinò.

«Non mi sente da qui, capitano?»

Oh.

Si sentiva molto, molto forte il tenente. Se fosse stato nel suo reparto, un'insolenza del genere gli sarebbe costata l'inferno.

Sforza avrebbe potuto punirlo, ma se avesse insistito avrebbe fatto la figura del debole davanti a tutti. E poi, per quella frase, un solo richiamo non sarebbe bastato.

Si immaginò di tirare fuori la Beretta, puntarla agli occhi del tenente e farlo crollare sul fango, a fare compagnia ai corpi del capitano Strozzi e dei suoi uomini.

Invece sorrise, come di sicuro stava facendo la squadra alle sue spalle. E stette al gioco.

«Be'...» riprese, sempre sorridendo. «Visto che è così bravo a... intuire. Perché non mi dice che cosa vede?»

Il cavaliere si guardò intorno, seccato. Aveva già aperto la bocca, ma Sforza lo bloccò subito.

«Aspetti, facciamo così: le dico cosa ne penso io, e poi lei mi fa le sue considerazioni, va bene?»

Senza aspettare la risposta, Sforza fece qualche passo verso le jeep.

«Come sono i mezzi, tenente?»

Vide il cavaliere alzare in maniera impercettibile le sopracciglia.

«Fermi, signore.»

«Lei è molto acuto, tenente, bravissimo» osservò Sforza,

alzando la voce per farsi sentire dai presenti. «Ma non sono solo "fermi". Come lei avrà notato, questa è una strada in pendenza. Hanno il freno a mano tirato. Mi segue?»

Lo sguardo del tenente Solari cambiò. Se prima la sua espressione era di sufficienza annoiata, ora si era fatta più scura, come uno studentello che ha finalmente capito il motivo della sfuriata.

«Sa questo cosa significa, tenente? Che tutti e tre i mezzi si sono fermati tranquillamente. Non sono stati presi di sorpresa, almeno non subito. Prima si sono fermati e poi è partito l'agguato.»

Il capitano lasciò che quelle prime parole si depositassero. Era uno spettacolo, e tutti dovevano capire.

«Per esempio, se avessero ucciso il capitano Strozzi e il suo autista, sulla prima jeep, a sorpresa, il mezzo avrebbe sbandato. La jeep indietreggiando avrebbe colpito la seconda jeep. Invece no. Sono qui, come parcheggiati, con il freno a mano tirato. Questo vuol dire che un ostacolo ha convinto l'intera colonna a fermarsi. E poi sono stati attaccati.»

Mentre il tenente guardava le macchine, il capitano si spostò più a sinistra, flemmatico ed elegante.

«Passiamo all'attacco. Non possiamo saperlo con precisione, ma qui ci sono dieci vittime, e solo due di loro sono usciti dai loro mezzi o hanno cercato copertura. Ciò significa che il tempo di reazione che hanno avuto è stato brevissimo. Probabilmente tutto è accaduto in meno di un minuto. Ma andiamo con ordine.»

Indicò la prima jeep, in alto, cercando lo sguardo di Solari.

«La prima jeep. Il capitano Strozzi e l'autista si trovano davanti qualcuno, e vengono raggiunti da sette colpi, che li uccidono all'istante. Primo gruppo di fuoco.»

Poi indicò il camion.

«Qui invece i terroristi arrivano alle spalle del camion, prendono di sorpresa i sei uomini che si trovano all'interno. Fucili automatici. E, prima o dopo, lanciano anche una granata. Secondo gruppo di fuoco.»

Ora il tenente Solari stava serrando la mascella, Sforza decise di schiacciarlo ancora di più.

«Ma gli unici che non subiscono subito il fuoco diretto sono gli altri due autisti. Il sergente Cenci, sulla seconda jeep, e l'autista del camion. Quello del camion sente gli spari alle sue spalle, esce dalla portiera e corre giù, nella scarpata. Ma per Cenci è diverso.»

Il capitano si mosse verso il cavaliere e abbassò leggermente la voce, facendo sempre in modo, però, che tutti lo sentissero.

«Cenci sente gli spari alla sua destra, dove c'è il camion, in basso, e davanti, dove stanno sparando a Strozzi e al suo autista. Fa un salto, riesce a mettersi al riparo, fuori dall'auto. Ma all'improvviso viene raggiunto da un colpo, uno solo, che gli passa la testa da parte a parte. Però, attenzione, perché il colpo arriva dall'alto, a sinistra, dagli alberi. Quindi abbiamo tre gruppi di fuoco.»

Il cavaliere aprì la bocca per replicare, ma Sforza lo bloccò un'altra volta.

«Aspetti, un'ultima cosa. Sergente!»

Farina, fedele a lui come il cavallo a Solari, trotterellò dal capitano. Aveva per le mani una busta di plastica sigillata con i bossoli. Sforza la prese, raccolse un bossolo e la lanciò al tenente, lui lo afferrò al volo.

«Che cosa vede?»

Per un istante Sforza sperò che anche il tenente potesse dire una cosa tipo "un bossolo", ma era chiedere troppo.

«È un 7.56. Sovietico.»

Sforza fece il più bel sorriso della giornata.

«Bravissimo, tenente.»

Si voltò verso la sua platea, e si godette l'ultimo atto.

«Quindi, per farla breve. Due ore fa, una colonna di dieci uomini, tra cui un capitano dell'esercito della Repubblica, viene attaccato da un gruppo di terroristi composto da almeno tre gruppi di fuoco, armati di fucili automatici, granate e armi di precisione. L'assalto dura meno di un minuto, ed è di una tale efficienza che nessuno, ripeto, nessuno della truppa riesce a chiamare supporto o a reagire. I nostri non sono riusciti a sparare neanche un colpo. Tutti morti. Dal primo all'ultimo.»

Il capitano riuscì a sentire gli sguardi della truppa. Erano attoniti, pendevano dalle sue labbra. Si chiese se non stesse esagerando.

Ma no, non si esagera mai, soprattutto sul finale.

«Come abbiamo appena scoperto, la parte più interessante però viene adesso. Dietro al camion abbiamo trovato dozzine di bossoli di un fucile automatico di fabbricazione sovietica.»

Sforza prese un altro bossolo, lo alzò, per mostrarlo a tutti.

«Quelli che abbiamo davanti non sono una banda di comunisti dei boschi, o qualche allevatore risentito. Questa è una squadra di militari sovietici altamente addestrati, armati, che conoscono il territorio. Venuti per destabilizzare e sabotare, e che sicuramente sono appoggiati da qualcuno, qui, da qualche parte.»

Buttò il bossolo nella busta con un gesto sprezzante e lo ripassò a Farina.

«Le cose sono cambiate, signori.»

Infine, tornò a rivolgersi al cavaliere, e lo fece con voce solida, fredda come l'acciaio.

«Ma se il tenente Solari ci assicura che no, le comunità locali non hanno motivo di aiutare questa gente, perché... be', lui gliel'ha chiesto e loro gli hanno detto di no... direi che siamo al sicuro.»

Qualcuno rise, e quando il capitano si fu avvicinato di nuovo al tenente lesse con piacere il disprezzo nei suoi occhi.

«Qualche altra... *intuizione*, tenente?»

Solari strinse le briglie del cavallo e digrignò i denti.

«Nossignore.»

«Ottimo» rispose Sforza, con lo stesso sorriso di prima. «Ora, lei torna al villaggio con i suoi, arresta il capovillaggio e lo porta da me. È chiaro?»

Il cavaliere non sorrideva più.

«Questa è una violazione del codice militare, signore.»

«No, tenente, questo è l'ordine diretto di un suo superiore.»

Solari, però, era uno che non si arrendeva. Bisognava riconoscerlo. Davvero ammirevole.

«Mi porti quegli uomini entro due ore, tenente, lo vede cosa sta succedendo. Gli autori di questo massacro sono militari, non qualche comunista risentito o dei pastorelli senza padre che cercano vendetta.»

Solari annuì. Aveva capito.

Sforza si fece i complimenti da solo, lo aveva umiliato davanti a tutti, eppure non era comunque riuscito a fargli capire la situazione.

«Sì, capitano» replicò il cavaliere, marziale. «Anche se, per mia esperienza, pure gli orfanelli sono capaci di grandi cose.»

In quell'istante, le vene del capitano si congelarono. Il sangue si trasformò in acido e i polmoni si riempirono di furia. Ora non voleva più spararagli. No. Voleva fare altro.

Sforza s'immaginò le sue mani nude sulla testa del cavaliere, e i suoi pollici che spingevano dentro i bulbi oculari. Voleva sentirlo gridare come un vitello, voleva vederlo scalciare come un disperato, mentre lui spingeva ancora, e ancora, sempre più in fondo, fino a fargli esplodere il cervello nella neve.

Sarebbe stato bellissimo: rosso e bianco, un contrasto perfetto.

Invece mantenne un ghigno impassibile. Si tolse i guanti, si avvicinò al cavallo e cominciò ad accarezzargli la testa. Mentre si godeva la sensazione del pelo sulla mano, gli parlò, riferendosi a Solari. Usò una voce morbida, come quella usata dal tenente prima, per calmarlo.

«È proprio un bell'animale.» Anche adesso la voce era bassa, solo il cavaliere poteva sentirla. Il capitano continuò ad accarezzare il muso del cavallo, lentamente.

«Scommetto che cavalcandolo uno può sentire tutta la sua forza. Come se si fosse tutt'uno con lui.»

Sì, era davvero un bell'animale.

«A volte capita anche a me. Mi distraggo. Mi dimentico qual è la mia vera forza. Cosa posso e cosa non posso fare.»

Sforza guardò un'ultima volta gli occhi di fuoco del tenente.

«Mi porti quegli uomini.»

Questa volta Solari non replicò. Gli fece il saluto militare e i due cavalieri corsero via.

Sulla strada per la base, né Sforza né Farina dissero nulla.

Aveva cominciato a piovere, e piccoli chicchi d'acqua iniziarono a tamburellare sul parabrezza. Sforza si ricordò di suora Lella. Lei adorava la pioggia, anche se odiava bagnarsi. In quei giorni si lamentava molto di meno.

Solo dopo una decina di minuti il capitano spezzò il silenzio.

«Quanti bossoli avete trovato del fucile sovietico?»

«Abbastanza per due caricatori interi, signore.»

Sforza si strinse tra le braccia, aveva freddo. Guardò fuori dal finestrino.

Gli abeti erano ancora verdi, e il cielo era grigio e infame.

Non che la sua mente stesse meglio. Provò a scacciare via Solari e la sua battuta concentrandosi sull'agguato.

Forse parlarne ad alta voce lo avrebbe distratto.

«Non lo trovi strano?»

«Che cosa, signore?»

Sforza scosse la testa.

«Sulla strada non c'erano tronchi, né cartelli. Non hanno neanche usato dell'esplosivo. Che cosa ha fermato la colonna?»

Farina restò in rispettoso silenzio. Il capitano gliene fu grato.

«Il capitano Strozzi. Ha fatto fermare la macchina, e gli hanno sparato con cosa, una carabina? Si è trovato davanti a uno con la carabina e non ha fatto nulla? Come si fa a farsi sorprendere così?»

«Forse hanno avuto un guasto.»

Il capitano apprezzò lo sforzo. Decise di non umiliarlo.

«No. I mezzi erano a posto. Ed è impossibile fare in modo che un mezzo si fermi in un punto così preciso per un guasto.»

Farina incassò il colpo.
«Scusi. Non volevo.»
Povero bestione.
«Tranquillo, Giulio. Non sei con me perché voglio che mi risolvi queste cose, fidati.»
«Infatti si fidano di lei, capitano.»
«Certo, si fidano perché sono un...»
In quel momento, sotto la pioggia, arrivò l'illuminazione. Di chi si fida, un militare, graduato o sottoposto che sia, quando si trova in una zona pericolosa?
Di un altro militare. O di qualcuno che indossa la stessa divisa.
Cristo!
Se era davvero come pensava, allora questi sovietici erano arrivati con mezzi molto più pericolosi di quanto si aspettassero.
Sforza cominciò a riflettere, in silenzio, e più ci pensava più si rendeva conto che questa poteva essere una cosa ancora più grande di quanto avesse ipotizzato.
Doveva chiamare il generale Gallo.
Ma in tutto questo, si rese conto che aveva per le mani un'occasione d'oro. Doveva festeggiare.
«Giulio?»
«Signore?»
«Il ragazzo, quello che gli era cascato il caricatore nel fango, si chiama Tagliaferri, vero?»
Il capitano sentì le rotelle nel cervello di Farina muoversi.
«Sì, signore. Tagliaferri Daniele.»
«No, Tagliaferri Michele.»
«Sì, Michele, scusi.»
Si ricordava di Tagliaferri. Era così piccolo rispetto agli altri. Tremava, sembrava un piccolo coniglietto spaventato.
«Questa sera, dopo la mensa, portalo nel mio ufficio. Ha bisogno di un colloquio. Prima portami il suo fascicolo.»
Farina fece di sì con la testa: «Sissignore».
Bene. Almeno quella sera si sarebbe rilassato un po'.

6

Quando la paura diventa la tua carne, e l'ansia il tuo respiro, tutte le cose belle, tutta la dolcezza, tutto l'amore che un altro giorno ti avrebbero sollevato il cuore di due spanne e ti avrebbero fatta sentire più viva che mai, all'improvviso si trasformano in cenere. Tutto sembra morto.

E anche se il sole sorge, anche se la realtà ti sorride, ti dice che va tutto bene, è come se una patina grigia e polverosa avesse ricoperto ogni cosa, e sai di vivere in un mondo destinato alla disperazione.

Per questo, nonostante Anna la stesse abbracciando da dietro, sul letto della sua cameretta, Bianca riusciva solo a sentire una pesante coperta di disperazione soffocarla dalla testa ai piedi.

«Non puoi fare così» sussurrò Anna, stringendola un po' di più.

Invece poteva benissimo. E Bianca era molto brava a farsi del male in quel modo. Non stava più piangendo. Forse aveva finito le lacrime, forse aveva capito che era inutile e si era ridotta a un involucro vuoto e desolato.

«Ehi...» provò a sussurrare ancora Anna, schiacciandola un poco. «Hai scritto sul diario?»

No, non l'aveva fatto. Si raggomitolò, cercando di godersi quel piccolo anfratto caldo tra il corpo di Anna e il muro.

«Sai qual è la cosa più assurda?» rantolò.

«Il fatto che ci pensi ancora?» disse Anna con un sorriso, cercando di provocarla.

«Il ragazzo morto. Non ci sto pensando per niente. Una persona è morta di fianco a me e penso solo a non finire in carcere.»

Anna espirò pesantemente, ma il volume cambiò in corsa, Bianca capì che la sua amica voleva sbuffare, ma non voleva mancare di rispetto alle sue preoccupazioni.

Che dolce. Anna era lì per lei, la stava coccolando da almeno due ore, e invece lei non reagiva, da più di una settimana. Piccola, abbozzolata, inerme.

Ma Anna aveva ragione.

Perché non reagisci? Ne avete parlato per giorni, anche mamma e papà sono d'accordo, non c'è nulla da fare, a che serve tutto ciò? A che serve stare qui a tormentarti per qualcosa su cui non hai controllo?

Perché mamma ha pianto, papà ha chiamato un amico poliziotto, li hai sentiti litigare per tre serate di fila, perché ora tutti stanno male.

Perché un ragazzo è morto.

Perché, semplicemente, te lo meriti.

Ma non l'ho ucciso io.

Non te ne frega nulla del ragazzo morto, anche per questo ti meriti di stare male. È vero.

Complimenti tesoro. Hai voluto fare la rivoluzionaria? Hai voluto fare come Moreschi? Be', eccoti qui. Questo è quello che capita ai rivoluzionari. Ma tu non sei una rivoluzionaria, tu non sei un'eroina, sei solo una mocciosa spaventata.

«Bianca, scusa se te lo dico, ma ti devi ripigliare.»

Ripigliare? Rischiava anni di carcere e si doveva ripigliare? Ma che aveva nel cervello?

«Ripigliarmi...» ripeté Bianca. «Scusa, non ci avevo pensato.»

Sentì l'amica staccarsi da lei, e mettersi seduta, a fissarle la schiena.

«Allora, di nuovo. Cerca di... razionalizzare, ok? Che cosa può succedere, eh? Cosa dovrebbero farti?»

Come diavolo era possibile che non capisse? Da fuori era tutto così facile? O forse non aveva capito la gravità della cosa?

Bianca accarezzò il cuscino, era blu, morbido, sapeva ancora di bucato. E di certo in cella i cuscini non sarebbero stati così. Sarebbero stati grigi, unti. E il materasso non sarebbe stato così accogliente, sarebbe stato invece di gomma, nel migliore dei casi. Nessuno gliel'avrebbe rifatto, nessuno le avrebbe lavato le lenzuola, nessuno l'avrebbe abbracciata, dicendole di stare tranquilla, che andava tutto bene. Sarebbe stata da sola. Le sarebbe venuto da vomitare e nessuno l'avrebbe aiutata. Le sarebbe venuto un attacco di panico, e non le avrebbero permesso di prendere una boccata d'aria. Non avrebbe potuto piangere, o sarebbe sembrata debole e ne avrebbero approfittato.

Sarebbe rimasta lì, piccola, vulnerabile, rinchiusa in una cella. Senza sole, senz'aria, senza la pioggia, senza le risate, senza mamma, papà, senza Anna, la televisione, le birre, il cielo, le foglie, la pizza. Nulla.

Poi sarebbe arrivato il buio, l'avrebbero presa, e le avrebbero... Le avrebbero...

Lei sarebbe impazzita.

Ma anche una volta uscita, se mai fosse uscita, che cosa ne sarebbe stato della sua vita?

Precedenti penali. Una reietta, una poveraccia, il nulla più assoluto. Nessuno l'avrebbe mai voluta, nessuno l'avrebbe aiutata, non avrebbe più potuto studiare, lavorare, niente di niente, e il mondo l'avrebbe odiata. La sua vita sarebbe stata distrutta, era solo una questione di giorni, e la colpa era solo sua.

«Se il poliziotto si sveglia...» cominciò a dire Bianca, strusciando il viso sul cuscino per asciugarsi le lacrime «e mi denuncia...»

«Ma quale denuncia e denuncia!» esclamò Anna. «Ti pare? Oh, hai sentito, è in terapia intensiva! E scusa, se si sveglia, perché se la deve prendere proprio con te?»

«Be'... perché gli sono andata addosso, l'ho fermato...»

«Sì, ho capito, ma secondo te, la prima persona che va a cercare, se si sveglia, chi può essere? La ragazza che ha cercato di dargli un cazzotto, o i Reds che l'hanno massacrato di botte?»

Bianca ci aveva pensato, ma non poteva essere così semplice.

«Va bene...» rispose Bianca. «Però...»

«Fra l'altro, scusa» la interruppe Anna, «questo c'ha un trauma cranico! Cioè, si deve svegliare, si deve ricordare cos'è successo, se la deve prendere con chi l'ha menato e poi con te! Devono accaderne di cose, no?»

Aveva ragione, di cose dovevano accaderne, e sui giornali avevano scritto non solo che il poliziotto era in terapia intensiva, ma che rischiava di morire. Vero che da allora non avevano più detto nulla, eppure è una notizia importante se un poliziotto muore, no? Anche se quella ormai era una notizia secondaria rispetto alla bomba esplosa dall'altro lato della piazza. Sedici morti e novantacinque feriti.

E nei giorni successivi il Paese era esploso, manifestazioni, i cortei dei repubblicani, i politici che si insultavano, il partito che accusava i fascisti, i repubblicani che attribuivano la strage ai socialisti come manovra per metterli in cattiva luce. E ovviamente i liberali che invitavano alla calma e alla riconciliazione.

Ah certo, loro invitavano alla calma e alla riconciliazione.

Cristo, che odio i liberali.

Come diavolo si fanno a riconciliare due parti del Paese distinte, i cittadini, massacrati da anni di dittatura, e i dittatori? I dittatori insieme ai loro assassini, e ai collaborazionisti, e soprattutto ai borghesi, che giusto per lavarsi la coscienza ora votavano liberale.

La verità era che i liberali avrebbero avuto molto più da perdere se il Fronte popolare avesse vinto le elezioni, per questo ora strizzavano l'occhio al Partito repubblicano, il partito dei Pretoriani, di quell'assassino di Savoia.

Porci.

Quegli stessi porci che quando si manifestava in piazza

dicevano cose del tipo: "Non si manifesta così. In questo modo fate il gioco dei repubblicani. Pensate alle povere imprese!".

Ed erano sempre lì a giustificare tutto, anche la brutalità della polizia. Avrebbero giustificato anche quel verme che aveva sparato al ragazzino. Il verme che, se si fosse svegliato, l'avrebbe portata in carcere.

«Ma che succede se lui si sveglia e si ricorda di me?»

Questa volta Anna sbuffò sul serio.

«Ancora? Perché, gli hai detto il tuo nome?»

«Sì... Che succede se si sveglia e l'unica cosa che ricorda è il mio nome? E allora... allora vanno a cercare nei registri degli iscritti al partito e mi trovano?»

Sentì la mano dell'amica accarezzarle il fianco da sopra la coperta.

«Ma che discorso è? Gli hai detto solo che ti chiami Bianca. Anche se fosse, quante Bianca ci sono nei registri?»

Non fu di grande consolazione. Quante potevano essere le Bianca col suo stesso nome, anche solo a Milano? E quante iscritte al partito? Il cerchio si sarebbe ristretto di molto. Di sicuro, Anna pensò la stessa cosa, fece finta di non aver detto niente e riattaccò con il suo argomento forte.

«Ma poi, scusa, perché dovrebbe svegliarsi e ricordarsi il tuo nome? Cos'è, un film? Dove si sveglia e fa "Bianca, Bianca" come un ritardato? Che cosa ne sai tu di... Come si chiama... neurologia, eh?»

Bianca si voltò solo con il capo, pigramente, giusto per guardarla con la coda dell'occhio.

«Non dire "ritardato". È offensivo.»

Anna prese il cuscino che aveva di fianco, glielo sollevò sopra la testa e lo calò con violenza su quel piccolo guscio impertinente. Poi le saltò addosso e la schiacciò con il suo peso, Bianca rispose, cercando di rivoltarla sotto di lei e schiacciarla a sua volta.

Fecero le cretine per un minuto tra le coperte, e per un minuto Bianca si dimenticò dell'orrore.

Quando si trovò Anna sotto di sé, e la guardò nei suoi occhi scuri, ansimante, con quel sorriso meraviglioso stampato in faccia, si ricordò di doversi sentire in orrendo imbarazzo.

Anna aveva i capelli sciolti, e una ciocca le accarezzava le guance. Bianca sentì il suo odore caldo che sapeva di casa, e pensò che le piccole macchiette che aveva sotto il collo fossero la cosa più bella del mondo.

Il naso di Anna era a pochi centimetri dal suo, Bianca si era persa ascoltando il suono del suo respiro. All'improvviso, un impulso folle le esplose dal petto, si fece pesante, audace, sconsiderato, e le attraversò tutto il corpo, dall'addome alle labbra. Sentì le guance bruciare e capì di stare arrossendo come una ragazzina. Era certa che Anna lo avrebbe notato.

«Guardiamo un film?» sussurrò con la voce quasi spezzata, anche se il suo corpo voleva dirle ben altro. L'amica sembrò capirlo, e le sorrise con dolcezza. Poi annuì.

«Va bene, però non un cartone, ti prego.»

«Che palle che sei» replicò Bianca, comunque contenta che un conflitto l'avesse portata fuori da quella situazione. «Scegli tu, va'!» le disse allora, mentre si sporgeva faticosamente dal letto, alla ricerca del telecomando perduto.

Anna si alzò per andare alla libreria, sperando di trovare una videocassetta decente.

Bianca trovò l'aggeggio di plastica impolverato, accese il televisore con due pigiate severe, e sul primo canale comparve il volto flaccido di Antonio Maria Ansaldo, il Pretoriano più potente del Paese.

Anna si irritò nel sentire anche solo la sua voce. «Oh Madonna, cambi?» disse, mentre ispezionava le videocassette.

«Sì...» rispose Bianca. «Un secondo.»

I colori di quel vecchio televisore erano mosci, spenti, ma non riuscivano a stemperare il grugno schifoso di quella carogna in giacca e cravatta. Anzi, più che un animale morto, sembrava una lucertola, e Gianni Flora, il presentatore con la vocetta acuta, era un vero esperto a lisciargli le squame.

"... mi dica, dottor Ansaldo, alcune voci di palazzo indicano lei come la vera eminenza grigia del Partito repubblicano. Sono solo voci o..."

«Ma è una diretta? Sono le quattro» disse Anna, di spalle.

«Figurati, queste le fanno sempre registrate. Altrimenti come concordano le risposte?»

In realtà Bianca non lo sapeva con certezza, ma le sembrava improbabile che le risposte ai Pretoriani e ai loro sgherri fossero così puntuali.

"Per carità, Flora, non dica sciocchezze. Vede, non solo il Partito repubblicano, ma tutta la nostra coalizione si fonda sul progetto del Principe. Per questo abbiamo accolto le migliori forze politiche del Paese. Ossia tutti quei movimenti che credono nella necessità di entrare in Europa come nazione forte, cristiana e unita. E soprattutto, pronta a tutto per difendere i propri confini e i propri interessi..."

Ad Anna venne da ridere.

«Hai visto come si eccita quando parla di interessi?»

Non era una gran battuta, ma Bianca sorrise lo stesso, aveva voglia di farlo.

In effetti, perché "interessi"? Sapeva che quella lucertola avrebbe tratto vantaggio andando al governo, ma per cosa, nello specifico?

Se non ricordava male, dopo che Mussolini era stato destituito, la famiglia Ansaldo aveva fatto miliardi di miliardi accaparrandosi i pozzi di petrolio nelle ex colonie in Africa, e anche adesso le concessioni erano rimaste in mano loro.

E nel periodo delle privatizzazioni il gruppo Ansaldo si era espanso ancora di più, accaparrandosi interi settori industriali grazie ai prezzi stracciati imposti da Savoia padre, in cambio del loro supporto. E fu proprio allora che Antonio Maria Ansaldo, la lucertola, era riuscito a plasmare sotto di sé il gruppo dei Pretoriani, accordandosi con gli altri oligarchi o mangiando quelli più deboli.

Ecco, forse, più che una lucertola, era un ragno.

"Certamente, ma anche il Raggruppamento nazionale, qui al Nord, o i Fratelli cristiani del dottor Prosciutto, nel Meridione..."

In circostanze diverse Bianca si sarebbe messa a ridere solo a sentirlo nominare, il dottor Prosciutto. Ora, invece, non le diceva nulla, per cui decise di far finta di sorridere lo stesso.

«Sai che mi ammazza il dottor Prosciutto?»

Anna alzò le sopracciglia. «È uno stronzo. Fa gli accordi con gli 'ndranghetisti, lo sapevi?»

«Mmm...»

«No, davvero. Al Sud, alle primarie, il suo partito ha vinto comprandosi migliaia di voti. Poi omicidi, riciclaggio, si sono persino messi d'accordo con le tifoserie di estrema destra in cambio di insabbiamenti. Però vanno in giro a parlare di Dio, patria e sicurezza.»

Bianca annuì, mormorando un semplice «Che stronzi».

Anna tornò a cercare un film che non fosse un cartone, lasciando Bianca da sola, a sentire le boiate della lucertola.

"... è inaccettabile l'ingratitudine verso la figura di Sua Maestà Savoia. Oggi ci concentriamo sui dettagli, ma voglio ricordare che dopo la deposizione di Mussolini il Paese era spezzato a metà, ed era pronto ad abbandonarsi alle grinfie del comunismo. E il re, come un buon padre, ha preso le redini della situazione. Ha commesso degli errori? Certamente, ma la situazione era molto complicata. Ed è grazie a lui se oggi viviamo nel benessere."

"E poi nessuno parla mai dei crimini dei comunisti, no? Delle atrocità compiute durante le rivolte."

"Proprio così, Flora, le sinistre estreme sono refrattarie all'onestà intellettuale. Ma d'altronde, cosa dovremmo aspettarci? Il loro modello è la Russia bolscevica. Ha visto

che cosa fanno nell'Est Europa. I massacri, le chiese bruciate, gli infanti divorati."

"Terribile, dottore, terribile. Quindi, per questo supportate il Principe? Pensate sia una guida giusta?"

"Certo! Il Principe non è suo padre, è di un'altra pasta, ma è la persona di cui abbiamo bisogno. Un uomo moderno, pronto a portarci in Europa."

«Ti va bene questo?» disse Anna, mostrando il cofanetto.

«No, quello no» rispose Bianca. «Papà l'ha preso l'altro giorno, è in francese, ma non ha i sottotitoli nemmeno in inglese.»

"... per sottostare alle regole della Federazione europea? Pensa che vogliano interferire nelle nostre decisioni nazionali?"

"Sì, Flora, certamente. La Francia, la Germania, la Spagna, il Regno Unito, tutti hanno ceduto la loro sovranità a un unico governo centrale. Ma non sarà il nostro caso. Per i prossimi vent'anni saremo una nazione a statuto speciale, e manterremo la nostra autonomia. Sa perché? Perché la Federazione ha più bisogno di noi che noi di lei. Ci vogliono in prima linea nel malaugurato caso di una guerra contro i bolscevichi? Noi siamo i più pronti! In fondo, vent'anni fa, ai tempi dei patti di Atene, siamo noi che abbiamo accolto gli slavi durante l'invasione sovietica, siamo noi che abbiamo spinto per..."

«Questo qui? Anche questo è europeo, no?»

Bianca strizzò gli occhi. Ah sì, sulla copertina c'erano un cavallo e una signora con un cappello di paglia, doveva essere una commedia romantica.

«C'è la bandierina inglese, vero?»

«Sì.»

«Allora va bene, dài.»

"... e tutto il marxismo culturale nelle università che corrompe i nostri giovani, rendendoli deboli, effeminati, dove sono finiti i nostri valori?"

«Fai stare zitto questo stronzo?» esclamò Anna.

Bianca obbedì, ma per sbaglio schiacciò sul quarto canale. Anna si era già inginocchiata per azionare il videoregistratore, quando davanti alla sua faccia comparve il volto barbuto di un giornalista.

"... sorpasso nei sondaggi, il leader dei liberali, Mauro Grani, ha annunciato la disponibilità del suo partito a creare un governo di coalizione con il Fronte popolare..."

«Cosa!?» gridò Anna, facendo sobbalzare Bianca sul letto.

"Il nostro obiettivo è chiaro. Tra un anno entreremo in Europa, e dobbiamo farlo con un governo saldo, ed è quello che vogliamo creare. E siamo disposti a trattare anche con le opposizioni, se necessario. E se il Fronte popolare vuole rendersi disponibile, valuteremo se..."

«Oddio, oddio, oddio! Ma... è fantastico!» si entusiasmò Anna.

Bianca si dispiacque, e si mise seduta sul letto, le mani sul grembo.

Quella era una notizia straordinaria. Se, infatti, i socialisti avessero preso abbastanza voti, c'era davvero la possibilità di creare un governo senza i repubblicani, e quindi scacciare Savoia e i suoi Pretoriani per almeno cinque anni. Sarebbe stata una vera rivoluzione, la vittoria della sua generazione, e uno dei motivi per cui aveva iniziato a impegnarsi in politica.

Avrebbe dovuto saltare di gioia, gridare, correre in strada, ma non ne sentì l'impulso. E ancora una volta, le sembrò che questa cosa così bella che il mondo le aveva regalato, quest'onda meravigliosa e travolgente si fosse schiantata sugli scogli incorruttibili della sua apatia.

Il mondo si muoveva, ma per lei era ancora grigio e morto.

«Ehi! Cretina!» le gridò Anna.

Bianca si svegliò balbettando.

«C-che? Sì, fantastico, eh?»

«Lo sai cosa vuol dire questo?»

Bianca scosse la testa e mise le mani avanti.

«Sì, che possiamo vincere, no?»

Anna s'inginocchiò davanti a lei, e le raccolse le mani.

«Qual è la cosa su cui andiamo d'accordo con i liberali?»

Bianca provò a riflettere.

«Il... ehhh...»

«La giustizia, Bianca!»

Bianca cominciò a realizzare a mano a mano che la sua amica spiegava.

«L'esercito per le strade, le detenzioni preventive, i processi per direttissima, i tribunali speciali, i registri dei facinorosi, i tre richiami, i giudici scelti dalle commissioni politiche, tutta questa roba i liberali la odiano quanto noi, ed è sia nel nostro che nel loro programma. Questo vuol dire che...»

«Che se andiamo al governo con i liberali...»

Anna non le diede la soddisfazione di finire.

«Che se andiamo al governo con i liberali, nessuno potrà incarcerarti per un cazzo. Soprattutto per non avere commesso un crimine.»

Bianca capì, i colori tornarono e il mondo ricominciò a vibrare. Si misero entrambe a strillare di gioia. Anna le saltò addosso, e ricominciarono a fare le cretine sul letto.

Quel pomeriggio, fino a sera, non fecero altro che ridere, guardare la tv e chiacchierare sulle cose più stupide. Anna poi sarebbe rimasta anche per cena, e quella notte avrebbero dormito insieme, nella cameretta.

Poi, Anna si sarebbe addormentata sulla sua spalla, e Bianca le avrebbe accarezzato la schiena per almeno un'ora, prima di addormentarsi, felice. Godendosi quelle ore, quei momenti, come se fossero i più belli della sua vita.

In seguito, di questo sarà grata. Perché sarebbero stati gli ultimi.

7

A un anno di distanza, David scoprì in pochissimi minuti di odiare quella tossica.

Forse era brutto chiamarla "tossica", ma quell'appellativo era sicuramente più appropriato rispetto a "la fidanzatina di Mark", come l'aveva chiamata papà. E poi era stata la sua prima impressione, e quella definizione gli era sembrata molto calzante: capelli blu, tre tatuaggi solo sul braccio sinistro, felpa rancida.

Incarnava tutti i peggiori stereotipi della trentenne che ancora frequenta i centri sociali. Sguaiata, sporca, abbandonata a se stessa, aggrappata ai ricordi di un passato falsamente felice, e incapace di rendersi conto che la vita va avanti. Un personaggio grottesco, parodia della sua stessa esistenza.

Ma come sei bravo David, in cinque minuti le hai già fatto un profilo psicologico?

Chi sei tu per giudicare? Che diritto hai di dire a una persona come gestire la propria vita? E tutte queste belle cosine dove le hai imparate, al corso di scrittura creativa?

Vedi di darti una regolata.

La voce di Mark scomparve non appena lei alzò la mano, schioccando le dita per farsi notare dal cameriere. Braccialetti e monili vari cominciarono a tintinnare e il disprezzo per lei si risvegliò in un istante.

La ragazza, che si chiamava Maya, ordinò un dolce alla crema. David intuì che sarebbe stato lui a pagare il conto.

«Scusa, ma ho una fame...» commentò lei, tornando a zuccherare il suo tè al lampone.

David si aspettava che una volta che il cameriere le avesse portato il dolce lei lo avrebbe inzuppato per poi divorarlo masticando a bocca aperta.

Invece no, si limitò a spostare il piattino sulla sinistra, e aprì una terza bustina di zucchero. Lo versò lentamente, facendone cadere metà sul tavolo, poi, con lo sguardo perso nel vuoto, si mise a mescolare lentamente quella melassa rossa.

«Ho una fame...» ripeté a bassa voce.

David non capì.

«Non ti preoccupare» le rispose.

Maya continuava a girare il cucchiaino. Da quando si erano seduti, non lo aveva ancora guardato negli occhi. David rimase a fissarla, cercando di capire se fosse sotto l'effetto di qualche sostanza.

Oddio, forse era davvero troppo prevenuto. Provò a giustificarsi pensando che fosse, il suo, un vizio professionale.

«Tu di cosa ti occupi?» gli chiese lei.

David pensò che un po' di preliminari l'avrebbero messa a suo agio.

«Scrivo» rispose, cercando di non essere troppo freddo.

«Libri?» s'incuriosì Maya, con un filo di voce.

«No. Serie tv.»

Lei mugugnò, come per dire di aver capito, ma David ebbe l'impressione che fosse solo un verso standard. Forse, se le avesse detto di scrivere scoiattoli lei avrebbe commentato allo stesso modo.

«Figo... Ho visto qualcosa di tuo?»

David riuscì a stento a reprimere un "e che ne so".

«Non saprei. Hai visto *La tempesta*? Quella dei marinai in Scozia, con Javier De la Croix?»

Maya alzò gli occhi e guardò fuori dalla vetrata. In strada non c'era nessuno, tranne un vecchio che leggeva il giornale su una panchina, vicino al parchetto. Poi rivolse il suo sguardo all'interno del locale, oltre a loro c'era solo una coppietta annoiata.

Tornò a fissare la sua melassa e a rimescolarla lentamente.

Forse non era sotto la botta di qualcosa, ma di certo era conciata. Provò a immaginarsela insieme a Mark, in una stanza schifosa, mezzi nudi, mentre uno di loro preparava...

«Ah, quello dove c'è tipo il polipone?»

Il "polipone"?

Ma come il polipone?

David e i suoi colleghi avevano passato due settimane a litigare con i produttori per quel kraken, spiegando nel dettaglio le metafore sul mostro e il mare, e come quelli fossero i simboli dell'inconscio umano e della brutalità della natura. E ora, davanti a una tazza di tè, quella sottospecie di tossica aveva liquidato tutto quel lavoro con un candore devastante, chiamandolo "polipone".

In un altro momento, questo lo avrebbe fatto sorridere.

«Sì» rispose David. «Quello con il polipone.»

«Ah, io non guardo quella roba» commentò lei, sempre girando il cucchiaino. «Ho visto il trailer e mi ha annoiato. Sai chi è il mio regista preferito?»

David fece un respiro pesante e si sfregò gli occhi. Poteva bastare così.

«Senti Maya, sei simpatica e ti ringrazio per avere accettato di incontrarmi, ma sono...»

Lei scattò come una molla. Alzò le mani all'altezza degli occhi, come se dovesse reggersi la faccia, il cucchiaino rimbalzò sul tavolo e finì sul pavimento, lei quasi gridò in un raptus isterico.

«Non lo so dov'è Mark! Va bene? Non lo so!»

David non reagì. Restò immobile davanti a quella psicotica.

«Te l'ho detto anche al telefono! Non lo so! Basta!»

Era impressionante quanto somigliasse a Lucia, quando la sera se la prendeva con lui, a caso, e gli gridava addosso quanto la facesse incazzare "quando fai così".

Maya agitava le mani nello stesso modo.

«Maya...» provò, cercando di restare calmo. «Lo so che non lo sai. Però voglio sapere...»

«Che palle!» continuò ad agitarsi lei. «Ti ho detto che non lo so! Va bene? Ma che cazzo vuoi da me? Ma ti pare possibile? Te l'ho detto, l'ultima volta l'ho visto un... un... un mese fa! Ecco, un mese fa! Ha preso la sua roba e se n'è andato! Io non c'entro niente! L'hai capito o no?»

In quel momento, l'unica cosa che David capiva era che se le avesse tirato una sberla sarebbe passato dalla parte del torto. Avrebbe voluto farle anche di peggio, ma si concentrò sul respiro.

Più tardi avrebbe concluso che si era comportato benissimo, ma forse non era tutto merito suo. Quando chi hai davanti grida come un ossesso, è più facile fare la figura di quello equilibrato. Si gioca per reazione.

Alzò la mano e scandì le parole lentamente.

«Maya. Calma, per favore.»

Lei si abbassò per raccogliere il cucchiaio, nervosa come un chihuahua, e dopo averlo pulito sulla felpa ricominciò a mescolare lo zucchero nel tè.

David le diede tempo, voltandosi verso la coppietta. Li stavano fissando, ma appena li guardò quelli tornarono alle loro tartine.

«Vaffanculo...» imprecò lei, e finalmente prese un sorso di quella porcheria.

David cercò di dimenticarsi del fatto che magari lui era l'unico ad avere il diritto di fare una scenata e mandare a fare in culo il mondo, ma in fondo ci era abituato. Con Mark era sempre così. Nonostante fosse David ad avere sistematicamente ragione e Mark palesemente torto, doveva essere sempre David a comportarsi in maniera ragionevole, abbassare i toni e risolvere la situazione. Doveva essere sempre quello "superiore", come diceva mamma, ingoiare il rospo e vincere l'infantilismo degli altri. E con questa tossica era la stessa cosa.

Una voce interiore gli disse che quella era una vera ingiustizia, che non era possibile che fosse lui l'unico a doversi mettere nei panni degli altri, l'unico a provare a sistemare le cose.

Ma anche quella voce era una vecchia amica. La zittì, e si calmò anche lui, nel silenzio sonnacchioso del bar austriaco.

Nessuno dei due disse una sola parola per qualche secondo. Poi, quasi a sorpresa, una camionetta blu scuro dell'Europol passò in strada. Maya si voltò di scatto, e appena il mezzo fu lontano ricominciò a respirare.

David scelse con attenzione le parole.

«Maya, per favore. Sto solo cercando mio fratello.»

Lei scosse la testa, appoggiò i gomiti sul tavolo e si resse la fronte.

«Sì, scusami...»

Si era calmata. Perfetto. Era proprio come Mark, doveva solo lasciarla sbollire.

«Perché non mi dici quello che sai?» le chiese gentilmente. «Non voglio seccarti, ma non ho altra scelta. Ho chiamato l'università, la sezione del partito, il giornale, sei la mia unica...» Si fermò, non poteva dire "pista", si sarebbe preso in giro da solo. «... La mia unica possibilità. Sei stata l'ultima ad averlo visto. Per favore.»

Lei scosse di nuovo la testa, ma non era per dire che no, non gli avrebbe riferito nulla. Era soltanto sconsolata, come se tutto questo fosse inutile.

David ci provò lo stesso.

«Facciamo così. Io ti dico quello che so, e poi tu mi dici cosa mi manca, ci ragioniamo insieme, ci stai?»

Lei alzò le sopracciglia, come per sottolineare quanto fosse intelligente il suo piano. Prese un sorso di melassa e lo lasciò parlare.

«Allora, tu e Mark vi siete conosciuti tre mesi fa, alla sezione universitaria del partito, giusto? Vi siete piaciuti e...»

Si interruppe, Maya si era messa a ridere.

«Sbaglio?»

«Vai avanti» ribatté lei, sprezzante.

David resistette ancora una volta a tirarle una sberla e proseguì.

«Vi siete conosciuti. E siete venuti qui per le elezioni, per supportare Kofler. Lui conquista il suo seggio, ma voi non tornate in Spagna, restate qui. Mark mi chiama, mi dice che è in vacanza, che abbandona il giornale, ma mi dice anche che state ancora aiutando il partito. Era vero?»

Maya stava sorridendo, ma non guardava lui, guardava il fondo della sua tazza di tè.

«Ti ha parlato di me?» gli chiese.

Sì. Nel corso di una telefonata, l'unica intercorsa tra loro nel giro di chissà quanto tempo, Mark aveva detto qualcosa su di lei, di questo era certo. Forse era anche una cosa importante, un dettaglio che a Maya avrebbe fatto piacere sentirsi dire, però David non se lo ricordava. Ma era colpa di Mark, come al solito. Come si fa a chiamare alle undici di sera? E poi David stava controllando gli *storyboard* del primo episodio, non aveva tempo. Solo una cosa era chiara, e cioè che fosse veramente entusiasta, come non lo sentiva da tempo. Neanche quando aveva cominciato a fare servizi fotografici per il giornale. David però non aveva ascoltato bene, aveva messo giù, augurandogli buona fortuna e ricordandogli in maniera convenzionale come mancasse a tutti.

E ora continuava a pensare a quella telefonata. Difficile ricordarsi qualcosa che non hai ascoltato.

«Sì, ha detto che era con te» rispose David. «Ma nulla di particolare.»

«Va bene» replicò Maya, non troppo delusa.

«Quindi, quand'è che se n'è andato? Dove? Ha lasciato un biglietto? Qualcosa?»

Maya sbuffò, e prese la borsa.

«Oh, te l'ho detto. Un giorno si è svegliato, ha preso la sua roba e se n'è andato di casa. Ha detto che aveva da fare.»

«Ho capito, ma cos'è che facevate qui? Sei anche tu una fotografa, o una specie di reporter? Come davate una mano ai comunisti austriaci? Chi vi manteneva? Il partito? Vi davano i soldi per un affitto? Eravate in una comune?»

Maya continuava a scuotere la testa, mise nella borsa il portafogli e le chiavi.

«No... cioè sì. I soldi ce li dava il partito, Mark faceva le foto, io gli davo una mano, ok? Ora scusa, devo andare.»

«Aspetta, aspetta, per favore» la implorò David, cercando di mantenere la calma.

«Hai detto "dava"? Perché? Ora non vi mantengono più?»

«Non ne so niente, David, è stato un piacere...»

Si stava preparando ad alzarsi. Non era possibile, no. Possibile che non capisse la sua situazione? Perché faceva così?

«Un attimo, con calma. Eravate qui solo per questo? Solo per le elezioni?»

«Sì, solo per le elezioni. Ora devo andare, David, scusa.»

Tirò indietro la sedia, provò ad alzarsi, ma David decise che non lo avrebbe fatto.

Le afferrò il polso, e glielo strinse. Lei aprì la bocca in una smorfia di stupore.

«Lasciami» gemette.

Ma David non la lasciò, la fissò negli occhi. «Mi hai preso per un idiota?» ringhiò a bassa voce.

Maya aveva le gote rosse, provò ancora a muovere il suo braccino pallido, ma David la strinse ancora più forte.

Per un istante una voce gli gridò di lasciarla andare, soprattutto quando la sentì implorare una seconda volta.

«Mi stai facendo male.»

Allentò solo un pochino.

«Credi davvero che non sappia perché siete venuti qui?»

Lei si voltò in cerca d'aiuto, ma la coppietta era già uscita e dietro il bancone non c'era nessuno.

«Guarda che chiamo la polizia» minacciò, in un disperato tentativo di liberarsi dalla presa.

David si giocò il tutto per tutto.

«Va bene, chiamala. Così spieghi tutto a loro, e ti mettono dentro per spaccio. Ci stai?»

Gli occhi di Maya si riempirono di orrore, così smise di muoversi. Non appena David avvertì la tensione spegnersi nel braccio di Maya, la lasciò andare. Appoggiò la schiena sulla sedia, e mantenne lo sguardo fisso su di lei.

«Forse dovrei andarci io. Che ne dici?»

Maya non rispose. Lasciò andare la borsa e fece cadere le mani sul grembo.

Un enorme senso di colpa cominciò a divorarlo. Non aveva mai fatto una cosa del genere, nemmeno con Lucia. Anche perché lei probabilmente gli avrebbe tirato uno schiaffo, ma non era importante. Per ora aveva vinto. Lei era rimasta lì.

Era rimasta lì perché ci aveva azzeccato. Doveva continuare su questa strada. E ora che aveva fatto la figura del duro, doveva fare il buono.

«Che cosa volevate comprare?» le chiese, cercando di non sembrare un'imitazione scadente di un poliziotto.

Forse non ci era riuscito, perché a Maya venne da ridere, nonostante il suo labbro avesse iniziato a tremare.

«No, non è così... non è come pensi.»

Ah, no?

David decise di giocare a carte scoperte, tanto non aveva altra scelta.

«Mark te l'ha detto che è stato in clinica?»

Maya lo guardò negli occhi. Erano lucidi.

«Cosa?»

David rincarò la dose.

«Sei mesi. E ha fatto avanti e indietro per anni. Non te l'ha detto, vero?»

«No...»

Certo che non l'aveva fatto. Razza di idiota.

«Durante il liceo. La cannabis del governo non gli bastava. Allora si era messo a rubare gli psicofarmaci di mia madre, poi aveva cominciato a comprarseli da solo.»

Maya tirò su col naso.

«No... Mi ha detto che... che lo odiate.»

David sentì qualcosa di strano nel petto. Per un attimo se lo immaginò disteso in quella stessa stanza schifosa, mentre sussurrava boiate a quella tossica.

Lo odiate.

Chi?

Intendeva dire tutta la famiglia? Mamma, papà? Anche lui? Dopo tutti i soldi che... No, non era il momento.

«Mark non è una persona pericolosa. Lo so» le disse. «Ma può ricascarci. È già successo. Non metto in dubbio i suoi valori, le sue idee politiche e tutto il resto.»

«E tutto il resto?» chiese lei con un filo di voce, mentre cercava un fazzoletto nella borsa.

«Sì. Sono certo che siate venuti qui per sostenere i social… scusa, i comunisti. Ma una volta finita la campagna? Che ci facevate ancora qui?»

«Noi…»

«È per il fentanyl, vero?»

Maya si soffiò il naso, e tenne gli occhi bassi. «No. Non è così. Tu non capisci.»

Oh, sicuramente non capiva. Lo diceva anche Mark. David non capiva niente, mai. Eppure le cose stavano sempre come diceva lui, aveva sempre ragione. Chissà perché. E chissà perché era sempre lui a cacciarlo fuori dai guai.

«Ho controllato. L'Austria è l'unica nazione a statuto speciale che può vendere medicinali a base di fentanyl senza prescrizione. Serve solo un'autocertificazione. Quanti ne avete presi?»

«Noi…»

«Li volevate rivendere in Spagna? È così?»

Ora lo sguardo di Maya era diverso. David non riuscì a decifrarlo. Decise di insistere, andandoci giù pesante.

«Lo sai, vero, che quella roba può uccidere? Quelle pasticche, se le fai in polvere e le tiri, ti possono far scoppiare il cervello, lo sai?»

Ecco, adesso lo sguardo di Maya era… indignato. David se ne accorse non appena lei aprì bocca.

«Tu pensi che tuo fratello sia… un narcotrafficante.»

David sorrise.

«No. Mio fratello è un inetto. Non potrebbe farlo neanche se potesse. Non è un narcotrafficante, ma di certo è un drogato.»

Lei rimase a guardarlo con gli occhi pieni di lacrime e odio.

«Sei proprio uno stronzo, lo sai?»

David incassò il colpo.

«Allora, ho sbagliato?»

Maya non rispose. Scosse la testa, si guardò ancora una volta intorno e cominciò a parlare.

«Ok, sì. Eravamo qui per... quello. Anche. Cioè, noi siamo venuti qui per Kofler, per la campagna. Le medicine erano solo...»

«Uno sprint in più?» la aiutò a concludere David.

Maya alzò gli occhi al cielo. Intanto il cameriere dietro al bancone era tornato, li guardò per un istante, ma annusò l'aria e capì che probabilmente nessuno dei due voleva un altro dolce alla crema.

Maya singhiozzò un respiro e cercò di spiegarsi.

«Durante la campagna io ero nella logistica. Rispondevo ai telefoni, aiutavo a organizzare le conferenze, Mark invece era sul campo, diciamo. Aiutava soprattutto durante le interviste ai vecchi esiliati italiani.»

«Cioè?»

«Foto, video, cose così, ma principalmente faceva da interprete.»

Era sensato, un mezzo italiano che traducesse in inglese era certamente utile. David se lo immaginò, mentre reggeva il microfono a un vecchio rimbambito che ragliava contro Savoia o uno dei Pretoriani.

A lui un lavoro del genere lo avrebbe mandato in bestia, ma di sicuro Mark si era divertito un mondo.

«Questo per un po'. Poi... è arrivata una persona.»

Bel modo di definire uno spacciatore: "una persona".

«Tu ne sai niente della ZAS?» gli chiese Maya.

«No, cos'è? Un altro oppiaceo?»

Ebbe l'impressione che lei volesse tirargli una sberla.

«No» rispose, gelida. «ZAS: Zona Autonoma degli Slavi. È una specie di enclave nelle Alpi italiane. Ci sono circa ventimila rifugiati jugoslavi, quelli scappati dopo l'occupazione sovietica.»

«Sì. Quindi?»

«L'anno scorso, prima delle elezioni, avevano una certa autonomia con il regime di Savoia. Poi ci sono stati gli scontri e... Lo sai che cosa gli stanno facendo?»

Oh Madonna. Ci mancava anche la tiritera politica.

In un altro momento David avrebbe anche detto qualcosa su come si comportassero bene gli italiani alle elezioni, soprattutto su come fossero così bravi a liberarsi di una dittatura eleggendo subito dopo lo stesso dittatore, ma quello non era proprio il caso. Soprattutto, non con una che giustificava i terroristi.

«Sì, sì, lo so. Questo cosa c'entra?»

Lei lo guardò stupita.

«Non te ne frega niente? Guarda che è il tuo Paese.»

Un sorriso amaro comparve sulla bocca di David. Quante volte si era sentito dire quella frase. Esalò un sospiro di fastidio.

«No, non lo è. Io sono europeo, come te e Mark. Va' avanti.»

Lo sguardo di Maya si fece sconsolato. Continuò.

«Ecco, c'era un tale. Un certo Josif, un austriaco-slavo. Ecco, lui è uno dei più importanti membri del PCJ, il Partito comunista che lotta per la liberazione di questa enclave. Non possono organizzare fondi perché è illegale, però fanno informazione, fanno... Come si dice quando... quando spingi al Parlamento europeo per ottenere qualcosa di politico...»

David non alzò a sua volta gli occhi al cielo solo perché non voleva abbassarsi al suo livello, ma trovò divertente il termine "lobbismo" affiancato al Partito comunista di una minoranza etnica.

«Lobbismo.»

«Sì, quello. Lottano per fare in modo che l'Italia non entri nella Federazione. Ecco, Mark e Josif hanno legato. Discutevano, sono diventati amici. A un certo punto ha cominciato a frequentare più lui che me.»

La voce le si ruppe. David si chiese se non fosse il caso di consolarla. Ma stava andando bene, lo avrebbe fatto dopo, nel caso.

«E che cosa facevano?»

Maya alzò le spalle.

«Non lo so. Una volta è scomparso per una settimana,

senza dirmi nulla. Poi tornava, diceva che era stato con Josif, e con Hans, suo fratello...»

Si mise a singhiozzare.

Perché? Cosa c'era che non andava? Che cosa avrebbe mai potuto fare con quel comunista? Se lo immaginò lì, tutto contento, mentre alzava il pugno e sparava quelle quattro cagate da centro sociale, e tutti intorno a ripeterle a pappagallo.

«E poi? Che è successo?»

«Non... non posso... io...»

David cambiò tattica, parlò come con Lucia quando voleva calmarla.

«Maya, con calma. Che è successo, che hanno fatto?»

Lei inspirò.

«Ha detto che dovevano fare qualcosa, dovevano... agire.»

Agire?

Per qualche secondo David tornò con la memoria a una settimana prima, nell'ufficio del funzionario, alla procura. Si ricordò dell'episodio che quel pelato gli aveva raccontato. I comunisti olandesi che avevano finanziato gli aiuti, proprio per gli slavi nella ZAS, e ora rischiavano un processo.

No, no, non era possibile. Mark era capace di fare molte cose, ma non quello. Non mettersi a finanziare un gruppo terrorista in un Paese straniero. E poi, anche se avesse voluto, con quali soldi? A meno che, certo, non li avesse trovati.

«Maya, non mi hai risposto. I medicinali con il fentanyl. Quanti ne avete presi?»

«No, cioè, noi...»

David tirò un cazzotto sul tavolo. Le tazzine vibrarono e Maya sobbalzò.

«Quanti?» gridò.

«Q-quasi una cassetta... scusa...» si affrettò a dire lei. «Scusa...»

"Scusa." Non si ricordò dell'ultima volta che Mark gliel'avesse detto.

David fissò il tavolo, e percepì che il cameriere lo stava fissando, ma li avrebbe lasciati in pace.

«Cosa vuol dire "una cassetta"? Quante pasticche?»

«Trenta, per scatola… circa venti scatole.»

Più di cinquecento pasticche, facendo un calcolo approssimativo. Aveva letto sul giornale che in Francia una pasticca di quelle veniva rivenduta per almeno novanta euro. Però forse stava volando con la fantasia.

Stai calmo.

«E ora dove sono quelle scatole?»

«Io ne ho una…» gemette Maya.

«E le altre?»

La piccola tossica stava per crollare in un pianto a dirotto, ma riuscì a parlare, nonostante la sua voce stesse affogando nelle lacrime.

«Non ci sono più. Credo che Mark le abbia portate via.»

David annuì.

Portate via. Con quell'altro. Il comunista. E chissà quanti altri gentiluomini.

Non c'era altro da fare. Crollò sullo schienale della sedia e si strinse nelle braccia. Gli faceva male la testa, e sentiva come se un macigno di pietra gli fosse crollato sul petto. Lo stomaco si gonfiava a fatica, non stava respirando, ma non gli importava.

Guardò fuori, il vecchio se n'era andato.

Gli venne in mente mamma. Era quasi mezzogiorno. Tra poco un'infermiera le avrebbe portato il pranzo.

«Be', complimenti» disse, con una voce senz'anima.

Maya provò a spiegarsi.

«Lo so che odi tuo fratello, ma ti assicuro che…»

Non appena David la fissò negli occhi, ebbe l'impressione di averla spaventata.

«Io odio mio fratello?»

Lei non sapeva come rispondere, balbettò, e si asciugò le lacrime con il polso.

«No, no. Voglio dire che qualsiasi cosa abbia fatto, lo sta facendo perché ci crede… capisci?»

«Sta' zitta Maya. Per favore.»

Lei ubbidì. Tirò fuori dalla borsa un'agenda marrone. David la riconobbe, gliel'aveva regalata papà il Natale prima.

«L'ha lasciata vicino al letto. Forse può esserti utile.»

David sentì qualcosa di marcio corrodergli le budella, e il cuore dare un colpo sordo sotto lo sterno. La afferrò, ma non la aprì.

«Grazie Maya» disse solo, ma non riuscì a sentire il suono delle sue parole.

Lei non disse nulla. Si alzò, prese la borsa e s'infilò la giacca.

«Io vado ora, ok? Il mio gruppo sta per ripartire, te l'avevo detto...»

David annuì, tenendo gli occhi sulla pelle sintetica.

«Ehi» lo chiamò lei, di fronte a lui.

David alzò lo sguardo. A guardarla così, in piedi, non era affatto piccola. Anzi, solo ora si era reso conto di quanto fosse veramente carina.

La guardò aggiustarsi i capelli.

«Non vai dalla polizia, vero?»

David avrebbe voluto sciogliere la mascella, ma era serrata in una morsa di pietra. Scosse la testa, e le fece un sorriso d'ordinanza.

«Ok, grazie. Senti...» riprese lei.

Questa volta fu David a tirare su col naso.

«Secondo me lo trovi. Guarda l'ultima pagina.»

David annuì una seconda volta e la lasciò andare.

Non appena se ne fu andata, sentì ancora quell'orrore muoversi nello stomaco, e lo sentì muoversi più in alto, nel petto. Si abbracciò il cuore, e si costrinse a reggersi la testa con le mani, appoggiando i gomiti sul tavolo.

Aprì la bocca, e respirare diventò come tirare le corde di un ascensore di diverse tonnellate.

«Signore?» chiese il cameriere. «Porto via?»

David fece cenno di sì, e restò a fissare l'agenda scura davanti a sé.

A un certo punto le corde si spezzarono, il peso crollò nel suo petto, sentì la voce di mamma e si mise a piangere come un ragazzino.

8

«È inaccettabile, capitano. Semplicemente inaccettabile!»

Sforza strinse la cornetta tra guancia e spalla, prese la sua copia del rapporto e cercò di individuare il punto che più probabilmente aveva irritato il generale Gallo.

«È solo un rapporto preliminare, signore» si giustificò, ma il generale non ne volle sapere.

«Non m'interessa! Lei non mi ha portato neanche una teoria! Possibile che non si sia fatto neanche un'idea? Dieci morti, come li giustifico io?»

Era chiaro. Il generale voleva qualche testa da presentare al comando centrale, ed eventualmente al Praesidium, e lui doveva procurargliela.

«Generale, gli elementi a mia disposizione sono pochi, gli uomini pure. Faccio quello che posso con quello che ho.»

«Questo è intollerabile! E perché sto parlando con lei? Dov'è il maggiore?»

Sforza guardò l'orologio, sorrise. Gli si era appena presentata un'ottima occasione.

«Sono passate le sei, generale. Se vuole trovare il maggiore, le consiglio di chiamare il bar degli ufficiali a Nuova Gorizia.»

Dall'altro capo della cornetta, il capitano sentì solo un lungo respiro infastidito.

«Vuole che la faccia contattare io dal maggiore? Ma non credo che a quest'ora il maggiore sia in grado di…»

«Stia al suo posto, capitano» replicò Gallo, severo.

«Sissignore» rispose Sforza, cercando di nascondere il sorriso. Il colpo era andato a segno.

Il generale sospirò un'altra volta.

«Almeno, sa se ha letto il rapporto? Lo ha aggiornato sulla situazione?»

«È stato inviato al suo ufficio tramite fax. Ma non sono stato richiamato. Mi sto occupando io della situazione. Come al solito.»

Aspettò qualche secondo prima di rincarare la dose.

«Anche perché negli ultimi mesi, generale, il maggiore mi ha delegato l'iniziativa per le operazioni di tutta la base. Immagino che riguardasse le questioni più importanti che mi ha accennato.»

«Questioni importanti?» chiese il generale, che stava perdendo la pazienza. «Quali?»

Sforza giocò la carta dell'agnello innocente.

«Ah, non saprei, generale. Il maggiore non mi ha detto nulla di preciso. Credevo che lei ne sapesse qualcosa.»

Il capitano si gustò il silenzio infastidito che proveniva dalla cornetta. Guardò fuori dalla finestra. Il cielo si era già fatto scuro, e i fari stanchi di un camion fissavano l'edificio numero 4.

Il generale si era ammutolito, il momento perfetto per l'ultimo colpo.

«Generale, io nella mia posizione non posso fare troppo, la mia autonomia è limitata. Certo, se il maggiore fosse presente più spesso, le nostre forze sarebbero molto più efficienti. D'altro canto, capisco gli impegni individuali, quindi, visto che di fatto gestisco io il comando delle...»

«Faccia silenzio.»

Per un istante Sforza si preoccupò, ma di certo non aveva detto nulla che il generale non sospettasse da tempo. I suoi dubbi si dissiparono non appena sentì la frase successiva del superiore.

«Passi al canale privato. Mi trova sul due.»

Gli aveva dato un ordine diretto. Questo voleva dire che al

generale non era passato nemmeno per il cervello che Sforza potesse obiettare per una violazione del genere. Erano sulla stessa lunghezza d'onda, non poteva chiedere di meglio.

Premette tre pulsanti. Due per passare al canale privato, ma il terzo era per accendere un altro magico marchingegno. Un sistema di registrazione.

«Mi sente?»

«Sissignore, mi dica.»

Le parole del generale Gallo furono chiare, veloci, taglienti come lame.

«Mi ascolti bene, Sforza, io so perfettamente chi è lei. Non mi fraintenda, non mi importa nulla delle indiscrezioni sulla sua famiglia o sul suo nome. Per quanto mi riguarda, lei ha fatto più in due mesi di quanto abbiano fatto i nipoti del generale Messe in un anno.»

«La ringrazio, signore.»

«Non m'interrompa» sputò il generale. «Io l'ho capita. Ne ho visti di ufficiali come lei, mi creda, a palate.»

Sforza sentì una fastidiosa aspirazione sulla *t* di "palate", tradendo l'origine toscana del generale.

«Siete piccoli arrampicatori, vi conosco. Ma questo è un momento estremamente delicato per il Paese, lo capisce?»

Sforza aveva appoggiato i gomiti sul tavolo, il camion si era spostato verso il suo edificio e ora illuminava l'aiuola.

Fece il bravo soldatino.

«Ho giurato fedeltà alla Repubblica, signore, conosco il mio dovere. E si fidi, comprendo la situazione e le sue responsabilità.»

Un altro silenzio.

Andiamo, razza di idiota, andiamo, fammi felice.

Il generale lo fece.

«Se le fornisco i mezzi di cui ha bisogno, potrò fidarmi di lei?»

Sforza cercò di reprimere il sorriso nella sua voce.

«Sissignore. Assolutamente.»

«Lo immaginavo. Suppongo anche che abbia già un'idea. La esponga.»

Gli aveva dato carta bianca. Doveva essere Natale.

«Dunque, generale» cominciò Sforza, «potrei tediarla richiedendo squadre specifiche, ma direi che la cosa più utile, in nome dell'efficienza, sia quella di assegnarmi il terzo reggimento del capitano Di Salvo, della seconda compagnia, e le squadre restanti del maggiore.»

«Aspetti un secondo» lo interruppe il generale.

Mancava pochissimo. L'immaginazione gli fece credere di sentire un fruscio di fogli, agitati dalla mano innervosita del generale.

Ora, davanti alla luce arancione, cascavano piccole particelle d'acqua. In breve, le strade di terra di tutta la base si sarebbero ricoperte di melma.

Sforza non mosse un muscolo.

«Capitano, È tutta la brigata della base. Dovrei promuoverla a maggiore.»

Oh, bravo, ci sei arrivato.

«Suppongo di sì, signore» gli rispose Sforza, come se la cosa non lo riguardasse. «Però in questo modo avrei l'autorizzazione per gestire i suoi settori con più... autonomia.»

«Lei si sente molto intelligente, vero Sforza?»

«Mi scusi?»

Sentì il generale bofonchiare qualcosa. Ci furono altri fruscii, ma il capitano cercò di non preoccuparsi.

«Nient'altro?» chiese alla fine.

Forse poteva provarci.

«Be', signore. Il maggiore tempo fa aveva richiesto dei carri armati della compagnia Ariete, ma io non sono di quell'avviso. Anche perché qui sarebbero inutili.»

Per un momento si preoccupò di aver dato dell'idiota al suo ufficiale in comando, ma il generale non aveva obiettato nulla, di sicuro la pensava nello stesso modo.

«Se mi è concesso, ora che stiamo smilitarizzando l'Abissinia, penso che potrebbero farci comodo due squadroni della Mangusta.»

«Non le posso dare gli elicotteri, capitano.»

«Mi ascolti...» si affrettò a chiarire Sforza. «Non per operazioni di ingaggio o di bombardamento. Ma per ricognizione, al massimo copertura.»

«No, Sforza, nemmeno se volessi. E non dia retta ai rapporti ufficiali o ai giornali, stiamo lasciando l'Africa, ma non i suoi pozzi di petrolio: fa parte degli accordi con la Federazione. E visto quanto sono instabili quelle regioni, la maggior parte degli elicotteri ci servono lì.»

Eddài, dammi la caramella, me la sono meritata.

«Capisco generale, dico solo che qui in montagna farebbero la differenza.»

«Allora facciamo così. Lei prende un aereo, viene a Roma, si presenta al consiglio d'amministrazione di Confindustria, e spiega ad Agnello cosa ne pensa, va bene?»

Razza di bifolco ignorante.

Quel Pretoriano non si chiamava Agnello, ma Aiello. E non aveva il controllo dell'industria petrolchimica ma delle telecomunicazioni. A gestire petrolio e gas c'è tutta la famiglia Ansaldo, si sono fatti la guerra per anni. Come si fa a confondere una cosa simile?

Non glielo fece notare.

«No, generale. Mi scusi.»

«Altra cosa. Ora non ho tempo, ma dovremo discutere dei suoi... metodi.»

Intanto, la pioggia aveva cominciato a farsi più forte. Un fiumiciattolo di sporcizia abbracciava l'aiuola come un anello.

«Glielo dico chiaramente: per me tutta l'operazione di contenimento, le retate, gli espropri, le deportazioni, sono un'altra bischerata dei Pretoriani. Siamo riusciti a evitare gli ispettori europei per miracolo e ora vogliono che facciamo casino. È una boiata.»

Sforza fu contento di sentirlo sbottonarsi.

«Cosa si aspettavano quegli idioti? Che gli slavi non reagissero? Fosse per me starei buono, ma questi sono i nostri ordini, e dobbiamo portarli a termine senza farci notare. Capisce quello che le sto dicendo, capitano? Non voglio teste calde sotto di me. E mi rendo conto che questo agguato ha peggiorato le cose, il comando vorrà delle risposte, noi gliele daremo, ma non sarò io il responsabile che manderà a puttane tutti gli accordi perché un mio ufficiale massacra una famiglia di slavi fuori dai villaggi, è chiaro?»

Sforza cercò di mantenere la calma.

«Generale, ho ragione di credere che quella famiglia nascondesse...»

«Faccia silenzio. Non m'importa cosa credeva, capitano. Lei conosceva gli ordini. Quella gente doveva essere internata, non uccisa. Non voglio più cagate del genere!»

«Capisco, signore» ingoiò Sforza.

«Posso capire che ci debba andare giù pesante, ma se vuole gestire i miei settori, sappia che la riterrò personalmente responsabile per ogni mala gestione o fuga di notizie. Siamo a tanto così dall'entrare nella Federazione, e ci stanno con il fiato sul collo. La voglio discreto ed efficiente. Sono stato chiaro?»

Sforza strinse la cornetta come se volesse stritolare il collo di quell'imbecille. Ma restò calmo, professionale e soprattutto discreto.

«Ho detto: sono stato chiaro, capitano?»

«Trasparente.»

«Ottimo. Trovi questi sovietici nascosti nelle montagne senza torcere un capello agli slavi. Risolva la situazione.»

Finita la ramanzina, arrivò la carezza.

«Per la nomina dovrà aspettare un mese, ma consideri il suo status di maggiore operativo. D'ora in avanti, lei è autorizzato a intervenire nella Zona Autonoma in completa autonomia, inclusi gli arresti.»

Sforza dovette fare uno sforzo sovrumano per non mettersi a ridere.

«La farò mettere in contatto con gli agenti dell'OVRA. Voglio un rapporto completo sull'attentato entro domani mattina, mi trovi dei colpevoli. Ha domande?»

«Nossignore» rispose Sforza, fingendo gratitudine. «Vorrei solo ringraziarla.»

«Buona serata, capitano.»

Riagganciò.

Anche se pioveva e gli ultimi raggi si erano dispersi in una polvere grigia dietro le montagne, a Sforza sembrò che il suo ufficio si fosse riempito di luce, e riusciva a vedere chiaramente quanto ogni cosa fosse al proprio posto.

Le assi del pavimento erano lucide, i faldoni erano allineati in ordine alfabetico, e la libreria di fianco alla porta seguiva alla perfezione le linee immaginarie che la collegavano alla sua scrivania, attraversando tutta la sala.

E ora, nell'enorme grafico dentro la sua testa, aveva spezzato l'ennesima catena ed era salito di un livello, avvicinandosi ancora di più al Praesidium, a Roma, ai loro uffici bianchi, fatti di luce e di marmo.

Dovevano essere meravigliosi, e lui ci si sarebbe trovato benissimo, già lo sapeva. Avrebbe fatto in modo che gli unici colori dominanti fossero il nero e il bianco.

Niente piante, niente dipinti, niente. Tutto sarebbe stato essenziale, pulito, affilato come un coltello.

Cominciò a fantasticare, e s'immaginò i suoi sottoposti, o i ministri, mentre sussurravano nei corridoi quanto fosse bravo, quanto fosse efficiente. Un po' strano, certo, ma in fondo sono anche queste cose che danno lustro a un personaggio.

Hai visto il generale?, avrebbero detto. È sempre puntuale, sembra che non stacchi mai, non perde mai di vista l'obiettivo, ogni volta porta a casa il risultato.

Hai ragione. Guardalo, ce ne fossero di più come lui!

Sì, avrebbero detto qualcosa del genere, ne era sicuro.

Ecco, forse l'unica cosa che gli sarebbe mancata di queste montagne era il clima. A Roma fa caldo, la gente suda, si spoglia, si sente a proprio agio.

Qui invece fa freddo, il ghiaccio ferma ogni cosa, la cristallizza, la pulisce, la copre di un manto candido di perfezione.

E quando qualcosa si apre su quella perfezione, quando un elemento si rompe, si spezza e apre il suo contenuto su quella meraviglia in un'esplosione di colori, lo spettacolo è straordinario.

Sforza si accorse del sapore ferroso in bocca, si toccò la

lingua con due dita e sorrise, guardando due macchie rosse sui polpastrelli.

Si irritò orribilmente quando sentì il trillo infame della segreteria. Premette il bottone.

«Che c'è?»

«Il soldato Tagliaferri Michele, capitano» riferì il sergente dal fondo del corridoio.

Ah, giusto, il ragazzo, come aveva fatto a dimenticarselo?

Gli era passata la voglia di giocare, tanto si sarebbe divertito comunque quella sera, ma decise di risolvere subito la questione.

«Lo faccia passare.»

Dopo qualche secondo la porta in fondo alla sala si aprì, e vi comparve un coniglietto bagnato, con la divisa nera di pioggia. Fece il saluto militare e parlò con voce da tredicenne.

«C-c-comandi!»

Sforza sorrise dentro di sé.

Era piccolo, ossuto e impacciato. Un soldato assolutamente inutile.

«Togliti gli scarponi» gli intimò sbrigativo, senza rispondere al saluto.

Quello lo guardò come se gli avesse chiesto di ridipingergli l'ufficio usando uno spazzolino da denti.

«Cos'è?» gli disse Sforza, sbrigativo. «Vuoi macchiarmi il pavimento? Dài su, veloce.»

«N-n...» deglutì lui, con la mano ancora sulla visiera del berretto.

«Dài!» gli intimò Sforza.

Il coniglietto s'inginocchiò di scatto e iniziò ad armeggiare con lo scarpone. Tirava i lacci freneticamente, come se stesse slegando qualcuno legato sulle rotaie di un treno.

Sforza appoggiò i gomiti sul tavolo, intrecciando le dita. Non disse nulla e si limitò a stritolarlo con il peso della sua attenzione.

Il coniglietto la sentì, si spaventò, si alzò in piedi e cercò di sfilare il secondo scarpone direttamente, afferrandolo con due mani.

Forse fu per il nervosismo, o per la scarsa coordinazione, ma il ragazzo perse l'equilibrio, fece un paio di saltelli con il piede sinistro, mentre si reggeva il destro, e poi crollò rovinosamente a terra, facendo un tonfo disgraziato.

Sforza avrebbe voluto avere qualcuno che lo guardasse mentre alzava gli occhi al cielo, sarebbe stato divertente.

Il coniglietto si tirò su immediatamente, riuscì a levarsi lo scarpone e tornò ad appoggiarlo di fianco al fratello, vicino all'entrata, poi corse davanti alla scrivania di Sforza, e si mise sull'attenti. Aveva la faccia paonazza, e ansimava pesantemente.

Sforza guardò la macchia nera che aveva lasciato sul delicato legno scuro e poi fissò gli occhi del ragazzo, che intanto cercavano di fuggire, gettandosi oltre la finestra dietro la scrivania del capitano.

«Ottimo lavoro» disse Sforza, mentre il ragazzo strinse la mandibola.

Dal cassetto tirò fuori una cartelletta color nocciola. La aprì e cominciò a studiarla, facendo finta di non ricordarsi che cosa ci fosse scritto.

«Dunque, dunque, dunque. Tagliaferri Michele. Mi ricordi quanti anni hai?»

«D-d-diciassette...»

Stava tartagliando da quando era entrato, aveva davvero così freddo? In effetti era fradicio, e Sforza non aveva mai fatto accendere il riscaldamento nel suo ufficio.

Pazienza, non era importante.

«Diciassette, dici. Bene. Hai fratelli o sorelle?»

Il ragazzo stava fissando il pavimento, e balbettò a fatica «Tre». Stava anche per specificare se erano fratelli e sorelle, ma Sforza lo interruppe.

«E sei di Meina, in provincia di Novara, giusto?»

Il coniglietto annuì.

«Perfetto. Ora, vedo nella tua nota di addestramento che ti hanno spedito a Brescia ai primi di settembre, cinque giorni dopo che ti sei arruolato. Questo è strano. Perché quando si tratta di minorenni, prima dell'addestramento bisogna aspettare almeno un mese, il tempo che il ministero delle Politiche sociali faccia tutti gli accertamenti di sorta, giusto?»

Mentre parlava, Sforza fissò il volto del coniglietto. E gli sembrò di vedere chiaramente le sue parole di ghiaccio congelare il cuore del ragazzo. A Tagliaferri cadde leggermente la mascella, e il suo cuore si fece bianco.

«Lo so, di solito ci mettono di più, però che ci vuoi fare, lo Stato è quello che è, no?» continuò Sforza. «Ma a te, invece, non hanno fatto aspettare neanche una settimana. Ti hanno preso e ti hanno portato subito a Brescia per l'addestramento. Quindi, visto che sei effettivamente un minorenne, perché saltare questo passaggio? Perché ti hanno arruolato come un adulto qualsiasi? Vuoi la mia teoria?»

Gli occhi del ragazzo vagavano per il pavimento cercando una giustificazione, si tolse il berretto e lo strinse così forte da far cadere alcune gocce sulle assi di legno. Sforza si gustò la scena per una decina di secondi.

«E va bene, grazie per averlo chiesto» disse infine. «La mia teoria è che tuo padre ha bisogno di soldi, e visto che l'esercito dà un bel sussidio per i figli arruolati, perché non approfittarne? E non ci sarebbero problemi se il ragazzo avesse diciassette anni, si aspettano due mesi e via. Ma che succede se il ragazzo non ne ha diciassette, ossia il minimo per arruolarsi, ma di meno?»

Ora gli occhi del coniglietto non si muovevano più. Stritolava il cappello tra le dita, e fissava la scrivania del capitano. Solo il labbro tremava leggermente.

«Quindi, considerando che per ottenere il sussidio tuo padre deve solo mettere una firma sulla dichiarazione dei redditi, e nessuno fa mai accertamenti, è successo questo: ha corrotto l'ufficiale alla sede di arruolamento del vostro paesino, con cui immagino giochi a scopa il giovedì, quello ha cambiato un numerino sul documento e tuo padre gli avrà dato un paio di prosciutti.»

Sforza sentì il cuore scaldarsi, non appena sentì il ragazzino cominciare a singhiozzare.

«Mentre tu, invece, non hai diciassette anni, ma sedici. E

tra due settimane, come dice qui il documento, non ne compirai diciotto, ma appunto, diciassette. Vero?»

Il piccolo coniglio bagnato si passò il polso sugli occhi, e annuì.

Sforza sorrise, provò a consolarlo.

«Comunque non sei basso. Che ti danno da mangiare?»

Il coniglietto non rispose, restò lì, a stritolare il berretto e, Sforza se ne compiacque. Però provò anche una certa confusione. Era il più giovane che avesse avuto tra le mani, c'era qualcosa di strano, era diverso dagli altri ragazzi.

Una volta era riuscito a farne crollare uno a terra, e lo aveva costretto a leccargli gli stivali. Forse ci era andato giù troppo pesante, ma c'era da dire che se lo meritava, quello aveva cominciato a lagnarsi in romanesco.

Oppure quell'altro, il livornese, aveva cominciato a sindacare sul fatto che si trattasse solo di pochi giorni. Sforza lo aveva fatto spogliare fino alla cintola, prima che quel moccioso si fosse messo a minacciare di avvertire i suoi superiori.

Ecco, forse era lì che Sforza aveva esagerato, poteva evitare di stampargli la suola degli scarponi sul naso. Però almeno non aveva denunciato nulla.

Questo ragazzino invece era diverso. Non sembrava voler opporre nessuna resistenza. Restava lì, muto, ad asciugarsi le lacrime mentre continuava a fissarlo. Chissà a cosa pensava. Ai casini che avrebbe passato suo padre? O al fatto che si fosse fatto beccare?

Sta di fatto che non aveva ancora detto una parola, stava lì a piagnucolare, come un bambino.

Per un attimo Sforza si sentì come un lupo, e quel coniglio davanti a lui non provava neanche a difendersi. Si era arreso.

Era tutto così... facile. Si chiese se questo non avrebbe reso meno divertente la cosa.

Guardò l'orologio, aveva ancora pochi minuti.

Va bene, facciamo una cosa semplice.

Riaprì il cassetto e ci adagiò la cartelletta, lentamente.

«Sta' tranquillo, Michele, sono certo che non è colpa tua.»

Non si accese nessuna speranza negli occhi del ragazzino.

«In fondo, possiamo anche metterci d'accordo, non vedo perché dovrei farti passare dei guai. È stata un'idea di tuo padre, vero?»

Il ragazzo annuì con forza, sembrava volesse dire qualcosa, ma non riusciva a trovare le parole. Non era nervoso, era terrorizzato. Che carino.

Sforza decise di prenderla alla larga.

«Perché non mi dici un po' di te? Volevi davvero fare il militare? O ti sarebbe piaciuto continuare a studiare? Leggi?» gli chiese, fingendo di guardare fuori dalla finestra.

«S-sì!» rispose lui. «Il m... il m-m...»

Sentendolo tentennare, Sforza s'innervosì, non era possibile che avesse così freddo, e gli parve una sceneggiata. Ma al sesto tentativo del ragazzo, lo guardò con attenzione.

Non aveva freddo, semplicemente quel coniglio non riusciva a parlare. A ogni tentativo ingoiava una boccata d'aria grande come una mela, poi cercava di sputarla fuori con violenza, ma quella gli restava bloccata in gola. Provava ancora e ancora a sputarla, muovendo la testa e incurvandosi, come se avesse un conato, ma quando apriva la bocca usciva fuori solo un suono striminzito.

Quando Sforza capì, fu come se il cielo si fosse aperto su quel ragazzo. Mentre quello continuava a contorcersi, il capitano si alzò.

«Fermo» gli ordinò. «Nome e grado. Ora.»

Il ragazzo prese un'altra boccata e sparò la frase a raffica.

«Tagliaferri Michele, secondo reggiment...»

«Zitto» lo seccò Sforza.

Fece il giro della scrivania e ci si sedette sopra, stendendo le gambe, poi incrociò le braccia.

«Ora dimmi il tuo nome di battesimo» gli disse a bassa voce.

Il ragazzo scosse leggermente la testa.

«È un ordine» gli ripeté Sforza. «Il tuo nome, adesso.»

Il ragazzo cercò di obbedire. Ma per quanto ci provasse, non ne fu capace. Solo quella specie di conato.

«Sei balbuziente» realizzò Sforza.

Il coniglietto si asciugò le lacrime.

Sforza si accorse di avere la bocca semiaperta, la serrò, e sentì che stava trattenendo il fiato. Sentì anche che qualcosa di caldo e scuro gli stava accarezzando il cuore, e il petto si fece più largo. Gli venne da ridere.

Grazie a dio la testa intervenne e gli fece presente che si trovava davanti a una vittima. Quel cucciolo balbettava.

Dio. Gli sembrava impossibile.

Tornò alla realtà solo quando si rese conto che il ragazzo lo stava implorando di non cacciarlo.

«Non voglio… tornare a c-c-casa.»

Sforza mosse le dita velocemente, come se volesse cacciare via una mosca.

«No, no, tranquillo, non ti mando da nessuna parte.»

Gli occhi del ragazzo s'illuminarono. Erano rossi e il naso era umido, come le guance.

«D-davvero?» chiese, temendo una trappola.

«Sì, sì» tagliò corto Sforza. «Sei davvero balbuziente, vero? Non è una finta? Lo sei dalla nascita?»

Il ragazzo lo guardò strano, tanto che anche il capitano si rese conto di quanto idiota fosse quella domanda, ma non gli importava.

Il coniglio disse di sì.

«Da… s-sempre, s-s-signore.»

Sforza si accarezzò le labbra e cercò di riflettere. Guardò l'orologio. Non avrebbe fatto in tempo.

«Bene Tagliaferri, chi gestisce i tuoi turni?»

«Il c-caporale Q-q-quaglia, signore.»

Sforza annuì.

«Capisco. D'ora in poi, la sera sarai esonerato da ogni turno. Mi farai da attendente dalle 18 alle 20. Riferiscilo al caporale, è chiaro?»

Il ragazzino aveva aggrottato le sopracciglia, confuso, ma aveva capito.

«S-sissignore… c-certo.»

«Facciamo che glielo dico io, eh?»

Il capitano gli passò di fianco, dandogli due pacche sulle spalle, e sentì che sotto la giacca qualche muscolo c'era.

Afferrò il berretto e il soprabito nero dall'attaccapanni.

«Congedato» gli disse.

E poi uscì di fretta dall'ufficio.

Gli venne da sorridere pensando all'immagine di quel ragazzo nel suo ufficio. Solo, bagnato, senza scarponi, e senza la benché minima idea di che cosa fosse appena successo.

Michele, si chiamava. E balbettava.

Mentre scendeva le scale, si accorse di sentirsi leggero come una piuma, sentiva come se una forza lo stesse sollevando in aria, e che lui avrebbe potuto placarla, se soltanto se lo fosse concesso.

Ma la testa era ancora al comando, gli suggerì di darsi una regolata e di comportarsi come al solito, perché aveva un lavoro da fare.

Entrò nel quarto edificio, salutò le guardie e si diresse nei corridoi delle stanze degli interrogatori.

Quando vide la sagoma di Farina, fece in modo di far scomparire quel maledetto sorriso dalla sua faccia.

«Buonasera, capitano» disse il bestione.

Ah, giusto. Capitano. Si era completamente dimenticato della promozione.

Raggiunsero la sala numero 3. Farina suonò il citofono, e l'ufficiale li fece entrare nella saletta antistante l'aula di ferro.

Sforza guardò attraverso il vetro e vide lo slavo. Era seduto, con i polsi ammanettati al tavolo.

«Ha detto qualcosa?» chiese al tenente.

«Nossignore. Il signor Milić mi ha solo ricordato che arrestarlo è una violazione del codice della Zona Autonoma e che non sa nulla dell'attentato.»

«Nient'altro?»

«Nossignore. Vuole dare un'occhiata al suo fascicolo?»

Sforza ci pensò un istante.

«No, ci faccia entrare.»

Il tenente obbedì, aprì la stanza ovattata e fece passare il capitano e Farina, poi chiuse la porta alle sue spalle.

Appena li vide, il capovillaggio cominciò a berciare in un italiano stentato.

«Non può farlo!» protestò. «Lei non può tenermi qui!»

Sforza, con tutta la calma del mondo, prese i guanti neri dalla tasca.

«Oh, non si preoccupi, signor Milić, io non le farò nulla.»

Si prese solo un secondo per gustarsi lo scricchiolio del cuoio.

«Sergente...» disse a bassa voce.

Farina si avvicinò al signor Milić e gli spaccò il naso.

9

«Io non ho capito un cazzo, si può sapere che succede?»

Il televisore non rispose alla domanda di Bianca, ma in cambio fece passare altre immagini di repertorio.

Prima un paio di panoramiche sull'incendio di una sede elettorale a Verona, dove qualcuno aveva lanciato delle molotov. Poi altre riprese a Torino, che mostravano un gruppo di Reds assaltare una camionetta della polizia con mazze ed estintori; a seguire, l'immagine censurata di un ragazzo a terra in una pozza di sangue. In sottofondo c'era il balbettio di un dirigente di polizia che giustificava i suoi uomini, sproloquiando qualcosa sulla legittima difesa.

Quando le immagini tornarono in studio, Bianca sperò che quella specie di creatura orrenda che si definiva giornalista annunciasse i risultati delle elezioni, ma invece no. La scimmietta ammaestrata prese il foglio davanti a sé e commentò gli stessi sondaggi e proiezioni che Bianca e i suoi amici avevano sentito più di due ore prima.

> *"... un'affluenza al 92%, addirittura superiore alle ultime elezioni del 1934. Secondo le indiscrezioni delle agenzie stampa, il Partito repubblicano e la coalizione del Principe Savoia sono nettamente in testa."*

«Ma cazzo! È quasi mezzanotte, ma ti pare possibile?» sbottò Bianca dal divano.

«Bianca, dài, stai calma» la redarguì Anna sconsolata, seduta sulla sedia di fianco a lei. «Sono un sacco di voti, ci devono mettere un po'.»

«Ah, certo! Ci devono mettere un po' a falsare le schede elettorali, ma vaffanculo!»

Si alzò di scatto, e per errore diede una manata a due bottiglie di birra semivuote, facendole cadere.

«Nooo, il tappeto!» si disperò Andrea, il ragazzo che già da un pezzo si era pentito di aver ospitato dieci ragazzi della sezione giovanile del partito a casa sua.

Bianca non riuscì a dispiacersi, non era il momento. Si guardò da fuori mentre continuava la sua tirata contro i fascisti, i liberali, i Pretoriani, Antonio Maria Ansaldo, Savoia, i borghesi, poi di nuovo i fascisti, in un ragliamento costante. E intanto il povero Andrea era ai suoi piedi, provando a eliminare le macchie di birra dal tappeto dei suoi genitori.

Ah, che si fottesse.

Era figlio proprio di quei borghesi che votavano a sinistra solo per senso di colpa. Anzi, peggio. Probabilmente Andrea non votava i liberali, o diceva di non votarli, solo per sembrare più sensibile e sveglio dei suoi compagni di corso a economia. Sì, si fottesse, lui e il tappeto.

Qui si stava facendo la storia, quella era la notte che avrebbe segnato il destino del Paese!

E soprattutto, quello era il momento in cui Bianca avrebbe capito che cosa ne sarebbe stato di lei.

Forse esagerava, come continuava a dirle Anna da giorni, ma se è per questo anche mamma e papà, però Bianca sapeva che in fondo non era vero.

Se le cose fossero andate male, se i repubblicani avessero vinto, se Savoia fosse rimasto al potere con i suoi Pretoriani, non sarebbe cambiato niente, e per lei sarebbe finita. L'avrebbero arrestata, avrebbe passato anni in carcere, l'avrebbero presa, fatta a pezzi, distrutta.

Non sapeva esattamente come, ma sapeva che era così. E nessuno sembrava accorgersene.

«Ma vi rendete conto? Stanno ricompilando i voti, ecco perché ci mettono così tanto! Nessuno ha detto niente dal comitato? Cristo!»

Valerio, lo studente romano sbracato sulla poltrona con la fidanzata in braccio, raccolse l'attenzione di tutti.

«Oh! Ma sta' calma!»

«Calma?» lo aggredì Bianca. «Calma?! Ma non hai visto? Guarda!»

Sul televisore adesso stavano passando le immagini di Ansaldo, la Grande Lucertola, che teneva sotto braccio Sua Maestà Carogna Infame, il Principe Savoia. Entrambi sorridevano, contenti, mentre i giornalisti li bombardavano di flash.

«Vi rendete conto? Stiamo per riconsegnare il Paese agli stessi, vecchi, rincoglioniti... bastardi... assassini di prima! Dovevamo fare la rivoluzione e invece guarda, guarda! Guarda questo stronzo! È la fotocopia del padre! Ha ucciso della gente, ha dato ancora più forza a quell'altro stronzo velenoso lì! È come dice Sandri, è un pupazzo assassino! Ma cazzo! Cosa deve fare uno per farsi cacciare? Sono morti degli eroi per farci votare e noi scegliamo sempre gli stessi pezzi di merda? Ma perché?»

Sapeva bene che stava mettendo in scena uno spettacolo pietoso, ma la faceva stare meglio. Sentiva il petto in fiamme, e gridare in quel modo, agitarsi, era come cercare di sputare fuori quel fuoco, con violenza, e incenerire quei due infami attraverso il televisore.

Valerio alzò un braccio verso di lei, e con la mascella sganciata le biascicò qualcosa tra il romanesco e l'italiano.

«Ahò, e falla finita. Mo' ce dicono i risultati, no?»

«Amore!» lo redarguì la fidanzatina.

«Scusa tesoro, c'hai ragione» si corresse Valerio, cercando di scandire le parole.

Bianca non capì che cosa l'avesse mandata più fuori di testa. Forse quell'accento biascicato, e il fatto che i romani, quando provano a parlare secondo dizione, suonano ancora più cafoni e ignoranti di quanto non siano.

Ma no, non era per quello. Era perché quel subumano aveva parlato di quelle elezioni come se fossero una partita di calcio.

«I risultati?» gli fece eco Bianca, sibilando.

«Sì, i risultati. Ora siediti e sta' bbona, va bbene? Mo' ce li dicono.»

Lei reagì d'istinto.

Afferrò una delle bottiglie rimaste sul tavolino, si avvicinò a Valerio e gli rovesciò in faccia le ultime due dita di birra sul fondo. Lui fece quasi un balzo, bestemmiò, e lasciò cadere la sua fidanzatina sul tappeto, ma Bianca non rimase a godersi lo spettacolo, si stava già dirigendo sul balcone, dall'altra parte della casa.

Sentì solo la voce di Andrea, che gridava qualcosa sul fatto che «... almeno la poltrona no, dài ragazzi, per favore, i miei mi ammazzano».

Si fottesse. Lui, Valerio, tutti quanti.

Borghesucci ignoranti, ecco cos'erano.

Si chiuse la porta del balcone alle spalle, e il freddo le entrò nelle ossa. Forse sarebbe dovuta rientrare per prendere la giacca, ma se l'avesse fatto avrebbe incrociato gli sguardi degli altri e sarebbe risultata debole, e non poteva permetterselo dopo quella scenata.

Si strinse nelle spalle e cercò di concentrarsi sul panorama.

D'accordo, quella era una casa di borghesi, ma si trovava all'ottavo piano, e la vista non era male. La città era un mantello nero, ricoperto da un mosaico di luci ocra e blu. Non c'erano suoni, né di macchine, né di persone, perfino quel rumore bianco, quella vibrazione eterna della metropoli che si può sentire solo di notte, anche quello sembrava ovattato.

L'aria era ferma, ma carica di energia elettrica. Pareva sul punto di esplodere.

Bianca lo sentiva anche dentro il suo petto. Si svegliò solo quando sentì la portafinestra alle sue spalle aprirsi: era Anna, e lasciò che lei le mettesse la giacca addosso.

«Sei una cretina» le disse.

Bianca pensò che avesse ragione.

«Scusami, ma hai visto che stronzo?» provò a giustificarsi Bianca.

Anna sorrise nel buio e la abbracciò. Lei la strinse a sua volta e si fece coccolare dal suo calore.

«Non puoi fare così. Lo sai?» le sussurrò, accarezzandole la schiena.

Bianca fece finta di non ascoltarla, non voleva parlare, desiderava solo sentire il suo profumo, restare stretta a lei. Ma le parole scapparono senza che lo volesse.

«Non ce la faccio… non ce la faccio. Ci penso ogni giorno… non ne posso più… è come se tutto fosse vuoto… come se mancasse pochissimo…»

Anna la strinse ancora più forte per qualche secondo, poi rilassò la presa e tornò a coccolarla.

Bianca era poco più bassa di lei, ma si sentì protetta, al caldo. Era come quel cartone, *Gatti alla riscossa*, quando Violetta rimane da sola e ha la zampa ferita, ma c'è una cagnolina più grande che la trova, la porta via dalla pioggia e si addormentano in un fienile, una di fianco all'altra.

«Bianca, ne abbiamo già parlato. Anche nel peggiore dei casi, di cos'hai paura?»

«Te l'ho già detto…» provò a rispondere lei, ma un nodo le spezzò le parole in gola.

«Ok, ok, ok…» la interruppe Anna. «Sediamoci un attimo.»

Fecero il giro del balcone, vicino alle finestre, e si misero sedute su una specie di divano di vimini con i cuscini bianchi. Erano umidi e gelati, ma non importava. Bianca non chiese neanche il permesso all'amica, si accoccolò a lei, Anna la strinse e cominciò ad accarezzarle i capelli.

«Ti ricordi quando volevo fare filosofia al posto di storia?»

Bianca non capì.

«Sì?»

Lei continuò ad accarezzarla, come se Bianca fosse un cane spaventato dai botti di Capodanno.

«Sai, filosofia perché… era un periodo brutto. E mi ricordo, quando dovevo scegliere l'indirizzo, che avevo riscoperto gli stoici. Ti ricordi gli stoici? Al liceo?»

Bianca non si ricordava nulla degli stoici, però prese la mano di Anna, era più calda della sua, la accarezzò con entrambe le mani. La sentì sorridere.

«Non ti ricordi niente?»

«*Mmm*... no.»

«Allora, ci sono essenzialmente due stoici. Un imperatore, Marco Aurelio, e uno schiavo, Epitteto. Sono due persone così diverse, però dicono la stessa cosa, ossia che bisogna prendere le cose...»

«Con filosofia?» sussurrò Bianca, e si lasciò andare a una risatina umida.

Anna restò immobile per un momento, poi si scostò da lei e la fissò negli occhi.

«Forse ti devono mettere davvero in carcere.»

Bianca sorrise e si accoccolò di nuovo a lei, non sentiva più freddo, e la lasciò continuare.

«Dicevo...» continuò Anna, con il tono da maestrina. «Dicono che il male peggiore per una persona sia preoccuparsi delle cose su cui non ha controllo. Perché ci sono cose che possiamo controllare, altre no. Non possiamo controllare l'opinione degli altri, non possiamo controllare ciò che ci accade, il passato, quello che ci accadrà, cose così, no? Sai invece cosa possiamo controllare? Le nostre emozioni.»

«Sembra la filosofia delle merendine...» bofonchiò Bianca, ma Anna non si arrese.

«Forse. Ma guardati. Ti stai lasciando divorare dalla paura, e non si può vivere così. Quindi, se in futuro deve accadere il peggio, pensarci non cambierà le cose. E allora, finché ne abbiamo la possibilità, perché non goderci quello che abbiamo adesso?»

Le luci del balcone erano spente, ma c'erano quelle della città e della luna, una sfera bianca che galleggiava in un mare blu scuro, ed erano più che sufficienti a illuminare il sorriso di Anna.

In quel momento Bianca pensò che qualsiasi cosa le fosse accaduta, le sarebbe bastato ricordarsi di quel sorriso, e di quel momento, e tutto sarebbe andato bene.

Era tutto troppo bello, e decise di rovinare l'atmosfera.

«Hai ragione, però mi sembra comunque un po' sempliciotta.»

Anna si voltò di nuovo verso di lei.

«Sì, perché tu sei una ragazza un po' sempliciotta...» disse in un sussurro, e la sua mano calda le accarezzò il viso.

Bianca sentì il cuore squagliarsi. Ringraziò il cielo che fosse troppo buio, e sperò con tutta se stessa che Anna non vedesse quanto rosse fossero le sue guance. Stava per replicare qualcosa di idiota, di sicuro, ma in quell'istante la città esplose.

All'improvviso, un boato di voci incontrollate frantumò ogni muro della città, si alzò dai palazzi, dai bar, dalle strade, era come quando durante un derby non riuscivi a capire se avesse segnato qualcuno dei rossi o dei blu.

Anna e Bianca scattarono in piedi e si affacciarono alla finestra che dava nel salotto. I ragazzi si abbracciavano tra loro, gridavano, mentre sullo schermo del televisore c'era ancora il giornalista con la stessa faccia da pesce, solo che sembrava chc qualcuno lo avesse preso a schiaffi. Forse perché di fianco a lui, a caratteri cubitali, passavano queste scritte:

Risultati:
Fronte popolare (P. socialista, P. radicale, SD, UP): 40,6%
Alleanza nazionale (P. repubblicano, F. cristiani, RN): 39,7%
Partito liberale: 18,4%
Unione e Progresso: 0,9%
Verdi: 0,4%

Anna cominciò a balbettare.

«Oddio Bianca, oddio! Oltre il 40 per cento! Abbiamo... abbiamo il premio di maggioranza! Abbiamo vinto! Abbiamo vinto! Ti rendi conto?»

Si mise le mani nei capelli e continuò a vomitare parole, ma Bianca rimase immobile. Restò a fissare lo schermo per qualche secondo, mentre la sua mente si trasformava in un deserto. Non riuscì a pensare a nulla.

«Bianca! Oh! Hai capito? Abbiamo vinto! Bianca! Ci sei?»

Bianca c'era, a modo suo. Si voltò verso Anna e le prese le mani per farla stare ferma. Lei si zittì e la guardò come un cane guarda qualcosa di strano.

Bianca non volle spiegarsi. Si alzò sulle punte dei piedi, raccolse il volto di Anna tra le mani e lo portò a sé. E prima che lei potesse dire una parola, la baciò.

Rimasero sul balcone per altri dieci minuti, parlarono poco, si strinsero e si baciarono ancora.

E nessuno, in tutta Italia, si chiese dove fossero finite.

10

«Va bene sergente, può bastare.»

Farina ansimava e sudava come un cinghiale. Aveva le maniche della giacca arrotolata fino ai gomiti e le nocche rosse di sangue.

A Sforza fece pena.

Eppure il sergente correva, si teneva in allenamento, era anche capoistruttore di un plotone, come faceva a essere già così stanco? Erano in quella stanza da neanche venti minuti.

Bisognava ammettere, però, che era stata una giornata pesante. Il sergente, del resto, si era svegliato alle sei del mattino, aveva visto dieci suoi commilitoni assassinati dai terroristi, forse era sotto shock. Anche se questa circostanza, in teoria, avrebbe dovuto caricarlo, non spomparlo.

Massì, sarà stato solo un po' stanchino.

«Sergente, si riposi un attimo» gli suggerì Sforza con fare paterno. «Anzi, si beva un po' d'acqua.»

Il bestione annuì e si allontanò dal volto tumefatto del signor Milić. Sforza lo studiò per qualche secondo.

Dalla bocca e dal naso colava un misto di bava, sangue e muco, e i suoi occhi erano persi nel nulla. Non parlava più, né gridava. Aveva perfino smesso di agitarsi, o di cercare di liberarsi dalle manette che lo tenevano legato al tavolo. Era solo una maschera nera e viola che ondeggiava nel bianco gelato della sala degli interrogatori.

Sforza pensò che quei colori creassero davvero un bel contrasto. Peccato non avere con sé una macchina fotografica per immortalare quel momento.

Ma in fondo era meglio così. Se avesse documentato le violenze sui civili locali avrebbe rischiato la corte marziale, e poi, le cose più belle bisogna viverle, non sprecarle cercando di immortalarle su fotografie che non avrebbe guardato mai più.

Milić ondeggiò in avanti. Per un secondo Sforza temette un nuovo svenimento dello slavo, invece il capovillaggio doveva solo sputare un grumo rossastro sul tavolo.

Meno male, nel primo caso avrebbe perso altro tempo. Guardò l'orologio, aveva ancora qualche ora, ma l'uomo davanti a lui era bello ammorbidito. Da lì in poi sarebbe stato facile.

«Dunque, dunque, dunque» cominciò Sforza, sistemandosi sulla sedia. «La sua versione, signor Milić, non è che mi convinca molto. Mi spiego meglio: l'attentato avvenuto questa mattina, che ha ucciso dieci uomini, è un'operazione straordinaria. Sono sincero, tatticamente parlando è eccellente.»

Sforza adorava atteggiarsi in questo modo. Usare una voce calma, tranquilla, come se stesse parlando dell'*Amleto* a una classe universitaria, mentre un uomo legato a un tavolo rischiava la propria vita. E non gli piaceva tanto per il gusto dell'ironia, ma perché, da bravo attore, interpretava un ruolo funzionale a quella commedia. Mentre Farina faceva da spalla, ossia il bestione un po' tonto che alzava le mani, lui invece faceva il professionista, il distaccato, il freddo calcolatore.

Ma, fattore ancora più importante, era una sceneggiata molto efficace negli interrogatori. Perché se da una parte c'era un bruto assassino, lui avrebbe fatto il brav'uomo, la persona ragionevole. In altre parole, il migliore amico del detenuto.

«Quindi» continuò, «è evidente che questi agenti sovietici sanno quello che fanno, ed è evidente che hanno un posto dove nascondere le armi, hanno accesso a cibo, medicine, riparo. Ed è altamente improbabile che un gruppo di questo tipo non abbia qualche collegamento con le realtà locali. E siccome il suo villaggio è il più vicino al luogo dell'attentato e visti i trascorsi...» Quale poteva essere un termine elegante? «... complicati, che abbiamo avuto l'anno scorso, durante gli scontri, mi chiedo: davvero lei non ne sa nulla? Neanche un sospetto?»

Il signor Milić alzò la testa, una palpebra aveva cominciato a tremare. Tossì, e cercò di sputare un altro grumo sul pavimento, ma era troppo debole e si sporcò ancora di più il maglione. Era stufato a puntino: Sforza decise che quello era il momento giusto.

«Sa, signor Milić, omettere informazioni di questo tipo integra il reato di collaborazionismo. Ed è un reato molto serio. Non c'è la detenzione nelle strutture di internamento, ma la pena capitale. E sa cosa penso? Penso che sarebbe un vero peccato. Il governo e la Zona Autonoma hanno collaborato in maniera eccellente dalla Pacificazione. Si ricorda un anno fa? È morta molta gente. E invece, guardi un po', siamo qui. Non è fantastico?»

Sforza gli fece un bel sorriso, ma il signor Milić non rispose con altrettanta allegria. Lo fissava con l'unico occhio aperto, mentre dalla bocca gli colava un lungo filo di bava. Sforza si chiese se stesse capendo. In ogni caso quello che doveva capire, soprattutto, era il suo tono, grazie al quale doveva sembrare comprensivo e propositivo.

«D'accordo, abbiamo avuto i nostri piccoli intoppi e continuiamo ad averne. Però siamo nella direzione giusta, perché tornare indietro? È come l'anno scorso, no? Alcuni villaggi avevano nascosto dei comunisti, perché fare lo stesso oggi? Tra l'altro, questo è ancora più grave. Non state nascondendo dei "rifugiati", come qualche buonista potrebbe chiamarli, ma dei veri e propri agenti di una potenza straniera. È molto, molto più grave.»

Sforza ora cambiò tono, si fece complice.

«Quindi, senta la mia idea. Ora lei mi dice quello che sa, tranquillamente. Mi dice se sa chi sono i responsabili, chi può averli aiutati, dove si nascondono, quanti sono. Insomma, quello che riesce a dirmi. E in cambio, le diamo una bella ripulita, e tra un paio d'ore lei potrà tornare al suo villaggio come se nulla fosse successo.»

Sforza vide negli occhi del signor Milić un segnale di vita. La sua espressione cambiò, sembrava confusa, poi l'interrogato si drizzò sulla sedia.

«Il fatto è questo, signor Milić, nessuno di noi due vuole che altra gente si faccia male. Dobbiamo collaborare, coesistere pacificamente, non azzannarci l'un l'altro. E se lei è coinvolto, non si preoccupi, tutti quanti commettiamo degli errori, capita. Ma, come dice la Bibbia, tutti abbiamo diritto al perdono e, perché no?, magari anche a qualche lira, se ci si impegna per questo perdono. Che ne dice?»

Sforza rimase a guardarlo con un sorriso gentile, e capì che il signor Milić aveva qualcosa da dire, perché cominciò a sporgersi in avanti con il busto. Una goccia di sangue cadde sul tavolo di metallo, disegnando un perfetto cerchietto rosso. Milić prese fiato, rumorosamente, e parlò a Sforza sottovoce, in serbo-croato.

«*Succhiamelo, frocio.*»

Sforza sorrise. Farina invece no. Capì solo una delle due parole, si avvicinò al signor Milić e gli scaricò un cazzotto sulla mandibola.

«Serbo di merda!» gridò il sergente, facendo schizzare la testa del capovillaggio verso sinistra, insieme a un altro getto di sangue.

«Fermo!» sbottò Sforza ad alta voce.

Rimase seduto, tranquillo, come se non fosse successo nulla.

«Sergente, il signor Milić non è serbo, è croato. Questa è una differenza molto importante, ci tengono molto, sa?»

Milić non aggiunse altri commenti, se non un lamento acuto, più un paio di singhiozzi strozzati.

La situazione si era fatta complessa. Il capovillaggio sembrava cotto, doveva solo lasciarsi andare, arrendersi. E invece ora Sforza si era reso conto di trovarsi davanti un uomo che non aveva paura di morire.

Oddio, forse no. Magari aveva intuito che se Sforza lo avesse ucciso avrebbe passato una montagna di guai. Gallo lo aveva appena strigliato proprio su questo, doveva volare basso. E se c'era una cosa che Sforza avrebbe voluto fare era proprio quella.

Sarebbe stato così bello restarsene da solo, in quella stanza, in compagnia di questo bifolco. Giocare con lui, con calma. Farlo gridare quanto voleva, tanto nessuno li avrebbe sentiti.

E poi, nel gran finale, afferrargli la testa e affondare i pollici dentro i suoi occhi, senza fretta. Sarebbe stato meglio farlo nella neve. Il sangue avrebbe creato un contrasto straordinario.

Ma no, non poteva. Un paio di cazzotti erano più che giustificabili, e nessuno si sarebbe lamentato, nemmeno Gallo. Ucciderlo, o torturarlo sul serio, questo proprio non poteva farlo.

Dio, che orrenda insoddisfazione. Come una fame insaziabile, ma non poteva farci niente. Che fare, allora?

Rimase fermo sulla sedia, mentre il signor Milić tirava su col naso. Poi il capitano guardò l'orologio. Entro poche ore avrebbe dovuto inviare un rapporto al generale. E per ora, oltre ai sospetti sugli agenti sovietici, non aveva nulla di concreto.

Gli era rimasta solo una carta. Si alzò lentamente, aprì la porta di contenimento e si fece passare dal tenente di guardia il fascicolo. Gli bastò un'occhiata veloce e trovò subito quello di cui aveva bisogno.

«Molto bene, signor Milić» cominciò, tornando a sedersi. «Sono sue queste bambine?»

Sforza gli mise davanti le foto. Fece finta di non avere capito che in realtà erano le sue nipotine e non le figlie.

L'effetto sperato arrivò immediatamente, il capovillaggio si rizzò sulla sedia e fissò negli occhi il capitano, poi mormorò qualcosa in serbo-croato.

«In italiano, per cortesia» disse Sforza.

«No, lasciale stare, non puoi… non puoi!»

Sforza sbuffò.

«In realtà posso fare quello che voglio, signor Milić.»

«No!» rispose il capovillaggio, con gli occhi di fuoco «Conosco la legge! Non puoi uccidere nessuno! Non puoi giustificarlo!»

Ah, allora lo sapeva.

«Oh, no. Signor Milić. Non uccideremo nessuno. Per chi ci ha preso? Però, sa, magari loro sanno qualcosa. Potrei metterle in custodia cautelare, fare loro qualche domanda, passerebbero una notte qui. Da sole.»

Il capovillaggio fece di no con la testa con forza, cominciò a muoversi sulla sedia, con tutta l'energia che aveva all'inizio della "chiacchierata".

«Che cosa vuoi fare? Non...»

«Io, signor Milić? Niente. Io non voglio fare niente. Quello che invece c'è da chiedersi è: cosa può accadere a due ragazzine croate, in una base militare italiana, due notti dopo che dieci soldati italiani sono stati assassinati? Sa, molti uomini in questa base hanno perso degli amici, l'anno scorso, potrebbero volersi prendere... sa, una piccola rivincita.»

Il capovillaggio tirò su col naso, e per la prima volta Sforza sentì la voce di quell'uomo rompersi in mille pezzi.

«Hanno tredici anni...»

Sforza si prese qualche secondo per riflettere.

«Ottimo. Vuol dire che hanno già le mestruazioni, giusto?»

Il capitano lasciò il capovillaggio piangere in pace e singhiozzare per un minuto buono. Rimase a fissarlo, mentre si sgretolava davanti a lui. Quando si rese conto che ora, davvero, era a pezzi, si sporse sul tavolo e gli parlò sottovoce, da perfetto complice.

«Mi dica quello che sa, signor Milić. Con calma.»

Si fermò un istante, gli era venuta in mente una cosa.

«Sono gli sloveni a nascondere gli agenti sovietici? O i bosniaci? Sono loro che ci hanno dato sempre un sacco di problemi. Non come voi, o i serbi. Vuole davvero mettere in pericolo le sue bambine per quelle bestie?»

Sforza guardò il signor Milić negli occhi. Sembrava la

vecchia di alcuni giorni prima. Lo sguardo di un fantasma, disperso in un mondo morto e grigio.

Il capovillaggio chinò la testa, in lacrime, e si arrese.

«Non lo so se li stanno nascondendo… non lo so… ma i passatori… forse lo sanno.»

«Ci sono tanti passatori, signor Milić. Questi chi sono?»

«Ce n'è uno: Novak.»

Sforza se lo ricordava. Uno che faceva il doppio gioco. Prendeva i soldi dagli slavi che volevano scappare in Europa, e poi li consegnava all'esercito. Curioso che non gli avesse detto nulla dei sovietici.

«Ha portato i sovietici qui in Italia? Quanti sono? E da dove, dal passaggio del Grintovec?»

Milić scosse la testa.

«Lui ha portato… comunisti, so che sono comunisti. Ma non dall'Unione Sovietica, e neanche dalla Jugoslavia, ma dall'Austria.»

Non aveva alcun senso. Sforza per un istante credette che volesse prenderlo in giro, ma poi cominciò a connettere.

«Dall'Austria? Sta parlando delle Linci, signor Milić?»

«Io… io non lo so… so che ci sono dei comunisti di mezzo… so che li ha portati qui, ma non so dove, non so quanti sono… è solo una voce, non so altro!»

Il signor Milić continuò a ragliare a proposito delle "sue bambine", ma tanto Sforza non lo stava ascoltando. Se era come diceva quel croato, pensò, allora la cosa si era fatta interessante.

Già da tempo sapeva dell'esistenza di queste Linci. Un gruppo di comunisti europei che inviava cibo e medicine ai villaggi della Zona Autonoma. Finora, grazie ai passatori, erano riusciti a beccare qualche carico, come gli studenti olandesi di qualche tempo prima, ma che c'entravano i sovietici?

In effetti, però, aveva senso. Una forza militare non può agire da sola, ha bisogno di supporto sul territorio. Forse i sovietici avevano preso contatto con queste Linci e si erano fatti guidare fin lì, nelle montagne, e adesso persino alcuni slavi si erano uniti a loro.

Per esempio, il nipote di quella strega, quello che non erano riusciti a trovare, di sicuro si era unito a loro. Tutto combaciava.

Sforza ne ebbe la conferma: lì, nascosta nelle montagne, c'era una forza militare ostile, una cellula terroristica altamente specializzata, pronta a massacrare quanti più italiani possibili e a destabilizzare la regione.

Fantastico!

Si rese conto che se li avesse presi avrebbe sgominato una cellula terroristica con un carnet di personaggi di primo livello: agenti sovietici, partigiani slavi e comunisti europei.

Sarebbe stato il suo biglietto da visita per Roma. La prima, vera occasione per brillare davanti allo Stato Maggiore, forse anche al Praesidium.

Si rivolse a Farina.

«Può andare. Ripulitelo, e domani mattina riportiamolo al suo villaggio.»

Poi congedò il povero slavo sanguinante.

«È stato molto gentile signor Milić, grazie mille.»

Il tenente di guardia e Farina lo portarono via, e Sforza si sentì benissimo, come non gli succedeva da un pezzo.

Uscì dall'edificio.

L'oscurità della notte, ancora umida per la pioggia, lo accolse, e il freddo gli penetrò nelle narici. Guardando il cielo scuro, capì che quello era un disegno perfetto. Era un dono degli dèi. Gli stavano chiedendo di agire, di afferrare il suo destino, di conquistarlo. E Sforza l'avrebbe fatto.

A pensarci bene, era come nel suo dramma teatrale preferito. Dove all'inizio il protagonista incontrava le streghe, che gli parlavano del suo destino.

E anche Sforza, in principio, aveva incontrato una strega, lo aveva maledetto con quegli occhi carichi di morte. Ora, guardando lontano, sulle montagne, gli sembrava di sentire ancora il peso di quello sguardo feroce.

Gli venne da ridere. Era tutto così perfetto, così coerente. Doveva solo agire, prenderli tutti.

«La chioccia e i pulcini... con un sol colpo d'artiglio» mormorò a se stesso.

Rimase lì, come imbambolato, quando sentì una voce alle spalle.

«Capitano!»

Non era servizievole, né cortese, era un richiamo irritato. Sforza sorrise, quando si rese conto che a chiamarlo era stato il tenente a cavallo di quella mattina.

«Tenente Solari, buonasera.»

Come immaginava, era più basso, ma anche se non era più a cavallo non aveva perso la sua arroganza. Avanzava verso di lui, e il tono della sua voce era fastidiosamente alto.

«Capitano, quello che ha fatto a quell'uomo è una violazione del codice militare e degli accordi con la Zona Autonoma! Sarò costretto a...»

«Mi ricordi il suo reparto» lo interruppe Sforza.

Il cavaliere non rispose a quella domanda, e si fece ancora più vicino.

«Ha capito quello che ho detto, capitano? Dovrò farle rapporto per...»

«Secondo squadrone, seconda compagnia, giusto?»

Solari si rese conto del tono, si zittì, e finse di avere un po' di rispetto.

«Sissignore. È corretto.»

Sforza mostrò un sorriso genuino.

«Ottimo! Quindi ora lei è sotto il mio comando!»

«Signore?»

«Il mese prossimo verrò promosso maggiore dal generale Gallo, ma ora il suo squadrone risponde ai miei ordini. Non mi fa i complimenti?»

Con grande soddisfazione, Sforza vide che il volto di Solari scemò dalla rabbia al disprezzo in pochi secondi, e dalla sua barba rossastra i complimenti suonarono come un grugnito.

«Congratulazioni...»

«Congratulazioni come, Solari?»

«Congratulazioni... signore.»

«Bravissimo!» disse Sforza, senza perdere il sorriso.

Poi il capitano gli diede le spalle e si avviò verso il suo ufficio, sotto le ultime gocce di pioggia. Si voltò solo un'ultima volta.

«Ah, tenente! La voglio con la mia squadra. Si riposi, domani mattina la voglio in sella sul suo bel cavallino!»

Non gli diede il tempo di rispondere, si voltò e proseguì per la sua strada.

Che giornata straordinaria.

11

David non aveva detto nulla, né a Lucia né a suo padre.

«Ma com'è che non sai ancora niente?» aveva chiesto papà.

«Non usare tuo fratello come scusa!» aveva detto Lucia.

Che bella la famiglia, aveva pensato David.

Messo giù il telefono, si rese conto che l'unica cosa che gli era rimasta da fare era aspettare sul letto.

Accarezzò le coperte, quelle tipiche da motel, cioè unte e fredde, ma almeno la vista non era male: campanile appuntito in lontananza, qualche lucina arancione, strada bagnata e il rumore di un torrente. E in fondo le Alpi, nere e minacciose.

Era per questo che papà odiava le montagne, la sera gli facevano venire la depressione: "Va' che montagne… nere, cattive… bah!".

Anche David odiava la montagna, ma per un altro motivo. Ossia perché lo psicologo di Mark, all'epoca quindicenne, aveva consigliato ai genitori di fargli fare più sport possibile, magari qualcosa che coinvolgesse tutta la famiglia.

Così mamma aveva chiesto a Mark che cosa gli piacesse fare, e siccome in quel periodo suo fratello era nella fase "accademia militare" e aveva visto un paio di volte *Le Alpi furiose*, un film diventato cult solo per il valore retorico federalista e un budget immeritato, Mark aveva deciso di voler imparare a sciare.

Quindi trascorsero almeno tre vacanze di Natale in cui David doveva svegliarsi alle sei del mattino, infilarsi quattro tipi di felpe, due giacconi e la calzamaglia intera, e poi scarponi, casco, chili di sci a noleggio e racchette, colazione al volo e sette ore di lezioni in un gruppo di bulletti pronti a farlo a pezzi perché italiano.

No, non era italiano. Aveva origini italiane, casomai. E poi, ovvio, era solo David a dover andare alla scuola sci di gruppo, Mark no, ci mancherebbe altro. Mark era fragilino. Lui aveva bisogno delle lezioni private. Certo che ne aveva bisogno.

Per questo faceva solo tre ore di lezione, tornava a casa a pranzo e passava il resto della giornata a ciondolare per casa, annoiandosi perché non si era fatto nessun amico.

E anche la casa, pure quella, era qualcosa di unico. Non era neanche così male, piccola e accogliente, ma completamente bianca, con poco mobilio e isolata dal resto del paesino francese. La sera era avvolta dal buio, a eccezione di un piccolo lampione azzurrino a una decina di metri dall'abitazione. Ma a prescindere da questo, era sorprendente quanto le case di montagna potessero diventare deprimenti la sera.

Quindi, alla fine della giornata David era stanco e arrabbiato, papà era depresso, Mark irascibile e mamma cercava di tenere insieme i pezzi.

Anche quella poteva essere una delle cause fondamentali del divorzio, pensava ora David. Oppure era stati solo uno degli ultimi colpi di reni dei loro genitori per tentare di salvarlo. E anche lì, era stata tutta colpa di Mark.

Colpa di Mark? Possibile che riesci a pensare solo a questo? Se è colpa di tuo fratello? Ma ti rendi conto di dove sei? Di quello che stai facendo?

Forse no, non se ne rendeva conto. In effetti, era assurdo. Quel numero sull'agenda apparteneva a uno slavo, o meglio, a un croato – come il tale aveva puntualizzato al telefono – di nome Ivan, che parlava un inglese addirittura peggiore dell'autista di quella mattina. David aveva chiesto informazioni su Mark e questo Ivan aveva detto che sì, sapeva qualcosa, che non c'erano problemi, anzi: «Mi aspettavo che questo sarebbe accaduto» aveva detto.

Nel sentire quella frase, a David era passata in testa un'immagine brutale: il volto di Mark, pallido, gli occhi gialli, le narici sfondate di rosso e il grumo di vomito che lo aveva soffocato che gli colava lentamente dalla bocca.

La cosa più atroce fu rendersi conto che non si era fatto prendere dal panico.

Ma poi Ivan gli aveva proposto: «Vengo io da te, hai un motel?».

Voleva vederlo, e voleva dei soldi. E adesso a David non restava altro che aspettare. Ed era lì, da solo con la sua testa.

Perché non si era fatto prendere dal panico? Perché non era crollato in lacrime per la paura che suo fratello potesse essere morto, e il suo corpo fosse disperso da qualche parte in Europa? E perché non si era messo a ridere per il sollievo, non appena aveva saputo che Mark era ancora vivo?

Che razza di fratello sei, eh? Devi prenderti cura di lui, e sembra che stai cercando un pacco perso dal servizio postale.

Allora forse era vero quello che diceva Maya: lo odi?

No, non lo odio, non è possibile, se lo odiassi non mi metterei a cercarlo, no? Non mi starei facendo il mazzo per capire in quale casino questo idiota si è andato a cacciare!

Idiota? Ahhh, ma che bravo il fratellone, eh? Lo fai solo perché pensi di essere tu papà, ecco perché, come hai sempre fatto. Sei convinto che sia tua responsabilità prenderti cura degli altri, non perché ti freghi nulla, ma perché li devi tenere sotto il tuo controllo, vero? Perché tu sei il più grande, no? Ma la verità è che è solo una questione di controllo, lo dice anche Lucia.

No, non è vero. Io voglio bene a mio fratello.

Allora perché lo odi? Perché l'hai sempre trattato male? Perché, da quando è iniziato questo viaggio, non hai mai pensato o detto qualcosa di carino nei suoi confronti? Solo insulti, recriminazioni, disprezzo! Nient'altro!

No, non è vero.

Ah no?

Sì...

Cioè, forse...

Forse era il caso di guardare un po' di tv. David prese il telecomando e accese il piccolo monitor impolverato. Per legge, doveva essere via cavo, così da far vedere anche i quindici canali intereuropei con i sottotitoli.

Eccoli, grazie al cielo. Vediamo un po'...

Serie tv sci-fi tedesca, sottotitoli in portoghese. No.

Programma di cucina *patois*, sottotitoli in francese. No.

Documentario belga sull'invasione cinese del Giappone, sottotitoli in fiammingo. Nemmeno.

Economista tedesco che spiega la seconda crisi del debito americano, sottotitoli in danese. Ci mancherebbe altro. Pericolosissimo film di un regista norvegese sull'identità perduta del singolo e dello Stato nazione, sottotitoli in tedesco. Neanche morto.

David decise di andare sul sicuro e girò sul secondo canale, dove a quell'ora era in programma l'approfondimento politico dal Parlamento europeo. Almeno lì i sottotitoli erano in inglese.

Stava parlando la presidente Blanche. Ecco, lei era a suo modo straordinaria. Se David avesse dovuto descrivere un personaggio spietato e calcolatore, avrebbe preso spunto da lei, sotto ogni punto di vista. La sua giacchetta bianca, i suoi occhi di ghiaccio e la sua voce di ferro.

Anche se era francese, sembrava stesse parlando in tedesco.

"Non intendo cedere su questi punti. E voglio dirvi anche un'altra cosa, onorevoli colleghi, ossia che nel nostro mandato la Federazione userà ogni mezzo necessario per mantenere sicuri i nostri confini e saldi i nostri valori democratici. E credetemi, questo sarà sufficiente."

David provò uno strano orgoglio nazionalista a guardare quell'aquila di platino, che troneggiava davanti allo stendardo blu della Federazione. Era come se quella donna gli stesse dicendo: "Dormite tranquilli, brava gente d'Europa. Sono qui per proteggervi".

Non lo avrebbe mai ammesso ad alta voce, ma si sarebbe fidato ciecamente di lei.

Per carità, David sapeva benissimo quanto fosse stupido fidarsi dei discorsetti dei politici e pericoloso il personaggio forte pronto a sfruttare le menti deboli, ma gli piaceva provare affetto per la presidente Blanche.

Forse anche perché Mark la odiava a morte. Suo fratello dava sempre addosso a lei, ai conservatori e a tutta la destra europea, bofonchiando le sue sparate anticapitaliste una dopo l'altra. E nonostante David sottolineasse quanto fossero in realtà di sinistra le sue politiche sociali, come la proposta di legge per il reato di omofobia e quella per il sussidio minimo, Mark non stava a sentire, diceva che quello era troppo poco, e privatizzare le aziende statali era un crimine, e via discorrendo.

Quel suo essere così sordo, ottuso, mandava David in bestia, e forse aveva preso Blanche in simpatia solo per ripicca. Sapeva anche lui che era un atteggiamento infantile, ma non poteva farci niente. E a prescindere, la presidente Blanche era una tosta.

"Nessuno vuole un'altra guerra con l'Unione Sovietica. Ma voglio ricordarvi perché è nata la nostra Federazione. Perché i nostri padri fondatori hanno visto l'Est Europa cadere sotto il totalitarismo di un regime autoritario. Un sistema crudele e assassino, che impoverisce e schiaccia la vita delle persone, e in nome della democrazia liberale i nostri popoli hanno reagito. Ed è nostro dovere..."

Qualcuno gridava. La telecamera si spostò verso l'ala all'estrema sinistra del Parlamento.

I comunisti, una trentina di deputati su cinquecento, si erano alzati, agitando pugni e gridando contro la presidente Blanche, ma il più agitato di tutti era Kofler. Si alzarono pure molti socialdemocratici. L'ala centrale del parlamento iniziò a rispondere con altrettante grida e insulti. Si sentì il martelletto del presidente della camera Freiberg e la sua voce stridula che invitava alla calma, ma Blanche non aveva bisogno di lui.

"Non si agiti, deputato Kofler, potrà parlare anche lei. Perché per quanto ne dicano lei e i suoi colleghi, nella Federazione europea tutti hanno diritto di parola. Anche degli euroscettici sovversivi come lei e il suo gruppo. Ma potrà farlo solo dopo che io avrò finito!"

Dài, come non amarla?

"L'esempio della Jugoslavia è stato lampante. L'isolamento non funziona, i Paesi del Patto di Atene sono stati travolti! La Bulgaria nel '59, la Jugoslavia nel '62! Popoli che credevano nei nostri valori, tutti preziosi alleati che avremmo potuto accogliere nel grande progetto europeo, ma che invece non siamo riusciti a salvare a causa di una politica ottusa e isolazionista! Ogni Paese che permettiamo all'Unione Sovietica di divorare diventa un nostro nemico! Per questo l'entrata dell'Italia è un passo importantissimo per la difesa comune, e le polemiche sterili sulle elezioni..."

Non appena nominò l'Italia e le elezioni, molti membri del gruppo dei liberali e dei socialdemocratici si alzarono e cominciarono a protestare a loro volta, unendosi al coro dei comunisti. Qualcuno si mosse anche tra i verdi e addirittura nel partito di maggioranza, i conservatori.

Povera donna. Una maggioranza appesa a un filo. Ma era forte, l'avrebbe portata a casa.

David però non era così forte, e quando sentì i colpi alla porta il suo cuore cercò di lanciarsi fuori dal petto.

Ivan.

Senza rendersene conto, David cacciò un «Arrivo» in falsetto.

Poi guardò l'orologio, il suo ospite croato era in anticipo.

Ora doveva stare calmo. Prese il portafogli sul comodino di fianco al letto, si alzò, e mentre marciava verso la porta tutti i dubbi che aveva sepolto solo poche ore prima riemersero con violenza inaudita.

E se fosse armato? No, impossibile, ha detto che vuole dei soldi. E allora? Prima ti ammazza e poi ti prende i soldi! Forse avresti dovuto avvertire Lucia... Sei serio? L'ultima persona che vuoi sentire prima di morire è Lucia? Sì, no, oddio. Perché fai così? Apri la porta, imbecille, ci pensi dopo.

David la aprì, e si trovò davanti quello che poteva sembrare un barbone ripulito. Giaccone blu, barba e capelli unti, occhiaie e voce scura.

«Sei David, vero?» gli chiese in un inglese titubante.

David sperò che dopo aver annuito, il tale non lo avrebbe accoltellato. Non lo fece, annuì a sua volta, facendo un mezzo sorriso di comprensione.

Questo rincuorò David. Capì che voleva dei soldi, di sicuro, ma non era una persona cattiva, forse non ne avrebbe approfittato.

O almeno lo sperava.

Aprì la porta per farlo passare, e non appena il barbone fece per entrare, entrambi sentirono una pesante sequenza di tonfi venire dalla destra del corridoio. David non vide nulla perché era all'interno della stanza, ma capì che erano passi. Di corsa.

Accadde tutto in pochi istanti.

Il barbone si voltò verso di loro, spalancò gli occhi per il terrore e provò a buttarsi dall'altro lato, David vide due uomini schizzare davanti alla porta e saltare addosso al barbone.

L'istinto gridò a David di chiudere la porta e nascondersi, lui ci provò, ma un terzo uomo, uno spilungone biondo e muscoloso, la bloccò con la mano e con l'altra lo colpì in pieno petto. Non era un cazzotto, ma una bella spinta vigorosa che lo buttò all'indietro.

La moquette non riuscì a fare molto per attutire la caduta, ma David ignorò il dolore. Si rannicchiò come un insetto, proteggendo i genitali, e si limitò ad alzare le mani vicino alla faccia, mentre lo spilungone si avvicinava a lui, puntandogli il dito contro e gridando:

«Fermo! Fermo lì!».

Gliel'aveva detto in italiano. Ma David avrebbe obbedito in qualsiasi lingua.

Il cuore correva come un matto, la testa cercò di prendere una decisione. Forse avrebbe dovuto alzarsi, no? Scappare! No, idiota, fermo! Ha detto "fermo", striscia indietro, alzati, così ti fa a pezzi, no, fermo, fermo!

Lo spilungone si era messo a ispezionare la stanza, era entrato in bagno, sollevava cuscini, apriva cassetti, e intanto dal corridoio arrivavano le grida del barbone. Sdraiato sul pavimento, le mani tremanti sul viso, David vide i due uomini passare davanti alla porta, trascinando con sé il barbone, che strepitava come un ossesso.

David impallidì, un lampo di lucidità lo attraversò, e si rese conto che quelli erano fascisti.

Come avevano fatto a trovarlo? Un attimo, perché cercare lui? Non aveva fatto nulla di male, erano lì per Ivan, no? Lui era un comunista, giusto? Che c'entrava lui? Non aveva fatto niente… Forse, se si fosse spiegato…

Lo spilungone prese la borsa di David e rovesciò tutto per terra.

Ma certo… il fentanyl, la droga. Credevano che Mark avesse passato a lui la droga e avevano seguito Ivan. Forse non sono fascisti, ma narcotrafficanti.

David cominciò a strisciare verso il muro, e quando ci arrivò, battendo la testa con violenza, si rese conto che ora era davvero inerme, era in trappola. Si aspettava che lo spilungone, che ora lo stava fissando, gli saltasse addosso, ma quello non lo fece. Si aprì la giacca, tirò via dalla cintura una radiolina, premette un pulsante e disse qualcosa in francese.

Trenta secondi dopo, comparvero altri due uomini in giacca e cravatta. Uno era un panzone stempiato, l'altro invece era un cinquantenne, robusto, con dei grossi baffi marroni.

Entrarono e si chiusero la porta alle spalle.

Mentre i tre si sistemavano di fronte a lui, David sentì la voce di mamma.

Vai a letto David, domani c'è scuola.

Devo proprio? Mi picchiano!

No che non ti picchiano, non sono cattivi.

Sicura?

Mamma, in effetti, aveva ragione, perché l'uomo con i baffi si avvicinò a David e gli porse la mano.

«Sta bene, signor Barroso?»

Parlava un inglese accademico. David non capì, e restò lì a guardarlo per alcuni secondi. Forse era il caso di fidarsi. D'altronde, che altra scelta aveva?

Prese la mano del signore con i baffi e si fece tirare su. Quando si rimise in piedi, gli balenò l'idea di buttarsi dal balcone, ma gli sembrò fuori luogo.

L'atmosfera era cambiata, e quando vide quanto erano rilassati quei tre uomini, pensò che forse non sarebbe morto, o almeno non subito.

Qualcuno però doveva dirlo al suo cuore, perché stava prendendo a legnate lo sterno.

«Prego, si sieda» gli disse l'uomo con i baffi.

L'adrenalina cominciò a calare, i colori tornarono, e l'elettricità nelle vene perse potenza.

Stai calmo, per ora va bene.

David ubbidì, e si sedette sul letto sfatto.

Sull'altro letto, di fronte a lui, si sedette l'uomo con i baffi. Più indietro, quello sudaticcio e stempiato posò le chiappe sulla sedia di plastica nera, mentre il biondo, quello grosso, si appoggiò al muro, vicino alla porta del bagno.

Passarono dei secondi interminabili in cui nessuno disse nulla. L'uomo con i baffi guardava David con un sorriso cortese.

A David le parole uscirono di bocca senza che lui lo volesse.

«Siete poliziotti, vero?»

Il biondino sorrise, l'uomo con i baffi prese il portafogli dalla giacca.

«Ci è andato vicino» disse, e gli mostrò un tesserino celeste.

La scritta diceva: AFPS - Agenzia federale per la pubblica sicurezza.

No, non erano esattamente poliziotti. David cercò di convincersi che non fossero proprio dei servizi segreti, ma non ci riuscì. E si sentì più confuso di prima.

«Io sono il maresciallo Chevalier» si presentò l'uomo coi baffi. «Il signore alle mie spalle è l'ispettore Harrison, della Gendarmeria federale, e il gentiluomo che ha avuto il piacere di conoscere è l'agente speciale Spada.»

L'agente speciale Spada lo salutò in italiano.

«Ciao, eroe.»

Eroe?

«Vedo che è sotto shock, vuole qualcosa da bere? Un po' d'acqua?» chiese il maresciallo.

«No...» bofonchiò David, sempre in inglese. «Sono a posto.»

«Ottimo.»

Il maresciallo con i baffi si chinò leggermente in avanti, unendo le mani, David sentì più chiaramente l'odore pungente della sua colonia.

«Dunque, signor Barroso, lei sa chi stava per incontrare?»

«Sì, cioè... Ivan.»

«Non è esatto, signor Barroso. Quello che lei stava per incontrare si chiama Mihajlo Graovać, ed è un narcotrafficante. È coinvolto in attività di spaccio, traffico di armi e terrorismo.»

Terrorismo. Narcotraffico. Armi.

David si sentì come se si fosse aperta una voragine nel pavimento, tutto intorno si era fatto buio. Era dentro un fosso oscuro, senza via di scampo.

«Non... non lo sapevo...» disse, quasi balbettando. «Io... io non...»

«Si calmi» lo riprese il maresciallo. «Perché era qui per incontrarlo?»

David provò a giocarsela, non aveva altra scelta.

«Sapevo che aveva della droga... cioè, del fentanyl... e...»

S'interruppe, lo sguardo del maresciallo era troppo pesante. Era come se fosse completamente nudo e quello riuscisse a vedergli dentro, come se vedesse perfettamente la frottola formarglisi nel petto e sputargliela in faccia. Però non poteva essere così intelligente, se avesse raccontato una balla gli avrebbe creduto, perché non provare? Dài bello, digli che…

«Signor Barroso, sarò schietto con lei. Sappiamo che lei è qui per suo fratello. Ma se vuole aiutarci, anche lei dovrà essere onesto, mi segue?»

Ora David non si sentì più come un essere umano. Era un topolino. Un piccolo topolino intrappolato dentro quel fosso nero, buio e senza uscita. E se alzava la testa, a fissarlo c'erano tre uomini giganteschi, pronti a schiacciarlo con una pedata.

Si arrese, e cercò di ingoiare il groppo in gola.

«Sì… è vero… ha detto che aveva informazioni su di lui.»

«Ottimo. Se la può consolare, sappia che quell'uomo con ogni probabilità non le avrebbe detto granché, le avrebbe solo preso i soldi.»

«Posso fumare?» chiese David, con una voce che gli sembrò quella che aveva da bambino, quando chiedeva alla mamma se poteva guardare la tv.

Il maresciallo annuì: «Certo».

Mentre l'uomo con i baffi spiegava, David prese il pacchetto dai calzoni, con le mani tremanti.

«Molto bene. Cercherò di essere il più breve possibile. È sicuro di non volere un po' d'acqua?»

David fece di no con la testa, poi accese la sigaretta. Ascoltò il maresciallo con attenzione, ma non tolse gli occhi dalla moquette.

«Allora. Graovać, l'uomo che stava per incontrare, appartiene a una cellula terroristica chiamata Linci, o Linci di Sangue, dipende da chi lo chiede e dalla traduzione. Si nascondono all'interno di diverse organizzazioni politiche extraparlamentari, di cui sono membri a tutti gli effetti. Il Movimento 22 febbraio, il PCJ, Avanguardia Anarchica e così via. Il loro obiettivo è sostenere la Zona Autonoma degli Slavi nelle Alpi Giulie, dalla parte dell'ex Slovenia, nel territorio occupato dagli italiani. Usano il narcotraffico come fonte di reddito, poi comprano armi, medicinali, cibo, e tramite passatori li consegnano ad alcuni slavi della Zona Autonoma. Riesce a seguirmi?»

David prese un'altra boccata e annuì.

«Bene. Crediamo che suo fratello Mark, negli ultimi mesi, sia entrato in contatto con questa cellula. E che sia stato reclutato. E pensiamo che...»

«Non è un narcotrafficante!» mormorò David. «Glielo assicuro. Ha avuto problemi di droga, è vero, ma... sarà stato un errore... Non... non saprebbe nemmeno come piazzarla la... la droga...»

"Droga." Sembrava suo padre. Poteva almeno essere preciso, dire "fentanyl".

«Barroso, non stiamo cercando suo fratello per spaccio» disse il maresciallo.

No?

Per un istante, David scorse un barlume di speranza. Il tono del maresciallo era... confortante. Aveva usato una voce morbida, calda, come se gli avesse messo una mano sulla spalla e gli avesse detto: "Figurati David, lo sappiamo che Mark è un idiota, si è fatto fregare, fuma tranquillo, d'ora in poi ci pensiamo noi".

Meno male... meno male.

E poi, mica hanno detto che è morto, l'avrebbero già fatto. No, no, Mark era vivo, stava bene, ma certo!

Adesso l'avrebbero trovato, gliel'avrebbero riconsegnato, si sarebbe sorbito una lavata di capo, com'era giusto che fosse, e David avrebbe potuto riportarlo a casa, sano e salvo. E alla prima occasione, lo avrebbe umiliato davanti a papà.

«No?» chiese David, alzando lo sguardo sul maresciallo. Quello fece un leggero "no" con la testa.

«No, Barroso. Lo stiamo cercando perché riteniamo che suo fratello sia entrato in Italia con alcuni di questi terroristi.»

Il vuoto accolse David, lo abbracciò e gli diede il benvenuto. Non disse nulla, fissò gli occhi del maresciallo. Questa volta l'uomo con i baffi annuì.

«Lo so, è un brutto colpo. Sicuro che non vuole dell'acqua?»

In un'altra situazione David avrebbe immaginato di prendere la lampada sul comodino e schiantarla sui baffi dell'uomo seduto davanti a lui. Ma ora nella sua mente non c'era nulla, se non un ronzio confuso.

Lasciò che la cenere della sigaretta cascasse sulla moquette.

«No. Grazie. Sono a posto» rispose con un filo di voce.

Il maresciallo non era un tipo ottuso, abbassò la voce, si chinò leggermente e parlò a David come un buon padre che ha preso le redini della situazione.

«Signor Barroso, mi ascolti. Non siamo qui per incriminare suo fratello, mi creda. Siamo qui per aiutarlo.»

David sentì la testa cominciare a girare e lo stomaco liquefarsi in una spuma salata, che sentì ondeggiare dentro di sé.

Reagisci, idiota, reagisci.

«Aspettate... cosa... Dio... cosa succede adesso? Bisogna fare qualcosa... devo andare all'ambasciata... dovete recuperarlo...»

«No, signor Barroso, la situazione è complicata. Vede, ultimamente gli italiani hanno fatto una grande attività di antiterrorismo. Ora la Zona Autonoma è militarizzata, piena di soldati. Non sappiamo di preciso cosa stiano facendo gli italiani, anche se abbiamo qualche sospetto. Ma se riescono a trovare suo fratello, lo giudicheranno come un terrorista.»

«Ma non è possibile!» sbottò David, impedendo al maresciallo di dirgli che avrebbero ucciso suo fratello. «Ci sono i... cazzo di accordi, no? Non possono ucciderlo!»

Venne interrotto dal panzone inglese sulla sedia.

«Gli accordi non valgono nulla, giovanotto! Se prendono suo fratello, possono inventarsi quello che vogliono.»

«Ma... e allora gli olandesi? Quei ragazzi che...»

«No, giovanotto» lo interruppe ancora l'inglese sudaticcio. «Gli olandesi sono stati denunciati dagli italiani, ma li abbiamo presi noi, in Austria. Se prendono suo fratello sul suolo italiano, se lo possono tenere, e anche ben stretto.»

David rimase con la faccia stravolta a guardare il panzone. Mentre il maresciallo Chevalier riprendeva il discorso, altra cenere cadde sulla moquette.

«Non possiamo agire per via diplomatica» spiegò Chevalier, e fece una piccola pausa, lasciando a David il tempo di tornare in sé e di concentrarsi di nuovo su di lui.

«Lei ricorda i due studenti europei arrestati in Turchia?»

David prese un paio di profondi respiri.

«Sì, come si chiamavano… quelli uccisi a… Oddio, no…»

«Esatto. Quello è stato un grave errore. Il primo è stato ucciso dai servizi di sicurezza, i turchi credevano fosse un agente segreto. L'altro invece era stato arrestato due mesi dopo, ad Ankara. L'hanno messo in custodia cautelare per un mese. Poi due, tre, sei. E siccome l'Europa aveva scelto la via diplomatica, con la stampa e l'opinione pubblica di mezzo, le cose sono andate per le lunghe. Sa dov'è ora il ragazzo?»

«Ancora lì.»

«Esatto. Ancora lì. In carcere, da tre anni. E non possiamo tirarlo fuori.»

Mentre il maresciallo parlava, David non riuscì a non pensare a suo fratello da solo, appeso per i piedi in una prigione italiana. O trascinato davanti a un plotone di esecuzione.

Cercò di prendere un'altra boccata, ma si rese conto di stare fumando il mozzicone.

«Mi ascolti Barroso» disse il maresciallo. «Perché questo non è un caso simile. Non lo è. Per niente.»

David restò con il mozzicone in mano, e tornò a fissare gli occhi del maresciallo.

«Cosa?»

«Nessuno sa che suo fratello è in Italia. Tranne gli altri terroristi, è ovvio. Ma se agiamo in tempo, possiamo trovarlo prima degli italiani.»

Qualcosa si mosse dentro David. Il ronzio si quietò e il segnale si stabilizzò.

David buttò il mozzicone nel posacenere.

«Un momento… come, non lo sanno? E voi? Come lo sapete?»

«A quanto pare, suo fratello e gli altri terroristi sono entrati nel Paese da poco, forse da nemmeno due settimane. E sappiamo anche che suo fratello lavora per un giornale spagnolo, ma non ha detto nulla. Né al suo giornale, né ad altri organi di stampa.»

«E neanche lei, giovanotto» aggiunse l'ispettore della Gendarmeria.

Cosa?

«Come...» chiese David «... cioè, come sapete che non ne ho parlato con la stampa?»

Il maresciallo Chevalier si voltò verso il panzone seduto sulla sedia, e quello fece spallucce. Quando riportò lo sguardo su di lui, David capì.

«Il poliziotto, a Valencia! Quando sono andato da lui! Ve lo ha... ma... aveva detto che non avrebbe fatto nulla...» disse volgendo lo sguardo su tutti e tre gli uomini.

«Questo non è importante» replicò il maresciallo.

Ma certo. Che idiota.

David ripensò a come si era mosso negli ultimi giorni. Aveva usato in continuazione la carta federale, quella di credito della banca, tutti i suoi movimenti erano sotto controllo. Anzi, forse gli avevano messo qualcuno addosso da quando era andato a trovare suo padre...

Si chiese se tutto questo fosse legale. Ma no, era anche inutile chiederlo, con ogni probabilità gli avrebbero risposto che in casi di terrorismo possono fare quello che vogliono.

«Va bene» disse, forse troppo eccitato. «Cosa pensate di fare?»

Il maresciallo ci mise qualche secondo prima di rispondere.

«L'idea è quella di mandare una piccola squadra in Italia. Andare a prendere suo fratello di persona e riportarlo qui. Il prima possibile.»

David s'immaginò elicotteri, sparatorie, esplosioni, e suo fratello con un cappuccio in testa che veniva portato in salvo dai soldati in tuta mimetica.

«Ma non sarà così facile. Abbiamo bisogno del suo aiuto.»

David annuì.

«Ma certo, certo. Ho qui tutti i suoi documenti, posso dirvi che aspetto ha, ho anche un'agenda che...»

«Signor Barroso, abbiamo bisogno che lei vada in Italia.»

David ci mise quattro secondi a elaborare quest'ultimo messaggio. Anche se gli sembrò un'ora.

«In Italia?» chiese, con un'energia che stupì perfino se stesso. «Ma è impazzito?»

Il maresciallo non fece caso al commento.

«Non possiamo intervenire militarmente» spiegò. «Oltre al fatto che l'Italia sta per entrare in Europa, sarebbe una follia. Dobbiamo attirare meno attenzione possibile, e riprenderci suo fratello prima che gli italiani se ne accorgano. Possiamo farlo. Abbiamo dei contatti con alcuni uomini della Zona Autonoma e pensiamo di sapere dove si trovi. Quindi manderemo solo due uomini, lei e l'agente Spada.»

David guardò l'agente Spada. Il bestione era ancora appoggiato al muro e sorrideva. Gli fece l'occhiolino.

«Non capisco» bofonchiò David. «Io non... Perché io?»

«Perché suo fratello è...» cominciò a dire il maresciallo, ma si fermò a riflettere. Dopo qualche secondo, ricominciò a parlare lentamente, voleva che il messaggio arrivasse forte e chiaro. «Perché suo fratello ha fatto una scelta importante. Una scelta radicale. Non mi perderò in speculazioni psicologiche, ma è evidente che si tratta di una scelta basata sull'ideologia e sull'emozione. Se mandiamo qualcuno a prenderlo con la forza, in mezzo a dei terroristi, sarà difficile portarlo via. Non possiamo forzarlo, dev'essere convinto. E in questi casi, l'intervento di una persona vicina, di famiglia, è fondamentale.»

Ecco perché aveva fatto quella pausa, non voleva dirgli chiaramente che suo fratello era un terrorista. Che gentile.

«Ma... io non ho alcuna esperienza in queste cose... non... non so come...»

Il maresciallo sorrise.

«Lei si sottovaluta, Barroso. È partito immediatamente a caccia di suo fratello. Ha seguito una pista, ha trovato un contatto, è corso qui in Austria, ha estorto un'informazione a una collaborazionista ed era pronto a incontrare un narcotrafficante nella periferia della città, il tutto senza dire nulla a nessuno e senza nessuna esperienza. Dovrei assumerla, sa?»

Cominciò a ridacchiare, ma David rimase imbambolato e con gli occhi sgranati.

«Aspetti… no, un secondo, avete parlato con Maya…»

«Lasci stare la signorina Guerrera. E si tranquillizzi, penserà a tutto l'agente Spada. È italiano come lei, conosce il territorio e la porterà da suo fratello. Lei deve solo parlargli e convincerlo a tornare a casa.»

«Non ti preoccupare, campione» disse l'agente in italiano. «Sarà come una gita. In tre giorni siamo a casa.»

E gli fece di nuovo l'occhiolino.

Tre giorni.

David si voltò di spalle, verso la finestra. Guardò lontano, oltre il campanile appuntito, oltre le lucine arancioni, il paese, l'autostrada, ancora più lontano, fino a quelle enormi montagne, nere come il petrolio.

Sentì come se tutto il ghiaccio di quella catena di roccia si fosse sciolto trasformandosi in una voce di neve, che ora scendeva, sottile e sorridente, verso di lui.

Vieni a prendere Mark, portalo a casa. È tuo dovere.

«Tutto bene, signor Barroso?»

David non rispose.

«Vuole un po' d'acqua?»

Vieni a prenderlo.

«Sì, maresciallo, grazie.»

12

È notte, e David è sulla spiaggia.

Prova a sentire il vento, ma non c'è. Il cielo è di nebbia, e il sole si sta trasformando in una palla grigia.

Porta lo sguardo laggiù, a sinistra della spiaggia, verso le rocce, dove ci sono Mark, il suo piccolo amico José e tutti gli altri bambini.

Gridano, ma solo David riesce a sentirli.

Eppure tutti i genitori sono più in là, sulla destra, ombre di sale che giocano a pallone. Papà invece è di carne e di carta, seduto di fianco a lui, e legge il giornale. In mezzo a loro, la radio suona una voce sabbiosa, che non sa di nulla.

Forse avresti dovuto seguirli, pensa David.

Ma perché? Perché dovrebbe? Perché deve sempre seguire suo fratello? Anche lui potrà pensare agli affari suoi, no?

Ma no, dài, è tuo fratello, devi badare a lui. Devi sempre badare a lui, sempre. Lascialo correre via, seguilo solo con lo sguardo, tanto dove vuoi che vada?

Per esempio lì, dove vanno i bambini più grandi. Perfetto, così si becca anche una bella sgridata. No, anzi, non solo una sgridata, lì proprio non ci possono andare... Aspetta, forse papà si arrabbia, forse gli tira una sberla davanti a tutti.

Lascialo correre.

E David li lascia correre. Mark, José e i suoi amichetti corrono. Scalpitano, urlano felici, saltellando sugli scogli come stambecchi scalpitanti. Una bambina con il costume nero sta per scivolare, tutti gridano ma alla fine resta in equilibrio, e la caccia selvaggia ricomincia.

Lasciali correre, dagli tempo, tanto poi tornano indietro. Adesso arriva la mamma di qualcuno e gli fa un cazziatone di quelli brutti. Guardali, lasciali andare.

E David lo fa.

Mark e José sono i capibanda, i leader di una truppa scapestrata e impudente, guidata solo dalla voglia di osare, violare, distruggere. A David torna in mente quel film dove altri ragazzini con le uniformi finiscono su un'isola sperduta e accendono un fuoco. Ma questi qui sono più piccoli, non hanno le uniformi, sono quasi nudi e si lasciano guidare da Mark e José sullo sperone più alto, il luogo proibito.

Il cielo si fa scuro, si scioglie, il sole scende e tutto il Mediterraneo comincia a ritirarsi. David vede che dai piedi suoi e di papà l'acqua si allontana, scappa lentamente, lasciando davanti a loro solo una macchia unta e nera di salsedine e sabbia, e intanto l'acqua corre, violenta, sotto lo sperone, sotto i ragazzi, si addensa in una voragine scura, quasi nera, e festeggia insieme a loro, mugghiando sugli scogli e chiamandoli per nome.

Papà non si è accorto di nulla. David si volta verso di lui, e vede che respira ancora, mentre con il solito sguardo annoiato fissa la stessa pagina da ore.

Non si muove, legge e basta. E se papà non si muove, perché David dovrebbe fare lo stesso? Perché non approfittarne?

Lascia stare, Mark sta per cacciarsi in un mare di guai e per questo verrà punito. Goditi la scena.

David ricomincia a guardarli, vuole vedere un adulto andare a prenderli, vuole sentire delle grida diverse, vuole sentire una madre scalare gli scogli a larghe falcate, raggiungerli, e urlare a quei piccoli mocciosi che no, non si possono fare i tuffi, che devono scendere subito, e vuole vedere anche papà svegliarsi e raggiungere Mark sulla sabbia e colpirlo in faccia.

Ma non si avvicina nessun adulto, né di carne né di sale.

Sono tutti lì, sulla destra, ondeggiano davanti al pallone, accarezzati dalla musica.

Basterebbe così poco, un soffio di vento, una parola, per spezzarli e riportarli lì, di carne, con David.

Fallo tu.

No, perché dovrei? È ora che Mark impari qualcosa. Se lo merita. Si mette le mie magliette, quando io non ci sono sale sul mio letto con le scarpe, gioca con i miei soldatini e li lascia sul pavimento, anche quando mamma gli dice di rimetterli nella scatola, Mark non li divide, li butta dentro alla rinfusa, con tutti i vestiti e le armi scombinate, mischiando cavalieri e cowboy. Se lo merita.

Lascialo correre, lascialo festeggiare, lasciagli quel sorrisetto in faccia, lascia che si diverta, tanto non sa che cosa lo aspetta.

Mark, infatti, non aspetta, o meglio, aspetta che tutti i suoi compagni e José si mettano in fila, dietro di lui, aspetta che tutti lo guardino prepararsi al tuffo.

E quando ha finito, comincia ad agitare le braccia, ridendo, fingendo di essere in un cartone animato. Poi tira i gomiti indietro, prende una breve rincorsa, corre e spicca il volo.

Le sue braccia vibrano nell'aria, vola in avanti, sgraziato e berciante come una scimmia che casca da un ramo, è una piccola bomba piena di energia che sfonda il manto nero sotto di sé.

L'acqua esplode e schizza in aria, festante, si fa bianca, scura, schiumosa, lo accoglie con gioia, e poco dopo la sua testa spunta fuori, sorridente, e si lascia andare a un altro grido liberatorio.

Anche David è contento. È fatta, papà l'ha visto e ora lo picchierà. Si volta verso di lui, ma quello che si trova di fianco non è papà, è una statua di sale, una salma pietrificata dal sole grigio. David si accorge che i fogli di giornale sono cascati e diventano cartapesta nella salsedine. Alla loro destra, solo il pallone bianco si muove, e scricchiola in mezzo agli adulti, anche se ora non sono che ombre, ombre di pietra brillante, bianca e rosa.

Nessuno respira, nessuno si muove, nessuno si accorge di niente. La musica li ha ipnotizzati e il sole li ha cristallizzati nella sabbia.

Sfregalo.

Cosa?

Sfregalo, ridagli vita, tocca papà, avvertilo. Puoi farlo... E poi guarda, ormai è fatta.

No, perché? Ci sono tanti genitori, se anche altri piccoli mocciosi finiscono nei guai, per Mark sarà anche peggio, no?

Ma certo, che bella idea hai avuto. Aspetta che si buttino tutti, aspetta almeno che si tuffi José. Ecco, sì, José, guardalo, tutti stanno facendo il tifo per lui.

È il più piccolo, quelli più grandi battono le mani, mentre le ragazzine stanno cantando in coro il suo nome, lo incitano.

Sotto, in quella massa scura, Mark sguazza, ride e gli fa i gesti con le mani, gli urla di "non fare il frocetto".

José è un bravo bambino, e vuole fare bella figura. Si prepara come Mark, il suo migliore amico di quella estate, agita i gomiti come lui, come il cartone, sembra un pulcino, ride, stringe i pugni e poi si butta.

José, però, ha dimenticato un piccolo dettaglio: prendere la rincorsa. Ha piegato le ginocchia e ha saltato da fermo, come aveva sempre fatto in piscina. D'altronde, Mark non gli aveva certo detto di fare diversamente.

José prova a mettersi una manina davanti al naso, ma non fa in tempo a trattenere il fiato. Le sue gambe colpiscono la prima roccia sotto di lui, gliele sbalzano all'indietro, e la gravità proietta il suo corpo in avanti. Fa una mezza capriola, e la faccia corre verso l'acqua, ma c'è una seconda roccia di mezzo. Uno scoglio severo, vecchio di migliaia di anni.

Il volto di José si apre in un rumore sordo, denso, che solo David è certo di aver sentito. Poi il suo corpicino, ormai bianco e vuoto, riprende la caduta e si schianta di schiena, sull'acqua, che intanto si è trasformata in una lastra di marmo.

David sente i grani di sabbia che gli avvolgono i piedi, gli afferrano le spalle, gli entrano nel petto, si fondono, diventano mastice e trasformano anche lui in una statua. Ora è come papà, resta seduto di fianco a lui, e guarda quel corpo di carne galleggiare a faccia in giù. È avvolto da un miasma rosso, che si espande lentamente e contamina tutto il Mediterraneo.

Vede galleggiare anche la testa di Mark, che si avvicina a quella di José, la sua bocca è aperta e David sa che il miasma entrerà dentro di lui.

Il vento ricomincia a soffiare e sbriciola le statue. Gli adulti si muovono, papà alza la testa e alcune briciole rosa gli cadono sulla pagina del giornale che gli è rimasta tra le dita. Tutto comincia a sgretolarsi, mentre il mare si colora di sangue. David sente il sole sopra di sé esplodere in una luce accecante.

In piedi, campione. In piedi.

David però non riesce ad alzarsi, il sole gli fa troppo male, e se apre gli occhi si sbricioleranno anche loro, come torri di sabbia asciutta.

In piedi campione, forza.

No papà, non mi alzo.

«Oh! Mi senti?» alza la voce l'agente speciale Spada, già vestito. «Dài eroe, in piedi, che ci aspetta una bella giornatina.»

13

Quella non era una bella giornata, era una giornata stupenda. A Bianca venne in mente quella di due settimane prima, alla manifestazione. Anche quel giorno faceva freddo, ma c'era un sole accecante e il cielo sembrava un lenzuolo blu, fresco, appena tirato sul materasso.

Certo, era scoppiata una bomba, un ragazzino era morto a qualche passo da lei e un poliziotto stava per denunciarla. Però alla fine tutto era andato bene.

In realtà non sapeva che fine avesse fatto quel poliziotto, se fosse morto o se la sua mente stesse ancora galleggiando nel mare nero della terapia intensiva, ma tanto non le importava più niente. Il Fronte popolare aveva vinto, c'erano già le contrattazioni per il nuovo governo con i liberali, il capo delle forze armate Messe aveva annunciato il giuramento al nuovo governo, centinaia di prigionieri politici erano stati scarcerati dalla vecchia amministrazione come segnale politico. Perché, allora, se ne fregava?

Perché sei una cinica, ecco perché, perché pensi solo al tuo tornaconto. Davvero non ti frega nulla di quello che...

Oh, andiamo, facciamola finita, riuscì a dirsi Bianca.

Sì, le dispiaceva per tutti quei morti, ma era colpa sua? Aveva ucciso lei quelle persone? Aveva fatto qualcosa di sbagliato? No. Aveva solo provato a salvare un ragazzino da un teppista, ed era sempre stato quel poliziotto a uccidere quel sedicenne, e chissà quante altre porcate aveva fatto, prima di essere pestato a sangue dai Reds.

Non è colpa tua, tranquilla. Perché dovresti sentirti responsabile?

Be', perché sono intervenuta, forse se non avessi fatto nulla, nessuno si sarebbe fatto male.

No, aspetta dài, io volevo fare come Moreschi?

Moreschi, figurati, lo sai invece che cosa volevi fare? Volevi solo farti vedere da Anna, ecco cosa.

Cosa? No, aspetta, no, cioè...

Massì, diciamoci la verità, Anna ti stava guardando, no? Come ti stava guardando, sempre quel giorno, quando quei ragazzi vi hanno fischiato. Tra l'altro, a chi stavano fischiando, a te o ad Anna?

No, non è questo il punto, resta concentrata. Per chi l'hai fatto? Per te stessa? Vuoi raccontarti che quella tua azione fosse una ribellione al patriarcato? O era solo perché Anna ti stava guardando e volevi fare bella figura?

Oddio, non lo so, forse... forse sì, volevo farlo per quello.

Non ti fai un po' schifo?

No, aspetta...

«Ma non ti fai schifo?» le chiese Anna, con un pacco pieno di cibo tra le mani. «Ti ho chiesto di darmi una mano a caricare la macchina e te ne stai seduta sul marciapiede? Dài su, in piedi!»

Bianca scattò, ma non prese il pacco, la guardò negli occhi, e la sommerse di parole.

«Anna, sono una stronza. Non so perché ho reagito così con quei ragazzi, non so perché mi sono buttata su quel poliziotto, o meglio, lo sapevo, credevo di saperlo, però forse avrei dovuto stare ferma, cioè, che altro avrei dovuto fare, poi sapevo che mi stavi guardando, forse io...»

Mitragliava farneticazioni a raffica, agitando le mani, senza però incepparsi. Anna invece restò immobile, in piedi, con quel pacco di diversi chili ancora tra le mani, e lo sguardo che diventava a ogni parola sempre più esausto.

«Quindi mi sono chiesta: se non mi avessi guardato che cosa avrei fatto? E in quel caso...»

«Bianca...»

«No, perché allora uno cosa deve fare? Mi sarei dovuta fermare...»

«Bianca...»

«E poi tu che avresti detto? Non so...»

«Bianca, sta' zitta un attimo! Allora, non so cosa diavolo... oddio... Perché ti lascio da sola? Senti, per favore. Prendi questo, portalo in macchina, io prendo le borse e poi ne parliamo, ok?»

«Ok» rispose lei, sottomessa come una cagnolina. Prese il pacco e lo caricò in macchina.

Ecco, brava, bel lavoro, ora hai fatto la figura della cretina, riesci a combinarne una giusta?

Restò appoggiata alla portiera a braccia conserte, finché non vide Anna uscire di nuovo dal palazzo con l'ultima borsa.

«Hai salutato i tuoi?»

Ah già.

Non prese nemmeno l'ascensore, fece tutti e tre i piani a piedi, aprì la porta e cacciò un «Ciao, noi andiamo!».

«Aspetta un attimo, vieni qui!» le gridò papà.

O Gesù, no, ti prego.

Bianca alzò gli occhi al cielo e lo raggiunse in soggiorno.

«Che c'è?» disse sbuffando.

Papà era in vestaglia, canottiera e ciabatte, piegato sul tavolino. Davanti a lui c'erano dei fogli di carta, una tazzina di caffè e una calcolatrice grossa come un piatto. Doveva essere sabato, la giornata delle finanze.

Papà si abbassò gli occhiali.

«Mi raccomando, se la caldaia si spacca, non chiamare il Comune, chiama il vicino, è chiaro?»

«Sì, papà, ho capito, dài.»

«E perché devi farlo?»

Bianca sbuffò ancora, cercando di sottolineare il più possibile il fastidio.

«Perché è abusiva, e se fanno un controllo ce la sequestrano.»

«Brava, tesoro. Ora dammi un bacino.»

Era quasi finita, un ultimo sforzo. Si avvicinò e gli schioccò un bacio velocissimo sulla guancia ispida di barba.

«Visto che siete in macchina, passa dall'ufficio di mamma a salutarla.»

«Oddio, stiamo via un weekend» replicò lei, insofferente.

«Dài, le fa piacere, non discutere.»

Lascia stare, taglia la corda.

«Va bene, pa'. Ci vediamo!»

Sbatté la porta di casa il giusto, non per far capire che fosse arrabbiata, ma abbastanza da sottolineare il fastidio.

Quando salì in macchina e Anna mise in moto, si rese conto di essersi sfogata almeno un po'. Questo le permise di ricominciare il delirio di poco prima, provando a spiegarsi con Anna. Le venne fuori un discorso incoerente, ma lei capì lo stesso.

«Bianca, davvero, non puoi tormentarti così. Perché dovresti sentirti in colpa?»

«Perché, se non fossi intervenuta, forse nessuno si sarebbe fatto male.»

Anna tolse un attimo gli occhi dalla strada.

«Scusa, ma che ne sai? Che avrebbe fatto il poliziotto al ragazzino sulla statua? E secondo te quei Reds non cercavano proprio quel poliziotto, o qualcuno da menare? Ma anche se fosse, che razza di discorso è? Hai visto una persona in pericolo e hai agito, come quel vecchio che voleva prendere il tuo posto, ricordi? Quello, basta. Il resto sono solo pare inutili che ti fai solo perché, per qualche motivo, hai un senso di colpa esistenziale che t'impedisce di goderti le cose.»

Bianca guardava fuori dal finestrino. Stavano passando per via dei Caduti in Sarajevo, dove la notte prima c'era stata una manifestazione dei repubblicani. Le strade erano ancora piene di cartacce, cartelli, bidoni di immondizia bruciati, rovesciati, e vetrine di negozi in frantumi, a scricchiolare sotto le suole dei netturbini.

«Bella analisi» ribatté, sardonica. «Ora a storia fate esami di psicologia?»

«No, Bianca, è che sei una cogliona, ti conosco, molto semplice.»

Bianca fu felice di vederla sorridere.

Passarono vicino al centro, e un negozio di televisori colse l'attenzione di Bianca per un istante. In vetrina c'erano una decina di schermi, tutti sintonizzati sul primo canale, e mostravano la faccia arrabbiata di Ansaldo, la Grande Lucertola, mentre gridava qualcosa ai microfoni. Non c'era l'audio, Bianca ne fu grata, ma buttò l'occhio sulla didascalia.

I repubblicani accusano il Fronte popolare di brogli, preoccupazioni nella Federazione.

Per quanto potesse essere soddisfacente quell'immagine, Bianca fu contentissima di potersi allontanare da quel mondo per un po'. Un intero weekend senza parlare di Ansaldo, del Principe Infame, di Sandri e di Europa. Sarebbe stata sola con Anna, e sarebbe stato bellissimo.

Tra l'altro, che cosa diavolo avrebbero fatto lì, sulle Alpi Giulie? La televisione il nonno ce l'aveva, ma dopo il funerale papà l'aveva portata via.

Oh be', avrebbero fatto delle passeggiate. E la sera… la sera sarebbe stato molto bello, di sicuro.

Quante volte se l'era immaginato. Fuori il buio gelato, e loro due sotto le coperte, al caldo, strette.

Le riaffiorò alla mente il profumo di Anna, il suo respiro, il suo calore. E le loro gambe, che s'intrecciavano teneramente sotto le coperte.

Pensò ancora alle sue labbra, al suo sapore, e s'immaginò di cercare il corpo di Anna, al buio. Avrebbe voluto stringerla, accarezzarle la schiena, e se Anna gliel'avesse permesso, l'avrebbe spogliata.

Avrebbe cercato di fare piano, facendole passare la mano sul collo, poi sotto la maglietta, accarezzando con i polpastrelli la sua pelle morbida. Ma sapeva che sarebbe stata impacciata, goffa, avrebbe fatto una figuraccia.

In realtà, conoscendo Anna, era più probabile che sarebbe stata lei a prendere l'iniziativa. "Vieni qui" le avrebbe detto.

Si sarebbe messa sopra di lei, l'avrebbe baciata, ancora, dolcemente, e avrebbe accarezzato le sue labbra con la lingua. Poi avrebbero giocato, come l'altra sera.

Bianca si sarebbe avvicinata, e Anna si sarebbe allontanata di qualche millimetro dalle sue labbra, e avrebbe sorriso. Poi sarebbe stata lei ad avvicinarsi, Bianca ci sarebbe cascata e lei le avrebbe morso un labbro, delicatamente.

E poi?

Bianca s'immaginò la voce di Anna, sciolta in un sussurro.

"Nervosa?" dice lei.

"No" mente Bianca.

Lei che sorride, e la rassicura con un altro bacio, scostando le coperte, liberando i loro corpi. Bianca sotto di lei trema, ma non per il freddo, anzi, fa un caldo da morire.

Anna poi scende, le bacia il collo, e Bianca si lascia andare, mentre sente la mano di lei infilarsi sotto la sua maglietta. La accarezza con dolcezza, coccolando i suoi seni. Bianca si abbandona a un gemito, non appena le dita di Anna le stringono un capezzolo, e le morde il collo.

E poi? E poi inizia a spogliarl…

«Mi stai ascoltando?» interruppe il sogno Anna, indispettita.

«No! Cioè scusa, pensavo a… Savoia.»

«Dicevo…» continuò lei, fissando la strada davanti a sé. «Non credo che prima di aggredire il poliziotto tu ti sia fermata e abbia pensato: "Ah, Anna mi sta guardando". Hai agito e basta.»

«Non lo so, non ne sono così sicura.»

«Bianca, figurati, sei una cagaminchia, fai sempre così. Non ragioni, ti butti come una cretina, ti ricordi l'antiabortista in aula magna il mese scorso? Io non c'ero e per poco non ti beccavi una denuncia, dài!»

Bianca sorrise.

Si fermarono davanti a un semaforo, e Anna ne approfittò per voltarsi verso di lei.

«Ma anche se l'avessi fatto solo per me, che male ci sarebbe? Dobbiamo essere tutti Gesù per fare delle buone azioni? Altrimenti non vale? Ma dove vivi?»

Poi si fece vicina, e le accarezzò il viso. Bianca si rese conto di stare arrossendo, perché Anna aveva sorriso come se avesse visto un cucciolo di cane smarrito.

«E questa cosa mi fa tanto piacere, lo sai?»

Bianca sentì il cuore tirare uno strattone e trascinarla di getto verso le labbra di Anna. La baciò in pieno giorno, davanti a tutti. Per un attimo ebbe paura di avere esagerato, ma lei non si tirò indietro. Restarono lì, finché non sentirono i clacson alle loro spalle.

Dall'interno di una macchina alla loro destra, un bambino con il volto sgomento le fissava. Loro risero.

«Senti, dobbiamo andare a salutare tua madre prima di partire? Tuo padre mi ha detto una cosa del genere.»

Bianca ci pensò su un istante.

«*Mmm*... no, lascia stare.»

«Sicura?»

«Sì, allora, andiamo via per due giorni, eh!» rispose lei spazientita. «La rivedo tra due giorni, andiamo, dài!»

Ma Bianca si sbagliava, non avrebbe visto sua madre due giorni dopo, né suo padre.

Per essere precisi, non li avrebbe rivisti mai più.

14

Alle sei e venticinque del mattino del 16 dicembre 1983, tre giorni dopo le elezioni, faceva un freddo cane.

Il capitano Giacomo Lepri, ventidue anni di servizio in Abissinia e una medaglia al valore, si era pentito amaramente. Il suo collega, il capitano Crenna, aveva vomitato tutta la notte e lo aveva fatto svegliare per chiedergli di sostituirlo al turno del mattino.

Lepri aveva accettato, non era stanco, e da anni non dormiva più di quattro ore a notte. E poi un favore a uno che può ricambiartelo non si nega mai.

«Ma certo Giulio, non c'è problema» lo aveva rassicurato al telefono. «Ci penso io, tranquillo.»

Forse Lepri non gliel'avrebbe detto, se avesse saputo che dieci minuti dopo aver montato il turno sarebbe arrivato dal comando di Roma un ordine operativo di dispiegamento immediato. "Antiterrorismo" diceva.

E quindi via, tira giù gli uomini dalle brande, falli armare, buttali sui mezzi e dritti verso il covo dei cattivi. Neanche il tempo di un briefing o di un caffè, entrambi fondamentali.

Tranquillo, Giulio, tranquillo.

«Tranquillo un cazzo» mormorò a se stesso, incrociando le braccia.

Il tenente al posto di guida si voltò verso di lui.

«Signore?»

«Niente, lascia stare» lo liquidò Lepri.

Non era veramente possibile. Per queste operazioni ci vuole un minimo di programmazione, studiare un piano coordinato con le altre squadre, sentire il genio per capire se c'è il rischio di esplosivi nascosti, farsi ragguagliare dai servizi segreti per sapere quanti sono i terroristi e che armi hanno. E invece no, gli avevano giusto dato la planimetria del palazzo. Tre piani. Il loro obiettivo era ripulire il primo, arrivando all'ufficio che dava sul lato ovest.

Quindi il discorso era questo: bene ragazzi, qui c'è il palazzo, dentro ci sono i terroristi, a quest'ora si parte e lo ripulite, bravi tutti e buona fortuna.

Ma Cristo di un Dio. Ci fosse almeno il supporto della polizia per bloccare le vie di fuga. Ecco, a proposito, perché avevano chiamato la loro squadra e non la polizia o i carabinieri? Sono loro che si occupano di questioni domestiche.

E possibile che faccia così freddo?

«Come hai detto che ti chiami?» chiese al suo tenente, sfregandosi le mani.

Quello si voltò verso di lui. Aveva una faccia da schiaffi, di quelli che sembrano saperla lunga, anzi, aveva l'aria di uno di quei figli di papà arruolati nella scuola ufficiali. Quegli stronzetti viziati che appena gli lasci il comando fanno solo casini.

«Non l'ho detto, signore» rispose. «Tenente Sforza, prima compagnia.»

Forse Lepri aveva esagerato, magari si era fatto quell'impressione solo perché quel tenente parlava come se fosse un attore, con voce morbida e dizione perfetta. E per sua esperienza soltanto quelli che avevano avuto una certa educazione parlavano in quel modo, appunto, i figli di papà, e di solito si meritavano dei calci in faccia. Però questo non sembrava il rampollo di qualche industriale messo lì per favori politici. Era educato e sembrava stare al suo posto.

Si era solo fatto prendere dal pregiudizio, come con i negri vicino ai pozzi di petrolio ad Asba Littoria.

«Va bene, Sforza» lo testò. «Conosci questo posto? Sai che edificio è quello?»

Il tenente tornò a guardare oltre il finestrino, ci pensò un attimo, poi si accarezzò il mento. Ecco, ora sembrava davvero un cadetto. Senza barba e quegli occhi di ghiaccio. Però era diverso, non sembrava un pisciasotto tirato giù da una villa in Toscana, sembrava quasi che non gli fregasse niente di essere lì.

«Da quel che so, signore, quella è una delle sedi più grandi del Partito socialista di questa città.»

Lepri spalancò gli occhi.

«Cosa? Ne sei sicuro?»

«Direi di sì, signore» rispose il tenente, senza scomporsi.

Lepri si abbandonò sul sedile e cominciò a rantolare imprecazioni, cercando di riflettere. Poi afferrò il ricevitore della radio, sempre imprecando.

«Ma tu guarda... porca, porca di quella... Cristo Dio...»

Quando sentì il trillo della radio, cercò di essere il più chiaro possibile, e tenne lo sguardo oltre la collinetta, verso le finestre dell'edificio.

«Comando, qui Oro.»

La voce dell'intercom rispose gracchiando: «Avanti, Oro».

«Abbiamo davanti un parcheggio largo una ventina di metri senza copertura, e il sole sta per sorgere, richiedo di posizionare una mitragliatrice sulla collinetta, passo.»

«Negativo, Oro. Siete di supporto. Avanzate a doppio tempo sull'obiettivo ed eseguite manovra a tenaglia con la squadra verde da est e la rossa da ovest, passo.»

Lepri si sfregò gli occhi con il pollice e l'indice per la frustrazione.

«Comando, ripeto, non abbiamo copertura, se ci sparano dalle finestre non abbiamo spazio per ripiegare, passo.»

Passarono alcuni secondi, e per un istante Lepri credette di essere riuscito a far ragionare quell'imbecille.

«Negativo, Oro, la copertura non è necessaria, se posizionate una mitragliatrice rischiate di esporre la vostra posizione. Chiudo.»

Lepri forzò il comunicatore dentro la radio di bordo e tirò un'altra bestemmia.

«Ma ti sembra possibile? Porco di un… demonio infame! È pieno di comunisti là dentro, e dobbiamo coprire tutta una facciata senza copertura! E siamo solo nove stronzi!»

Il tenente non reagì con la stessa rabbia, tutt'altro, era appoggiato al volante, continuava a guardare oltre il finestrino, e rispose con un tono di voce nettamente più basso.

«Ma noi verremo ricordati. Noi pochi, noi felici pochi.»

«Cosa?» chiese Lepri. «Cos'è? Una citazione?»

«Sissignore.»

«Di Mussolini?»

Questa volta il tenente si voltò verso di lui e gli fece un lungo sorriso, di quelli che si fanno ai bambini idioti quando dicono qualcosa di dolce.

«No, signore.»

Ecco, ora avrebbe voluto tirargli un cazzotto.

«Ma va' a cagare! Senti, quanto manca?»

«Due minuti.»

«Bene. Tutti fuori.»

Scesero dal mezzo, e così fecero gli altri sette uomini, Lepri li fece mettere in semicerchio davanti a sé.

«Va bene ragazzi, la situazione è questa: ci dividiamo in tre squadre. Tu, con la radio, come ti chiami?»

Il marconista, un bestione con la barba unta, rispose tremando: «Farina, signore».

«Ottimo. La prima squadra siamo io, il tenente Sforza e il marconista. A seguire voi tre. Voi due invece ci fate da retroguardia. Il vostro autista resta qui. Ora, abbiamo il sole in faccia, e se ci sparano dalle finestre sono cazzi. Quindi attraversiamo il parcheggio una squadra per volta, a passo veloce, muovendoci da una macchina all'altra. Mentre una squadra si muove, le altre due la coprono, è chiaro?»

Tutti fecero di sì con la testa. Lepri volle sottolineare un'ultima cosa.

«Ragazzi, parliamoci chiaro. Non sono Crenna. Io non conosco voi e voi non conoscete me, ma se mi state attaccati al culo e fate come vi dico, vi assicuro che ne usciamo vivi, è chiaro?»

Ancora una volta, tutti annuirono. Tranne il tenente, alla sua sinistra.

«Anche tu, sono stato chiaro?»

«Trasparente» sussurrò Sforza.

Lepri lo guardò dal basso, prese il suo K-61 e tirò la leva d'armamento.

«Ottimo.»

Scattarono le sei e trenta, e gli otto uomini partirono. Il cielo era una melassa viola e arancione, e il parcheggio sembrava lungo un chilometro. Corsero veloci, in silenzio. E per tutta la traversata, ogni volta che Lepri metteva fuori la testa per passare all'altra macchina, era certo che dalle finestre qualcuno lo avrebbe seccato.

Ma non fu così.

Arrivarono all'edificio, davanti alla porta di servizio. Solo allora tirò il fiato e si ricordò che stava invecchiando. Schiacciò la schiena al muro, a sinistra della porta, e guardò Sforza fare lo stesso sulla destra. Gli altri uomini seguirono l'esempio.

Era passato un minuto, e ancora nessun rumore.

Il marconista fece per dire qualcosa, ma Lepri alzò un dito per dirgli di tacere.

Aspetta.

Nessun rumore, solo la vibrazione del mondo.

Aspetta.

A un certo punto, dall'altro lato dell'edificio, un grido. Spari, e altre grida.

«Vai!» gridò Lepri.

Sforza non se lo fece ripetere. Si mise davanti alla porta e le tirò un calcio poderoso. La serratura intagliata nel compensato saltò via. Appena la porta si spalancò, Lepri vide Sforza imbracciare il fucile automatico e tirare una sventagliata dentro la stanza, poi si fiondò all'interno.

Lo seguì, erano dentro il magazzino, come aveva studiato sulla cartina. C'erano scatoloni, manifesti, e una lunga sequenza di faldoni impilati su una libreria di metallo che attraversava tutta la parete. Sul pavimento, un uomo con la camicia piena di sangue.

«Le scale!» ordinò a Sforza, e lui obbedì. Il tenente salì lungo la scalinata di ferro, fino alla porta del primo piano. Lepri si mise dietro di lui con il fucile spianato, gli altri a seguire.

La porta non era chiusa a chiave, e si sentivano degli spari dall'altra parte del muro. Lepri gli toccò la spalla, e Sforza la aprì lentamente.

Un corridoio.

La truppa si disperse negli angoli, Lepri si rivolse alla seconda squadra, e gli fece il gesto di andare verso destra. Lui, Sforza, il marconista e gli altri due sarebbero andati a sinistra.

Marciarono velocemente, sempre con i fucili puntati. A un certo punto raggiunsero una sala comune, uno spazio aperto con quattro tavoli ricoperti di fogli e computer; sotto, due donne e un ragazzino rannicchiati con le mani sulle orecchie. Loro non erano un problema, però poteva esserlo l'altro ragazzo, quello con la felpa rossa, in piedi in mezzo alla sala.

«A terra!» gli gridò Lepri, ma quello scosse la testa, pallido.

«A terra, ho detto, a terra!»

Andiamo stronzo, mettiti giù.

Ma quello continuava a scuotere la testa, a guardarsi intorno, mentre Sforza e gli altri prendevano posizione.

A Lepri tornò in mente il suo primo turno in Jugoslavia, prima dell'invasione dei sovietici. Lì era pieno di cervi, e quando li beccavi in mezzo alla strada e li illuminavi con i fari, quelli restavano fermi, tremanti, esattamente come quel ragazzino.

Poi dall'altra parte della sala, dal corridoio, qualcuno gridò un nome. Samuele, Daniele, non era importante, il cervo si voltò di scatto. E questo fu un errore, perché spaventò i suoi uomini.

In meno di due secondi, i cacciatori dietro Lepri aprirono diciotto buchi rossi sul manto del cervo. Al terzo secondo, Lepri vide il tenente Sforza sparare una sola volta, centrandogli in pieno la guancia. Quella si aprì a metà, e il cervo crollò in mezzo alla strada.

Tranquillo Giulio, tranquillo.

«Tranquillo un cazzo» disse Lepri sottovoce.

Marciarono ancora, lentamente, coprendo ogni angolo, e intorno a loro si continuavano a sentire spari, grida, bestemmie, pianti.

Anche la squadra verde e la squadra rossa stavano facendo il loro lavoro. Lepri pensò che alla sua fosse toccata la parte più facile.

Forse lo aveva pensato troppo presto.

Farina chiudeva la coda, davanti a lui c'era un caporale, poi Lepri, e in avanguardia Sforza con un altro soldato. I due passarono davanti a un ufficio, lo controllarono velocemente e tirarono avanti. Poi, dal nulla, davanti a loro, comparve un tizio con la camicia aperta e una pistola che gridò e fece esplodere tutti i colpi nel caricatore.

Con uno scatto Lepri si mise al riparo, afferrò il caporale dietro di lui per la collottola e lo trascinò con sé. Fu quasi un miracolo, sentì due fischi passargli di fianco ed esplodere nel vetro alle sue spalle. Quando si sporse per rispondere al fuoco, vide che il soldato vicino a Sforza era a terra. Puntò il fucile verso il tizio che gli aveva sparato. Era fermo, tremante, mentre cercava di ricaricare la pistola in mezzo al corridoio.

Lepri stava per tirarlo giù, ma il tenente, nascosto dietro una porta, lo precedette. Contrariamente a quanto si aspettava, Sforza non gli sparò ma gli si avventò sopra. Lo colpì con il calcio del fucile dritto sul naso e lo buttò a terra.

Lepri pensò che fosse un pazzo, ma aveva ragione: perché ucciderlo quando potevano arrestarlo? Si voltò giusto un istante, per controllare che anche Farina fosse a posto.

Se ne stava rannicchiato in basso, riprendendo pesantemente fiato.

Lepri si voltò di nuovo e corse verso Sforza. Il tenente stava puntando il fucile in faccia al prigioniero. Quel disgraziato aveva il naso rotto, era una maschera di sangue, piangeva, e aveva le mani alzate davanti alla faccia.

Ottimo lavoro, pensò Lepri. Rallentò, e a pochi metri da

Sforza ebbe come l'impressione che il tenente stesse bofonchiando qualcosa.

Prima che potesse chiedergli qualcosa, il tenente sparò un colpo. In un lampo, il proiettile incamiciato attraversò la mano del disgraziato, poi la sua faccia, e infine il muro, che si aprì in una grossa chiazza cremisi.

«Sforza!» gridò Lepri. «Che cazzo fai?»

Il tenente però non si mosse, né rispose. Restò lì, a fissare il cervello aperto di quell'uomo.

«Sei impazzito?» gli chiese ancora.

Quando Sforza si voltò, e Lepri vide il suo sguardo, quasi trasalì, fu come un salto nel passato.

Quella specie di sorriso, quelle macchie di sangue sulle labbra e sulle guance. Era come nel '72.

C'era un suo superiore, in Africa, un colonnello.

Era esplosa una mina sotto il suo blindato, e lui era sopravvissuto solo perché lo avevano allacciato alle lastre di protezione supplementare. Lo avevano salvato quelle e i corpi dei suoi quattro sottoposti.

La mina era esplosa al centro, e tutte le schegge della granata erano state assorbite proprio da quei cuscini umani, straziandone i corpi in poltiglie informi di carne bruciata e sangue. Erano irriconoscibili.

Anche se vivo, il colonnello non poteva uscire, le lamine lo avevano intrappolato, quindi era rimasto per due giorni dentro un mezzo corazzato, senz'acqua, sotto il sole cocente, in compagnia dei corpi maciullati di quattro persone.

Quando lo avevano tirato fuori non riusciva a fare altro che ridere. Rideva, camminava nella sabbia e rideva, come un pazzo.

Lepri era stato il primo ad avvicinarsi e a chiedergli se andasse tutto bene, se voleva sedersi, e quello si era subito calmato, gli aveva sorriso e gli aveva detto che sì, che andava tutto bene.

«Tutto bene, capitano?» gli chiese Sforza, gli schizzi rossi ancora sulle guance.

«Sì, tenente» rispose solo Lepri. «Ora, andiamo avanti...»

Due minuti dopo arrivarono all'ufficio principale, al primo piano. La porta era di legno, e Sforza si avvicinò per aprirla, ma Lepri gli fece segno di farsi da parte.

A sfondarla fu l'altro caporale, seguito da Farina. Era un ufficio enorme, con una grande scrivania di legno al centro, e alle spalle una meravigliosa vetrata che dava sul parco di fronte.

Per essere socialisti, non se la passavano così male.

Lepri per qualche motivo si era aspettato di trovarci dentro un'ultima resistenza, magari una specie di guerrigliero infoiato, come quei capi negri delle milizie: grossi, muscolosi, con lo sguardo di chi non ha nulla da perdere. E invece si trovarono davanti un povero vecchio spaventato, in giacca marrone e cravatta spenta. Quello si alzò e gli andò incontro, chiamandoli fascisti, assassini, mostri e tutto il resto.

Sforza lo zittì colpendolo con il calcio del fucile in mezzo allo stomaco.

Questa volta Lepri reagì.

«Fermo, tenente!» gli gridò, e Sforza restò al suo posto, con il vecchio che tossiva ai suoi piedi.

«Farina, avverti il comando, obiettivo raggiunto.»

Pochi minuti dopo, gli spari cessarono, e anche il resto dell'edificio si arrese. Arrivarono i comandanti delle altre due squadre e fecero il bilancio. Nove terroristi morti, quindici arrestati. Da parte loro, invece, tre soldati della Repubblica uccisi.

Si poteva fare di meglio.

Lepri decise di farsi un giro. All'ingresso principale alcuni soldati stavano trascinando via per i piedi un ragazzo di vent'anni con l'addome aperto.

Povera bestia... Ma quale bestia? Quello non è un animale, è un ragazzo. Cristo di un Dio, ma come si fa a farsi ammazzare così? Per cosa poi? Un ideale malato? Non gli bastava vincere le elezioni? O era una di quelle sette di comunisti che uccidono altri comunisti perché non sono abbastanza comunisti?

Non c'è niente da ridere, guarda che casino. Non ci capisco niente. Almeno i negri li capisco, ma questo?

Il ragazzo ucciso dai suoi nella sala comune, quanti anni avrà avuto? Dio, come si fa? Perché?

E poi, davvero, che ci facciamo qui? Che stavano facendo? E... tra l'altro, come si fa a essere così impreparati? Lì c'erano solo ragazzini e... vecchi, quasi quanto me. E perché non erano armati? Tranne qualche pistola, non avevano altro? Mitra, granate, nulla?

Vuoi vedere che li abbiamo davvero presi con le braghe calate? Per carità, meno male, ma... tutto qui?

Al capitano Lepri venne da vomitare, meglio tornare nell'ufficio.

Il vecchio era stato portato via, Sforza fissava la libreria insieme all'altro caporale, e il marconista, Farina, aveva appoggiato lo zaino munito di radio sul tavolo e forniva i dettagli al comando.

Ora che ci pensava, avrebbe dovuto compilare un sacco di scartoffie. Questa volta Crenna non se la sarebbe cavata con una bottiglia di vino. Posò il K-61 sul tavolo e guardò fuori dall'enorme finestra.

Il sole ormai si era svegliato, ma era stanco, grigio, di cattivo umore. Gli edifici oltre il parco sembravano dispiaciuti. Forse avrebbe piovuto.

Non si sentiva così stanco da anni. Pensò che avrebbe scaricato il suo turno a qualcun altro, appena tornati alla base. Voleva tornare a casa, riflettere. O forse non avrebbe dovuto.

Gli stavano venendo in testa idee stupide.

«Dov'è il capitano?» chiese una voce dal fondo del corridoio.

Lepri si voltò e vide avanzare, tronfio come un cappone, proprio uno di quei figli di papà con le uniformi comprate. Non a caso era un maggiore.

Lepri e tutti i presenti fecero il saluto.

«Comodi, comodi» disse il maggiore, sorridente. «Capitano, complimenti. Un'azione perfetta, da manuale!» si congratulò, stringendogli la mano.

«Grazie signore» rispose Lepri, asciutto.
«Questo è l'ufficio centrale?»
«Direi di sì, signore.»
Il damerino cominciò a vagare per la stanza, la ispezionò con attenzione. Prima la libreria, poi i ritratti dei rivoluzionari sul muro, e infine la scrivania.
«Forse dovremo spostare il tavolo...» mormorò.
Lepri non capì.
Il maggiore si sporse dal corridoio e schioccò un paio di volte le dita. Entrarono due soldati semplici con due grossi pacchi di cartone.
«Metteteli sul tavolo» ordinò il maggiore. «Fate tre o quattro pile ordinate, le altre buttatele in giro, un po' alla rinfusa.»
I soldati eseguirono. Tirarono fuori dalle scatole centinaia di piccoli fogli rettangolari, di color ocra spento, e iniziarono a distribuirli sul tavolo seguendo le indicazioni del maggiore.
Lepri si avvicinò alla scrivania, nonostante il cervello gli stesse gridando di non farlo.
No, no, non posso, sono stanco.
Guardò la scrivania, i fogli. Quando capì, il conato di vomito scomparve e qualcosa nel petto gli strinse il cuore.
Erano schede elettorali.
Passò gli occhi da una scheda all'altra e vide che su tutte c'era una X sul simbolo del Partito socialista.
Lepri non era un genio, non era bravo neanche con i giochi di parole sul giornale, ma non gli ci vollero più di tre secondi per intuire quello che non avrebbe voluto intuire.
Ne prese una e si rivolse al maggiore.
«Cosa sono queste?»
Il maggiore non lo stava ascoltando, stava parlando con un altro soldato dietro la porta.
«Di' ai fotografi di salire.»
«Cosa sono... queste, maggiore?» ripeté Lepri ad alta voce, con la scheda in una mano e il fucile nell'altra.
Il maggiore si voltò e fece una faccia strana. Come se fosse stupito.

«Capitano... che... che sta dicendo?»

Lepri guardò il maggiore negli occhi, i due soldati che stavano sistemando le schede si erano fermati. Si rivolse a loro.

«Dove le avete trovate?»

I due si guardarono spaventati.

«In cantina? O in soffitta?»

Parlò il più alto.

«In soffitta, signore.»

«Ho capito» disse il capitano. «Vicino alla ragazza morta, giusto? Dietro l'armadio?»

«Certo, sì» rispose il secondo.

Lepri avrebbe voluto sorridere, ma non lo fece. Gettò la scheda elettorale a terra e imbracciò il fucile.

«In questo edificio non c'è nessuna soffitta, e non abbiamo ucciso nessuna ragazza.»

All'improvviso, una scarica elettrica attraversò il petto di tutti i presenti, che cominciarono a guardarsi e indietreggiarono verso i muri. Lepri era in mezzo a tutti loro, davanti al maggiore, e gli stava venendo il fiatone.

«Che cosa sono queste, maggiore?»

Provò una straordinaria soddisfazione nel vedere la faccia scioccata del damerino, che guardò i suoi uomini, poi Sforza, e solo alla fine il capitano Lepri.

«Lei... lei non è il capitano Crenna?»

«Nossignore» sottolineò Lepri, forse con troppa soddisfazione. «Ho sostituito Crenna questa mattina. Ora mi dica, che cosa sono queste schede? Cosa sta succedendo?»

Ognuno di quegli uomini si era trasformato in un fascio di energia. Erano instabili, carichi, pronti a schizzare, a esplodere, ma per ora se ne restavano fermi ai loro posti. Quando Lepri tirò la leva d'armamento del suo fucile, il maggiore sobbalzò e fece un passo indietro.

«Capitano, lei non capisce, metta via l'arma» mormorò, tentando disperatamente di riprendere il controllo.

«Faccia silenzio, maggiore» lo zittì Lepri, e intanto fece un breve calcolo. Oltre a lui, in quella stanza c'erano sette uomini. Due dei suoi, cioè il tenente Sforza e il caporale, avevano il K-61 tra le mani. Il marconista aveva il suo appoggiato alla sedia. Mentre i loro, il maggiore e i suoi facchini, avevano solo le pistole nella fondina.

Lepri pensò al ragazzo ucciso nella sala comune, al cervo, a quel villaggio fatto saltare in aria da un generale, al colonnello che rideva nel deserto, e infine a questa porcheria che aveva davanti agli occhi. E pensò anche che era stanco, e che non ne poteva più.

Che cosa aveva detto suo padre, decine di anni prima, quando stava per partire per la Jugoslavia?

Sembri il nonno, brutto minchione, guardati. Ora vai, proteggi il tuo Paese e i tuoi compagni, sono orgoglioso di te.

Se avesse potuto vederlo ora.

«Tenente, caporale, arrestate il maggiore e questi uomini» si rivolse infine a Sforza. Poi si voltò verso il marconista.

«Tu, mettimi in contatto con il comando…»

No, non il comando. Lepri cercò di riflettere, chi avrebbe potuto… Ah, certo.

«No, aspetta… contatta il centro logistico del ministero della Difesa, codice 7-9-5-1, chiedi del colonnello Michelis.»

Il maggiore prese coraggio e fece qualche passo indietro.

«Capitano, mi ascolti…»

«Mi ascolti lei, maggiore!» gli ruggì addosso Lepri, puntandogli il fucile al petto.

Perché diavolo non li avevano ancora disarmati?

Si rivolse a Sforza e al caporale.

«Allora? Che aspettate? Arrestateli!»

Il caporale fece un passo in avanti, ma Sforza, che comunque puntava il fucile addosso al maggiore, lo fermò con la mano.

«Sforza, mi hai sentito? Arrestateli!» gridò ancora Lepri.

Quando vide il tenente abbassare il fucile, capì che il problema era un tantino più grave.

«Signore…» disse Sforza, con il suo solito tono del cazzo. «Forse, dovremmo valutare un attimo la situazione…»

La situazione era chiara, e gli stava sfuggendo di mano.

Calma.

Era solo una questione di gradi e di acume, tutto qua. Non poteva certo aspettarsi che quell'imbecille capisse ogni cosa al volo. Ma ora non era proprio il momento di mettersi a discutere, doveva farli agire. Ora.

Lepri continuò a puntare il fucile addosso al maggiore e ai suoi due sgherri, ma parlò a Sforza.

«Ascoltami bene. Adesso tu farai quello che ti dico. Li disarmi, e li arresti. Come ti ho detto fuori, fa' quello che ti dico e ne usciamo vivi. Sono stato chiaro?»

C'era qualcosa che si muoveva nella testa di quell'assassino, dietro quei maledetti occhi di ghiaccio, Lepri riusciva a vederlo, doveva solo spingerlo un altro po'.

«Tenente, sono stato chiaro?» gridò ancora.

Sforza annuì.

«Trasparente.»

Sforza sollevò il fucile e sparò al capitano Lepri in un occhio.

15

Aveva cominciato a nevicare. Il terreno era una lastra di ferro in discesa, le gambe si erano tramutate in piombo e a David sembrò che il ghiaccio gli fosse entrato nei polmoni.

«Va bene» disse l'agente Spada. «Facciamo una piccola pausa.»

Quella frase sembrava fosse uscita dalla bocca della Madonna. David si avvicinò a un grosso masso bianco e ci poggiò i glutei con grande soddisfazione. Erano sotto a degli abeti, quindi c'era solo un piccolo strato di neve sulla roccia, ma quello scricchiolò, e David sentì l'acqua gelata bagnargli i calzoni. Pazienza. Le gambe tirarono un sospiro di sollievo e il sangue ricominciò a circolare in quei due sacchi di carne senza vita.

David esalò un sospiro, attirando l'attenzione di Spada.

«Ti ho detto che potevi sederti?»

In realtà no, da quando erano partiti alle cinque del mattino del giorno prima, l'agente Spada non gli aveva detto quasi nulla. Solo il maresciallo Chevalier, quello con i baffi del ministero dell'Interno, gli aveva spiegato qualcosa.

David aveva un sacco di domande. Per esempio: se mio fratello non vuole venire, che facciamo? Oppure, se i terroristi se la prendono con noi, cosa succederà?

Il maresciallo aveva scosso la testa: di quello non doveva preoccuparsi. Semmai c'era da preoccuparsi se li avessero beccati gli italiani.

Quello fu il primo momento in cui David si chiese se non fosse il caso di mandare tutto all'aria, l'istinto glielo stava gridando da quando era salito in macchina. Sentiva che avrebbe dovuto agitarsi, urlare, dire all'agente alla guida di fermarsi, di farlo scendere, invece non aveva fatto nulla. Aveva guardato tutti gli uomini dentro il mezzo, il maresciallo, Spada, quell'altro tizio inglese, ma nessuno di loro sembrava preoccupato. Anzi, Spada addirittura sorrideva.

David ci aveva riflettuto. Era come se gli avessero proposto di scendere all'inferno, ma non da solo, con delle guide che sapevano cosa c'era da fare, i pericoli da evitare, le contromisure, quindi non c'era nulla da temere. O almeno, quella era la giustificazione che si era dato, l'alternativa era che fosse impazzito.

Però aveva senso, era come imparare a nuotare, lui l'aveva fatto tardi. All'inizio ti sembra un'impresa folle, pensi di annegare, ma piano piano ti rendi conto che se fai le cose giuste, con calma, c'è una buona probabilità di sopravvivere. Basta abituarsi all'idea e seguire le indicazioni.

Dopo essere arrivati all'inizio del sentiero, la loro macchina aveva raggiunto altri due mezzi che li stavano aspettando. Erano usciti degli agenti – non potevano che esserlo – e, mentre alcuni si erano messi a parlare in francese con Chevalier, uno di loro aveva passato a David una giacca pesante grigio scuro, uguale a quella di Spada.

Già in hotel, un'ora prima, l'avevano fatto vestire con calzamaglia, pile, giacchetta e giacca, come quando andava a sciare da piccolo.

Quegli agenti, però, oltre alla nuova giacca non gli passarono gli sci, ma uno zaino tattico nemmeno troppo pesante. Dentro c'erano cibo in scatola, vestiti di ricambio, torcia, batterie, giacca impermeabile antivento, borraccia d'alluminio e un sacco a pelo sintetico.

La cosa che lo colpì di più fu quando gli passarono un passaporto italiano falso, e un documento di transito senza firma per il passaggio nella Zona Autonoma.

«Alle brutte, fagli vedere questo» gli aveva detto Chevalier.

«È una specie di lasciapassare, ti servirà per uscire dalla Zona, nel caso le cose si facessero complicate.»

"Complicate." Bel modo di metterla.

Ma anche lì, ci mise solo qualche secondo a calmarsi, a sottolineare mentalmente quanto tutto questo fosse assurdo, e a concludere che comunque, alla fine, era davvero come imparare a nuotare.

All'inizio erano partiti in quattro. Lui, Spada, e altri due uomini. Dall'alba, avevano camminato tutta la giornata, seguendo la strada battuta sul sentiero di montagna. David aveva attraversato nel giro di un'ora le varie fasi della scarpinata: timore, entusiasmo ingiustificato, pentimento, insofferenza. A un certo punto si era pure messo paura, si aspettava di dover scalare una vetta dopo l'altra, ma grazie al cielo quelle montagne non dovevano scalarle, ma costeggiarle, passarci in mezzo. Dicevano che ci avrebbero messo molto di più perché dovevano evitare i sentieri battuti e, soprattutto, quelli pattugliati dagli italiani.

A David andava bene, ma era comunque tutto in salita.

Le stradine nei boschi erano strette e infami, aveva rischiato di cascare tre volte e per tutto il tempo aveva ringraziato Lucia per averlo costretto a fare palestra negli ultimi due anni.

Dopo una cena poco abbondante di riso, fagioli, mele secche e una barretta al cioccolato, David era così stanco da non riuscire nemmeno a elaborare un pensiero coerente, ed era crollato nel suo sacco a pelo, praticamente morto.

Quando Spada lo aveva svegliato, sempre all'alba, gli altri due uomini erano scomparsi. Era rimasto solo con l'agente, una compagnia eccezionale. Non che David scalpitasse per fare due chiacchiere, durante quella traversata si era reso conto di avere sempre dato per scontato l'ossigeno, ma oltre a dare ordini Spada non diceva un granché.

«Cos'è? Non posso sedermi?» chiese David, ansimando.

«Puoi fare quello che vuoi, campione. Ma quando ti rialzi farai il doppio della fatica. Non leggevi le giovani marmotte da piccolo?»

David non replicò, le forze erano poche e non era il caso di sprecarle così. Decise anche di non mangiarsi l'ultima barretta al cioccolato, di certo quello spilungone avrebbe avuto da ridire anche su quello.

Fece come quando era ragazzino e giocò con il fiato, per vedere quanto sarebbe riuscito a far durare l'esalazione del respiro che si congelava a contatto con l'aria.

Quattro secondi, cinque.

A pensarci bene, forse un giorno avrebbe potuto usare tutto quello che gli stava accadendo per una sceneggiatura. Si domandò se gliel'avrebbero permesso.

Sei secondi.

«Stanco?» chiese Spada, senza togliere gli occhi dalla mappa.

«Sì» rispose David, onestamente. «Ma ce la posso fare.»

«Ce la *devi* fare, grande eroe. Ti avverto: se mi muori qui, io non ti porto in spalla.»

David alzò gli occhi verso di lui.

«Quand'è che arriviamo?»

Spada tirò su col naso e tornò a guardare la cartina. Voleva ignorarlo.

«Ehi!» lo incalzò David, alzando la voce. Spada si voltò di scatto.

«Abbassa la voce!» gli sibilò.

«Voglio solo sapere quando arriviamo!»

Le sopracciglia di Spada si piegarono in una smorfia di fastidio, poi sbuffò. A David tornò in mente papà, in macchina, quando lui e Mark litigavano.

Ora però non erano in macchina, erano su un pendio, e sotto di loro si apriva una vallata verde e bianca di alberi. La vallata scendeva, poi risaliva, e in fondo, chilometri e chilometri più avanti, una cintura di montagne di ghiaccio. Spada indicò la più grossa di tutte.

«Lo vedi quel ragazzone là in fondo?»

Ragazzone?

«La... montagna?»

«Sì, eroe, la montagna. Là sotto ci sono i terroristi, tra cui il tuo fratellino. Abbiamo già superato il confine e tra qualche ora entriamo nella Zona Autonoma, quello...»

Si zittì all'improvviso. David cercò di capire.

«Quello...?» provò a ripetere.

Lui alzò un dito per zittirlo.

«Va' sotto quell'albero» gli ordinò. «Forza, muoviti.»

David scattò senza fiatare, e si aggrappò alla corteccia dell'abete.

Spada lo raggiunse, in fretta ma senza correre.

«Che succede?» chiese David in un sussurro.

«Non lo senti?»

Il suo tono di voce era normale, che diavolo stava succedendo?

David si concentrò. Tenne lo sguardo fisso sulla foglia di un cespuglio di rosa canina e i pochi fiocchi di neve che la appesantivano. Poi, lo sentì, era nascosto tra i sussurri del vento.

Un elicottero.

«Eccolo, lo vedi?»

All'inizio David non riuscì a vederlo. Poi strizzò gli occhi, verso la vallata, e quando il rumore si fece più chiaro vide che dalla parete di una montagna era comparsa una piccola mosca metallizzata.

«Italiani?» chiese.

«E chi altri?» rispose Spada.

David si lasciò prendere dal panico.

«Oddio, stanno cercando noi?»

«No, non ancora. Più probabilmente gli amici di tuo fratello. E poi passatori, contrabbandieri, tutta gente simpatica.»

«Noi... che... che facciamo adesso?»

«Aspettiamo che il nostro amico se ne vada e poi continuiamo a camminare, ti va?»

A David sorse un dubbio atroce. O il suo compagno d'avventura aveva davvero la situazione sotto controllo, o era completamente impazzito. C'era un elicottero militare che li stava cercando e reagiva in quel modo? Che cosa voleva fare, impressionarlo?

«Aspetta» sussurrò Spada. La sua voce all'improvviso era cambiata. «Questo potrebbe essere un problema.»

David si mise in allarme. L'elicottero stava cambiando direzione? E come l'aveva capito? Dovevano mettersi a correre? Li avrebbero presi?

David non voleva sentire la risposta, ma prese tutto il suo coraggio e fece la domanda.

«Cosa... che succede?» chiese, quasi tremando.

Spada lo guardò negli occhi.

«Ho finito le barrette al cioccolato. Te n'è rimasta una?»

16

«Oltre a questo, cos'ha detto?» chiese il generale Gallo.

«Nient'altro» rispose Sforza, mettendo la cornetta del telefono tra spalla e collo. Prese i documenti e cercò la pagina numero quattro. «Però mi sono consultato con il colonnello Carmini dell'OVRA. Mi ha confermato le attività di questo Novak, il passatore di cui ha parlato il capovillaggio durante l'interrogatorio. Il colonnello mi ha riferito che lo tenevano già sotto controllo, ma non erano ancora intervenuti.»

«Come mai?»

«Suppongo che stessero aspettando l'occasione giusta per prendere un pesce più grosso, generale.»

Sentì un lungo sospiro dall'altro capo del telefono: il generale si stava stancando.

«Sarò sincero, non riesco a capire che cosa sta succedendo.»

Incredibile l'inadeguatezza delle alte sfere. Eppure per farsi un'idea bastava così poco, per esempio leggere i rapporti.

«Sforza, l'ho messa al comando dell'operazione, vuole dirmi cosa ne pensa? Mi dice che cosa sta succedendo?»

Era confuso, il generale. Da come parlava, sembrava irritato di dover gestire una situazione così complicata e avvitata su se stessa. Non capiva nemmeno da dove bisognava cominciare.

Perfetto.

Perché più quella situazione sembrava incomprensibile

al generale, più Sforza sarebbe risultato indispensabile. Il capitano doveva essere professionale, preciso, doveva fare in modo che Gallo credesse di aver bisogno di lui.

Quindi, per ora, doveva rassicurarlo. E se c'è un modo efficace per rassicurare è proprio esporre il problema con calma, come a un bambino. Per tutta la mattina Sforza aveva pensato a quell'esposizione.

«Generale, dividerei la faccenda in punti, per poi provare a connetterli. Primo punto. Nel corso dell'ultimo anno, a seguito della nostra attività di deportazione, retate ed espropri, oltre che piccoli scontri, una cellula terroristica ha fatto passare nella Zona Autonoma materiale di contrabbando per aiutare alcuni villaggi slavi...»

«Già. Proprio nei miei settori» aggiunse Gallo.

Sforza soppresse il desiderio di rispondere "i *nostri* settori" e proseguì.

«Ma l'OVRA, in collaborazione con noi e grazie all'aiuto di alcuni passatori, ha stroncato questo flusso con risultati eccellenti.»

«Lo so. E quindi?»

Fammi finire, sottospecie di gorilla.

«Aspetti, generale. Secondo punto. In seguito al calo del flusso di risorse inviate agli slavi, si è sviluppata un'altra tendenza. Una crescente attività di aggressione nei confronti delle nostre forze. Prima l'omicidio di due soldati vicino al villaggio numero 17, e adesso l'agguato al capitano Strozzi e alla sua squadra.»

«Vada avanti.»

«Terzo punto. Queste aggressioni, in particolare quella al capitano Strozzi, sono state portate avanti con una professionalità operativa spiazzante. E questo mi ha fatto riflettere.»

Questa volta il generale non disse nulla, si sentiva solo un respiro pesante, era il momento di calare l'asso.

«Questi terroristi hanno risorse limitate, e le nostre attività li hanno danneggiati duramente. Quindi, credo che il direttivo della cellula abbia cambiato piano. Al posto di aiutare gli slavi, e rischiare di farsi intercettare, ha deciso di reagire, aggredendo le nostre forze. Ma si tratta di assalti precisi, organizzati. Solo dei militari possono partorire un'azione del genere.»

«Quindi secondo lei sono i sovietici. Cristo, Sforza, io non capisco. E poi, perché aggredirci? Perché ora?»

«Perché, signore? Be', perché da mesi abbiamo tagliato la sussistenza agli slavi. Il cibo, le medicine, il carbone. Li abbiamo rinchiusi nei villaggi, abbiamo militarizzato la zona, li stiamo portando nei campi. E, se permette, è questo genere di cose che fa scattare le reazioni più violente.»

«Sta cercando di farmi una predica, capitano?» sbottò Gallo. «Sono quei finocchi dei Pretoriani ad avere preso questa decisione, mica io!»

Sforza ammorbidì la voce.

«Certo, signore, assolutamente. Quello che voglio dirle è che la cosa non mi stupisce. I sovietici non potevano chiedere di meglio, e hanno trovato terreno fertile per destabilizzare la regione.»

«Quindi, mi faccia capire. I terroristi che aiutavano gli slavi erano in difficoltà, e per reagire alle nostre azioni hanno deciso di passare alle armi, e a quel punto sono arrivati i sovietici. Hanno fatto un accordo, i terroristi li hanno portati nei nostri settori e adesso abbiamo dieci morti da giustificare al comando.»

Ohhh, vedi che ci arrivi?

«Precisamente, signore. Inoltre, le ricordo che la balistica sta ancora facendo le analisi, ma abbiamo trovato dei bossoli di armi sovietiche sulla scena dell'assalto.»

«Che casino del cazzo!»

Gallo era cotto a puntino. Era il momento del colpo finale, per convincerlo fino in fondo del fatto che avesse bisogno di lui.

«C'è un'altra cosa, signore.»

«Dica, Sforza.»

«I mezzi del capitano Strozzi erano fermi su una strada in salita, con il freno a mano tirato. Questo vuol dire che l'agguato non è cominciato a sorpresa, i mezzi avrebbero sbandato, non crede? Inoltre, non c'erano ostacoli sulla strada, né alcun segno che ce ne fossero.»

«Venga al dunque.»

«Qualcuno li ha convinti a fermarsi, generale, qualcuno di cui Strozzi si fidava.»

«Un amico?»

No, brutto imbecille, non un amico.

«No, signore, altri militari. Sono convinto che il capitano Strozzi si sia trovato davanti un gruppo di sovietici vestiti con le nostre uniformi, abbia fatto fermare la colonna, e a quel punto i sovietici abbiano aperto il fuoco. Non vedo altra spiegazione.»

«Cristo…»

«Non è una tecnica nuova, signore, ma è sempre molto efficace.»

Sentì Gallo rantolare qualcosa al telefono. Forse stava pensando.

«Va bene, Sforza, cosa pensa di fare, adesso?»

«Sappiamo dov'è il passatore, Novak, e sappiamo che presto dovrà muoversi. Mi sto organizzando con il colonnello per fargli una sorpresa.»

«Molto bene, Sforza, molto bene.»

Ecco, ora sembrava più rilassato. Perché non osare?

«Generale, ho ragione di credere che alcuni locali stiano aiutando questa cellula. E visto che loro ci hanno dato un segnale, aggredendo Strozzi, mi chiedevo se non fosse il caso di darne uno anche noi.»

«Cosa?»

«Sto parlando di una ritorsione, generale, come l'anno scorso. Sa, potremmo entrare in un villaggio e…»

«Sforza, è impazzito?» urlò il generale. «Ma che ha nel cervello? La merda?»

Si era infuriato. Tutta quella fatica per niente.

«Ma si rende conto di che cosa sta succedendo? Stiamo per entrare in Europa! Tra una settimana ci saranno le firme finali! Ha una vaga idea della situazione in cui ci troviamo?»

«Certo signore, ma io credo…»

«Faccia silenzio, capitano! E apra le orecchie!»

Sforza chiuse gli occhi, serrò la mascella e ingoiò la ramanzina.

«Non so se se n'è reso conto, capitano, ma nel resto dell'Europa ci odiano. Ci sono manifestazioni contro di noi in Spagna, Danimarca, Inghilterra, ovunque. Già ci disprezzavano prima delle elezioni, l'anno scorso, poi, con tutto il casino che è successo, è un miracolo che non ci abbiano invasi!»

Che peccato, eh?

«... elettori europei stanno pressando i deputati al Parlamento, la maggioranza Blanche sta cominciando a cedere. Girano voci su una mozione di sfiducia prima che venga approvato il trattato! Se scoprono quello che stiamo facendo qui, siamo finiti! Mi segue?»

«Certo, signore.»

«Quindi, capitano, è come una ruota. Provi a immaginarsela. Lei fa casino nei miei settori, ammazza gli slavi, qualcuno in Europa viene a saperlo, la maggioranza crolla, noi non entriamo nella Federazione. E in quel caso, i Pretoriani al Praesidium vorranno la mia testa. Ma io le assicuro, capitano, quanto è vero Dio, che la prima testa a finire sotto quella ruota sarà la sua. Ce la metterò io, personalmente. Mi sono spiegato?!»

Sforza cominciò a immaginarsi il generale Gallo legato a una sedia, sanguinante, come il capovillaggio. Ma Sforza non lo avrebbe lasciato andare.

«Si è spiegato perfettamente, generale» replicò, cercando di mantenere il controllo.

«Quindi, faccia quello che deve fare, trovi i sovietici. Ma non tocchi nessun cazzo di serbo, slavo o quello che è! Almeno fino alla firma del trattato dobbiamo stare molto, molto tranquilli! È chiaro?!»

«Trasparente, generale» sibilò Sforza.

«Bene! Mi avverta se ci sono nuovi sviluppi!»

Gli gettò il telefono in faccia, e Sforza ebbe l'impulso di tirare un cazzotto sul muro. Fece un respiro, e cercò di sputare fuori tutto il veleno, sgonfiandosi i polmoni.

Non fu particolarmente efficace, ma abbastanza da impedirgli di afferrare il telefono e buttarlo fuori dalla finestra.

Comunque, un paio di cose buone le aveva ottenute. Lo aveva convinto del suo valore come ufficiale, ed era uscita una frase interessante: "Quei finocchi dei Pretoriani".

Sforza spense il sistema di registrazione, tirò fuori il dischetto e lo inserì in una busta gialla insieme agli altri. Guardò l'orologio, e quando vide che erano le sei passate sorrise. Andò ad aprire la porta dell'ufficio.

Michele Tagliaferri, il ragazzino, lo stava aspettando in corridoio.

«Eccomi, scusa il ritardo, entra pure.»

Il ragazzino fece un sorriso nervoso, entrò nell'ufficio e andò a stendersi sul divano.

Era già la terza sessione, quella settimana, e il ragazzo si stava comportando proprio bene. Faceva gli esercizi, studiava, sembrava mettersi d'impegno.

Era ancora molto teso, iniziava a sciogliersi solo dopo i primi cinque minuti, ma era un bravo studente.

Avevano finito le prime fasi della respirazione controllata, Sforza si era messo seduto sul pavimento, davanti al divano su cui era sdraiato Michele.

«Bene» gli disse. «Di nuovo: dentro con il naso, fuori con la bocca. L'espirazione dev'essere più lunga dell'inspirazione. Tieni gli occhi chiusi.»

Michele seguì al meglio le indicazioni e iniziò a prendere lunghi respiri. Le sue mani, appoggiate sul grembo, erano rilassate e a Sforza dava una sensazione di pace.

Mentre lo osservava, anche il capitano ricominciò a respirare, seguendo il suo ritmo.

Calma, stai tranquillo ora, occupati del ragazzo. Guardalo, guarda che bravo.

Durante la prima sessione quel piccolo coniglio era terrorizzato, forse temeva che il capitano lo avrebbe torturato o qualcosa del genere. Poi aveva scoperto che tutto quello che doveva fare era solo respirare, nient'altro, e già la seconda volta si era tranquillizzato.

L'unico problema, forse, era una specie di ansia da prestazione. Già dopo dieci respiri cominciava ad accorciarli, come se il gioco fosse farne il più possibile.

Ecco, come ora, guarda qua.

Sforza si fece più vicino, gli spostò le mani dal grembo, posizionandole lungo i fianchi. Appena lo toccò, Michele fece un piccolo scatto nervoso con le spalle.

«Calma, calma» gli sussurrò Sforza, con la voce più morbida che aveva. «Continua.»

Poi gli appoggiò la mano sinistra sullo stomaco. Non doveva schiacciarlo, doveva concentrare l'attenzione del ragazzo proprio in quel punto.

«Ti ricordi? È come un palloncino. Gonfialo d'aria. Poi svuotalo, lentamente.»

Il ragazzo si lasciò guidare, gonfiò la pancia, e ogni respiro si fece più pesante, più lungo.

«Ecco, così, bravo.»

Si stava lasciando andare. Sforza guardò i muscoli del collo, le spalle, erano rilassati, morbidi.

Per un istante, anche Sforza si abbandonò. Stupidamente, si chiese quanto veloce stesse battendo il cuore di quel ragazzo.

Quanto vuoi che batta? È una posizione rilassante, il punto è proprio questo.

Va bene, ma prima di entrare? Sulla porta? O quando lo vedeva nei corridoi, nella base? Cosa pensava di lui?

Ha paura di me? No, guardalo, è nervoso, ma non è spaventato, vuole farlo. Chissà cosa sta pensando, ora. Forse davvero al palloncino nello stomaco, o forse vaga con la mente, fantasticando?

Magari lo aveva fatto da solo, in mensa, o nelle baracche. Farina aveva detto che era un ragazzo solitario, senza amici, che mangiava da solo. Di certo avrà pensato a lui e si sarà chiesto perché, tra tutti, Sforza lo avesse scelto.

A cosa stai pensando, coniglietto? Che cosa provi? Che cosa vuoi?

Gli accarezzò lo stomaco, muovendo piano i polpastrelli, e continuò ad accompagnare il suo respiro.

«Molto bene» sussurrò. «Ora vai con la esse. Con calma.»

Michele aveva trovato un ritmo lento, rilassato. I suoi respiri sembravano onde che accarezzavano il bagnasciuga.

Le seguì, e cominciò a espirare un leggerissimo sibilo.

«Così, bravo. Non ti fermare.»

Il coniglietto lo fece, e andò avanti per quasi due minuti.

Aveva ancora gli occhi chiusi, e Sforza si permise di sorridere. La prima volta il ragazzo si era preoccupato, aveva paura che qualcuno potesse sentirli. Lui l'aveva rassicurato, dicendogli che la sala era insonorizzata, ma anche se fosse, non ci sarebbe stato nulla di cui preoccuparsi.

«Bene, ora la A, con la bocca chiusa. Dall'alto in basso, vai.»

Quello era il passaggio più importante. Sempre seguendo il respiro, doveva espirare una A prolungata, tenendo la bocca chiusa. In questo modo quello che veniva fuori era un lungo mugolio, come pronunciare per molti secondi una M. E dopo un po', vocalizzarla, cioè passare dalla nota più alta a quella più bassa.

All'inizio il coniglietto fece un po' di fatica a trovare la nota più alta. Sforza lo accompagnò, vocalizzando una A insieme a lui, fino a quella più bassa.

Quando fu pronto, gli fece aprire la bocca.

La voce di Tagliaferri non era ancora piena. Era acerba, ancora soffocata. Era come un fascio di energia che attraversava un contenitore di vetro troppo stretto, che stritolava il suo potenziale, e ogni due secondi questo fascio veniva interrotto da piccole vibrazioni, leggerissime scariche d'ansia che facevano vibrare il flusso.

Ma andava bene così, Michele era diligente, e ogni giorno c'era un piccolo progresso.

Sforza tolse la mano dallo stomaco del ragazzo.

«Tra quattro respiri, la A si trasforma nella prima parola del monologo. Poi nelle prime due, e via di seguito, va bene?»

Lui annuì, e cominciò a vocalizzare il monologo, sempre seguendo le note, come se stesse cantando, respiro dopo respiro. Poco dopo, le frasi presero forma e Michele prese l'iniziativa.

Inspira.

«Gli uomini dimenticano e tutto egli dimenticherà...»

Inspira.

«Ma ricorderà con grande fierezza le prodezze di quel giorno...»

Inspira.

«E i nostri nomi, Enrico il Re, Bedford ed Exeter, Warwick e Talbot...»

Inspira.

«Verranno rammentati nei suoi brindisi, e rivivranno...»

C'era quasi, Sforza alzò leggermente la voce.

«Ora finiscilo, non vocalizzare.»

La canzone s'interruppe, e Michele terminò il suo monologo.

«Questa storia ogni brav'uomo racconterà a suo figlio. E il giorno di Crispino e Crispiano non passerà mai, da questo giorno fino alla fine del mondo. E tutti noi verremo ricordati. Noi pochi, noi felici pochi.»

Sforza sorrise e si alzò.

«Bene» gli sussurrò. «Ora, con molta calma, apri gli occhi. Mettiti seduto e ripetilo da capo. Prenditi il tempo di cui hai bisogno.»

Si allontanò di qualche passo, andandosi ad appoggiare sul tavolo, e lo lasciò fare. Voleva godersi lo spettacolo.

Il coniglietto si mise comodo sul divano, fissando il pavimento con occhi stanchi, e ripeté ancora una volta il pezzo.

Il risultato fu nettamente migliore rispetto alle volte precedenti. Certo, qualche piccolo inceppamento sulle prime frasi, ma il ragazzo seguiva il respiro, manteneva il ritmo che aveva trovato. Corse anche un po' sul finale ma, di nuovo, andava bene così. Se ne accorse anche lui, perché quando finì guardò Sforza negli occhi e aveva l'accenno di un sorriso.

«Andava b-bene?»

Il capitano aveva le braccia incrociate, non sorrise a sua volta ma annuì.

«Molto bene. Bravo. Come senti la tua voce?»

«È stupido.»

«Niente è stupido, Michele. Come la senti?»

Il ragazzo si accarezzò il petto.

«Come... un fiume, libero. Come se cascasse l'acqua, e si... fosse rotta la r-r-roccia in m-mezzo.»

«Va bene. "Libero" è la parola giusta. Senti che è più profonda la voce, vero?»

«Sì» disse lui, sempre con il sorriso stampato in faccia. Anche Sforza avrebbe voluto sorridere, ma qualcosa gli suggerì che non fosse il caso.

«Hai capito come funziona? La balbuzie è una cosa strana. Ma non c'entra niente tuo padre, traumi, nulla. È una questione di ritmo interno. Quello che ti fa ascoltare, pensare, parlare. La tua lingua non riesce a calibrarsi con la tua testa. Ti inceppi, vai nel panico, e ti inchiodi sulle parole, capisci?»

«M-mi dispiace...» disse il coniglio, riportando lo sguardo sul pavimento. Sforza fu costretto a fare uno sforzo enorme per non ammorbidire il tono di voce.

«Tranquillo, non è mica colpa tua. Ci si può lavorare. Tra l'altro, la tua balbuzie è molto leggera. Ti inceppi sulle prime consonanti. In particolare le nasali e un po' le monovibranti. Quindi, visto che il problema è l'ansia di dover dire quelle parole, quello che devi fare è spostare l'attenzione. Spostarla su qualcos'altro. Quindi...»

Dài bello, fammi felice.

Michele lo fece, aveva afferrato al volo.

«Sul respiro.»

«Bravissimo.»

Il ragazzo sorrise ancora, poi guardò verso la finestra. Probabilmente si stava chiedendo se fosse giusto essere lì, a quell'orario. Che gli importava? Era lì su suo ordine, che aveva da giustificare? Forse aveva davvero degli amici? Magari gli avrebbero fatto delle domande.

«Perché?»

Sforza non capì.

«Perché la balbuzie? Non si sa perché, ognuno ha un problema diverso, se...»

«N-no» lo interruppe Tagliaferri. «Dico, perché m-mi sta aiutando?»

Il capitano si stupì. Neanche Gallo era riuscito a trovarlo così sguarnito di parole.

«Perché sì. La cosa ti dà fastidio? Non vuoi più farlo?»

Il ragazzo scattò in piedi e mise le mani avanti, si stava agitando. Era come se sapesse di aver detto qualcosa di terribilmente sbagliato e ora stesse cercando di rimediare. Quegli occhi marroni chiedevano perdono, preoccupatissimi. Sforza si sarebbe tenuto stretto quell'immagine per tutta la sera.

«N-no, no, no! Anzi… grazie, grazie davvero!» prese a dire Tagliaferri, avvicinandosi.

Il capitano sentì qualcosa muoversi nel petto, qualcosa che non sentiva da molto, troppo tempo. Era qualcosa di caldo, che spingeva, come una lama attraverso lo sterno, e lo stava costringendo a respirare. Pulsava, a ondate. Capì che se avesse seguito quelle onde, quel ritmo, quel respiro, tutto, nella sua forma, nella sua struttura, si sarebbe sfracellato come una statua di vetro. Trovò rifugio muovendosi svelto verso la libreria.

«Senti, Michele, per la prossima volta voglio che tu legga questo.»

Prese il libro rosso sul secondo scaffale e lo lanciò nelle mani del ragazzo.

«È molto breve, ma è eccellente.»

«Ah!» commentò il ragazzo. «È quello che m-mi ha detto l'altra v-volta!»

«Sì, esatto. È la storia di un nobile che uccide il suo re per usurparne il trono. Ci sono molti monologhi. Trovane uno che ti piace e imparalo a memoria.»

«Va bene c-capitano, grazie. Grazie d-davvero.»

Quando lasciò andare Tagliaferri e chiuse la porta, Sforza si chiese se quella fosse stata una bella giornata. Il generale Gallo lo aveva preso per le orecchie, e fino a venti minuti prima, dopo la telefonata, avrebbe ucciso qualcuno. Ma poi era arrivato Michele, c'era stata la sessione.

Strano. Era come se ogni goccia di veleno nel suo corpo fosse scomparsa. Il generale Gallo era diventato la cosa più lontana del mondo.

E poi, il ragazzo ha sorriso molto più del solito oggi. È forse perché grazie a queste sessioni si può evitare un sacco di corvée e di turni? Perché si diverte?

E perché ora aveva spento la luce e guardava Tagliaferri dalla finestra, mentre si dirigeva alle baracche con il libro in mano?

Non riuscì a trovare una risposta rassicurante. Forse sarebbe dovuto andare a dormire, ma non aveva sonno.

Sempre al buio, tornò a sedersi alla scrivania. Si masticò la lingua finché non sentì il sapore del ferro.

17

Il giorno dopo, al villaggio numero 4, la scuola era finita da due ore. E Mira, una ragazzina serba di nove anni con i capelli d'oro, non vedeva per quale motivo non dovesse tirare un sasso in testa a Pavle, stessa età, che l'aveva appena chiamata "puttana", e ora stava ridendo con gli altri bambini.

Si chinò per trovarne uno buono.

Erano vicino alla strada, proprio davanti alla casa del signor Kusturica, una delle ultime del villaggio. Lì c'erano solo piccole pietre sbriciolate, ma se avesse fatto qualche metro più in là, oltre la strada, e fosse entrata nel bosco che ricopriva tutta la montagna, di certo avrebbe trovato quello che cercava. Ma era troppo lontano, e non appena gli altri bambini l'avessero vista correre tra i larici, di certo sarebbero scappati via, pensando all'ultima volta, quando Mira li aveva inseguiti con un bastone.

Si sentì fortunata quando vide un ciottolo bianco poco più grande di una biglia. Lo raccolse, Pavle era circa a sei metri da lei, e decise di sfidarlo.

«Pavle!» gridò.

I bambini smisero di ridere e si voltarono, Mira provò un brivido di soddisfazione quando vide Pavle sbiancare, mettere le mani avanti e implorarla.

«No, no, no!» urlò il bambino, con una voce ancora più acuta della sua.

Mira, però, non accolse la sua supplica, tirò indietro il braccio e scagliò il ciottolo con tutte le sue forze, ma il colpo non andò a segno.

O meglio, non lo colpì alla testa, ma riuscì a prenderlo alla mano sinistra. Pavle era in ginocchio, si reggeva il polso e gridava come un disperato, come se quel sasso gli avesse tranciato la mano di netto, anche se non c'era neanche una goccia di sangue.

Gli altri bambini si avvicinarono a lui e gli chiesero se gli faceva male, se dovevano chiamare il signor Dugalić. Gavrilo, quello con le lentiggini, si rivolse a Mira, indignato.

«Mira! Non si fanno queste cose!»

Non si fanno queste cose?

Per tutto il pomeriggio Pavle le aveva tirato i capelli, a pranzo le aveva sputato addosso e ora l'aveva chiamata "puttana", ma nessuno gli aveva detto che "non si fanno queste cose", anzi, tutti si erano messi a ridere e l'avevano spinto ad andare avanti, a farlo di nuovo.

E adesso che lei aveva reagito, "non si fanno queste cose"?

Com'è che i maschietti possono fare quello che vogliono, dire quello che gli pare, insultano, picchiano, e quando qualcuno reagisce si mettono a piangere e chiamano la mamma?

Come sono delicati, questi maschietti.

Tutti sobbalzarono quando sentirono la porta della casa di legno sbattere, non tanto per il rumore, quanto per la figura minacciosa del signor Kusturica che avanzava verso di loro. Non si era messo neanche il giubbotto, solo il suo maglione di lana, e aveva uno sguardo feroce.

Mira alzò gli occhi al cielo, già subodorando la lavata di testa. Pavle si alzò, e reggendosi la mano corse verso quella specie di orco, seguito dal resto della truppa.

«Signor Kusturica, signor Kusturica, Mira mi ha lanciato un sasso! Mi ha lanciato un sasso!...»

Probabilmente lo avrebbe gridato una terza volta, ma il signor Kusturica lo interruppe, mollandogli una sberla in piena faccia.

«Silenzio!» gridò l'orco dai capelli bianchi. «Non me ne frega niente! Andate tutti a casa!»

Pavle aveva già iniziato a piangere, si mise una mano sul viso e iniziò a balbettare.

«Ma, ma io...»

«Ne vuoi un'altra? A casa! Ora!»

La piccola truppa si disperse, corsero su per la strada, verso le case. Mira invece restò ferma, confusa: che stava succedendo? Avrebbe tirato una sberla anche a lei?

No, il signor Kusturica non lo fece, la guardò negli occhi, non con quello sguardo rabbioso che aveva usato con Pavle e gli altri, ma comunque molto serio.

«Anche tu, Mira. Vai a casa, ora» gli disse con voce ferma.

Mira sorrise, e non se lo fece ripetere un'altra volta. Era riuscita a evitarsi sia la sberla sia la lavata di capo, non poteva chiedere di meglio.

Attraversò di corsa la legnaia del signor Baba e le case di pietra, e poi su, oltre l'osteria dei fratelli Naumov, fino a casa, e per tutto il tragitto si tenne addosso quel sorrisino impudente.

Quando aprì la porta e l'odore di cipolle stufate la investì, il sorriso scomparve. E non perché quella sera ci sarebbe stata la zuppa. Il nonno e papà stavano litigando.

«Nikolas, te l'avevo detto, è una pessima idea!» diceva il nonno, sprofondato sulla sedia di legno.

«Papà, non mi seccare, che avrei dovuto fare, eh?»

Non era una discussione come le altre, le voci erano molto più alte, e Mira non voleva averci nulla a che fare.

Ne approfittò, e mentre i due gridavano uno contro l'altro indietreggiò lentamente, non voleva che un movimento troppo brusco portasse l'attenzione su di lei.

Fece qualche passo, le scale erano vicine, ma non appena si voltò per afferrare il corrimano di legno sentì la voce severa di papà.

«Mira! Vieni qui!»

Maledizione.

Non si era ancora tolta il giubbotto, cominciò a sbottonarselo, e provò a chiedersi che cosa avesse fatto per meritarsi una ramanzina, non potevano sapere subito del sasso lanciato a Pavle, vero?

Papà però cambiò subito tono, e s'inginocchiò davanti a lei, prendendole le mani.

«Aspetta, Mira, aspetta. Ho bisogno che tu mi faccia un favore. Ho bisogno che tu vada al rifugio. Sai come arrivarci?»

Sì, sapeva come arrivarci. Sarebbe stata la prima volta che ci andava senza papà, ma non aveva voglia di andare fin lassù, sulla montagna.

«Sì» rispose Mira. «Devo proprio? Volevo stare con i miei amici.»

«Lo so Mira, però è importante, devi dire a Ebin due cose: la prima è che il laboratorio è pronto, la seconda è che devo andare al consiglio, ora, e non tornerò prima di domani.»

«Ma lasciala stare!» sbottò il nonno. «È una bambina, si perde!»

«Papà, per favore!»

Forse andare fino al rifugio non sarebbe stato poi così male. C'era anche Branko, forse questa volta gli avrebbe fatto toccare il fucile.

«La conosci la strada, Mira? Pensi di farcela?»

«Ci metterà almeno un'ora, a che serve?» continuò il nonno. «E poi tra poco farà buio!»

«Papà, che vuoi fare, andarci tu?»

Ricominciarono a discutere, e Mira intuì che avrebbero continuato per tutta la sera. Non voleva farsi tutta quella scarpinata, ma avrebbe fatto qualsiasi cosa pur di non restare in casa e sentirli gridare.

«Sì, me lo ricordo!» urlò quasi gridando in faccia a papà. Lui sorrise.

Per premiarla, le misero sulle spalle una sacca leggera con dentro un pezzo di pane secco e due strisce di carne essiccata. Poi papà la accompagnò verso il sentiero per il bosco.

«Cerca di fare in fretta, Mira» le raccomandò.

Mira sorrise e cominciò a correre verso il sentiero. Si gettò tra i larici e i pini, scavalcando i massi come un leprotto, e non appena fu sicura che nessuno potesse vederla rallentò e proseguì a passo normale.

Tanto l'entusiasmo lo aveva mostrato, ed era certa che a prescindere da quanto tempo ci avesse messo papà si sarebbe ricordato della sua grinta e di sicuro l'avrebbe premiata.

Risalendo lentamente la montagna, zampettando con tutta calma tra i sassi e i bastoni, cominciò a fantasticare. Che cosa avrebbe potuto chiedere? Forse una torta? Oppure quelle frittelle al burro che avevano fatto per il suo compleanno? Ma no! Che torte e frittelle, lo stufato! Ma certo! Da quant'è che non lo mangiava? Da prima del suo compleanno, no? Massì, quando c'era la neve, lo stufato si mangia sempre quando c'è la neve. E tra pochissimo nevicherà, da quello che hanno detto a scuola, quindi forse sarebbe stato inutile chiedere qualcosa che avrebbe comunque mangiato tra poco. Però è così buono, mamma ci mette le patate, i funghi, il latte, la carne è sempre tenerissima, anche se poca, e il nonno le dà sempre la sua porzione, perché dice che non ce la fa! Ed è così buona, c'è quel sugo marrone che è la fine del mondo, il pane con quello diventa morbidissimo, oh sì, e poi si fa anche la torta di mele!

Le venne fame.

Dopo neanche venti minuti di tragitto, si sedette su un sasso e ingollò in pochi secondi le strisce di carne e il pezzo di pane. Sentì la testa leggera e le gambe pesanti. Valutò se fosse il caso di farsi un pisolino, ma forse era troppo.

Si rimise in cammino, ma la fame non le era passata. Continuò a fantasticare su polli, bistecche, stufati, uova, torte, pane al miele e formaggi, poi cominciò a recriminare. Potevano anche darle un po' più di pane, no?

Mira si perse nella sua mente per almeno cinque minuti, finché non si rese conto che non aveva ancora trovato l'incrocio verso il rifugio.

Strano. Eppure aveva passato il masso nero, no? E anche il pino marcio. Le gambe le facevano male, era il segnale che stava camminando da un pezzo.

Non stava andando di corsa, ma il suo respirò aumentò.

Provò a fare come papà, che le diceva di guardare dove fosse il sole per orientarsi, ma non aveva idea del perché dovesse farlo, non se lo ricordava, poi s'immaginò i lupi e si fece prendere dal panico.

Doveva ritrovare la strada, subito.

Si mise a correre, sempre in salita, era la scelta migliore, pensò, magari quello era solo un pezzo che non si ricordava, di certo andando avanti avrebbe trovato l'incrocio, doveva solo muoversi in fretta.

Corse come una forsennata, forse doveva dirigersi verso il sole, si buttò nella direzione di un abete che credeva familiare, ma dopo un minuto si trovò di fronte un muro di roccia che non aveva mai visto, provò a tornare indietro, in discesa, ma aveva già cominciato a piangere, e non ritrovò il sentiero. Continuò a vagare, ancora e ancora, finché non riuscì più a correre, le gambe erano diventate di piombo. Le trascinò, una dopo l'altra, pestando il terreno. Lo stomaco le faceva male, ormai non vedeva più nulla per le lacrime.

Vagò in tondo, gridò, tirò un pugno a un albero, ma non riuscì a ritrovare la strada.

Alla fine si arrese, e crollò sopra un sasso. Si mise le mani in faccia e si abbandonò ai singhiozzi.

Il sole era ancora alto, ma la terra cominciò a farsi fredda e la luce abbandonò la montagna. L'oscurità scese dalla cima e abbracciò la bambina.

Mira era rimasta da sola. Voleva tornare a casa, voleva papà, voleva perfino Pavle che le diceva le parolacce, bastava solo che qualcuno la portasse via da lì.

E invece non venne nessuno. Non venne papà, non venne il nonno, non venne nemmeno Pavle.

Sola, per secoli di lacrime. Intorno a lei, il nulla del bosco. Soltanto il vento che accarezzava le foglie, qualche scricchiolio legnoso, e il canto di un piccolo uccellino solitario. Ma Mira non poteva sentirlo, i suoi singhiozzi erano troppo forti.

Piangeva, perché sapeva bene che da lì non se ne sarebbe mai andata. Sarebbero arrivati i lupi, e l'avrebbero presa.

Non ci sarebbe stato più nulla.
Niente nonno.
Niente papà.
Niente.

Ma in fondo, perché pensare una cosa del genere? Il bosco non è crudele. O almeno, non per tutti. Non per i puri, non per gli innocenti, e soprattutto non per chi sa chiedere "per favore".

Per questo, quando Mira chiese aiuto, in un sussurro bagnato, il tempo divenne cenere. Gli alberi si zittirono, l'uccellino scappò via e il vento morì.

Che succede piccina? Perché piangi?

«M-mi sono persa...» singhiozzò Mira.

Oh, amore mio, e dove volevi andare? A prendere le fragole, come l'altra volta?

«No... devo andare al rifugio, dagli altri. Su, ma non so dove andare...»

Amore dolce, non devi piangere, sta' tranquilla. Ora ti porto fuori, va bene?

«Sì... sì, per favore.»

Il bosco si aprì delicatamente, e Mira sentì le gambe leggere come foglie. Si alzò e seguì il vento.

Non sentiva più male ai piedi, né allo stomaco, non le sembrava nemmeno di andare in salita, era come se stesse passeggiando a piedi nudi sul prato della malga. Le sfuggì un risolino felice, quando vide di nuovo la luce del sole.

Arrivata a pochi passi dal sentiero, dove riconobbe lo spiazzo che dava sulla vallata e sul suo villaggio, si voltò verso il buio alle sue spalle e sorrise.

«Grazie, e scusa.»

Tranquilla, piccolina. Sai che mi fa piacere stare con te.

«Sei tanto gentile... Ora vado, ciao!» lo salutò, e dal bosco sentì un altro respiro.

Aspetta piccolina, aspetta.

«Che c'è?» chiese lei.

Il vento soffiò ancora.

Poi mi torni a trovare, vero?

«Ma certo!» esclamò Mira. «Devo andare, ciao!» disse, salutando con la manina.

Sbucò sul sentiero. Vide in lontananza le case, la chiesetta di legno e più avanti tutto il terreno disboscato.

Sorrise. Come aveva fatto a perdersi così?

Si rimise in marcia, e in meno di un'ora raggiunse il rifugio.

18

Papà le aveva detto di stare tranquilla, di non preoccuparsi, che presto sarebbe tornato tutto alla normalità. Sia lei sia Anna dovevano restare dov'erano, era più sicuro. Mamma era d'accordo con lui.

«Sono venuti anche da voi?»

«Ci hanno chiamato, amore, ma stai tranquilla.»

Bianca non era tranquilla. Si rigirava nel letto da tutto il pomeriggio, era diventata inerte, un guscio vuoto, come qualche settimana prima.

Si rigirò nel letto e fissò le assi di legno sul soffitto.

Doveva essere un weekend meraviglioso. Lei e Anna da sole, in quella casetta ai piedi della montagna: era perfetto.

Alle spalle della casa c'era il bosco, davanti un enorme campo non coltivato, poi gli alberi e una lunga stradina dove poteva passare al massimo una macchina alla volta.

Una stanza da letto per due, un soggiorno con il divano e la stufa di ghisa, e poi il bagno e la cucina. Tutto di legno, tutto ricoperto di polvere, ma in buono stato. Il vicino che abitava a cinque chilometri da lì, un vecchio chiamato Gordan, aveva aiutato il nonno negli ultimi anni di vita, e papà continuava a pagarlo perché si prendesse cura della casa.

Poteva essere il weekend più bello di sempre, e ora Bianca era lì, unta di letto, vuota, a rigirarsi tra le coperte. Sapeva che doveva alzarsi, che avrebbe dovuto afferrare le poche energie che le erano rimaste, tirarsi su, reagire, ma non ce la faceva. Rimuginava sulle notizie di quelle ultime ventiquattro ore, e nella sua testa si costruivano mille fantasie.

Li avevano chiamati dalla questura, aveva detto papà. Entrambe, infatti, erano registrate nelle sezioni giovanili, ma che responsabilità avevano i genitori? Che cosa gli avrebbero chiesto?

Era inutile. Tutto inutile. Perché farsi quelle domande?

A proposito, che cosa diceva Anna? Di non preoccuparsi delle cose che non sono sotto il tuo controllo.

Ma lei voleva sapere, e questa era stata la sua condanna. Perché non aveva spento la radio? Così era solo peggio.

Come diavolo era stato possibile?

La mattina precedente avrebbero dovuto fare una gita. Erano pronte. Il pranzo al sacco, la borraccia, il binocolo, tutto, ma avevano acceso la radio della macchina e le notizie avevano cominciato a piovere come una cascata infernale.

La voce squillante sul primo canale aveva detto che c'erano stati dei brogli, che i socialisti, anzi, tutti i partiti del Fronte popolare erano colpevoli di aver falsato le elezioni. Durante un'operazione di antiterrorismo, la polizia aveva trovato all'interno di una sede del partito decine di migliaia di schede elettorali false. La teoria era che la coalizione avesse gonfiato i risultati usando i nominativi di gente morta decenni prima. Poi si parlava di funzionari corrotti, militari, politici, e il programma radio diceva che presto sarebbero stati consegnati alla giustizia. Ma comunque non c'era da preoccuparsi, cari cittadini, perché gli inquirenti si sono mossi, si sarebbe fatta chiarezza e presto la situazione sarebbe tornata sotto controllo.

Bianca reagì in modo isterico sostenendo che fosse uno scherzo, che era impossibile, ma Anna aveva cambiato canale e tutti dicevano le stesse cose.

Sul terzo, sentirono la notizia che Sandri, il leader del Fronte popolare, era stato arrestato proprio in quel frangente, e con lui tutti i leader della coalizione.

Tornate a casa di corsa, avevano acceso la radio del nonno, e fino a tarda notte erano rimaste incollate a quella scatola.

La situazione peggiorava di ora in ora. Manifestazioni, marce, rivolte. I poliziotti avevano cominciato a sparare per strada, e c'era stato uno scontro a fuoco vicino al ministero della Giustizia, ma non era quella la notizia più sconvolgente.

Ferranti, il presidente del Consiglio provvisorio, approvato dalla Federazione europea due anni prima, era sull'aereo, in ritorno d'urgenza a Roma. E a quanto pare, all'altezza di Milano, una bomba era esplosa dentro la carlinga. Erano morti tutti: Ferranti, il suo gabinetto e il ministro dell'Interno.

"Matrice anarco-comunista" aveva detto il capo dei servizi segreti intervistato da Canale 1.

Ad avere colpito Bianca, tra le tante notizie, fu che in quella tragedia nessuno avesse espresso cordoglio per le vittime. L'unica cosa che ripetevano in continuazione era che in Italia i comunisti stavano cercando di realizzare un colpo di Stato, e che probabilmente dietro c'era l'Unione Sovietica.

Bianca e Anna restarono sul divano, immobili, mentre ascoltavano impotenti il frastuono di un Paese che crollava su se stesso.

In quel momento la massima autorità istituzionale, riconosciuta anche dalla Costituzione, era il Principe Savoia, ancora re d'Italia. E in virtù della gravità della situazione, confermata anche dal presidente della Corte Suprema, vecchio membro del Partito repubblicano, il Principe aveva consegnato ad Ansaldo, la Gran Lucertola, il sigillo con delega regale per sciogliere le Camere e formare un governo d'emergenza.

Immediato l'appoggio dei liberali, che gridavano il proprio sdegno nei confronti delle sinistre.

Allo stesso tempo, il comandante in capo delle forze armate, il generale Messe, che fino a pochi giorni prima aveva giurato lealtà a Sandri e al nuovo governo in formazione, si era subito dimostrato disponibile a risolvere questa "crisi straordinaria" e "proteggere la democrazia dalla minaccia sovietica". L'esercito era entrato in campo.

Per facilitare le cose, il nuovo governo di Ansaldo, o di "unità nazionale", così lo definivano alla radio, aveva ripristinato con mezza Camera vuota la legge d'emergenza n. 79, usata l'ultima volta da Savoia padre negli anni Sessanta. I diritti civili erano stati revocati "in via temporanea" per "motivi indispensabili di sicurezza interna".

Per farla breve, i Pretoriani avevano mano libera.

A Roma, un centinaio di ufficiali erano stati arrestati, insieme a un numero importante di funzionari del governo provvisorio, tra cui il ministro degli Esteri e il delegato all'Integrazione europea, accusati di spionaggio e alto tradimento.

Bianca e Anna non avevano mai sentito tante volte il termine "alto tradimento".

Poi erano passati ai giornali. Le sedi di Onda radicale e democrazia erano state messe sotto sequestro, e tutti i partiti della coalizione dichiarati illegali e disciolti.

La pulizia non aveva raggiunto soltanto i leader, ma anche i segretari, i dirigenti locali, i presidenti delle sezioni giovanili, e un numero enorme di studenti. La radio aveva parlato di "azioni rivoluzionarie" all'Università di Bologna. Il bilancio di quei disordini fu di diciotto morti. E chissà quanti altri nel resto del Paese.

Era stato facile per i soldati, avevano tutto nei registri. Se avevi partecipato attivamente alla vita politica dei rossi, gli uomini in divisa sarebbero venuti a prenderti.

Alle due del mattino tutti i canali avevano dichiarato la fine delle trasmissioni, e appena era partito l'inno nazionale Bianca era corsa a vomitare. Voleva tornare a casa e non voleva sentire ragioni. Anna prima aveva provato con le buone, ma alla fine l'aveva zittita tirandole un ceffone.

Aveva ragione.

C'era il coprifuoco, forse non erano davvero ricercate, ma l'ultima cosa da fare era attirare l'attenzione di una pattuglia dell'esercito. Dovevano stare calme, tanto il giorno dopo sarebbero andate in paese.

«Hai ragione... scusa, hai ragione» aveva detto Bianca, con le lacrime che le sgorgavano dagli occhi.

Poi si erano messe a letto, esauste.

Nessuna di loro dormì, e quella notte non fu come se l'era immaginata Bianca, anche se lei affondò lo stesso il viso nel petto dell'amica, e Anna la strinse.

Poi, alle sei, partirono. Ci impiegarono un'ora per arrivare al primo villaggio italiano al di fuori della Zona Autonoma, dove finalmente trovarono un telefono pubblico.

Papà sembrava tranquillo, mamma aveva la voce rotta.

«Stai lì amore, è più sicuro, poi arriviamo.»

Va bene.

E ora Bianca se ne stava lì, nel letto. Sconvolta. Ma sentì la porta aprirsi, Anna era tornata.

«Ehi! Tutto bene?» disse dal corridoio.

Bianca non rispose subito, ma fece lo sforzo immane di mettersi seduta.

«Ehi...» mormorò.

Bianca sentì il rumore metallico del mazzo di chiavi sbattere sul tavolo di legno, poi un lamento.

«Che freddo! Hai lasciato spegnere la stufa?»

Era infastidita, ma Bianca non riuscì a provare altro che dispiacere. Provò a scusarsi.

«Sotto le coperte fa caldo.»

Anna si affacciò alla camera da letto e iniziò a sbottonarsi il giaccone.

«Bianca... ehi» disse in un sussurro tenero. «Come stai?»

Anna la stava guardando con una pietà sconsolante. Doveva avere un aspetto orribile.

Bianca mugolò, come se non fosse importante.

«Vieni qui?» le chiese.

«Sì, un attimo.»

Bianca fece la bambina.

«Dài, per favore.»

«E fammi levare le scarpe almeno!»

Faceva finta di essere infastidita, come se non fosse successo nulla. Questo fece sentire Bianca un po' meglio.

Si sedette di fianco a lei, sulle coperte, e le accarezzò quel grosso maglione bianco a coste. Era del nonno.

«Il vicino è stato molto gentile, ha detto che adesso ci porta qualcosa da mangiare. Gli ho detto che siamo coperte almeno fino a domani sera, ma ha insistito.»

«Tanto non ho fame.»

Anna le prese una mano.

«Non fare così» le disse. «È inutile, lo sai?»

Bianca le accarezzò il palmo, poi le strinse la mano e intrecciarono le dita. Voleva che un po' di quel calore passasse a lei.

«Tu come fai?» le chiese. «Non pensi a tua madre, a tuo padre?»

Poteva risparmiarselo. Anna stava facendo di tutto per farla sorridere, per tirarla su, e per ringraziarla lei le aveva ricordato che anche i suoi genitori rischiavano di essere portati via?

Sei una cretina ingrata, ma che hai nel cervello?

Ma Anna sembrò non offendersi. Tutt'altro, sorrideva.

«Sai, è strano. È come se non fosse il mio turno.»

«Turno?» le chiese Bianca.

«Sì. Come se questo fosse il mio ruolo. Vedi, tu sei giù, triste, non reagisci, e allora, non posso esserlo anche io, capisci? Almeno io devo fare qualcosa, reagire. Non ti è mai capitato? Quando sei un po' giù, ma qualcun altro sta ancora più male di te, e senti il dovere di essere forte. O quando uno è arrabbiato e tu devi stare calma...»

«Ah, ok» disse Bianca. «Quindi... ci stiamo dividendo i compiti?»

Anna scosse la testa.

«No» rispose, sorridendo. «Ti avevo detto di tenere la stufa accesa e l'hai lasciata spegnere!»

Era così bella quando sorrideva.

«Ho capito!» replicò Bianca. «Però qui fa caldo, dovevo alzarmi...»

«Bianca, che palle!»

Le saltò addosso, e rotolarono sul letto, ridendo.

In quell'istante, in tutto l'universo, l'unica cosa importante erano gli occhi scuri di Anna, a qualche centimetro dai suoi.

Quello che aveva pensato pochi giorni prima era vero. Comunque fossero andate le cose, le sarebbe bastato ricordarsi di quel sorriso, dei suoi occhi, delle sue labbra. Il resto poteva andare all'inferno.

«Me lo dai un bacio?» le sussurrò.

«Dopo accendi la stufa?»

«No, dài...»

Anna sorrise e la baciò.

Rimasero lì per qualche minuto, fuori solo silenzio, tutt'al più un uccellino che faceva la colonna sonora. Per questo fu parecchio frustrante quando sentirono le ruote della macchina del vicino serbo scricchiolare sui sassolini della strada.

Avevano ancora le labbra incollate. Anna sussurrò senza staccarsi dal viso di Bianca: «È arrivato».

«Nooo...» mormorò lei, con gli occhi chiusi.

«Dài su, mettiti la tuta» la scosse Anna.

Va bene, pensò Bianca. Ma prima che Anna si alzasse da lei, le affondò la mano dietro la nuca, tra i capelli, la portò a sé e le morse il collo. Anna si lasciò andare a un mugolio compiaciuto, poi la morse a sua volta.

«Vestiti, gattina» le disse.

Oddio, gattina?

Forse era un po' condiscendente, ma piacevole, era come se Anna avesse deciso che fosse sua. Questo pensiero le lasciò un sorrisetto stampato in faccia. S'infilò i pantaloni della tuta, e Anna andò ad aprire la porta.

Bisognava dire che quel serbo aveva avuto un tempismo eccellente, sperava solo che non avesse intenzione di restare con loro a fare quattro chiacchiere, in quel caso avrebbe dovuto far finta di interessarsi ai vaneggiamenti di uno che con ogni probabilità parlava un italiano atroce.

In realtà, il vecchio vicino serbo parlava un ottimo italiano, anzi, aveva pure un accento meridionale.

«Ah, ma buongiorno!»

Non era una voce da vecchio.

Bianca scattò in piedi e si fiondò in soggiorno. Appoggiato alla porta, vicino ad Anna, Bianca non vide un vecchio serbo rimbambito, ma un soldato, e sorrideva.

«Disturbiamo?» disse tutto contento, mentre gli altri due colleghi lo raggiungevano alle spalle.

Bianca vide le spalle di Anna irrigidirsi.

«No, eh... buongiorno...» disse lei, la voce rotta.

Il soldato notò anche Bianca, e senza che Anna dicesse niente varcò la porta e si fece strada dentro casa.

«Scusateci, ci avevano detto che qui abitava un vecchio. Non ci aspettavamo di trovarci le figlie.»

Bianca cercò immediatamente lo sguardo di Anna. Che dovevano fare? Dire che erano le figlie? A cosa sarebbe servito?

Anna fece passare anche gli altri due, che insieme cominciarono a perlustrare la casa.

Il primo si sfregò le mani.

«Ma che freddo che c'è qua, mamma mia. Non l'accendete la stufa?»

Doveva dire qualcosa, qualsiasi cosa, ma Anna la anticipò.

«Eh sì, ora la accendiamo. Come possiamo aiutarvi?»

Il soldato si sedette con pesantezza sul divano, e un nugolo di polvere si alzò intorno a lui.

«Eccoci qua...» disse, sistemandosi. «Allora! Noi...» Aveva sempre quel sorriso da idiota sotto il naso, si stava prendendo tempo per pensare. «Noi siamo qui per... proteggervi! Non so se lo sapete, ma i comunisti stanno scappando proprio qui, nella Zona Autonoma. Sono tanti, armati, cattivi, quindi da oggi questa zona è blindata.»

Aveva posato lo sguardo su Anna.

«Tu, signorina, lo sai cosa vuol dire "blindata"?»

Anna cercò di evitare il suo sguardo.

«Che ce ne dobbiamo andare?»

«Sì, esatto!» disse lui. «Per questo siamo qui, per avvertire tutti gli italiani della zona che se ne devono andare. Tra poco partiranno i botti!» concluse ridendo. Poi si fermò un istante. Si tolse il berretto e si grattò la testa.

«A proposito, dov'è vostro padre?»

L'altro soldato, quello con la barba sfatta, uscì dalla cucina. Mise gli occhi su Bianca, poi si rivolse al tizio sul divano.

«Ma che padre e padre, queste sono le nipoti; è vecchio, no?»

Bianca sentì il petto collassarle dall'interno. Guardò Anna, che teneva gli occhi sul pavimento. Non poteva lasciarla da sola, non era il suo turno, doveva reagire.

«Sì, è mio nonno» disse. «Ma adesso torna con mio padre… e… e mio zio!»

No, razza di idiota, no! L'aveva detto con un tono di voce troppo alto, era nervosa, era palese che fosse una balla. Però forse poteva funzionare.

Il soldato sul divano, però, non reagì. Si guardò in giro e allargò le cosce.

«*Mmm*… ho capito. Sentite, perché non ci fate vedere i documenti, eh?»

Va bene, stai calma, non possono fare niente. Se fanno qualcosa, rischiano fino a dodici anni di carcere, no? Lo sapranno. Come sapranno anche che, con tutto quello che sta accadendo, chi mai darà ascolto a due socialiste… in fuga?

«Bianca» le disse Anna, con voce solida. «Vai a prendere i documenti, ok?»

Lei annuì e si diresse in camera. Fu costretta a passare davanti al terzo, che la seguì con lo sguardo.

Passò le carte di identità a quello sul divano, e lui cominciò a studiarle.

«*Mmm*…»

Non stava leggendo davvero, Bianca lo sapeva, ci stava mettendo troppo tempo.

Si rivolse ad Anna.

«Scusa, vieni qui un secondo?»

Bianca vide Anna prendere un respiro, raccogliere tutto il coraggio che aveva in corpo e avvicinarsi a lui.

Era pallida, sembrava un fantasma.

«Siediti» le disse il soldato, dando due colpetti sul cuscino di fianco al suo.

«Sto bene qui» ribatté Anna, stringendo i pugni.

«Dài, da brava, siediti qui. Non ho capito bene una cosa.»

Le labbra di Anna tremarono, così come il resto del suo corpo, e obbedì.

Il soldato si fece più vicino a lei, troppo vicino. Con la mano sinistra le mise davanti al viso la carta d'identità aperta, con la destra invece accarezzò lo schienale del divano, dietro il collo di Anna, come se stesse per abbracciarla.

«Qui dice che studiate. Cosa studiate, eh?»

Il cuore di Bianca era un martello pneumatico, rimbombava con violenza nelle orecchie, da non riuscire quasi a farle sentire nulla.

Agisci, ti prego, fa' qualcosa.

Bianca prese coraggio e si avvicinò al soldato.

«Io lingue, lei storia. Ora dovete andarvene.»

Lui alzò lo sguardo e fece un ghigno divertito.

«Oh, ma che cattiva che sei. Noi stiamo facendo il nostro dovere. Che c'è? Ti dà fastidio che sono così vicino alla tua fidanzatina?»

Anna si voltò di scatto.

«Non siamo fidanzate!» protestò, quasi gridando. Poi fece per alzarsi, ma il soldato la prese per un braccio e la tirò giù con uno strattone.

«Ma che cazzo dici, dài» disse il soldato. «Vi ho capito, voi due. Siete venute qui in montagna per leccarvela un po' in santa pace, che c'è di male?»

Quando il soldato le mise una mano sulle cosce, Bianca sentì esploderle nel petto la stessa energia di qualche settimana prima, in piazza, prima di colpire alla nuca quel poliziotto. Sentì l'impulso di alzare un piede e sfondare il naso di quella carogna, vederlo sprizzare sangue, farlo gridare e cancellargli quel sorriso del cazzo.

Anna la cercò con lo sguardo per dirle di stare tranquilla.

Possiamo uscirne, va tutto bene, sta' calma, ti prego.

Bianca annuì e lasciò che quell'energia l'attraversasse, le riempisse le vene, i polsi, le gambe. Strinse i pugni e cercò di controllarla con il respiro.

«Allora?» continuò lui, abbassando la voce, e avvicinandosi al collo di Anna. «Te la lecca bene la tua fidanzatina?»

Sorrise ancora, e fece salire la mano tra le cosce di Anna.

Bianca non riuscì a resistere.

«Fuori dai coglioni!» gridò.

Il soldato la guardò scocciato.

«Me la levi dalle palle?»

Prima che Bianca potesse voltarsi, sentì le mani del secondo soldato afferrarla da dietro. Non pensò, fu qualcosa di istintivo. Alzò il gomito e lo spinse con violenza all'indietro, dritto nello stomaco dell'uomo alle sue spalle.

Non importava che Anna avesse cacciato un «No!» disperato, né che il soldato sul divano si fosse messo a ridere, Bianca si voltò verso l'aggressore, che soffiava, si teneva la pancia dal dolore, alzò l'altra mano e gli assestò un colpo con il polso sull'orecchio.

Si sentì un rumore sordo, ovattato, di vittoria. Bianca allargò i piedi, in posizione di guardia. Vedere quel soldato gridare dal dolore e sentire l'adrenalina scorrere furiosa nelle vene la fece sentire invincibile. Quando anche il terzo soldato si mosse verso di lei, era certa che lo avrebbe steso.

Ma quelli erano comunque soldati, e lei era più piccola. Dopo aver ricevuto il primo pugno, il mondo si fece bianco. E quando la sbatterono al muro, e sentì il fiato spezzarsi a metà, pensò che quello, in fondo, era solo un sogno. Uno di quelli dove non puoi svegliarti. Sei sotto un mantello invisibile, pesante, che ti schiaccia. E finché sei lì sotto, non puoi andartene. Eppure, sarebbe bastato scalciare un po' di più, gridare più forte. Bianca ci provò, ma non riusciva a svegliarsi. Sentiva un sapore caldo in bocca, Anna che gridava, e loro tre che ridevano.

Si ritrovò con una mano intorno al collo, e un'altra che le stringeva il seno con violenza. Pianse, mentre un respiro bestiale le soffiava nelle orecchie.

«Sta' calma» le sussurrò il lupo alle spalle, strozzandola. «Se stai calma, non ti fanno nulla, sta' calma. Tra poco finiscono.»

E in effetti ci misero poco, con lei.

Con Anna, ci misero tutto il tempo del mondo.

19

Era bellissimo.

Ed era proprio come se l'era immaginato: un sottile manto bianco che abbracciava il mondo. Era ancora leggero, delicato, timido. Perfetto.

La prima neve. Presto sarebbe stata grossa, ingombrante, solo un peso gravido di fastidi. Ma ora, invece, non era altro che una carezza gentile. Un bacio.

I fiocchi si cullavano nell'aria, scendevano piano sulle foglie del pungitopo.

Ecco, guarda. Si adagiano sulla foglia, indisturbati, il verde si ricopre di bianco. Ma non tutto viene ricoperto, no. Perché quelle piccole bacche resistono, quelle perle, scarlatte di veleno. Macchie rosse su un mantello bianco. Perfette.

Sforza si chiese se fosse il caso di avvicinarsi, magari coglierne una. Certo, avrebbe disturbato il cespuglio, le foglie si sarebbero agitate e la neve sarebbe caduta in un tonfo morbido.

Ma non c'era da preoccuparsi, l'armonia non si sarebbe spezzata, al massimo un movimento leggero, poi tutto sarebbe tornato al proprio posto.

Il cielo se ne sarebbe accorto, e con tutta l'indifferenza e la serenità dell'universo avrebbe predisposto ancora la sua armonia sull'arbusto, ricoprendolo di neve. E tutto sarebbe stato perfetto come prima.

Ma che cosa ne avrebbe fatto, Sforza, di quella bacca? L'avrebbe amata, avrebbe ammirato quella perfezione stretta tra il pollice e l'indice. Ma poi?

Non poteva rimetterla a posto. Il fattaccio era stato commesso. Poteva forse buttarla nella neve, allora? Come un giocattolo che gli era venuto a noia?

No, non farlo. Perché mai? Perché abusare della cortesia di quel cielo così bianco, così puro, e della terra che gli sta sotto? Perché violentare quell'armonia?

No. Non distruggere quella perfezione. Gli dèi ti hanno fatto un regalo così bello, sono stati gentili. Sii grato, sorridi.

E Sforza sorrise.

«Tutto a posto?» chiese a Farina, che stava marciando verso di lui pesante e goffo come al solito.

Il gigante rispose battendo i denti, le sue parole calde si gelarono in una nube di ghiaccio, non appena le cacciò fuori di bocca.

«Sì, Novak è sulla camionetta.»

«Ottimo» disse Sforza «Gli altri due. Li voglio qui.»

Farina annuì e corse via, da dove era venuto, gridando ordini e rischiando di inciampare.

Pover'uomo.

Se al posto di pensare al gelo nelle ossa si fosse reso conto della fortuna che aveva avuto nel poter assistere a uno spettacolo divino, forse qualcosa gli sarebbe scattato nello spirito, e sarebbe sembrato diverso da un goffo orso di montagna.

Lo stesso valeva per il resto della truppa. I caporali, i tenenti, la soldataglia, tutti aggrappati ai fucili neanche fossero torce, tutti intorpiditi nelle loro giacche. Sembravano piccoli scoiattoli infagottati nelle loro code calde, nascosti dentro un buco nel tronco.

Ma ecco arrivare le Linci. Entrambe ammanettate dietro la schiena. Li fecero inginocchiare, ai piedi di Sforza.

Due biondini dal viso pallido. Tremavano.

Sforza aprì le mani, come un ospite che accoglie dei vecchi amici. Parlò ad alta voce, così che tutti lo sentissero.

«Signori, ecco a voi l'armata sovietica.»

I soldati intorno si misero a ridere, con grande soddisfazione del capitano.

Poi prese i guanti dalla tasca, si godette il rumore del cuoio, pronto per la farsa.

«Dunque, dunque, dunque» cominciò, con il pieno controllo del palco. «Direi di cominciare dalle presentazioni. Io sono il capitano Sforza. E... tu...» disse, indicando con un dito il primo biondino. «Tu devi essere Josif, sbaglio? Novak ci ha parlato di te.»

Nessuno dei due lo stava guardando, avevano gli occhi sulla neve, ma appena pronunciò quel nome alzarono la testa, e quello che Sforza aveva indicato lo fissò con uno sguardo terrorizzato.

Fantastico.

«E tu, invece, sei il fratello, giusto? Ha senso, guarda quanto vi somigliate.»

I due non risposero. Restavano lì, ansimanti, pietrificati.

Anche Sforza si fermò, e si portò una mano alla fronte.

«Oh cielo, scusate, che idiota» si schernì. Poi si rivolse alla truppa.

«I signori qui sono austriaci! C'è nessuno di voi che parla tedesco?»

I soldati si guardarono tra loro, ma neanche un volontario si fece avanti.

«Nessuno? Tu, Furlan, no? Va bene. Invece il serbo? Qualcuno lo parla?»

«Comandi!» disse una voce dietro di lui. Era il tenente Solari, il cavaliere con la barba rossa.

«Solari!» esclamò Sforza, con un gran sorriso. «Ottimo! Prego tenente, mi dia una mano.»

Solari si fece avanti e raggiunse Sforza, davanti ai due terroristi. Il capitano notò subito il suo sguardo, era leggermente diverso dal solito. Strano.

Da quando era passato sotto il suo comando aveva sempre mantenuto lo stesso atteggiamento. Mai un sorriso, mai un accenno di complicità, mai un segno di approvazione.

Eseguiva ogni ordine con la stessa, irritante, insofferenza. Anzi, lo stesso fastidio.

Ma ora no, sembrava quasi preoccupato.

«Tenente» cominciò Sforza. «Gli chieda dove sono i loro compagni.»

Solari fece come ordinato.

«*Dove sono gli altri? Dove sono le altre Linci?*»

Quello alzò lo sguardo verso Solari, e poi di nuovo verso Sforza.

«*Siamo solo noi. Non c'è nessun altro.*»

Solari riferì la risposta al suo superiore.

«Ah, solo voi?» chiese Sforza, con tono canzonatorio. «E immagino che siate qui in gita scolastica!»

Un'altra salva di risate attraversò la truppa.

«Vuole che glielo traduca?» disse Solari, con tono irritato.

«No, tenente, grazie.»

Cielo, che musone.

Si rivolse al sergente.

«Lo zaino.»

Farina gli portò le due borse a tracolla. Erano di tela nera, gonfi.

«Cosa avevano?»

«Nulla di particolare. Mappe, vestiti, cibo...»

«Niente armi?»

«Nossignore. Solo barattoli di proteine» concluse Farina.

«Proteine?»

Il sergente alzò le spalle, e indicò lo zaino.

Oh, dolce Farina, caro compagno imbecille.

Si era confuso. Quelle pasticche non erano "proteine", ma considerando cosa portava quella gente era di sicuro una droga di qualche tipo.

«Mi dia lo zaino, sergente.»

Farina glielo passò. Sforza lo aprì e si mise a esaminarlo.

Come diceva Farina: vestiti, scatolette, cianfrusaglie. Poi vide la droga. Tre barattoli, ne tirò fuori uno.

Era un piccolo cilindro di plastica arancione, con un tappo nero che lo sigillava. Pesante.

Sforza ci mise qualche istante e, appena capì, tutto il ghiaccio nell'aria gli congelò le budella e gli mozzò il fiato.

Fu costretto a deglutire.

Lo agitò, sperando di sentire una granaglia agitarsi all'interno, ma avvertì solo un peso compatto muoversi dentro il cilindro.

«Non sono proteine» mormorò, stringendo quell'affare nel guanto. «Sono rullini fotografici.»

Si voltò di scatto verso i due, tenendo il cilindro in alto.

«Cosa sono?» gridò. «Cosa sono? Solari! Glielo chieda!»

Solari ubbidì, ma i fratelli non risposero. Sforza allora si rivolse a Farina: «Sergente!».

Il bestione capì, sfilò la Beretta dalla fondina e la puntò alla testa della Lince più giovane. Quelli si spaventarono e si buttarono a terra.

«Cosa sono queste?» strepitò ancora Sforza. «Cosa sono?»

Ma quelli non rispondevano, bofonchiavano qualcosa nella loro lingua, e Farina scarrellò la pistola.

«Cosa sono?»

Una voce si mise di mezzo.

«Capitano!» gridò il tenente Solari.

All'improvviso, tutti si zittirono. Sforza guardò verso di lui, rimanendo fermo per un istante.

«Tenente?» replicò, ansimando.

Solari teneva una mano in avanti, come se stesse cercando di tenere a bada una tigre.

«Capitano... chiedo il permesso di parlare!»

Sforza si rese conto che tutti i soldati avevano gli occhi su di lui, e che stava dando un pessimo spettacolo.

Il cuore cercava di sfondargli il petto, i polmoni erano sassi freddi e il sangue pompava a fiumi nelle tempie.

Sta' calmo, sta' calmo, mantieni il controllo. Fa' come diceva suor Caterina. Respira. Riprendi il controllo, respira, da bravo.

Sforza abbassò la mano, lentamente. Poi tirò su col naso, si ricompose e con un movimento del capo disse al sergente di abbassare l'arma.

«Mi dica, tenente.»

Vide Solari cercare le parole giuste. Non l'aveva mai visto così. Non aveva né la spocchia né la solita arroganza, tutt'altro, era come se avesse abbassato le orecchie per la paura.

«Capitano, mi ascolti. Sappiamo chi sono queste persone. Per noi sono terroristi, non sono neanche della Zona Autonoma, ma per gli slavi questi sono degli eroi. Non possiamo ucciderli.»

Intanto, Sforza stava riprendendo il controllo, respiro dopo respiro.

«Ogni uomo che uccidiamo, criminale o no, è solo una fiamma in più. È una conferma del fatto che loro hanno ragione. Ci pensi, sono loro che li stanno aiutando, e noi li facciamo fuori.»

Parlava in fretta, ansimava e non riusciva a controllare la dizione. Sforza avrebbe dovuto intuirlo prima, doveva essere del Trentino, o forse addirittura un locale. Ecco perché parlava serbo.

«Conosco questa gente, capitano, stiamo tirando troppo la corda. E se li ammazziamo, come reagiranno i sovietici? Chi ci dice che non organizzeranno un altro agguato?»

Sforza si chiese quale fosse stato il regalo più bello della giornata. Trovare i gemelli austriaci o avere lì quell'arrogante pomposo ai suoi piedi, sottomesso.

Ma Solari aveva ragione. Annuì, e portò le dita alle labbra, pensieroso.

«Sa, lei ha ragione, tenente» disse, soffiando via l'ultimo briciolo di tensione. «Non possiamo andare avanti così. Non sappiamo davvero di che cosa sono capaci. Possiamo gestirla in maniera diversa.»

Solari rilassò i pugni ed emise un lungo, rispettoso sospiro di sollievo.

«Va bene Solari, dica a quegli uomini che ora li portiamo alla base, e che a loro non verrà fatto alcun male.»

«Sissignore.»

Non l'aveva mai detto così volentieri.

Il tenente si voltò verso le Linci.

«Tranquilli! Vi portiamo alla base, non vi faremo nulla!»

I due erano ancora a terra, con Farina davanti a loro, e il più giovane si mise a piangere.

Tutta l'elettricità nell'aria venne risucchiata dal cielo bianco, la neve tornò a cadere leggera. Andava tutto bene.

Però Sforza doveva risolvere una cosa.

«Solari, mi segua un momento» gli disse prendendolo per il braccio, e facendosi accompagnare lontano dalle Linci.

«Signore?»

«Non le avevo fatto intendere di non dovermi contestare davanti alla truppa?»

Se prima gli occhi di Solari si erano rilassati, ora tornarono a brillare di paura.

«Capitano, le chiedo scusa, io...»

«Ah, ma che sto dicendo! Ha ragione lei, tenente!» lo interruppe Sforza, alzando una mano. «Sono io che ho esagerato. Ogni tanto anche i migliori ufficiali si fanno prendere dall'entusiasmo, dico bene?» gli disse con un largo sorriso.

Solari aggrottò le sopracciglia.

«Eh, certo... signore.»

«Anzi, Solari, è evidente che lei conosce questa gente meglio di me. A questo punto, le andrebbe di concordare insieme una strategia? Sa, penso che unendo le forze potremmo ottenere ottimi risultati senza ulteriori spargimenti di sangue.»

Lo sguardo con cui lo stava fissando Solari gli ricordò quello di un altro bambino dell'orfanotrofio, un certo Sandro. Una volta gli aveva promesso di picchiarlo a sangue, ma poi gli aveva detto che era uno scherzo, e lui non riusciva a crederci.

«Certo, signore» concordò Solari. «Come preferisce, molto... molto volentieri.»

«Ottimo. Stasera devo interrogarli, lei ovviamente verrà con me. Ma per parlare un po' della nostra strategia, che ne dice di domani mattina? Nel mio ufficio?»

Solari annuì.

«Va bene, signore.»

Sforza si portò una mano alla testa.

«Ah, aspetti, domani è il primo, è domenica, magari deve andare a messa.»

«No, signore. Domani va bene.»

«Oh! Quindi va bene il primo?»

«Certo.»

«È sicuro? Il primo?»

«Sissignore, il primo va benissimo.»

Sforza sorrise.

Si voltò e si rivolse al sergente Farina.

«Va bene il primo!»

Anche il sergente sorrise, alzò la pistola e sparò in fronte alla prima Lince, quella più vicina a lui.

La faccia di Solari fu qualcosa di eccezionale. Sforza si coprì la bocca, cercando di mantenere il contegno adatto a un ufficiale.

Il tenente rimase fermo per qualche istante, con gli occhi fissi sul cadavere di quell'uomo.

«Lei è pazzo» mormorò.

Il capitano inspirò profondamente.

«Grazie tenente, ma fra tutti quelli che me l'hanno detto…» bofonchio, mettendosi una mano alla bocca «lei non è il primo!»

Non riuscì a resistere e cominciò a ridere a crepapelle.

20

L'anno prima, al villaggio numero 4, Branko aveva preso il vecchio fucile dello zio, si era infilato due caricatori in tasca e si era seduto vicino alla porta, la schiena appoggiata al muro.

La finestra era aperta, quindi poteva sentire tutto quello che Roman e suo fratello Ebin stavano gridando al capo Lulić.

«Non me ne frega un cazzo!» continuava a urlare Roman. «Hai visto che hanno fatto al 7, li hanno uccisi! Dovremmo restare qui a subire? Noi andiamo e basta!»

Era furioso. Anche il capo Lulić aveva il tono di voce molto alto, ma sembrava sulla difensiva.

«Per Dio, Roman, aspetta, datti una calmata!»

«Una calmata?»

Questo era Ebin.

«Anche fuori dal 9 hanno accolto un paio di italiani, i soldati sono arrivati e hanno ucciso tutta la famiglia! Stanno approfittando per ammazzarci tutti! Il 9 e il 2 si stanno già muovendo, e noi? Che cosa stiamo aspettando?»

«Ragazzi, per favore... non so cosa... io...»

Forse era fatta, il capo Lulić stava cedendo.

«Chiama il comitato e coordinaci, no?»

Passarono alcuni secondi di silenzio, prima della risposta fiacca del capo.

«Io devo sentire i serbi.»

Roman mise fine alla discussione.

«Fottiti, tu e i serbi! Andiamo, Ebin!»

Branko si scansò, veloce come un gatto, e la porta si spalancò con violenza.

I fratelli gli passarono davanti senza vederlo.

Li seguì per tutta la strada. Aspettò che si fossero avvicinati al bosco.

«Vengo anch'io!» annunciò alle loro spalle.

I fratelli stavano armando i caricatori dei loro vecchi FAL. Si girarono. Ebin lo squadrò alla testa ai piedi, e soffiò l'aria dal naso, divertito. Roman, invece, alzò gli occhi al cielo.

Era il fratello più grande, gli aveva sempre fatto un po' paura. Quando era giovane, prima dell'esodo, aveva combattuto in Krajina contro i sovietici, ed era uno che si arrabbiava facilmente.

«Vai a casa, Branko, prima di spararti a un piede» lo scacciò, annoiato.

«No, aspettate! Posso esservi utile! E poi… e poi state andando dalla parte sbagliata, gli italiani non sono più lì.»

Roman scosse la testa.

«Branko, non….»

Ebin gli mise una mano sulla spalla.

«È stato lui a trovare il corpo del vecchio.»

Branko aveva solo una carta per convincerli. Cercò di usare il tono più serio e adulto possibile.

«Siete solo voi due. Gli italiani sono tre, e tra poco se ne vanno, non possiamo aspettare! Posso darvi una mano!»

Roman guardò suo fratello, poi il fucile di Branko.

«Almeno lo sai usare quel ferrovecchio?»

«Una volta ho preso un lupo a quattrocento metri!»

Dallo sguardo capì che Roman non gli credeva nemmeno per sbaglio. Lo vide voltarsi verso il bosco, poi verso il villaggio, stava cercando una soluzione.

Ti prego, ti prego, ti prego.

Roman sbuffò, innervosito.

«Va bene, chissenefrega. Dicci quello che hai visto.»

Branko represse un sorriso e fece la faccia seria.

«Ero tra gli alberi, sulla collinetta dietro la casa di Gordan. Ho sentito le grida, sono andato a vedere e c'erano tre italiani. Lo hanno trascinato sulla strada e poi gli hanno tagliato la gola con un coltello.»

«Hai detto che non sono più lì» lo incalzò Ebin. «Dove sono andati?»

«Non sono saliti per la strada, sono andati dall'altra parte, giù. Lì c'è solo una casa, quella dove c'era quell'altro italiano, l'amico di Gordan, vi ricordate? Allora ho tagliato per il bosco, di corsa. Quando sono arrivato ho visto la jeep davanti alla casa, poi sono tornato e ho raccontato tutto a Lulić.»

«Quindi da quanto sono lì, un'ora? Due?»

Branko provò a spremere il cervello.

«Non lo so, credo… sì, due ore. Però forse sono ancora là. Conosco una strada più veloce, se mi seguite ci mettiamo al massimo mezz'ora.»

«Va bene» disse Roman. «Andiamo.»

Branko li guidò in discesa, tra gli aceri e i faggi ormai nudi per l'inverno. La terra era umida e le rocce infami, Roman bestemmiava a ogni passo. Branko invece saltellava agilmente da una pietra all'altra come uno stambecco. Quando arrivava in fondo a una scarpata particolarmente ripida si tirava su, come se non facesse nessuna fatica, e si voltava ad aspettare i compagni. Non voleva umiliarli, voleva solo dimostrare loro quanto fosse facile per lui muoversi in quell'ambiente.

Ci impiegarono meno di un quarto d'ora.

I tre adesso erano nascosti tra gli alberi della collina, alle spalle della casa, un edificio di legno in fondo alla discesa.

Oltre la casa iniziava un grosso pascolo, una malga di bassa quota, e la stradina scorreva verso destra, a fondo valle.

Si accucciarono dietro a dei cespugli morti e videro che oltre alla jeep dei militari c'era anche un'altra macchina rossa. Ma era un'utilitaria, non un mezzo dell'esercito.

«Quella l'avevi vista?» chiese Roman, con ancora il fiato pesante.

«Non lo so, forse era già lì.»

«Magari è di qualcuno in casa» disse Ebin. «Non è importante, c'è solo una jeep. I militari sono tre, che facciamo?»

«Andiamo io e te, Ebin» rispose Roman, sfilando il caricatore dal FAL.

«Voglio venire anch'io» sussurrò Branko.

Roman scosse la testa e soffiò nel caricatore.

«No, noi scendiamo. Tu resti qui e ci copri. Va bene?»

«Branko» gli disse Ebin, mettendogli una mano sulla schiena. «Guarda che è molto importante. Noi possiamo coprire solo un lato della casa. Se qualcuno si affaccia da quella finestra o fa il giro da dietro e ci prende alle spalle siamo morti. È chiaro?»

Ma certo, aveva ragione, gli avevano dato un'enorme responsabilità. Loro sarebbero scesi sul lato sinistro, vicino alle macchine, poi avrebbero voltato l'angolo a destra e fatto irruzione dalla porta principale. Per tutto quel percorso avrebbe dovuto proteggerli, era l'unica copertura in caso di fuga.

«Va bene, resto qui.»

«Se qualcosa non va fai un fischio, e noi torniamo qua sopra di corsa» concluse Roman, e armò il FAL.

I fratelli scesero lentamente, passando di albero in albero. Branko si sdraiò sulla terra e puntò il fucile verso la finestra sul lato della casa che dava verso di lui: se qualcuno si fosse affacciato, lo avrebbe seccato senza problemi.

Quando i fratelli arrivarono vicini al lato sinistro, poco prima del muro, Branko si rese conto che da quella parte non avrebbe potuto coprirli. Si alzò e si buttò più a sinistra di una decina di metri, sempre tenendosi basso, e puntando di nuovo il fucile verso le finestre.

Ora i fratelli avevano raggiunto gli ultimi due alberi prima dello spiazzo di fianco alla casa, a pochi metri dalle macchine.

A Branko venne un dubbio.

Per entrare, Roman e Ebin avrebbero dovuto voltare l'angolo a destra, verso la porta, ma sarebbero scomparsi dalla sua visuale. Che cosa avrebbe dovuto fare allora?

Seguirli? Raggiungere una delle due finestre? Oppure restare fermo lì, come gli avevano detto? In fondo era lui la linea di copertura.

Le domande scomparvero non appena sentì un tonfo di legno e delle grida. Ma non erano di dolore, era un litigio.

Due uomini comparvero dall'altro lato della casa. Il primo aveva l'uniforme e marciava a grandi passi verso la jeep. L'altro invece lo seguiva, urlandogli contro qualcosa. Aveva gli stivali, i calzoni e una canottiera.

Branko si chiese due cose. La prima era come diavolo facesse quel tizio a indossare solo la canottiera con il freddo che c'era. La seconda, leggermente più importante, come mai la canottiera e i calzoni fossero coperti di sangue. Di certo non era ferito, piuttosto sembrava infuriato, e continuava a strillare all'altro uomo.

Puntò il fucile verso Canottiera e provò a concentrarsi sulla conversazione.

«*Una testa di cazzo! Sei una testa di cazzo!*» gridava quello in uniforme, raggiungendo la jeep.

«*Franco, torna qui! Oh! Dove vai? Oh!*»

Lo aveva raggiunto, ma Branko non sarebbe riuscito a capire altro, continuavano a parlarsi uno addosso all'altro e Canottiera non sembrava più parlare neanche in italiano.

Guardò in basso. Ebin era dietro un acero, a sinistra, e stava segnalando qualcosa a Roman, che invece era schiacciato sul lato della casa, a destra. Saranno stati a meno di dieci metri da loro, sufficienti per fare un tentativo.

Si aspettava che Roman avrebbe fatto un segnale anche a lui, invece no, lui e il fratello puntarono i fucili.

Branko era indeciso, coprire le finestre o Canottiera?

Punta le finestre, come ti hanno detto, loro hanno gli uomini sotto tiro, sanno quello che fanno.

Ed era vero, più o meno.

Qualche secondo dopo, i FAL dei fratelli crepitarono, a un decimo di secondo di distanza l'uno dall'altro, e il cuore di Branko sobbalzò.

Si aspettava di vedere entrambi i soldati crollare a terra,

erano bersagli facili. Infatti, la spalla dell'uomo con l'uniforme si aprì di scatto, e un altro lampo rosso lo trapassò, squarciandogli un polmone.

Canottiera, invece, era incolume. I fratelli non si erano accordati sui bersagli.

Spararono ancora, ma Canottiera si era già buttato dietro la jeep, cercando di mettersi al riparo mentre i proiettili lo inseguivano. Uno esplose nella portiera, un altro sfasciò un vetro della jeep, ma nessuno di loro centrò Canottiera.

Roman non si arrese, svuotò il caricatore sulla macchina, facendo brillare schegge di metallo sul cofano.

«Ti copro!» gridò al fratello. «Fai il giro! Vai, vai, vai!» e sparò ancora.

Ebin lo fece, si buttò a sinistra, tenendosi basso.

Branko puntò il fucile nello stesso punto dove stava sparando Roman, vicino al parabrezza, era certo che Canottiera sarebbe spuntato da lì per rispondere al fuoco.

Ma Canottiera si dimostrò più furbo. Si era messo in ginocchio, sbucando da dietro la ruota per tenersi al riparo. Tirò fuori la pistola e sparò verso Roman, gridando in una lingua che sembrava più arabo che italiano.

Branko vide Roman cambiare caricatore, mentre delle nuvole di legno si aprivano intorno a lui.

Intanto Ebin aveva fatto il giro della macchina. Da dietro gli alberi e sdraiato com'era, Branko non riuscì a vederlo bene, ma lo sentì gridare qualcosa. Dopo pochi secondi, vide Canottiera con le mani alzate, disarmato, mentre camminava all'indietro.

Roman li raggiunse e anche lui puntò il fucile in faccia a Canottiera. Il soldato si mise in ginocchio, unì le mani in preghiera e cominciò a piangere, i fratelli non dissero nulla.

Branko cercò di capire che cosa stesse gridando, era solo una parola. Era in italiano, di sicuro, però non era né "aiuto" né "pietà". Eppure era bravo in italiano.

La gridò ancora un paio di volte, prima che Roman gli sparasse nelle gambe. Ora urlava di dolore e basta.

Branko si alzò in piedi, era fatta.

Poi, mentre la ragione gli stava ricordando solo allora che si erano dimenticati del terzo uomo, d'improvviso realizzò. Canottiera non stava chiedendo pietà, gridava un nome: stava chiamando il suo amico.

S'inginocchiò in preda al panico, puntò il fucile verso le finestre, poi sentì che Roman e Ebin stavano sparando verso il campo. Voltò lo sguardo, e lo vide.

Aveva solo i pantaloni, correva come un pazzo in mezzo al fango. Probabilmente era uscito dalla finestra dal lato cieco della casa, e se l'era data a gambe durante la sparatoria, per questo era già così lontano.

«Branko!» gridò Roman. «Prendilo!»

Ma Branko non poteva, non da lì. Per migliorare la stabilità della mira avrebbe dovuto mettersi in ginocchio, ma così la casa sarebbe stata sulla linea di tiro, e spostarsi a destra lungo la collina gli avrebbe fatto perdere tempo prezioso.

Non aveva scelta, doveva sparare in piedi.

Ce la puoi fare, si disse, ce la puoi fare.

Tirò l'otturatore, e caricò il colpo in canna.

Quel soldato non era come il lupo dell'estate precedente, immobile sulla roccia, quello correva veloce, a destra e a sinistra, ed era sempre più lontano.

Era un colpo impossibile.

Ma cosa diceva lo zio?

Non chiederti dov'è, ma dove sarà.

Va bene.

Allora, dove sarai tu? Dove stai andando? Quanti passi farai a destra, ora?

«Branko! Spara a quel bastardo!»

Quattro. Quattro passi a destra. E poi quattro a sinistra.

«Si sta allontanando! Sparagli!»

Quattro passi a destra.

«Che cosa stai aspettando?»

E quattro passi a destra.

«Branko! Piccolo figlio di putta...»

Branko premette il grilletto. Il ferrovecchio esplose una lingua di fuoco, e il proiettile schizzò via in un sibilo.

Superò il camino della casa, le macchine, i fratelli, e poi il fango, le erbe selvatiche, il fieno marcio, percorse in totale un viaggio di circa mezzo chilometro, prima di atterrare nella schiena di un caporale dell'esercito della Repubblica.

Branko vide l'uomo volare compiendo una giravolta sgraziata per poi schiantarsi.

Non fece altri passi, né a destra, né a sinistra.

«Sì, figlio di puttana! Sì!» gridò Roman, e corse in mezzo al campo, verso il cadavere.

Branko scese dalla collinetta con la stessa leggerezza di un puledrino scalpitante che ha appena scoperto l'esistenza dei prati.

Raggiunse Ebin, che teneva ancora sotto tiro Canottiera. Quando vide che il soldato si stava reggendo la gamba con una smorfia atroce, perse tutta la voglia di vantarsi.

«Controlla la casa» gli ordinò Ebin, con una faccia scura.

Branko capì. I soldati erano solo tre, questo era sicuro, ma l'utilitaria doveva essere di qualcuno.

Infilò un altro colpo in canna e si mosse verso l'edificio.

La porta era spalancata.

Forse avrebbe dovuto puntare il fucile, essere pronto per ogni possibile sorpresa, ma qualcosa nel vento, nell'aria gelida, gli sussurrò che non ce n'era bisogno.

Entrò.

L'unica luce che illuminava il soggiorno arrivava dalla porta, ed era la luce dell'inverno. Una luce grigia, avara, gelata, quella che puoi trovare quando il colore del cielo è lo stesso del ghiaccio sulla strada. Una luce che sa di morte.

Ma fu più che sufficiente per mostrare a Branko il divano macchiato di sangue e ciò che c'era sopra.

Sentì le budella annodarsi strette e la testa svuotarsi di sangue. Per un attimo credette di svenire, gli sembrava un'allucinazione, un sogno.

Guardò in basso per cercare di riprendersi, ma anche lì c'era del sangue, colato dal divano.

Alzò gli occhi e fissò di nuovo il corpo della ragazza. Era completamente nuda, stesa sul fianco. La schiena aveva un lungo taglio scuro che andava dalla spalla al bacino.

Forse avrebbe dovuto precipitarsi verso di lei, ma anche in questo caso sapeva che non c'era motivo.

Quando alla fine si avvicinò e le mise una mano sulla spalla, cercò di essere il più delicato possibile. Non sapeva perché. Forse voleva svegliarla, o avere la conferma di ciò che aveva intuito, ma se ne pentì comunque.

La ragazza si girò, e i suoi occhi spalancati, pieni di ghiaccio e di orrore, fissarono quelli di Branko.

Avrebbe sognato quegli occhi scuri per tutta la vita. E avrebbe sognato anche il corpo della ragazza. Nudo, coperto di sangue, e con quell'enorme squarcio nero che aveva sotto la gola.

Il vento grigio scese dai boschi di castagno e sussurrò a Branko un'altra cosa. Lo fece voltare a destra, verso la porta, in fondo al corridoio. Era socchiusa. Branko si avvicinò e la aprì.

Non fu il sole a illuminare la stanza da letto, ma qualsiasi cosa fosse permise a Branko di vedere, e di capire.

Prima di entrare appoggiò il fucile a terra.

Poi, lentamente, si mise in ginocchio, davanti al letto.

«*Ciao*» sussurrò. «*Stai bene?*»

21

Seconda notte.

Si erano accampati in una specie d'insenatura in mezzo a due costoni di roccia, in questo modo erano coperti da tutti gli sguardi della montagna. Spada aveva perfino acceso il fuoco.

Non per cucinare, ovviamente, la cena era sempre una confezione di plastica con riso precotto, salmone affumicato e un po' di frutta secca, ma David non si lamentava più. Quando sei stanco e hai fame, è incredibile come tutto prenda un sapore straordinario.

Inoltre, aveva scoperto che Spada non era così fuori di testa. O meglio, lo era, ma l'agente sembrava avere intuito che, sì, David faceva palestra ma non trekking, e non tutti i giorni, e quindi aveva avuto la clemenza di farli camminare meno ore, almeno per quel giorno.

Nonostante questo, David sentiva nelle gambe dei sacchetti di gomma pieni di aghi che gli trafiggevano la carne, e i piedi erano ridotti a delle scaloppine fradice zeppe di sassi.

Ma in qualche modo, quel dolore, e il riposo che ne seguiva, gli dava una strana sensazione di pace. E sapeva di esserselo meritato.

Il fuoco si stava spegnendo, era una notte senza nuvole. Una mezza luna d'argento li osservava, accompagnata da una grande corte di stelle disperse in quel manto nero. In quell'anfratto, poi, la neve non era neanche così tanta. Quel posto poteva sembrare addirittura accogliente.

Per la prima volta, a David quegli enormi massicci di roccia, neri come la pece, non gli sembrarono poi così deprimenti.

«Agente» chiese, sprofondando ancora di più nel sacco a pelo. «Visto che non ci possono vedere, almeno stasera si può fumare? O i cecchini ci sparano?»

Spada stava infilando le posate dentro lo zaino.

«Fa' poco il brillante, grande eroe, guarda che non scherzavo. Per un buon tiratore la brace di una sigaretta è come andare al poligono.»

«Va bene» rispose David, condiscendente. «Ma posso fumare?»

Spada sottolineò la resa con un sospiro.

«Sì. Va bene, fuma.»

Era ora di dormire, entrambi erano nel sacco a pelo, con la schiena poggiata sulla roccia, l'uno davanti all'altro. In mezzo quello che restava del fuoco scoppiettava ancora, morendo con grande serenità e regalando a David un piacevole tepore alle sue scaloppe.

Accese la sigaretta, e i suoi polmoni accolsero il catrame, il particolato e la nicotina a braccia aperte, come se fossero vecchi amici.

Che bello. Aria pulita di montagna, polmoni aperti, e una bella sigaretta. Cosa chiedere di più?

David pensò che tutto sommato, rispetto a quello, andare a sciare in Francia non era così male.

Alla seconda boccata, Spada gli fece una domanda strana.

«Dimmi un po', che tipo è il tuo fratellino?»

David si chiese come mai non gliel'avesse fatta prima. Forse dopo ci sarebbe stato un processo, e David poteva approfittarne, spiegando a Spada che Mark aveva solo commesso degli errori.

«Non è un terrorista. È solo un po'... sbandato, ecco. Non farebbe del male a nessuno.»

«Ne sono sicuro, campione, ma non è quello che ti ho chiesto» obiettò Spada. «Voglio sapere che tipo è. Cosa pensa, cosa ha passato, mi piacerebbe sapere chi è la persona che dobbiamo convincere a tornare a casa.»

Le ultime fiamme illuminavano la barba dell'agente Spada con una bellissima luce arancione. Se David fosse stato un regista, l'avrebbe messa nell'inquadratura.

«Va bene, agente, come vuoi.»

Tanto che importava? Non era papà, lo psicologo o un loro amico, ma un professionista che aveva bisogno di più informazioni possibili. Perché non essere sinceri?

«Mettiamola così, mio fratello ha sempre avuto dei... problemi, ecco. Gli sono capitate delle brutte cose e... non è mai riuscito a... non è mai riuscito a trovare qualcosa, qualcos'altro che gli permettesse di andare avanti, di superarle.»

Spada mosse la mano come un invito.

«Ti va di elaborare?»

Sì, David lo voleva. Fece un altro tiro.

«Mio fratello, ecco, da bambino ha subito un trauma... un trauma molto violento. E... questa cosa lo ha colpito molto, e così ha sempre avuto una sorta di... senso di colpa, diciamo.»

«Un incidente?» chiese Spada. «E si sentiva responsabile?»

«Sì.»

«E lo era davvero?»

Per tante volte, nel corso della sua vita, David si era fatto quella domanda, e spesso era accompagnata da un'altra.

Se non è sua, la colpa, è forse mia?

E David conosceva la risposta, anche se non se l'era mai detta ad alta voce. E gli faceva così male, lo spaventava così tanto, che negli anni l'aveva seppellita in fondo al cuore, e ci aveva costruito intorno un'enorme corazza.

Nessuno, nemmeno lui, doveva tirare fuori quella risposta e portarla nella realtà.

«Non è importante» rispose. «Questo lo ha... segnato tantissimo. Senso di colpa, psicologi, fino al liceo...»

Raccontò quel primo giorno di scuola, quando era arrivato in classe il bidello a chiamarlo.

"David Barroso? Tuo fratello ha picchiato un compagno e ora si è chiuso nel gabinetto. Vieni, il preside vi vuole parlare!"

«Da lì, mio fratello, per tutta la vita, si è chiuso in una specie di vortice. Come dire... ogni volta che sembrava migliorare, *sbam!*, ecco un altro casino. A sedici anni comincia a farsi le cannette, perché ovvio, no? Figurati se non se le faceva, e si circonda di un branco di... drogatelli insulsi.»

David quella volta si era nascosto dietro il muro della cucina, sentiva mamma e papà litigare. Erano così stanchi.

«Però mio padre, mia madre, gli sono sempre stati dietro. Sempre. "No, David, guarda che tuo fratello è fragile, le canne gli servono per rilassarsi!" Certo, fragile, come no. Quella schifezza lo faceva diventare paranoico, irascibile, a un certo punto si era messo a gridare a mia madre, ma lei era sempre lì, a dargli un'altra possibilità quando non se lo meritava.»

Fumò ancora, e questa volta si trovò con la memoria davanti alla stazione di polizia, faceva caldo e papà aveva appena tirato un calcio a un bidone dell'immondizia.

«Dall'erba è passato ad altro, porcherie di ogni tipo, fino al fentanyl. E siccome mamma non gli dava più i soldi, sa che ha fatto? Si è messo a rubare. La prima cosa che ha preso erano alcune monete d'argento di mia madre, se l'era portate via dall'Italia. Ci teneva così tanto...»

Si rese conto di non stare più con Spada. Stava parlando con le ultime braci, apposta. Se avesse guardato Spada negli occhi, avrebbe sentito l'impulso di fermarsi.

«Ma ancora, mia madre si fida, ci crede. Altri soldi, e lui fa avanti e indietro dalla comunità, dalla clinica. Tutto inutile. Tutto... Sai qual è la cosa bella? Che nessuno mi ha mai detto grazie.» Una risata nervosa lo travolse. «Io non ho mai fatto tutti questi casini, e nessuno mi ha detto grazie. Mai, tutti si concentravano su quello stronzo.»

Andiamo David, non fare così. Siete fratelli, dovete darvi una mano. Lui vede in te un esempio, vorrebbe essere come te, aiutalo, è il tuo dovere.

«Io sono stato dietro alle sue cazzate per tutta la vita. L'ho sempre aiutato, sempre! E ogni sua stupida decisione ero sempre lì, a raccogliere i cocci, ad aiutarlo, a fare il fratello maggiore. Negli ultimi anni aveva abbandonato l'università, si era interessato alla politica, ai comunisti, a... a... tutti quei gruppi del cazzo che supportano i terroristi in giro per il mondo, come questi qui, gli slavi, no? Perché certo che lì ci trovi tutti quei cazzo di drogati, no? Mi sono anche beccato tanti di quei pipponi sull'Europa... Cristo!»

David prese un ultimo respiro.

«Il fatto è che non è mai riuscito a trovare... una passione. Qualcosa che lo facesse concentrare solo su quella cosa lì. L'anno scorso papà e io lo abbiamo minacciato di trovarsi qualcosa da fare, università o lavoro. Lui si era trovato quel lavoretto al giornale come fotografo e noi, sì, eravamo contenti, e adesso guarda, guarda che casino!»

Forse stava alzando un po' troppo la voce, ma non gli importava più.

«Questo è mio fratello, un povero inetto, un ragazzo che ha sofferto, certo, ma solo il fatto di soffrire non ti rende speciale! E l'unica cosa che ha fatto in questo mondo è stata fare impazzire i miei genitori... e... tutto perché mamma lo ama così tanto! Se io e mio padre avessimo agito prima, ora non sarei su questa montagna del cazzo! Ah, Cristo, Cristo...»

David guardò la sigaretta. Ormai la brace era arrivata alla cartina del mozzicone.

«Mio fratello non è un terrorista» ripeté David, quasi in un sussurro. «È solo un incapace senza nulla da regalare al mondo. È bravo solo a mettersi nei guai e rovinare la vita degli altri, quello sì. Per questo siamo qua ora, perché dev'essere controllato. E io non l'ho fatto abbastanza.»

Buttò la sigaretta nella neve e restò in silenzio

Per tutto il tempo l'agente Spada non aveva detto nulla. Lo aveva lasciato sfogare, osservandolo dal suo sacco a pelo con le braccia conserte.

Aspettò alcuni secondi prima di parlare.

«Quindi andate d'accordo, sono contento.»

David sorrise.

«Forse ho esagerato, non volevo» si scusò.

«No, lo volevi, grande eroe, ma sta' tranquillo.»

«Vuoi farmi la morale?»

Spada si mise a ridere.

«La morale? No, campione, non te la faccio la morale.»

David era contento che l'avesse presa in quel modo. Sperava di avergli dato qualche informazione utile, e che allo stesso tempo non lo giudicasse. Però, forse, in fondo, qualcosa lo voleva.

Perché si era lasciato andare con lui? Eppure lo conosceva solo da tre giorni.

Forse perché, magari, gli sarebbe piaciuto conoscere la sua opinione. Sentirsi fare un discorso del tipo: "Sì, David, sei un ottimo fratello. Hai sempre fatto di tutto per Mark e non ti sei mai arreso. Guardati ora! Sei in cima alle montagne per andarlo a strappare via da dei brutti terroristi slavi che mettono le bombe nelle strade. Lo sai perché? Perché sei un bravo fratello maggiore, perché sai quello che dici, quello che devi fare, mamma sarà contenta, papà sarà orgoglioso di te e Lucia tornerà a succhiartelo con il sorriso perché avrà finalmente capito che sei una brava persona!".

L'agente Spada gli disse qualcosa di diverso.

«E poi non discuto con gli italiani che giocano a fare gli europei.»

«Cosa?» disse David, sorpreso. «No, ti prego. Anche tu?»

Spada si mise a ridere.

«Lascia stare, eroe, ti prendo in giro. Volevo solo capire un paio di cose, entro due giorni riportiamo tuo fratello a casa.»

A David venne un dubbio atroce.

«Dovremo rifarcela a piedi?»

Spada fece un sorriso dispiaciuto.

«È probabile, campione. In realtà prima chiameremo Chevalier e vedremo cosa fare.»

«Chiameremo, come?»

Spada frugò dentro lo zaino di fianco a lui e tirò fuori un piccolo rettangolo di plastica, sembrava un telecomando.

«Lo vedi questo giocattolino? È un telefono satellitare. Tiri su l'antenna, così, poi tieni premuto questo pulsante, il ragazzo si accende, si connette con il satellite e il gioco è fatto.»

Era particolarmente orgoglioso del suo "giocattolino", ma a David non importava. Più che altro, non gli era piaciuto il commento di prima.

«Bello, però una cosa, che intendevi prima? La storia degli italiani che si credono europei?» insistette.

Spada soffiò dal naso, divertito.

«Tu lo sai perché è nata la Federazione?»

David capì subito che Spada l'avrebbe buttata sul retorico, era inutile. Gli ripeté la frasetta che aveva imparato alle elementari.

«Perché l'invasione sovietica nell'Est Europa ha spinto i Paesi dell'Europa occidentale a unirsi in una grande federazione, facendo della democrazia e della libertà le colonne portanti di questa grande unione.»

Spada si accigliò.

«Non mi ripetere la frasetta che hai imparato alle elementari.»

«Ma è così!»

Spada scosse la testa.

«I Paesi europei hanno fatto qualcosa d'impensabile, ossia abbandonare la loro sovranità nazionale, una cosa per cui ognuno di loro si è fatto un culo così, per cederla a un super Stato. Ci sono andati con i piedi di piombo e c'è voluta la paura di venire travolti da uno Stato ancora più grosso che di cosette simpatiche ne faceva, ma hai una vaga idea dell'enorme fiducia e impegno che centinaia di milioni di persone hanno messo in un progetto del genere?»

«Sì, e quindi?»

«Secondo te gli italiani ne sarebbero mai stati capaci? Decidere coscientemente di cedere lo Stato nazione, la propria sovranità, per il bene della democrazia e dell'indipendenza? Per qualcosa che, volendo, poteva diventare un'altra dittatura o una porcheria come gli Stati Uniti? Gli italiani? Una responsabilità simile?»

David voleva troncare il discorso, ma pensò che in fondo Spada prima si era sorbito il suo sfogo, adesso era il suo turno.

«No?»

«No, eroe. Non l'avremmo fatto, soprattutto di nostra spontanea volontà. Ora sì, ci fanno entrare perché il nemico è alle porte, ma all'inizio? In tutta Europa si erano presi le proprie responsabilità. Franco in Spagna, Mosley nel Regno Unito, Hitler in Germania, li abbiamo eliminati tutti perché ci siamo detti: "Se non superiamo i nostri nazionalismi da mocciosi questi ci fanno a pezzi". E quando è capitato a noi, quando Savoia ha deposto Mussolini, e tutta l'Europa faceva della democrazia un faro, che abbiamo fatto noi? Che ha fatto la gente? Ci siamo ribellati? No, ci siamo tenuti il re! Ti rendi conto? Il re! Non è esilarante?»

David propose una fiacca difesa, un po' per convinzione, un po' perché si vedeva che Spada si divertiva.

«Senti, non è proprio vero. I comunisti volevano fare il colpo di Stato. Se non c'era il re, guarda che davvero diventavamo la succursale dei sovietici.»

«Ma quale colpo di Stato! Hai visto chi erano? Due straccioni e una paperella, ecco chi erano. Quanto ci ha messo Savoia, eh? Oggi noi la chiamiamo guerra civile, ma la verità è che è stato un massacro, nient'altro. I rossi erano pochi, isolati, giusto nel Sud hanno resistito di più, ma poi?»

L'agente fece una piccola pausa.

«Savoia ha bombardato intere città, e nessuno lo ha fermato. Il mondo abbracciava la democrazia, e noi ci siamo tenuti il re che bombarda i suoi sudditi. Ecco cos'è successo, ecco chi sono gli italiani.»

Quante volte aveva sentito quel discorsetto. C'era un amico di papà che lo tirava fuori appena poteva, anche Mark ogni tanto lo piazzava tatticamente al momento giusto per rompere le scatole.

«E allora le elezioni l'anno scorso? È morta della gente.»

Spada alzò le braccia.

«Capirai! Con il riconteggio, quanto aveva preso il Fronte popolare? Il sette, l'otto per cento? Anche lì, stessa cosa. Qualche comunista si lamenta, arriva il re, lo fa fuori, tutti dicono "Bravo, bravo, viva l'Italia" e poi amici come prima. Non a caso, chi è che sta portando l'Italia in Europa? Il re. Lascia stare. Ce l'abbiamo nel sangue, noi italiani. Non saremo mai europei, resteremo sempre i soliti, piccoli, mangiaspaghetti ignoranti.»

Quella retorica da due soldi sfumò via e si dissolse nell'aria di montagna.

David si sentì all'improvviso più leggero. Si era sfogato, aveva percorso una bella marcia, era al caldo e stava facendo una bella chiacchiera da bar con uno sconosciuto.

Era curioso. Nonostante fosse cosciente di dove si trovava, si sentì sereno. Non gli capitava da tanto tempo.

Guardò verso destra, oltre l'uscita dell'insenatura. La poca luce della luna gli permise di vedere solo la macchia nera e confusa degli alberi che ondeggiavano davanti a lui, coccolati dall'aria gelata.

Chiuse gli occhi, cercando di concentrarsi sul suono di quel mondo. Non c'era nulla, solo il vento. Ma era diverso da quello che si poteva sentire in città. Più forte, più intenso. Era... vivo. Come se respirasse, e potesse prendere forma.

David se lo immaginò mentre correva tra le montagne, sussurrando nella sua voce di ghiaccio sulla neve, tra gli anfratti e le insenature della roccia. Un respiro pesante, che sussurrava in quel deserto bianco. Ma poi cresceva, ansimava, il fiato di una bestia feroce, nascosta dall'oscurità dei suoi crepacci.

E ora scuoteva gli alberi, ululava, respirava nella roccia, ricordando a David che quello era il suo dominio, il suo regno. E loro erano solo ospiti.

«Questo posto mi mette i brividi» disse a Spada.

«Vai tranquillo» ribatté lui, con gli occhi ormai chiusi. «Se rispetti la montagna, non può farti niente.»

David volle togliersi la curiosità.

«Tu di dove sei, agente?»

«Temo di non potertelo dire, grande eroe.»

David sbuffò.

«Andiamo, sento che sei del Nord, sei...»

Spada aprì gli occhi e con il dito indicò un paio di volte la neve sotto di sé.

«Sei di qui?» intese David. «Di questa zona?»

Spada sorrise e annuì.

«Nato e cresciuto. Per questo mi hanno mandato con te.»

«Quindi sei... uno slavo?»

Spada si mise a ridere, divertito.

«No, no, per carità. Però da piccolo ho vissuto con loro, quando ancora l'Italia trattava gli slavi come rifugiati e non come intrusi. Per molti versi sono come noi, sai? Serbi, croati, sloveni, avrebbero un sacco da guadagnarci a unirsi, ma sono così ottusi da litigare tra loro anche quando uno più grosso sta per farli a pezzi.»

David ignorò la considerazione da bar.

«Non ti deprimeva un posto del genere?»

«Naaa» mormorò Spada. «Al massimo mi faceva un po' paura. Ma a fin di bene.»

«Cioè?»

Spada guardò l'orologio. Il fuoco si stava ormai spegnendo e le fiamme lasciavano sul suo volto un'ultima lingua di luce.

«Tu conosci la leggenda della Krivapeta?»

David scosse la testa, e vide il sorriso di Spada accendersi nel buio.

«È una piccola leggenda di queste parti, ce la raccontavano per tenerci lontani dai boschi. Vuoi che te la racconti?»

«Tipo favola della buonanotte?»

Spada annuì.

«Va bene» disse David.

«Dammi una sigaretta, va'.»

David gli lanciò il pacchetto e l'accendino. Dopo aver tirato la prima boccata, Spada cominciò a raccontare.

«La Krivapeta è una *rusalka*. Cioè uno spirito dell'acqua, una ninfa. Sono le figlie di Borevit, il dio dei boschi. E sono tutte bellissime, no? Capelli biondi, occhi color del sole, pelle bianca come la luna, e se ne stanno nei laghi, nei fiumi di montagna, a fare quello che fanno le ninfe.»

Nonostante il tono fosse allegro, David cominciò a sentirsi a disagio. Forse perché il fuoco era quasi spento e faceva freddo.

«Ma ce n'è una, e non è come le altre, nossignore. È la più bella, la più gentile. E la signorina si annoia. Comincia a vagare per i boschi, finché non incontra uno spirito degli alberi, forse Jarilo in persona. I due s'innamorano, e lei è così felice che vuole un figlio da lui. Ma c'è un problema, le ninfe non possono avere figli, è proibito. Però l'amore è l'amore e i due lo fanno lo stesso. Concepiscono un bambino stupendo, bello come la madre. Con il solo difetto di essere mortale, ma va bene così, è dolce, bellissimo, e lei non può essere più felice.»

David si accorse di non sentire più nemmeno il respiro del vento, stava morendo, come il fuoco in mezzo a loro.

«Ma Borevit lo viene a sapere e si incazza come una iena. Maledice la figlia. I suoi capelli d'oro si trasformano in radici, la pelle di luna raggrinzisce e diventa corteccia, gli occhi si sciolgono in una poltiglia nera e pastosa. Lo spirito dei boschi la abbandona, le sorelle la disprezzano, e gli uomini del villaggio sono terrorizzati. Ma a lei che importa? Ha il suo bambino, è felice, e vivono tranquilli, tra i torrenti e i fiori di agrifoglio.»

Il fumo usciva dalla bocca di Spada come quello della pipa di un vecchio stregone. David guardò il fuoco, non restava altro che una piccola fiamma infreddolita.

«Ma un giorno, mentre la madre accudisce i fiori, il figliolo si avventura fuori dal bosco e incontra un gruppo di boscaioli. Capiscono che è suo figlio e lo rapiscono. Lei è disperata. Lo cerca per giorni. Nei boschi, nei laghi, nei fiumi, nei crepacci. E alla fine lo trova in un fossato, riverso nel fango. Quando lo gira, scopre cos'è successo. I boscaioli l'hanno torturato. Prima l'hanno evirato, per maledire la sua prole, poi gli hanno cavato gli occhi. E dopo averlo ucciso hanno riempito i suoi bulbi con fiori di agrifoglio. Lei impazzisce e inizia a vagare per le montagne. Ancora oggi, di notte, se ascolti con attenzione, puoi sentire le sue grida, nel vento, mentre chiama suo figlio. Lo sta ancora cercando.»

Il vento sospirò ancora e spense l'ultima fiamma. L'oscurità li avvolse.

«Buonanotte, campione.»

22

Quella sera anche il capitano Sforza era stanco.

Erano le sette passate, ed era in ritardo per le lezioni con Michele. Già l'altra volta Sforza gli aveva detto che, in quel caso, il ragazzo avrebbe dovuto stendersi sul divano e cominciare gli esercizi da solo, così da essere pronto al suo arrivo.

Tanto ormai era diventato il suo attendente, nella base tutti lo sapevano, e non c'era nulla di sospetto nel vederlo nel suo ufficio anche a orari improbabili. E anche se fosse sorto qualche dubbio, nessuno si sarebbe mai permesso di fare domande inopportune.

E infatti Sforza lo trovò lì, steso sul divano.

L'unica luce arrivava dai lampioni della strada, a incorniciare i pochi mobili di una sottile patina bianca, elettrica, che riluceva nell'oscurità.

Fuori, oltre la recinzione, i fari illuminavano anche alcuni pini stanchi, carichi di neve. Non era tutto perfetto, bianco e divino, come quella mattina, ma era grigio, fiacco, come se il mondo si fosse addormentato. Come Michele.

Si era messo a pancia in su, aveva ancora le mani in grembo, come nella posizione dell'esercizio.

Sforza sorrise, era certo che il ragazzo ci avesse messo tutte le sue forze e avesse seguito alla lettera gli esercizi, ma alla fine era crollato.

Rimase a guardarlo per circa un minuto, poi si sedette sul pavimento, davanti a lui.

L'addome di Michele si alzava naturalmente, tranquillo, senza sforzo né scatti, e quando si abbassava il fiato usciva libero, senza tremolii. Un respiro lento, profondo, che forse Michele non avrebbe mai raggiunto da sveglio.

Si avvicinò ancora, e guardò il suo viso, accarezzato sulla guancia da quella luce pallida.

Poi un piede di Michele si mosse in un piccolo spasmo, come attraversato da una leggera scossa elettrica, e per un istante Sforza tornò indietro nel tempo.

Aveva nove anni, si era avventurato di notte tra le macerie del vecchio ristorante bosniaco, dopo che una granata sovietica lo aveva fatto saltare, quel pomeriggio. Dietro all'ultimo muro aveva trovato una scatola di cartone, e dentro, protetto da un lenzuolo scuro, c'era un fagotto, un cagnolino addormentato. La madre non c'era, ma vicino alla scatola c'era una ciotola piena d'acqua, qualcuno si stava prendendo cura di lui.

Si era messo in ginocchio a osservare il cagnolino, e anche lui, come ora Michele, aveva dato un piccolo calcio nel sonno.

Le bombe cadevano, i cecchini uccidevano decine di persone al giorno, la gente moriva di fame, ma nonostante tutto quel cucciolo dormiva sereno in quell'inferno, perché qualcuno si stava prendendo cura di lui.

Ed era così anche adesso. Quel cucciolo sul divano, quel ragazzino, non era lì per sua scelta. Era stato scagliato in mezzo ai soldati, ai terroristi, al freddo, agli attentati, alla morte, solo perché qualcuno voleva liberarsene.

Non aveva fatto del male a nessuno, e non voleva niente. Non avrebbe chiesto a Sforza di stanare i terroristi, non avrebbe cercato di uccidere i suoi uomini, non gli avrebbe messo i bastoni tra le ruote mentre cercava di scalare la gerarchia, non avrebbe dovuto corromperlo o adularlo, no. Era lì, e basta.

Una creatura pura, perfetta, in un mondo corrotto dal caos. Era quasi un incidente, un'anomalia, e Sforza l'avrebbe protetta. Come per ogni cosa, avrebbe preso il totale controllo della situazione. Era questo il punto più importante, controllare il mondo come lui controllava se stesso. Solo così avrebbe salvato il ragazzo, solo così lui avrebbe continuato a dormire, tranquillo, come il cucciolo nella scatola.

Sentì l'impulso di stendersi con lui sul divano, abbracciarlo, e stringerlo. Ma Michele non avrebbe capito, e forse si sarebbe spaventato.

Ma a pensarci bene, lo avrebbe fatto davvero?

Forse no.

L'altra volta, quando gli aveva sciolto i muscoli delle spalle, aveva fatto un respiro diverso, quasi un gemito, un mugolio tremolante. E quando gli aveva detto di voltarsi sulla schiena, per la prima volta il ragazzo aveva fatto resistenza e gli aveva chiesto di aspettare un minuto, si vergognava di qualcosa. Sforza ci aveva pensato tutta la notte.

Ma non era importante, ed era troppo bello per rovinare tutto in quel modo. Però non riuscì a resistere, e gli affondò una mano tra i capelli.

Michele si mosse, e mormorò senza balbettare.

«Ancora cinque minuti.»

Sforza ne aspettò quindici.

23

Branko sentì gli spari e decise di fare il giro largo, risalendo la montagna da est. Non di tanto, perché si sarebbe trovato sulla linea di tiro, ma così avrebbe sorpreso Bianca alle spalle, sbucando dagli alberi.

Erano passati sei mesi da quando l'avevano trovata in quella casa. Branko ci aveva provato per tutta la primavera, ma non riusciva a togliersi quelle immagini dalla testa.

All'inizio credeva che a tormentarlo sarebbe stato il corpo della sua amica. Il salotto buio, il sangue, quell'orrendo squarcio nel collo, e molte volte l'aveva sognata, svegliandosi in preda al panico, in lacrime.

Ma quella era la parte facile, perché accadeva di notte. Di giorno, l'unica cosa che riusciva a vedere erano gli occhi di Bianca. Spenti, vuoti, persi nel nulla. Sembravano quelli di un fantasma. E continuava a rivedere quelle immagini nella sua testa, costantemente.

L'aveva trovata rannicchiata nel letto, in posizione fetale, tremante. Poi l'aveva coperta con un lenzuolo sporco e aveva provato a farle delle domande. Lei però non gli aveva risposto, ed era rimasta a fissarlo, con quegli occhi senza luce.

Branko aveva parlato ancora, ma lei non diceva una parola. Credeva che fosse per il suo italiano, forse lei non riusciva a capirlo, ma poi era arrivato Ebin, e gli aveva detto di lasciarla stare, che non era quello il problema.

Una volta arrivato Roman, i tre si erano messi a discutere.

Secondo lui dovevano portarla subito al villaggio, per Ebin, invece, era una pessima idea. Voleva aiutarla, ma era pericoloso. I soldati erano entrati nella Zona Autonoma, si erano messi a cercare gli italiani, i comunisti, i fuggiaschi. Sia quelli che cercavano di scappare più a nord, in Austria, sia quelli che volevano rifugiarsi nelle montagne.

E per trovarli, i soldati si erano messi a uccidere. Quindi se l'avessero portata al villaggio, e gli italiani l'avessero scoperto, che cosa avrebbero fatto?

E poi, forse, qualcuno avrebbe parlato. Magari a quell'inetto di Lulić sarebbe venuta l'idea di consegnarla. Perché no? Gli italiani erano disposti anche a scendere a patti.

Infatti, la settimana dopo, si era venuto a sapere che al villaggio 6 i serbi avevano fatto esattamente quello, cioè venduto un paio di italiani per dei carichi di cibo in più, in totale contrasto con la decisione del comitato.

Ma il problema era da risolvere ora, e Roman aveva detto che era una stronzata, che il gioco era fatto, avevano ucciso degli italiani, erano ricercati come la ragazza e non l'avrebbero certo lasciata lì.

Solo allora era intervenuto Branko, suggerendo di portarla al vecchio rifugio dei cacciatori, dove stavano andando ora.

Teoricamente era dei serbi del 4, ma loro avevano già degli accordi con gli italiani e non ne avevano più bisogno, quindi l'avevano abbandonato da un pezzo.

Per Ebin era un'ottima idea.

Branko l'aveva rivestita, e Roman se l'era presa in braccio.

Si era stupito. L'unica differenza tra Roman e un cinghiale era il pollice opponibile, ma la teneva tra le braccia come se fosse di vetro, come se potesse spezzarsi al minimo impatto.

Una volta arrivati e distesa sul letto, Bianca si era risvegliata. Si era guardata intorno, facendo scattare la testa a destra e a sinistra come un cane spaventato, e si era messa a tremare più forte di prima.

«Parlale» gli aveva ordinato Ebin, e Branko l'aveva fatto.

Si era messo di fianco a lei, e con la voce poco più alta di un sussurro le aveva spiegato dove si trovassero, chi fossero loro, e che poteva stare tranquilla: non volevano farle del male.

Bianca lo aveva guardato negli occhi, e aveva ripreso a respirare normalmente, prima di trasformarsi di nuovo in un fantasma.

Branko aveva capito. Era quella la chiave, la cosa più importante, doveva parlarle costantemente. Come se la mente della ragazza stesse per abbandonare il corpo, e l'unica cosa a tenerla ancorata al mondo fossero le sue parole.

«Non smettere di parlarle» gli aveva detto Ebin. «Sta' con lei, noi torniamo tra poco.»

Branko lo avrebbe fatto comunque.

Rimase con lei quando i fratelli tornarono con il dottor Sidrac e la sorella, un'infermiera. Rimase con lei mentre la medicavano, rimase con lei fino a sera, quando crollò in un sonno profondo.

Solo la mattina dopo lui aveva provato ad andarsene, ma per la prima volta lei gli aveva parlato.

«Ti prego, non andare via.»

A Branko era venuto da piangere.

Per tutto il resto dell'inverno aveva vissuto con lei, nel rifugio, e si occupava di ogni cosa. Le pulizie, il camino, la legna, tutto. Lei non doveva fare niente, anche perché non avrebbe potuto. Era ancora un fantasma, e restava tutto il giorno a letto. A volte a piangere, altre in silenzio, a fissare il soffitto. Non usciva mai.

A un certo punto, Branko ebbe quasi la sensazione che la sua presenza la infastidisse. Non capiva il perché, ma quando si avvicinava un po' troppo, magari sedendosi di fianco al letto, gli sembrava lei si irrigidisse, come se fosse una minaccia. Non era spaventata, ma sentiva che c'era qualcosa che non andava.

Per sicurezza, aveva spostato la sua branda nell'altra stanza, vicino al deposito interno, e ogni volta che doveva avvicinarsi a lei lui faceva in modo di far percepire la propria presenza, chiamandola o pestando i piedi sul legno.

L'aveva salvata, ma adesso era come se Bianca lo avesse disconosciuto. Aveva pensato che forse si era stancata di lui, o più probabilmente stava tornando in sé e aveva bisogno di prendere confidenza sia con l'ambiente sia con lui.

Nel corso del tempo si convinse di avere ragione, perché non solo gli sembrò che quell'atteggiamento l'avesse messa un pochino più a suo agio, ma l'aveva anche spinta ad alzarsi dal letto.

Una mattina di fine inverno, infatti, l'aveva trovata seduta in cucina, e per lui quello fu un progresso straordinario.

Così Branko aveva preso l'abitudine di starle lontano, di lasciarle i suoi spazi, e quando doveva comunicare cercava sempre di essere gentile, anche se rispondeva solo a monosillabi.

Era brutto fare quel paragone, ma in effetti era proprio come un animale che si doveva abituare alla sua presenza, a quella situazione, e Branko sentiva che stava procedendo nella direzione giusta.

A cena, lei mangiava sul piccolo tavolo di fianco al camino, mentre lui se ne stava sulla panca, dall'altro lato della sala. All'inizio Branko si sentiva un idiota, però funzionava. Lei si alzava dal letto, mangiava, e poi tornava nella sua stanza.

Non era granché, ma almeno era qualcosa.

C'erano giornate più dure. Quando si chiudeva dentro la stanza e non voleva mangiare, Branko provava a insistere, ma lei gli gridava che no, oggi no, lasciami per favore, e Branko desisteva.

Altre volte invece gridava, di notte, e non sempre Branko riusciva a calmarla. Alla fine si addormentava, con gli occhi gonfi di pianto, e per il resto del giorno nel rifugio non si sentiva nulla, se non la desolazione e l'odore delle lacrime.

Ma poi erano arrivate anche le giornate belle, soprattutto con la primavera. Il sole era tornato, aveva sciolto la neve, e forse, anche qualche brutto sogno.

Di notte l'orrore si ripresentava lo stesso, insieme alle grida, alle lacrime, però... meno spesso.

L'importante era farle fare un passo in più ogni giorno. O almeno cercare di non farla tornare indietro.

Una mattina, Branko aveva escogitato un trucchetto. Aveva steso i panni fuori e si era lamentato ad alta voce del fatto che dovesse scendere al villaggio. Al suo ritorno, i panni erano scomparsi. Li aveva messi a posto Bianca, era uscita dal rifugio. Stava migliorando.

Ne ebbe la conferma un'altra sera, davanti a un piatto di frattaglie. Lui era seduto sulla panca, come al solito, era già a metà piatto quando si era reso conto che Bianca non aveva toccato cibo.

«Tu non mangi?» le aveva chiesto.

Lei non aveva risposto, ma si era alzata in piedi, di scatto. Branko si era messo in allarme, certo che stesse per correre verso la porta, ma non era così.

Aveva preso il suo piatto, e con una strana, potentissima energia, aveva attraversato la stanza e si era seduta di fianco a lui.

Branko era rimasto quasi a bocca aperta.

Era curvo sul suo piatto di frattaglie, miserabile e impaurito come un roditore, mentre lei invece aveva la schiena dritta, le spalle rilassate, e lo stava fissando. I suoi occhi non erano più vuoti e spenti come quelli di un fantasma. Attraverso la frangetta, ora brillavano due luci di fuoco, e facevano sentire Branko così piccolo che avrebbe voluto sprofondare nel terreno.

Aveva provato a schiacciarsi un po' più a destra, cercando di evitare quello sguardo, ed era stato allora che Bianca, per la prima volta, gli aveva sorriso.

«Ti dispiace se mangio qui?» gli aveva chiesto.

A Branko era finito un cuore di coniglio di traverso, e si era messo a tossire.

Da quel giorno aveva cominciato a fargli addirittura delle domande. Gli chiedeva di lui, del villaggio, dei fratelli, e Branko la inondava di parole.

Le parlava di Roman, di Ebin, di suo zio, della nonna, del fatto che sapesse sparare bene. A un certo punto aveva finito gli argomenti e si era messo a spiegarle come funzionavano le cose da quelle parti.

Le aveva raccontato che i villaggi erano divisi tra serbi, bosniaci, sloveni, croati, che non andavano mai d'accordo, e che il comitato non serviva quasi a nulla.

Poi le aveva detto degli italiani, delle razioni, dei campi di internamento, delle violenze dei soldati. E si era accorto che quando parlava di quelle cose Bianca aggrottava la fronte, ascoltando con particolare attenzione.

Per questo, quando Ebin saliva a portargli da mangiare, ogni due giorni, Branko si faceva riferire tutto quello che stava succedendo, così da poterlo ripetere a Bianca.

A fine primavera, era riuscito a raccontarle perfino quello che era successo poco dopo che l'avevano salvata. I bosniaci e gli sloveni si erano ribellati, e avevano cercato lo scontro con l'esercito. Alla fine del conflitto, nessuno sapeva quanta gente fosse morta, né fra gli italiani né fra gli slavi.

Ebin le aveva spiegato che se fosse stato per gli italiani avrebbero continuato a combattere fino a sterminarli, però era intervenuta la Federazione e avevano siglato nuovi accordi di pace tra lo Stato e la Zona Autonoma.

Tempo sei mesi e gli italiani si erano rimangiati la parola. Avevano montato basi militari, il primo campo di internamento, il filo spinato, le pattuglie, il taglio dei viveri e del carbone, le retate, gli espropri, sempre usando la scusa della caccia ai comunisti scappati nelle montagne, o chi li aveva aiutati, come lui, Roman e Ebin.

Bianca non capiva. Perché solo i croati e i bosniaci si erano ribellati? Chiedeva. I serbi, gli sloveni, perché loro no?

Neanche Branko se lo spiegava, ma faceva finta di saperla lunga, e le ripeteva quello che aveva sentito da Ebin, ossia che non era così facile.

La verità era che ogni villaggio aveva fatto di testa propria. Gli sloveni erano pochi, e avevano paura. E i serbi, be', loro erano delle carogne. Anche se si trovavano nella Zona Autonoma avevano sempre fatto il gioco degli italiani. Per questo soffrivano la fame meno di tutti, ed erano gli unici a cui gli italiani permettevano di tenere le armi di nascosto. E anche durante le rivolte avevano aiutato gli italiani, sempre in cambio di cibo, medicine e carbone.

Roman aveva raccontato che i croati del 7 avevano nascosto un intero gruppo di socialisti italiani nel villaggio. I serbi del 6, guidati da quel bastardo di Slobodan, che una volta era stato colonnello nell'esercito jugoslavo, non solo li avevano denunciati agli italiani, ma li avevano addirittura aiutati ad attaccare il villaggio.

Bianca non capiva, continuava a fargli altre domande, e Branko era contento, perché la vedeva reagire.

Le giornate passavano, e lei usciva sempre più spesso dal rifugio. Ogni tanto si metteva seduta su un sasso, quello poco prima del bosco, e restava a guardare gli alberi, l'erba e le campanule, piccole macchie viola nascoste nella pietra.

Branko la lasciava tranquilla, anche se sarebbe morto dalla voglia di sedersi accanto a lei a parlarle per ore.

Forse avrebbe potuto dirle altre cose, oltre alla politica, i serbi e tutto il resto, ma si sentiva uno stupido e credeva che qualsiasi cosa le avesse detto al di fuori di quegli argomenti non le sarebbe interessato.

Però di un'altra cosa si era incuriosita: il suo fucile. Voleva imparare a usarlo.

Per la prima volta Branko si era quasi indispettito. Non voleva che qualcun altro toccasse il fucile dello zio, soprattutto una ragazza. Ma lei aveva chiesto per favore, e lui sentiva che in qualche modo Bianca ne avesse bisogno.

Come sospettava, era una frana. Non sapeva come impugnarlo, come mettere la sicura, come funzionava l'otturatore, nulla. Aveva dovuto spiegarle tutto da zero, come si fa con i bambini.

Però per i bambini il fucile non è un'arma, è un capriccio. Una cosa da adulti, da afferrare, giocarci un po' e poi annoiarsi subito dopo. Mentre per Bianca non era così. Lei voleva sapere tutto di quell'arma. Voleva capire come smontarla, come pulirla, come rimuovere un bossolo quando s'inceppava, tutto.

Rispettava quel fucile. E quando lo imbracciava, quando si metteva in ginocchio e puntava agli alberi, Branko riusciva a vedere quello sguardo che aveva avuto in primavera. Quelle luci di fuoco. Quella vita che le esplodeva dentro.

Quel fucile la faceva stare meglio.

Ora Branko era quasi arrivato, quando sentì un altro sparo.

Appena arrivò al rifugio, la vide. Era inginocchiata vicino alle corde per i panni, stava puntando al bersaglio di carta appeso all'acero.

Sulle scale del rifugio c'era anche Mira, la figlia di Nikolas, il capovillaggio del 4, quello appena sotto la montagna.

Ecco, loro forse erano gli unici serbi di cui ci si poteva fidare. Ebin era andato a dirglielo, e Nikolas aveva detto che non c'era nessun problema, anzi che li avrebbe aiutati per quanto possibile e avrebbe tenuta nascosta la cosa. A quanto pare odiava gli italiani più di quanto rispettasse gli altri serbi.

Branko salutò Mira con la mano, ma quella piccola mocciosetta non lo considerò nemmeno, e tornò a guardare gli alberi.

Doveva essere stanca, perché di solito gli faceva i gestacci. Non era la più educata delle bambine.

Poco male. Branko tornò a concentrarsi su Bianca. Si stava prendendo il suo tempo, e Branko era sicuro che stesse facendo come le aveva detto, contando i respiri.

Ecco così, brava. Tira l'otturatore, incamera il colpo, gonfia i polmoni, lascia uscire l'aria…

No, non l'aveva lasciata uscire, sparò troppo presto e un castagno innocente ne pagò il prezzo.

«Bianca!» la chiamò.

Lei si voltò di scatto e lo salutò con un sorriso appena accennato. Poi tirò la leva, facendo saltare il bossolo.

La raggiunse, e si permise di ricordarle la cosa importante.

«Devi sparare quando non hai più fiato nei polmoni, ti dà stabilità, oppure puoi…»

«Lo so, lo so. Ci sto lavorando» replicò.

Non era arrabbiata; anche lui, quando era piccolo, faceva così con lo zio.

Bianca sparò ancora, e il colpo prese la corteccia di striscio.

«Molto meglio, no?» notò Branko, congratulandosi.

«Già!» rispose lei, facendo saltare il bossolo.

C'era qualcosa di terribilmente bello nel vederla impugnare quel fucile.

Branko scosse la testa, e si concentrò.

«Bianca...» osò, mentre lei prendeva l'altro caricatore dalla tasca. «C'è una cosa. Ho parlato con Ebin. Sono arrivati alcuni uomini.»

Bianca aveva già inserito i colpi. Si fermò, tenendo lo sguardo verso l'albero ferito.

«Chi sono?»

«Non sono di qui. Non sono neanche italiani. Sono un piccolo gruppo, e arrivano dall'Europa. Austriaci.»

Bianca abbassò il fucile, si alzò e lo guardò negli occhi.

«Austriaci? E cosa vogliono?»

Branko, desolato, riferì le pochissime informazioni in suo possesso.

«Ecco... non lo so, Ebin non mi ha detto ancora nulla. Però, hai presente che ti dicevo che ogni tanto arrivano dall'Europa delle persone ad aiutarci? Ecco, sono loro, sono amici.»

«Capisco» disse lei. «E quindi?»

«Ce n'è uno, si chiama Josif, mi ha detto Ebin, e vuole parlare con te.»

Bianca alzò le sopracciglia.

«E perché me lo dici? Perché non sono venuti qui?»

Branko sperò che quella frase non lo facesse sembrare un idiota.

«Stavano per farlo, però... gli ho detto che prima dovevamo chiedertelo. Magari non hai voglia di vedere gente nuova, sai...»

Il sorriso di Bianca lo sciolse.

«Branko...» sussurrò. «Grazie, davvero.»

Branko prese quel "grazie" e se lo strinse al petto, come se fosse la cosa più importante del mondo.

«Va bene, falli venire.»

Osservò i capelli di Bianca accarezzati dal sole, il maglione vermiglio che le abbracciava il corpo, e quella piccola cicatrice chiara sotto l'occhio sinistro.

Pensò che se avesse avuto un briciolo di coraggio si sarebbe sporto in avanti e l'avrebbe baciata lì, proprio in quel punto.

E invece arrossì, come il ragazzino che era.

Era in ballo, e decise di andare fino in fondo.

«Bianca?»

«*Mmm?*»

«Da quando sei qui... cioè... ho l'impressione... ecco... di avere parlato solo io. A me fa piacere, davvero! Però, non so, tu non mi hai mai detto nulla. Non se se capisci.»

A ogni parola vigliacca che gli sfuggiva dalla bocca, sperava che qualche dio pagano della foresta lo fulminasse all'istante. Bianca poi lo stava guardando negli occhi, ma ormai era fatta, non poteva più scappare.

«A me piace spiegarti le cose, lo sai. Però... se avessi voglia, non lo so, di parlare... posso stare zitto, ecco. E lasciarti parlare, non so se è chiaro.»

Sentì il bisogno di prenderle il fucile dalle mani, mettterselo in bocca e farsi saltare il cervello.

Tra l'altro, perché si doveva sentire così? Non le aveva mica fatto una dichiarazione d'amore, le aveva solo detto una cosa, nulla di grave, cioè, le aveva solo... No?

Lei guardò in basso, pensierosa, poi sorrise.

Quando gli poggiò una mano sulla spalla, Branko andò nel panico.

«Sei tanto carino Branko, lo sai?»

24

Se Sforza avesse voluto, avrebbe potuto massacrare gli abitanti del villaggio con uno schiocco di dita. Si sarebbe anche divertito, ma non era lì per quello. Voleva spaventarli.

Perché è la paura a far cedere le persone, non la lotta. La paura è quella cosa che ti spinge a collaborare, ad arrenderti. La paura ti mette in una posizione di passività, ti rende inerte, fragile, innocuo. Non ti muovi perché ti chiedi: "Che cosa ne sarà di me?". Per questo è così facile tenere sotto il tuo controllo una persona dominata dalla paura.

Invece la lotta fa l'esatto opposto, ti libera della paura. Ti mette in condizione di agire, e per quanto possa essere disperata quando la lotta comincia non ti chiedi più "che cosa ne sarà di me", lotti e basta, e in quel momento non c'è nulla che possa spaventare o manipolare le persone, non si può controllare chi combatte.

Certo, aveva fantasticato per tutta la mattina sul meraviglioso spettacolo di sangue a cui avrebbe potuto dare inizio. Ma non poteva. Sia perché il generale Gallo lo avrebbe macellato, sia perché, appunto, non era il caso. Non era ciò per cui aveva portato la colonna davanti al villaggio numero 6, i serbi di Slobodan.

Era stato anche bravo, era venuto solo con un paio di squadre. Neanche sufficienti a circondare il villaggio, ma quanto bastava per ucciderli tutti, seppur con qualche perdita.

Anche se ne avesse avuto la possibilità, però, che cosa aveva fatto per meritarselo?

Non ci si prende questo sangue, questo piacere, a caso, dev'essere pagato con un prezzo salato, e Sforza non aveva alcuna intenzione di rompere l'equilibrio del mondo senza pagare. Non era mica pazzo.

Ma se era così lucido, allora perché il mal di testa non se ne andava?

Il suono dell'infante che gridava dalla finestra della casa? No, c'era qualcos'altro che lo tormentava da giorni, e Sforza non riusciva a smettere di pensarci.

Quell'idiota del generale Gallo. Non l'aveva ancora promosso a maggiore, né era iniziato l'iter per la formalizzazione della sua brigata. Chi gli dava la sicurezza che quel pomposo arrogante non volesse fregarlo?

Eppure Sforza stava facendo un lavoro eccellente. Non solo stava stanando una cellula di terroristi, ma stava risalendo lungo tutta una linea di rifornimenti, armi e droga, che alimentava un'organizzazione criminale estremamente strutturata.

Altro che maggiore, avrebbero dovuto promuoverlo a colonnello. E se quell'idiota di Gallo si fosse messo di mezzo? Se si fosse preso il merito?

Sforza ci aveva pensato, ed era quello che lo mandava assolutamente in bestia, il fatto di non avere il totale controllo della situazione.

Se Gallo avesse usato i suoi agganci al ministero, se avesse voluto fregarlo, Sforza non avrebbe potuto fare nulla.

Avrebbe ingoiato e basta.

Tutti i suoi sforzi rischiavano di essere gettati al vento, o meglio, rubati da un inetto arrogante. Lui stava dando il meglio e forse non sarebbe servito a nulla.

Si sfregò gli occhi con l'indice e il pollice, cercando di spremere via il dolore in un colpo solo, ma non fece altro che peggiorare la situazione.

A rincarare la dose ci si mise Farina, alle sue spalle.

«Tutto bene, capitano?»

Batteva i denti come in un cartone animato, e l'idea di aprire il cervello di qualcuno si fece ancora più allettante.

«No, sergente» sospirò sottovoce.

«Ha ancora mal di testa? Vuole che chiami il medico?»

«No, sergente. Grazie» ringhiò, rendendo palese la propria irritazione.

Farina si zittì, ma Sforza cominciò a notare il costante frastuono di fastidi intorno a sé. Alla sua sinistra, un soldato si era messo a giocherellare con il nastro delle munizioni. Più avanti, a destra, qualcuno aveva iniziato a starnutire senza fare nulla per trattenersi, e i commilitoni, un branco di meridionali, non facevano altro che lamentarsi alzando la voce.

Sforza aprì gli occhi di scatto, sperando che il candore del mondo gli portasse conforto. Ma i tetti di legno coperti di neve, il cielo bianco, gli alberi infreddoliti, tutta quella meraviglia era corrotta dal baccano infernale della soldataglia intorno a lui.

Sta' calmo, è solo una questione di minuti, sta' calmo. Concentrati sulla neve.

Il bambino laggiù piange ancora. Forse dovrei dargli un motivo valido.

Non ascoltarlo, guarda gli alberi. Secondo te che cosa sono?

Qualcuno sta ridendo, perché stanno ridendo? C'è qualcosa di divertente?

No, non fare così. Il cielo, guarda il cielo, non è bello come l'altro giorno?

Farina sta ancora battendo i denti, lo sta facendo dietro di me, perché non se ne torna sul camion?

Ignoralo, senti che bellissimo profumo ha l'aria. È gelata, ti piace no?

Preferirei sentire l'odore del sangue di quel bambino.

Non lasciarti distrarre, devi solo resistere un altro po'. Slobodan sta arrivando.

Mi fa male la testa. Voglio qualcuno ai miei piedi che mi implori, voglio vedere qualcosa di caldo e rosso rovesciarsi nella neve.

Perché non pensi al respiro, ti aiuta no? Pensa di essere solo in questo paradiso.

Va bene, va bene. Sono da solo, non c'è nessun altro, nessuno che mi può disturbare. Sono da solo con gli dèi. Sono solo io, gli dèi, nessun altro. Nessun altro.

«Capitano!» gridò una voce alle sue spalle.

Sforza mormorò una bestemmia in gola e si conficcò le unghie nel palmo della mano. Poi si voltò di scatto e si mosse verso il caporale che l'aveva chiamato, con Farina che gli trotterellava alle spalle.

«Che c'è?» chiese Sforza.

«Alla radio, è il laboratorio, signore. Mi hanno detto di avvertirla con estrema urgenza.»

Era il tenente De Marco, e aveva i risultati.

Una ventata di ghiaccio attraversò la testa di Sforza e il cerchio si spezzò in mille pezzi. Era il momento.

Si mosse velocemente verso la jeep, oltrepassando i due camion dietro la colonna. Quando raggiunse l'auto strappò il dispositivo ricevente dalle mani dell'operatore e lo cacciò via. Parlò solo quando fu sicuro che nessuno potesse sentirlo, se non Farina, accanto a lui.

«Sforza.»

«Capitano, sono De Marco.»

Dopo Farina, il dottor De Marco era uno degli uomini più fidati, ma Sforza non riuscì a trattarlo con un minimo di cortesia.

«Lo so tenente, mi dica, veloce!»

De Marco era abituato più di Farina agli atteggiamenti del capitano, e parlò senza farsi intimorire.

«Ho sviluppato le pellicole dei due rullini. In totale sono quarantotto fotografie. Sono divise in due gruppi. Alcune foto sono state scattate sulla scena dell'agguato al capitano Strozzi.»

«Cosa...»

«Le altre, invece, è come s'immaginava. Sono state tutte scattate al campo d'internamento di Trava.»

Sforza fece un respiro. La testa cominciò a girare.

Sta' calmo, mantieni il controllo.

«Tenente, si spieghi. Che cosa vuol dire? Sono state scattate dentro il campo? Che cosa si vede?»

Stai parlando troppo velocemente, datti una regolata.

«No, signore. Dall'esterno, dalle colline e dalle strade circostanti. Si vedono i capannoni, le recinzioni di filo spinato, le torri.»

Sforza non riuscì a controllarsi.

«Gli internati, tenente! Gli internati! Si vedono?» sbottò, e si rese conto che un soldato si era avvicinato. Sforza lo fulminò con lo sguardo e quello si allontanò a passo svelto.

«Sì, signore. In realtà le fotografie sono state scattate da troppo lontano per poter capire le condizioni degli internati, ma ce n'è una particolarmente...»

Sforza percepì dalla radio la fatica immane di De Marco per trovare la parola giusta.

«... sensibile.»

«Tenente...» sibilò il capitano, «cosa c'è in quella foto?»

«È una fucilazione, signore. Di quattro individui. A quanto pare è stata scattata dietro un deposito sul lato est della recinzione, dove il terreno è sgombro dagli alberi; lì l'unico ostacolo alla vista è il filo spinato. Non si vedono chiaramente le facce, ma si vedono i fucili, i corpi, il fatto è inequivocabile.»

Qualcosa si spezzò nelle budella di Sforza e riversò un sangue acido nello stomaco, la testa ricominciò a palpitare. Si mise una mano alla tempia e provò a mettere ordine al caos nella sua testa.

Eppure si era preparato a questa eventualità, ci aveva pensato tutta la notte, lo sapeva, era ovvio, ma quella notizia l'aveva colpito con la stessa violenza di un colpo di mazza in piena faccia.

S'immaginò la telefonata con Gallo. Sarebbe stata un inferno. Era stato lui a convincerlo che l'unico piano dei sovietici era quello di tendere agguati agli italiani, di destabilizzare la regione. Era lui che aveva dirottato tutte le risorse dell'indagine su questa pista, facendo controllare i registri per le uniformi, interrogando gli ufficiali, chiedendo rapporti all'ufficio politico; era lui che aveva, di fatto, depistato le indagini, che non si era accorto di quello che stava succedendo per davvero. Come aveva potuto permettere una cosa del genere?

Sentiva già la vociaccia del generale.

"Ma com'è possibile, capitano?" avrebbe gridato Gallo. "Come ha fatto a sfuggirle una cosa del genere? Io mi fidavo di lei!"

Più ci pensava, più una voragine d'orrore gli si apriva nella mente. Quelle foto avrebbero cambiato tutto.

Le immagini dell'agguato, i campi, erano le prove che in quei settori c'era un conflitto; anzi, erano le prove dei crimini di guerra perpetrati dall'esercito italiano, e quei fratellini austriaci stavano portando tutto alla Federazione, era un miracolo che li avesse intercettati.

Un gruppo di sovietici che ammazzano qualche soldato è una cosa: se non li avesse trovati, pazienza. Ma sfiorare una crisi diplomatica internazionale e impedire all'Europa di accogliere l'Italia a pochi giorni dalla firma dei trattati?

No, Gallo non gli avrebbe fatto solo una strigliata. Gli aveva affidato la responsabilità dei suoi settori, tutto ciò che accadeva in quella zona era di fatto colpa sua, avrebbe dovuto rispondere ai superiori. Questo Gallo lo sapeva, e l'avrebbe usato contro di lui.

Anche se Sforza fosse riuscito a risolvere il caso, il generale se ne sarebbe servito per farlo sfigurare allo Stato Maggiore, si sarebbe preso il merito per avere risolto la situazione e lo avrebbe isolato. Che cosa avrebbero detto nel corso dell'inchiesta?

"Il capitano Sforza non è riuscito a risolvere il caso dell'omicidio Strozzi e della sua squadra, non ha catturato gli agenti sovietici, i quali sono ancora attivi nelle zone poste sotto la sua responsabilità, e ha rischiato una crisi diplomatica di proporzioni inimmaginabili tra il nostro Paese e la Federazione europea."

Non solo l'avrebbero degradato, l'avrebbe atteso la corte marziale.

Nell'acido del suo stomaco nacquero dei serpenti velenosi, che cominciarono ad attorcigliarsi nelle budella, a mangiargli il fegato, i polmoni, avvelenandogli il sangue fin dentro il cervello.

Sforza perse il respiro, si aggrappò al sedile della jeep e iniziò ad ansimare.

«Capitano?» disse ancora De Marco. «Vuole che avverta io il comando?»

Un secondo, calmati, respira.

C'è un movimento tra gli alberi, cos'è?

Si voltò, e notò che sui rami di un faggio intristito si era appena posato un piccolo uccello grasso. Non ci aveva mai fatto caso. Era convinto che in inverno tutti gli uccelli migrassero per mancanza di cibo.

Mentre invece guarda quello, è qui in pieno inverno, ed è tutto bello pasciuto. Come mai? Forse perché non ha uno stormo che gli dice cosa fare. È da solo. Trova il cibo per sé, se lo tiene e non lo condivide con nessuno. Pensa solo a se stesso e sopravvive. Guarda quanto è grasso, certo che sopravvive.

Sforza capì due cose. Che quello era un segno degli dèi, e che gli avevano appena fatto un regalo meraviglioso.

«Capitano? Mi sente?» lo sollecitò De Marco.

«Tenente, mi ascolti. Chi altro sa di quelle foto?»

«Nessuno, signore, ho gestito la cosa personalmente, intuivo che fosse una questione delicata.»

Dio ti benedica.

«Molto bene. D'ora in poi quel materiale lo gestiremo con le procedure standard della compartimentazione. Sigilli quelle foto e le porti nel mio ufficio. Non dica nulla all'OVRA, né agli uomini di Gallo, a loro penso io, è chiaro?»

«Certo, signore.»

Sforza riagganciò e respirò profondamente. I serpenti si calmarono, la testa si raffreddò.

Ecco, così, respira ancora, soldato.

Prese un altro lungo respiro e si godette quell'aria meravigliosa.

Sei un genio.

Sì che lo sono.

Guardò Farina, e all'improvviso la sua presenza non gli sembrò più così irritante, anzi, era come avere vicino un vecchio amico. La crisi era passata, ma aveva bisogno di pensare, da solo.

«Prendi il megafono» ordinò al sergente. «Di' che se Slobodan non esce entro cinque minuti, noi entriamo.»

Mentre osservava i movimenti goffi di Farina che si allontanava, Sforza cercò di articolare meglio il piano nella sua testa. Anche se di base era piuttosto semplice: Gallo era il problema, e doveva scavalcarlo.

Dunque, dunque, dunque...

Tanto per cominciare, c'era un punto fondamentale. La responsabilità di quei settori sarebbe stata sua se effettivamente Gallo lo avesse promosso a maggiore, delegandogli l'autorità territoriale, ma così non era successo. Questo significava che formalmente, davanti a un giudice, era Gallo il responsabile di tutto quello che era successo, non lui. E nessuno, tranne loro due, era a conoscenza di quell'accordo; per lo Stato Maggiore era Gallo a gestire la faccenda.

Se poi Sforza fosse andato direttamente dai suoi superiori, e fosse riuscito a raccontarla bene, si sarebbe accollato tutti i successi dell'operazione e avrebbe scaricato sul generale tutte le colpe.

Era solo una questione di narrazione. Immaginò come l'avrebbe letta il più idiota dei Pretoriani.

"Un gruppo di terroristi europei, supportati da un'unità militare sovietica, raccoglie le prove di un campo d'internamento di slavi in Italia, e cerca di portare quei documenti in Austria. C'è fermento nella Federazione, la maggioranza della presidente Blanche è fragile, e se qualcuno mostrasse le foto ai media europei e al loro pubblico, così sensibile, la suddetta maggioranza crollerebbe, mandando in fumo l'entrata dell'Italia in Europa, con conseguenze devastanti per il Paese e la stabilità dell'ordine costituito. Il generale

Gallo, responsabile di quei settori, non si accorge di nulla. E a causa della sua incompetenza e disattenzione ignora i segnali, gestisce male le risorse, non ascolta i suoi informatori e lascia che sotto il suo naso dei terroristi mettano in pericolo gli interessi della nazione.

"Ma, per grande fortuna della Repubblica e di Sua Maestà, il capitano Sforza, agendo in totale autonomia, e disubbidendo agli ordini del generale Gallo, riesce a fermarli. Intercetta i terroristi sulle montagne, arresta i sovietici, impedisce una crisi diplomatica e salva l'Italia dal disastro politico internazionale."

Sì, ottimo, funzionava! Sarebbe stato un eroe! Non solo agli occhi dello Stato Maggiore, ma agli occhi dei Pretoriani.

Tutto quello che doveva fare era prendere il problema, la soluzione, e portarli direttamente allo Stato Maggiore, ignorando del tutto Gallo e accusandolo di tutto. Lui si sarebbe preso tutto il merito e Gallo avrebbe passato l'inferno.

Il petto di Sforza si gonfiò, e si sentì come se potesse sollevarsi in aria, volare e solcare le montagne. E più andava avanti a fantasticare, più si sentiva leggero e meno riusciva a smettere.

Sarebbe andato a Roma, lo avrebbero promosso generale, forse gli avrebbero addirittura assegnato un corpo d'armata, avrebbe ampliato enormemente il suo potere, e da lì chissà che cosa avrebbe potuto fare. E Michele sarebbe stato al suo fianco, sì! Gli avrebbe fatto fare una brillante carriera, era ancora un ragazzino, certo, ma perché non cominciare subito? Lo avrebbe portato con sé ovunque, e lui sarebbe stato felice. Di certo il ragazzo sarebbe stato contento di guadagnare così tanto denaro da comprare perfino il borgo di quel pezzente di suo padre, che lo aveva scaricato nell'esercito per due lire vigliacche.

Lo avrebbe istruito a districarsi nei meccanismi della burocrazia e della gerarchia militare, ad approfittare delle occasioni, a manipolare gli uomini, a servirsi delle loro debolezze. Ma poi, certo, l'Europa! Entrando nella Federazione ci sarebbe stato l'inglobamento con le forze armate europee, ci sarebbero state infinite opportunità, e insieme avrebbero fatto tante cose!

Un attimo. Insieme?

Sforza fermò per un istante il cervello e tornò alla realtà.

Insieme? In che senso, insieme?

Come mai ti importa così tanto di quel ragazzino? Che cosa sta succedendo?

Perché, che problema ci sarebbe?

Pensavo che lo stessi facendo per te.

Lo sto facendo per me, qual è il problema?

Per te? Non farmi ridere.

Ridere?

Io ti ho capito, sai? Cos'è? Solo perché quel moccioso balbetta come balbettavi tu ti ci sei affezionato? È questo il punto? Sei davvero così prevedibile?

No. Non è così semplice. È diverso.

Diverso da cosa? Ti rende debole.

Sforza si morse la lingua, e il cervello si trasformò in un groviglio ferroso di migliaia di voci. Gridavano, avvelenate, una sull'altra, e tutti i suoni della Terra esplosero dentro il suo cranio.

Il fiato si fece pesante, i polmoni si gelarono e i serpenti ricominciarono a sibilare.

Sforza si aggrappò a un albero, e gli venne da vomitare mentre le immagini gli passavano in testa veloci, in sequenza. La città grigia, le bombe sui palazzi, i cecchini sulle colline, il sangue, gli italiani che lo portano via, l'orfanotrofio, le suore, Cristo, sta' calmo, sta' calmo, per favore.

«Capitano!» gridò un soldato, correndo verso di lui. «Sta bene?»

Sforza sentì il cuore diventare acido e gli occhi riempirsi di sangue. Qualcosa in lui s'incrinò, perse il controllo e tirò un cazzotto nello stomaco di quell'uomo, facendolo cascare nella neve.

Riprenditi, idiota, riprenditi!

Sforza scosse la testa con violenza, cercando di scacciare via il sangue.

Il soldato stava cercando di rimettersi in piedi: nessun altro l'aveva visto, se quell'idiota l'avesse raccontato ai commilitoni o ai superiori nessuno gli avrebbe creduto. Tutti sanno che Sforza non perde mai il controllo, vero?

Girò i talloni e marciò velocemente verso la fine del convoglio, sapeva di trovarlo lì.

Michele era appoggiato a un camion, poco lontano dagli altri gregari. Appena il ragazzo lo vide, Sforza notò nei suoi occhi una preoccupazione genuina.

Quando fu vicino, l'inferno nella testa cominciò a scemare e il rosso degli occhi sbiadì.

«T-tutto bene?» chiese Michele, con la sua piccola voce nervosa.

Sforza si sfregò gli occhi, poi sorrise e annuì.

«Sì, sono solo un po' stanco» mentì, poi si guardò intorno, cercando di riprendere fiato.

Razza di imbecille, hai picchiato un soldato, lo dirà in giro, chi ti dice che non gli crederanno?

No, non gli crederanno, non possono farlo. E poi, non sarei il primo ufficiale a picchiare un subordinato, né l'ultimo.

Ma tu non sei come gli altri ufficiali. Loro ti stimano, lo sai.

Ce ne occupiamo dopo, va bene?

Sforza cercò di buttare il veleno fuori con degli ampi respiri e gettò lo sguardo fuori, sul resto del convoglio.

Respira razza di idiota, respira. Guardati intorno e respira, fa' finta di nulla.

«V-vuole che c-chiami il medico?»

«No» disse lui, cercando di trattenere lo stomaco. «Te l'ho già detto, quando siamo soli puoi darmi del tu. E respira, come ci siamo esercitati.»

Sforza s'interruppe solo per mandare giù un grumo acido di saliva.

«Il respiro che accompagna la parola è un flusso, è il tuo ritmo.»

Michele si mise sulla spalla il fucile a tracolla e portò una mano allo stomaco, cercando di regolare il suo ritmo interno.

«S-sicuro che... n-non vuoi che ti chiami un medico?»

«Non trasformarlo in una cantilena» lo bacchettò Sforza, ingoiando altra saliva. «Parlami ancora. Hai finito il dramma?»

«Sì» dichiarò Michele.

Sforza stava lentamente recuperando il controllo. Il fiato si fece più regolare e il cuore ricominciò a battere normalmente.

«Ti è piaciuto?»

«Certo» disse lui, ma aveva una faccia poco convinta.

«Non è vero. Cos'è che non ti ha convinto?»

Michele si impegnò.

«È bello. Dico sul serio. Però lui... m-mi è sembrato... stupido.»

«Stupido?» gli chiese, cercando di non essere troppo duro. «Ma che stai dicendo? Spiegati.»

Michele alzò le spalle e rispose con una spocchia quasi adorabile.

«S-sì, s-stupido. Lui d-diventa re, no? Perché uccide l'altro re e la p-profezia delle streghe si avvera... Però... lui comincia a uccidere tutti, giusto? Il suo amico, la moglie e i figli di quell'altro... P-perché?»

Assurdo, come poteva non essergli chiaro?

«Perché è un debole» gli rispose. «Ha paura, ti ricordi la profezia? Teme che vogliano rubargli il trono. Lui ha un potere enorme, ma è così debole che non è in grado di gestirlo, e allora impazzisce perché non riesce a mantenere il controllo. È questo il punto. Se fosse stato abbastanza forte sarebbe rimasto lucido, avrebbe visto che nessuno voleva fargli del male, e forse avrebbe ucciso solo le persone giuste. Invece era un debole. Ecco perché ha fallito, ecco perché lo hanno ucciso, perché non è riuscito a mantenere il controllo.»

Michele scosse la testa, poco convinto.

«Secondo m-me non è così. Poteva accontentarsi, era re, aveva tutto. Forse è stato proprio quello, n-no? F-forse... è stata proprio questa cosa del c-controllo a ucciderlo. Perché n-ne voleva troppo. P-poteva essere felice e invece... t-tutto quel sangue...»

Tutto quel sangue?

Sforza non capiva, né cosa stesse dicendo Michele, né come si sentisse lui. Quello era il suo dramma preferito, anche perché era molto chiaro nella sua violenza perfetta. Come si permetteva Michele di trattarlo in quel modo? Dubitare di una lezione così cristallina?

Ma qualcosa gli sussurrò nelle orecchie e gli disse di non essere così severo. Cercò di ragionarci ancora, ma nel frattempo era arrivato Farina.

«Capitano, il capovillaggio è arrivato!»

Prima di andare, Sforza si rivolse a Michele.

«Ne riparliamo. Ora sei assegnato alla mia jeep.»

Il ragazzo gli fece il saluto militare con un largo sorriso.

Mentre seguiva Farina verso il villaggio, Sforza ripensò al suo piano e si sentì più sereno.

E quando fu davanti al capovillaggio, Slobodan, un serbo pulcioso con la faccia da mulo, era quasi felice.

Il mulo cominciò a lamentarsi, a sbraitare, sembrava addirittura indignato.

«Questi non erano i patti!» berciò. «Che ci fai qui con questi cani? Che volete fare, spaventarci?»

Mentre il mulo ragliava, Sforza rimase impassibile, e la mente gli si fece ancora più libera.

Il suo era un ottimo piano. Aveva tutto. Le Linci, le foto, un colpevole, doveva solo trovare i sovietici, e in fondo era venuto lì proprio per quello.

«Cosa vuoi fare? Eh?» continuò il mulo. «Questo non è il patto, non è leale!»

Sforza sorrise e gli rispose con una voce gelida come l'aria intorno.

«Secondo te, amico mio, per quale motivo non siamo entrati nel tuo piccolo villaggio, e il sergente Farina non ha ancora il ginocchio sul tuo collo?»

Il mulo chiamato Slobodan non rispose. Ansimava, gonfiando le guance paonazze.

«Ti rispondo io. Perché, amico mio, l'anno scorso tu e il tuo piccolo villaggio siete stati parecchio zelanti nel consegnarci tutti i vostri amichetti che si erano ribellati. O sbaglio?»

Il mulo serrò le labbra, volse lo sguardo a terra e iniziò a respirare dal naso.

«Per cosa avete venduto i vostri fratelli?» lo incalzò Sforza. «Per un paio di sacchi di patate? Qualche aspirina? Perché, sai, mi viene da sorridere quando mi parli di "lealtà".»

Oooh, che piacere.

«Va' via! Non sappiamo nulla!» controbatté Slobodan.

«Nulla? Eppure mi sembra strano, siete sempre stati così bravi a dirci ogni cos...»

«Fottiti, soldatino! Non sappiamo nulla degli austriaci!»

Gli austriaci?

Sforza alzò le sopracciglia e pensò che davvero gli dèi gli stavano sorridendo, quel giorno.

«Austriaci? Io sono venuto qui a chiederti dell'attentato al convoglio della settimana scorsa, non degli austriaci. Cosa ne sai tu degli austriaci?»

Fu decisamente piacevole vedere l'espressione terrorizzata di quel mulo, soprattutto quando mise le mani avanti.

«Noi non... aspetta.»

«Dunque, dunque, dunque» cominciò Sforza, tirando fuori dalla tasca i guanti. «Se sai degli austriaci, sai che erano qui e cosa stavano facendo. E magari sai anche che stavano scappando con un carico importante. Curioso.»

«No, io... non so nulla!»

Sforza sentì la musica del cuoio coprire le lagne del mulo, e come ogni volta si sentì divinamente.

«Quando abbiamo interrogato Novak, ci ha detto che tu e il tuo villaggio eravate coinvolti, ma io pensavo stesse mentendo. Sai, per scaricare il barile su qualcun altro. Ma ora tu mi dici che lo sapevi. E non solo lo sapevi, ma non me l'hai detto. Sono dovuto venire io a chiedertelo, con le armi, tra l'altro. Quindi mi chiedo, che ne è del nostro rapportino? Non avevamo detto di essere amici? Gli amici non si comportano così.»

Il mulo fece un passo in avanti, Farina e un altro soldato misero mano alle armi, ma non era il caso, perché quello voleva solo buttarsi in ginocchio ai piedi di Sforza.

«Aspetta, ti prego... ti dico tutto!» gemette.

«Sto ascoltando» replicò Sforza, con un largo sorriso.

«Ho parlato con Novak, va bene? Commercio anche con lui, mi ha detto dei fratelli austriaci, mi ha detto che ce ne sono altri, che sono armati e protetti dai bosniaci! Che vogliono fare qualcosa di grosso! Ci sono loro dietro l'agguato!»

Vederlo piagnucolare nella neve era qualcosa di fantastico.

«Io non so altro! Nel comitato girano delle voci, dicono che siano organizzati, ma nessuno sa niente! Io poi sono stato cacciato e non ho fatto nulla perché... perché pensavo... Ci hanno minacciato! Ti prego! Non so altro... te lo giuro! Ti prego!»

Ti prego.

Che dolci parole. E soprattutto, aveva avuto delle conferme importanti. Le Linci austriache collaboravano con i sovietici. E in più, si erano fatti aiutare da almeno un villaggio bosniaco. Tre entità diverse per un unico obiettivo.

Però c'era qualcosa di strano. In effetti, se volevano fare un'operazione del genere perché proprio un attentato? Davvero era solo un diversivo?

Pazienza, ormai era quasi fatta. Doveva solo trovare i sovietici, almeno uno. E se non fosse riuscito a trovarli, amen. Si sarebbe inventato che non esistevano. Gallo avrebbe detto il contrario alla corte marziale, non c'era nessun problema, tanto era Sforza ad avere le prove.

Un piano geniale. Si vedeva già generale, a Roma, con Michele al proprio fianco. Gli sarebbero mancate quelle montagne, ma le notti a Roma, i palazzi, Michele, sarebbero stati molto, molto meglio.

Il mulo si era aggrappato ai suoi pantaloni come un povero straccione. Sforza gli mise una mano sulla spalla e gli parlò con voce rassicurante.

«Grazie, amico mio, sei stato molto gentile.»

Sorrise.

«Sai, non è vero che Novak ha fatto il tuo nome. A dirla tutta, non ha detto nulla. Ha collaborato, e l'abbiamo lasciato andare, gli austriaci non li abbiamo ancora interrogati. Ma io sono venuto lo stesso da te, ero certo che sapessi qualcosa. Ho fatto bene, vero?»

Le guance del mulo si riempirono di lacrime, e Sforza si godette la musica dei suoi singhiozzi. Si convinse di essere stato proprio bravo e di meritarsi un premio.

«Sergente?»

«Comandi» rispose Farina.

«Entrate nel villaggio, prendete la famiglia di quest'uomo. E dite ai genieri di trovare un buon albero.»

Poi si rivolse al mulo.

«Quanto pesa tua moglie?»

Sforza fece qualche passo indietro e si godette la scena di quel disperato che cercava di alzarsi, di reagire, mentre due uomini lo tenevano fermo.

Non avrebbe dovuto farlo, se Gallo lo avesse saputo sarebbe andato su tutte le furie. Ma chissenefrega? Ancora qualche giorno e l'avrebbe trascinato davanti alla corte marziale, e oltre a questo le Linci erano state catturate, chi altri avrebbe mai potuto documentare un'impiccagione?

Si voltò verso gli abeti alla sua sinistra, cercando un albero adatto, e vide Michele. Aveva uno sguardo stanco, quasi… deluso.

A Sforza risuonarono le parole che gli aveva detto poco prima: "Tutto quel sangue".

Tutto quel sangue.

Giusto. Michele aveva ragione.

Nel dramma, il re impazzisce. Poteva accontentarsi, ma si lascia divorare dalla profezia delle streghe. Se fosse rimasto calmo, se si fosse accontentato, non sarebbe successo nulla. Aveva già il controllo totale della situazione: perché tutto quel sangue?

«Sergente!»

Farina aveva già raccolto gli uomini, alcuni dei quali stavano armando i fucili.

«Capitano?»

«Lasci stare la famiglia.»

Le sue parole risuonarono nel vuoto, come un albero di ghiaccio che crolla in mezzo alla tormenta.

Anche il mulo, aggrappato ai due soldati che lo tenevano fermo, aveva smesso di scalciare e lo fissava con gli occhi sgranati.

Sforza si avvicinò, per fare in modo che tutti lo sentissero.

«Tu sei un brav'uomo, amico mio. Hai denunciato la tua gente, ancora una volta. Ci vuole coraggio. E voglio premiarti.»

Un paio di soldati poco lontano si guardarono confusi, con grande soddisfazione di Sforza.

«Vi lascerò andare. In nome della cooperazione e della fratellanza tra lo Stato italiano e la Zona Autonoma, che ne dici?»

Il mulo non riusciva a parlare, guardò le facce dei soldati, poi quella di Sforza, disorientato. Sforza si chiese che cosa avrebbe detto Solari se fosse stato lì, ma in fondo di lui se ne fregava. Guardò il musetto di Michele, ciò che contava di più, e anche lui stava sorridendo, felice.

Sforza non riuscì a capire che cosa gli stesse succedendo. Poco prima avrebbe voluto aprire il cervello di quel mulo sulla neve, vedere quel bellissimo contrasto di colori, guardare i fumi del sangue congelarsi a contatto con l'aria, e invece ora quel musetto sorridente aveva trasformato quei desideri in capricci stupidi.

Non aveva bisogno del sangue, non lo voleva veramente, voleva solo il sorriso di Michele. Quello, nient'altro. Perché Michele aveva ragione. Il re del dramma aveva potere, uomini, un futuro radioso e il sorriso della sua regina, ma non si era accontentato. Si era lasciato trascinare dalla propria debolezza, la paura, l'ingordigia. E questo lo aveva ucciso.

Sforza aveva capito. Anche lui aveva potere, uomini, un futuro radioso e, soprattutto, il sorriso di Michele.

Gli dèi gli avevano regalato ogni cosa, e solo ora il capitano se n'era accorto.

Basta davvero così poco nella vita?

E poi, in fondo, la parola "contento" non significa proprio "contenuto", "appagato", che ti basta quello che hai?

Ecco, Sforza adesso era… contento.

D'accordo, caro il mio linguista, però non esagerare, ricorda perché siamo qui.

Hai ragione.

Si avvicinò al mulo e tenne la voce bassa, non voleva che Michele sentisse. S'inginocchiò, e gli parlò come si parla a un bambino.

«Come ammonizione, però, il vostro carico di cibo verrà dimezzato per il resto della stagione.»

«Ma… ma così ci metterai alla fame…»

«No, riceverete la stessa quantità di cibo degli altri villaggi.»

«Ma noi siamo di più.»

Sforza alzò gli occhi al cielo, incredibile l'ingratitudine della gente.

«Sei ingiusto, amico mio. Poco fa stavo per far impiccare la tua famiglia su uno di questi alberi, e mi tratti così?»

Il mulo si morse le labbra e cercò di fuggire dallo sguardo di Sforza.

«E in più, tua figlia più piccola viene con noi.»

«No!» gridò il mulo. Provò perfino ad alzarsi, ma Farina gli puntò la pistola alla testa.

«Solo finché non ti sarà venuto in mente qualcos'altro da raccontarmi. E se non sai niente, sono sicuro che lo scoprirai, vero?»

Si aspettava che reagisse, che lo mandasse all'inferno. Invece no, proprio com'era stato per l'altro capovillaggio, quello del 5, anche Slobodan era a pezzi, stritolato dalla paura, e restò al suo posto.

«E se scoprirò che mi hai mentito ancora, o mi stai mettendo i bastoni tra le ruote, allora non solo ucciderò tua figlia, ma tornerò qui, con molti più uomini, e vi farò a pezzi, uno dopo l'altro. È chiaro?»

Il mulo era una carcassa gonfia di lacrime e odio.

«Sì…»

«Potevo uccidervi tutti, amico mio. Ti ho appena fatto un favore. Come si dice?»

«Grazie...» mugolò Slobodan.
«Grazie, come?» lo corresse Sforza.
«Grazie, signore.»
Il capitano si alzò e sorrise.
«Oh, ma non c'è di che! Fa sempre piacere aiutare un amico!»

25

Bianca prese un altro respiro, lo scaldò nei polmoni per qualche secondo e lo liberò lentamente, lasciando che si congelasse in una piccola nuvola di ghiaccio.

La terra si era congelata già da un mese. Presto avrebbe nevicato. L'estate era lontana.

Alcuni mesi prima, quel paesaggio sembrava una cartolina, con quel sole accecante, i prati verdi e tutti quei fiori colorati. Era il mondo che esplodeva di vita, al massimo della sua forza. Ma ora, era come se un lenzuolo di morte fosse stato steso sulle montagne, come se il mondo dovesse fare silenzio, perché era giunto il tempo del riposo.

Gli alberi si erano spogliati, le lepri erano scomparse e gli uccelli si erano zittiti. E in quella notte, solo poche creature si erano ribellate. Bianca ne aveva vista una solo pochi giorni prima. Una piccola lince. Aveva il manto grigio, con delle piccole macchie nere, e la fissava da sopra un tronco.

Branko le aveva detto quanto infidi fossero quegli animali, quanti guai procuravano agli allevatori e quanto fosse difficile cacciarli. E quella lince se ne stava lì, immobile, a una decina di metri da lei, con gli artigli piantati nella corteccia di un tronco marcio.

La stava sfidando. Per questo Bianca aveva deciso di spararle. Aveva stretto le dita intorno alla cinghia del fucile sulla spalla e aveva guardato quella creatura negli occhi: due piccole pozze nere, profonde, che sorridevano.

Provaci, Bianca. Dài, vediamo che sai fare.

Bianca sapeva di dover fare un sacco di azioni. Imbracciare il fucile, mettersi in ginocchio, caricare il colpo, puntare l'arma, controllare il respiro e sparare. E tutto questo doveva farlo piano, altrimenti quella specie di gatto si sarebbe spaventato e se la sarebbe data a gambe.

Aveva studiato con attenzione ogni movimento. Il piede destro era già in avanti, prima però si sarebbe messa in ginocchio, abbassandosi piano, e intanto avrebbe fatto scivolare il fucile dalla spalla alle mani, pronta a caricarlo.

Non appena aveva piegato le gambe, la lince aveva chinato la testa, si era messa tra le fauci un topo, e con un grande balzo era schizzata via, scomparendo nel bosco.

Bianca, pietrificata, l'aveva seguita con lo sguardo, le ginocchia piegate e il fucile penzolante dall'avambraccio.

La lince l'aveva fregata, lasciandola così, accovacciata come una cretina. Per questo, quando Branko era spuntato dietro di lei, le aveva chiesto: «Ti è venuto un ictus o stai facendo la cacca?».

Bianca sorrise ripensando a quella scena, e si appoggiò alla pietra fredda vicino alla strada, poco dopo lo svincolo del tornante.

Ora non aveva il fucile, anche se l'avrebbe voluto. Branko era gentile, le aveva detto che stava migliorando, ma lei sapeva benissimo che aveva ancora un sacco di lavoro da fare.

Certo, la pistola era più comoda, e sulle brevi distanze prendeva molti più bersagli, ma era il fucile che voleva. Faceva un rumore più bello, il rinculo era più violento, e quando colpiva trapassava i bersagli da parte a parte.

Branko le diceva che era un ferrovecchio, lo dicevano anche gli altri, ma dal primo momento che se l'era trovato tra le mani non era riuscita più a staccarsene.

Forse era diventata un'ossessione, ma non le importava. Sentiva che quell'oggetto le dava un enorme potere, e tanto bastava. La faceva sentire forte.

Altre volte, invece, non si sentiva così forte. Per esempio quando parlava con quel branco di maschietti.

Branko, Ebin, suo fratello Roman e anche il capo del villaggio sotto il rifugio, Nikolas, il padre di Mira. La trattavano con condiscendenza, come se fosse una bambina, un povero cagnolino da tenere buono.

«Sì, guarda, poi te lo spieghiamo. Ora va' pure fuori con Branko.»

«Mi dispiace per quello che ti è successo, mi sa però che non sei lucida.»

«Bianca, è anche una bella idea, però...»

Nessuno la rispettava; tutti, a parte Branko, pensavano che fosse solo una povera vittima.

Ma lei non era questo, e gliel'aveva dimostrato.

Aveva alzato la voce, scandendo le parole in italiano come se volesse inciderle nella pietra, sia per farsi capire anche dal più beota del gruppo, sia per mettergli un po' di sale nel cervello.

All'inizio aveva ricevuto in risposta gli occhi al cielo, insofferenti. Ma col tempo, e con fatica, si era fatta capire, e quando dimostrava loro di avere ragione, quando li umiliava, quegli occhi si abbassavano, contriti. Ed erano quelli i momenti in cui Bianca riusciva a sentirsi veramente forte. Perché li dominava.

Ma non riusciva mai a goderselo sul serio, perché sapeva che era una farsa.

Urlava, si faceva rispettare con la violenza delle parole e la ferocia che le scorreva nelle vene. Ma quella maschera, in realtà, non era altro che una diga. Bianca sapeva che se qualcuno fosse riuscito a spezzarla, un'onda di lacrime l'avrebbe travolta. E bastava davvero poco.

Ma, in fondo, non importava. Dopo mesi e mesi, aveva dimostrato a tutti di esser ben altro che una povera vittima. Ed era sicura che a impressionarli non fosse stata tanto la sua aggressività, il fatto che una volta avesse tirato una sberla a Roman o che maneggiasse le armi, ma un'altra cosa. Le sue idee.

Era stata lei a convincere Nikolas di dare di nascosto una parte del surplus di cibo ai villaggi croati e bosniaci in cambio del silenzio dei capivillaggio vicini. Era stata sua l'idea di aiutare le piccole case isolate nella Zona Autonoma per creare una piccola rete di spie e vedette. E anche quando erano arrivati i comunisti dall'Europa, con Josif che aveva in mente solo un piano abbozzato, era lei che aveva studiato i dettagli, era lei che aveva avuto il lampo di genio. Era stata una sua idea.

Era radicale, pericolosa, ma alla fine, se avesse avuto successo, era quella che avrebbe portato il risultato migliore.

Per questo erano lì, ora, perché era stata una sua idea.

Bianca chiuse gli occhi, cercando di immaginarsi di nuovo quella lince, ma sentì il fischio di Branko dalla collina.

Era il momento.

Si alzò, si abbassò il cappuccio e avanzò sul ciglio della strada fangosa. Dalla discesa vide che la prima jeep dei militari stava per superare il tornante, e un'altra la seguiva a pochissima distanza.

Si sciolse i capelli, scosse la testa e si preparò alla farsa.

Quando la prima jeep girò la curva, vide che l'ufficiale sul sedile del passeggero l'aveva notata. Puntava il dito verso di lei e diceva qualcosa all'autista.

La macchina si fermò a un paio di metri da Bianca, l'ufficiale si alzò, appoggiandosi al finestrino, e fece un sorriso gigantesco.

«Ehi, bel topino! Ma che ci fai qui tutta sola?»

Era della sua città, Bianca lo riconobbe subito.

«Va' che brutto taglietto hai sulla guancia! Sei una che picchia, eh?»

Bianca sorrise di rimando, cercando di imitare l'espressione che faceva Mira quando Nikolas le chiedeva se avesse combinato qualcosa, e lei faceva di no con la testa. Doveva fingere di non capire.

«Ah, non mi capisci, eh?» disse l'ufficiale, che si rivolse all'autista. «Tu sai mica il serbo?»

C'era un problema. Era un capitano, ma non era quello che cercavano. O meglio, forse era lui, ma questo aveva la barba, e anche la fotografia che gli avevano fatto vedere non era chiara.

Stava ancora parlando con l'autista, quando Bianca pensò che in fondo avrebbero potuto gestire la cosa lo stesso. Ma si presentò un altro guaio.

Dall'altro tornante, dal basso, era arrivato un camion. Questo non era previsto.

Il camion si era fermato prima della curva, e Roman e Ebin erano nascosti proprio là dietro, per sorprenderli, ma quanti uomini potevano esserci a bordo? Cinque? Dieci?

Bianca alzò lo sguardo verso la collina a destra, tra gli alberi. Branko era in piedi e teneva il fucile puntato contro l'ufficiale. Le fece di no con la testa.

Aveva ragione, troppo rischioso. Dovevano andarsene.

Bianca alzò la mano per salutare e fece per dileguarsi dall'altro lato della strada, verso il bosco, ma il capitano le parlò ancora.

«No, topino, aspetta!»

Con un gesto la invitò a salire sulla jeep.

«Dài, non fare la timidina!» disse, indicando il sedile posteriore. «Da brava, siediti qui!»

Bianca si paralizzò. Gli dèi la presero e la portarono lontana.

Da brava, siediti qui.

L'aveva detto anche quell'altro soldato, quel pomeriggio, alla casa del nonno.

Siediti qui.

Ah, quindi siete studentesse! Cosa studiate?

Lo aveva detto ad Anna, battendo la mano sul divano.

Siediti qui. Che c'è? Sono troppo vicino alla tua fidanzatina?

Siediti qui.

Tienila ferma.

Siediti qui.

Perché piangi? Non ti piace?

Poi aveva usato il coltello. Rideva.

Siediti qui.

Ferma, hanno quasi finito, ferma.

Siediti qui.

«Allora, bel topino! Lo vuoi questo passaggio?»

Bianca sorrise.
«No.»
Tirò fuori dalla tasca la P38 e gli sparò in faccia.
Vide l'occhio del capitano sbocciare in un fiore rosso. L'autista sbiancò, mise mano alla fondina, ma Bianca gli aprì lo sterno cinque volte, prima di spaccargli il collo.
L'inferno si chiuse in meno di dieci secondi.
Il soldato nell'altra jeep si era già buttato fuori, cercando riparo, ma il fucile di Branko tirò una fiammata e il cervello di quell'uomo si disperse nel fango.
Dal tornante sotto di lei, nel camion, alcuni ordini confusi.
«Fuori, tutti fuori!»
Ma nessuno ne ebbe la possibilità, i fratelli erano già lì.
Roman non era preciso come Branko, ma a distanza ravvicinata è difficile sbagliare, soprattutto con un fucile automatico tra le mani. Anche Ebin ne aveva uno.
Erano già dietro al camion, e con un paio di raffiche scaricarono sessanta proiettili sui corpi di sei uomini. Bianca non riuscì nemmeno a sentire le grida, solo il crepitare dei fucili.
Ebin aveva già tirato fuori la pistola per gestire l'autista, ma quello si era già buttato nella scarpata.
Correva come un disperato, annaspando tra le rocce, ma la discesa era ripida e il fango poco amichevole. L'uomo non riuscì a scendere più di qualche metro prima di inciampare e ruzzolare giù per la scarpata.
Bianca si appoggiò alla ringhiera e li guardò dall'alto.
Mentre Roman ricaricava, imprecando, Ebin si mise in posizione, puntando la pistola verso quel povero disgraziato, ma non fu lui a vincere quel trofeo.
Bianca stava seguendo la corsa dell'autista con lo sguardo, sentì il colpo esplodere alle sue spalle, dalla collina, e il corpo di quell'uomo volò di un paio di metri, prima di congelarsi sulle rocce.
Ce l'avevano fatta.
Ricominciò a respirare, l'eco del fucile di Branko si dissolse nella nebbia, e le voci tornarono nell'ombra.
Seguito dal fratello, Ebin salì il tornante. Non era contento.

«Sei impazzita? Potevi farci ammazzare! L'hai visto il camion? Ti rendi conto che siamo vivi per miracolo? Ehi! Guardami!»

Lei lo guardò, e gli parlò con un filo di voce.

«Credeva fossimo topi. Ma noi siamo linci.»

Ebin strabuzzò gli occhi e la fissò con la bocca semiaperta.

Passarono circa tre secondi.

«Ma che cazzo dici?» gridò lui.

Bianca non gli badò. Gli passò davanti, marciando verso il corpo del capitano. Sentiva quello che si dicevano in serbocroato i due fratelli. Non aveva ancora appreso le sfumature della lingua, ma abbastanza da capire il succo del discorso.

«Roman! Dille qualcosa!» strepitò Ebin al fratello.

«Ehi, li abbiamo ammazzati, no?»

«Non è questo il punto!»

Il sangue non aveva ancora macchiato il taschino del capitano. Bianca lo aprì e tirò fuori la tessera di riconoscimento.

«È lui?» chiese Roman.

Bianca scosse la testa.

«No, non è Sforza.»

Ebin cominciò a lamentarsi, ma Bianca non se ne preoccupò, gli sarebbe passato.

Si voltò verso la collina e fece segno a Branko di mandare giù gli altri.

I due arrivarono di corsa.

Il primo era Saša, un ragazzo bosniaco dell'8, al quale il capitano Sforza aveva sterminato la famiglia, ed era scappato da loro. Si mise a raccogliere le armi dai cadaveri. Il secondo, invece, era un biondino arrivato con Josif e suo fratello, di circa vent'anni.

Bianca si avvicinò a Ebin.

«Ho un'idea, non raccogliamo i bossoli degli AK. Facciamogli credere che di mezzo ci sono i sovietici.»

Ebin era ancora arrabbiato, non voleva darle soddisfazione, ma annuì.

Poi si rivolse al ragazzo biondo che era venuto con gli austriaci. Era mezzo spagnolo e mezzo italiano, e si era già messo a fotografare il corpo nella seconda jeep.

«Non sprecarle tutte con lui» gli disse.

«Perché?»

«Perché ora Roman tirerà una granata sul camion, secondo me può venire fuori una bella foto.»

Lui annuì, e appena si rimise in piedi Bianca lo vide diventare verde. Il ragazzo si buttò verso le piante alte vicino alla strada, tossì, e poco dopo cominciò a vomitare.

In effetti, non stava fotografando uno stambecco o le montagne. Non più.

Bianca si avvicinò a lui e gli accarezzò la schiena. Accompagnò i suoi tremori, e quando si fu calmato gli parlò dolcemente.

«Tranquillo, Mark, le prime volte è sempre così.»

26

I polmoni si erano svuotati, il cuore batteva a mille, e gli occhi di Josif, nonostante fossero inchiodati sulla neve, lo portarono via, lontano.

Oltre lo strapiombo, oltre la statua della Madonna dei Tre Fratelli, oltre i soldati, fino a tre giorni prima, al rifugio.

Lui e suo fratello Hans stavano preparando gli zaini. C'erano anche gli altri. I tre bosniaci, la ragazza italiana, Mark, e Nikolas, il capo villaggio, con sua figlia. Si chiamava Mira, ma non stava con loro, era fuori, seduta davanti al bosco. Era capace di stare lì per ore, ferma, a fissare gli alberi.

Era divertente, perché Josif le parlava in un ottimo serbocroato, ma lei faceva finta di non capire, lo ignorava, forse lo voleva umiliare per il suo accento austriaco.

Allora, per fargliela pagare, Josif si era avvicinato e le aveva detto: «Sai, Pavle mi ha detto che puzzi di cacca».

Lei si era voltata di scatto e aveva sgranato gli occhi, indignata.

«Ah! Ma allora mi capisci!» aveva continuato, e si era messo a ridere.

Con Mark, invece, Josif parlava in inglese.

«Bene, Novak ci sta aspettando. Arriveremo in Austria tra qualche giorno. Appena passiamo i rullini al deputato, torniamo a prenderti, va bene?»

«Va bene» aveva detto Mark. «Io sto con loro. E poi, posso scattare altre foto, male non può fare.»

Poi aveva parlato la ragazza italiana.

«Quando ci sarà la mozione di sfiducia, registramela su una videocassetta, la voglio per ricordo.»

Hans si era messo a ridere.

«Tranquilla, con queste foto ti registriamo ben altro, forse anche l'approvazione dell'intervento militare.»

La ragazza aveva sorriso. Era un bel sorriso.

Poi il ricordo esplose in un lampo bianco, e un vortice di neve lo risucchiò di nuovo dentro la realtà.

Il soldato gli aveva tolto il ginocchio dal collo, i polmoni si gonfiarono di nuovo, si squarciarono, e l'ossigeno tornò al cervello. Per un istante gli occhi si trasformarono in biglie di vetro.

Era di nuovo lì, sulla neve, davanti allo strapiombo, vicino a quell'enorme statua nera, e l'unico sorriso che riusciva a vedere era quello del capitano.

Si era inginocchiato davanti a lui, gli parlava in italiano, con un tono amichevole. L'interprete alle sue spalle aveva una voce piatta.

«Il capitano dice che è dispiaciuto per tuo fratello. Non avrebbe dovuto farlo. Ma dice che oggi è di buon umore, e che vuole solo capire un paio di cose.»

Tutte quelle parole suonavano come tonfi lontani, c'era un lungo fischio che gli trapanava il cervello. Forse era stata la botta alla tempia, o forse perché aveva perso troppo sangue.

Il capitano non smetteva di parlare.

«*Mi hai trovato in una frase di transizione, amico mio. Per questo ti ho portato qui. Per farti respirare un po', per darti una prospettiva diversa. Sai cos'è una prospettiva?*»

«Il capitano ti chiede se sai cos'è una prospettiva.»

Ormai Josif non sentiva più dolore. Era solo stanco. Come se il suo corpo fosse di cemento e gli stesse schiacciando le ossa, il cuore, il fegato, tutto. Si sentiva intrappolato in un'enorme corazza di carne che lo soffocava. Ogni respiro, poi, era come una boccata di petrolio. I polmoni erano in fiamme.

«Io non ti ucciderò, amico mio. Però devo avere delle risposte. Quindi, di nuovo. Dove sono i sovietici?»

«Vuole sapere dove sono i sovietici.»

I sovietici?

Josif spinse la mano sul terreno e si rovesciò di schiena. Il cielo era di un azzurro accecante. Bellissimo. Sarebbe rimasto lì per sempre, ma sentì le mani del soldato che lo stava soffocando prenderlo per le spalle.

Lo tirò su e lo fece mettere in ginocchio. Sentì una fitta al costato. Guardò sulla neve e ci trovò una grossa chiazza rossa.

«Quindi, ultima occasione, amico mio, ultima scelta.»

«Hai una scelta. O parli o ti ucciderà.»

Una scelta.

Ne aveva fatte tante, in vita sua.

A vent'anni poteva andare a lavorare nel deposito dello zio, a Wels, e invece no. Aveva scelto la borsa di studio europea per andare in Germania, come tutti i suoi compagni.

Poi poteva seguire quella francesina, Vivienne. Lei voleva portarlo con lui in Danimarca per il dottorato. Diceva che sarebbero stati bene, ma no, Josif aveva scelto il partito.

Erano sotto il portico della biblioteca, pioveva. Lei lo aveva baciato lo stesso e gli aveva detto che andava tutto bene. Era un coglione, aveva detto, ma andava bene.

E infine, poteva scegliere di non coinvolgere Hans.

Poteva chiedergli di tornare a casa, anzi, ci aveva provato, gli aveva detto che un comunista in famiglia è più che sufficiente, ma Hans aveva insistito e Josif si era lasciato convincere.

"Josif, certo che vengo con te" gli aveva detto. "Le montagne non le conosci, il serbo lo parli male, non sei neanche capace di trovare i calzini, dove vuoi andare da solo?"

«Mi fa piacere che ridi, amico mio. Mi sono perso qualcosa?»

Hans scherzava sempre. Per lui era tutto un gioco. La mamma diceva che era questa la differenza tra loro due. Hans aspettava l'occasione per fare una battuta, Josif per vendicarsi.

«Solari, vada pure, la richiamo io tra un po'. Sergente, ci dovrebbe essere una fune su uno dei camion, me la porti. Poi avrò bisogno del suo coltello.»

Mentre quei suoni incomprensibili borbottavano intorno a lui, Josif si voltò.

Oltre lo strapiombo, a un paio di metri, si apriva un paesaggio straordinario. Il sole accarezzava le montagne come un'onda morbida. La neve non era mai stata così bianca. E il verde nella vallata sembrava come nei libri delle favole che leggeva da piccolo, con quel gigante con il cappello rosso che soffiava e faceva sbocciare la vita a ogni primavera.

Voltò lo sguardo a sinistra. Tutti gli stavano dando le spalle.

Raccolse le ultime forze e cercò di issare nel cielo il suo corpo di piombo. Le mani erano intrappolate nel ferro delle manette, le gambe gridavano pietà, ma Josif non volle fermarsi.

Qualcosa nelle gambe si strappò, la milza era come un grumo di acido nero che gli corrodeva il fianco, una rotula nella schiena gli lanciò una fitta.

Ma nonostante tutto questo, riuscì ad alzarsi. Non erano stati i muscoli a farlo sollevare, né la speranza che tutto sarebbe finito presto. Sentiva però sulla lingua il sapore di una piccola, innocente soddisfazione.

Forse Hans sarebbe stato orgoglioso di lui.

Guardò la figura del capitano. Era poco più di un'ombra sbiadita, ma capì che era di schiena, a qualche metro.

In fondo, vicino agli alberi, un piccolo teatro di mezzi e di soldati li stava osservando. Ma lo spettacolo era solo per lui, e per Hans.

«Capitano!» cercò di gridare, ma gli uscì solo un latrato strozzato.

Fu sufficiente.

Quello si voltò, sorrise, e gli disse qualcosa in italiano, mentre con la mano gli indicava di tornare giù.

Josif però non aveva finito. Gli parlò in serbo-croato, nella sua testa gli suonava meglio.

«Mi piace il tuo sorriso, capitano. Continua a sorridere.»

Il capitano sembrava divertito. E anche Josif voleva divertirsi.

«Perché sai, noi non siamo soli, su queste montagne. Mark porterà le foto in Austria. Tutti sapranno cosa avete fatto. E tu non sorriderai più.»

Poi alzò la voce, e sputò tutta l'aria di fuoco che gli era rimasta nei polmoni, voleva che ognuno di quegli uomini lo sentisse.

«Siete finiti, branco di cazzoni!» gridò, e scoppiò a ridere.

Con sua grande sorpresa, il sorriso del capitano si infranse in mille pezzi, come un sasso scagliato su un vetro. Quando Josif vide quegli occhi spalancati e la bocca semiaperta, capì. E si sentì un dio.

«Ah» disse, facendo qualche passo indietro. «Allora mi capisci.»

Il capitano gridò, scattò verso di lui, deciso, ma fu tutto inutile. Josif aveva fatto un altro passo all'indietro ed era già precipitato nel vuoto.

27

Ultimo giorno di marcia. David era a pezzi.

I piedi ormai erano ridotti in poltiglia, e le cosce dei sacchi tremolanti di spasmi e dolore.

Era da un pezzo che malediceva quelle montagne, l'agente Spada, i suoi modi di dire, la sua parlata saccente, il riso lesso precotto e i calzini fradici.

Ma soprattutto, malediceva Mark.

Ancora una volta nei casini, ancora una volta doverlo a ripescare.

È tuo fratello, David, non fare così. Lui ha bisogno di te.

Certo, certo che ha bisogno di me. Ha sempre avuto bisogno di me, della mamma, di papà, di denaro, di cure, di strizzacervelli, di scuse. Ah, di scuse quante ne ha avute.

Prima è colpa del trauma che lo ha segnato, poverino. Poi è colpa della scuola e della società, perché gli impediscono di esprimersi e integrarsi, poi è di mamma che non lo capisce, poi di papà che è troppo severo.

A un certo punto era stata persino colpa di David, che lo umiliava e lo faceva sentire in colpa per il solo fatto di non essere un relitto come lui.

Oddio, quando aveva preso quello stramaledetto libro sulla crescita personale ed era entrato in fissa con la storia dei "piani".

Una volta era andato a trovare David e si era schiantato

sul suo divano. Poi aveva tirato fuori l'ennesima canna, alle undici del mattino, giustamente, e si era messo a delirare.

«Lo so perché tu hai successo David, perché avevi un piano! Prima hai studiato sceneggiatura, poi hai fatto quel corso, poi ti hanno preso, quel direttore ha notato che sei bravo, ti sei fatto valere, avevi un piano! Adesso anche io ne ho uno, con gli amici, sai? Abbiamo messo da parte i soldi e ci rimbocchiamo le maniche! ... No, no, ti assicuro, è una figata, senti qui. Prima prendiamo il caffè usato nei bar, la polvere, no? Poi la lavoriamo dal fratello di Miguel, sì, quello che sta studiando chimica, la trasformiamo in fertilizzante e la rivendiamo! Sta andando tantissimo in Francia, e noi saremo i primi! ... Mi sono organizzato, ho scritto tutto su un quaderno, ho messo i miei obiettivi su carta, mi sveglio ogni giorno alle sei, mi alleno un po', studio due ore e poi lavoro alla mia attività! È un bel piano, che ne pensi?»

Che era una cagata, doveva dirglielo. Doveva dirgli un sacco di cose, in verità, al posto di permettergli di trascinare tutta la famiglia nell'abisso della sua inadeguatezza.

E invece no. Per tutta la vita David aveva fatto il bravo, era stato gentile, proprio come avrebbe voluto mamma.

Bravo David, guarda a cosa ti ha portato, guarda dove sei ora, su queste stupide montagne, con i piedi marci e con questo brutto stronzo palestrato che non smette di prenderti in giro, bella idea del cazzo!

«Oh!» si lamentò Spada, voltandosi.

«Che c'è?»

«Smetti di prendere a calci la neve. Così sprechi le energie, e poi me la stai tirando addosso.»

David sbuffò.

«Dài che siamo quasi arrivati. Siamo anche in perfetto orario» aggiunse Spada, facendosi quasi i complimenti. «Guarda, lassù c'è la statua della Madonna dei Tre fratelli.»

Aveva indicato da qualche parte in alto, su quella salita, oltre gli alberi. David non si preoccupò neanche di controllare.

«Lo sai perché si chiama così?» gli chiese l'agente.

No, non gli importava nulla.

«No. Perché?»

«L'hanno messa gli slavi quando si sono stabiliti qui. È una Vergine che tiene a bada tre mocciosi, su un largo spiazzo davanti a uno strapiombo. È un simbolo di fratellanza, di unione, ogni fratello rappresenta un popolo. Da qui, i tre fratelli.»

David fece un rapido calcolo con le dita.

«Aspetta, i popoli in queste zone non sono quattro? Serbi, croati, sloveni e bosniaci?»

Spada sorrise.

«Certo. Ma i bosniaci sono musulmani.»

David non poteva ricordarselo, ma si sentì lo stesso uno stupido. Provò a recuperare in corsa.

«Ah, certo. Il regime. Non gli hanno permesso di mettere un simbolo musulmano sulle Alpi e gli hanno fatto escludere i bosniaci.»

«Oh no, amico mio» replicò l'agente. «Lo hanno fatto da soli. Qui tutti odiano i bosniaci.»

Camminarono per un'altra mezz'ora, in silenzio.

Mentre David si godeva la discesa, facendo scricchiolare la neve sotto le suole, cominciò a fantasticare sulla prima cosa che avrebbe detto a Mark.

Ci aveva già pensato la notte prima, e aveva una bella scena in testa in cui non gli diceva niente ma gli mollava un cazzotto in piena faccia.

Ecco, in un film avrebbe funzionato bene.

Quello però non era un film, e lui non era un esperto di certe cose, ma intuì che se la sua prima reazione, davanti a dei terroristi, fosse stata proprio quella di tirare un pugno a un loro compagno, le possibilità di uscirne vivi sarebbero calate non di poco.

Decise che avrebbe optato per un sorriso. Lo avrebbe umiliato una volta tornati a casa. Per il resto, avrebbe fatto esattamente quello che Spada gli aveva detto di fare.

«Stammi dietro e non dire nulla se non te lo dico io, è chiaro, grande eroe?»

Era chiaro. Se lo ripeté a mente più volte, come uno schizzato, soprattutto quando vide i terroristi e il cuore gli saltò in gola.

Erano tre. Uno era su una jeep, a fumare, l'altro era sceso e li stava salutando. Il terzo era qualche metro più in là, armato di fucile, vicino al ruscello.

Il cuore di David andava a mille, il dolore ai piedi era scomparso, e la sirena del panico gli stava esplodendo nelle orecchie. Ma venne zittita, non appena sentì la manata violenta dell'agente Spada calargli sulla spalla.

«Eccoli!» annunciò, gioioso.

Forse c'era un'espressione per quello che David stava provando in quel momento. Dissonanza cognitiva? Forse no, però era surreale.

Spada sorrideva, i terroristi sorridevano, tutti sorridevano. Sembravano vecchi amici a una rimpatriata.

«Resta qui, vado a presentarmi» gli disse Spada, e si incamminò verso il primo, quello vicino alla jeep.

David però non si era calmato. La situazione era sotto controllo, era evidente, allora perché continuava a guardarsi intorno come un uccellino spaventato?

Datti una calmata, non puoi comportarti così. Se i terroristi vedono quanto sei teso, di certo penseranno che stai nascondendo qualcosa, forse s'insospettiscono, e che cosa può accadere dopo? Ci ammazzano?

Oh Cristo! No, giusto. Devo sembrare innocente. Cosa fa uno che non ha niente da nascondere? Dove guarda? Come tiene le mani? Regge la spallina dello zaino in questo modo? Devo rilassare le dita?

No, imbecille, uno che non ha nulla da nascondere sta calmo e basta!

Giusto. Come si comporta uno calmo?

Ricorse a un vecchio trucco che gli aveva insegnato la nonna per gestire l'ansia: respirare profondamente e osservare l'ambiente circostante.

Ecco, respira, con calma. Dove ti trovi?

Intanto, l'agente Spada aveva raggiunto il primo terrorista. Parlavano in serbo-croato.

Respira. Dove sei?

In una piccola radura coperta di neve, appena fuori dal bosco.

«Eccovi, in perfetto orario!»

«Visto? Sei tu Nikolas?»

«No, ora vi portiamo da lui.»

Lì c'era un ruscello, placido, intontito, e intorno ai sassi nell'acqua si erano già formate alcune croste di ghiaccio.

Spada stava scherzando con il terrorista. Si erano stretti la mano e ora sembravano parlare del più e del meno.

«Aspetta, riconosco quell'accento: sei di Mostar, giusto?»

«Certo, nato e cresciuto.»

«Avevo un amico di Mostar, prima dell'invasione, nelle giovanili della Stella Rossa.»

«Sì? Anche un mio cugino ci giocava.»

Sei sempre il solito pessimista. È una situazione assurda, ma guardali: sorridono. Ecco, sai cosa? Il vero pericolo sarà trascinarsi dietro Mark per tre giorni di cammino, al ritorno. Ci sarà un silenzio imbarazzante, di sicuro.

«Siete solo voi due?»

«In realtà no, dovevamo incontrarci con altri, però mi sa che si sono persi.»

«Dove? Li andiamo a prendere.»

«Aspetta, prendo la mappa e te lo dico.»

David vide Spada tornare verso di lui.

«Mi fai fumare?» gli chiese.

Quella domanda dissipò ogni dubbio. Spada gli chiedeva di fumare solo la notte, dopo aver finito le fatiche della giornata. Era il segno che si sentiva al sicuro.

Spada si tolse lo zaino e cominciò a rovistarci dentro, mentre David gli passava una sigaretta.

«Ci portano da Mark, ora? Saliamo sulla macchina?»

Chissà perché sentiva il bisogno di parlare a bassa voce.

Sforza aveva la mappa piegata in mano, prese la sigaretta.

«Allora?» riprese David. «Dobbiamo salire sulla jeep?»

Spada accese la sigaretta e guardò oltre le spalle di David. Anche lui teneva la voce bassa.

«Ora sta' molto calmo. Qualsiasi cosa io dica, non fare facce strane. Chiaro?»

«Cosa?»

L'agente cacciò fuori una boccata di fumo.

«Quelle non sono Linci.»

Una mano fredda stritolò il cuore di David, i polmoni si gelarono, e si sentì come nel suo sogno: una statua di sale, incapace di respirare.

Uno dei soldati lo stava fissando. David deglutì.

«Che facciamo?» riuscì a esalare, tentando disperatamente di non tradirsi con qualche faccia strana.

«Tu sta' calmo. Appena dico "occhio", tu comincia a correre giù, segui il ruscello, verso valle. Ma resta tra gli alberi.»

David non riusciva a ragionare, gli passò davanti agli occhi ogni tipo di orrore possibile. Prese un altro respiro e cercò lo sguardo di Spada.

«Tu che cosa fai?»

L'agente prese un altro tiro e parlò conservando il fumo in gola.

«Sai cos'è un contropiede?»

David non rispose subito.

«Cosa?»

Spada sorrise. Soffiò via il fumo, si voltò e si mosse verso il terrorista con cui aveva parlato poco prima. Nell'altra mano aveva la cartina ripiegata, la sventolava come un trofeo.

«Eccola!»

David non riuscì a staccargli gli occhi di dosso. Camminava tranquillo, come se stesse facendo una passeggiata.

«*Quindi? Dove sono i vostri amici?*» chiese il primo, che si era fatto avanti.

Spada prese un ultimo tiro.

«Occhio.»

Era il segnale, ma David non riuscì a muoversi. I piedi restavano inchiodati al terreno.

«Occhio?» chiese il terrorista.

Fu tutto troppo veloce. Spada lanciò la sigaretta e David

vide delle scintille incandescenti esplodere negli occhi del terrorista. Quello gridò, provò a portarsi le mani alla faccia, ma Spada era già su di lui.

In un lampo, l'agente sguainò un coltello dalla mappa ripiegata e gli piantò la lama nel collo. David non avrebbe più dimenticato quella fontana di sangue insozzare in quel modo la neve.

Il secondo, sulla jeep, provò a reagire, ma Spada fu molto più veloce. Aveva già tirato fuori la pistola, fece fuoco tre volte e per tre volte centrò il petto dell'autista, che si accasciò sul volante.

Il terzo, invece, fece in tempo a voltarsi, a puntare il fucile e a prendere la mira, ma Spada si era già messo in ginocchio. Un paio di bossoli dopo, il corpo del terzo si schiantò nell'acqua, frantumando le croste di ghiaccio.

Per qualche secondo David non sentì più alcun suono. Niente spari, niente grida, niente vento. Riuscì a sentire solo un leggero gorgoglio caldo. Forse era la fontana di sangue che sgorgava fumante dal collo del primo soldato. Era ancora vivo, aveva la bocca rossa. Non riusciva a respirare.

Poi un'eco lontana riuscì a rompere il muro di vuoto intorno a lui. Era Spada, gli stava gridando qualcosa.

«Corri, eroe, corri!»

Ah, giusto.

All'improvviso, un sibilo gli accarezzò un orecchio e la corteccia di un albero di fianco a lui esplose come un petardo. Il mondo riprese vita.

Spari, uomini.

«Corri!»

David ubbidì, afferrò lo zaino e si mise a correre come un disperato, mentre il mondo alle sue spalle lo inseguiva gridando.

Scavalcò sassi, tronchi morti, scattando tra gli alberi come una lepre, mentre le cortecce gli scoppiavano tutto intorno.

In quel delirio carico di tensione gli tornò in mente un libro che aveva letto da bambino, raccontava proprio di una lepre, se non ricordava male.

"... possono farti del male, ma prima dovranno prenderti."

Un ramo carogna lo riportò alla realtà. Lo colpì in faccia, accecandolo, e lo fece inciampare. C'era un dosso, e oltre un piccolo burrone di neve e sassi. David chiuse gli occhi, sperando che finisse subito.

Il gomito gli si piegò male e gli si conficcò nello stomaco, mentre dei legacci di carne dell'inguine si stracciarono. Ma appena aprì gli occhi, si accorse di essere ancora vivo.

Altri spari, altre grida. Erano più lontani, ma si sentivano. L'adrenalina lo spinse a correre ancora, provò a rimettersi in piedi, ma qualcosa lo afferrò per la collottola.

Proprio come un coniglio intrappolato e disperato, David cominciò a scalciare.

«Stai buono, perdio!» ruggì una voce.

David cercò ancora di liberarsi, provò a tirare una gomitata, ma per tutta risposta una lastra di cemento gli piombò sul naso. Ci mise qualche istante per rendersi conto che era un cazzotto.

Poi, la voce ansimante di un angelo.

«Sono io, eroe, sono io.»

David inghiottì il sangue e si lasciò trascinare da Spada sotto il burrone di neve.

Passarono alcuni secondi, c'erano dei cani che abbaiavano, ma il rumore più forte era il respiro di Spada.

Si voltò verso di lui. Ansimava come se avesse corso una maratona. Avrebbe voluto chiedergli qualcosa, ma non era nemmeno certo che fosse reale.

Anche Spada lo guardò, e sorrise.

«Comunque... è questo un contropiede» sussurrò, e si mise a ridere sottovoce.

David non rise, stava guardando la giacca di Spada. Sul fianco c'era uno strappo bruciato, e la neve sotto di lui stava diventando rossa.

28

Com'era possibile?

Eppure aveva tutto sotto controllo. Aveva previsto ogni situazione. Aveva organizzato ogni cosa nei minimi dettagli.

Era tutto perfetto, e ora, questo.

Sforza si appoggiò sul tavolo con i gomiti, si afferrò le tempie e tenne lo sguardo fisso sul plico bianco davanti a sé.

Mark. Un nome inglese.

Rifletti imbecille, rifletti.

Strinse di nuovo la lingua tra i molari, questa volta ancora più forte, e una goccia vischiosa di sangue cadde su un foglio. Il sapore ferroso delle piaghe aperte gli riempiva la bocca, ma neanche quello riuscì a rilassarlo.

Provò a concentrarsi sul contrasto fra il colore della bava insanguinata e quello della carta bianca. Poi strinse ancora i denti, e osservò il filo rosso colare leggero, nel silenzio ovattato dell'ufficio.

Dopo averlo fatto per la quinta volta, si rese conto che era tutto inutile. Nei momenti peggiori, era proprio quella una delle cose che lo aiutava a concentrarsi.

Era iniziato tutto come un piccolo gioco, una fuga.

La prima volta l'aveva fatto nei bagni, o nello sgabuzzino, aspettando che i ragazzi più grandi smettessero di cercarlo, quando lo chiamavano con i nomi più offensivi che riuscivano a immaginare.

Succhiacazzi. Serbo di merda. Succhiacazzi serbo di merda.

I bambini non hanno una grande immaginazione.

Sforza non aveva ancora quel nome. Se ne stava sul pavimento sudicio e sputava in silenzio.

Col tempo, l'aveva fatto diventare il suo piccolo rituale privato, soprattutto nei momenti peggiori. Gli rammentava che era vivo, che era lì, ora. Lo costringeva a ricordare di esistere nel presente.

E lì, ora, nel presente, si rese conto di che cosa diavolo fosse veramente.

Il giochino di un moccioso.

Perché questo è quello che sei, un moccioso. Guardati.

Fermo, prova a riflettere. Mark è un nome inglese. Forse è un nome in codice per i sovietici, magari è un agente.

Ah sì? E che razza di agenti sono? Si sono fatti prendere come pecorelle smarrite, sapevano dove stavano andando, sapevano quanti erano. È bastata la soffiata di Novak.

Doveva rifletterci di più, ma riuscì solo a pensare che avrebbe dovuto approfittarne. Avrebbe dovuto ucciderli lui, con le sue mani.

Avrebbe dovuto legarne uno a un albero, no anzi, a un palo, in mezzo alla piazza della base, così tutti i soldati lo avrebbero visto. Avrebbe sorriso, si sarebbe messo in ginocchio sopra di lui, e avrebbe affondato i pollici nei bulbi oculari, mentre il fratello guardava.

Ci sarebbero state le grida, gli occhi sarebbero scoppiati, il sangue sarebbe colato nelle sue mani, bollente, e lo avrebbe guardato fumare nel gelo del mattino.

Poi gli avrebbe sfondato il cranio con il calcio della pistola, si sarebbe tolto i guanti e avrebbe accarezzato tutta quella morbida delizia tra le mani.

È così liscia, vero? È pulita, calda...!

L'avrebbe coccolata, con calma. E poi, solo quando gli dèi gliel'avessero sussurrato, il pugno si sarebbe stretto. L'avrebbe schiacciata tra le dita, godendosi quel suono delicato, così viscido e umido, l'avrebbe stritolata così tanto da farla colare tra le nocche. L'avrebbe ridotta a una poltiglia perfetta, sacra. E infine, per ringraziare l'universo, l'avrebbe dispersa nella neve, in un disegno magico e divino.

No, non l'avresti fatto, razza d'imbecille. Ti piace crogiolarti in tutto questo, eh? E poi, nel frattempo, il fratellino che avrebbe fatto? Avrebbe confessato? Ti avrebbe detto dove sono i sovietici? No, ha fatto quello che doveva fare, ti ha sfidato. Anzi, ti ha preso in giro. Ti ha detto che ce n'è un altro. Ma chi? Dove? Quanti sono? Che foto hanno?

No, aspetta, forse mentiva.

Mentiva? Certo. L'ultimo gesto di un uomo che ha deciso di morire è quello di mentire. Non prenderti in giro. Ha deciso di farti più male possibile, di umiliarti. Perché lui lo sa che per te è finita. Ora, da qualche parte, un gruppo di agenti sovietici sta portando in Europa fotografie di qualche bosniaco malnutrito con gli occhi tristi che guardano oltre il filo spinato. E poi tanto altro. Case bruciate, soldati che picchiano puttane slovene, proteste, cani, campi di internamento. Oppure, ancora meglio, porteranno foto di te, maledetto idiota.

Cos'era peggio? Tu con quel capovillaggio sanguinante? Oppure la casa della vecchia strega, te la ricordi? Hai ammazzato il padre, lei, hai dato fuoco a tutto. E la bambina? Che ne hai fatto della bambina? Sei forte, vero? Tutto questo è colpa tua, lo sai.

Porteranno le foto in Europa, qualche frocio agiterà il ditino indignato, e poi titoli di giornale, scalpore, sdegno, la retorica buonista del cazzo travolgerà le vite di quei perbenisti vigliacchi, e alla fine salteranno gli accordi. L'Italia non entrerà in Europa, e sarà solo colpa tua. Lo verranno a sapere tutti. Cosa risponderai alla corte marziale?

Capitano, perché ha ucciso quella gente?

Capitano, perché non ha riferito dell'esistenza di quelle foto al generale Gallo?

Capitano, è vero che ha abusato di giovani soldati sotto il suo comando?

Capitano, perché sta balbettando?

Capitano, perché pensa di essere così sveglio rispetto a tutti gli altri, e ora se ne sta seduto al buio nel suo ufficio sputando sangue su un pezzo di carta?

Quell'austriaco non ti ha sfidato. Perché non sei una minaccia, non sei un nemico da sfidare. Ti ha solo preso in giro, come si fa con i bambini. Perché questo sei, un bambino. Non un soldato, non ufficiale con il completo controllo della situazione, no. Sei solo un povero marmocchio spaventato, un frocetto nascosto nel bagno, che si è messo nei guai da solo, piange e gioca con lo sputo.

E la sai la cosa più bella? Tutti ti ricorderanno così. Mi hai sentito, soldatino?

Con un colpo violento, Sforza spazzò via le poche cose sul tavolo. Il telefono, gli apparecchi, la targhetta, scaraventò tutto sul pavimento.

Poi si alzò di scatto e colpì il tavolo con un calcio, facendolo ribaltare. Avrebbe voluto gridare, bestemmiare, invocare l'aiuto degli dèi per salvarsi dal peso della propria disperazione.

Ma sarebbe stato inutile.

Si avvicinò alla fotografia del presidente ad interim, Ansaldo. Il suo sguardo da ragno era drammaticamente obbligatorio in ogni ufficio della Repubblica. L'aveva già strappata dal muro, quando sentì la porta aprirsi.

Si voltò, feroce, pronto a scagliarla verso l'idiota che aveva osato disturbarlo, ma appena vide gli occhi di Michele il ghiaccio delle montagne gli congelò il sangue, la patina intorno agli occhi si spezzò, e il mondo si fece un poco più luminoso.

Ci mise qualche istante a capire che lo sguardo sbigottito di Michele non era per il tavolo ribaltato, ma per il sangue che gli colava dalle labbra. Buttò la cornice a terra, tirò fuori un fazzoletto dalla tasca e si tamponò la ferita.

Michele si chiuse la porta alle spalle.

«Che succede?»

Sforza scosse la testa. Era inutile rispondergli. Che cosa avrebbe dovuto dirgli?

Non voleva che fosse lì, non voleva che lo vedesse in quello stato. Ecco la cosa peggiore. Avrebbe perso anche lui.

Mise via il fazzoletto, si sedette sul divano e lasciò che il suo allievo osservasse il frutto della sua impotenza.

Ci fu un silenzio surreale di quasi un minuto, in cui il ragazzo analizzò ogni vetro, ogni pezzo di plastica, ogni frammento della devastazione che Sforza aveva scatenato in quell'ambiente tanto perfetto.

Quando parlò, la sua voce non era spaventata. Era delusa.

«Questo non è controllo.»

Fu come una coltellata.

«Mi hai insegnato che la cosa più importante è il controllo. Questo non è controllo.»

Aveva ragione. Sforza non riuscì a sostenere il suo sguardo, non ne era degno. Abbassò gli occhi sul pavimento e lasciò che la disperazione si facesse strada nel suo petto.

Che razza di maestro sei? Che cosa vorresti insegnare, eh?

Michele cercò gli occhi di Sforza. Si fece vicino.

«Che succede?» chiese ancora.

Come spiegarglielo? Che cosa ne sapeva, lui? Che cosa avrebbe mai potuto capire? E anche se fosse riuscito a parlare, che senso avrebbe avuto?

Sforza ci provò. Cercò le parole, scavò nella lingua, nel cranio, tentando disperatamente di spiegare a quella creatura così preziosa che il mondo era finito. Che presto il destino lo avrebbe travolto, e che non c'era assolutamente nulla che potesse fare per impedirlo. Voleva dirgli che ci aveva provato, con tutte le sue forze, ma alla fine non era stato sufficiente.

Come un folle, aveva tentato di sfidare il mondo, forse gli stessi dèi, e aveva fallito. Forse perché aveva peccato di superbia, perché aveva davvero creduto di poter tenere ogni cosa sotto il suo controllo, ma aveva stretto così forte che ogni cosa, ogni singolo successo, ogni piccolo passo che aveva fatto in tutti quegli anni adesso si era dissolto come un sussurro nel vento. Sarebbero rimasti, ora, soltanto il dolore e l'umiliazione. Ed era tutta colpa sua.

Alla fine, l'unica cosa che riuscì a rantolare dalle budella fu una delle sue citazioni preferite.

«Piena di scorpioni è la mia mente.»

Michele era in piedi, a un passo dalla testa di Sforza, chinato sul pavimento.

Accarezzò il cuore del capitano con una voce morbida, lo sorprese con un'altra citazione.

«Sii audace, sanguinario, risoluto. Fatti beffe del potere degli uomini.»

Era una citazione imperfetta, ma Sforza si sciolse. Michele voleva essere lì per lui, e voleva dimostrarglielo come poteva.

Fu per questo, forse, che Sforza, dominato dall'istinto, allungò le braccia, lo cinse per la vita e lo strinse a sé. Michele non fece resistenza e si abbandonò a quell'abbraccio.

Sforza affondò la guancia sul suo addome morbido, e all'improvviso un calore dolcissimo lo avvolse. Non pianse. Ma per tutti quei secondi di silenzio in cui lo tenne a sé, pensò che se fosse morto in quel momento, forse tutto quel dolore, quell'ansia, quella disperazione, avrebbero avuto un senso.

Tutto quel dolore per quel piccolo, preziosissimo istante.

Rimasero fermi, stretti, e quando Michele gli passò una mano tra i capelli, Sforza si lasciò andare a un lungo sospiro. Sentì che mentre l'aria abbandonava il suo corpo, qualcosa nel petto cominciava a sciogliersi. Come una tensione, un nodo di neve, che finalmente poteva squagliarsi nel calore di quell'abbraccio.

Fuori aveva smesso di nevicare. Il mondo era buio, non c'era nessun suono, solo il corpo di Michele, la sua mano. Ed era tutto perfetto.

«Ho capito una cosa» disse il ragazzo.

Sforza non replicò. Lo lasciò parlare, non gli importava più nulla.

«Il re sanguinario, quello del racconto. A un certo punto incontra la terza strega, no? Ma... lui non capisce che gli sta mentendo. Lei lo inganna perché è ossessionato. Lui si fida ciecamente di lei, la strega gli fa vedere la profezia del bambino e lui impazzisce. Ma se si fosse fermato per un istante, forse... forse avrebbe capito. E non sarebbe morto.»

Sforza si stava facendo coccolare dalle vibrazioni della sua voce, avrebbe voluto addormentarsi, lasciarsi cullare da quel suono. La voce di Michele era così dolce.

Poi Sforza realizzò.

«Michele» disse. «Non stai più balbettando.»

Lo sentì sorridere sopra di sé.

«Sì. Sto facendo quello che mi hai detto.»

Lentamente, Sforza si staccò dal corpo del ragazzo. Si rimise con la schiena dritta sul divano, lasciando cadere le braccia, e lo guardò dal basso.

Michele sorrideva.

«Respiro. Come mi hai insegnato.»

Sforza vide quel musetto soddisfatto guardarlo, orgoglioso, e anche lui respirò.

Si alzò in piedi. Gli occhi di Michele erano due pozze scure, tranquille. Sforza gli mise una mano sulla guancia. E anche se era buio, riuscì a vederlo arrossire.

Mentre accarezzava con il pollice quella piccola barba acerba, iniziò a pensare, e si rese conto che ancora una volta Michele aveva ragione.

Il re sanguinario era disperato. Gli alleati lo avevano abbandonato, il regno sembrava perduto, e lui si era affidato alla menzogna di una strega, alla sua profezia delirante. E come lui, anche Sforza sentiva lo sguardo della strega, lì, nascosta sulle montagne, che lo spiava, famelica, in attesa di un passo falso.

Non poteva fare come il re. E se voleva fare diversamente, aveva bisogno di qualcosa che il re non aveva: lucidità, calma, e un piano.

Perché ora Michele non balbettava più?

Proprio perché avevano un piano, e con calma, lezione dopo lezione, avevano raggiunto insieme l'obiettivo. E adesso Michele era lì. Respirava, sorrideva, parlava, perché aveva superato la sua sfida, passo dopo passo, con lucidità.

Quindi... fa' come lui.

Respira.
Sii lucido.
Sii calmo.
Sii risoluto.

Rifletti. Da quando hai preso i comunisti sulle montagne, quanto sarà passato? Due giorni? Tre? E quanti ne mancano alla firma degli accordi tra Italia e Federazione? Una settimana?

Eppure, se i deputati avessero voluto far crollare la maggioranza nel Parlamento europeo causando una profonda crisi politica, avrebbero già fatto casino, giusto?

Invece non è successo nulla. Tutto procede tranquillo. Perché?

Perché forse i sovietici, quel Mark, non hanno ancora portato le prove oltre il confine. Forse le stanno ancora cercando, perché li hai fermati. Magari sono ancora lì, nascosti in qualche villaggio. E se sono ancora lì, allora, forse, puoi bloccare tutto. Puoi cercarli, trovarli, prenderti tutto il merito, scavalcare Gallo, diventare un eroe.

Ma come?

Lo sai come. Devi smuovere le acque. Dare un ultimo colpo. Ma non come il re sanguinario, no. Tu non sei pazzo. Tu sei lucido. Non hai bisogno di uccidere. Non hai bisogno del rosso, non più. Tutto quello di cui hai bisogno è davanti a te. E lo stai accarezzando.

Sforza mise anche l'altra mano sulla guancia sinistra di Michele, raccolse il suo volto, e il ragazzo sorrise, accarezzandogli le dita a sua volta.

Ancora non riusciva a credere a quanto tutto questo fosse perfetto. Vide il desiderio avido tremare nelle labbra di Michele.

Per la prima volta, in quel buio così dolce, riuscì a capire il senso di un'altra citazione.

«Chi sei tu? Tu che ti nascondi nell'oscurità, e inciampi nei miei pensieri più segreti?»

Michele fece una faccia buffa.

«C-cosa?»

Sforza sorrise e lo lasciò andare.

«Torna alla baracca. Domani mattina avremo da fare.»

Michele non fece altre domande, ubbidì, e lasciò l'ufficio più disteso.

Il capitano lo guardò dalla finestra, mentre correva verso il complesso numero 3. Rimase alla finestra per altri cinque minuti, e non sentì nessun bisogno di mordersi la lingua.

Poi uscì, e disse al caporale di guardia di chiamare Farina.

Quando il sergente arrivò, ebbe il buon gusto di non dire nulla sull'arredamento. Sforza non lo guardava, gli parlò fissando gli alberi fuori dalla finestra.

«Avverti gli informatori. Fa' girare la voce che abbiamo violentato e ucciso la figlia di Slobodan durante un interrogatorio. E che domattina torneremo da loro, che siamo a caccia dei sovietici.»

Sentì il dubbio nella voce di Farina.

«Dobbiamo… dobbiamo davvero viol…»

«No, Giulio. La bambina non si tocca.»

Si voltò e fissò gli occhi confusi del suo sottoposto.

«Dobbiamo solo farglielo credere. Domani mattina andremo lì, al villaggio. Ma non con due squadre soltanto. Ci porteremo dietro il quarto e il quinto plotone, e anche i blindati del terzo. Questa volta crederanno che facciamo sul serio, che stiamo arrivando per uccidere. Si spaventeranno, e se stanno nascondendo i sovietici ce li consegneranno immediatamente. E se non saranno loro, sta' pur certo che la voce si spargerà in tutti i villaggi. Avremo i nostri comunisti prima di mezzogiorno.»

Farina annuì.

«Va bene. Quindi… non uccidiamo nessuno?»

Sforza sorrise e scosse la testa.

«No, amico mio» rispose, sereno. «Domani nessuno morirà.»

29

Nel terreno dietro al villaggio numero 4 c'era una piccola depressione. Dovevano farci un campo da coltivare, e i bosniaci avevano tagliato gli alberi, tolto le pietre, ma poi gli italiani avevano negato l'autorizzazione e adesso sembrava un lago ghiacciato, coperto di neve.

Per tre lati era circondato dalle colline boscose ai piedi delle montagne. Laggiù invece, sulla destra, non troppo lontano, c'erano le ultime case del villaggio.

Bianca si era seduta su una lastra di pietra grigia, vicino a dei frassini stanchi. Nikolas, il capovillaggio, le aveva detto di non spingersi oltre, che era meglio non farsi vedere dai suoi concittadini.

In realtà, già in molti sapevano che in quel rifugio in disuso c'era un gruppo di rifugiati, che stava organizzando qualcosa di strano. Bianca non si preoccupava più di tanto, ma per sicurezza aveva accettato il consiglio, e ora se ne stava lì, sulla pietra, senza dare nell'occhio.

Era quasi sera. Il sole grigio dell'inverno si stava dileguando per cedere il passo alla notte. Le montagne sarebbero a poco a poco diventate nere, e i sogni sarebbero tornati.

Poteva essere un giorno come gli altri ma quello era peggio, e Bianca non lo sapeva.

Non aveva l'energia per fare niente. Avrebbe potuto fare compagnia a Mark, mentre sviluppava le foto nel vecchio magazzino, oppure andare con Roman e Saša a consegnare dei viveri a una famiglia di bosniaci fuori dall'8. Ma in entrambi i casi sapeva che sarebbe stata inutile, e avrebbe solo affossato il morale.

Era una giornata vuota, spenta. Sentiva come se tutto, intorno a lei, avesse perso ogni luce, e il mondo si muovesse con una lenta oscillazione tra il grigio e il nero.

Si strinse nelle spalle cercando di distrarsi. Strizzò gli occhi, e fissò Mira dall'altra parte della depressione. Ciondolava presso gli alberi dell'altra collina, sembrava un folletto, indecisa se entrare o no nel bosco.

Che strana bimba. Perché non aveva amici?

Be', neanche Bianca aveva amici, quando era piccola. Passava tutto il tempo davanti al televisore.

Da quanto non vedeva un film?

Da quanto non si faceva una doccia calda come si doveva?

Da quanto non si metteva un pigiama pulito, s'infilava a letto e si guardava un cartone con i sottotitoli francesi fino a crollare dal sonno?

Quando era piccola, papà entrava in camera, le spegneva la tv e le rimboccava le coperte. Lei faceva sempre finta di dormire.

Faceva finta di dormire anche con Anna. Lei si svegliava presto, si rigirava nel letto, e la stringeva forte.

Sentì dei passi alle spalle. Erano Ebin e Branko. Ebin aveva un pugno di nocciole secche, se le sgranocchiava tranquillo. Si sedette di fianco a Bianca, e gliene passò una.

«Nocciolina?»

Il suo italiano era ottimo, ma non era come quello di Branko; sbagliava solo qualche parola, comunque.

Bianca fece del suo meglio per sorridergli.

«No, grazie.»

Branko cercò di mostrare supremazia.

«Si dice "nocciola". La nocciolina è l'arachide» spiegò.

Vedere Ebin alzare gli occhi al cielo riuscì a strapparle un sorriso. Si misero a litigare in serbo-croato.

«Branko, è tardi, va' a prendere Mira, così la riportiamo da Nikolas.»

«Io? Perché non ci vai tu?»

«Perché ti ho detto di farlo, muoviti.»

«Ma scusa, perché non facciamo a sort…»

«Adesso, Branko. Su. Va' a prendere Mira.»

Bianca si voltò a cercarla. La vide per un istante, si era appena infilata tra gli alberi. Anche Branko l'aveva vista.

«Che palle» esclamò, calcando su "palle" in un ottimo italiano, forse gliel'aveva insegnato lei.

«*Muoviti*» gli ordinò Ebin, secco.

Branko gli lanciò uno sguardo di disprezzo, ma ingoiò il rospo, e si mosse per recuperare la bambina. Iniziò ad attraversare la depressione pestando i piedi nella neve.

Quando fu abbastanza lontano, Ebin parlò, masticando un'altra nocciola.

«Lo sai che è innamorato pazzo, sì?»

Bianca soffiò un sorriso.

«Sì» mormorò. «Ma non posso farci niente.»

No, non poteva dire così. In questo modo Ebin avrebbe pensato qualcosa di sbagliato. Il fatto era che… non l'aveva mai spiegato. A nessuno di loro. Nemmeno a Branko. Non avevano mai toccato quell'argomento. Anche se di certo si erano fatti delle domande.

Per qualche strano motivo, sentì il bisogno di spiegarsi.

«Ebin, senti, io… Branko è un bravo ragazzo, anche voi, ma il fatto è che…»

Ebin alzò una mano per zittirla, e annuì.

«Tranquilla. Lo so.»

Bianca non riuscì a capire, come lo sapeva?

«Come…»

«Sono solo più sveglio di Branko» dichiarò lui.

Non l'aveva detto con supponenza. Sembrava sconsolato. Non l'aveva mai sentito parlare così.

«Lo sai solo tu?» gli chiese.

«Credo di sì» rispose Ebin, sgranocchiando l'ultima nocciola. «Ma non lo direi ad alta voce. Qui siamo un po'… chiusi.»

Bianca cercava di guardarlo negli occhi, ma lui guardava lontano, oltre la depressione.

«In realtà, per le ragazze è un po' diverso. Può piacere. Mi capisci? Ma gli altri, non è il caso.»

Bianca non ci arrivò subito.

«Io non potrei» chiarì lui. «Sarebbe... come si dice? Antipatico.»

Bianca afferrò il discorso, ma restò zitta. Non sapeva cosa dire.

«Ma l'ho capito anche per un'altra cosa» continuò Ebin. «La tua amica. Non ne parli mai.»

Bianca sentì un tuffo al cuore. Non voleva che Ebin ne parlasse. Non voleva che pronunciasse il suo nome. Non era... non era giusto.

Si strinse nelle spalle, si chiuse, e portò lo sguardo verso gli alberi, cercando di fuggire da quel discorso.

«È curioso, se posso permettermi.»

No, non te lo puoi permettere, pensò Bianca.

«Lo so, scusami. È che ho l'impressione che tu abbia paura a... dire il suo nome ad alta voce, mi capisci?»

Bianca sentì il respiro aumentare. Voleva andarsene da lì. Lasciare Ebin da solo e correre fino al rifugio, senza voltarsi.

«Io non posso immaginare quello che vi è successo. Solo pensarlo...»

Sentì Ebin inghiottire della saliva.

«Tu di quello, però, quando vuoi ne parli, vero? Ma di lei, mai. Come se fosse qualcosa di... sacro. Che non vuoi rovinare. È questo, sai, mi ha fatto capire che lei non può essere una persona qualunque. Sono certo che fosse molto di più.»

Bianca sentì un peso enorme nel petto. Freddo, di ghiaccio. Si era annodato nel diaframma, in gola. Non riusciva a respirare.

Forse, se avesse cominciato a correre...

«E mi dispiace davvero tanto, Bianca. Davvero. Non sai quanto.»

Correre? Ma a che servirebbe? Guardati.

Posò gli occhi sui guanti di lana, ma le mani erano gelate. Le strinse. E si accorse che era tutto inutile.

Che cosa stai facendo, Bianca? A che serve?

Tirò su col naso, e quando lasciò andare il respiro la voce si spezzò.

«Che cosa sto facendo, qui, Ebin? Cosa...» Un sorriso nervoso la fece tremare. «Che cosa mi è rimasto?»

Ebin non rispose, la lasciò andare avanti.

«Prima di tutto questo, prima... prima che voi mi...» Vide le rampicanti verdi sul muro del palazzo. Papà voleva tirarle giù, ma non l'aveva mai fatto. «... io avevo tutto. Te lo giuro Ebin, avevo tutto. Avevo una casa, avevo mamma, papà, avevo...»

Aveva Anna. Ed era lì, con lei, sul divano.

Era pomeriggio, mamma e papà non sarebbero tornati prima di cena. Erano sdraiate davanti alla tv, Bianca aveva appoggiato la testa sul petto di Anna. Lei le stava accarezzando i capelli. Riusciva a sentire il suo profumo.

«Hai mai avuto una persona capace di darti così tanto, e chiedere in cambio così poco?»

Bianca se ne stava zitta. Aveva appena finito di piangere, aveva detto di essersi calmata, ma non era vero. Allora Anna si era sporta leggermente e le aveva dato un piccolo bacio sulla guancia.

«Lei mi dava tutto. Era... era così... dolce, con me. E io... non facevo altro che lamentarmi. Le piangevo addosso, andavo nel panico, mi... mi preoccupavo... pensavo.»

Un grumo di dolore le risalì la gola, Bianca cercò di inghiottirlo.

«Pensavo, sì...»

Un altro risolino isterico.

«Ho passato così tanto tempo a pensare. Pensare a... quello che sarebbe accaduto, a cosa mi avrebbero fatto e... come... come avrei fatto a rovinare tutto... a rovinare quello che avevo, con lei, come l'avrei fatta fuggire da me... come tutto sarebbe potuto finire così, da un momento all'altro.»

Anna però non si era arresa. Le parlava sottovoce.

Ehi, che cos'è quel musetto? Ci stai ancora pensando? Eh?

«Era come se, pensando a tutte quelle cose, ogni giorno, ogni ora... in qualche modo potessi... sconfiggerle, mandare via tutto. Prevedere il peggio, no? Prepararmi, capire cosa fare, come muovermi… controllarlo. Ecco, sì. Ci pensavo così tanto perché credevo che se fosse accaduto… sarei stata pronta. Sarei riuscito a controllarlo.»

Anna le cinse la pancia con il braccio, la strinse piano e la baciò ancora, spostandole i capelli sul collo.

La sua voce era una carezza.

Sei tutta scema, lo sai? Che fai, non mi guardi neanche? Sei offesa?

«Ma non era così. Tutto inutile. Io sapevo già tutto. Come avrei dovuto reagire, cosa avrei dovuto fare… E sapevo anche che stare lì, a pensare… sapevo che era inutile, che oltre a quello non potevo fare niente, che non potevo farci niente, ma… non riuscivo a smettere. E ogni giorno la mia testa era…»

Alzò le mani, tremante, e si accarezzò le tempie con i polpastrelli.

«Era come se la testa fosse piena di questa cosa… densa. Un… un fiume. Un fiume interminabile di parole, di immagini, di paura, che mi… stava tutto dentro la mia testa, mi cancellava ogni cosa, io… io non… non riuscivo a pensare ad altro. Non riuscivo a respirare, a mangiare, non riuscivo nemmeno a vedere che cosa c'era intorno a me. Era tutto un mondo bianco, morto, per me era finita…»

Anna le diede un terzo bacio, e questa volta Bianca si voltò verso di lei.

Era tardo pomeriggio. Una luce arancione, morbida, pigra, accarezzava con dolcezza il viso di Anna, e delle particelle di polvere le brillavano intorno agli occhi.

Era bellissima.

«Ma quando lei era con me, e mi stringeva, era come se per un istante, anche solo per un istante, il mondo smettesse di esistere. Come se… tutto quello che c'era oltre noi due, tutto questo dolore, la paura, tutto quello che era dentro la mia testa… scomparisse, come se non fosse più importante. C'eravamo solo io e lei, nient'altro. Ed eravamo libere.»

Una lacrima le sgorgò sulla guancia e corse fino al mento.

«Lei... lei mi aveva liberato. Lei, con quella... dolcezza, con quel dono, mi dava il diritto di essere felice. Con lei. Me lo diceva... mi diceva: "Basta, adesso sei con me. Adesso sei felice". Me lo diceva.»

Bianca, ehi, respira. Fallo per me. Respira.

«Mi faceva respirare.»

E anche ora, davanti a Ebin, Bianca stava respirando. Tirò su col naso.

«E ho buttato via così tanto tempo. Finché il peggio è arrivato.»

Non voleva pensare ad altro. Non voleva. Cercò di tornare in sé, ma alla memoria si presentarono la casa del nonno, i soldati, il coltello.

«E ora non c'è più nulla... non ho più niente... e... non l'ho neanche... l'ho vista che...»

Quando vide gli occhi di Anna, le sue lacrime, i lupi che la divoravano, un grido le esplose in gola.

«Me l'hanno portata via... e io non...»

Non riuscì a finire. Le lacrime la travolsero, la voce si sfasciò in singhiozzi violenti. Chiuse gli occhi, e nascose la faccia tra le mani.

Stava tremando. Sentì Ebin farsi vicino, e quando lui la strinse lei si aggrappò al suo giubbotto, con tutte le sue forze.

Pianse, come non le capitava da tempo. Si lasciò andare, gridò ancora, nascondendosi nel petto di Ebin, e lui la tenne a sé.

Rimasero così un paio di minuti, nel silenzio della depressione innevata.

Ebin fu gentile. Le accarezzò la schiena, e le sussurrò che andava bene così.

E allora Bianca pianse ancora. Lo tenne stretto, come se fosse l'unica cosa che la teneva ancorata a questo mondo.

Lentamente, il nodo di ghiaccio che aveva nel petto si sciolse, sgorgando poco a poco dai suoi occhi. Alla fine, il cuore si calmò, il respiro esausto riprese il suo ritmo, e le immagini si dissolsero nel vento gelido delle montagne.

Quando si staccò, si sentì una stupida.

«Meglio?» le chiese Ebin.

Si asciugò le lacrime con i guanti. Inspirò profondamente, lasciando che il freddo la riportasse piano alla realtà. Si sentì come svuotata. Ma era piacevole. Riusciva anche a pensare meglio.

Ebin le parlò con dolcezza.

«Quando abbiamo ucciso quei soldati, tu non ti sei vista. Eri così lucida, ferma. Davi ordini, eri così... viva. Ed è stata tutta una tua idea. Ti assicuro, quando ci hai proposto il piano, l'agguato, le foto, ero convinto che fosse una pazzia, che gli italiani avrebbero reagito, ma invece avevi ragione. Non hanno fatto niente. Hanno paura. Non possono toccarci, siamo in vantaggio. E domani, quando Hans e Josif consegneranno le foto, e gli europei cacceranno via l'Italia, invieranno le forze di pace... o forse, davvero ci permetteranno di andarcene in Europa come rifugiati... sarà tutto merito tuo. E credo sia questo, ora, che ti manda avanti.»

Bianca scosse la testa.

«Ebin, io li voglio morti. Tutti: Sforza, Ansaldo, i Pretoriani... Questo è... odio.»

Ebin alzò le sopracciglia.

«S-sì, vero. Ok. E... sì, può aiutare. Ma no. Se odiassi e basta, non ti preoccuperesti. Forse saresti già morta. Secondo me, sotto, c'è qualcos'altro. Altrimenti, perché mi hai... come si dice?»

«Inzuppato?»

«Sì! Ecco, non mi avresti inzuppato il maglione!»

Bianca sorrise, più per compiacerlo che per la battuta. Ma lui le fu grato. E lei ora stava un po' meglio.

«E allora, se non è odio, cos'è questa cosa?»

Ebin alzò le spalle, e la conversazione si chiuse lì. Branko era tornato, trascinando Mira per mano. Appena vide gli occhi di Bianca, si mise in allarme.

«Che è successo? Hai pianto? Che ti ha detto?»

Lei cercò di sedarlo.

«Branko, tranquillo, ero solo un po' stanca.»

Fu inutile. Branko e Ebin presero a litigare in serbo-croato. Bianca gli lasciò spurgare il testosterone e si rivolse a Mira. Aveva un bellissimo fiore tra i capelli, aveva il colore della neve.

Curioso. Non l'aveva mai visto, non sapeva che ci fossero dei fiori che sbocciavano in inverno. Provò a parlarle nella sua lingua.

«*Questo fiore? Dove l'hai trovato?*»

Mira sorrise, allargò le braccia e la prese in contropiede, in italiano.

«In braccio?»

Giusto. In fondo se l'era guadagnato. Bianca raccolse quella mocciosetta tra le braccia, e la riportò dal padre.

30

Da un certo punto di vista, David avrebbe voluto sentire ancora le grida dei soldati, o l'abbaiare dei cani, al posto delle risate isteriche di Spada.

«Ci siamo messi in un bel guaio, eh, eroe?» continuava a ripetere, alternando le risate a versi di dolore.

Forse era impazzito.

Lo aveva sorretto sotto la spalla per dieci minuti, e forse erano riusciti ad andare così lontano solo perché erano in discesa.

Spada era pesante, zoppicava.

Magari, tre giorni prima, senza quella camminata infernale tra le montagne, David sarebbe riuscito a trascinarlo per un altro po', ma il suo corpo era già devastato, si stava ribellando, ed era certo che sarebbe svenuto da un momento all'altro.

«Fermo, fermo, lasciami qui» gemette Spada.

David tirò un sospiro di sollievo, e si sentì in colpa. Raccolse le ultime forze e lo adagiò piano dietro una roccia, cercando con estrema fatica di non farlo crollare come un sacco di mattoni.

Appena toccò terra, Spada si rovesciò sul fianco sinistro, aiutandosi con una mano e non riuscendo a trattenere un latrato.

David rimase in piedi, e cercò di convincersi che, in fondo, a lui era andata bene.

Dal fianco destro dell'agente si era aperta una chiazza scura, che era scesa lungo i pantaloni, fino allo scarpone.

David credeva che Spada avrebbe vomitato sangue, forse perché aveva visto troppi film. Non l'aveva fatto, in compenso il suo viso era pallido come la neve.

«Vieni qui» disse lui, aprendosi la giacca. «Nel mio zaino... c'è una siringa, passamela.»

David si buttò in ginocchio davanti a lui, aprì lo zaino e la trovò subito. Era impacchettata in una specie di busta verde sottovuoto. Dopo averla stracciata gli passò la fiala, e si accorse che gli stavano tremando le mani.

«Tranquillo eroe, tranquillo» provò a rassicurarlo Spada.

Guardati, imbecille, sta sanguinando ed è lui a rassicurare te.

«Che devo fare?» chiese David.

Spada scosse la testa. Strinse la siringa, larga come un dito e piena di liquido azzurro, e con l'altra mano si tirò su la felpa.

Non appena David vide il foro scarlatto sul fianco, pensò che sarebbe riuscito a resistere. Ma non appena Spada si mosse, un fiotto nero sanguinò dalla ferita, e David si lasciò prendere dall'emozione. Ebbe almeno la decenza di non vomitare in faccia all'agente, e di voltarsi.

«Non è il massimo, eh?» rise Spada.

David si calmò dopo alcuni istanti, e quando tornò a concentrarsi sull'agente capì di essere solo d'intralcio. Si era già iniettato quel plasma azzurro dentro la ferita.

«C'è un rettangolo arancione...» provò a dire Spada, ma strabuzzò gli occhi e digrignò i denti in una maschera di dolore.

Non c'era bisogno di aggiungere altro, David sapeva di che cosa stava parlando, l'aveva visto nello zaino. Era una benda di plastica ripiegata su se stessa.

La aprì, non era più grande di una mano. Tolse la pellicola dal lato appiccicoso, e tremando si avvicinò alla ferita.

«Ecco, bravo, hai capito.»

David sapeva che quello che stava facendo era basilare, c'era una ferita e andava protetta con una benda, che altro avrebbe dovuto fare? Anche un imbecille l'avrebbe capito, ma si sentiva comunque inutile, quasi d'intralcio. Era come quando da piccolo teneva la torcia sotto il lavandino mentre papà lo riparava. Poi l'acqua cominciava a schizzare, mamma gridava a papà, papà si metteva a gridare di rimando, e se c'era Mark anche lui gridava. Tutti gridavano, e David se ne stava immobile, con la torcia accesa in mano, come un deficiente. Una presenza inadeguata, e con una gran voglia di mettersi a piangere.

Aveva coperto la ferita con la benda di plastica e faceva pressione, come gli aveva chiesto Spada. Il sangue colava comunque, e David pensò che Spada non fosse solo un uomo, ma la sua unica via di salvezza. Avrebbe dovuto sentirsi in colpa per avere fatto un pensiero del genere?

Cazzo, sta morendo, pensa un po' agli altri ogni tanto.

«Che facciamo?» chiese, con una voce più rotta di quanto volesse.

Spada, però, non rispose. Gli tolse la mano dalla ferita, e si fece aiutare a mettersi seduto con la schiena dritta.

Quando David gliela fece appoggiare alla pietra, Spada guardò in alto, verso il cielo coperto dagli alberi. Non era azzurro come quella mattina. Era grigio, ostile.

Però, forse, gli dava un senso di pace. Era cresciuto in quelle zone, giusto? Magari gli serviva.

David provò a confortarlo.

«Bello, vero?»

«Odio questo posto» rantolò lui, esalando un lungo sospiro.

Si portò la mano sul fianco e continuò a premere sulla ferita, stringendo i denti.

«Cosa devo fare?» chiese ancora David, ma Spada continuava a guardare il cielo.

«La realtà non si scompone...» sussurrò.

Stava delirando.

«Questo lo diceva un mio amico. Un ebreo. Voleva dire che...»

Sbatté le palpebre più volte, come se una luce violenta lo avesse accecato.

«Sai, al corso ero il migliore. Sono sempre stato il migliore... Volevo essere solo, in cima. E alla fine ci sono rimasto. Completamente solo.»

Doveva essere il sangue, di sicuro. Ne aveva perso troppo e non ragionava più. Un po' di riposo gli avrebbe fatto bene, ma ora?

«Vuoi sdraiarti?» chiese David, alzando il tono della voce. «Devo tenerti sveglio? Devo... devo darti qualcos'altro?»

«Ma alla realtà non importa. In verità... siamo tutti così soli. Ma non ce ne rendiamo conto. Mai. E ci sentiamo così forti... così bravi... Siamo stati solo fortunati. Ma alla fine, a cosa importa?»

Oh, Cristo.

Non poteva fare così, non adesso. David gli afferrò una spalla, lo scosse leggermente.

In tutto quel tempo trascorso insieme, non gli aveva mai chiesto il suo nome di battesimo.

«Agente...» gli chiese. «Come ti chiami?»

Finalmente Spada lo guardò negli occhi, e sorrise.

«Che ironia. Mi guardi come... C'era così tanta gente che mi guardava così...»

David si accorse che Spada non aveva il fiatone, faceva fatica proprio a respirare.

«E io li trovavo così deboli, inutili. Li odiavo... pensavo... erano solo un peso, per me... mi parlavano, ma io non li ascoltavo mai... mai.»

Ricominciò a sghignazzare. Una risata folle, isterica.

«E ora tu... qui!»

David restò a fissarlo, ammutolito, però forse c'era ancora una speranza. Aspettò che si calmasse, prima di ripartire all'attacco.

«E adesso siamo così soli, io e te... su questa montagna del cazzo. Non ascoltiamo mai, vero?» sussurrò Spada.

«Agente, che cosa...»

«Il mio zaino» lo anticipò. «Il telefono satellitare. Cerca uno spazio aperto, senza alberi. E chiama lo 0-1.»

David ringraziò tutti i santi di cui ricordava il nome. Prese il telefono e lo tenne stretto tra le dita.

«Trova tuo fratello. E quando l'hai trovato, chiama quel numero. Chevalier ti verrà a prendere.»

David si lasciò sopraffare dal panico.

«No, no, no, ehi, aspetta. Come "trova tuo fratello"? Adesso ti rimetti in piedi, no? Possiamo stare qui per la notte, giusto?»

Era folle, anche David lo sapeva, ma perché non provarci?

Spada forse ebbe tenerezza di lui, perché chinò la testa e lo fissò come si fissano i bambini che non vogliono entrare in classe il primo giorno di scuola.

«Scendi a valle, seguendo questo crinale. Troverai una strada battuta, in salita, ti porterà al villaggio numero 4. Ti nasconderanno. Chiedi di Nikolas, è un serbo. Lui ti porterà dalle Linci. Se trovi le Linci, trovi tuo fratello.»

No, non era possibile. Non poteva lasciarlo andare da solo. Si sarebbe perso, si sarebbe buttato tra le braccia dei soldati.

«Aspetta, perché non lo posso chiamare subito? Perché non ci facciamo venire a...»

David s'interruppe. Aveva sentito il suono più terrificante che si potesse udire su quelle montagne. Cani, che abbaiavano. E fischi di uomini.

Con grande fatica, Spada sfilò la pistola dalla fondina.

«Quando chiamerai quel maiale di Chevalier, digli che hai le prove.»

David non capì. Sentiva solo il cuore martellargli nelle orecchie.

«Le prove? Cosa?»

Spada alzò gli occhi al cielo. Masticò qualcosa sottovoce. David credette di sentire un "chissenefrega".

«Non siamo qua solo per tuo fratello» disse infine l'agente, e tirò il carrello dell'arma. «Crediamo che... crediamo che le Linci abbiano le prove dei crimini di Ansaldo e dei suoi.»

Qualsiasi cosa stesse dicendo, David era da un'altra parte. Aveva le orecchie tese, i soldati erano vicini, scendevano dalla montagna.

«Non... non capisco» gemette.

Spada lo afferrò per il bavero della giacca e lo trascinò a sé.

«Ascoltami!» gli intimò, stringendolo con le ultime energie. «Chevalier ti verrà a prendere comunque, ma se gli porti quelle prove, verrà qui con tutta la cavalleria.»

David aveva gli occhi spalancati, cercò di sbirciare tra gli alberi, le grida erano più vicine, forse aveva visto delle sagome, ma Spada lo teneva a sé.

«Lo so che non te ne frega un cazzo, eroe, lo so. Ma io voglio vedere i Pretoriani su una forca, così come lo vuole tuo fratello.»

David riuscì solo a pensare a mamma, sul letto con lui, che lo stava consolando.

Non fare così, David, è tuo fratello. Non è come te.

«Ascoltami...»

Ascolta tuo fratello, David, dài, non vedi che ti sta chiedendo scusa?

«Non lo abbandonare. E ascoltalo. Solo così puoi salvarti.»

Non essere arrabbiato. David, perché non gli dài retta?

«Corri, eroe.»

Furono le ultime parole che David sentì pronunciare da Spada. L'agente lo lasciò andare. E David si mise a correre giù per la valle.

Alle sue spalle, sentì solo grida, e gli spari.

31

Sforza gonfiò i polmoni e li riempì della meravigliosa aria del mattino. Si godette quell'aroma delizioso che solo la montagna può regalare. Una fragranza delicata, sottile, composta da neve, ghiaccio, il profumo del legno dei pini e, soprattutto, uno squisito retrogusto di benzina.

Davanti a lui, nel piazzale pulito a dovere, i sergenti gridavano agli uomini, facendoli scattare da una parte all'altra del convoglio per gli ultimi preparativi.

L'atmosfera era carica di elettricità, e se ci doveva essere una giornata per mettere ogni cosa al suo posto non poteva essere che quella.

Solari si trovava alle sue spalle, le mani dietro la schiena, a riposo. Sembrava avere un atteggiamento sottomesso, docile, ma Sforza sapeva che non era così. Nonostante tutto, Solari non era come uno dei suoi cavalli. Non si poteva domarlo così facilmente.

Provò a sondare il terreno.

«Nervoso, tenente?» gli chiese.

«Non più del solito, signore.»

In quella sfida, Sforza ci aveva preso un certo gusto. All'inizio voleva solo schiacciarlo per la sua insolenza, perché era l'unico a mettere in discussione i suoi ordini davanti ai suoi uomini. Ma con il passare dei giorni, era diventato quasi uno svago. Erano divertenti, quei piccoli scambi. Anche perché ormai Solari era innocuo; ciononostante, mostrava sempre quella malcelata irritazione nella voce, o nelle risposte. Ma a Sforza piaceva, era come se fossero due personaggi dentro una *pièce*, come se fosse "giusto" che lui gli rispondesse in quel modo.

Era stimolante.

«Che cosa non la convince?» gli chiese ancora.

«Non capisco perché non abbiamo segnalato questa operazione al comando, signore.»

Aveva risposto con prontezza, doveva averci pensato.

Sforza gli rivolse uno sguardo innocente.

«Operazione? Tenente, questa è solo una pattuglia. Di che operazione parla?»

Anche quella era un'ottima scenetta, e Sforza gli fece un largo sorriso.

Solari invece non sorrise. Si limitò a riportare lo sguardo sugli uomini, come se nulla fosse accaduto. Sforza non era soddisfatto.

«Vuole dirmi qualcosa, tenente?»

«Ho il permesso di parlare?»

Lo invitò con la mano.

«Prego.»

Il tenente si prese un secondo.

«Li guardi, capitano. Sono eccitati.»

«Meglio, no? Vuol dire che sono pronti.»

«Non voglio dire questo, signore. Molti di loro sono veterani. Hanno combattuto contro gli slavi l'anno scorso, prima della Pacificazione. Hanno dei conti in sospeso. E sanno che con lei possono trovare...»

Si fermò, Sforza capì che stava misurando le parole.

«... azione. E poco tempo fa un'intera squadra è stata massacrata su queste montagne. Ora, non metto in dubbio le sue capacità di comando, ma questi uomini vogliono vendicarsi. Quando siamo andati al villaggio 6, l'altro giorno, credo sia stato un miracolo che nessuno sia rimasto ferito. Ma chi ci garantisce che oggi sarà lo stesso? Guardi le armi che abbiamo. E guardi loro.»

Per la prima volta, Sforza ascoltò seriamente le parole del tenente.

Aveva ragione. Come aveva fatto a non pensarci prima?

Gli uomini sono deboli, fragili, si fanno trascinare dalle emozioni. Non hanno il completo controllo di ogni cosa, come aveva lui. Possono scattare da un momento all'altro e per i motivi più stupidi.

Sforza non poteva permettere che scoppiasse un casino. Il suo piano avrebbe funzionato solo a partire da questa premessa. Inoltre, ed era il motivo più importante, era come diceva Michele: non aveva bisogno di altro sangue. Per quanto quel fuoco gli bruciasse dentro, per quanto di notte facesse tutti quei sogni, e non passava istante in cui non pensasse alla bellezza di un corpo fragile, perfetto, che si sfalda nella perfezione del mondo, quel sangue non era necessario.

Lui non si trovava lì per quello, non avrebbe fatto come il re scozzese, non avrebbe rovinato tutto per un istinto così basso, per quanto puro e sacro.

Ma non aveva considerato i propri sottoposti. Si sorprese nel sentirsi grato nei confronti di Solari.

«Sa tenente? Lei ha ragione.»

Riuscì a intercettare un accenno di paura nello sguardo dell'ufficiale. D'altronde, l'ultima volta che gli aveva detto una cosa simile gli aveva fatto uno scherzetto.

Chiamò Farina, e il sergente trotterellò verso di lui.

«Falli schierare. Adesso.»

In meno di un minuto, tra grida e bestemmie, un centinaio di uomini, fra soldati, ufficiali e sottufficiali, si misero sull'attenti nel piazzale.

Sforza si permise una breve passeggiata davanti allo schieramento. Non solo perché gli dava particolarmente piacere – era sempre bello ispezionare le truppe, ti faceva sentire forte, al comando – ma anche perché aveva bisogno di riflettere.

Quando fu pronto, si mise al centro del piazzale, davanti alla pattuglia, e preparò la voce.

Prima di parlare, si gustò il silenzio carico di elettricità, quello che sentiva sempre prima di una scena.

«Buongiorno, signori!» cominciò con un'ottima voce. «Vi prego di perdonarmi per questa alzataccia. Spero che non aveste programmi.»

Risate. I sergenti solo un sorriso d'ordinanza, ma i soldati si mostrarono sguaiati, in particolare quelli della seconda e della terza squadra. Come diceva Solari, erano entusiasti.

«Cercherò di essere breve. Entreremo nel settore 4-G, verso il villaggio numero 6. Per chi non lo sapesse, o non fosse con noi l'altro giorno, si tratta di un villaggio di serbi.»

Aspettò un momento, doveva permettere ai soldati di assorbire l'informazione, prima di proseguire.

«E i serbi, a differenza degli altri slavi, sono nostri alleati.»

Aveva spazio per un'ultima battuta.

«Mi chiedo se anche loro lo sappiano.»

Risero ancora, questo volta anche Ragusa, il sergente della seconda squadra. Ottimo. Gli aveva dato lo zucchero. Ora, la medicina.

«Battute a parte, questo vuol dire che sono armati. Un paio di fucili da caccia per tenere lontani i lupi, niente di trascendentale. Ma, come avete visto, ultimamente non scorre buon sangue tra di noi. E voglio che siano chiare un paio di cose.»

Sforza cambiò espressione, e lasciò che l'atmosfera cambiasse.

«Di questa gente, slavi, serbi, bosniaci, sloveni, pensiamo tutti la stessa cosa. Non sono nostri fratelli, né nostri amici. Sono solo un fastidio, una rogna. Dei parassiti, che noi, ora, dobbiamo gestire.»

Dal fondo dello schieramento partì un «Sì!» di approvazione, seguito da movimenti di teste che annuivano. Sforza ci passò sopra.

«Ma non possiamo fargli del male. Non più. E non è quello che stiamo andando a fare adesso.»

Il capitano riuscì a sentire tutta l'elettricità nell'aria spegnersi all'improvviso. Le speranze di chi pensava che quella giornata sarebbe stata diversa si disintegrarono in mille pezzi.

«Non perché non se lo meritino, né perché io non lo voglia. Dopo tutto quello che hanno fatto anche io vorrei fargliela pagare, credetemi, ma conoscete le regole. Le cose ora sono diverse, tra pochi giorni entreremo in un mondo nuovo e dovremo adeguarci. Quindi, oggi, niente scherzi. Avremo il controllo della situazione, saremo freddi e professionali. E se qualcuno di quegli idioti si metterà a sparare, allora agiremo di conseguenza. Ma non voglio iniziative. Anche se attaccati, nessuno sparerà o farà nulla senza un mio ordine diretto. Sono stato chiaro?»

Soltanto i sergenti e le prime due file risposero in coro: «Signorsì!».

Un moto d'indignazione esplose nel petto di Sforza, e nella sua voce.

«Ripeto, sono stato chiaro?»

Questa volta risposero tutti, ma in mezzo alla truppa un vigliacco cacciò un «Ammazziamoli, capitano!».

Branco di zotici cafoni. Maledetti contadini senza cervello. Bestie ignoranti. Maiali eccitati.

Si era preoccupato per tutto il tempo di che cosa pensasse Solari, di come domarlo, ma si era dimenticato della truppa. Era a loro che doveva tenere la briglia corta. Doveva reagire.

«Per questo motivo, solo la squadra del sergente maggiore Farina avrà in dotazione la 240, con non più di dieci nastri. Tutte le altre mitragliatrici leggere e i lanciagranate li lasciate a casa. E per quanto riguarda i fucili, solo quattro caricatori a testa!»

Alcuni soldati si guardarono tra loro, iniziò un borbottio insolente. Qualcuno parlò, sempre dal fondo.

«E come ci difendiamo, a parolacce?»

«Silenzio!» tuonò Sforza, travolgendoli con la forza della sua voce.

Era quasi un ruggito. Li aveva spaventati. Gli uomini si calmarono, e quando la pace tornò a posarsi sul piazzale il capitano lanciò un ultimo avvertimento.

«E chi si azzarda a sparare un colpo senza che io lo abbia ordinato, se la vedrà con me! Sono stato chiaro?»

I cani risposero tutti in coro, ubbidienti. L'ordine era stato ristabilito.

«Bene, signori. In sella!»

Lo schieramento si sfaldò in un attimo. I sergenti gridarono e portarono le loro squadre sui mezzi. Anche Sforza marciò verso la sua jeep, Farina lo raggiunse e gli parlò sottovoce.

«Signore, non sarà un po' troppo?»

«Ci sono i blindati, bastano e avanzano» lo liquidò Sforza, poi si rivolse a Solari: «Tenente, vada con Farina sul secondo camion».

Forse quella era una caduta di stile, ma era arrabbiato. Possibile che dovesse sempre preoccuparsi di qualunque cosa?

Non appena salì sulla jeep, e Michele gli si sedette accanto, ricominciò a respirare, e il sangue smise di bollire.

«Bel discorso» disse il ragazzo.

Sforza sorrise, e annuì.

Da quanto tempo nessuno gli faceva un complimento.

«Grazie» riuscì a dire. E per un attimo si sentì orrendamente fragile.

Chissà se anche l'autista aveva avuto la stessa sensazione. Un pensiero del genere, qualche tempo prima, lo avrebbe tormentato per tutto il pomeriggio. Ora invece, con Michele al suo fianco, gli sembrava quasi stupido.

Qualche secondo dopo, il blindato del sergente Crisoni si mise in moto e il convoglio partì verso il villaggio 6. Per tutto il tempo, Sforza sentì ancora lo sguardo della strega su di sé, che lo spiava dalle montagne.

32

Era troppo. Bianca uscì dal rifugio sbattendo la porta.

Sperava che la veemenza della sua uscita potesse dare una svegliata ai maschietti all'interno, ma tanto sapeva che era inutile.

«E ora che facciamo, eh?» aveva gridato Nikolas. «Hai un'altra idea geniale?»

Ingrato. Era lei che li aveva portati fino a lì. Era lei che era riuscita a capire tutto il meccanismo. Come si era permesso di chiamarla in quel modo?

Razza di stronzo ingrato. Non c'era da stupirsi che Mira lo odiasse.

Si sedette sugli scalini di legno e cercò di calmarsi, seguendo il respiro. Una nuvola bianca le uscì dai polmoni e coprì gli alberi di fronte.

Stronzi, tutti quanti. Piccoli maschi ottusi con il complesso di inferiorità.

Era forse colpa sua se Josif e Hans si erano fatti beccare? Lei aveva detto di non fidarsi di Novak. Erano alpinisti, no? Potevano farcela.

"No, no, tranquilli! È gente fidata!"

Certo, come no. E ora, tutto era andato a puttane.

Bianca non voleva pensarci, non poteva. Se avesse lasciato che il cervello la travolgesse con quelle recriminazioni, se si fosse veramente resa conto che tutto ormai era perduto, che tutti quegli sforzi erano stati inutili, tutte quelle discussioni, tutti quei morti, allora questo voleva dire che...

Che avrebbe deluso Anna.

No, non dire sciocchezze. Anna non avrebbe voluto questo, ti avrebbe voluta al sicuro, viva, felice, da qualche parte. Sai quanto le sarebbe fregato di tutto questo casino? Ma non è giusto, cazzo. Non è giusto. Devono pagare, devono pagare tutti, fino all'ultimo. Devono morire per questo, e poi...

Bianca guardò a destra, poco lontano. Mira e Saša stavano facendo un pupazzo di neve. Saša aveva appena montato la testa, e Mira notò che Bianca li stava guardando. La bimba alzò la manina per salutarla. Bianca sorrise.

Poi, a sorpresa, Mira lanciò un grido, e fingendo un colpo di karate staccò la testa di netto al pupazzo di neve, sotto lo sguardo sconfitto di Saša.

Bianca avrebbe voluto ridere, ma non ci riuscì.

Mira, Ebin, Roman, Branko, Saša, tutti gli altri. Lo stava facendo anche per loro? O era solo una giustificazione? Forse voleva soltanto una scusa più nobile, oltre alla vendetta, oltre l'odio? Anna non avrebbe voluto che la sua vita fosse solo quello, l'odio.

A che cosa ti porta, l'odio?

Be', sono viva, no?

No, Bianca, l'odio ti ha aiutata a rialzarti. Come lo hanno fatto il fucile di Branko e i soldati morti. Ma a farti respirare, ora, è ben altro. L'odio ti consuma, ti brucia, non ti lascia nulla. Ma non è ai soldati morti che pensi quando sei a letto, né ai Pretoriani davanti al tribunale europeo.

Pensi ad Anna. Di notte, ricordi quanto eri felice, perché era Anna che ti faceva sentire viva. Ed è questo che ti fa vivere, ora. L'odio è solo un innesco, ma non si vive di fuoco, non si vive di dolore. È come ha detto Ebin. Se non facessi altro che odiare saresti già morta, no?

Che cosa vorrebbe ora Anna? Che tu muoia, o che tu vada avanti? Te l'aveva detto una volta, ricordi?

Scema, ti ricordi gli stoici? Non hai il controllo di niente.

Non puoi controllare quello che ti capita, e non serve pensare al peggio, perché non cambierà le cose. Devi goderti tutto, finché puoi, e andare avanti.

Godersi le cose. Magari fosse stato così facile. È così difficile concedersi il diritto di essere felici.

Però Anna aveva ragione. Doveva provarci, doveva vivere.

La porta dietro di lei si aprì, era Mark.

«Ehi, tutto bene?»

«Sì, tutto bene.»

Si sedette vicino a lei.

«Scusa, perché te ne sei andata? È per quello che ha detto Nikolas? Parlava in serbo, non ho capito.»

«Ha detto che sono una ragazzina. E che non dovevano fidarsi di me dal principio.»

«Ah» disse Mark, sorpreso. «Che stronzo.»

«Vero?»

Bianca era contenta che almeno lui la capisse. In realtà, anche Ebin era dalla sua parte, ma era raro che si mettesse contro Nikolas a muso duro. Come se davanti a una specie di autorità non potesse abbassarsi a rispettarla.

Ah, ti senti importante, ora?

Sì, io sono importante. Li ho portati fino a qui. Non è stata colpa mia. Poveracci.

«Mi dispiace per i tuoi amici.»

Lui scosse la testa e cominciò a frugare nella borsa che aveva a tracolla. Tirò fuori un plico nero.

«Ho sviluppato le foto. Che ne dici?»

Quella reazione permise a Bianca di unire i puntini. Mark non reagiva alle cose direttamente, aveva bisogno di qualcosa che filtrasse la realtà, per renderla più facile. Per questo se ne stava in disparte e girava sempre con la macchina fotografica. Era attraverso quell'oggetto che riusciva a digerire il mondo.

Lasciò che le mostrasse le foto.

«Allora? Che ne pensi?»

Non erano un granché. Erano per la maggior parte paesaggi: montagne, alberi e il villaggio numero 4. Sapeva che si era impegnato, ma non riusciva a trovarne una che le piacesse.

«Sono molto belle, Mark.»

«Davvero? Grazie!» esclamò lui, tutto contento. «Guarda questa!»

Bianca se la ricordava. Mark li aveva fatti mettere tutti in posa. C'erano lei, Ebin, Roman, Branko e Nikolas, armati. Hans e Josif invece no, ma avevano uno sguardo allegro. Anche Nikolas aveva provato a fare un sorriso, ma gli era venuto fuori un grugno patetico. Sul suo grembo, Mira aveva fatto una smorfia buffa, le guance ancora impiastricciate.

Ah sì, si ricordava cos'era successo. Nikolas continuava a chiederle chi le avesse dato le fragole con cui si era sporcata, visto che era inverno e non era possibile trovarle fresche, ma lei faceva finta di niente e rideva.

«Sai, voglio portare queste foto in Spagna, quando la cosa uscirà fuori, varranno un sacco di soldi. So già a chi darle!»

«Ah sì?» ribatté Bianca, fingendo interesse.

«Guarda qui!» le disse lui, e tirò fuori dal portafogli un tesserino di riconoscimento, bianco con i bordi azzurri, che passò a Bianca.

«"Attalaya"?» chiese studiandolo. «Cos'è?»

«È il giornale dove lavoro! Cioè, non è che ci lavori, faccio le foto per loro, ecco, però è un giornale importante, stampa in tutta Europa! Ora un po' meno, però una volta era uno dei più grandi giornali d'inchiesta di tutta la Federazione. Comunque, quando la cosa scoppierà...»

Mark cominciò a sciorinare un discorso farneticante. Da un certo punto di vista faceva quasi tenerezza, ma dopo pochi secondi la scena divenne irritante.

Possibile che non avesse capito la situazione?

«Mark, che cosa stai dicendo? Erano Hans e Josif ad avere le foto dei campi. Li hanno presi. Come facciamo a... far "scoppiare la cosa"?»

Mark provò a obiettare.

«Ma... non avevi detto che ne avremmo fatte delle altre?»

Bianca non riusciva a crederci, davvero non aveva capito niente?

«Mark...» provò a dirgli, abbassando la voce. «Non possiamo farlo. Non capisci? La nostra è stata una scommessa. Abbiamo ucciso quei soldati sperando che gli italiani non avrebbero reagito. E hanno fatto solo qualche arresto, siamo stati fortunatissimi.»

Mark sembrava confuso.

«Sì, ma l'abbiamo fatto anche per fermarli; cioè, avevano cominciato loro, no?»

«Certo, anche, ma... non ti rendi conto? I villaggi, questa gente, li abbiamo messi tutti in pericolo. Secondo te, perché Branko e Saša non sanno niente? Perché ne parliamo solo io, te, Nikolas e i due fratelli?»

L'espressione di Mark cambiò. Guardò in basso, umiliato, e Bianca si sentì in colpa. In effetti, Mark era sempre rimasto in disparte quando si discuteva di tutte quelle cose. Anche Branko e Saša, ma loro li tenevano lontani apposta, per un motivo. Perché erano ancora troppo giovani e Branko, in particolare, poteva lasciarsi sfuggire una parola di troppo. E se fossero stati a conoscenza dei veri rischi, forse si sarebbero opposti. Nessuno vuole avere una responsabilità del genere.

Ma Mark? Davvero era così lontano dalla realtà?

«E se tornassimo a fare altre foto al campo di concentramento?»

Oddio.

«No. Non possiamo. A parte il fatto che Sforza e i suoi avranno trovato i rullini, e ora quella zona sarà inavvicinabile, ma non ti ricordi cosa abbiamo detto con Josif? Non bastano le foto di un insediamento. I Pretoriani potrebbero giustificarlo come un campo di sfollati, o dire che è una vecchia prigione degli anni Sessanta. Potrebbero dire addirittura che le foto sono false. Ma se mostriamo i soldati morti, con le nuove uniformi, facciamo vedere che in queste montagne c'è una guerra. Che c'è gente che combatte, che soffre: solo così la tesi del campo di concentramento è giustificata.»

«E… non possiamo…»

«No. Non possiamo rischiare un'altra azione. Anche i soldati hanno un limite. Quello è stato un colpo di fortuna. E poi…»

Le fece male, quando lo disse ad alta voce.

«Presto verranno firmati gli accordi. L'Italia entrerà nella Federazione come nazione protetta, con tutte le immunità speciali, e noi… non potremo fare più niente.»

Quando finì quella frase, una cappa di desolazione calò sulle loro teste. Rimasero in silenzio, fianco a fianco, in sottofondo solo le grida divertite di Mira.

Dopo qualche secondo, Mark provò a cambiare discorso.

«Che cosa farai?»

Bella domanda.

«Non lo so. Dopo averti accompagnato al confine, forse… tornerò a casa mia. Non so ancora cos'è successo ai miei genitori. Sono una ricercata, quindi immagino che li abbiano…»

Arrestati. Uccisi. Non poteva pensarci, no, era già troppo.

«Perché non vieni con me nella Federazione?» provò a chiederle Mark, e Bianca si sentì esausta.

«Ne ho già parlato con Josif. Ansaldo ha convinto l'Europa a considerarci terroristi, e io… di nuovo, sono ricercata. Sanno chi sono. Se attraverso il confine con te, non posso neanche dichiararmi rifugiato politico. Mi riporterebbero in Italia in manette.»

Mark si fece ancora più piccolo.

«Ma aspetta, se entri di nascosto, e passi il confine, è difficile che ti chiedano i documenti; in Europa puoi passare da un Paese all'altro senza carta d'identità!»

«Mark, e una volta lì? Che cosa dovrei fare, eh?» rispose lei, stanca.

«Guarda, secondo me, se stabilisci un piano, puoi…»

Dio, questa cosa del piano. Ma che aveva nel cervello?

«Non lo so» disse, cercando di non sbuffare. «Forse potrei usare i cinquemila euro che il capitano aveva nella valigia. Qui la lira è praticamente carta straccia, potrei usare quelli, e cercare i miei genitori.»

«Cinquemila euro sono tanti anche nella Federazione» disse Mark, ma Bianca decise che la conversazione poteva finire lì, e restò in silenzio.

Dopo un po', il fotografo così bravo a fare i piani rilanciò con un altro argomento.

«Senti, ti ricordi ieri, quando abbiamo parlato vicino al torrente? Branko mi guardava male, come mai?»

Bianca scosse la testa, voleva dirgli di lasciarlo stare, ma dal sentiero tra gli alberi comparve Roman, con il fucile in mano, che trascinava la sua stazza nella parodia di una corsa, paonazzo. Appena li vide, cominciò a gridare qualcosa in serbo-croato, ma parlava così in fretta che Bianca riuscì a capire solo qualche parola.

Sforza. Soldati. Presto.

Mark e Bianca scattarono in piedi, lui gli passò in mezzo, salendo i quattro gradini con un solo balzo, ed entrò nel rifugio.

«Resta qui» ordinò Bianca.

«Ma che succede? Che ha detto?» chiese Mark.

Bianca si era già lanciata all'inseguimento di Roman dentro al rifugio. Ebin lo aveva fatto sedere. E ora il fratello ansimava, vomitando parole incomprensibili.

«Che succede?» chiese lei preoccupata.

Né Ebin né Nikolas le diedero una risposta. Entrambi erano concentrati su Roman, che continuava a dimenarsi. Sembrava quasi spaventato.

«Ohi! Allora? Che sta dicendo?»

Fu Ebin a parlare.

«Si tratta di Sforza. Sta guidando una colonna verso il villaggio 6.»

Bianca non capiva.

«E allora? L'ha fatto anche l'altro giorno.»

Quando Bianca sentì la risposta, un nodo le strinse le budella.

«No. Questa volta hanno i blindati. E Slobodan, il capo del villaggio, vuole fermarli. Sta organizzando un'imboscata.»

Non era possibile.

«No, aspetta, come? Non… perché? Sforza… Sforza ha sua figlia, no?»

«Appunto» rispose Ebin. «La figlia di Slobodan è morta. Sembra che Sforza l'abbia uccisa.»

Cristo.

Questo non aveva alcun senso.

«No, no, no!» continuò Bianca. «Nikolas, me l'hai detto tu. Sforza non è un idiota, non può aver fatto una cosa del genere.»

Il capovillaggio la guardò con uno sguardo di fuoco.

«Non ho detto questo. Ho detto che è pazzo. Che ne so io di che cazzo gli è saltato nel cervello?» tuonò, prima di rivolgersi ai due fratelli.

«È per questo motivo che io ero contrario! Non avrei dovuto ascoltarvi! Cazzo, non vi avrei portato gli austriaci se avessi saputo che ci avreste infilato in questo merdaio!»

«*Fottiti!*» replicò Roman, che intanto aveva ripreso fiato. «*La ragazza ha avuto un'idea geniale, tu invece che avresti fatto, eh?*»

I tre si misero a discutere. Si parlavano l'uno sull'altro in serbo-croato, Bianca non capiva quasi nulla, ma non le importava. Come al solito, fu l'unica a riportare un po' di lucidità nella stanza.

«È una prova di forza!» gridò.

I tre si voltarono verso di lei.

«È… è un bluff! Capite? Vuole farci cedere. Ha visto le foto, forse vuole capire chi… chi può avere aiutato Hans e Josif, no? Da quando ha sentito il nostro odore, i soldati non hanno più fatto nulla! Né retate, né controlli, solo Sforza che andava in giro! E ora, a caso, va ad armi spianate ad aggredire un villaggio? A pochi giorni dalla firma degli accordi? Io non ci credo!»

Rimasero tutti in silenzio. Roman era inquieto. L'italiano lo parlava male, però lo capiva, anche se aveva sempre bisogno di qualche secondo in più.

Nikolas si rivolse a lui.

«*Slobodan è da solo?*»

«*No*» rispose il bestione. «*Non ci sono solo quelli del 6. Ci sono anche gli uomini del 14.*»

«*Dove vuole fare quest'imboscata?*» chiese Ebin.

Roman scosse la testa.

«*Non lo so.*»

«*Lo so io*» disse Nikolas. «*Se fossi in lui, lo farei al passo dei Merli. Come avevano fatto i croati l'anno scorso.*»

Bianca tirò un cazzotto al muro.

«Ci sono anche io, cazzo!» gridò.

Ebin le spiegò la situazione.

«Slobodan vuole fermare Sforza al passo dei Merli. È un prato su cui passa la strada verso il villaggio numero 6, e ai lati ci sono due crinali boscosi. Vuole fermarli lì.»

«*Non fermarli*» lo corresse Roman, con il suo italiano stentato. «Vuole ucciderli tutti.»

Bianca si portò una mano alla testa. Sentì che doveva vomitare.

La situazione stava precipitando.

Mentre Bianca cercava di reagire, Ebin si buttò su Nikolas.

«Niki, dobbiamo fermarli! Figlia o no, se Slobodan uccide Sforza o i suoi uomini, questa volta reagiranno sul serio. Sarà come l'anno scorso, ti ricordi la decimazione? Vuoi seppellire di nuovo tutta quella gente?»

Nikolas tirò un calcio al tavolo e cominciò a vagare per la stanza bestemmiando.

«Va bene!» disse infine. «Andate a fermarlo.»

«*Perché, tu no?*» chiese Roman.

«Mi odia. Sono l'unico serbo che gli è andato contro, perché ho aiutato voi bosniaci. Per lui sono già un traditore. Se vado lì mi ammazzerà e basta.»

«D'accordo» chiuse Ebin. «Allora facciamo così. Noi tre andiamo da Slobodan e lo convinciamo a non fare cazzate. Nikolas, tu torna con Mark e tua figlia al villaggio. Già che ci sei, distruggi tutte le foto e il suo laboratorio. Se verranno qui, non devono trovare niente.»

Presero le armi e si precipitarono fuori dal rifugio. Nikolas si avviò con Mira in braccio e disse a Mark di seguirlo, nonostante si stesse ancora lamentando perché nessuno gli aveva detto nulla.

Bianca, Roman e Ebin si diressero verso il sentiero a passo veloce, Saša si era messo di guardia davanti agli alberi. Ebin lo chiamò con un fischio.

«Saša! Corri a prendere Branko! Portalo subito qui!»

«Che succede?» chiese il ragazzo.

«Slobodan sta organizzando un'imboscata per uccidere Sforza al passo dei Merli. Noi stiamo andando da lui, dobbiamo fermarlo.»

Saša non era particolarmente brillante in italiano, ma capì.

«*Va bene! Lo porto subito qui!*» gridò, e corse via.

A volte Bianca credeva che per lui e Branko tutto questo fosse quasi un gioco, ma si faceva ingannare dalla loro età. Era così facile dimenticarsi che anche loro avevano ucciso, che anche loro avevano perso dei cari, ed erano stati loro a salvarla.

«Ebin» disse, mentre marciavano a passo svelto giù dalla montagna. «Grazie per portarmi con voi.»

«Tanto ci saresti venuta lo stesso, no?»

«Già. Spero solo che Slobodan non s'incazzi.»

«No, non s'incazzerà, anche perché abbiamo un asso nella manica.»

Bianca ci mise un attimo a intuire.

«Sono simile a sua figlia?»

«No, gli piacciono le ventenni.»

«Ah.»

33

Quello che vide Bianca, però, non fu un cinquantenne arrapato a cui piacciono le ventenni, ma un uomo devastato. Nei suoi occhi bruciava un fuoco di dolore.

La testa con i pochi capelli era rossa, la barba sfatta, gridava come un matto, soprattutto quando portarono due bosniaci e una ragazza al suo cospetto. Appena Ebin e Roman provarono a farlo ragionare, il serbo li ricoprì di insulti, senza degnare Bianca di uno sguardo.

In un altro momento, Bianca avrebbe provato pena per lui. Aveva gli occhi scavati, la voce spezzata, e lei sapeva che l'unica cosa che lo faceva respirare, ora, era l'odio. Forse lo avrebbe potuto capire, ma non ci riuscì. Quello che vedeva dietro le spalle di Slobodan le aveva fatto gelare il sangue.

Erano sul crinale ricoperto dagli alberi, sopraelevato rispetto al piano imbiancato dove passava la strada. E lì, nella neve, si erano appostati circa una quarantina di uomini.

Quando vide le loro armi Bianca capì che forse, davvero, era finita. Le Linci, oltre i vecchi FAL di Roman e Ebin, potevano offrire come massima potenza di fuoco solo i due AK automatici che gli aveva passato Nikolas. Di fatto erano un nucleo di partigiani. Ma i serbi del villaggio numero 6 erano tutta un'altra storia. Sembravano un esercito di regolari.

Nelle posizioni più avanzate, in basso, Bianca vide che i serbi avevano montato due mitragliatrici bipedi armate a nastro, e vicino agli operatori c'erano casse di metallo piene di munizioni.

Oltre a quelle mitragliatrici, le uniche che riusciva a vedere, c'erano dozzine di serbi appostati tra gli alberi, dietro ai sassi, o sdraiati in mezzo alla neve e ai cespugli di agrifoglio. E quegli uomini non avevano ferrivecchi da caccia, come quello di Branko, ma fucili automatici, pistole, granate. Tutta roba che aveva almeno vent'anni, armi europee mai consegnate agli italiani dopo la Pacificazione. Ma se gli uomini di Sforza fossero passati sulla strada laggiù in fondo, nel prato, allo scoperto, sarebbero stati come agnelli al pascolo. E quei lupi tra gli alberi li avrebbero divorati.

«*Slobodan, ascoltami…*» continuava a dire Ebin, cercando di sovrastare gli insulti del serbo.

«*Vaffanculo! Quello stronzo ha ucciso mia figlia! E ora stanno venendo da noi! Pensi che me ne resterò a guardare? Eh?*»

Bianca si voltò verso sinistra, due uomini avevano appena appoggiato una cassa di legno. La aprirono, e dalla paglia tirarono fuori tubi di ferro e grosse granate arancioni.

Bianca mise una mano sulla spalla di Roman.

«Ehi, quelli sono…»

«Sì» rispose lui. «Lanciamissili.»

Roman si rivolse a Slobodan e gli chiese qualcosa, ma lui non gli rispose. Stava fissando Bianca, e aveva uno sguardo confuso.

«*Siete voi*» realizzò, e il suo sguardo passò di nuovo alla furia. Altri uomini se ne accorsero e si fecero vicini.

«*Siete voi*» ripeté. «*Voi, maledetti musulmani bastardi. Voi li avete provocati. Tutto questo è colpa vostra.*»

Mise la mano alla fondina, ma Roman fu più veloce. Gli puntò il FAL davanti al naso, e in un istante i tre si trovarono dieci bocche di fuoco puntate contro.

«*Fermi, fermi, cazzo!*» gridò Ebin alzando le mani.

A Bianca non sembrò nemmeno di essere lì. Si sentì come alla manifestazione, più di un anno prima. Era lì, in mezzo ai fucili, alle grida di Roman, Ebin, e di tutti quei serbi, ma si guardava da lontano, come se fosse un fantasma che osservava il proprio corpo dall'alto.

«*Sparami, coglione*» ringhiò Slobodan alla canna del fucile. «*Che cazzo vuoi che me ne freghi?*»

Le parole uscirono dalla bocca di Bianca senza che lei lo decidesse.

«E a tua figlia?»

Le grida cessarono, e Slobodan portò i suoi occhi furiosi verso di lei.

«Che cosa vuoi, puttana?» scandì in italiano.

Non avevano un'altra occasione, né scelta.

«Ebin, io glielo dico.»

Lui annuì, e Bianca parlò, cercando di non fare movimenti bruschi. Gli disse del loro piano, degli austriaci, delle foto, che quello di Sforza era solo un bluff. E infine, mentì.

«Abbiamo ancora qualche foto. Possiamo ancora farcela. Dobbiamo solo fare in fretta. Ma se li aggredisci, reagiranno. E sarà tutto inutile.»

Il serbo aveva ricominciato a respirare normalmente, e con uno sguardo fece abbassare le armi ai suoi uomini. Roman fece lo stesso.

Poi guardò Bianca negli occhi. Quando sorrise, Bianca sentì il cuore farsi leggero, ma il serbo scosse la testa.

«*È già tutto inutile*» sussurrò. «*Hai visto che ci hanno fatto. È solo questione di tempo. Nessuno, qui, ha niente da perdere.*»

Bianca si sentì morire, provò a ribattere, ma un serbo arrivò di corsa.

«*Gli italiani! Stanno arrivando! Tra poco ci passeranno davanti!*»

Slobodan gli rispose senza guardarlo.

«*Va bene. Chiama Rajko alla radio. Digli non ingaggiare. Appena noi spariamo, loro sparano.*»

Bianca si era dimenticata di quelli del 14, dovevano essersi appostati sull'altro crinale per massacrare gli italiani su due lati. Ma se avesse convinto Slobodan, nessuno avrebbe fatto nulla.

Aveva un'ultima possibilità.

«Non è vero. Puoi ancora perdere qualcosa.»

«Sì?» rispose il serbo con un sorriso sconfitto. «Cosa?»

«Tua figlia. Non hai visto il suo corpo. Non sai se è morta davvero. E se è ancora viva, e ora attacchi gli italiani, Sforza la ucciderà di sicuro. Vuoi vivere con questo peso?»

Quando vide gli occhi di Slobodan farsi scuri, Bianca pensò che forse ce l'avrebbe fatta.

34

Branko era più in alto, sulla montagna. Su quel masso che gli offriva la visuale dell'ultimo presidio avanzato. Doveva stare attento, era da lì che partivano le pattuglie degli italiani, ma era distratto, perché aveva un dubbio atroce.

Con quell'erezione ingombrante che gli premeva tra le cosce, era il caso di sfogarsi lì, al freddo, o aspettare di tornare a casa?

In realtà c'era la possibilità del rifugio, non era lontano, e nel giro di un'ora Saša sarebbe venuto a dargli il cambio. Però lì forse ci sarebbero stati i fratelli, magari anche Nikolas, Mira, quell'altro italiano.

Ma se ci fosse stata solo Bianca? A volte il pomeriggio faceva un sonnellino. Magari avrebbe potuto approfittarne in quel momento, bastava solo fare piano.

A pensarci bene, la porta della sua stanza, nonostante fosse di legno, faceva pochissimo rumore. Che cosa sarebbe successo, se l'avesse aperta mentre dormiva? Avrebbe potuto avvicinarsi? Magari spiarla?

Gli venne in mente un'idea folle, di quelle che possono venire solo quando il sangue è da tutt'altra parte tranne che nel cervello. Il pensiero di potersi toccare mentre guardava il viso di Bianca addormenta, fissando quella piccola cicatrice sulla guancia, fu più che sufficiente.

Appoggiò il fucile, si mise comodo, e allargò le gambe.

Iniziò a lavorare con calma. Faceva un freddo cane, ma il calore tra le dita rendeva il tutto ancora più piacevole.

Fantasticò sulle labbra di Bianca, sul suo seno, che non era mai riuscito a vedere, pensò perfino all'idea di spostarle piano la coperta di lana. Ma non appena chiuse gli occhi, sentì una voce strepitare.

«Branko! Branko!»

Il ragazzo si arricciò in un istante come un verme, il fiato si mozzò in un grugnito, ma riuscì a coprirsi appena in tempo.

«Branko!» gridò ancora Saša.

«Che c'è?» strepitò lui, infuriato.

«Gli italiani! Stanno venendo qui! C'è anche Sforza!»

All'improvviso, tutto il sangue corse al cervello.

«Cosa?! Dove?»

«Stanno per passare dal passo dei Merli. Ebin e gli altri stanno andando lì! Ci sono anche Slobodan, quelli del 6, del 14, vogliono fargli un'imboscata!»

Branko scattò in piedi.

«Cazzo! Dobbiamo raggiungerli!»

Saša scosse la testa.

«No» ricominciò, ansimando. «Ebin ha detto che io e te dobbiamo tornare al rifugio, dobbiamo aspettarli lì.»

Certo che Ebin aveva detto una cosa del genere. C'era finalmente da combattere sul serio e voleva fare una bella figura con Bianca senza averlo tra i piedi, lo stronzo.

«Dove sono andati? Sul crinale a ovest?»

Saša era piegato in due, stava ancora riprendendo fiato. Crollò sulla neve, aggrappandosi al fucile.

«Non lo so...» disse. «Io ho bisogno di... un attimo. Dobbiamo andare... al rifugio.»

Ma Branko non ci sarebbe andato, non avrebbe permesso a Ebin di tagliarlo fuori, non questa volta.

Ci pensò su. Forse avrebbe potuto convincere Saša ad andare con lui, ma di sicuro avrebbe fatto storie. Il suo compagno aveva un anno in più, ma era più debole. Si lasciava mettere i piedi in testa da tutti, in particolare da Ebin. E poi era esausto, lo avrebbe solo rallentato.

«D'accordo» disse Branko, afferrando il fucile. «Tu riposa qui, io porto Mira al villaggio, poi ti raggiungo!»

Non aveva nemmeno finito la frase, e già si era buttato in discesa, verso il passo dei Merli. Saša lo chiamò a squarciagola per dirgli che Mira era già al sicuro, ma Branko continuò a correre, tanto non poteva fermarlo.

Si gettò come un dannato giù per la montagna. Non era facile come in primavera, i sassi erano coperti dalla neve e per un paio di volte rischiò di sfracellarsi, ma Branko non era solo un cacciatore, era uno stambecco.

E mentre saltava sulle rocce, evitava i cumuli di neve, scansava gli alberi, scivolava in equilibrio nelle scarpate, si sentiva proprio così, come un elegantissimo stambecco. E si sentiva forte, potente, inarrestabile.

Corse in discesa per quasi venti minuti, durante i quali fantasticò su Bianca, sul suo viso, che gli sorrideva.

"Branko, scusami se ti ho ignorato per così tanto tempo, ti devo molto… Sei così gentile. E scusa se mi sono messa a ridere quando mi hai portato i fiori, a noi ragazze piacciono molto… Ma no, certo che sei abbastanza alto. Che domande fai?… Vuoi spogliarmi?"

Forse stava esagerando, ma è così bello sognare.

Dopo altri cinque minuti, fu costretto a fermarsi. I polmoni stavano scoppiando, e il ghiaccio nell'aria gli stava congelando il petto. Non sarebbe mai riuscito ad arrivare in tempo.

Si appoggiò al tronco di un larice e cercò una soluzione.

Per arrivare da Bianca, sul crinale ovest, sarebbe dovuto prima scendere lungo il torrente e poi risalire dall'altro lato. Ma se avesse tirato dritto sarebbe arrivato sulla cresta della montagna, e da lì avrebbe corso lungo lo strapiombo, fino ad arrivare da lei.

Era rischioso, ma si decise e prese la scorciatoia.

Questa volta inciampò sul serio su una roccia infame, ma se la cavò con una piccola botta. Quando sbucò sulla cresta della montagna, e guardando in basso vide il prato coperto di neve, il cuore gli si riempì di gioia, e si diede il permesso di respirare.

La colonna degli italiani si muoveva lentamente, in coda c'era un blindato, poi, a salire, cinque camion, e prima del secondo blindato che apriva la fila la jeep di Sforza, più un'altra di supporto.

Sembrava fatta, ma Branko si rese conto che c'era un problema. La colonna si era già lasciata sulla destra l'altro crinale, quello a est, ed era proprio all'altezza di quello a ovest, dove c'era Bianca. Presto lei, Ebin, Roman, tutti quelli del 6 avrebbero cominciato a sparare, li avrebbero inchiodati lì, e Branko li avrebbe raggiunti solo a cose fatte.

Doveva agire immediatamente. E aveva già trovato il suo bersaglio.

Era come aveva detto Roman, no? Se vuoi uccidere un serpente, tagliagli la testa.

S'inginocchiò, e mentre caricava il fucile calcolò la distanza tra sé e Sforza. Erano più di seicento metri, non aveva mai sparato così lontano.

E poi, guarda che armi hanno. Ti ricordi cosa ha detto lo zio? Per un buon soldato basta un colpo solo per trovare un cecchino, se sbagli, possono trovarti, o mettere Sforza al riparo. Hai solo una possibilità. Non puoi sbagliare.

Forse devo fermarmi, è troppo pericoloso.

No, rifletti. Se lo uccidi, non solo eliminerai l'ufficiale più importante, debilitando il resto della truppa, ma sarai un eroe. È lui il più pericoloso, è lui che ha arrestato la figlia di Slobodan, che ha ucciso Hans, Josif, la nonna di Saša, è lui il bastardo che ci ha causato così tanti guai, è lui. E poi, Bianca ti sarà grata per sempre, saprà finalmente quanto vali.

No, non posso, è troppo lontano.

Aspetta, guarda, ora devono fare una piccola curva a sinistra. La tempia di Sforza sarà a tiro.

Posso farcela.

Branko si sdraiò in mezzo alla neve, la posizione migliore, e cercò di ricordarsi tutto quello che gli aveva insegnato lo zio.

Carica il colpo, bravo. Ora respira, con calma.

Dentro…

Mira più in alto, c'è la forza di gravità.
Fuori…
Aspetta che arrivi alla curva.
Dentro…
C'è un sacco di vento, più a sinistra. No, ancora di più. Perfetto, così.
Fuori…
Eccolo, stanno per girare la curva.
Dentro…
Non sparare dov'è, ma dove sarà.
Fuori…
Ci siamo quasi. Ancora un istante.
Dentro…
Tienilo, Branko, tienilo.
Aspetta.
Ora!
Branko preme il grilletto. Un rumore di tuono, il fucile vibra, e il corpo con lui.
L'aria si apre al passaggio di un respiro di piombo. Attraversa le montagne in un istante.
Branko non lo sente, ma c'è un colpo sordo. Il berretto cade, e sul finestrino esplode uno schizzo di sangue.
Ottimo lavoro, Branko. Sei un eroe.

35

«Tenente, che vole 'na nocciolina?»

Farina si era sporto dal retro del camion e aveva offerto a Solari un sacchetto unto. Era così vicino che il tenente sentì il fetore acido di quell'uomo.

«Sergente, queste non sono noccioline. Le noccioline sono arachidi. Queste sono nocciole.»

Non gli piacque il sorriso ironico di quel bestione, ma riuscì a liberarsene. Farina tornò al suo posto con il resto della sua squadra.

«Ahó, bastava de no, eh» borbottò.

Solari lo aveva capito da tempo. Il fatto che il sergente gli avesse parlato in romanesco non era per niente casuale. I soldati usavano la corretta ortoepia soltanto davanti agli ufficiali, o a quelli a cui importava qualcosa, come Sforza. Ma Farina non si era rivolto a Solari in quel modo perché lo ritenesse un superiore alla mano, comprensivo, ma solo perché era una delle poche occasioni che aveva un soldato per mancare di rispetto a un graduato. Era come se gli stesse dicendo: "Non rispetto né te né il tuo grado, e quindi non vali il mio sforzo di parlare correttamente, anche se dovrei farlo a prescindere".

Solari avrebbe potuto richiamarlo all'ordine, tanto non gli importava nulla dell'opinione che potevano avere di lui i sottoposti, in particolare quelli, ma era stato privato della sua compagnia da poco tempo, non conosceva molti di quegli uomini, e non era il caso di creare un clima ostile. Meglio far finta di niente, prima o poi Farina si sarebbe annoiato.

Nonostante il tenente avesse analizzato lucidamente la situazione, non poté fare a meno di pensare che avrebbe preferito mille volte essere a cavallo con il suo vecchio squadrone.

Guardò la valle innevata dove si erano infilati. Era tardo pomeriggio, e delle nuvole torbide stavano ricoprendo il cielo. Con la neve che rallentava il convoglio in quel modo, non sarebbero tornati alla base prima di sera.

«Quanto manca?» chiese all'autista.

«Non saprei signore» rispose il giovanotto alla sua sinistra. «Passate queste colline dobbiamo svoltare a destra, da lì...»

S'interruppe, il camion davanti a loro aveva inchiodato bruscamente. Il giovanotto tirò una frenata violenta, e Solari fu costretto a reggersi sul cruscotto.

Mentre gli uomini alle sue spalle si lamentavano, il tenente ruminò una bestemmia sottovoce, e si ricordò di quanto indegna fosse quella precarietà di mezzi. Come diavolo era possibile che, nonostante lo Stato spendesse il dodici per cento del PIL nella difesa, non avevano ancora delle radio su ogni veicolo per avvertire degli ostacoli in mezzo alla strada?

Solari aprì il portello e scese dal mezzo. Aveva nevicato poco, quindi la neve non arrivava oltre le caviglie, ma lo trovò comunque irritante. Dal camion alle sue spalle, l'ultimo del convoglio prima del blindato che chiudeva la fila, scese anche Lazzari, il sergente della quinta squadra, e insieme a lui altri soldati.

«Tenente, che è successo?» chiese il sottoposto, muovendosi verso di lui.

«Non lo so» rispose Solari. «Forse un tronco.»

No, difficile che fosse un tronco. Era una vallata spoglia, solo laggiù c'erano un paio di alberi, oltre quella piccola cresta. Forse stavano solo controllando la mappa.

Ma se era così, come mai sentiva quelle grida? Arrivavano dalle jeep, alla testa del convoglio. E non era Sforza a urlare. Fece il giro del camion, allontanandosi, e si mosse verso il mezzo di Sforza, dove si stavano radunando dei soldati. Si guardò indietro, il blindato di coda si era attardato di cinquanta metri.

«Come, un tronco?» chiese Lazzari, che intanto si stava avvicinando con gli uomini della quinta squadra.

Altre urla, questa volta strozzate. Solari capì che qualcosa non andava. Fece ancora qualche passo, e vide in lontananza, sulla curva a sinistra, che alcuni soldati erano scesi dai mezzi e si stavano precipitando verso le jeep di testa, vicino al blindato che apriva la fila.

Si voltò, e vide che anche dal suo mezzo Farina e gli altri erano scesi e ora marciavano verso di loro. Chi gli aveva detto di scendere?

«Tenente?» chiese ancora Lazzari, ormai a pochi passi da lui.

«Medico!» gridò un soldato vicino alla jeep di Sforza.

Doveva farli risalire subito sui mezzi. Di corsa.

Si rivolse al sergente.

«Lazzari, porti subito...»

Ma il sergente Lazzari non seppe mai cosa avrebbe dovuto portare, perché una forza sibilante, partita a neanche cento metri, gli aprì la tempia in una nuvola rossa, scaraventandolo a terra.

Il tenente Solari sentì uno spruzzo caldo investirgli il viso, e avvertì un sapore metallico in bocca. Traballò all'indietro, e in un lampo, mentre gli uomini gridavano, vide che sul crinale alla loro destra, tra gli alberi, qualcosa si stava muovendo.

«Al riparo!» gridò d'istinto, ma era troppo tardi.

Dalla collina si spalancarono decine di bocche di fuoco, affamate, e in un frastuono infernale divorarono gli uomini della quarta e della quinta squadra.

Solari, disperso in quel deserto di neve, restò immobile, mentre una tempesta di ferro travolgeva la sua truppa.

Scintille di ferro scoppiarono sui camion, fiotti di neve si alzarono intorno a loro, e sui corpi dei suoi uomini sbocciarono decine di fiori di sangue. In meno di due secondi, nove corpi caddero nella neve, e la testa dell'autista esplose sul parabrezza.

Il tenente riuscì a svegliarsi solo quando un proiettile gli sussurrò in un orecchio.

«Via! Via!» gridò, e cominciò a correre verso la testa del convoglio.

In tanti, spinti dalla paura, cercarono di tornare ai camion e furono falciati dalle mitragliatrici, ma altri seguirono il tenente, e iniziò una corsa disperata.

Si accodarono tutti i soldati che erano scesi a terra, sciamando dai camion del convoglio. Gli autisti fecero la stessa cosa, buttando i mezzi dall'altro lato della strada, cercando di portare il loro carico d'uomini fuori dalla linea di tiro il prima possibile.

Solari credette di non aver mai corso così veloce in vita sua. Mentre ingoiava ossigeno, alzando le ginocchia fino al petto, e i proiettili gli strillavano nelle orecchie, vide con la coda dell'occhio corpi morti cascargli intorno.

Dietro di loro si era aperto l'inferno, e li stava inghiottendo, uno dopo l'altro. Per un brevissimo istante, forse per la tensione, Solari riconobbe il suono della pesante sparare alle loro spalle. Era il blindato di coda che stava rispondendo al fuoco, cercando di coprire la loro fuga.

Solari, sputando fatica dai polmoni, scorse la speranza. La testa del convoglio era laggiù, a una quarantina di metri da loro, e anche il secondo blindato si era messo in moto. Si era posizionato in diagonale, e l'operatore della mitragliatrice stava armando i nastri.

La linea di fuoco che li stava sbranando era una sola, alle loro spalle; a Solari e ai suoi uomini sarebbe bastato buttarsi dietro quella corazza di piastre, mettersi a difesa usando i camion come copertura, rispondere al fuoco e aspettare i rinforzi.

Era un piano semplice, ma era la loro unica salvezza.

Solari corse ancora più forte, ma quando fu a pochi metri dal blindato qualcosa complicò i suoi piani. Non si trattava di un pensiero o un ragionamento tattico, ma, più banalmente, di una granata tedesca anticarro da 320 millimetri. E non arrivò dalle loro spalle, dal crinale ovest, ma da quello di fronte, a est, dal davanti.

Il cingolato esplose in un boato di fuoco e di neve. Il tenente sentì una vampata di calore investirgli la faccia, e un odore di benzina gli sfondò le narici.

Vide il cielo girare su se stesso per almeno tre volte, prima di atterrare in un rumore ovattato. Un fischio acuto gli trapanò il cervello, sentì la testa pesante, e vide una figura scura correre verso di lui.

La sagoma si fece ancora più vicina, ma non lo raggiunse, perché un lampo la trapassò da parte a parte, scagliandolo nella neve con una giravolta. Lo riconobbe: era Marchetti, un soldato scelto, e ora i suoi occhi spalancati lo fissavano, bianchi come la terra.

Poi, il candore della neve coprì il mondo del tenente, e quel fischio acuto dissolse ogni cosa. Gli spari, le grida, tutto, persino il freddo alle gambe: non sentì più nulla. Con calma, anche il fischio cominciò a dissolversi in quella nebbia scura, e Solari avvertì un vortice scuro portarlo dolcemente nell'abisso.

E nell'abisso, il mondo ha il sapore del sale.

Sopra di lui, Francesco non smetteva di ridere. Gli era salito sulla pancia, aveva il viso sporco di sabbia scura e i capelli bagnati. Eppure gli aveva detto di aspettare tre ore prima di fare il bagno, e il fatto che facesse caldo non era una scusa.

"Perché hai fatto il bagno? Te lo devo far dire dalla mamma?"

Ma Francesco, una peste ingegnosa, fece quel faccino triste che tirava sempre fuori quando voleva il gelato. Si aspettava già la solita frase: "Posso gelato?".

Per punirlo, lui gli avrebbe risposto: "No, ghiacciolo". Ma Francesco non disse "posso gelato?", disse un'altra cosa.

«Orcodio, tenente! Si svegli!»

Cosa?

Solari sentì un odore acido, e il fischio tornò più forte di prima. Tornarono anche gli spari, le grida, le fiamme. Il mondo riprese forma, e con lui il grugno arrossito di Farina che gli gridava addosso.

«Tenente! Si svegli!»

Lo avevano trascinato sotto la cresta, vicino all'albero. Solari sbatté gli occhi, e lentamente tornò in quell'inferno.

Si guardò intorno. Lui, Farina e un'altra mezza dozzina di uomini erano sdraiati dietro quel piccolissimo dislivello nel terreno, a ridosso dell'albero. I soldati rispondevano al fuoco con i loro K-61 verso la seconda linea di sbarramento che si era aperta.

Farina gli piazzò un fucile in grembo, il tenente lo strinse e sentì che era vischioso. Si guardò le mani e vide che erano piene di sangue.

«Il capitano è morto!» gridò Farina. «Che famo?»

Solari non riuscì a essere felice per quella notizia. Si voltò, e cercò di analizzare la situazione.

Cadaveri, bossoli, sangue e il blindato avvolto dalle fiamme, poco lontano. Ma, nonostante tutto, tre camion si erano messi a difesa, stringendo un piccolo semicerchio intorno a loro e offrendo protezione a chi non era riuscito a raggiungere la cresta.

I soldati che riusciva a contare erano una trentina scarsa, dispersi in quel perimetro improvvisato tra camion, rottami e alberi. Alcuni rispondevano al fuoco, altri passavano i caricatori, ma per la maggior parte si trovavano a terra, sanguinanti, e gridavano. Lì, in quel punto, avevano ammassato sette feriti, e l'ufficiale medico tamponava le budella di un povero disgraziato che chiamava sua madre.

Solari sentì un grido più vicino degli altri. Era un soldato semplice, sdraiato in una pozza di neve rossa. Poi vide un caporale scattare verso di lui. Di certo voleva afferrarlo per la giacca, trascinarlo dietro un camion, al riparo con gli altri, ma una mitragliatrice sul versante ovest era di parere contrario e sventrò il caporale a metà.

Poi, il suono della speranza. Era la mitragliatrice pesante del blindato di coda, ancora integro. Si teneva lontano, oltre il perimetro, cercando di attirare il fuoco nemico dal crinale ovest. Una granata gli esplose vicino alla fiancata, mancandolo per miracolo.

La situazione era chiara. Erano circondati, la pioggia di fuoco non accennava a diminuire, i ripari erano precari, le munizioni poche, e gli uomini cadevano come mosche. Inoltre, blindato o non blindato, con quelle armi li avrebbero massacrati in pochissimo tempo. Non potevano andarsene. Dovevano resistere a ogni costo, in attesa dei rinforzi.

Solari afferrò la spalla di Farina.

«Il marconista!»

Il sergente annuì, e chiamò Flora al suo fianco. Quello si accovacciò e corse da lui.

«Hai contattato il comando?»

«Sissignore!» gridò il marconista, cercando di farsi sentire oltre gli spari. Un proiettile esplose nella neve in mezzo ai due, e li fece accovacciare ancora di più.

«È in arrivo la dodicesima! Saranno qui tra dieci minuti!»

Lì non avrebbero resistito altri dieci secondi. Dovevano fare qualcosa, almeno imbastire una linea di fuoco decente. Dov'era la 240?

Eccola lì, in mano a quei due, nascosti dietro al camion. Solari li chiamò, e gli fece segno di aspettare, poi si mise ad ascoltare i colpi delle mitragliatrici sul loro versante, doveva solo aspettare che ricaricassero.

Quando si rese conto che almeno una delle due si era zittita, decise che quello era il momento.

«Ora! Svelti!» gridò.

I due scattarono come lepri. Una sventagliata cercò di afferrarli, piccole fontane di neve scoppiarono in sequenza intorno a loro, ma il tragitto era breve, e i due si tuffarono dietro la cresta, indenni.

Montarono il pezzo vicino all'albero, agganciarono i nastri, e la 240 cominciò ad abbaiare piombo e traccianti verdi verso il crinale est. Avevano montato la linea di fuoco, ma grazie a Sforza gli operatori avevano con sé solo una cassa. Quella copertura sarebbe bastata per qualche minuto al massimo. Se voleva far funzionare il suo piano, doveva farlo adesso.

Afferrò Flora, che ancora parlava alla radio.

«Dov'è il tuo osservatore?»

Il caporale fece una faccia contrita, e puntò il dito oltre la cresta, a trenta metri da loro.

Lì, nello spazio aperto, in mezzo ai cadaveri di quattro uomini, e protetto solo dalla carcassa di una jeep di scorta, c'era un uomo raggomitolato su se stesso.

Aveva le mani sulle orecchie e gridava. Almeno era vivo.

«Sergente!» chiamò Solari.

«Signore?»

«L'osservatore! Dobbiamo raggiungerlo!»

Farina strabuzzò gli occhi.

«Sta fori de capoccia?»

«Fumogeni!» gridò Solari. «Passaparola, al mio segnale!»

Farina ubbidì e passò l'ordine ai soldati alla sua destra, Solari a quelli alla sua sinistra.

«Ora tiriamo i fumogeni! Se ne avete, tirateli verso quella jeep! Dobbiamo fare una cortina! Poi, Flora, Gastaldo, Serafini, voi venite con me!»

Il tenente non avrebbe dimenticato mai lo sguardo di quegli uomini. Quando vide che erano tutti pronti, diede il segnale.

«Ora!»

Nove cilindri scuri volarono oltre la cresta, atterrarono nella neve, scoppiarono, e una coltre di fumo bianco si alzò verso il cielo, mischiandosi a quello nero del cingolato.

Il tenente non aveva calcolato il vento, la cortina si sarebbe dispersa a breve, ma per quella distanza poteva andare bene così.

«Farina, coprici!»

«Daje, belli!» tuonò il sergente, e gli uomini sputarono sul crinale tutto quello che avevano.

«Fuori!» gridò Solari.

Non appena il tenente fece il primo passo oltre la cresta, si convinse che un colpo in fronte lo avrebbe riportato da suo figlio. Ma ciò non accadde. Né al primo, né ai passi successivi.

«Muoversi, muoversi!» continuava a gridare, caricando più se stesso che i tre alle proprie spalle.

Mentre correvano, proiettili infuriati li cercarono nel fumo, sibilando e scoppiando intorno a loro, ma non riuscirono a trovarli.

Il primo ad arrivare fu Solari, si buttò dietro la prima ruota della jeep e si schiacciò vicino al corpo tremante dell'osservatore. Poi arrivò Flora, con la radio, e anche Serafini, che si mise dietro al cofano.

Gastaldo, invece, fu meno fortunato. Un proiettile gli squarciò la gola a cinque passi dal mezzo.

Il tenente afferrò l'osservatore per le spalle.

«Nome e grado!»

Quello lo fissò con degli occhi da bambino, piangeva.

«I... io...»

«Nome e grado!» ripeté Solari.

«V... voglio andare a...»

Era sotto shock. Solari gli tirò un ceffone.

«Come ti chiami! Dimmi come ti chiami!»

«S-Sandro.»

Meglio di niente.

«Sandro, ascoltami!» gridò Solari. «Ora ho bisogno di te! Devi dare a Flora le coordinate per le batterie, dobbiamo farli saltare, adesso! Mi hai capito?»

Sandro annuì.

«S-sissignore!»

Sandro prese la cartina. Le mani gli tremavano, borbottava, ma sembrava che stesse davvero facendo i calcoli.

Solari vide che la cortina fumogena aveva già cominciato a dissolversi. Ancora mezzo minuto e gli uomini su entrambi i crinali li avrebbero visti, e li avrebbero macellati.

«Veloce, Sandro, veloce!»

«S-signore!» gemette lui. «È... è la nostra...»

«Cosa?» tuonò Solari.

«È la nostra posizione! Sono praticamente su di noi!»

«E tu correggila, no?»

Mentre Sandro la correggeva, il tenente vide la nebbia farsi sottile, e gli alberi sul crinale delinearsi come disegni su carta. Riuscì perfino a vedere gli slavi.

«Tenente!» gridò Serafini, terrorizzato. «Dobbiamo andarcene!»

«Ce l'ho! Ce l'ho!» strillò Sandro, delirante. Flora si buttò su di lui, gli passò il ricevitore della radio, e Sandro strepitò le coordinate per il tiro.

«... polare! Direzione su 9-5-4-7! Distanza 120, pericolo di prossimità su fanteria allo scoperto, fuoco immediato!»

Era il momento.

«Al coperto!» gridò Solari, e i quattro si accovacciarono dietro la jeep, stretti come cuccioli di cane dietro la mamma.

In quei pochi secondi, il tenente riuscì a pensare solo a Francesco che chiedeva il gelato. Poi, un suono spettrale. Fu come se il cielo avesse risucchiato tutta l'aria delle montagne in un battito d'ali. Il mondo si tacque, e gli dèi trattennero il respiro. Con un grido sibilante, soffiarono su di loro con tutta la potenza dell'universo.

La loro ira piombò su entrambi i crinali in un boato furioso. La terra tremò, terrorizzata, e dalle montagne esplosero decine di valanghe di neve, schegge, fiamme.

Solari aprì leggermente gli occhi, una pioggia di ramoscelli carbonizzati piovve su di loro, e poi pietre, altra neve, ma non più di quello.

Alzò la testa, ma non c'era altro che il fumo nero e un violento odore di zolfo.

Infine, secondo dopo secondo, le grida degli dèi cessarono, e non si sentì più nulla. Né grida, né spari. Nella vallata tornò il silenzio, come se non fosse successo nulla.

«Tutto bene?» chiese ai suoi, loro annuirono.

Solari volle consolare Sandro, aveva i calzoni bagnati e non per la neve, ma poi sentì dalla cresta il trillo di un fischietto. Pochi secondi dopo, un caporale e venti uomini li raggiunsero.

«Tenente, è ferito?»

Solari fece di no con la testa, si alzò, e si accorse che gli uomini non si erano fermati. Gli stavano correndo di fianco, dritti verso il crinale devastato.

Il fumo si stava già diradando, e li vide salire tra gli alberi macellati e le macchie nere sul terreno. Stavano cercando superstiti.

«Caporale, li fermi.»

«Signore?»

Lì in alto, in mezzo al fumo, comparve un uomo con la faccia coperta di nero. Aveva le mani alzate, tremava, balbettando qualcosa. I soldati lo crivellarono sul posto.

Solari provò un'enorme soddisfazione. Ma doveva dominarsi.

«Dobbiamo... il comando... lei... li fermi. Dobbiamo capire...» Non riusciva a parlare. «Dobbiamo... dobbiamo sapere cosa...»

«Come vuole» rispose il caporale. «Forse è meglio che riferisca al capitano.»

Solari fece un sorriso amaro.

«Il capitano è morto, caporale» ansimò.

Erano delle bellissime parole, ma ancora una volta non riuscì a sentirsi felice.

«Nossignore» rispose il caporale. «È ancora vivo.»

Solari lo squadrò.

«Cosa?»

Corse verso il perimetro, scavalcò la cresta e si rivolse a un medico che stava bendando la gamba di un ferito.

«Il capitano! Dov'è?»

Glielo indicò. Sforza era dietro alla jeep, vicino a quel capannello di soldati, seduto con la schiena appoggiata alla portiera, mentre un infermiere gli stava tamponando uno squarcio che gli aveva tagliato la guancia destra.

Per come lo conosceva, Sforza non avrebbe permesso a nessuno di tenergli una garza sulla faccia, lo avrebbe fatto da solo, in attesa di un medico. Invece il capitano se ne stava fermo, pallido, con gli occhi persi nel vuoto, e la bocca semiaperta.

Ma non fu tanto quello a colpire Solari.

C'era un altro corpo vicino a Sforza, la sua testa era adagiata sul grembo del capitano, e lui la stava accarezzando dolcemente, come se fosse un gattino. Ma sotto gli occhi di quel soldato c'era un foro di entrata, il cranio era sfondato e aveva imbrattato con litri di sangue la giacca del capitano.

Solari si avvicinò a quella scena surreale e capì chi fosse quell'uomo. Non era un uomo. Era quel ragazzino, l'attendente di Sforza. Mise la mano davanti alla bocca, e Farina lo raggiunse.

«Che è successo, sergente?» sussurrò.

«È stato un cecchino. È il primo che ha sparato. Forse puntava al capitano, ma il proiettile lo ha preso di striscio e ha colpito il ragazzo che gli stava di fianco. Siamo stati fortunati.»

Solari era certo che ci fosse qualcosa di ironico in quel "fortunati".

Non sapeva come sentirsi. Più volte aveva immaginato di uccidere il capitano. Per un intero pomeriggio aveva fantasticato di impiccarlo e aprirgli lo stomaco con un coltello, proprio come facevano con i comunisti a sud, durante la guerra civile; ma ora, vedendolo così debole, vulnerabile, non riusciva a provare altro che pena.

S'inginocchiò davanti a lui e gli parlò come parlava a Francesco quando si metteva a piangere.

«Capitano?» gli chiese.

Sforza non si mosse, continuava a guardare un punto lontano, nel nulla.

«Capitano, sono Solari.»

In quel momento, una luce si accese dietro gli occhi di Sforza. Mosse la testa verso di lui, e sorrise.

«Ah, tenente...» mormorò «è lei.»

Sembrava disperso su un altro piano della realtà. Solari cercò di riportarlo indietro.

«Abbiamo neutralizzato la minaccia, signore. Se mi dà qualche minuto posso farle rapporto sui morti e i feriti.»

Il capitano non disse nulla. Allontanò con la mano l'infermiere con la garza. Lo squarcio sulla guancia era pulito, ma ricominciò a sgorgare sangue. Poi guardò la testa del ragazzo.

«Perché?» disse con un filo di voce.

Solari sapeva che non stava parlando dei morti o dei feriti. Non riuscì a rispondergli.

«Che cosa...» continuò, accarezzando la testa del ragazzo. «Che cosa ci rimane, tenente, quando... quando non controlliamo più nulla?»

Stava delirando.

«Signore, la dodicesima sta arrivando. Vuole che avverta io il comando?»

«Forse non controllavamo niente fin dall'inizio...» disse lui, affondando la mano nei capelli dell'attendente.

Altri uomini si fecero vicini.

«Signore, dobbiamo andare.»

Sforza si fermò.

«Ha ragione. Dobbiamo andare.»

Si alzò in piedi, lentamente, adagiando la testa dell'attendente nella neve, con delicatezza. Poi si rivolse a Farina.

«Sergente, quanti uomini abili abbiamo?»

«Una trentina, signore.»

Solari si voltò verso i soldati che li avevano raggiunti.

Erano sporchi, alcuni di sangue, e sui loro volti era disegnata l'ira di chi crede di essere nel giusto.

«E qual è il villaggio più vicino?»

«Il 4, signore.»

Il panico s'impossessò del cuore di Solari, che provò a dire qualcosa.

«Signore, aspetti. Quelli che ci hanno attaccato... signore...»

Sforza si voltò verso di lui. Non era più disperso nel nulla. Era lì, vivo, e lo guardava con quel sorriso insanguinato.

«Ha fatto un ottimo lavoro, tenente. Le daranno una medaglia. Ora resti qui con i feriti, e aspetti la dodicesima.»

Si rivolse ai suoi.

«Prendete le munizioni dai cadaveri. Ci muoviamo.»

I soldati obbedirono e corsero via.

Doveva fermarli.

«Aspetti! Non può farlo! C'è una procedura, dobbiamo avvertire il comando.»

«Lo avverta lei, Solari» disse Sforza, e si mise una mano in tasca. «Dove sono i miei guanti?»

«Signore! Per l'amor di Dio!» insistette Solari, avvicinandosi a Sforza. «La imploro! Che cosa vuole fare?»

Abbassò la voce, doveva colpirlo dentro, e aveva solo un'ultima carta.

«Questo non è... giusto. Non sono stati loro a uccidere...»

Come diavolo si chiamava?

«Tagliaferri. Non sono stati loro! Sono stati... li guardi! Vada sul crinale, li abbiamo uccisi tutti! Quella gente... sono donne, vecchi, non c'entrano nulla con questo massacro!»

Il sorriso di Sforza scomparve. Portò lo sguardo verso il corpo del ragazzo, ancora adagiato in quella pozza rossa e bianca.

«Guardi che bei colori» disse Sforza. «Fanno un bel contrasto, non è vero?»

No, ti prego, non così.

«Signore, la prego. Pensa che...»

Michele! Si chiamava Michele!

«Pensa che Michele vorrebbe questo?»

Capì di averlo colpito, perché Sforza si voltò verso di lui. Lo stava guardando, ma i suoi occhi sembravano dispersi nel nulla.

Il capitano si portò una mano alla bocca, sulla guancia, sulla ferita. E adesso, con quegli occhi rossi, devastati, e una lacrima che gli scendeva da una guancia, stava fissando il sangue sulla mano.

Scosse la testa.

«No, tenente. Michele non lo vorrebbe» disse, con la voce rotta.

Grazie al cielo.

«Ma d'altro canto...» aggiunse il capitano, deglutendo le lacrime. «Michele non è più qui. Vero, tenente?»

36

Quello era un nascondiglio perfetto.

Mira si strinse dietro l'ultimo masso a ridosso della depressione, vicino agli alberi. La neve le inzuppava le scarpe, faceva freddo, ma ne valeva la pena.

Prima, era stato il turno di Bekim e l'aveva trovata subito, dietro il muretto di pietra. In effetti era uno dei posti più ovvi per nascondersi, e quando l'aveva trovata, Bekim aveva fatto un sorriso gigante e si era messo a correre a perdifiato verso la tana.

Mira avrebbe potuto batterlo facilmente, era il più piccolo di tutti e aveva le gambe corte. Però era la prima volta che giocava con loro, tutti lo prendevano in giro e in più era kosovaro, perché non farlo felice? Così Mira si era lasciata catturare.

Ma gli altri non avevano usato la stessa premura, e a fine partita Mira era l'unica a essere stata presa.

Pavle l'aveva chiamata "stupida", "cretina", perché si era lasciata catturare da un bimbo piccolo. Le era venuto l'impulso di tirargli un pugno sul pisello, ma sapeva che poi si sarebbe messo a piangere e non aveva voglia di prendersi una sgridata dagli adulti. Allora lo aveva sfidato.

«Ma cosa vuoi!» aveva detto Pavle. «Ti trovo subito, troia!»

Bene. Trovami qui, allora, coglione. Voglio proprio vedere.

Mira si gustava già la faccia stupita di quell'imbecille. L'avrebbe cercata dietro il muretto, la fontana, ovunque, ma non lì, vicino al bosco.

Però non poteva far passare troppo tempo. Prima o poi sarebbe dovuta uscire e fare tana, altrimenti gli altri si sarebbero annoiati, Pavle avrebbe smesso di cercarla e il gioco sarebbe finito. In questo modo, se avesse fatto tana, lui avrebbe potuto dire una cosa del tipo: "Sì, vabbè, ma il gioco era già finito, non vale".

Doveva fregarlo a tutti i costi. Avrebbe aspettato ancora qualche minuto.

Si acquattò dietro al masso e si strinse nelle spalle. Faceva freddo, e il vento accarezzava i pini coperti di neve, facendoli danzare leggermente davanti ai suoi occhi.

Mira portò lo sguardo verso il deserto bianco della depressione, e notò qualcosa di strano. Strizzò gli occhi e quasi gemette per la sorpresa, quando si accorse che c'era un leprotto bianco.

Aprì la bocca, e rimase a fissare quel batuffolo morbido che zampettava veloce verso gli alberi dall'altro lato della depressione.

Chissà perché andava così di fretta. Forse andava dalla mamma? No, troppo grosso. Oh! Forse era lei la mamma! E stava tornando a casa dai suoi cuccioli.

Non era troppo importante, perché d'improvviso comparve dal cielo un uccellaccio con le piume d'argento e piombò sul leprotto come un missile.

Lo schiantò nella neve, quello provò a dimenarsi, scalciando disperato, ma gli artigli dell'uccellaccio si piantarono nella sua gola, e in un attimo tutto finì.

«Nooo...» mormorò Mira.

Le venne da piangere. Ma poi, mentre guardava quel falco stracciare la carne del coniglio, si ricordò del nido che le aveva fatto vedere Bianca qualche mese prima.

Lì c'erano degli uccellini che pigolavano, e si erano zittiti solo quando la mamma era tornata con un topolino in bocca. Anche allora le era venuto da piangere, ma Bianca le aveva detto che la natura fa così. Gli animali cercano solo di sopravvivere.

E anche i rapaci, per quanto cattivi e minacciosi, non cacciano per divertimento o per cattiveria, ma solo perché non hanno altra scelta. Non hanno deciso loro di avere gli artigli, il becco, o una dieta particolare che li costringe a uccidere creature così piccole e innocenti come i topolini.

Non l'hanno scelto perché, come tutti, non hanno il controllo di niente. E nessuno, né noi né loro, può farci nulla. È la natura delle cose e basta.

Sì, è vero, è brutto. Quel topolino non aveva fatto nulla di sbagliato, e ci sono tante altre cose terribili che accadono in questo mondo. Che ci fanno piangere, che ci rendono tristi, che ci fanno male. Ma spesso queste cose, come la natura, sono fuori dal nostro controllo. Non possiamo farci niente.

E perché preoccuparci, se non possiamo fare nulla?

Possiamo occuparci solo delle cose su cui abbiamo potere. E dobbiamo farlo, perché è l'unico modo che abbiamo per sopravvivere.

Quindi, perché arrabbiarci con i rapaci? Loro fanno solo quello che possono per vivere, per stare bene in questo mondo.

E noi dobbiamo fare lo stesso. Fare del nostro meglio con quello che abbiamo, sopravvivere. Cercare di stare il meglio possibile, nonostante l'orrore. E non essere arrabbiati coi rapaci.

Però Mira era arrabbiata lo stesso.

Poi accadde qualcosa.

In lontananza, oltre la montagna, il cielo cominciò a tuonare. Non era un temporale, sembravano tanti alberi che cascavano all'unisono, spezzandosi a metà producendo un rumore ovattato.

Si voltò a sinistra, oltre il sasso e la depressione, e vide che da dietro gli alberi della collina si stava alzando un grande fumo nero. Sembravano gli stessi suoni dell'anno precedente, quando avevano portato lei e tutti gli altri in un villaggio, e papà era andato a cercare mamma.

Il vento si fece ancora più freddo. Mira tremò, si alzò in piedi e vide che le cime degli alberi avevano cominciato a muoversi, a ondeggiare più forte. Tutti gli uccellini si alzarono in volo, e anche il falco, l'uccellaccio, si dileguò.

Mira iniziò battere i denti, forse doveva tornare a casa.

Poi, i tronchi scricchiolarono, i rami si aprirono lentamente, come se una mano gentile li avesse scostati con dolcezza, e dall'oscurità del bosco innevato si fece strada un sussurro di ghiaccio.

Piccolina, sussurrò il vento, vieni da me, ora.

Mira si voltò e sorrise contenta. Sapeva che là, nel bosco, era tutto buio, però era caldo, morbido, un ottimo posto per rifugiarsi. Si alzò per andare verso la voce, ma sentì anche suo padre chiamarla.

«Mira! Dove sei?»

Accidenti, sembrava arrabbiato.

Mira piegò le labbra amareggiata e si rivolse agli alberi.

«Mi dispiace, ma papà mi chiama, devo andare.»

Il vento soffiò ancora, sussurrò tra gli alberi e accarezzò le guance di Mira.

Tesoro, per favore. Vieni da me, ti prego.

«Mira! Vieni subito qui!»

Ora papà era comparso vicino alle case e correva oltre il muretto alla sua ricerca.

«Mira!»

Sì, era arrabbiato. Era il caso di andare.

Mira si girò ancora verso il bosco, le dispiaceva, ma non aveva scelta.

«Senti, tanto poi torno.»

No piccolina, sibilò il vento, devi venire, ora.

«Esci fuori! Adesso!»

Posso nasconderti, lo sai. Vieni da me, ti scongiuro.

Mira non sapeva che fare. Valutò le opzioni per qualche istante, e capì che se avesse accettato le coccole poi si sarebbe presa di sicuro un sacco di sberle. E papà non sembrava in vena di essere gentile.

«No, mi dispiace» disse a malincuore. «Però guarda!»

Tirò fuori dalla tasca uno dei fiori bianchi con cui lui le aveva decorato i capelli. Era ancora freschissimo. Se lo infilò dietro l'orecchio e sorrise.

«Visto? Ti piace quando faccio così, no?»

Piccolina, per favore. Devi…

«Oh, non sei mai felice!» si lamentò Mira. «Dài, non fare così! Torno più tardi! Ciao!»

E corse via.

Il vento esplose in un ruggito di ghiaccio. Si disperò, provò a gettarsi fuori dagli alberi, cercò di raggiungerla, ma la bimba correva troppo forte.

E poi, aveva detto di no. E così sarebbe stato.

Il vento si spense, gli uccellini tornarono sui rami. E gli alberi, freddi e muti, non poterono fare altro che restare a guardare, mentre Mira si gettava tra le braccia di papà.

37

Mark se ne stava in mezzo alla stanza, con le mani nei capelli. Aveva già infilato nella borsa a tracolla tutte le cose importanti, la macchina fotografica, le foto sviluppate, i rullini di riserva, ma sapeva che qualcosa gli era sfuggito.

Gli italiani stavano arrivando, e se avessero trovato le tracce di una camera oscura per Nikolas e gli altri del villaggio sarebbe stato un problema non indifferente.

Ah, certo, le lampadine!

Si mise a svitare i bulbi rossastri, ma Nikolas spalancò la porta.

«Hai fatto?»

«Sì, sì! Le lampadine!»

«Lasciale stare, vieni!»

«Ma...»

Nikolas lo afferrò per la giacca e lo trascinò fuori dalla catapecchia.

In strada, tutti stavano correndo terrorizzati, e Mark si lasciò travolgere dalla frenesia e dal panico generali. Chi si buttava in casa, chi chiamava i figli, e dozzine di cani, che avevano avvertito l'energia nell'aria, ora abbaiavano spaventati.

«Il generatore!» realizzò Mark.

Nikolas fece una smorfia di fastidio.

«Lascia stare, a quello penso io.»

Saša li raggiunse di corsa. Era andato a sotterrare i barattoli dei composti chimici e il piedistallo, e cominciò a tempestare Nikolas di domande.

Nikolas, però, lo zittì berciandogli in serbo-croato. Poi si rivolse a Mark.

«Ora andate al rifugio e aspettate gli altri.»

«Aspetta!» disse Mark. «E ora che succede? Che faranno?»

Nikolas sbuffò, si guardò intorno e scosse la testa.

«Vogliono me. Un responsabile. Cercheranno armi. Mi arresteranno e...»

«Cazzo!...» mormorò Mark. «Qual è il piano adesso?»

Nikolas lo guardò con espressione irritata, ma non gli rispose, perché era arrivato un altro serbo che gridò al capovillaggio una frase di cui Mark riuscì solo a capire la parola "italiani".

«Vai, vai!» gridò Nikolas, e Mark e Saša corsero via.

Attraversarono le ultime case di legno e presero il sentiero che serpeggiava sulla montagna, lasciandosi il villaggio alle spalle. Non avevano fatto più di due minuti di tragitto tra gli alberi, quando a un certo punto fu come se il piccolo villaggio si fosse ghiacciato. Prima c'erano tutte quelle grida e ora non c'era altro suono se non quello del vento.

Mark non riuscì a resistere, afferrò la spalla di Saša.

«Vieni!»

Il ragazzino lo guardò con occhi pieni di terrore e indicò in alto, verso il rifugio. Mark capì. Nikolas gli aveva affidato un compito importantissimo, portarlo al rifugio e nasconderlo. Già gli italiani avrebbero arrestato Nikolas e perlustrato il villaggio, ma trovare un giornalista europeo, cosa avrebbe potuto significare?

Per un attimo, gli tornò in mente l'immagine di David che usciva dalla stanza di mamma, bofonchiando una cosa come: "Sì, sì, giornalista, ma vaffanculo!".

Nonostante l'avesse detto a bassa voce, Mark era certo che David avesse fatto solo finta, giusto per fargli sentire quel commento.

Gli venne in mente un'idea. Anzi, un piano. Tirò fuori la macchina fotografica facendo l'occhiolino a Saša. A parte lo sguardo sconsolato, il ragazzo non fece altra resistenza.

Lo guidò fino a una roccia a strapiombo, coperta da alcuni arbusti. Era un punto perfetto, era lì che aveva fatto la foto di gruppo qualche settimana prima. E soprattutto, da lì si vedevano il villaggio e la strada principale.

Non c'era pericolo che qualcuno potesse sorprenderli, o meglio, forse c'era, ma era un rischio che aveva già calcolato.

Si avvicinarono, e guardarono in basso, a destra.

I soldati erano già arrivati. Davanti a loro, sulla strada di fronte al villaggio, c'erano anche Nikolas e due suoi uomini. Stavano parlando con un ufficiale.

Mark armò la macchina fotografica con un rullino pulito e puntò l'obiettivo verso di loro. Avrebbe ripreso dei soldati italiani che arrestano un capovillaggio serbo, che perlustrano l'insediamento, armati, in violazione di tutti gli accordi della Pacificazione. Quelle foto avrebbero fatto il giro del mondo.

S'immaginò la faccia di David e di papà, quando gli avrebbe regalato almeno cinquanta monete d'oro, ancora più belle e preziose di quelle che aveva preso anni prima. Gli avrebbero chiesto scusa. E lo avrebbero finalmente rispettato.

Mirò la griglia su Nikolas e l'ufficiale davanti a lui, la macchina non aveva un ingrandimento particolare, ma faceva il suo lavoro. Vide il capovillaggio agitare le braccia mentre gli parlava a voce alta. I soldati non si muovevano, lo fissavano e basta.

Poi l'ufficiale si voltò verso uno degli uomini che aveva di fianco, che era più alto degli altri. Mark credette di ricostruire addirittura le parole. "Arrestateli" o qualcosa del genere.

Ma i soldati non li arrestarono.

Si fecero avanti, puntarono i fucili e aprirono il fuoco. Il corpo di Nikolas cadde sulla neve, seguito da quello dei due uomini alle sue spalle.

Mark sentì un tuffo nel cuore, Saša fece un verso di paura. Entrambi rimasero a guardare, mentre l'orrore gli si dispiegava davanti.

I soldati sciamarono nel villaggio, dove cominciarono a sentirsi le grida e gli spari.

Mark reagì nell'unico modo che conosceva, ossia seguendo il piano. Scattò foto a ogni cosa.

Il corpo di Nikolas crivellato di colpi, i soldati che entravano negli edifici e buttavano fuori la gente, i cani ammazzati, gli uomini assassinati in mezzo alla strada, le case in fiamme, i bambini che piangevano.

Fece venti scatti, poi buttò il rullino usato nella borsa e armò la macchina con uno nuovo. Quando caricò il terzo rullino, l'ultimo che gli era rimasto, sentì la mano di Saša strattonarlo.

Bofonchiava cose senza senso, aveva gli occhi pieni di lacrime, voleva andare via da lì immediatamente. Mark capì che era inutile spiegargli il suo piano, non avrebbe capito, nessuno capiva mai. Pensò che dovesse liberarsi di lui, e gli passò la borsa.

«Portala al rifugio.»

Lui la prese, confuso, ma non capiva.

«No. No... il rifugio, ora!» disse con voce tremante.

Mark puntò il dito sulla borsa e cercò di sembrare il più autorevole possibile.

«Queste, importanti! Capito? Molto importanti!»

Indicò in alto.

«Rifugio! Portale, ora! Capito?! Importanti!»

Gli occhi di Saša fecero la spola tra il villaggio e Mark almeno quattro volte, ma alla fine si decise. Strinse la borsa e corse via, scomparendo tra gli alberi.

Finalmente solo, Mark puntò ancora l'obiettivo, e vide che i soldati avevano radunato i serbi in piccoli gruppi e li portavano lungo le vie verso l'interno del villaggio.

Doveva andare a vedere.

Corse il sentiero a ritroso, giù, attraverso gli alberi, fino a che non rivide le case spuntare davanti a sé.

Sentiva i rimbombi degli spari in lontananza, i pianti, e

gli italiani che gridavano ordini. Per un istante, la paura, che fino a quel momento era stata domata dall'euforia e dall'adrenalina, riuscì a farsi strada nell'anima.

Cosa vuoi, farti ammazzare? Scappa! Non ti bastano le foto che hai fatto?

Pensò a uno dei suoi scatti preferiti. L'aveva visto per la prima volta su un libro di testo, a scuola. Era di Pereira, un ebreo catalano. Ed era la foto di Francisco Franco appeso per i piedi, a Salamanca, quando le truppe anglo-francesi erano entrate in città e i falangisti lo avevano tradito all'ultimo, uccidendolo per riscattarsi.

Quella immagine era diventata un simbolo nazionale ed europeo. Il primo dei dittatori a essere deposto o assassinato, il totalitarismo che veniva stritolato dalle forze della democrazia. Ma quella era una foto straordinaria, e Mark non aveva scattato nulla del genere. Le aveva fatte tutte dall'alto, forse fuori fuoco, orribili, buone al massimo per un reportage.

S'immaginò il direttore dell'"Attalaya" lamentarsi per quanto facessero schifo, che aveva buttato via un'occasione straordinaria, che era ingiusto che per una circostanza simile ci fosse un dilettante, un drogatello con in mano una fotocamera.

Quindi no, non erano abbastanza. Se voleva entrare nella storia aveva bisogno di qualcosa di perfetto, di iconico.

Strinse le mani intorno alla macchina fotografica ed entrò nel viaggio. Si buttò nella prima via, deserta, e sentì dei rumori dietro a uno svincolo. Si schiacciò al muro, trattenne il fiato e sbirciò dal lato opposto della strada.

Vide dei soldati. Avevano fatto sdraiare a terra un piccolo gruppo di bambini, e gli tenevano i fucili puntati alla testa.

Mark si nascose di nuovo, era una scena perfetta.

S'immaginò ospite a Tele Uno, mentre il conduttore gli chiedeva dove avesse trovato tutto quel coraggio, o ancora meglio, in un teatro pieno di gente elegante, con quella stronza della presidente Blanche che gli stava consegnando una targa d'argento.

David era in prima fila, applaudiva. Era orgoglioso di lui.

Si sporse ancora dal muro, pronto a scattare la foto che gli avrebbe assicurato la gloria. Ma si trovò davanti un soldato alto quasi due metri. Mark non riuscì a reagire.

Quello lo prese per il bavero della giacca, lo sollevò e lo schiantò al muro.

«Pessimo piano» sussurrò il bestione, e gli piantò un coltello nello stomaco.

38

Le cervella del cane erano disperse nella neve, e il sangue bolliva nell'aria fredda. I colori non si mischiavano, restavano distinti, divisi e perfetti.

Sforza si leccò le labbra, e ammirò quella lotta impari.

Il rosso si spingeva avanti con tutte le sue forze, ma prima o poi il sangue del cane sarebbe finito. E anche se non fosse stato un solo cane, ma milioni, tutto quel sangue non sarebbe mai riuscito a offuscare la purezza divina che copriva il villaggio, le montagne, il mondo.

Era una battaglia persa in partenza. Al sangue, però, non importava, e continuava a divorare la neve, fiocco dopo fiocco, avanzando verso i suoi stivali.

Quella forza vitale, scarlatta, fumante, viva, era consapevole, forse, della propria sconfitta, ma non si sarebbe mai arresa.

Sforza piegò la testa di lato, strinse la mano sul calcio della pistola e guardò di nuovo il cranio sfondato del cane nero. Si chiese se fosse davvero questa la lezione. Se fosse davvero questo il messaggio che gli dèi gli avevano lasciato come monito, dopo la punizione, dopo avergli preso tutto.

Che lui, alla fine, non era diverso dal re del dramma. Come quel personaggio, era destinato a perdere ogni cosa, ogni amore, ogni singolo elemento a cui aveva provato a dare un senso in questa miserabile esistenza.

Era destino, e basta.

D'altronde lui, il re del dramma e il sangue erano la stessa cosa. Forze, forze potenti. Capaci di grandi cose, certo, ma limitate dalla natura, dalla fragilità della vita, e soprattutto dalle potenze superiori. Quelle che dominano il mondo, che dispongono della realtà come preferiscono, che incarnano l'assoluta perfezione del potere divino sull'ordine delle cose.

E Sforza e il re avevano osato sfidare questo ordine sacro, beandosi dell'illusione del controllo.

Forze finite che sfidano un potere illimitato.

E quindi, una volta realizzato tutto questo, che cosa rimane?

Che cosa rimane, quando ti hanno portato via tutto?

A che cosa pensi, quando scopri che non solo non hai mai controllato niente, ma che non ne hai mai avuto neanche la minima possibilità?

Che cosa dici, quando comprendi che puoi solo arrenderti alla crudeltà di questo mondo?

Che cosa fai, per il tempo che ti resta, quando il tuo destino è segnato, prima che tutto ti crolli addosso?

Sforza guardò il cane davanti a sé, scrutò le sue cervella e trovò la risposta.

Si sentì felice.

Spostò lo sguardo verso sinistra. Nella depressione dietro alle ultime case, i soldati avevano trascinato tutta la popolazione del villaggio. Uomini, donne, vecchi, mocciosi, infanti. Un grumo fluido di quasi quattrocento corpi urlanti e spaventati.

I soldati ne buttarono dentro altri cinque, poi si allontanarono e li circondarono con le mitragliatrici.

Sforza si era sistemato dietro ai suoi uomini, a una decina di metri, quando ricominciò a sentire le grida, e gli tornò il mal di testa.

Si accodò anche Farina, che correva verso di lui urlando.

«Capitano! Capitano! Ho trovato una cosa! C'era un ragazzo, aveva una…»

Sforza lo zittì alzando la mano, e si mosse come un fantasma verso il grumo urlante. Guardò quella massa informe strepitare e piangere. Lo riconobbero. Le voci si alzarono ancora di più, insultandolo o implorandolo in quattro lingue diverse.

Un vecchio tentò di avvicinarsi, ma un caporale gli piantò il calcio del fucile nello stomaco. Sforza sorrise, alzò un dito e lo portò alle labbra.

«*Ssh.*»

Lentamente, come per magia, quel soffio feroce li zittì tutti quanti. Soltanto i più piccoli continuavano a piangere, con grande irritazione di Sforza. Ma non lo irritarono quanto il grido alle sue spalle.

«Capitano!» si sentì dalla strada fangosa che scendeva dalle case.

Poi udì il suono degli zoccoli e capì.

Solari. E i suoi cavalieri.

Sforza li vide in groppa alle loro bestie che correvano verso di lui. Rinfoderò la Beretta e si piazzò in mezzo alla strada con tutta la calma del mondo.

«È arrivata la cavalleria» sussurrò a se stesso.

Il tenente Solari e i suoi quattro uomini sembravano usciti da un vecchio poster monarchico della guerra civile. Destrieri potenti, armi lucide, sguardo trionfante. Scalpitavano nella neve fangosa come i cavalieri della caccia selvaggia.

Quando furono a pochi metri da Sforza e i suoi uomini, tirarono le briglie, e i cavalli frenarono in un frastuono di nitriti e zoccoli.

Quello di Solari era scuro, il più grosso di tutti, e inchiodò a pochi passi dal capitano. Forse Solari, arrivando così vicino, voleva spaventarlo, ma Sforza rimase immobile.

Davanti a lui, le froge di quella creatura meravigliosa soffiavano un fumo rabbioso. Ma non quanto il suo cavaliere.

«Capitano!» gridò ancora il tenente. «È impazzito?»

Sforza fece un ghigno soddisfatto.

«Vedo che ha portato degli amici, tenente.»

Solari non gli badò. Si guardò intorno, mentre Farina e i soldati di Sforza li circondavano. Li superavano di tre a uno.

Il tenente restò fermo per alcuni secondi, cercando la loro attenzione, poi parlò ad alta voce.

«Capitano, lei ha violato gli articoli 2, 9 e 37 del codice militare, è intervenuto in una zona protetta, ha ucciso diversi ospiti provvisori della Zona Autonoma, ha agito in completo contrasto con le direttive del ministero della Difesa e con gli ordini diretti del generale Gallo. Per questo, secondo l'articolo 734, io la sollevo dal comando e la metto agli arresti!»

Su tutti i militari scese un'atmosfera spettrale.

«Sergente Farina!» lo chiamò Solari. «Disarmi il capitano e lo arresti, o finirà anche lei davanti alla corte marziale!»

Sforza riuscì a vedere un veloce gioco di sguardi schizzare tra i suoi uomini. E non si stupì di non riuscire a trovare alcun dubbio nei loro occhi, ma solo rabbia.

Guardò Farina, era a pochi metri dal secondo cavaliere. Aveva già la mano sulla pistola, ma incrociò i suoi occhi, e Sforza gli fece no con la testa.

"Non fare sciocchezze" gli disse senza parlare.

«Sergente! Mi ha sentito?» tuonò ancora Solari.

«Sa perché lei mi piace, tenente?» esordì Sforza, interrompendo quel piccolo colpo di mano.

Solari appoggiò la mano sulla fondina.

«Getti a terra la sua arma, capitano. Non glielo dirò una seconda volta.»

«Perché io e lei, Solari, in realtà, ci assomigliamo» continuò Sforza, avvicinandosi al cavallo del tenente.

Solari tirò le briglie, cercando di farlo arretrare.

«Mi ha sentito, capitano? Butti a terra la sua arma, ora!»

Solari si sentiva così potente, in sella a quella bestia.

Sforza si fece ancora più vicino.

«Perché siamo molto testardi, io e lei. E abbiamo un costante bisogno di cambiare la realtà che ci circonda, di plasmarla a nostro piacimento, controllarla. E non ci arrendiamo davanti a nulla. Non crede, tenente?»

Solari tenne fermo il cavallo e lasciò che Sforza si avvicinasse.

«Nossignore» sibilò il tenente. «Io e lei siamo molto diversi.»

«Ah sì?» chiese Sforza, osservando gli occhi scuri del cavallo. Erano profondi come l'abisso, e l'animale odorava di fieno, di sudore, di terra.

«E in che modo, tenente?»

Solari digrignò i denti.

«Lei è pazzo.»

«Dice?» mormorò Sforza, sfilandosi i guanti. «Sa, in questo mondo, l'uomo non è altro che... un attore...»

Mise la mano sul muso della bestia. Era bollente. Gli parve di sentire la sua energia vitale. Era viva, furiosa, vibrava dagli zoccoli pieni di fango, scorreva nei muscoli tesi, fino ad accarezzare le dita del capitano.

«Un povero idiota che si affanna sul palco per la sua ora, a cianciare il suo niente. Lo siamo tutti. Nessuno di noi può dirsi... sano. Anche perché "sano" è solo una definizione dei deboli e degli ottusi per bearsi della propria mediocrità. Non crede?»

«Be', signore, se permette...» replicò Solari «io non uccido dei civili perché hanno sfasciato la testa al mio fidanzatino.»

Sforza sentì un fischio sordo attraversargli il cranio. Una patina rossa gli calò sugli occhi. Poi, il silenzio.

Solo dal fondo, lontano, disperso nella nebbia della sua anima, un grido di sangue.

Sorrise.

«Il fidanzatino...» sussurrò divertito.

«Crede di essere speciale, signore? Qua tutti hanno perso qualcuno! Ma non abbiamo alcun diritto di rifarci su questa gente! Butti via la pistola!»

Sforza accarezzò ancora il muso dell'animale. Era davvero una creatura meravigliosa.

«È una bella bestia, non è vero?»

Non aspettò la risposta. In un lampo, si allontanò di un metro, tirò fuori la Beretta ed esplose un colpo proprio in mezzo agli occhi del cavallo.

La forza del proiettile fece vibrare l'animale per un istante, poi crollò a terra in un tonfo violento, trascinando Solari con sé. Il tenente gridò, e finì con la faccia nella neve.

I suoi uomini provarono a tirare fuori le loro pistole, ma i soldati di Sforza gli puntarono i fucili addosso, e nessuno di loro ebbe il coraggio di farsi ammazzare.

Solari però sì, e fece un tentativo.

«Bastardo!» gridò.

Cercò di rialzarsi, mettendo la mano alla pistola, ma Farina era già su di lui. Gli tirò un calcio nello stomaco. E una volta che il tenente fu a terra non si fermò. Cominciò a colpirlo in faccia, caricando i pugni con una violenza che covava da non poco tempo.

Sforza avrebbe voluto godersi la scena, ma il grumo fluido alle proprie spalle aveva assistito alla scena, si era spaventato, ed erano ricominciati gli urli, e i pianti.

Le grida di quei bambini, il sangue, la faccia di Michele: fu come se all'improvviso tutto avesse cominciato a girare, a gridare nella sua testa, a infiammargli il cervello in un inferno di dolore.

Il mondo iniziò a fargli male. Cercò di tapparsi le orecchie, ma fu inutile. Anche lui gridò, e si buttò verso quel grumo circondato dai suoi uomini. Doveva farli zittire, tutti, subito.

Si sporse sulla depressione, li guardò. Alcuni avevano già cominciato a correre verso gli alberi, altri erano in ginocchio. Nessuno faceva silenzio, nessuno ubbidiva ai soldati che gli gridavano di stare fermi.

Sforza vide una bambina con un fiore nei capelli, era aggrappata a un vecchio. Piangeva, strillava come una disperata, e Sforza non riuscì a sentire altro che lei.

Era come la bambina della vecchia… sì, era la nipote di quella strega. Era lei che aveva dato inizio a tutto questo, Michele era lì, Sforza lo aveva visto fuori da quella casa per la prima volta, lei lo sapeva! Era lei che lo aveva maledetto, era lei che voleva punirlo per avere osato, perché aveva scoperto la speranza, l'amore, e gli aveva tolto tutto, e ora rideva come una pazza, spiandolo dalle montagne. Era colpa sua se il mondo stava bruciando, se ora gli dèi lo avevano tradito, avevano distrutto ogni cosa e ora gli segavano la testa a metà, sfracellandola in una pozza di sangue, come quella di Michele, i suoi occhi dolci pieni di sangue, dispersi nella neve.

Puntò la pistola sulla bambina.

Sparò.

I soldati puntarono i fucili e seguirono il suo esempio.

39

David inciampò per l'ennesima volta, e per l'ennesima volta si rialzò.

Corri, David, corri. Giù, nella scarpata, in mezzo alla neve fresca, attraverso gli alberi, in quel mondo bianco, illuminato solo dalla luce della luna.

Se ti fermi, ti faranno a pezzi.

Perché ti trovi qui? Come hai fatto a cacciarti in questa situazione? Perché hai lasciato cadere il telefono satellitare? Era la tua unica salvezza.

Ora sei morto.

Morto?

No, non ancora. Corri, eroe, corri.

David se lo ripeté, cercando di ignorare le gambe a pezzi, il ghiaccio nei polmoni, le grida alle spalle.

Si voltò di scatto e vide le luci delle torce avvicinarsi. Sembravano migliaia.

Si tuffò in avanti, la strada era in discesa, quindi poteva lasciarsi trascinare dalla gravità per essere più veloce.

Ma le gambe erano spaghetti cotti, e a ogni passo sembrava potessero cedere sotto il peso di un corpo di pietra, un macigno devastato da giorni di fatica e dolore.

Devi solo correre più veloce. Corri eroe, corri, che ce la fai.

La testa era stata invasa da una strana luce bianca. Era leggera, piena d'aria, la gola era vuota, l'adrenalina pompava gli ultimi colpi disperati prima della resa, prima di fargli scoppiare il cuore nel petto.

La discesa finì, gli alberi scomparvero, e David vide il cielo scuro aprirsi sopra di lui. Era un mantello nero, bucherellato da miliardi di piccole luci che gli sorridevano tutte insieme.

Corri, eroe, è quasi fatta.

Non aveva più alberi intorno a sé, ma ce n'erano altri, laggiù, da quel lato della montagna. Una macchia nera che copriva tutto il mondo.

Se ci arrivi, sei salvo. Lì potrai nasconderti, riposarti.

David tirò dentro l'aria un'ultima volta, bruciando i polmoni già pieni di benzina, e si gettò verso la macchia.

Quanto sarà stata lontana? Trecento metri? Cosa c'è alla tua destra?

Chiederselo era irrilevante, perché il piede sbatté contro qualcosa di duro. Scivolò e cadde. Ma non sulla neve, né sulla dura terra. Su qualcosa di soffice, scomposto, che puzzava.

Alzati, eroe, alzati.

David ci provò. Mise la mano su quella massa morbida sotto di sé, ma le gambe cedettero, e scivolò ancora, sbattendo di nuovo la faccia su quel pavimento scuro.

Non era coperto di bianco, era tutto nero, molle, con vene solide che sprofondavano nella terra.

David capì.

Era un mare, ed era vivo. E voleva il suo corpo. Si accorse di stare annegando.

No, non puoi arrenderti, eroe. Scalcia. Vivi. Supera questo fiume di carne. Gli alberi sono lì, non li vedi?

No, David non vedeva più niente. C'era solo quella luce chiara che gli brillava nel cervello, e tutto girava, mentre lui affondava lentamente in quell'abisso nero.

Esci da lì, eroe, adesso, o sei morto.

Era come un brutto sogno. Quando sai che stai per svegliarti, tutto sta crollando e sopra di te c'è l'acqua. Devi solo scalciare, dimenarti come un disperato, raggiungere la superficie. Se riesci a riaffiorare, se torni a respirare, l'incubo scomparirà, l'odore della morte se ne andrà via, sarai di nuovo a casa, sul divano, con Lucia che ti dorme a fianco.

Scalcia, eroe, ce la puoi fare.

David scalciò, cercando di rantolare via dall'incubo, trascinandosi come poteva in quella valle disperata. Doveva farsi strada.

Afferrò ogni cosa, tirandola, spostandola, strusciandosi sopra. Navigava come un verme ferito su quelle onde di carne fredda che cercavano di afferrarlo, di tenerlo con sé.

Vuoi stare qui con noi?

No, pensò David, devo arrivare agli alberi.

Scavalcò un'onda, stringendo il paltoncino di una vecchia, poi affondò la mano sulla faccia aperta di uomo che gli sussurrava di fermarsi, di stare tranquillo.

Resta qui, David, riposati.

Non ancora, non ancora.

Le torce dietro di lui non erano più un problema. Adesso erano le voci, il problema. I gemiti esanimi, il sangue gelato, le mani che lo stringevano, lo trascinavano con sé, sempre più a fondo.

Sarebbe rimasto lì con loro, per sempre.

Ma gli alberi non erano lontani.

Pochi metri, ancora pochi metri, ce la posso fare.

La luce però si stava facendo sempre più piccola, e il cielo si stava chiudendo su di lui. Non poteva lasciarsi inghiottire, non poteva lasciare che il suo corpo affondasse nel mare. Doveva solo riposarsi un attimo, aggrapparsi a qualcosa.

La voce dell'agente Spada scomparve, soffocata da tutte quelle grida, ma poi un sussurro che zittì ogni cosa.

Era la voce di mamma. Ma non quella vera, quella che aveva in ospedale, né quella squillante di quando era piccolo. Sembrava antica, piena di polvere, fatta di legno e neve, persa nel tempo.

Però era dolce, rassicurante. Era quella di mamma, voleva aiutarlo.

Lei, disse la mamma. Va' da lei, è laggiù, la vedi?

Sì, David riusciva a vederla. Era piccola, navigava sotto le spalle di un vecchio.

Il mare si aprì, lo fecero passare, e David la raggiunse a nuoto. Quando la strinse, sentì l'odore dei fiori. Forse era quello che aveva nei capelli. Si accoccolò a quel corpicino rotto, e lei lo strinse in un abbraccio caldo.

La luce si affievolì, e prima che l'oscurità lo avvolgesse, David portò lo sguardo verso la riva degli alberi, e vide la sagoma della mamma.

Era altissima, come quando da bambino voleva farsi prendere in braccio. Non aveva mai avuto i capelli così lunghi, ma erano tanti, e il vento li accarezzava dolcemente, facendoli danzare nell'aria.

Non riuscì a vederla bene in faccia, ma David sapeva che aveva pianto. Povera mamma, si era spaventata.

Sto bene, mamma, disse David, devo solo dormire un po'.

Mamma non si mosse, ma aveva capito.

Dormi, rispose lei.

David sentì tanto freddo, ma era al sicuro. Sorrise. Poi, sentì il cielo chiudersi su di sé.

Svenne.

40

Gli scalini di legno erano coperti dalla neve. Faceva freddo, e la notte era ancora lunga.

Bianca affondò le mani nei capelli, gemette, e le lacrime sgorgarono ancora. Nella sua testa, era tutto un fruscio torbido di grida, pianti, dolore.

Le immagini della fossa comune, con i soldati tutt'intorno, brillavano ancora davanti ai suoi occhi.

Vide le facce. Quella di Josif, di Mark, di Nikolas... di Mira.

Ingoiò un grumo di dolore. Si voltò verso destra, cercando di scacciare quel volto, ma laggiù c'era il pupazzo di neve. Vide Mira saltarci intorno. Lo aveva fatto solo poche ore prima. Rideva, e per prendere in giro Branko gli aveva tirato un colpo di karate.

Quando la piccola si era voltata, salutandola con la manina, Bianca si spezzò. Crollò in avanti, il suo cuore si ruppe e ricominciò a singhiozzare.

Tremava, dondolando sul legno come una bambina, avanti e indietro, come se in quel modo riuscisse a scrollarsi di dosso quel dolore che le urlava nella testa.

È colpa tua, è colpa tua.

Certo che era stata colpa sua, di chi altri doveva essere? Era stata una sua idea.

Era stata lei che aveva proposto di ucciderli.

Era lei che aveva sparato al soldato.

Era lei che voleva andare in montagna.

Era lei che aveva costretto Anna ad andare nella casa del nonno.

Era lei che aveva reagito, quando erano arrivati i soldati.

Forse non sarebbe successo nulla. Se fosse rimasta tranquilla, forse non le avrebbero fatto niente.

Forse Anna sarebbe ancora qui, viva.

Bianca si fermò. Tolse le mani dai capelli, le raccolse sul grembo, e cercò di riprendere il controllo del respiro.

Non fu facile. Era spezzato, fragile, ma affrontò i respiri uno alla volta, con calma. E in pochi minuti sentì di nuovo di essere lì, viva, lucida.

Poi si concentrò e cercò la voce di Anna.

Si immaginò che fosse lì, seduta di fianco a lei, che le avesse appoggiato la testa sulla spalla e che le stesse accarezzando le mani.

Aveva addosso quel profumo, quello che sapeva di vaniglia.

«Avrei potuto evitare tutto questo...» sussurrò.

No, scema, non avresti potuto.

«Forse, avrei dovuto, non lo so... avvertire Branko.»

Te l'hanno spiegato, no? Non si sono capiti lui e Saša.

«Sì, ma... forse proprio Saša, avrei dovuto...»

No. Avevate detto ai ragazzi una cosa precisa. Saša ha sbagliato, e Branko ha disubbidito. Tu hai fatto quello che potevi. Eri quasi riuscita a convincere Slobodan, e quando le cose si sono messe male...

«Roman... Avrei dovuto tirarli fuori prima, ai primi spari.»

Non sapevi che cosa sarebbe successo, forse ce la farà.

«Ha perso così tanto sangue...»

Bianca. No. Hai fatto tutto quello che potevi.

«Ma Mira...»

Sono poche le cose che puoi controllare. E tu sei stata bravissima. Anche il biondo che Saša e Branko hanno trovato poco fa, anche lui, se ci pensi bene, è vivo solo grazie a te.

«Gli ho solo detto di andare a vedere se qualcuno... se qualcuno era ancora vivo... ma io non volevo che trovassero lui, volevo che trovassero...»

Mira? Lo so. Ma a volte le cose brutte capitano e non possiamo farci niente. Non è colpa tua.

«*Mmm.*»

Ehi, ascoltami. Non voglio mai più sentirti dire che è colpa tua, è chiaro?

«Sì, è chiaro.»

Mi prometti che non lo dici più?

«Lo prometto.»

Ti amo, lo sai?

Bianca sorrise. Le sembrò quasi di sentire le sue labbra accarezzarle la cicatrice sulla guancia.

«Anch'io...» sussurrò a se stessa.

Poi si alzò, si passò la mano sotto gli occhi e tornò dentro al rifugio.

Nella prima stanza, Ebin era sulla sedia, esausto, vicino al letto pieno di sangue dov'era sdraiato suo fratello.

C'era odore di alcol, di disinfettante. Avevano usato tutto quello che Nikolas gli aveva portato giorni prima.

Il petto di Roman era fasciato da tre strati di bende. La gamba non era messa meglio. Respirava a fatica. Sembrava il cinghiale ferito a morte dell'estate precedente.

«Come sta?» chiese Bianca.

«Come vuoi che stia?» rantolò Ebin, aggressivo.

Roman sarebbe morto da lì a poco, e qualsiasi parola, ogni tentativo di consolare suo fratello sarebbe stato inutile. Forse, tutti avevano solo bisogno di stare in silenzio, almeno per un po'.

Saša entrò nella stanza. Aveva gli occhi consumati dal pianto e la voce ancora spezzata.

«Dov'è Branko?» gli chiese Bianca, scandendo le parole.

«Bosco. Nel bosco...» rispose lui, scuotendo la testa. «Piange.»

Bianca annuì.

«Ne sono certa» replicò, con disprezzo. Se ne pentì, ma fu più forte di lei.

«*Va' da lui*» lo cacciò via Ebin.

«*Ma non mi vuole parlare!*» si lamentò Saša.

«E tu non gli parlare. Stagli vicino e basta.»

Il ragazzo ubbidì, e Bianca pensò che per quella notte non ci fosse altro da fare. Tutti sarebbero rimasti soli con i propri tormenti. Non sarebbe stato facile per nessuno.

Per distrarsi, avrebbe trascorso quelle ore a controllare il biondino. Lo raggiunse. L'avevano fatto sdraiare sulla branda nell'altra stanza, dove dormiva di solito lei. Lo trovò come l'aveva lasciato. Svenuto.

Dai vestiti avevano capito subito che non era uno slavo. Inoltre, aveva la giacca piena di sangue, anche se non era ferito. Non aveva armi, ma solo uno zaino.

Avevano lasciato tutto per terra, accatastato vicino alla branda. Un sacco a pelo, stoviglie da campo, una torcia, qualche indumento: sembrava uno che aveva deciso di fare una scampagnata in montagna.

Oltre a quella roba, c'era anche qualcosa di strano: barrette energetiche. Non erano di marca italiana, avevano le scritte in francese e in tedesco.

Ma la cosa che li aveva colpiti davvero fu la busta di plastica con i documenti all'interno.

Il primo foglio era un permesso di transito senza intestazione, firmato dal ministero. Anche il nonno ne aveva uno, era un documento che autorizzava gli italiani a entrare e uscire dalle aree del Paese sotto protezione militare, come la Zona Autonoma. Un documento così raro che qualsiasi passatore avrebbe ucciso per averne uno.

Ma il punto era che il biondo aveva tutti i permessi per essere lì, anche la carta d'identità italiana.

Allora perché tutta quella roba? Perché si nascondeva dai soldati?

Forse era un giornalista, o magari era davvero un passatore, però era strano. Non aveva l'aria di un mafioso slavo con la faccia rovinata dalla guerra. A parte la barba di qualche giorno, sembrava un ragazzo qualunque, un suo coetaneo, magari un po' più grande, più vicino ai trenta che ai venti, comunque una persona normale, anche di buona famiglia, perché no?

Che ci faceva lì?

Probabilmente se lo chiese anche lui, perché a un certo punto il biondo rantolò qualcosa, aprì gli occhi e quando vide Bianca si spaventò.

«Oh… oh…» disse intontito, gli occhi ancora semichiusi. Mise le mani davanti alla faccia e biascicò versi incomprensibili.

Bianca parlò lentamente per rassicurarlo.

«Calma, calma, stai bene. Sei al sicuro.»

Il biondo rimase con le mani alzate, immobile, probabilmente il suo cervello stava ancora accendendo i sistemi operativi.

«Ti abbiamo trovato in una fossa comune, giù al villaggio, come ti senti?» cercò di aiutarlo lei.

Il biondo strizzò gli occhi, poi, lentamente, si guardò intorno.

«Dove…» bofonchiò. «Chi…?»

«Io mi chiamo Bianca, tu sei…» cercò di ricordarsi il nome sulla carta d'identità «Luigi, giusto?»

«No» rispose lui. «Cioè… sì… io…»

Bianca capì. Erano documenti falsi.

«Chi… che posto… siete slavi?» chiese il biondo.

Bianca non aveva motivi per mentire. Non era uno di loro, ma i nemici erano gli stessi.

«Siamo tutti fuggitivi. E i soldati ci stanno cercando. Cercano anche te, vero?»

Lui annuì, e Bianca gli lasciò qualche secondo di tempo per accendere completamente il cervello.

Non aveva caffè, magari più tardi gli avrebbe dato qualcosa fatto con quella porcheria alla cicoria, ma per il momento andò a prendergli un bicchiere d'acqua.

Il biondo si era seduto sulla branda, afferrò il bicchiere e bevve avidamente.

«Io… sto cercando un tale» disse. «Si chiama Nikolas, lo conosci?»

Si era appena ripreso, lo avevano trovato dentro la depressione, in mezzo ai morti, Bianca non poteva buttargli la realtà in faccia in quel modo. Doveva fare piano.

«Sì, lo conosco.»

«Ah, grazie a Dio» ribatté lui, sollevato. «Deve aiutarmi a trovare...»

Bianca lo vide prendere una decisione.

«Mio fratello. Sono qui per mio fratello.»

All'improvviso, a Bianca venne un sospetto atroce, e unì i puntini: i capelli biondi, i documenti falsi, il fatto che parlasse italiano. Non avrebbe voluto fare quella domanda.

«Come si chiama tuo fratello?»

«Mark Barroso. Avrà più o meno la tua età. È spagnolo, ma parla italiano, come me, lo conosci?»

Bianca annuì.

Fu una lunga conversazione.

41

«Lei è una testa di cazzo, capitano! Una testa di cazzo senza pari! Ha una vaga idea del casino in cui mi ha messo? Io non la spedisco alla corte marziale, io la porto direttamente al...»

Il generale Gallo non era di ottimo umore. Sputava fuoco dalla cornetta del telefono da almeno cinque minuti. Sforza decise che poteva bastare.

«Generale...» tagliò corto Sforza, con la voce più serena del mondo. «Lei può fare un po' quello che vuole, non c'è bisogno di scaldarsi tanto.»

«Scaldarmi!? Ha sterminato un intero villaggio, brutto stronzo! Al Praesidium sono impazziti, i settori sono tutti in allerta, dovrò rispondere ai Pretoriani, Madonna vigliacca! A cinque giorni dalle firme in Europa! Se esce fuori questa storia, come cazzo la copriamo, eh? Maledetta bestiaccia infame!»

Sforza cercò di trattenere le risate.

«Non esiste bestia tanto feroce da non conoscere un briciolo di pietà. Ma io non ne conosco, perciò non sono una bestia.»

Passarono alcuni secondi di silenzio.

«E questo cosa cazzo vorrebbe dire?!?!» strepitò il generale.

«Lasci stare.»

«Lei è sollevato dal comando. Darò ordine al maggiore Castri di raggiungere la sua base e sostituirla.»

Ecco, l'ultima soddisfazione.

«Faccia come crede, generale. E mi dica, le registrazioni le passo direttamente a lui?»

«Cosa?»

«Sì. Pensava che non avrei registrato tutte le nostre conversazioni su questo canale? Le sue rimostranze nei confronti del comando, per esempio il ministro Colombo? O le sue personalissime opinioni sugli onorevoli Semenza, Rinaldi e... come dimenticare i suoi sospetti sulla presunta omosessualità del presidente ad interim Ansaldo? Quando sentiranno i nastri, dice che questi signori potrebbero prendersela?»

Sforza si godette quel meraviglioso silenzio che esplodeva dall'altro lato del telefono.

«Però vede, generale, credo che lei abbia dato del suo meglio parlando del magistrato superiore Pierluigi Da Vigo. Com'è che lo aveva chiamato? Ah, sì, ecco: "Un povero omuncolo rancoroso, un segaiolo represso, un piccolo boia di comunisti inventati, un topo di fogna che si è rosicchiato la tana all'ultimo minuto". L'inchiesta dovrebbe gestirla lui, vista l'importanza della cosa. E conoscendo il suo temperamento, sospetto che potrebbe offendersi.»

Altro, piacevolissimo silenzio.

«Sa, questo è il minimo, generale. Lei mi ha dato carta bianca, ma non mi ha promosso, non voleva riconoscere la mia autorità territoriale. La capisco, voleva prendersi tutto il merito dell'operazione, giustamente, ma questo vuol dire che ora lei è responsabile quanto me. E quando mi chiederanno se ho agito di mia iniziativa, dirò che lei è sempre stato d'accordo, anzi, che è stato lei a spingermi. In fondo, passerò il resto della mia vita in carcere, perché non credermi? E dopo aver sentito quelle registrazioni, non sono sicuro con chi fra noi due il dottor Da Vigo vorrà prendersela di più.»

Dopo alcuni secondi, il silenzio si spezzò. La voce del generale non era più di fuoco. Era una lama di ghiaccio.

«Io la scuoierò vivo, capitano.»

«È davvero un bel pensiero, generale, lo ha fatto tutto da solo?»

«Non si muova. Domani a mezzogiorno arriverò alla sua base. E vedremo il da farsi. Ma le giuro su Dio...»

«Ne sono certo. A domani, generale, buonanotte!» cantilenò Sforza, e gli chiuse il telefono in faccia.

Che bella sensazione. Era l'ultima cosa rimasta al capitano. Una piccola gioia, prima che il mondo gli crollasse addosso.

Paradossale. Davanti a lui c'erano solo la gogna e il carcere. Non avrebbe mai più avuto sogni, speranze, futuro. In qualche modo, però, l'idea che la partita fosse persa, che non avrebbe mai avuto altro di cui preoccuparsi, che non ci sarebbe più stata nessuna lotta da affrontare, gli dava una strana sensazione di pace.

Ma sapeva che sarebbe durata poco. Un breve delirio. Presto il volto di Michele sarebbe tornato a fargli visita. Sforza si sarebbe rimesso a piangere, a fissare il muro, a leccare il pavimento con la lingua insanguinata.

Il trillo del comunicatore lo salvò.

«Capitano? Sono De Marco, abbiamo stampato i negativi, dovrebbe vedere una cosa.»

Se n'era dimenticato. Avevano trovato l'ultimo agente, forse era proprio quello con il nome in codice "Mark". Potevano interrogarlo, ma Farina lo aveva ucciso. Tutto quello che restava era una striscia di negativi che avevano trovato dietro una cassa.

Non poteva esserci niente di valore in quegli scatti. Quelli importanti, se ancora ce n'erano, di sicuro ce l'avevano i sovietici, e a quel punto erano nascosti nelle montagne, irrintracciabili.

Tutto quel lavoro per niente. In un altro momento avrebbe scatenato la sua furia contro di lui, però ormai che importanza aveva? E perché non interpretare ancora la parte del buon soldato un'ultima volta, per la notte che gli restava davanti?

Chissà, forse avrebbe avuto un certo valore, in tribunale. Fedele alla nazione fino all'ultimo.

«Arrivo.»

Quando uscì dall'ufficio, il caporale di servizio lo raggiunse con un foglietto giallo.

«Capitano, ho un messaggio dal colonnello Savi.»

Ah, certo, il braccio armato dell'OVRA.

«E cosa dice, il colonnello?»

«Riferisce di diversi scontri al confine sui nostri settori. Sembra che due elementi abbiano risposto al fuoco, vuole che si metta subito in contatto con lui.»

Non l'avrebbe fatto. I servizi segreti non condividevano mai le informazioni. A livello ufficiale era per rispettare la compartimentazione, ma la verità era che le custodivano gelosamente per ottenere favori, per speculazione politica e per fregarsi l'un l'altro. Però, quando c'era qualche casino, allora chiamavano l'esercito per farsi dare una mano. Di sicuro il colonnello aveva trovato un paio di sopravvissuti serbi dopo l'agguato, se li era lasciati sfuggire, e ora voleva il suo aiuto.

Si fottesse. Loro non lo avevano aiutato, e lui ora non avrebbe aiutato loro.

Uscì dall'edificio, fuori c'era Farina ad aspettarlo.

Quel bestione sembrava diventato piccolissimo, curvo su se stesso, mortificato. Provò a scusarsi per l'ennesima volta, e a Sforza fece tenerezza. Gli diede una pacca sulla spalla e gli disse che tutti commettiamo errori.

Sollevato, il sergente lo accompagnò da De Marco.

Il tenente li accolse nella saletta antistante al laboratorio. Erano soli, e gli unici rumori erano quelli del ronzio del neon sul soffitto e il brontolio della macchina del caffè, uno dei pochi lussi di tutta la base.

Il dottore aveva in mano una cartellina arancione: la aprì sul tavolo di compensato.

«Volevo farle vedere queste.»

Sforza prese le prime fotografie. Piante, uccelli, paesaggi di montagna.

«Sono veramente pessime» commentò. «Penose, anche per un militare.»

«Signore, guardi» continuò De Marco, e gli passò gli ultimi due scatti.

Quando il capitano vide la prima foto, sentì una mano di ferro stritolargli lo stomaco.

Era una foto di gruppo, e li riconobbe quasi tutti. Sulla destra c'erano i due fratelli austriaci, quello che si era buttato dal dirupo sorrideva. Poi, al centro, c'era il capovillaggio del 4, il primo a cui avevano sparato, con in braccio una bambina. Gli sembrò di riconoscere anche lei. A sinistra, invece, altri tre che non aveva mai visto. Un uomo grosso come Farina, uno leggermente più basso e... una ragazza.

«Oh!» esclamò Farina. «Quelli sono gli austriaci, capitano! Questo è quello che s'è buttato!»

Sforza era troppo concentrato per farsi irritare.

«E questo è il capo! Se lo ricorda?»

«Sì, sergente, grazie» mormorò, scandagliando la fotografia. Doveva focalizzarsi sui dettagli.

Li trovò.

Il gruppo era in alto, dietro di loro vide le case e quella montagna che si scorgeva dalla depressione, dove avevano ammazzato tutti gli abitanti.

«Questa... è stata scattata... Sono sopra al villaggio numero 4» concluse Sforza.

«L'ho pensato anche io, signore» confermò De Marco. «Ho riconosciuto il capovillaggio. Guardi quest'altra.»

In questa c'era solo la bambina, che faceva la linguaccia alla fotocamera. Era in piedi davanti a una baracca di legno, circondata dagli alberi, proprio sulla montagna.

A Sforza si illuminarono gli occhi.

«Devo vedere immediatamente la lista delle infrastrutture autorizzate, non quella ufficiale, quella...»

«Ho pensato anche a questo, signore. Guardi qui.»

Gli mise davanti agli occhi una fotocopia. Mentre leggeva quel foglio, il cervello cominciò a macinare. De Marco gli diede una mano.

«Il villaggio numero 4 ha solo due strutture al di fuori del terreno autorizzato. La prima era una piccola moschea di legno, ma l'abbiamo fatta abbattere cinque anni fa, l'altra è un alloggio per i cacciatori.»

Farina si intromise.

«È tipo questa d'a foto?»

Il sergente aveva lasciato l'ortoepia fuori dalla porta, ma a Sforza non importava. I puntini cominciarono a unirsi, uno dopo l'altro.

«Che razza di agente sovietico sotto copertura farebbe una foto di gruppo?» si chiese ad alta voce.

«Non so, capitano» rispose Farina. «Poi a me sembrava un ragazzo, più che 'n agente, eh.»

«Un... ragazzo?»

«Sì, non gliel'ho detto?»

No. Non gliel'aveva detto, l'idiota. E la cosa prese una forma ancora più definita.

Poi, la ragazza. Era bellissima, e aveva una piccola cicatrice sulla guancia.

Sforza si accarezzò la sua, ricominciò a fargli male.

Alzò lo sguardo, e sul muro della sala ristoro qualcosa catturò la sua attenzione. Era un calendario semipornografico, e una sciacquetta si accarezzava i seni sopra il mese corrente.

Sforza realizzò.

«Farina. Se sei in macchina e vedi una bella ragazza sul ciglio della strada, che cosa fai?»

«Be', mi fermo e la faccio salire, no?» rispose con orgoglio, cercando la complicità del tenente.

«Certo che lo fai, razza di idiota.»

«Che ho detto?»

L'impulso di tirargli un cazzotto in piena faccia venne sommerso dal rumore nel cervello del capitano.

«La ragazza, lei ha fermato Strozzi e i suoi mettendosi sulla strada. I bossoli li hanno lasciati solo per sviarci, ecco perché l'incoerenza con le altre armi.»

«Ma i sovietici...» chiese Farina.

«Non ci sono mai stati i sovietici» mormorò Sforza. «Siamo noi che abbiamo voluto credere che ci fossero. Questo imbecille gli ha fatto una foto di gruppo, come se fosse una scampagnata. Non sono agenti, sono un branco di stronzi.»

«E allora, le fotografie?»

«Perché loro…»

Un lampo gli esplose nella mente. Sforza si precipitò in laboratorio, afferrò il telefono sul muro e chiamò il centralino.

«Sforza, mi passi il centro informazioni, il colonnello Savi, ora!»

Lo misero subito in contatto.

«Capitano!» rispose il colonnello, irritato. «La aspetto da un'ora!»

«Savi, chi avete trovato? Chi avete trovato, dei serbi?»

Anche il colonnello non aveva tempo da perdere.

«Non lo sappiamo con esattezza, qualche giorno fa dei passatori ci hanno informato di un incontro con una piccola squadra che ha attraversato il settore 9, al confine, erano diretti verso il villaggio numero 4. Li abbiamo intercettati, ne è seguito uno scontro a fuoco.»

«Quanti uomini avete perso?»

«Sei. Più un ferito grave. Uno di loro è fuggito, l'altro lo abbiamo ucciso. Aveva addosso documenti falsi, armi ed equipaggiamento europeo.»

Due serbi che si muovono con armi europee, uccidono sei uomini e viaggiano di nascosto fra le montagne? Diretti nel suo settore?

No. Non erano serbi.

«Mi sente, capitano?»

«C'è altro che devo sapere?»

«No, ora lei mi deve…»

Sforza mise giù la cornetta.

Ora era tutto… cristallino.

Farina e De Marco intanto lo avevano raggiunto. Sforza li usò come pubblico.

«Questi… idioti… volevano fare delle fotografie. Il campo di prigionia, l'agguato a Strozzi, tutto doveva servire a creare una narrazione. Raccontare tutto quello che accade qui. Portare le foto in Europa e far saltare gli accordi. Ma noi li abbiamo beccati, abbiamo preso gli austriaci.»

«Però ora abbiamo queste foto» disse De Marco. «E sono solo quelle che abbiamo trovato. Magari i sopravvissuti ne hanno delle altre. Possono ancora...»

«Ma non l'hanno fatto» continuò Sforza. «Perché ora... ora stanno aspettando la cavalleria. Gli europei.»

Cominciò a vagare nella stanza, lo sguardo perso nel vuoto.

«Sono solo i rinforzi, o forse gli europei hanno saputo di questi idioti solo di recente e adesso stanno cercando di raggiungerli. Vogliono aiutarli a portare quelle foto in Europa.»

«Ma ci hanno attaccato» disse Farina. «Perché l'hanno fatto?»

«Perché gli slavi sono come bambini. Non collaborano mai, litigano. Anche tra serbi.»

«Quindi Slobodan...»

«Slobodan è un idiota. È andato fuori di testa perché gli ho preso la figlia. E mi ha creduto. Se fosse stato al corrente del loro piano non avrebbe fatto nulla. Non sapeva niente di tutto questo, ne sono certo.»

All'improvviso, Sforza si rese conto che nonostante tutti quei morti il suo piano, alla fine, aveva funzionato alla perfezione. Aveva scosso l'albero, erano cadute le foto. E ora sapeva dov'erano le Linci.

E se le avesse prese, con le loro foto, il loro agente europeo e le registrazioni del generale Gallo, tutti quegli sforzi sarebbero stati ripagati. Avrebbe salvato il Paese, avrebbe protetto il potere costituito, sarebbe stato un eroe.

Come nel dramma.

Il povero Michele era solo l'ultimo sacrificio per la terza strega. Il tributo finale per la gloria.

Non era finito nulla. Gli dèi lo stavano mettendo di fronte alla prova finale.

«Quindi, ora che facciamo?» chiese Farina.

Sforza sorrise.

«Ora prendiamo la terza compagnia di montagna e ci muoviamo.»

42

«Ti ricordi dove l'hai perso?» chiese Bianca.

Erano ancora nel rifugio, in quella specie di salotto prima della cucina. Ebin era appoggiato al muro. Branko se ne stava in un angolo, lo sguardo di un cane bastonato. Non aveva ancora detto una parola.

David invece era seduto sulla sedia e fissava il legno del tavolo con occhi devastati.

«David?» gli chiese ancora, ma lui non rispose.

Non voleva trattarlo così. Gli aveva concesso solo un'ora, da solo nella sua stanza, a digerire la morte di suo fratello. Quanto ci aveva messo lei ad alzarsi dal letto? Un mese? No, di più.

Ma non avevano scelta.

Un piccolo gruppo di soldati girava ancora nel villaggio. Improbabile che si sarebbero mossi per cercarli lassù, sulla montagna, forse non s'immaginavano nemmeno che ci fossero dei superstiti. Però, come le aveva sussurrato Ebin, David stava scappando, era una preda precisa. Forse i soldati sarebbero venuti a cercarlo fin qui. Dovevano andarsene.

Ma l'arrivo del biondo, tuttavia, non era stata soltanto una rogna. Anzi. Saša aveva già portato i due rullini di Mark: le foto del massacro, le prove dei crimini dei Pretoriani. Con quelle, l'intera Europa si sarebbe sollevata contro l'Italia, questa volta per davvero, e sarebbe cambiato tutto. Accordi saltati, forze di pace, la protezione per l'intera Zona Autonoma, i Pretoriani in galera.

Ma Bianca, Ebin, Branko, Saša, non potevano entrare in Europa, non così, non da terroristi, e non con tutti quei soldati che vagavano per le montagne. Inoltre, anche volendo, mancavano solo quattro giorni alla firma degli accordi.

Ma l'arrivo di David aveva cambiato la prospettiva. Gli aveva raccontato una storia diversa.

Gli europei volevano far saltare i Pretoriani, volevano le foto, erano lì per quello. Sarebbero venuti a prenderli. Il biondo, quindi, era diventato la loro unica possibilità di salvezza, per andare in Europa da rifugiati e, soprattutto, per cambiare veramente le cose per questo schifo di Paese.

Però doveva farlo reagire. Adesso.

«David» azzardò di nuovo Bianca, cercando di usare una voce morbida. «Ti ricordi...»

«No...» rantolò lui.

Il biondo appoggiò i gomiti sul tavolo e nascose la faccia tra le mani.

«Era buio... non lo so...»

Ebin si fece avanti. Usò un tono meno gentile.

«Sta' calmo. Sei arrivato da nord. Eri in discesa. Ti ricordi cos'hai visto? Ti ricordi gli alberi, la montagna? Qualche cosa, un punto di riferimento?»

Bianca lo sentì espirare un fiato spezzato dalle lacrime e il cuore le si strinse. Pensò che David avesse bisogno di piangere ancora. Ma il biondo non pianse, abbassò le mani.

«Noi, prima, con l'agente... siamo passati vicino a un punto in alto, mi ha detto che c'era uno spiazzo aperto. La statua di una Madonna. Con tre bambini.»

Bianca vide gli occhi di Ebin animarsi, anche Branko alzò la testa.

«Cazzo» sussultò Ebin. «E ti sei tenuto con la montagna, cioè, la roccia a sinistra, mentre scendevi, vero?»

«Sì...»

Si avvicinò a lui.

«E poi avete incontrato un fiume?»

Bianca vide il biondo cercare di ragionare.

«Eh… sì… aspetta…. sì… lo avevamo già visto prima, io l'ho seguito per un po', però ho seguito la roccia, e poi me lo sono trovato davanti, come se mi tagliasse la strada… il telefono… aspetta… l'ho perso lì il telefono! Lì!»

Ebin tirò un sospiro di sollievo. Si rivolse a Branko.

«*Hai capito dov'è?*»

Il ragazzo annuì con energia, ma Bianca volle una conferma.

«Sapete dove l'ha perso?»

«Sì» rispose Ebin. «Parla della Madonna dei Tre Fratelli. Se dice di averlo perso al fiume, sappiamo dov'è. Ci basterà fare il percorso a ritroso. Non ha nevicato, forse troviamo anche le orme.»

Bianca sentì il petto liberarsi di un peso enorme. Voleva ridere, gridare, e riuscì a trattenersi per miracolo. A riportarla sulla terra fu David, con una domanda che le sembrò una coltellata.

«Scusa, Bianca…»

«Sì?»

«Hai detto… che Mark… è andato a fare le foto. Da solo. Giusto? Ha visto quello che stava succedendo e… ed è andato… da solo?»

«Sì» rispose lei, con un filo di voce. «Gli avevamo detto di scappare, ma è rimasto.»

David tornò a guardare il tavolo, scosse la testa. Sembrava confuso.

Per trenta secondi si udì solo il suono del vento che batteva sul legno del rifugio.

«E… scusami, ma… quando era qui con voi, non… non vi ha mai parlato di… droga? Di… pasticche, del fentanyl?» Passò lo sguardo su tutti i presenti, e qualcosa nel suo volto cambiò. «Davvero? Nulla? Non… non ne prendeva?»

Bianca capì. Hans gli aveva detto qualcosa sulle droghe. Una partita che avevano venduto per finanziare il viaggio e altre spedizioni, ma David non si riferiva a quello. Doveva essere una cosa pesante, violenta, una cosa che si era messa in mezzo a loro due, forse tanto tempo prima, e aveva lasciato il segno.

«No» gli rispose. «Niente droga. Faceva foto, e basta.»

David continuò a guardarli per qualche secondo, con la bocca semiaperta, poi tornò a fissare il legno del tavolo.

«E... era felice? Qui con voi?»

Bianca non seppe cosa dire. Si voltò verso Ebin, e anche lui aveva un'espressione confusa. Gli rispose con onestà.

«Sì...» disse. «Credo di sì. Quando gli austriaci se ne sono andati, lui ha voluto rimanere. Voleva fare le foto. Credo che gli piacesse stare qui.»

Le venne in mente Mark che giocava con Mira, e le fece più male del previsto. Ebin tagliò la conversazione.

«Sì, io ne parlerei dopo. David, ascoltami. Tu sei certo che gli europei possano venirti a prendere?»

«Sì. Me l'ha detto l'agente. Devo solo chiamarli con quel telefono. E ha detto che se abbiamo le prove, le foto, porteranno la... la "cavalleria". Così l'ha chiamata. Ha anche detto che vuole vedere i Pretoriani impiccati su una forca.»

«Che cosa vuol dire "cavalleria"?» chiese Bianca.

«Che manderanno una squadra» spiegò Ebin. «Una specie di piano di emergenza.»

Poi Ebin si rivolse ancora a David.

«E sei sicuro che possano portarci via? Tutti quanti?»

David si prese un momento per rispondere.

«Sì. Non possono permettere che un europeo resti qui. E vi porterò con me. Li obbligherò.»

Li obbligherò?

Bianca pensò che non potesse essere solo la gratitudine per averlo salvato. C'era qualcos'altro. Forse era davvero per Mark.

Le venne in mente anche un'altra cosa.

«Ebin» disse, avvicinandosi a lui. «Se mandano qui una squadra, qualcuno, forse possono prendere anche Roman, magari...»

Ebin la guardò con un sorriso amaro.

«No, Bianca. No.»

Si sentì una stupida. Lo sapeva benissimo che non ci sarebbe mai stato il tempo, e allora perché gli aveva detto una cosa del genere?

Ebin la cavò d'impaccio.

«Va bene, facciamo così. Tu e David andate a cercare il telefono, chiamate la cavalleria, Branko vi farà da guida.»

«E tu? Saša?»

«Io e Saša vi raggiungiamo dopo. Io intanto ti faccio lo zaino.»

«Lo zaino?» chiese Bianca.

«Sì. I soldi del capitano, i documenti falsi di David. Possiamo usarli, vero?»

«Certo» rispose David.

Bianca continuava a non capire.

«Ma... me lo posso fare adesso. Andiamo via tutti e...»

Cretina. Sei una stupida cretina. Non hai capito? Roman sta morendo. Vuole restare con lui finché può.

«Scusami» disse.

«Adesso andate» concluse Ebin, e si rivolse a Branko.

Aspettateci al bivio dopo il fiume, verso la Madonna dei Tre Fratelli. Io e Saša dobbiamo nascondere tutto.

Branko non protestò e prese il fucile. Quando i tre partirono, era già l'alba.

43

Sforza e i suoi arrivarono un'ora dopo, e nessuno li aveva visti. Forse perché le Linci rimaste erano così poche da non potersi permettere neanche una vedetta. O magari erano riusciti ad avvicinarsi così tanto grazie alle divise della terza compagnia. Bianche come la neve.

Farina gli aveva consigliato di indossarne una anche lui, ma quel bifolco non capiva. Del resto, quella era la conclusione dello spettacolo, e non c'era alcun motivo di cambiare costume proprio alla scena finale.

Adesso lui, Sforza e altri tre soldati si trovavano più in basso, affossati dietro a un castagno carico di neve, in quell'enorme foresta che copriva la montagna.

Più in alto, divisi da almeno cinque metri di distanza l'uno dall'altro, si erano disposti gli uomini della seconda squadra che avanzavano lentamente, cercando di nascondere lo scricchiolio della neve grazie al suono del vento.

Erano affannati, stanchi, appesantiti dalle armi, ma c'era qualcosa di stupendo in quell'avanzata. Sembrava quasi, ecco, una valanga che risaliva la montagna. Qualcosa di straordinario, impossibile, innaturale, che rifiuta la realtà e marcia verso il proprio destino, anche se è proibito, anche se trasgredisce la legge divina.

Il tenente Valstagna, ansimante e con la faccia rossa, scese da Sforza, facendo cadere mucchi di neve, e lo riportò al presente.

«Signore, abbiamo piazzato la prima linea. Ma c'è un problema.»

«Lo esponga, tenente.»

«È proprio come sulla carta. Alle spalle dell'edificio c'è la roccia, ma solo lì ci sono gli alberi. Sui tre lati li hanno tagliati tutti per un raggio di circa venti metri, creando una specie di prato tutt'intorno. E se ci sparano dalle finestre, non c'è copertura.»

«Ma che peccato» commentò Sforza, senza nemmeno fingere di interessarsi alla cosa. Chiese quello che voleva sapere. «Avete coperto i tre lati?»

Valstagna scosse la testa.

«Nossignore, siamo appena arrivati. Ci siamo appostati poco lontano dagli ultimi alberi, e abbiamo stabilito una linea di fuoco sulla facciata principale. Il tenente Baroni si sta muovendo sulla sinistra, e Fraschini sulla destra.»

«E perché non sono ancora pronti?»

Valstagna lo guardò confuso.

«Signore... potrebbero esserci mine, trappole, sistemi di allarme.»

«E noi non abbiamo fretta, vero tenente?»

«Signore?»

«Lasci stare, è inutile.»

Vero. Assolutamente inutile. Valstagna, Farina, i tenenti, la truppa, tutti. Nessuno di loro capiva quel che stava succedendo, nessuno di loro capiva l'importanza della cosa. Omuncoli fastidiosi, buoni solo a rallentarlo, a fargli perdere tempo. E Sforza decise che ne aveva perso più che a sufficienza.

Si alzò in piedi, e cominciò a marciare a larghe falcate su per il crinale. Gli uomini, inginocchiati nella neve, all'inizio non capirono. In meno di trenta secondi superò la curva del crinale, e davanti a sé, attraverso le piante, vide il rifugio.

Come aveva detto Valstagna, gli alberi erano solo dietro, sotto la roccia. Sui tre lati c'era uno spiazzo spoglio di venti metri. Ma c'era del fumo che usciva dal camino, le Linci erano in casa.

Continuò a camminare, sereno, come un senatore che passeggia tranquillo nei parchi regi la domenica mattina.

Gli uomini, sdraiati nella neve per non farsi vedere dalle finestre, si guardarono l'un l'altro, confusi. Qualcuno provò a sussurrargli di fermarsi.

«Capitano! Che fa?!... Così la vedono!... Si metta giù!»

Questo procurò un grande piacere a Sforza. Stavano parlando di lui, e potevano pensare solo due cose. O che fosse impazzito, e in quel caso avrebbero avuto paura, o che avesse il completo controllo della situazione, e quindi potevano fidarsi ciecamente.

Sforza si fermò all'ultima fila degli alberi prima del prato. Si appoggiò a un tronco con la spalla e ammirò il rifugio. Era di legno, abbastanza grande da ospitare almeno due squadre di cacciatori. Lì dentro dovevano averci passato parecchio tempo. C'erano due pali per il bucato, un ciocco con una scure e, come nella casa della strega, una piccola cascina per la legna.

Tirò dentro l'aria gelata e provò a immaginarsi quell'allegra brigata passare i mesi là dentro. Gli slavi, i fratellini austriaci, il fotografo, il capovillaggio, la ragazza con la cicatrice. Tutti insieme in quel rifugio a scherzare, a ridere, a progettare come mandare in vacca la sua vita.

Se l'immaginò mentre sghignazzavano, ridevano, scopavano, si facevano le foto e lo prendevano in giro, convinti che lui non li avrebbe mai trovati.

Ma si sbagliavano.

Gli uomini lo raggiunsero.

«Signore!» sussurrò Farina, strizzando le corde vocali. «Si metta al riparo, la possono vedere!»

«Sta' buono» lo mise a cuccia Sforza, e osservò con la coda dell'occhio i soldati che si sdraiavano tra la neve e gli alberi, caricando le armi.

Poi, come da copione, la porta del rifugio si aprì.

Era un ragazzino, aveva una tazza di latta in mano, fumante. Ci soffiava sopra con energia.

I soldati congelarono i muscoli, Farina si accucciò, mentre Sforza rimase perfettamente immobile, sempre appoggiato all'albero, e guardò con piacere quell'ometto che si dirigeva proprio verso di lui, tutto concentrato sulla sua bevanda. Era persino carino, sembrava avere la stessa età di Michele.

Quando fu a circa dieci metri, Sforza decise di salutarlo.

«Ehi!»

Il ragazzo si pietrificò. Alzò lo sguardo e rimase lì, con la tazza fumante in mano. Poi Sforza vide i suoi occhi muoversi intorno, sui soldati, sui fucili puntati.

Si sentiva solo il suono del vento.

Era da tanto che Sforza non si divertiva così.

«Freddo eh?» disse, con un sorriso.

La tazza cadde, un liquido marrone si rovesciò sulla neve, e il ragazzo scattò all'indietro, verso il rifugio, correndo veloce come una lepre.

«Ebin!»

«Uccidetelo.»

Venti fucili crepitarono all'unisono, bossoli roventi volarono, e sulla schiena del ragazzo scoppiarono dozzine di nuvole rosse.

Spinto dall'inerzia, fece un ultimo passo, poi un dito di piombo gli attraversò il cranio e il giovane precipitò a terra in una posa innaturale.

Dalla casa si udì un grido.

Sforza si rivolse ai suoi uomini, e con il palmo della mano invitò l'orchestra a suonare ancora.

«Prego.»

I soldati ubbidirono, e una sinfonia di fuoco si abbatté sul rifugio.

Gli scalini saltarono in aria, i vetri andarono in mille pezzi, le assi si sbriciolarono in nubi di schegge, e la poca pietra si sgretolò come polvere.

Il concerto andò avanti per tre minuti, e per tre minuti Sforza rimase lì, sorridente, mentre il sipario calava.

Quando fu soddisfatto alzò una mano, e il fuoco cessò.

«Faccia irruzione, Valstagna» disse, tirando fuori i guanti.

Il tenente annuì, chiamò la sua squadra, e dieci uomini corsero sul prato innevato.

Anche Farina fece per muoversi, ma Sforza lo afferrò per un braccio.

«Sta' fermo, tu.»

Nessuno sparò dalle finestre. Valstagna e i suoi arrivarono al rifugio indenni. Sfondarono la porta ed entrarono.

Solo allora Sforza decise che era sicuro, e s'incamminò verso l'edificio, seguito dal resto della truppa.

Poi, dall'interno si sentì una sventagliata automatica. Sforza pensò che stessero finendo i superstiti, ma si sentirono delle grida, e altre due scariche.

«Medico!» strillò la voce del tenente.

Il capitano si precipitò nel rifugio, tirò fuori la pistola, e quando entrò vide il sangue sul muro, e i corpi.

Erano due soldati, accasciati davanti a una porta spalancata alla destra del salotto. Un terzo invece rantolava a terra, con un buco nero sotto la clavicola. Gridava, mentre Valstagna e un caporale stavano cercando di tamponare il sangue che sgorgava sul pavimento.

Sforza li scavalcò, ed entrò nella stanza. C'erano altri due soldati, imbambolati davanti a un cadavere.

«Signore, pensavamo che...»

«Levatevi!»

Lo riconobbe subito. Era il bestione che aveva visto nella foto. Seminudo, seduto su una brandina, il corpo coperto da bende insanguinate. Sforza si fece vicino e vide che quello che aveva in grembo era un vecchio mitra sovietico.

«Ma certo...» sussurrò a se stesso.

Mentre fuori dalla stanza il medico gridava al soldato di stare calmo, e quello gridava, Sforza guardò i bossoli sul pavimento.

Facile capire cosa fosse successo. Gli uomini si erano messi dietro la porta, stretti come paperelle, il bestione li aveva sentiti e aveva sparato attraverso il legno con quel segauomini, prima che gli altri gli restituissero il favore.

Un ottimo modo di andarsene.

Tornò nel salotto.
«Non c'è nessun altro!» gridò Farina.
«Cosa?»
Dall'altra parte del rifugio, un soldato urlò.
«Capitano! Venga a vedere!»
Sforza si precipitò oltre il corridoio, spinse via gli uomini, e raggiunse un'altra stanza sul retro. Anche lì c'era una brandina, ma era stata ribaltata.
Quando vide la botola aperta che si apriva nel muro, capì che la sceneggiata non era ancora finita. Si sorprese nel non sentirsi turbato, né di non sentirsi stupido per non avere aspettato che Fraschini e Baroni circondassero l'edificio.
In fondo, era coerente. Sarebbe stato troppo semplice. La scena finale era stata solo rimandata.
Il marconista che lo raggiunse gli diede la conferma.
«Signore, è Baroni! Riferisce di un uomo in fuga giù per la montagna, è armato, ma lo stanno inseguendo!»
Farina lo incalzò.
«E ora che facciamo?»
Sforza alzò le spalle.
«Non lo so. Tu che dici? Ci prendiamo un tè? Con dei biscottini, magari?»
Farina portò il suo sguardo desolato sul pavimento, e Sforza si rivolse a Valstagna, che li aveva raggiunti.
«Tenente, credo che avremo bisogno dei suoi cani.»

44

«Eccolo! Eccolo!» gridò David.

«Dove?» chiese Bianca, agitata quanto lui.

«Il fiume!»

"Fiume" era un tantino pretenzioso. Era più che altro un rigagnolo semicongelato che scorreva senza fretta. David lo attraversò di corsa, affondando i piedi nell'acqua gelida, e in un attimo si trovò dall'altra parte della riva.

Il telefono era lì, dietro a un sasso, con l'antenna che spuntava dal letto di neve. Lo tirò fuori, sembrava intatto.

«Eccolo...» ansimò ancora, e iniziò a pulirlo.

Bianca lo raggiunse pochi secondi dopo. Non si era buttata nel rigagnolo come lui, ma aveva cercato di muoversi sui sassi che affioravano sul pelo dell'acqua. David si voltò e vide il ragazzino slavo, che saltellava di roccia in roccia come un capriolo.

«Funziona?» gli chiese Bianca. «Si è rotto?»

David scosse la testa.

«Non credo...»

La verità era che non lo sapeva, sperava solo che non fosse così. Come si accendeva?

Forse c'era un pulsante dietro? O sul lato?

Cristo, eppure Spada gli aveva detto come fare!

«Allora?» chiese ancora la ragazza.

«Non lo so! Non lo so!»

«C'è un pulsante dietro?»

«No!» scoppiò David. «Non c'è un pulsante dietro, va bene?»

Calmati. Devi darti una calmata. Non puoi comportarti così.

Nella confusione, con quel freddo, qualcosa scattò nel suo cervello stanco e gli fece capire che sì, in fondo aveva tutto il diritto di comportarsi così.

«Forse devi premere qui» disse Bianca. «Fammi vedere.»

Fece per prendergli il telefono dalla mano, ma David allontanò la mano con uno scatto.

«Oh!» le gridò.

«Calma, volevo solo...»

«Solo cosa? Eh? Non lo so io, lo vuoi sapere tu?» continuò, alzando la voce.

Gli occhi della ragazza cambiarono. Bianca aveva la stessa espressione di Lucia quando gli diceva di non fare scenate. Quello stesso sguardo paternalistico del cazzo.

«Ehi...» sussurrò lei.

«Ehi un cazzo! Non ci volevo venire qui! Non lo volevo!»

«Ehi...»

«In questo posto di merda! In queste montagne del cazzo, vaffanculo!»

«Ehi!»

«Cosa, cosa? Che cazzo vuoi!?»

La ragazza gli strinse una spalla.

«Respira...»

Quella voce, quel sussurro, lo sovrastò.

«Respira.»

Fu come se quella parola gli avesse tolto il fiato di bocca, e gli avesse pulito la polvere nel cervello con un colpo di spugna.

Si sentì un idiota.

«Sì, scusami...» disse, e respirò.

Quando buttò fuori l'aria, fu come se qualcosa gli fosse scoppiato in gola, e tutto gli fosse crollato dentro al petto, sfracellandosi in mille pezzi.

Sentì di dover piangere. Chiuse gli occhi e deglutì, sperando di sedare subito la cosa. Ma più respirava, più buttava fuori aria, più perdeva il controllo. La diga si era spezzata.

Negli ultimi giorni odiava camminare. Avrebbe ucciso per starsene seduto, immobile, solo con i suoi pensieri. Ma ora, per tutto il tragitto, camminare, stare attento a non cadere, parlare con Bianca, era stato l'unico modo per non pensare. Non pensare a Mark, alle discussioni, alle litigate, a che cosa gli aveva detto, e a quanto avesse torto.

Perché David aveva torto. Aveva sbagliato tutto, ogni cosa, e lo aveva fatto per tutta la vita.

Si sedette sulla neve, e si coprì il volto con una mano. Sapeva che non doveva farlo, perché dovevano muoversi, far funzionare il telefono, ma non riusciva a reagire. Se la ragazza, come lui, si fosse seduta e si fosse messa a piangere come una bambina, di certo si sarebbe infuriato. Ma non riuscì a fare altro che restare lì, seduto, a singhiozzare.

Bianca gli si sedette accanto e gli accarezzò un braccio. Voleva confortarlo, ma ebbe l'unico effetto di farlo singhiozzare ancora, e le parole uscirono come un fiume.

«Lui, Mark... era qui per... colpa mia, capisci? Sembrava perso, no? E io credevo... ero certo di doverlo aiutare. È questo che fa un fratello, no? Lo aiuti, lo salvi. Io... dovevo dargli una direzione, un obiettivo, qualcosa. Dovevo fare come...»

Come papà.

Erano di fronte alla stazione di polizia, il bidone dell'immondizia era a terra. A David faceva male una guancia, papà gli aveva appena tirato un ceffone.

"E lo difendi pure? Non vedi com'è ridotto? Sei suo fratello, cazzo! Vuoi che resti così? Lo vuoi morto, David? Vuoi fare impazzire mamma? Devi darmi una mano, hai capito?"

Anche all'epoca David si era messo a piangere, come adesso.

«Come mio padre, cazzo... Come mio padre. Quell'enorme... testa di cazzo! Era così ossessionato dai sensi di colpa verso mia madre che... che ci ha trattati come se fossimo un'estensione di sé... come se il nostro fallimento rappresentasse il suo, no? E quindi ci ha... controllati, usati... e io ho fatto lo stesso con Mark.»

Fu allora che capì le parole dell'agente Spada. Doveva solo... ascoltarlo.

«Avrei dovuto proteggerlo da mio padre. E invece ho solo peggiorato tutto, avrei dovuto anche solo... ascoltarlo... era così semplice...»

Pianse per un altro minuto, in silenzio.

Poi Bianca gli parlò.

«Io non so niente di voi due, però posso dirti quello che vedo. E vedo un fratello che si è fatto giorni di camminata tra le montagne per salvarlo. E ha pure rischiato di morire.»

«Ma io gli ho...»

«Non è importante» lo interruppe lei. «Sbagliamo, sì, però... non è sempre colpa nostra.»

La sentì prendere un respiro pesante.

«A volte le cose succedono e basta, ma noi decidiamo comunque che è colpa nostra, che dobbiamo soffrire. Anche se sono stati altri a farci del male... o a farci commettere del male.»

David tirò su col naso. Ricominciò a respirare normalmente. Bianca continuò.

«Sai, io pensavo che fosse così. Pensavo che tutto quello che mi capitava fosse colpa mia. Perché dovevo pagare. E pensavo che il solo stare bene... fosse facile. Ingiusto. Come se stessi barando. Come se ogni dolcezza, ogni cosa bella in questo mondo dovesse essere pagata con una quantità enorme di dolore. Ma anche quando il mondo me la regalava, io non facevo altro che pensare al doverla pagare, al dolore. E solo da poco ho scoperto che è questo a essere ingiusto. Non ci meritiamo tutto questo dolore. Anche se abbiamo sbagliato. O ci hanno fatto sbagliare.»

David aprì gli occhi, guardò il telefono satellitare e lo strinse tra le dita.

«Noi stiamo solo cercando di fare del nostro meglio, anche se è poco. Sia per noi, sia per quelli che amiamo.»

David la guardò negli occhi. Solo in quell'istante si era reso conto di quanto fosse carina.

«Tu hai perso una persona cara. E credi di avergli fatto del male. Ma guardati ora. Guarda dove sei. Hai fatto tutto quello che potevi per salvarlo. Hai rischiato di morire, per portarlo a casa. Per questo non devi sentirti in colpa. Perché, nonostante tutti gli errori che pensi di aver fatto, gli volevi bene. E questo Mark lo sapeva. E te ne voleva tanto.»

«Davvero?»

«Sì» rispose lei, con un sorriso. «A volte parlava di te. Diceva che scrivi molto bene. Diceva che un giorno forse avreste lavorato insieme.»

Anche David sorrise, ma non capì.

«Insieme?» chiese, pulendosi gli occhi. «A cosa?»

«Non lo so. A un film?»

David annuì. Forse davvero Mark voleva lavorare con lui, in qualche strana dinamica.

«Com'erano le sue foto?»

Presa alla sprovvista, Bianca alzò le sopracciglia.

«Be', non sono un'esperta, però credo che la fotografia sia complicata, no?»

Forse era una risata isterica, o ne aveva solo voglia, ma David scoppiò a ridere.

«No, no! Aspetta, non erano così male!» provò a giustificarsi lei.

Alla fine, anche lei si lasciò andare a una risata liberatoria.

Vennero interrotti da Branko, che si permise di ricordargli un piccolo dettaglio, ossia che rischiavano di venire massacrati tutti.

«Scusate, ma dovremmo...»

«Sì, sì, hai ragione» riconobbe David. Guardò il telefono e all'improvviso si ricordò tutto. Prima doveva alzare l'antenna, tirarla su, in questo modo, così.

Poi? Ah, certo!

Tenne premuto il pulsante rosso sulla tastiera per alcuni secondi, e come per magia il display si illuminò con una luce arancione.

«Cazzo, sì!» festeggiò David.

«E ora?» chiese Bianca.

Gli alberi, non dovevano esserci alberi.

Si guardò intorno, gli alberi c'erano, ma non direttamente sopra le loro teste, forse era solo quello il punto, il segnale doveva andare verso l'alto e non doveva incontrare ostacoli, no?

Infine, l'ultima cosa. Premette lo 0-1 sulla tastiera di plastica, poi il pulsante verde, come gli aveva detto Spada. Appoggiò il telefono all'orecchio.

Sentì un lungo trillo acuto, poi un altro, e un altro ancora. Sembrarono durare un'eternità. Al terzo, sentì una voce gracchiante, che gli parlò in francese. David ebbe un tuffo al cuore, non capì, e rispose in inglese.

«Pronto? Sono David! David Barroso! Spada è morto! Sto usando io il telefono, mi sentite?»

La voce in francese non rispose, c'era solo un fruscio elettrico. David s'immaginò il peggio: il telefono si era rotto davvero. Non tanto da non accendersi, ma abbastanza da rovinare la comunicazione. Forse la batteria si stava scaricando!

Ma poi ci furono altri tre trilli, in rapida sequenza tra loro, e un rumore metallico. Infine, una voce in inglese.

«David, sei tu?»

«Sì! Sì! Sono io! Mi sentite?»

«Ti sento, David.»

La comunicazione era pessima, in sottofondo continue interferenze, disturbi, ma si capiva tutto.

«David, sono il maresciallo Chevalier, ti ricordi? Ci siamo parlati al motel qualche giorno fa.»

Ma certo, era quello coi baffi.

«Sì, mi ricordo, senta, noi...»

«Calma David, calma, raccontami tutto con calma.»

David lo fece. Ci mise un paio di minuti, sparando parole a ripetizione. A volte gli sembrò di essere incoerente, impreciso, e si corresse più volte, ma Chevalier lo lasciò delirare liberamente.

Parlò solo alla fine.

«Va bene David, bravissimo, hai fatto un ottimo lavoro. Ora, avete ancora quelle foto?»

«Sì, certo, due rullini e un plico intero, già sviluppate, le ho qui con me!»

Non era vero, le foto si trovavano ancora al rifugio, e da quanto gli aveva detto Bianca, al contrario dei rullini, quelle stampate non avevano alcun valore, ma pensò che quella bugia potesse spingere ancora di più Chevalier a mandare i soccorsi.

«Va bene» disse il maresciallo. «Dammi un secondo.»

Dall'altro capo del telefono tornò un ronzio bianco. David si voltò verso i compagni.

«Che hanno detto?» chiese Bianca.

All'inizio aveva avuto l'istinto di fare ok con il pollice, ma era ancora presto.

«Aspetta...» le disse.

Chevalier riprese la linea.

«David, ascoltami. Hai detto che sei vicino al santuario dei Tre Fratelli, vero?»

David fece la stessa domanda a Branko, e riferì la risposta al maresciallo.

«Sì, esatto, è a dieci minuti da qui, in salita.»

«Perfetto. Aspettaci lì. Arriveremo con gli elicotteri tra poco.»

Era una frase meravigliosa. David quasi si mise a ridere per l'eccitazione.

«Va bene! E...»

Guardò Bianca, e il ragazzino.

«Maresciallo, aspetti. Non sono da solo. Ci sono anche gli altri.»

«Gli altri? Intendi le Linci?»

«Sì. Devono venire con noi. Mi hanno aiutato, hanno aiutato mio fratello, non possiamo lasciarli qui.»

Si stupì della risposta di Chevalier.

«Va bene. Quanti sono?»

«Quattro, oltre a me. Ma, aspetti, in più c'è anche un ferito, lo abbiamo lasciato al rifugio.»

Nel silenzio che seguì, David capì che aveva chiesto troppo.

«David, sarò onesto con te. Non possiamo. È una toccata e fuga. Per noi la priorità sei tu, poi le foto, e le Linci, in quest'ordine d'importanza. Ti dobbiamo portare a casa, vivo. Hai capito?»

Certo che aveva capito. Ma decise che non si sarebbe arreso. Una volta arrivati, li avrebbe costretti ad andare a prendere lo slavo ferito. Lo doveva a Bianca.

«Ho capito.»

«Abbiamo solo un viaggio, David. Andate al santuario. Se riesci a portare le Linci con te, meglio, li porteremo con noi, ma non possiamo spingerci oltre.»

«Va bene, ci faremo trovare lì.»

«Ottimo lavoro, David. A tra poco.»

Non appena chiuse la telefonata, Bianca lo tempestò di domande, e David le spiegò tutto.

Le disse anche del piano per far portare via anche Roman.

«Dici che accetteranno?» gli chiese Bianca.

«Spero di sì! Vogliono riportarmi a casa, e se gli dico che...»

Non riuscì a terminare la frase. Dalla vallata sotto di loro si sentì un tuono. Ma, da come si erano voltati di scatto Bianca e il ragazzino, intuì che molto probabilmente non era un tuono.

Branko si sfilò il fucile dalla spalla e si mise a correre verso il rumore.

«Vieni!» gli disse Bianca, e lo seguirono.

Corsero in discesa, da dove erano venuti, e per tutto il tempo David si chiese come mai si stessero dirigendo proprio nella direzione da dove era arrivato lo sparo.

Quando sentì un secondo colpo esplodere, e l'abbaiare dei cani, riuscì solo a pensare alla battuta di una vecchia serie televisiva danese per adolescenti, dove un ciccione con gli occhiali si lamentava dicendo: "Oh, no! Non di nuovo!".

Era quasi divertente, ma poi sbucarono da sopra un crinale. E in basso, tra gli alberi, lo videro.

«Ebin!» gridò Bianca.

Aveva il fucile in braccio, e zoppicava.

Bianca si buttò giù nella scarpata e corse verso di lui. Branko invece si mise in ginocchio, e puntò il fucile. David per un istante credette che volesse spararli, ma poi capì. Alle spalle di Ebin comparve un pastore tedesco, nero come la notte. Era un fulmine, e puntava alla schiena di Ebin, scalciando via zolle di terra e neve.

Quando fu a circa venti metri, Ebin inciampò e cadde di faccia. Lo vide mentre cercava di raccattare il fucile, ma il cane era vicino, lo avrebbe raggiunto in pochi istanti.

Ma il pastore tedesco non aveva considerato Branko. Il ragazzino aprì il fuoco, il proiettile schizzò via lungo il crinale e trapassò il cane da parte a parte, facendolo ruzzolare all'indietro.

A David sembrò di sentire addirittura il guaito.

Il gruppo raggiunse Ebin, e tutti notarono subito la ferita alla gamba.

«Scusa… scusa… li ho portati da voi…» diceva.

Bianca non lo ascoltò nemmeno. Si slacciò la cintura e la strinse intorno alla coscia dello slavo.

David rimase pietrificato, restò a guardarla, completamente inutile, ma Branko corse ad appostarsi dietro un tronco, in attesa di vedere altri cani o uomini sbucare da un momento all'altro.

«Scusa…»

«Cos'è successo?» gli chiese Bianca.

«È Sforza…» ansimò Ebin. «È arrivato al rifugio. Ci ha trovati…»

«Cosa…» chiese lei. «E… Roman, Saša?»

Ebin scosse la testa, e guardò in basso.

«Oh, cazzo, cazzo, cazzo…» bofonchiò David mettendosi le mani sulla testa.

Bianca aveva una mano alla bocca, mentre Ebin stava cercando di slacciarsi lo zaino e la sacca a tracolla.

«Qui… Ho preso tutto, le foto, i soldi, i documenti di transito, è tutto qua dentro. Prendili.»

«Gli europei stanno arrivando con gli elicotteri...» riuscì a dire lei.

In lontananza, attraverso gli alberi, si udirono altri cani. David non riuscì a non farsi prendere dal panico.

«Cazzo, cazzo! Che... che facciamo?»

Vide Bianca prendere un respiro profondo. Guardò verso gli alberi, poi verso di lui. Il cielo era grigio. Il vento si alzò, e dei fiocchi grossi come foglie cominciarono a cadere.

Bianca espirò pesantemente e guardò il compagno ferito.

«Ebin...»

«Sì» rispose lui. «Va bene.»

45

«Capitano! Si metta al coperto!»

L'ennesimo fastidio.

Sforza seguì il consiglio del tenente Baroni e rimase dietro l'albero, così come gli uomini della squadra davanti a lui.

Più avanti, sotto il piccolo crinale, c'erano il cadavere del cane e quello di un soldato, un poveraccio che aveva commesso l'errore di andare a controllare senza aspettare la copertura.

Entrambi erano stati uccisi dalle Linci. Da quello che gli aveva gridato Baroni, ce n'erano almeno due, lassù, dietro la cresta innevata.

In un altro momento Sforza avrebbe potuto organizzare una manovra per accerchiarli, ma poi guardò in alto, nel cielo grigio. I fiocchi di neve cascavano morbidamente sulla terra, il mondo respirava lentamente, e il capitano decise che si era stancato. Lo spettacolo doveva finire, e optò per la via breve.

Farina non era con lui. Lo aveva lasciato più indietro, vicino al convoglio, quindi il suo secondo adesso era Valstagna, che ansimava dietro all'albero di fianco a lui.

«Tenente» lo chiamò.

«Signore?»

«Al mio segnale, corra laggiù, attraverso gli alberi, e raggiunga la squadra del tenente Fraschini.»

Il tenente non era un idiota, e protestò.

«Signore, se mi metto a correre, quelli mi sparano.»

«Dobbiamo fargli mettere la testa fuori, Valstagna, li faremo secchi.»

«Ma signore...»

«È un ordine, tenente.»

Valstagna fece una faccia contrita e ci pensò per alcuni secondi. Poi annuì, e fece passare parola alle squadre, a bassa voce. Quando furono tutti pronti, Sforza diede il segnale.

«Ora!»

Il tenente scattò in piedi e corse come un leprotto nella neve. Tagliò attraverso gli alberi, facendo lo slalom tra le piante innevate per almeno una decina di secondi.

Ovviamente Sforza aveva mentito. Il cielo era scuro, la neve copriva la visuale, ma un buon tiratore, a quella distanza, lo avrebbe steso senza problemi senza che lui o i suoi uomini potessero coprirlo. Però, miracolosamente per il tenente, dal crinale nessuno sparò, e questo fu un ottimo indizio.

Se le Linci volevano tenerli lì, piantati in uno stallo, allora dovevano sparare a vista. E se non avevano sparato a una preda così facile come Valstagna, allora significava che non avevano colpi da sprecare.

Per questo le uniche vittime erano state il cane e il soldato, perché erano allo scoperto, erano dei colpi sicuri. Stavano bluffando. Erano braccati e facevano finta di fare i predatori.

Anche se gli causò una fitta violenta alla ferita sulla guancia, Sforza si abbandonò a un ghigno. Rinfilò la pistola nella fondina, si sporse dal tronco e gridò verso la cresta.

«Amici! Mi sentite?»

Alcuni soldati si voltarono verso di lui, ma da lassù nessuna risposta.

«Sono il capitano Sforza! Mi conoscete, vero?»

Incredibile quanto fosse bella l'eco della sua voce.

«Facciamola breve, amici! I vostri compagni sono morti, siete in pochi e avete quasi finito le munizioni! Comunque la mettiate, la vostra non è una bella situazione!»

Dio, se il capitano si sentiva bene.

«Approfittatene ora, arrendetevi, fatemi essere buono! Perché ve lo dico, potete rendermi le cose facili...»

Decise di lanciare l'ultima battuta in serbo-croato. «... *o molto facili!*»

Davvero una bella frase a effetto, ma dalla cresta ancora nessuna risposta.

Sforza cominciò a sentirsi frustrato. Forse stava parlando al vento. O magari le Linci se n'erano già andate e stava facendo solo la figura dell'idiota.

Ma la risposta arrivò. Ed era una voce femminile.

«Hai paura, capitano?»

Sforza strizzò gli occhi, e attraverso i rami bagnati e i fiocchi di neve nel vento la vide.

La ragazza.

Era troppo lontana, ma sentì che sorrideva. Quel piccolo ghigno insolente, quella perfidia arroccata su quella cresta, quella creatura che gli aveva causato così tante rogne era lassù, lo guardava negli occhi, e lo prendeva in giro.

«Hai paura che tutto venga fuori? Vero?»

Il vento portò alle orecchie del capitano quelle parole corrotte, il ghiaccio nell'aria le avvelenò e gli diedero la loro vera forma. Quella non era la voce di una donna, ma di un corvo, di una creatura infernale. E Sforza lo capì.

Quella non era una ragazza. Era la strega, che per così tanto tempo lo aveva spiato dalle montagne, tramando contro di lui, e adesso era lì, in una delle sue tante forme, e lo stava sfidando, mostrandogli il suo tranello finale.

Quella piccola troia mostrò una borsa grigia, e ne cacciò fuori un piccolo barattolo arancione. Era come quello dei ragazzi austriaci. Un rullino.

«Vieni a prenderlo, capitano!»

Sforza non seppe perché lo fece.

Avanzò di un paio di passi nella neve, allontanandosi dall'albero, e fu più che sufficiente.

Un colpo esplose dalla cresta, e Sforza sentì un fischio sibilare vicino al suo naso. Il proiettile atterrò due metri dietro di lui, e un altro si schiantò nella corteccia dell'albero.

Non appena si tuffò di nuovo al riparo, i suoi uomini cominciarono a sparare verso la cresta, crivellando la neve di proiettili inutili.

«Salite! Uccideteli!» strepitò.

La truppa si mosse all'assalto, e intanto lui sfilò la Beretta. Si rese conto di essersi portato dietro solo due caricatori.

Tirò il carrello e fece per muoversi, ma Farina lo aveva raggiunto, e gli afferrò la spalla.

«Capitano! Sta bene?»

«Levami le mani di d-dosso!»

D-dosso?

Cristo.

Aveva balbettato.

Spalancò gli occhi e si rese conto che stava andando nel panico. Si mise la mano sulla pancia e cercò di controllare il respiro, contando tutti i secondi per l'inspirazione e l'espirazione.

Non poteva essere, non così. Da quant'è che non succedeva? Cosa gli stava prendendo?

Datti una regolata, soldato, reagisci.

«Signore...» continuò Farina.

Sforza lo guardò. Dietro Farina c'erano Valstagna e il marconista. Anche loro se n'erano accorti?

«Che c'è?» gli chiese. «Che c'è?»

Era da tanto che non vedeva Farina così preoccupato.

«Signore, al settore 9 hanno avvistato degli elicotteri. Sono europei, stanno venendo in questa direzione!»

Si accodò il marconista.

«L'aviazione ha dato inizio al protocollo di risposta rapida, ma non sappiamo entro quando arriveranno!»

Sforza continuava a concentrarsi sul respiro, cercando di trasformare la paura in qualcosa di utile, e il termine "risposta rapida" associato all'aviazione gli diede una mano. Era esilarante.

«Sì, rapida, eh?» rantolò.

Poi, respiro dopo respiro, si rese conto che c'era qualcosa che non quadrava.

Elicotteri? Qui?

E perché la strega gli aveva fatto vedere il rullino? Perché lo aveva sfidato?

Si voltò verso la cresta. I suoi uomini erano già in cima, ma nessuno sparava. La ragazza e il suo cecchino se n'erano andati.

«Qui c'è del sangue!» gridò un caporale. «Forse ne abbiamo colpito uno!»

Sforza si appoggiò al legno ferito, guardò la neve e la cosa divenne chiara. Intanto, Farina si fece ragguagliare da Valstagna.

«Arancione? Capitano, è il rullino! La ragazza ha le foto! Dobbiamo inseguirla!»

Per non sparargli, Sforza si aggrappò alla poca lucidità che gli era rimasta.

«No...» sibilò. «Non capisci? Gli europei stanno arrivando, e l'unico posto in cui possono atterrare è il santuario dei Tre Fratelli, nello spiazzo.»

Farina lo guardò come una scimmia guarda un puzzle colorato.

«La ragazza non ha le foto. È un diversivo, vuole che la inseguiamo, così da permettere a quelli che hanno le foto di raggiungere gli elicotteri.»

Valstagna si fece avanti.

«Come vuole muoversi, capitano?»

«Lei viene con me, tenente. Prenda tre uomini e un cane» gli rispose, e poi si rivolse a Farina: «Tu invece, porti il resto del plotone al santuario, intercetti le Linci, e le uccidi».

«Non la lascio da solo» ribatté Farina.

Sforza si mosse, veloce come una iena, afferrò il bavero di Farina e lo tirò a sé. Era più grosso di lui, ma sotto la sua presa non era più grande di un topolino.

«Giulio, perdio...» ringhiò il capitano. «Fa' come ti dico... e risolvi la cazzata che hai fatto, è chiaro?»

Il sergente annuì, e Sforza lo lasciò andare.

«E noi, capitano?» chiese Valstagna.

«Noi andiamo a caccia di streghe.»

46

Branko aveva detto che erano in vantaggio. Aveva detto che sarebbero arrivati in pochi minuti, che era quasi fatta.

Allora, perché? Perché sembravano migliaia? Perché erano quasi su di loro? Aveva detto che era quasi fatta, no?

David se lo chiese un'altra volta, sputando fiamme gelate dai polmoni, aggrappandosi alle cortecce e annaspando tra le onde di neve.

Ormai i soldati sapevano dov'erano, urlavano alle loro spalle, sparavano, parlare a voce bassa era inutile.

«Corri, corri!» continuava a gridare Branko.

David ci provò, e cercò di tenere il ritmo del ragazzino, nonostante sapesse di essere al limite.

Era come la notte prima. La gola gli faceva male, il petto gli stritolava il cuore, ed era certo che se si fosse fermato le gambe sarebbero andate a fuoco, migliaia di aghi gli avrebbero trafitto le carni e il corpo sarebbe collassato su se stesso.

Ma non poteva arrendersi, non adesso, e allora corse, in salita, su per il percorso, cercando di non perdere Branko nella tempesta bianca che ballava dal cielo.

Un pezzo di corteccia esplose a due metri da lui, e un altro proiettile miagolò alla sua sinistra e si schiantò su una pietra, alzando una nuvola grigia. Branko si girò e puntò il fucile alle spalle di David.

«Vai, vai!»

Ero lo stesso tono di voce di Spada. David però non capì dove andare, il percorso era terminato, di fronte a loro c'era solo una scarpata alta una decina di metri.

«Dove devo...»

«Sali!»

David ubbidì, si piegò in avanti e cominciò a scalare quella specie di duna. Era fredda, scivolosa, dura.

Dietro di loro scoppiarono altre grida, spari, li mancarono e affondarono nella neve. Branko rispose con un paio di colpi, David si voltò giusto un attimo per vederlo sistemarsi il fucile in spalla e seguirlo sulla duna.

Il ragazzino era veloce, e in un attimo lo superò dall'altro lato, schizzando rapido come un ragno sulla roccia. Eppure non era difficile.

«Sali!»

David fece del suo meglio, annaspando a quattro zampe su per quella piccola collina, un altro sparo e una fontana bianca gli esplose davanti alla faccia.

«Muoviti!»

No, non era difficile. In fondo era come al mare.

Ti ricordi, David? Quando ti aggrappavi sugli scogli e trovavi in un istante il punto dove fare leva con i piedi? Tirati su, muoviti, che qui è anche più facile, sali.

David lo fece e si buttò in avanti, raschiando neve e terra con le unghie, mentre l'inferno crepitava alle sue spalle.

«Dài, dài!» gridava Branko, ormai sopra di lui.

È come sugli scogli, David, come sugli scogli.

Altra neve gli scoppiò intorno, il petto stava per collassare, e per un attimo non perse l'equilibrio, ma sentì che poteva farcela.

È come sugli scogli, non ti fermare.

Non si arrese, doveva solo crederci. Guardò in alto e si rese conto che il cielo non era più grigio, stanco, ma azzurro, limpido, con un sole gigantesco che scaldava il mondo. Il sole aveva sciolto la neve sotto di lui, ed era emersa la pietra bollente, ma non era secca, ruvida, piena di sale, era piuttosto morbida, tenera.

Sali!

Come quando era un bambino, s'inerpicò sugli scogli, velocissimo. Vide esattamente ogni appiglio dove aggrapparsi, ogni fossa dove mettere i piedi, era un percorso prestabilito, perfetto, era quasi fatta, sarebbe arrivato in tempo.

Tornò a guardare in alto, e Mark era lì. Aveva la pelle bruciata dal sole, era coperto solo da quel costumino rosso che una volta era stato il suo, e gli faceva segno di salire con un braccio. Lo stava aspettando.

Dietro di lui, dall'altra parte, c'erano sicuramente gli altri bambini. Quella con i capelli neri, quell'altro piccolo francese a cui avevano insegnato le parolacce in spagnolo, le gemelline di Madrid, e di sicuro anche José, che non stava più nella pelle per fare i tuffi.

David li avrebbe raggiunti.

Guardò in basso, dove il vortice nero del mare li aspettava, famelico, ma David non aveva paura, era veloce, e salendo era sempre più lontano da quell'abisso.

Tornò a guardare in alto, Mark si era inginocchiato, gli tendeva la mano. David l'avrebbe afferrata, e appena raggiunto non gli avrebbe urlato addosso, non lo avrebbe umiliato davanti ai suoi amici, non gli avrebbe detto che era stato un idiota, che lì era pericoloso.

No, lo avrebbe abbracciato.

Di sicuro suo fratello si sarebbe imbarazzato, e forse anche David, ma non importava.

Poi lo avrebbe riportato da mamma e papà, lui, José, e tutti gli altri. E non c'era nessun bisogno di dirgli che la banda era arrivata fino agli scogli, gli avrebbero raccontato che erano andati a giocare a palla vicino al canneto.

La mano di Mark era vicina, mancava pochissimo, David cercò di raggiungerla.

E la afferrò. Era caldissima. Mark lo tirò su, aiutandolo a issarsi dall'altra parte dello scoglio.

La salita era terminata, ma David non riuscì ad abbracciarlo subito, era sfinito. Si buttò con la schiena sulla roccia, e ricominciò a respirare.

Mentre soffiava via la fatica, guardò il cielo. Il tempo era di nuovo cambiato. Erano tornate le nuvole grigie, e i fiocchi gli cadevano sulle guance. Avrebbe voluto prenderne uno con la lingua, ma era troppo stanco.

E com'era prevedibile, tutto il dolore gli piombò addosso. Le gambe, le mani, le cosce, e anche una fitta tremenda che gli bruciava vicino alla milza.

Mark era su di lui, ma aveva una faccia scura, forse si era arrabbiato perché gli aveva rovinato la festa.

David voleva dirgli qualcosa, ma non riusciva a parlare, Mark gli aveva messo una mano dietro al collo, e con l'altra si era messo a schiacciargli lo stomaco, all'altezza della milza, proprio dove bruciava.

Si accorse che non riusciva a respirare bene, e aveva sonno.

Mark si agitava sopra di lui, si guardava intorno, forse voleva chiamare papà, o i suoi amici, si stava spaventando, e quando s'infilò le mani tra i capelli vide che erano piene di sangue.

Si stava preoccupando per lui, esattamente come David avrebbe dovuto fare tanto tempo prima.

Ci aveva messo così tanto a capirlo. Erano fratelli, e a volte i fratelli sono le ultime cose che ci restano, nel bene o nel male. E anche Mark lo sapeva, per questo stava sopra di lui, per questo lo aveva perdonato.

Sentì di nuovo il rumore del mare e il vento salato sulle labbra. Sentì anche la voce di mamma che li chiamava. Era tardi, dovevano andare a casa. Ma per venire a prenderli ci avrebbero messo alcuni minuti, avevano ancora un po' di tempo.

Chiese a Mark di farlo riposare lì solo per un pochino, di parlare lui con mamma.

Mark fece di sì con la testa, e David si girò dall'altra parte.

Si godette il calore della roccia e la mano di Mark, che gli accarezzava la guancia.

Era lì, con lui, lo avrebbe protetto.

Chiuse gli occhi, e morì.

47

«Di qua!» gridò Valstagna.

Ma non c'era bisogno di dirlo, Sforza e i suoi quattro uomini si erano già buttati verso il suono dello sparo.

Le Linci erano vicine.

Forse avevano un paio di minuti di vantaggio, non di più, e almeno uno di loro era ferito. Non potevano essere tanto lontane. Erano tra quegli alberi, e tutta quella neve non sarebbe bastata a nasconderle.

Sforza si chiese cosa avrebbero detto i suoi superiori una volta saputo che si era portato dietro una squadra così esigua. Lo avrebbero redarguito, o forse lo avrebbero preso per pazzo, ma la verità era che nessuno, in quel branco di scimmie, avrebbe capito.

Sforza aveva portato Valstagna e i suoi uomini solo per prassi, perché era giusto farlo, e anche perché essere preso per pazzo era una cosa, per imbecille un'altra.

Ma se fosse stato per lui, se ne avesse avuto davvero la possibilità, non si sarebbe portato proprio nessuno. Sarebbe andato da solo. Né il tenente Valstagna, né il sergente Farina, nessuno. Solo lui, alle prese con quelle piccole creature che si nascondevano timorose nel bosco, come i conigli che erano.

E Sforza li avrebbe macellati, uno dopo l'altro.

Mentre avanzava nella neve a passi pesanti, la fatica, il freddo, il fiato mozzato non riuscivano neanche a rallentarlo, perché nella sua testa decine di immagini meravigliose si sovrapponevano di continuo. E in ognuna di esse la terra era rossa, il cielo era nero, e lui era da solo, sui loro corpi, a giocare, come giocava con il gatto che aveva sbudellato tanto tempo prima, da bambino. E rideva, perché sapeva che sarebbe stato bellissimo.

Ma a guidarlo veramente, a trascinarlo con quella furia e quella fame, come una bestia feroce in un mondo perfetto, non erano le immagini dei corpi sventrati delle Linci, il loro sangue, ma il volto della strega.

Quel volto così dolce e leggero non era altro che una bellissima maschera di cera, che nascondeva tutto l'orrore dell'universo.

Sforza lo aveva capito troppo tardi. Era stata lei. Era stata quella piccola creatura, quell'essere infame, ad aver dato inizio a tutto questo.

Sforza se la ricordava.

Prima di allora era una vecchia striminzita, ossuta, che l'aveva guardato la prima volta con occhi di ghiaccio. Ma adesso era cambiata, aveva assunto una nuova forma.

Se la immaginava, piccola, nuda, mentre camminava nei boschi, sghignazzando con la sua voce di sangue, gridando, incidendo le proprie maledizioni negli alberi, mentre trascinava il corpo infetto nelle caverne, tra gli insetti e i nidi di ragno, sibilando le sue atrocità blasfeme negli anfratti più oscuri della terra, contaminando il mondo come una malattia mortale.

E la vedeva ancora, sì, mentre mormorava nel buio, nascosta tra le rocce, mentre corrompeva i suoi feticci slavi, se li scopava, gemendo come una cagna, e partorendo poi tutto quell'odio, quella violenza, quella crudeltà. E lo faceva solo per lui. Solo per Sforza. Solo per distruggerlo.

Chissà quante forme aveva preso, chissà per quanto tempo aveva aspettato, chissà quante parole avvelenate aveva sussurrato nel vento per inquinare la sua mente, per confonderlo, farlo impazzire, distruggerlo dall'interno, senza che lui se ne accorgesse.

Ma anche se ora aveva una forma diversa, gli occhi… gli occhi erano gli stessi. E chissà quante volte quegli occhi di morte, mentre la strega era arroccata sulle montagne, lo avevano fissato da lontano, in compagnia di Michele. La strega aveva visto quanto lo stringeva, quanto lo accarezzava, quanto era felice con lui, quanto gli voleva bene, quanto fosse prezioso. E di sicuro, quella maledetta si era messa a ridere, a sghignazzare, pensando a quando glielo avrebbe portato via, a quando gli avrebbe strappato dal petto l'unica cosa a cui lui tenesse in questa terra carogna.

Ma d'altronde, era così che doveva andare, no?

L'ultima prova degli dèi, l'ultimo gioco, l'ultimo scherzo del fato, prima di concedergli la gloria. E Sforza non si sarebbe arreso. Aveva già dato troppo, pagato troppo.

«Eccolo!»

Il cane, parlavano del cane. Il corpo giaceva in una pozza nera e fumante, mentre i fiocchi gli cascavano sul pelo, come se il cielo stesse già iniziando a costruire la sua tomba gelata. Due uomini si mossero verso la bestia, ma Sforza li richiamò.

«Fermi!» sibilò. «È come prima. Occhi aperti.»

Gli uomini capirono, e tutti e cinque si mossero in avanti lentamente, puntando i fucili e coprendosi a vicenda.

Sforza tenne la Beretta in basso, scrutò le dune bianche, le sterpi innevate, le cortecce scure. Poi schioccò le dita, e quando ottenne l'attenzione di Valstagna gli indicò con gli occhi di fare attenzione alle cime degli alberi.

Quando raggiunsero il cane, l'addestratore s'inginocchiò vicino all'animale. Lo notò anche Sforza: lo avevano colpito proprio in mezzo agli occhi. Doveva essergli arrivato quasi addosso per un colpo così preciso. Questo voleva dire che erano sempre più vicini.

Sforza si ricordò che la prima volta che aveva visto la strega, lui le aveva ucciso il cane, e adesso era lei che aveva ucciso uno dei suoi.

Che ironia.

«Capitano!» sussurrò Valstagna. «Guardi!»

Poco più avanti c'era il tronco di un acero morto, e c'erano un sacco di cose disperse tutt'intorno. Sforza ordinò alla squadra di muoversi, e quando furono più vicini riuscì a distinguere i vari oggetti.

Una giacca, un guanto di lana, il caricatore di un vecchio FAL, un paio di bende insanguinate, ma anche dei fogli, che volavano in giro. Li avevano lasciati lì, a prendere acqua in mezzo alla neve.

Ma non erano fogli qualunque, Sforza ci mise un secondo a capirlo. S'inginocchiò per raccoglierne uno.

«Al tronco...» sussurrò Valstagna ai suoi uomini, e quelli si mossero velocemente verso il legno morto, mettendosi a copertura.

Sforza rinfoderò la pistola, e prese uno dei fogli: era una fotografia.

«Tenente!» disse uno dei soldati.

«Cosa?» rispose Valstagna.

Erano come quelle che aveva visto al laboratorio, con De Marco. Una era la foto di un uccello appollaiato su un camino, mentre l'altra, a pochi passi da lui, era un'altra immagine della bambina, quella con i fiori tra i capelli.

«Tenente, qui c'è uno zaino!»

La giacca, i guanti, il caricatore, le foto: perché buttare tutta questa roba nella neve? Perché lasciare tutte queste tracce?

«Capitano, ha sentito?» chiese Valstagna, che si era avvicinato a lui.

Le Linci si erano fermate qui a riposare, le bende insanguinate ne erano la prova, ma perché buttare via tutto? Perché le fotografie? Perché abbandonarle?

«Capitano! Lo zaino, potrebbero aver lasciato quello che cerchiamo!»

Forse Farina aveva ragione. Forse la ragazza aveva davvero le foto, e Farina e i suoi stavano inseguendo un diversivo. Magari davvero era così semplice.

«Capitano!» continuò Valstagna, ma Sforza non lo considerò.

«Capitano... ah, lasci stare» disse ancora il tenente, e si

rivolse ai suoi uomini dietro al tronco. «Prendetelo, guardate un po' cosa c'è dentro!»

«Allora?» alzò la voce Valstagna, e Sforza vide con la coda dell'occhio uno dei soldati strattonare lo zaino dai rami.

«Un attimo» disse l'uomo. «È incastrato!»

Incastrato?

Sforza si voltò di scatto.

«Fermi!» gridò.

Troppo tardi. Il soldato diede un ultimo strattone, ci fu uno schiocco metallico, e lo zaino esplose in un boato di legno e sangue, dilaniando all'istante i corpi dei tre uomini.

Sforza piegò le ginocchia e si mise una mano sulla faccia, cercando di proteggersi dalle schegge. Nonostante la neve e i detriti gli stessero cascando addosso, l'istinto gli gridò di non chiudere gli occhi, e gli fu grato, perché da dietro una duna vide comparire un'ombra.

Sforza si buttò in avanti, verso il tronco, lasciando Valstagna da solo. Il tenente non si era ancora accorto di nulla, riuscì a dire solo una mezza bestemmia, prima che l'ombra gli sparasse due volte. Prima gli fece saltare due dita, spaccando anche il calcio del fucile, poi lo fulminò al petto, attraversandolo da parte a parte.

Il cecchino sparò ancora, questa volta cercando Sforza, ma il proiettile si piantò dentro la corteccia di un frassino, a neanche una spanna dalla faccia del capitano. E questo fu un errore madornale, perché Sforza aveva già tirato fuori la sua Beretta.

Sparò quattro colpi in rapida successione, non erano precisi, ma almeno un paio andarono a segno, e il cecchino cadde dietro a un arbusto.

Sforza avvertì una scarica di euforia attraversargli il corpo, e si mosse verso di lui, veloce. Voleva finirlo, voleva svuotargli il caricatore in faccia, voleva aprirgli il cranio e rovesciarne il bel contenuto nella neve, come quello del cane.

Lo raggiunse.

Il cecchino era a pochi metri da lui, a terra. Sforza lo riconobbe, era uno degli slavi che aveva visto nelle foto. Il sangue gli colava dalla bocca, mentre cercava di sgusciare via, trascinando il corpo pesante nella neve.

Era buffo per quanto rantolava e tentava disperatamente di fuggire. Al capitano venne da ridere.

«Vai da qualche parte?» gli chiese, ansimando.

Non lo lasciò rispondere, gli sparò a una coscia. Il cecchino gridò come un animale.

«Scusa» gli rispose Sforza. «Non ti ho sentito, dicevi?»

Questa volta puntò alla mano, voleva godersela fino all'ultimo. Al cervello ci avrebbe pensato dopo, aveva tutto il tempo del mondo.

In realtà no, non ce l'aveva, perché appena prima di sparare sentì dei passi alle proprie spalle pestare la neve, e un grido di rabbia.

Non riuscì a voltarsi in tempo.

L'altra Lince gli saltò sulla schiena. La pistola cadde, i muscoli di Sforza scattarono e cercarono di fermare la lama indirizzata al suo collo. Riuscì a deviarla, afferrando la mano dell'aggressore, ma il coltello affondò nella spalla, stracciandogli tendini e carne.

Sforza gridò, più per paura che per il dolore, il coltello era a terra, ma il braccio della Lince era intorno al suo collo, lo stava stritolando. Una scarica di adrenalina lo fece ragionare. Aveva una sola possibilità.

Piegò le ginocchia e si lanciò all'indietro, cadendo di schiena. Il corpo dell'aggressore si schiantò con lui a terra e venne stritolato dal suo peso.

Con sua grande soddisfazione, il capitano sentì qualcosa scricchiolare sotto di sé, forse erano le costole. Sentì il latrato disperato del suo aggressore.

Ormai il mondo era diventato rosso, e lui si lasciò andare. In un attimo si girò, si mise a cavalcioni sul corpo della Lince, schiacciandole le braccia con le ginocchia, e quando vide il suo volto sorrise.

Era la strega.

La guardò boccheggiare, disperata, gli occhi rossi e il viso pallido. Si stupì ancora di quanto fosse bello il suo viso.

«Eccoti qui» sussurrò.

Poi strinse i pugni, si godette il suono del cuoio e la colpì. Si scatenò sul naso, sulle labbra, gliele spaccò con tutta la furia che aveva in corpo, a ogni colpo sempre più forte, finché non vide il sangue schizzare sulla neve.

Eccolo, dalla bocca. Perfetto. Un contrasto meraviglioso, vero?

Ma non gliene diede troppi. La voleva sveglia, voleva che vivesse il più a lungo possibile.

Al decimo pugno anche Sforza si sentì esausto, e si concesse una pausa. La lasciò respirare, e si godette lo spettacolo di quel viso pieno di sangue e lacrime che si scioglieva sotto di lui.

Guardò ancora la piccola cicatrice che aveva sulla guancia, e Sforza capì che quella era solo l'ennesima prova. Era la dimostrazione che era vero. Gli dèi lo avevano sfidato, gli avevano messo davanti tutto quel dolore, tutta quella sofferenza, quell'avversario così crudele, solo perché quello era il suo destino, era la sua nemesi, e doveva dimostrargli di esserne degno. Doveva vincere.

E alla fine Sforza gliel'aveva dimostrato, aveva vinto. Ora, non gli restava altro che godersi la vittoria.

«Che cosa fare, di te?»

Era così bella, così piccola, così dolce.

«Potrei farti violentare da Farina, che ne dici?»

Gli occhi della ragazza si svuotarono, ricominciò ad agitarsi, a cercare di liberarsi dalla morsa, ma il capitano la schiacciò ancora di più.

Perché no? Non sarebbe stata la prima volta, e forse per questa occasione sarebbe rimasto a guardare.

No, invece, perché mai? Perché rovinare così il suo premio? Perché condividerlo con quel bifolco ingrato? Quel momento era solo per lui.

Le sorrise.

«Sai, avevi ragione» mormorò, sfilandosi il guanto destro. «Avevo paura, quando mi guardavi dalla collina.»

Lo gettò via.

«E sentivo il tuo sguardo, da lontano. Sentivo che mi guardavi, sentivo che volevi portarmi via tutto.»

Iniziò a sfilarsi il secondo. La strega non smetteva di piangere.

«E l'hai fatto. Sei stata così brava, lo sai?» le sussurrò con un sorriso. «Ma non hai capito. Mi hai guardato così tanto, eppure.... non hai capito. Non hai capito che tutto quello che hai fatto, tutto quello che mi hai strappato via... mi ha solo temprato. Mi hai fatto capire che avevo ragione. Io sono qui grazie a te, e tu non l'hai capito.»

Gli venne da ridere, buttò via anche l'altro guanto.

«Dovevi guardarmi meglio.»

Era così bella. Piangeva, ansimava, con quello sguardo ancora così vivo, così pieno d'odio, attraverso le lacrime, il muco, il sangue. Non si voleva arrendere.

Le accarezzò una guancia, e i suoi polpastrelli nudi sfiorarono il suo calore. Le parlò dolcemente.

«Guardami ora.»

Lentamente, le strinse la testa tra le mani e le affondò i pollici negli occhi. Erano morbidi, caldi, pieni. Non appena cominciò a spingere, gli sembrò che nel corpo della strega fosse esplosa la sua ultima energia vitale. Iniziò a scalciare, a gridare, riuscì a liberare le braccia, si aggrappò ai suoi polsi e provò a fermarlo.

Stava combattendo come una furia, aggrappandosi all'ultima forza che le era rimasta, quella che solo la disperazione può donare. Poteva provarci quanto voleva, ma era inutile.

Sforza si aiutò col peso e spinse ancora più forte, mentre le grida della ragazza facevano vibrare l'aria, stracciando la foresta come un telo di carta.

Presto Sforza avrebbe visto il sangue: prima sarebbe colato dai bulbi, giù, fino alle guance e il collo. Poi gli occhi si sarebbero rotti, e i suoi pollici sarebbero sprofondati ancora più giù, fino al cervello.

Mentre spingeva, Sforza si chiese quale potesse essere la citazione più adeguata.

Ah, ma certo.

La strega stava ancora gridando, non lo avrebbe mai sentito pronunciare quelle parole, era troppo distratta; tanto la citazione non era per lei, era per lui, era il suo momento.

Sforza aprì leggermente la bocca per dare inizio alla sua scena, ma gli uscì solo un suono strozzato, perché all'improvviso una forza sibilante gli esplose nell'addome, strappandogli le viscere e l'uniforme scura.

Il colpo lo fece crollare a terra, su un fianco, e un fuoco infernale cominciò a bruciargli nelle budella. Sforza non riuscì a resistere e urlò, guardando il cielo grigio. Si resse lo stomaco e sentì il calore del sangue bagnargli i calzoni.

Ebbe paura che tutto stesse scivolando fuori, che le sue interiora si stessero riversando nella neve, come quelle del cane. Si guardò lo stomaco e notò solo le mani rosse.

Ma fu lì che vide il cecchino. Era poco lontano, sdraiato, aggrappato al suo fucile, e glielo stava puntando addosso.

Sforza provò a rotolare via, verso la pistola, ma il cecchino fu più veloce, sparò, e il proiettile gli spaccò il piede destro, portandogli via due dita.

Questo nuovo dolore lo fece strillare come un disperato. Non vedeva più nulla, c'era solo sangue. Ma non poteva arrendersi.

Dov'è la pistola? Cristo, dov'è?

Un altro sparo, il proiettile esplose nella neve.

Eccola, è lì, prendila.

La prese, puntò il cecchino e sparò. Lo centrò al primo colpo, sulla spalla, poi al fianco, ma non era abbastanza.

Puntò alla testa e sparò ancora, e si fermò solo quando il terzo proiettile sfondò i denti del cecchino e uscì dalla nuca, schizzando una macchia rossa sulla neve dietro di lui.

Ricominciò a respirare, fissando il cielo, ebbe paura, e sentì il suo corpo stritolato dal dolore.

Ma sentì qualcosa muoversi alla sua sinistra.

La strega, cazzo, la strega!

Si era già messa in piedi, Sforza la sentiva, ma non riusciva a capire dove fosse, tutto girava, era come un vortice infinito di grida, di sangue, che gli urlavano nel cranio e gli straziavano la carne. Si girò, riuscì solo a mettersi seduto, facendo leva con la mano destra, e la vide.

La strega era a neanche una decina di metri da lui, correva tra gli alberi, veloce come un gatto.

Doveva fermarla, ora.

Mirò alla schiena, sparò due colpi inutili, e lei continuò a correre, via, cercando di nascondersi nel rifugio della tormenta. Premette ancora il grilletto, ma la pistola non rispose. Il caricatore era vuoto.

«Puttana!» le gridò, ma lei era già scomparsa tra gli alberi.

No. Non poteva essere. Non così, non ora.

Che vuoi fare, soldato? Arrenderti ora? Cosa avrebbe detto Michele? È morto per nulla? Vuoi arrenderti?

No, non si sarebbe arreso. Una forza sovrumana zittì i suoi dolori e lo costrinse a issarsi. Fece leva con la pistola, e quando fu in piedi si mise a gridare come un disperato.

«Sei morta! Mi hai sentito? Sei morta!»

Sì, l'avrebbe uccisa. Ci era andato così vicino, e nessuno gli avrebbe portato via anche questo. Espulse il caricatore e ne cacciò dentro uno nuovo, l'ultimo.

«Corri...» mormorò a se stesso, sudando sangue. «Corri finché vuoi... tanto... ho vinto» disse.

Poi respirò e si gettò al suo inseguimento.

48

La base dell'aeronautica federale di Rennstein, a pochi chilometri dal confine, era un complesso grigio di palazzi e hangar. C'erano tanti rumori che si potevano sentire durante il giorno: camion, sirene, a volte anche le trombe di una parata.

Ma quel mattino, l'unico suono assordante era quello dei due CZ-24 Cobra, con le loro pale metalliche che giravano vorticosamente, scaldandosi feroci nell'aria.

Ma il maresciallo Chevalier, che marciava veloce sulla pista d'atterraggio con il quarto squadrone della cavalleria dell'aria, non era diretto verso di loro. I Cobra erano gli elicotteri d'appoggio, erano lì per proteggerli. Chevalier e i suoi uomini si stavano dirigendo invece verso il terzo velivolo, un UK-79 White Hawk, un vecchio amico dell'aviazione federale.

Faceva un freddo cane, i fiocchi cascavano pesanti, lo sbalzo di temperatura aveva reso incandescenti le orecchie del maresciallo.

Si concentrò sull'ultima cinghia del giubbotto tattico, non era ancora riuscito ad allacciarla per bene. Occupato com'era, e con tutto quel frastuono, non si accorse subito che lo stavano chiamando.

«Maresciallo!»

Era Boswel, il colonnello olandese.

«Che succede?» gli chiese Chevalier ad alta voce, senza rallentare il passo. «Non ce la facciamo con questo tempo?»

«No, ce la facciamo!»

«Cosa?»

«Ce la facciamo!» urlò l'olandese, cercando di farsi sentire oltre il frastuono delle pale. «Ho il rapporto del SIM!»

«Quindi?» gridò Chevalier, controllando la Glock stretta sulla coscia.

«Non sanno nulla dei sistemi radar degli italiani, forse li hanno aggiornati da poco con prototipi cinesi! Per sicurezza, appena passato il confine dovrete considerarvi in zona rossa!»

Fantastico, questo voleva dire che anche volando a bassa quota il rischio era molto alto.

«I tempi di reazione?»

«Molto laschi, questo è confermato, se riuscite a sganciarvi in tempo non vi troveranno neanche!»

Boswel fingeva di essere ottimista; ma lo sapeva anche Chevalier, si trattava di un salto nel vuoto.

Il maresciallo si fermò, e vide gli uomini del capitano Meyer montare sul White Hawk. Ora che ci pensava, era dall'assedio di Sarajevo che non guidava un'operazione di recupero con la cavalleria dell'aria. E con così poche informazioni, rischiava di essere l'ultima.

«Faccia alzare i Raptor, colonnello, li tenga vicini al confine!» gli gridò.

Forse aveva usato un tono troppo severo, come se l'interlocutore fosse un gregario, ma Boswel non era tipo che perdeva tempo a offendersi. Non in quella circostanza, soprattutto.

«Va bene, ma ne risponderà lei al dipartimento!»

Chevalier sorrise e gli fece un saluto militare appena accennato.

«Spero di essere vivo per farlo!»

Il colonnello ricambiò.

«Buona fortuna!»

Salito sul White Hawk, si sedette dietro, con la squadra

di Meyer. Gli avevano parlato poco di quel capitano tedesco, però dicevano che fosse uno dei migliori. Chevalier guardò i suoi occhi e quelli dei dodici uomini intorno a lui.

Era l'unica cosa che poteva vedere, oltre gli elmetti in kevlar, i giubbotti tattici, le armi e i passamontagna neri che gli ricoprivano le facce, ma li vide pronti e carichi.

Si sentì rassicurato, quando si ricordò che erano gli stessi che avevano gestito la crisi in Turchia qualche mese prima.

I tre elicotteri si alzarono in volo, pesanti come massi, ma poi il vento li raccolse, e quegli uccelli di ferro divennero leggeri come piume. Si piegarono leggermente in avanti e scivolarono sull'aria, dritti oltre il confine italiano.

Dopo pochi minuti di volo comparvero le montagne, e distese di alberi bianchi sfrecciarono sotto di loro.

«Quattro minuti!» disse il copilota alla radio.

Il briefing era stato veloce e improvvisato, come tutta l'operazione. Chevalier chiese con lo sguardo l'approvazione di Meyer, e il capitano acconsentì.

«Ascoltatemi» disse il maresciallo, scandendo il più possibile il suo inglese. «Ve lo ripeto. Forse non avremo un contatto ostile, ma, se ci sarà, la vita dello spagnolo è fondamentale! Avete visto le foto. Biondo, circa uno e ottanta, meno di trent'anni, non potete sbagliare!»

Gli uomini si piegarono in avanti, ascoltando con attenzione.

«Non voglio mettervi pressione, ma quello che il ragazzo ha con sé è di primaria importanza per tutta l'Europa! E non ce ne andremo finché il suo culo non sarà su uno di questi sedili! È chiaro?»

«Sissignore!» rispose la cavalleria dell'aria, all'unisono.

«L'Europa ci guarda, ragazzi. Non deludiamola!»

Gli uomini risposero con un grido di guerra in tedesco che Chevalier non capì. La cosa importante era averli caricati, e ci era riuscito. Il patriottismo spicciolo fa sempre effetto sulle teste di cuoio.

«Tre minuti!»

Gli elicotteri volavano così bassi da poter accarezzare

le cime degli alberi. Non erano ancora suonati allarmi, né per i SAM, i missili terra-aria per la difesa dello spazio aereo, né per un'altra contraerea. Forse davvero gli italiani non li avevano visti.

«Maresciallo, zona di estrazione in vista!»

Chevalier si spostò dietro i sedili dei piloti, e la vide. Era incastrata tra due costoni, un grosso spiazzo candido in mezzo alla roccia. Dietro, la grossa coltre innevata della foresta; davanti, uno strapiombo lastrato di ghiaccio.

E al centro dello spiazzo la Madonna dei Tre Fratelli. Alta, di bronzo nero, con la neve che copriva il mantello della signora e le teste dei bambini.

Chevalier si mise in contatto con Cobra 1, che volava in posizione avanzata.

«Cobra, vedi qualcuno?»

«Negativo, nessun contatto visivo.»

Fece la stessa domanda a Cobra 2, che rispose allo stesso modo. Eppure avevano fatto presto.

Cristo!

«Controllate il bosco, forse stanno arrivando.»

I Cobra ubbidirono e cominciarono a sorvolare gli alberi dietro lo spiazzo. Chevalier si chiese che cosa fosse successo.

Forse erano solo in ritardo, oppure David aveva deciso di fare di testa sua, e andare a prendere quel ferito di cui aveva parlato al telefono. Si accarezzò i baffi per il nervosismo.

Se Spada non fosse morto, a quest'ora tutto sarebbe stato risolto da un pezzo. Cristo, che casino.

Il White Hawk era immobile, in *hovering* sopra la Madonna, mentre Chevalier seguiva i Cobra con lo sguardo.

Dove ti sei cacciato, David?

«Ho un contatto!» annunciò Cobra 1.

Eccolo!

«Dove?» chiese il maresciallo, stringendo il piccolo microfono sotto le labbra.

«A cento metri, direzione nordovest dalla zona di estrazione, fanteria leggera.»

Cristo, gli italiani.

«Riesci a...»

Non fece in tempo a finire la frase che sulle piastre corazzate del mezzo esplosero dei colpi ovattati. Chevalier imprecò: gli stavano sparando addosso.

«Via!» disse al pilota, e quello si spostò dalla linea di tiro.

«Qui Cobra 1, bersagli multipli a ridosso degli alberi, sul perimetro del santuario.»

Chevalier buttò lo sguardo oltre il finestrino a destra, e li vide. Erano una mezza dozzina, subito fuori dagli ultimi alberi del bosco, e stavano cercando di tirarli giù con la loro paccottiglia cinese.

«Perché sono qui? Ci stavano aspettando?» gridò qualcuno alla radio.

Chevalier cercò di non pensarci.

«Qui Cobra 1, richiedo permesso di ingaggiare.»

Il maresciallo si aggrappò al sedile del pilota e strinse il microfono con due dita.

«Autorizzato.»

Guardò i soldati sotto di lui, erano diventati una ventina, e avevano spostato il tiro su Cobra 1, che puntava dritto su di loro.

«Falciali» sussurrò.

Agganciato sotto al Cobra, la bocca automatica dell'M230 si spalancò e ruggì la sua furia sugli italiani.

Decine di munizioni B7-89 antiuomo ad alto potenziale esplosero nella neve, scoppiando una dopo l'altra in una sequenza perfetta, sradicando piante, pietre, alzando la terra scura fino al cielo e macellando in pochi istanti i corpi di quei poveri disgraziati.

La pelle bianca del santuario si era coperta di crateri neri e fumanti, e gli alberi che non erano caduti presero fuoco.

Cobra 1 non si risparmiò, e decise di fare un altro giro. Cercò i soldati nel bosco, e li stanò sventagliando altre scariche infernali.

Aggrappato alla sua cinghia, mentre il White Hawk girava come un falco intorno al santuario, Chevalier guardò nel fumo i corpi carbonizzati da quella macchina di morte.

Stava per parlare di nuovo a Cobra 1, ma altri proiettili piombarono sulle piastre, e il vetro laterale del pilota si crepò in una tela di ragno.

«Cristo! Ma quanti sono!?» gridò il copilota.

Troppi. E se gli italiani li stavano aspettando, era perché sapevano del loro arrivo. Forse avevano preso le Linci, forse addirittura David, e lo avevano fatto confessare.

In mezzo al frastuono del Cobra, altri proiettili scoppiavano sulle pareti dell'elicottero, e dalle grida della radio Chevalier si rese conto che era stato tutto inutile. L'operazione era fallita, e doveva portare i suoi uomini via da lì, immediatamente.

«Ripieghiamo» comunicò via radio. «Operazione annullata.»

Quella frase gli fece molto più male del previsto, perché aveva pensato a Spada, al fatto che fosse morto per niente.

«Ricevuto» rispose Cobra 1. «Ci sganciamo.»

Che spreco, pensò Chevalier. Non era giusto.

Sconfitto, tornò sul sedile. Stava per levarsi il casco quando una voce gracchiò dalla radio.

«Qui Cobra 2! Ho contatto con l'obiettivo! Ripeto: ho contatto con l'obiettivo!».

Chevalier scattò in piedi.

«Dove?»

«Attraverso gli alberi, a meno di cento metri a sudest, sta correndo verso il santuario, è in fuga, seguito da almeno due squadre ostili!»

«Copritelo!» gridò Chevalier.

«Rischiamo di colpirlo!»

«Anche gli italiani! Copritelo!» sbottò, e si rivolse ai piloti: «Scendiamo, ora!».

Gli uomini armarono i fucili automatici, e il White Hawke discese lentamente sulla neve dello spiazzo, a una decina di metri dalla statua.

Poco prima che l'elicottero toccasse terra, Meyer spalancò il portellone, e gridò ai suoi uomini di buttarsi fuori.

Il quarto squadrone si tuffò dal mezzo con i fucili spianati e si disperse su un perimetro difensivo davanti al velivolo, sdraiandosi sulla neve o riparandosi dietro la statua.

Chevalier li seguì. Appena toccò terra, un proiettile rimbalzò facendo una scintilla sul portellone, e altri scoppiarono tutt'intorno. Guardò verso gli alberi e vide gli italiani: a occhio, più di cinquanta.

Chevalier si buttò verso il piedistallo della statua, e riuscì a capire il grido di Meyer ai suoi uomini.

«Soppressione!»

Le forze speciali ubbidirono e risposero con violenza. Anche dal portellone del White Hawk l'operatore della pesante fece il suo dovere. Scatenò una tempesta di fuoco in mezzo agli alberi, spezzando le vite degli italiani come ramoscelli.

I proiettili volavano ovunque, spaccandosi sul legno, nella neve, trapassando corpi come se fossero di burro.

Chevalier gridò ai Cobra: «Situazione! Dov'è il soggetto?».

«Qui Cobra 2, lo stiamo coprendo! Sta arrivando da sudest, tra poco sarà nel vostro campo visivo!»

"Sudest" voleva dire a destra. Chevalier si sporse dal riparo, e vide il collo di un commando aprirsi in un lampo di sangue, altri due lo trascinarono via, verso l'elicottero. Erano al riparo, ma non potevano resistere a lungo.

Poi guardò dove gli aveva indicato Cobra 2, verso gli alberi, a destra, e lo vide: David. Stava correndo verso di loro.

«Eccolo!» urlò Chevalier. «Meyer!»

Il capitano capì e ordinò ai suoi di coprirlo.

Ma per raggiungerli, David avrebbe dovuto correre chissà quanti metri allo scoperto, senza nessun albero o pietra che potesse proteggerlo. Chevalier strepitò nel microfono.

«Cobra! Lanciate tutto quello che avete sugli alberi, radeteli al suolo! Adesso!»

«Ricevuto!»

Gli elicotteri si misero in posizione, e mezza dozzina di missili Hellfire sfondarono la terra. Nuvole di fiamme si alzarono ben oltre l'altezza della Madonna, e il suolo tremò.

Gli italiani vennero inceneriti, ma il tiro era stato impreciso, e dai tronchi carbonizzati ne emersero altri.

Quando Chevalier vide la sagoma del ragazzo cadere a terra, gli venne un colpo. Ma si rialzò, e ricominciò a correre verso di loro.

Fu allora che Chevalier strizzò gli occhi e lo individuò. Era alto come David, ma non era David. Era un ragazzino.

«No, no, no! Cazzo!» gridò il maresciallo.

La rabbia però gli passò subito. Dovevano proteggerlo, almeno lui.

«Corri, cazzo, corri!»

Il ragazzino era una scheggia, ancora poche decine di metri e ce l'avrebbe fatta. Ma dall'inferno dietro di lui gli italiani superstiti ricominciarono a sparare. Chevalier ne vide uno. Un soldato enorme con un fucile automatico. Stava gridando come un pazzo. Quella bestia puntò l'arma e tirò una sventagliata così precisa da alzare nuvole di neve vicino ai piedi del ragazzo. Un altra scarica e lo avrebbe ucciso.

Il maresciallo si rivolse al tiratore scelto alla sua sinistra.

«Quello grosso, laggiù! Seccalo!»

Gliel'aveva gridato in francese, ma il tiratore capì lo stesso. Puntò il fucile verso il bestione, premette il grilletto, e la testa dell'omone fece uno scatto all'indietro.

Poi crollò a terra e ci rimase.

Era fatta, il ragazzo li raggiunse, due teste di cuoio lo afferrarono e lo portarono sull'elicottero in tutta fretta.

Chevalier, in un attimo di delirio, guardò ancora verso il bosco, forse anche David sarebbe spuntato tra gli alberi, da un momento all'altro. Ma poi sentì la voce del suo pilota.

«Maresciallo! Due Mig italiani si sono alzati, saranno qui tra poco!»

Non avevano più tempo.

«Cazzo!» strepitò ancora Chevalier, che poi si rivolse a Meyer. «Va bene, sganciamoci!»

I Cobra continuarono a coprirli, sputando altro fuoco sugli italiani, mentre Chevalier e lo squadrone rientravano sul White Hawk.

Pochi istanti dopo, il velivolo si rialzò in aria. Altri colpi scoppiarono dietro la corazza dell'elicottero, ma ormai erano in salvo.

L'elicottero si girò dalla parte opposta, e i tre velivoli si buttarono in fuga verso i confini austriaci.

Chevalier chiamò alla radio Boswel per farsi inviare i Raptor. Poi chiuse gli occhi, e cercò di respirare. Faceva freddo, i portelloni erano ancora aperti, ma era piacevole.

Guardò dentro l'abitacolo. Il pavimento era pieno di sangue. Era quello dei due cadaveri e dei tre feriti. Uno era svenuto, gli altri due gridavano, mentre il medico faceva del suo meglio per tenerli in vita fino alla base.

Ma il ragazzino, la Lince, stava bene. Era su un sedile vicino al portellone aperto, guardava in basso mentre il vento gli scuoteva i capelli. Forse era in stato di shock.

Aggrappandosi alle cinghie, Chevalier s'inginocchiò davanti a lui.

«Inglese?» provò a chiedergli.

Il ragazzo lo fissò con occhi vuoti, e scosse la testa.

«*Italiano!*» rispose.

Chevalier sgranò gli occhi. Lo indicò con un dito.

«Sei italiano?»

«*No!*» ribatté il ragazzo, e si spiegò in italiano, lentamente. «*Sono bosniaco! Parlo italiano! Mi chiamo Branko!*»

Il maresciallo capì. Avrebbe voluto chiedergli una cosa, ma il suo italiano era pessimo.

Il ragazzo, però, lo prese in contropiede, e tirò fuori dalla tasca un cilindro arancione.

«*Queste sono le fotografie! Quelle che cercavate!*»

Chevalier fissò il rullino. Lo prese. Ci mise qualche secondo a capire. Non riusciva a crederci.

«*Aspetta!*» disse. «*Cosa... cosa c'è... qui dentro? Foto?*»

«*Sì!*» insistette il ragazzino, che proseguì. Gli spiegò che dentro c'era tutto. Sforza, i soldati, le case in fiamme, la gente massacrata per le strade, tutto.

Chevalier s'infilò il cilindro in tasca e gli fece un'altra domanda.

«*Dov'è David?*»

«*È morto!*»

Come immaginava.

«*Sicuro?*» insistette.

«*L'ho visto, era con me! Gli italiani l'hanno ucciso!*»

Chevalier annuì, mise le mani sulle spalle del ragazzo e gli parlò in francese.

«Hai fatto un ottimo lavoro, Branko. Bravissimo.»

Lui lo guardò confuso.

Chevalier sorrise.

«Un ottimo lavoro» ripeté. «Grazie.»

Poi strinse le mani sulle spalle del ragazzo, forte, e lo scaraventò giù dall'elicottero.

49

Bianco e rosso.

Ma non erano un contrasto perfetto, tutto il contrario.

Il sangue e la neve si erano sciolti nei suoi occhi, mischiandosi in un grumo informe, un miasma oscuro, blasfemo. E poi questo veleno era colato giù, richiamato dalla morte, dal dolore, e si era riversato nel mondo, aggrappandosi alle pietre, ramificando negli alberi, nelle vene delle montagne, sibilando fino alle profondità della terra, e aveva contaminato ogni cosa, come un cancro.

Per questo, Sforza, guardandosi intorno, non riusciva a riconoscere più nulla. Non era più il suo mondo perfetto, il dono degli dèi, ma la loro disperazione, che aveva preso possesso della realtà.

L'orrore l'aveva corrotta, la stava violentando a suo piacimento, e la faceva girare, veloce, davanti agli occhi di Sforza, per arrivare a lui, al suo cuore, alla sua mente, perché voleva distruggerlo. Sforza lo sapeva, e lo vedeva.

Vedeva quel suolo, trasformato in un mare di sangue, gelido come l'inferno, che si apriva, cercando di inghiottirlo. Sentiva il vento infuriato sputargli addosso il suo disprezzo, e gli alberi, scheletri marci, ossuti, emergere dalla terra per ghermirlo, stringerlo, e trascinarlo giù con sé, nell'oscurità che non aspettava altri che lui.

Ma Sforza non si arrese. Gridò ancora.

«DOVE SEI?!?»

Il suo urlo squassò l'universo, una lama bianca che spezzò l'orrore per un istante. Ma poi la breccia si richiuse, e il mondo lo punì ancora, stritolandolo.

Una fitta violenta gli esplose nel braccio, straziandogli ancora di più la carne e incendiandogli il cervello. Lo costrinse a buttarsi a terra, a mordere la neve, le labbra, la lingua. Ma Sforza non sentì il sapore del ferro, né il calore del sangue, solo la paura e il sale delle lacrime.

«V-vieni f-f-fuori!» gemette.

La neve cercò di ingoiarlo, la pietra si aprì sotto di lui, e una forza rossa iniziò a succhiargli il sangue dal buco nello stomaco. Sforza, però, non poteva permetterglielo. Premette sulle budella, i lampi scoppiarono nel cranio, ma si alzò lo stesso. Chiuse gli occhi per il dolore, e le voci si fecero più forti.

Quelle grida, quella gente, gli sfondarono i timpani, cercando di farsi strada dentro la sua testa. Lui provò a tapparsi le orecchie, ma loro non smettevano.

Doveva allontanarle. Strinse la pistola, spalancò gli occhi e sparò qualche colpo tra gli alberi, certo che le avrebbe zittite, ma non lo fecero.

«A-a… andate v-via…» rantolò, gorgogliando sangue.

Era in piedi. Con le ultime forze provò a buttarsi lontano, oltre le dune rosse, attraverso gli alberi neri, cercando di sfuggire a quell'orrore che voleva divorarlo.

Chiamò ancora la strega.

«D-dov…»

Non ci riuscì. I fiocchi vermigli che cadevano dal cielo gli avevano gelato la gola e poi l'avevano spezzata in mille pezzi, come fosse cristallo. Non poteva dire più niente. Forse doveva solo riposarsi.

Si appoggiò a un tronco, ansimò, e una morsa di ferro gli stritolò le budella. Vomitò nella neve, e vide una chiazza nera macchiargli gli stivali.

Era quel cancro, era già dentro di lui. Era finita.

Ma poi, il mondo smise di girare. Il vento si placò, e le grida iniziarono ad affievolirsi.

Sforza si guardò intorno, stringendo ancora la pistola, vide gli alberi piegarsi, l'aria risalire verso il cielo.

Poi... sentì un profumo di fiori. E anche un'altra cosa: una voce. Piccola, sottile, come quella di una bambina. Rideva, felice. Ma non era lì, sembrava lontana, un'ombra distante secoli e secoli da lui.

Sentì una leggera carezza soffiargli sulla guancia insanguinata. Si voltò. E laggiù, tra gli alberi, i rami si aprirono.

La vide.

Non era una bambina. In piedi, alta, con i capelli neri accarezzati dal vento. Lo stava fissando con quegli occhi pieni di morte. Quegli stessi che lo avevano guardato per così tanto tempo dalla montagna. Che lo avevano fissato, avvelenato, che gli avevano portato via tutto, e che poco prima, Sforza, le aveva quasi strappato.

Ma adesso, lì, di fronte a sé, li vide per come erano davvero. Vuoti, profondi. Era da quegli abissi neri che colava il cancro che stava contaminando il mondo. Era lei l'origine di tutto, lei che aveva corrotto ogni cosa, esattamente com'era corrotto il suo corpo.

Sforza lo vedeva. Quella pelle marcia, quelle ossa spezzate e quelle braccia, lunghe come rami.

Era indescrivibile.

Ma adesso era davanti a lui, e non poteva più fuggire.

«Eccoti qui» sussurrò ancora Sforza.

Il capitano, marciando in avanti, sollevò la pistola, e sulla sua faccia si aprì un enorme sorriso.

Quando fu a pochi metri, anche lei sorrise. Con migliaia di denti.

Sforza sparò, e lei corse ad abbracciarlo.

50

Da due settimane a Bruxelles non nevicava, ma in compenso quel pomeriggio era calata una pioggerella stanca, e i muri della città sembravano sciogliersi sotto quello scroscio leggero. Le strade si erano riempite d'acqua, e tutto, l'aria, i vetri, i palazzi, si trovarono ricoperti da una coltre grigia particolarmente deprimente.

Anche gli uffici del dipartimento di Stato ne erano infestati, ma ormai Chevalier si era abituato.

A ogni suo passo il rumore delle suole echeggiava lungo il corridoio deserto, rimbalzando da una parete all'altra come uno spettro metallico.

Il maresciallo incontrò solo un giovanotto con il tesserino legato al collo.

«Ha bisogno di una mano?»

Non l'aveva riconosciuto, non l'aveva nemmeno chiamato "signore". Probabilmente era nuovo. Forse un acquisto delle risorse umane, uno di quei pagliacci che dovevano aumentare la "sinergia" negli uffici.

Fino allora era sempre riuscito a scampare i corsi di aggiornamento, meglio evitarli il più possibile.

«No, grazie. Conosco la strada.»

Svoltò a sinistra e bussò alla porta di legno. La voce rispose subito.

«Prego!»

Appena entrò, Kramer, seduto sulla scrivania davanti alla finestra, sollevò i chili di troppo e si alzò in relativa velocità.

«Ah, maresciallo, eccola qui!»

Era molto gioviale, il vecchio Kramer. Per carità, incarnava perfettamente lo stereotipo del burocrate tedesco, almeno nell'aspetto. In sovrappeso, un riporto biondo gestito malissimo, la pelle unta. Ma aveva uno spirito accogliente, tipico degli ubriaconi. E a dirla tutta, era pure bravo nel suo lavoro.

Ma dell'altro tizio che si era alzato non sapeva niente.

Kramer fece le presentazioni.

«Maresciallo, questo è Jeremy Faulkner, della commissione presidenziale. Jeremy, il maresciallo Chevalier.»

I due si strinsero la mano. Quando il maresciallo si accorse che la presa di Faulkner sembrava un pesce flaccido, cercò di non stringere troppo per non umiliarlo.

«Piacere, maresciallo. Congratulazioni, ha fatto un ottimo lavoro.»

«Grazie, signore.»

«Le porto anche i saluti della presidente Blanche, che le rivolge i suoi più sinceri complimenti.»

Non era vero neanche per sbaglio, di questo Chevalier era sicuro. Con ogni probabilità, qualcuno le aveva detto che l'operazione era andata bene e aveva tirato un sospiro di sollievo, ma incassò lo stesso il complimento.

«Lei è molto gentile.»

«Prego, sedetevi» disse Kramer, facendo collassare i suoi chili sulla poltrona.

Quando prese posto sulla sedia, Chevalier notò il posacenere di Kramer pieno fino all'orlo. Incredibile, spendevano milioni di euro per la "sinergia" e poi permettevano all'intero personale governativo di avvelenarsi con quella roba. Considerando che poi le spese mediche erano a carico della Federazione, si poteva considerare uno schiaffo ai contribuenti.

«Bene, maresciallo» iniziò Kramer. «Non la tratterremo a lungo. Jeremy voleva farle solo qualche domanda fuori dal protocollo.»

«A disposizione» rispose Chevalier, formale.

La palla passò a Faulkner.

«Bene, maresciallo. Prima cosa, le foto sono eccellenti. Chi le ha scattate è un dilettante, ma il contenuto è perfetto. Alla commissione siamo tutti entusiasti.»

«Felice di saperlo, signore.»

«Solo una domanda. Il ragazzo, lo spagnolo...»

Faulkner si sporse sulla scrivania e portò il dito su uno dei fogli.

«Barroso... David Barroso. Ecco, lei è certo che sia deceduto?»

«Ho scritto tutto nel rapporto, signore» ribatté il maresciallo.

«Certo, maresciallo» disse Faulkner, condiscendente. «Ma proprio basandoci su quello che ha scritto lei, non ha visto nessun corpo. E come capirà, in questa fase delicata, per noi è un dettaglio fondamentale. Non possiamo permettere che salti fuori all'improvviso, a due giorni dalla sottoscrizione degli accordi con l'Italia, non crede?»

Chevalier ci rifletté un istante, e concluse che gli avrebbe fatto molto piacere sbattergli quella faccia da topo sulla scrivania.

«Signore» cominciò, tranquillo. «Come ho scritto nel rapporto, siamo stati attaccati da ingenti forze ostili. Erano lì perché sapevano del nostro arrivo, dev'essere successo qualcosa.»

«Quindi c'è la possibilità che Barroso sia stato catturato dagli italiani, che lo possano interrogare? O usarle come testimone?»

Chevalier scosse la testa.

«Ne dubito, signore. Il giovane che abbiamo prelevato, la Lince, era un ragazzino, e si è buttato su di noi credendo sinceramente che volessimo salvarlo. Non aveva nessun motivo per mentirmi.»

«E perché eliminarlo subito? Poteva portarlo alla base, interrogarlo prima, no?»

Chevalier rifletté che l'alternativa poteva essere prenderlo a cazzotti, magari fargli ingoiare i denti uno dopo l'altro.

«Signore...» replicò, mantenendosi calmo. «Mi erano stati dati ordini precisi. E arrivavano dalla sua commissione.»

Kramer placò subito gli animi.

«Sì, c'è stata un po' di confusione. Capita, quando si fanno le cose in fretta. Jeremy, io non mi preoccuperei. Il fratello del ragazzo era un drogato, no? E la madre una demente, sono sicuro che i ragazzi dell'Europol tireranno fuori una bella storiella.»

«Sì, lo stanno facendo» confermò Faulkner. «Ma volevo dare qualcosa in più ai miei.»

«Più di questo non saprei dirle, signore» aggiunse Chevalier.

«Va bene maresciallo, va bene» rispose il topo, apparentemente rassicurato. «Seconda cosa, ed è una mia curiosità. Nel suo rapporto ha spiegato che vi siete ritirati per l'arrivo di aerei italiani, ma non vi hanno intercettato, come mai?»

Non era così, l'aveva spiegato. Semplicemente il topo non aveva capito.

«Perché ci hanno raggiunto i nostri Raptor, signore.»

Il ratto strinse le labbra a culo di gallina e cercò l'aiuto di Kramer, che si intromise.

«Maresciallo, il dottor Faulkner non è esperto di questioni militari, gli spieghi che cosa sono.»

«Sì. I Raptor F-98 sono dei caccia intercettori di ultima generazione. Un ottimo prodotto del progetto Eurofighter. Mentre invece quasi tutto il materiale bellico italiano, soprattutto per l'aviazione, è di produzione cinese, molto vecchio, acquistato durante la guerra civile.»

«E quindi?»

«E quindi, signore, nessun comandante lucido di mente lancerebbe il proprio squadrone contro una forza capace di annientarlo in pochi minuti.»

Il topo annuì, sembrava soddisfatto.

«Molto bene. Non ho altre domande.»

Si alzò, obbligando gli altri due a fare lo stesso, e raccolse i suoi fogli.

«Ringrazio entrambi per il vostro tempo. Ora scusate, ma devo andare. Un nuovo Paese sta per entrare nella Federazione, e c'è ancora tanto da fare.»

«Vi accompagno all'uscita» disse Kramer. «Viene anche lei, maresciallo?»

Chevalier prese coraggio.

«Se possibile, signore, vorrei parlarle di una cosa.»

«Ah, ma certo.»

Salutarono l'uomo della commissione con cortesia formale, e una volta che fu uscito l'atmosfera tornò respirabile, nonostante la puzza di fumo.

«Mi dica tutto, maresciallo» lo esortò Kramer, sedendosi di nuovo.«È per il bonus? Lo sa che non deve parlare con me di queste cose.»

Aveva tirato fuori il suo pacchetto di sigarette. Forse significava che con lui si trovava a suo agio. Questo rilassò il maresciallo, e gli diede più forza.

«No, signore. È solo... un pensiero.»

«La ascolto» disse lui, e si accese la sigaretta.

Chevalier guardava sempre negli occhi i suoi superiori, ma ora si stava concentrando sulla brace. Lo aiutava.

«Vede. Io, vent'anni fa, ho cominciato negli incursori. E ho partecipato a una serie di operazioni, soprattutto durante l'invasione della Jugoslavia.»

«Sì, avevo letto qualcosa nel suo file. Dev'essere stato impegnativo.»

«Lo è stato. Ora...» Era difficile. Eppure si era ripetuto il discorso più volte, prima di entrare. «Durante l'assedio di Sarajevo, dovevamo recuperare un deputato portoghese. Era rimasto bloccato lì con gli americani. E sugli elicotteri eravamo passati sulla strada che portava all'aeroporto. Ulica Zmaja, non so se lei...»

Kramer scosse la testa e fece un altro tiro.

«Ecco, lì, il giorno prima, i russi avevano fatto una rappresaglia. E lungo tutta la strada erano distesi i corpi di... credo più di quattrocento persone.»

«Orribile» commentò Kramer.

«Sì, orribile. E... io ho visto le foto, al laboratorio, ieri. Ed è stato...»

Fece una pausa. Che gli era saltato nel cervello? Kramer aveva ragione a prescindere, non era con lui che doveva parlare di queste cose. Ma ormai era lì.

«È stato come un ricordo. In più, ho perso un uomo prezioso...»

«Certo, l'agente Praga.»

«Spada.»

«Sì, lui.»

Chevalier prese un respiro.

«Signore, per me quell'evento aveva... un valore. E dopo aver visto quelle foto, mi sono fatto delle domande.»

Kramer non reagì male. Chevalier un po' se lo aspettava, e quando lo vide sorridere si tranquillizzò.

«Lo so cosa vuole dire, maresciallo. Ed è vero. È angosciante. E a livello personale sono d'accordo con lei. Neanche io l'anno scorso volevo aiutare i Pretoriani durante il colpo di Stato, ma la situazione è quella che è.»

Fece un paio di colpi di tosse, e raschiò la gola con un verso animalesco. Si ricompose.

«Certo, la Federazione è spaccata, e ci sono tante forze politiche che non vedono l'ora di...»

«Non sono un socialista, signore, solo...»

«No, no, no, tranquillo» lo interruppe Kramer, spegnendo la sigaretta sui cadaveri degli altri mozziconi. «Lo so benissimo, però è così. È il tema più divisivo degli ultimi anni, ma, d'altronde, cosa dovremmo fare? Intervenire? Deporre i Pretoriani? Come minimo avremmo una guerra civile. E guardi i russi. Berinkov, nucleare o no, continua a spingere, e con gli americani ridotti così, abbiamo bisogno di portare dalla nostra più gente possibile.»

Sarebbe stata una discussione sul niente. Argomenti triti e ritriti. Meglio così.

«Adesso, con calma...» continuò Kramer «la Grecia, la Turchia, dobbiamo isolare i russi, tutto qua. Quando si renderanno conto che hanno il mondo contro, sarà tutto più facile.»

«Certo, signore.»

«Faccia così maresciallo, veda l'Italia come... un cane rabbioso. Un cane rabbioso che gira per il quartiere. Possiamo ucciderlo, e tutto il vicinato ci dirà che siamo degli assassini, oppure, visto che fuori è pieno di ladri, possiamo portarlo nel nostro giardino.»

Chevalier resistette all'impulso di sospirare.

«Però potrebbe morderci, signore.»

«Eh no, maresciallo. Perché noi gli mettiamo il guinzaglio.»

«Il... guinzaglio, signore?»

«Certo, le foto. Con queste foto teniamo i Pretoriani per le palle... scusi, per il collo. Loro adesso lo sanno, e sanno che se faranno qualche scherzo a noi basterà tirare il guinzaglio per strangolarli. Sarebbe antipatico, ma loro hanno molto più da perdere di noi.»

Ma certo.

Ma che bravo.

Che bella metafora del cazzo.

«Un'ottima metafora, signore.»

«Vero? Mi aiuta sempre.»

Rimasero in silenzio per qualche secondo. E, nonostante la brillante figura retorica, Chevalier si sentì peggio, e rimase a fissare fuori dalla finestra, ma attraverso l'acqua sul vetro non riusciva a vedere altro che quei corpi.

«Maresciallo, li sta seguendo i corsi di aggiornamento? La fa meditazione?»

Chevalier non ebbe la forza di mentire.

«No, signore. Non mi sono iscritto a quei corsi.»

«Ah, strano, lei è un operativo, dovrebbe farli.»

«Signore...»

«No, no, guardi, sono veramente utili. Aiuta a concentrarsi, sa? E poi, aumenta la sinergia.»

Chevalier si arrese e fece di sì con la testa.

«La faccio iscrivere subito, va bene?»

«Grazie, signore.»

51

Appena sceso dall'elicottero, il generale Gallo vide un tenente correre verso di lui.

«Buongiorno, generale!» gridò oltre il suono delle pale.

«Buongiorno un cazzo» ringhiò lui, e si allontanò dalla pista d'atterraggio, seguito dai suoi uomini. Il tenente fece finta di nulla e gli fece strada dentro la base.

Quello era veramente un posto di merda, pensò il generale. Doveva essere una delle basi più efficienti e organizzate in quei settori, ma le strade erano piene di fanghiglia scura, faceva un freddo cane e tutte quelle montagne gli mettevano una depressione tremenda. Non era un caso che tutti gli ufficiali se ne stessero a Gorizia, solo i malati di mente potevano trovare confortevole un luogo del genere. E tra questi, ovviamente, c'era quello schizzato di Sforza.

Si diressero subito agli uffici amministrativi, e quando il tenente gli indicò la porta della stanza del capitano il generale sguinzagliò i suoi cani.

«Ribaltate questo posto.»

I quattro mastini entrarono nella stanza e fecero a pezzi la poca mobilia. Frugarono nei cassetti, rovesciarono la libreria, controllarono dentro i libri, dietro gli infissi; a un certo punto il capitano Massi tirò fuori un taglierino e stracciò i cuscini del divano. Dovevano fare in fretta.

Gallo controllò l'orologio. Erano quasi le dieci: l'OVRA sarebbe arrivata in meno di un quarto d'ora.

Uscì dalla stanza e si rivolse al tenente, che intanto li aspettava rispettosamente nel corridoio.

«Lei. Come si chiama?»

«Tenente Cazzaniga Flavio, signore.»

«Bene Cazzaniga, tra poco arriveranno dei signori del ministero dell'Interno. Voglio che lei li trattenga.»

Il tenente lo guardò con una faccia confusa.

«Signore, non ne ho l'autorità.»

Dio, possibile che fossero tutti così ritardati?

«Puttana Eva, si inventi una scusa, no?»

Cazzaniga afferrò il discorso.

«Certo generale, come preferisce» disse.

Gallo stava per tornare nella stanza, ma sentì la voce titubante del sottoposto.

«Eh... signore, ci sarebbero delle questioni.»

Oh, Cristo di un Dio. Certo che c'erano.

«Sarebbero?» lo sollecitò, spazientito.

«Il capitano Sforza ha messo agli arresti una serie di soldati e ufficiali. Tra questi il tenente Solari e i suoi...»

«Sì, sì, liberateli, fategli fare rapporto e tutto il resto» lo liquidò. «C'è altro?»

«Sì, signore. Da stamattina c'è movimento sul perimetro della Zona Autonoma.»

Gallo sentì i muscoli del collo irrigidirsi.

«Altri scontri?»

«Nossignore. Giornalisti, curiosi, tutta gente in regola, con tutti i documenti, e volevamo sapere...»

«Passi l'ordine a tutti gli avamposti, tenente, nessuno deve entrare nella Zona Autonoma, permessi o non permessi. E se trovate qualcuno, lo accompagnate fuori, ma non voglio neanche un arresto, è chiaro?»

«Certo, signore.»

Che casino del cazzo. Ci mancava solo che qualche imbecille si mettesse ad arrestare i giornalisti.

Il generale girò i tacchi e mise il grugno nella stanza.

«Allora?»

Il capitano Bengiardo era davanti alla scrivania, aveva appena finito di smontare uno degli apparecchi.

«È un sistema di registrazione. È perfettamente funzionante.»

«Quindi lo stronzo non bluffava.»

«No, eh» replicò il capitano con amara ironia.

Si aggiunse anche Massi.

«Qui i dischetti non ci sono, né trascrizioni di nessun tipo. Se ci sono davvero, forse sono nelle cassette di sicurezza.»

Cristo, Cristo, Cristo!

«Va bene. Prendete tutto, anche quell'apparecchio, e portatelo via. Poi, Bengiardo, Massi, Volpi, fatevi accompagnare alle cassette di sicurezza, apritele tutte, se necessario.»

Gli uomini cominciarono a smontare le apparecchiature, e Gallo tornò a guardare l'orologio.

Aveva gestito quelli dell'OVRA, e nel giro mezz'ora avrebbe dovuto parlare al telefono con il ministro in persona, sarebbe stata una telefonata angosciante.

Ma oltre a questo, non poteva fare altro. Si rivolse di nuovo al tenente.

«Voglio vederlo.»

Il sottoposto lo accompagnò al piano sotterraneo, nelle celle frigorifere. Davanti a una delle porte c'era un dottore ad aspettarli.

«Tenente De Marco» si presentò l'uomo con il camice.

«Apra la porta, De Marco» gli ordinò Gallo.

Il dottore prese dal tavolino un piccolo contenitore di metallo rotondo, come quelli per le creme di bellezza e lo aprì. Dentro c'era una pasta bianca e dall'aspetto grasso.

«Se ne metta un po' sotto il naso, generale.»

Ma che stava dicendo?

«Mi prende in giro, dottore? Lo avete trovato poche ore fa, no?»

«Sissignore. Se la metta lo stesso, si fidi.»

Gallo sbuffò, e sia lui che Cazzaniga fecero come diceva De Marco. Appena il generale strisciò due dita di quella sostanza sotto al naso, un violento odore balsamico gli spaccò le narici.

«Apra la porta» ordinò ancora Gallo.

De Marco lo fece, e quando entrarono, prima ancora del freddo, Gallo sentì il tanfo pestilenziale. Annullava completamente l'effetto della sostanza grassa. Era indescrivibile. Come se quel corpo fosse stato lasciato sotto il sole per almeno quattro giorni, divorato dai funghi e dai vermi.

«Madonna!...» imprecò Gallo. «Ma che cazzo...»

«L'avevo avvertita, generale.»

Prima di entrare, Gallo era certo che guardando il suo cadavere avrebbe provato l'unica soddisfazione della giornata, ma ora, fissando quel lettino, non sentiva nulla del genere.

Solo una cosa: orrore.

Perché sotto quel lenzuolo azzurro la forma non sembrava quella di un cadavere umano. Non del tutto, almeno.

«Lo tolga, dottore» disse Gallo, con il timore che uguagliava la curiosità.

«Come vuole.»

De Marco si avvicinò al lettino, prese un lembo del lenzuolo e lo cacciò via con un colpo secco.

Quando Gallo lo vide, il cuore sobbalzò, le budella si attorcigliarono e la colazione risalì fino in gola. Il generale non vomitò per miracolo, fece un passo indietro, portandosi una mano alla bocca. Non aveva mai visto niente del genere.

«Porca Madonna!» esclamò.

Cazzaniga non era riuscito a resistere, era fuggito fuori dalla cella, ruttando conati di vomito.

«Ma chi... cosa...?»

De Marco aveva il lenzuolo ancora in mano e teneva lo sguardo fisso sull'altro lato della stanza. Gallo invece non riusciva a distogliere gli occhi da quella... cosa.

Non riusciva a trovare le parole.

Poi notò un dettaglio.

«Gli occhi...» mormorò. «Che cosa diavolo ha negli occhi?»

52

Quattro giorni dopo, alla sede dell'"Attalaya", alle tre del mattino, il clima era particolarmente moscio. Eppure di cose da parlare ce n'erano.

Alla sera di quello stesso giorno, Ansaldo, il presidente ad interim italiano, avrebbe firmato l'accordo per l'entrata in Europa a Bruxelles, e per tutta la settimana, da tutta la Federazione, migliaia di persone si erano radunate in città per protestare. C'erano state manifestazioni, scontri con la polizia, centinaia di feriti. E anche sotto il profilo politico era un macello. Il giorno prima, a sorpresa, l'opposizione guidata dai socialisti aveva improvvisato l'ennesima mozione di sfiducia, e questa volta aveva defezionato anche l'ala più liberale dei conservatori. Sembravano potercela fare. Ma alla fine, come al solito, Blanche l'aveva spuntata, questa volta solo per quattro voti. Non c'era mai stato un margine più risicato nella storia politica della Federazione, neanche quando si doveva approvare il fondo di solidarietà agli Stati Uniti.

E poi c'era Fletcher, l'ex presidente della Corte europea, che ancora contestava le irregolarità delle elezioni italiane dell'anno precedente, e sosteneva che non fosse possibile ammettere una nazione che non era ancora uscita dalla dittatura, oppure Koning, il capogruppo di Identità Europea, che accusava l'opposizione di essere collaborazionisti dei russi, agitatori, dicendo che per loro ci voleva l'impiccagione.

Tutte questioni interessanti, polarizzanti, capaci di accendere e alimentare discussioni infervorate, di dividere elettori, di spaccare le opinioni. E invece, sulla prima pagina della prova di stampa, c'era la fotografia di un dito medio. Era quello del deputato danese Froberg, dei verdi, ed era diretto contro i liberali che avevano votato a favore della presidente Blanche.

Miguel Herrera, il direttore del giornale, continuava a fissare il titolo: *Ecco il pollice verde dei comunisti.*

Possibile che quello fosse il meglio che la redazione era riuscita a tirare fuori?

Anche l'occhiello era scadente: *La volgarità e l'ipocrisia di Froberg (Verdi): "I liberali difendono una dittatura!". Ma è proprio l'opposizione a sabotare la difesa dell'Europa. Siamo arrivati a questo?*

L'articolo, poi, si riduceva a una sparata su Froberg, su alcuni fatti della sua giovinezza, sul suo orientamento sessuale e altri aspetti personali. Ma oltre a questo, e una serie di banalità sul decadimento culturale della classe politica e sul "marxismo culturale", l'articolo non aveva alcun valore giornalistico.

Però, rifletté Miguel, su una cosa il titolo aveva ragione: Come siamo arrivati a questo?

Vent'anni prima il giornale non era così. Era un giornale d'inchiesta, feroce, spietato, di quelli veri. Era anche conservatore, certo, ma quando c'era da alzare la voce, da contrastare il potere, lo faceva. Per esempio, all'epoca, quando il nonno di Miguel era direttore, l'"Attalaya" aveva ribaltato l'opinione pubblica di tutta la Federazione denunciando il governo di vendere armi a Savoia durante la guerra civile italiana. O sulla questione della moneta coloniale francese imposta ai Paesi africani, anche lì, l'"Attalaya" era stato in prima linea, definendola una schiavitù perpetrata dal governo, in netto contrasto con i principi della risoluzione di Algeri.

Il nonno nel corso della sua vita si era ovviamente beccato una montagna di processi, ma era sempre andato avanti, anche perché li vinceva. Ma poi era morto, e gli era subentrato papà. E papà non era come il nonno.

Miguel si sedette sulla poltrona, più stanco del solito. Non ne poteva più. Lo sapeva che poteva cambiare tutto, era una vita che glielo dicevano tutti. Gli sarebbe bastato così poco, solo la volontà di farlo.

In realtà, a lui bastava molto meno, anche solo migliorare la situazione, dare al giornale la sua dignità, almeno un minimo.

Per farsi forza, aprì il cassetto e tirò fuori il taccuino in cui aveva segnato gli appunti che aveva preso dallo psicologo. "Il mio è un senso di colpa inutile. Non devo dimostrare nulla a nessuno. Io mi basto. Non ho bisogno di papà, né della sua approvazione. Il giornale è mio, posso fare quello che voglio. Non devo cercare lo scontro, ma non devo nemmeno lasciarmi dominare in questo modo. Lo devo a me stesso. A me stesso. A me stesso."

Lo rilesse altre cinque volte. Poi, quando si convinse di essere abbastanza forte, prese la cornetta del telefono e chiamò papà.

«Chi è?» chiese il vecchio, ovviamente sveglio.

«Papà, sono io. Come va?»

«Che vuoi?»

Ottimo inizio.

Per un istante Miguel pensò di dirgli che lo aveva chiamato solo per sapere come stava, ma nel migliore dei casi il vecchio si sarebbe infastidito, nel peggiore avrebbe sentito la sua paura, e ne avrebbe approfittato.

«Papà, scusa, stavo pensando...»

«Sì, dài, dimmi, veloce» lo incalzò lui, spazientito.

Perché faceva così? Miguel era stato gentile, lo era sempre.

«Guarda, pensavo...» bofonchiò. «Visto che ci sono tante cose, non lo so, mi chiedevo se non fosse meglio concentrarci su altro, al posto del gestaccio di Froberg. Per esempio, la manifestazione di...»

«Lo sai perché lo hai pensato?»
Miguel rimase di sasso.
«Eh... no, papà.»
«Perché sei un coglione. Ecco perché.»
«Papà, senti...» provò a protestare.
«No, senti tu, una buona volta!» sbottò papà. «Te l'ho già spiegato questo pomeriggio! Già quella roba la coprono "La Nación" e "Internacional". Non possiamo competere con loro, devi metterti nei panni del lettore!» Il vecchio stava alzando la voce. «Vanno in edicola, guardano i giornali, e la prima cosa che vedono è il nostro con un bel dito medio in prima pagina, enorme, che spacca l'occhio. E lo comprano!»
Miguel tentò una disperata difesa.
«Ma papà, noi possiamo fare...»
«No! Non possiamo, Miguel! È così che ho gestito il mio giornale per anni, ed è così che andrà avanti, non rompere i coglioni!»
Il taccuino era ancora lì, sulla scrivania.
È il mio giornale. Lo devo a me stesso.
«Papà, adesso questo, però...»
«Però cosa?»
Lo devo a me stesso.
«Però è il mio giornale...»
Pessima idea. Papà cominciò a sbraitare come un matto, e nel delirio tirò in mezzo ogni cosa. La radiazione dall'albo, il calo delle vendite, i complotti inventati, le sue doti di grande imprenditore, la malattia, le quote, tutto.
«È il mio giornale, hai capito? Il mio! Tu hai avuto solo culo!»
Era più violento del solito, sì, ma fu strano. Forse era per il fatto di avere il taccuino davanti, o forse perché a forza di gridare la voce del vecchio si era rotta, ma in quel frastuono senza senso, per un attimo, Miguel sentì papà... fragile. E questo gli diede forza.
«Papà, va bene, ma ora qua ci sono io, e penso di poter fare qualcosa di più.»

«Ah, ma certo!» continuò il vecchio, senza abbassare il tono neanche di un decibel. «È arrivato Santiago! Ma va' a cagare!» Miguel non si accorse di stare stritolando la cornetta del telefono. «Devi essere umile, hai capito? Umile! Impara a stare al mondo e fa' come ti dico, perché non vali un cazzo!»

Con un sussurro carico di rabbia, Miguel provò a ribattere un'ultima volta.

«Sai, papà, mamma non era della stessa opinione.»

«Perché, come te, mamma non ha mai capito un cazzo! Fa' come ti dico, buonanotte!»

E riagganciò.

Mentre sentiva il segnale acustico tubargli nelle orecchie, Miguel avvertì il bisogno impellente di lanciare il telefono sulla porta a vetri.

Cercò di trattenere le lacrime, appoggiò i gomiti alle ginocchia e si ricordò della prima volta in cui papà si era permesso di parlare di mamma in quel modo.

Lui aveva diciannove anni, mamma era morta solo da due giorni. E papà era sul divano con lui, parlando del testamento.

"Tua mamma non hai mai capito un cazzo."

La seconda volta quando erano nell'ufficio del notaio, e papà lo aveva obbligato a intestare la casa al mare di mamma a lui, perché era meglio così, altrimenti Miguel se la sarebbe dovuta cavare da solo, e soprattutto "perché sua madre non ha mai capito un cazzo".

Nella mente gli passarono le frasi più atroci che possano venire in mente a un figlio. Anche all'epoca le aveva pensate, e si sentiva in colpa.

Come può un figlio maledire il cielo perché è morto il genitore sbagliato? Come può desiderare di vedere suo padre morto, in una fossa? Come può non vedere l'ora del suo funerale, in chiesa, per poter salire sull'altare e pronunciare parole sincere, finalmente. Tipo: "Al funerale di mamma non ho avuto il coraggio di dire niente. Ma ora, se permettete, qualcosa da dire ce l'avrei".

Sì, allora si era sentito in colpa, ma ora quelle parole avrebbero avuto un peso diverso. Si era stancato di giustificarlo, di pensare che papà, pur se in modo malato, gli voleva bene, che era solo vecchio e doveva passarci sopra, che in fondo era pur sempre suo padre. Si era stancato.

Era tutto così profondamente ingiusto. Non se lo meritava. Ma non lo voleva morto, non per davvero, anche lui gli voleva bene, in fondo.

Però si sarebbe vendicato. Era giunto il momento. Lo doveva a se stesso.

Sul giornale, l'indomani, sarebbe uscito qualcosa di molto diverso dal gestaccio di Froberg. Avrebbe parlato delle indiscrezioni sullo stesso presidente ad interim italiano, anzi, avrebbe dato spazio alle proteste, i feriti, la brutalità della polizia... No! Ancora meglio, avrebbe rivelato tutto! Avrebbe denunciato il governo di portare in Europa un regime autoritario, comportandosi proprio come una dittatura, picchiando i manifestanti e silenziando le voci contrarie, come faceva l'Italia! Una bella presa di posizione contro il governo, come avrebbe fatto il nonno!

Anche Miguel aveva votato conservatore, proprio per la presidente Blanche, ma non gli importava. Papà sarebbe andato fuori di testa, lo avrebbe ferito a morte. Ma la cosa più bella era che, a parte lamentarsi, il vecchio non avrebbe potuto farci niente. Sarebbe rimasto lì a imprecare, e poi lo avrebbe tempestato di telefonate, alle quali Miguel non avrebbe mai risposto.

E soprattutto, su quel giornale, il vecchio non avrebbe letto un articolo di denuncia feroce contro il governo, ma suo figlio che a lettere cubitali diceva: "Non mi controlli più. Questo è il mio giornale. Sei tu che non vali più niente".

E leggendo quelle parole avrebbe sofferto, come un cane.

Quel pensiero lo fece sentire forte come non mai.

«Vediamo chi è il coglione, adesso.»

Si alzò dalla poltrona, pronto a scattare verso la redazione, ma la segreteria trillò.

Premette il bottone.

«Sì, che c'è?» chiese, e si accorse che la voce gli tremava.

Quella di Concita, all'ingresso, invece, era svogliata e indifferente, come al solito.

«Signor Herrera, qui c'è una ragazza inglese che vuole parlare con lei.»

Lo aveva chiamato per quello? Seriamente? Concita sapeva benissimo che non bisognava far passare nessuno.

«Concita, no, guardi, ora non ho temp...»

«Sta dicendo qualcosa sull'Italia, sugli italiani che uccidono la gente, una cosa del genere. Parla in fretta, non capisco.»

Due cose fecero innervosire Miguel: la prima, ovviamente, che Concita l'avesse disturbato per una manifestante che voleva dire la sua su chissà che cosa, come se fosse la prima volta; la seconda, che non era possibile avere al desk un'incapace che non sapeva l'inglese.

«Concita, senta, io...»

«Dice che l'ha mandata Mark Barroso. Ha il suo tesserino.»

Mark Barroso?

Oh Gesù, certo. Mark. L'assistente fotografo che faceva le foto orribili. Due giorni prima lo avevano trovato in Austria morto di overdose. Era anche simpatico. Ora che ci pensava, era scomparso da un bel po' di tempo. Qualcuno aveva mandato un biglietto ai parenti?

Pazienza, ora aveva da lavorare.

«Concita, dica alla ragazza che...»

Fermo. Un istante.

Se non ricordava male, mesi fa Mark aveva accennato di essere mezzo spagnolo e mezzo qualcos'altro. Mark era un nome inglese, e la manifestante parlava inglese.

«Concita, le chieda se è una parente.»

Dall'altro capo della segreteria, sentì Concita tartagliare qualche bestialità in inglese.

«Dice di sì.»

Cristo. Una ragazza. Forse era davvero la sorella. Miguel si chiese che cosa avrebbe fatto papà al posto suo. E si rispose subito: l'avrebbe cacciata.

Si immaginò quella giovane. Aveva appena subito un lutto, doveva processare la perdita di una persona a lei vicina, il fratello, aveva bisogno di attenzione, comprensione, tenerezza, o anche solo di essere ascoltata.

Proprio come lui, quando era morta mamma.

Quella ragazza papà non l'avrebbe ascoltata, avrebbe chiamato la sicurezza e l'avrebbe cacciata via. L'avrebbe trattata come un disturbo, un ospite indesiderato.

Come papà aveva fatto con lui. Ma Miguel non era come suo padre, e non voleva esserlo.

«La faccia salire.»

Quando la manifestante comparve sulla soglia del suo ufficio, gli tornò in mente il viaggio fatto con gli amici dopo il liceo. Avevano fatto tutta l'Europa in treno, per sette giorni, senza lavarsi mai, e a fine viaggio sembravano poco più che barboni. E la ragazza sembrava proprio una delle sue amiche. Come si chiamava? Ah, sì, Marta.

Però lei non era come Marta, né come i suoi amici. Perché non solo era ridotta a uno straccio, ma aveva anche il volto pieno di ematomi. Un occhio gonfio, le labbra spaccate e una cicatrice sulla guancia sinistra.

Doveva essere una manifestante di quelle toste per essersi ridotta in quel modo. Chissà quale "caso isolato" della polizia l'aveva conciata così.

Poverina.

Tra l'altro si era anche emozionata, aveva gli occhi rossi, stava per mettersi a piangere.

Miguel si alzò e si avvicinò a lei, tendendole la mano.

«Ciao, senti... condoglianze, mi dispiace tantissimo per...»

Lei però non gli strinse la mano. Si sfilò lo zaino dalla spalla, ne tirò fuori un barattolo arancione per le medicine e glielo passò con la mano tremante.

Miguel lo prese. Non era un barattolo per le medicine, ma il contenitore di un rullino fotografico.

«Ah» disse, confuso. «Cosa... cosa sono?»

Bianca tirò su col naso e si asciugò una lacrima con la manica della giacca.

«Ha cinque minuti?»

Mondadori Libri S.p.A.

Questo volume è stato stampato
presso ELCOGRAF S.p.A.
Stabilimento - Cles (TN)

Stampato in Italia - Printed in Italy